GOLDMANN

Autor

Peter James, Jahrgang 1948, gilt als Großbritanniens Antwort auf Stephen King und hat sich als einer der erfolgreichsten Autoren des Genres etabliert. Seine präzise recherchierten Romane, die bislang in fünfzehn Sprachen übersetzt wurden, bestechen durch wandlungsfähigen Stil, bedrohliche Poesie und chirurgisch genau plazierte Schocks. Über seinen zuletzt erschienenen Psycho-Thriller »Das Herz« schrieb *Publishers Weekly*: »Nacktes Grauen. Zwischendurch werden Sie nachsehen, ob Sie auch abgeschlossen haben.«

Peter James im Goldmann Verlag:

Der Sohn. Psycho-Thriller (8070)
Der Alp. Unheimlicher Roman (9745)
Das Herz. Horror-Roman (8097)

PETER JAMES

SCHWELLE INS NICHTS

HORROR-ROMAN

Aus dem Englischen von Edda Petri

Mit einem Nachwort von Ralf Reiter

GOLDMANN VERLAG

Deutsche Erstveröffentlichung

Die Originalausgabe erschien 1991 unter dem Titel
»Twilight« bei Victor Gollancz Ltd., London

Joe und Lilly gewidmet

Umwelthinweis:
Alle bedruckten Materialien dieses Taschenbuches
sind chlorfrei und umweltfreundlich.
Das Papier enthält bereits Recycling-Anteile.

Der Goldmann Verlag
ist ein Unternehmen der Verlagsgruppe Bertelsmann

Made in Germany · 1. Auflage · 11/92

Umschlaggestaltung: Design Team München
Umschlagillustration: David Farren
Satz: IBV Satz- und Datentechnik GmbH, Berlin
Druck: Elsnerdruck, Berlin
Verlagsnummer: 8107
Lektorat: Sky Nonhoff
Redaktion: Ilse Wagner
Herstellung: Heidrun Nawrot
ISBN 3-442-08107-6

1

Dienstag, der 16. Oktober 1990

Der erste Hinweis kam nicht mal eine Stunde später, nachdem der Trauerzug den kleinen Friedhof hinter der Kirche verlassen hatte. Drei dumpfe Schläge aus dem teilweise zugeschütteten Grab. Der Küster hörte sie, obwohl einer der Sargträger später zugab, daß er geglaubt habe, im Sarg bewege sich etwas; aber er wollte sich nicht zum Narren machen, indem er darauf hinwies.

Der Küster war Witwer, siebenundsechzig Jahre alt, ein pflichtbewußter, nicht sehr aufgeschlossener Mann, der seinen privaten Gram im müden Gesicht trug und manchmal die Toten in ihren Gräbern beneidete. An diesem Nachmittag betrat er – wie immer – den Friedhof durch den Hintereingang und lief den Backsteinpfad entlang. Er hatte es eilig, weil er in der Kirche alles für den Kommunionsgottesdienst am folgenden Morgen vorbereiten mußte und wieder zu Hause sein wollte, ehe der Regen losbrach.

Ehrerbietig schlug er die Augen nieder, als er am frischen Grab mit den Kränzen und Blumengebinden vorbeikam. Neue Gräber machten ihm immer zu schaffen, weil sie ihn schmerzlich an die Beerdigung seiner Frau vor sieben Jahren erinnerten. Seit ihrem Tod berührten ihn die Tragödien anderer Leute kaum noch. Diese aber doch. Vielleicht, weil er das Mädchen sein ganzes Leben lang gekannt hatte. Vielleicht wegen des Alters oder vielleicht nur, weil sie so hübsch und voller Leben gewesen war, daß man unmöglich akzeptieren konnte, daß sie jetzt tot war.

Plötzlich blieb er stehen. Ein Geräusch, das aus der Erde zu kommen schien, hatte ihn erschreckt. Er lauschte, schaute umher und überlegte, ob er sich alles nur eingebildet hatte. Der Zweig einer Eibe schlug lautstark gegen die Kirchenmauer. Der Marmorhimmel über ihm, der dunkler als die Grabsteine war, verfinsterte sich noch mehr.

Der Wind, dachte er, nur der Wind, und lief mit gebeugtem Kopf weiter. Als er den Eingang zur Vorhalle erreichte, hörte er es wieder.

Die ersten Regentropfen fielen, aber er achtete nicht darauf, sondern lauschte angestrengt, ob er außer seinem schweren Atmen noch etwas anderes hörte. Langsam ging er zwischen den Grabsteinen des kleinen Friedhofs zurück zum frischen Grab. Er ging so vorsichtig, als nähere er sich dem Rand einer Klippe. Er blieb in sicherer Entfernung stehen und starrte auf das dunkle Rechteck und den Hügel aus frischer, kalkiger Erde daneben, den die Totengräber morgen ins Grab schaufeln würden.

Sally Mackenzie, oder Mrs. Sally Donaldson, wie sie nach ihrer Heirat hieß. Dreiundzwanzig Jahre alt. Sprühend vor Leben, immer Zeit für alle. Hier war sie getauft worden, war Pfadfinderin gewesen, hatte ein Stipendium für die Universität bekommen, wo sie ihren Mann Kevin kennenlernte. Er war ein gescheiter junger Mann mit Selbstvertrauen, in der Versicherungsbranche tätig, hatte jemand erzählt. Vor knapp einem Jahr hatten sie hier geheiratet. Er konnte sich noch an die Hochzeit erinnern. Der Bräutigam hatte so stolz gestrahlt, als habe er den ersten Preis der Welt gewonnen. Gestern war das Gesicht des jungen Mannes in stummem Entsetzen verzerrt gewesen. Die Trauer hatte Glück und Freude abgetötet.

Es lag daran, wie es geschehen war, sagten die Leute. So plötzlich, aus heiterem Himmel. Das machte es noch schlimmer, wenn das überhaupt noch möglich war, meinten sie. Der Küster war nicht sicher, ob ein plötzlicher Tod schlimmer als ein langsames Sterben war. Auch nicht, ob er für den Sterbenden besser war oder für die Hinterbliebenen. Gnädige Erlösung hatte man gesagt, als seine Frau starb. Für sie, nicht für ihn.

Ein rotes Bonbonpapier wehte vor ihm über den Pfad. Bewegungslos lauschte er, ohne den Regen zu beachten. Ein Windstoß. Das Zellophanpapier um einen Blumenstrauß raschelte. Ihm fielen die kräftigen Farben der Blumen auf: weiß, rot, rosa.

Im Gegensatz zur ausgehobenen Erde, dem trockenen Gras und den herbstlichen Farben der Buchenhecke, die den Friedhof einschloß, wirkten sie ungemein lebendig. Eine Schleife flatterte. Er beugte sich hinab, um sie zu lesen. »Für Sals mit all unserer Liebe.« Eine andere, die an einem riesigen Bukett roter Rosen hing, drehte sich um und zerrte an dem grünen Band, mit dem sie festgemacht war. »Für Sals – ewig dein, Kevin.«

Eine einsame Taube flog über ihm dahin. Wieder schlug der Eibenzweig gegen die Kirchenmauer. Der Regen wurde stärker. Morgen würde er die Blumen einsammeln und sie ins Hospiz nach Brighton bringen. Sallys Mann hatte das vorgeschlagen. Er schaute ins dunkle Rechteck hinab. Bis jetzt bedeckte nur eine dünne Erdschicht den Sarg. Die Erde war nach dem langen, trokkenen Sommer hart und krümelig. Ein paar Brocken waren aus den Seitenwänden des Grabs herabgefallen. Diese Brocken hatten beim Aufprall auf den Sarg das Geräusch verursacht. Das war alles.

Der Küster lief schnell zurück unter das Dach der Vorhalle, vorbei am Anschlagbrett. Mit Reißzwecken waren dort Zettel festgemacht. FLOHMARKT, GEMEINSAMER MORGEN KAFFEE, SPENDEN FÜR DAS KIRCHENDACH. Dann drehte er den Eisenring der Eichentür und betrat die kleine Kirche. Mit lautem Knall schloß er die Tür hinter sich. Drinnen war es still. Routinemäßig überflogen seine Augen den Taufstein, die sauber gestapelten Gesangbücher und die verblaßten Fresken an den Wänden. Christus blickte voller Trauer aus dem bunten Glasfenster über dem Altar herab. Neben dem Eingang waren auf Holztafeln die Namen aller Gefallenen des Ortes aufgeführt. Darunter stand ein Regal mit schlecht gedruckten Kirchenführern samt Ortsgeschichte. Dreißig Pence das Stück, in die Sammelbüchse daneben.

Er ging zur Kanzel und entfernte die vergilbten Bakelitziffern der Kirchenlieder, die bei der Beerdigung gesungen worden waren, aus dem Gestell an der Wand. »Abide With Me« und »Jerusalem«. Dann räumte er die Kniekissen auf, legte Gebetsbücher und Gottesdienstordnungen zusammen, die von den Trauernden vergessen worden waren, und murmelte dabei lustlos vor sich hin: »Und auch die Füße in uralter Zeit«. Er hörte nicht das gedämpfte, hektische Trommeln, das wieder aus dem Grab der jungen Frau kam, die sie nachmittags beerdigt hatten.

2

Dienstag, der 9. Mai 1967

Harvey Swire saß nachdenklich auf der Bank im Umkleideraum, der nach abgestandenem Schweiß, Latrine und Schuhcreme roch. Er war achtzehn, nicht sehr groß, mit glattem, braunem Haar und kleinen grauen, tiefliegenden Augen in einem pausbakkigen Gesicht. Er war zu dick und untrainiert. Sport langweilte ihn. Seine dünne, hohe Stimme hatte ihm den Spitznamen Schweinchen eingetragen, den er erst in den letzten Jahren wieder losgeworden war.

Er hielt immer Abstand, bewegte sich in seinen Gedanken in der Welt in seinem Kopf über allen anderen. Seine Mutter war sein einziger enger Freund im Leben gewesen. Sie hatte ihn bei Kinderkrankheiten gepflegt, vor der Verachtung seines Vaters in Schutz genommen, an ihn geglaubt, ihn geliebt und verstanden. Vor fünf Monaten war sie mit achtunddreißig an einem Herzinfarkt gestorben.

Sie war wunderschön gewesen. Wenn sie ihn von der Schule abholte, war er sehr stolz auf sie gewesen, wenn die anderen Jungen und ihre Eltern den Kopf nach ihr drehten. Ganz anders war es, wenn sein Vater kam. Sie konnten nie den richtigen Kontakt zueinander finden, und seit dem Tod der Mutter hatte sich die Beziehung noch mehr verschlechtert.

Eines Tages würde er verstehen, daß sein Vater ihn ablehnte, weil er seiner Mutter so ähnlich sah, aber ihre Schönheit nicht geerbt hatte. Und weil er lebte und sie sterben mußte. Es gab viele Dinge, die Harvey Swire eines Tages verstehen würde.

Er schnürte die Senkel seiner Kricketstiefel zu, ohne auf das Klappern der Stollen auf dem Steinfußboden oder die Gespräche um sich herum zu achten. Er dachte an den Brief, der an diesem Morgen gekommen war und jetzt in seiner Jacke am Haken über ihm steckte. Angie. Er hatte nicht erwartet, wieder von ihr zu hören, nach dem, was passiert war. Einerseits war er entsetzt über das, was er getan hatte. Wie peinlich! Er konnte deutlich den Ausdruck auf ihrem Gesicht sehen, spüren, wie sie zurückzuckte und wie sein Gesicht rot wurde. Er starrte auf den Boden, auf seine Stiefel. Aber dann dachte er auch: »Du hast es verdient, du Miststück.«

Er war nicht sicher, warum sie ihn so wütend gemacht hatte. Sie war nach dem Tod seiner Mutter nett gewesen, hatte ihn getröstet, sich Sorgen gemacht und ehrlich Anteil genommen. Sie hatte es sogar geschafft, seinen Vater zum Lächeln zu bringen, nachdem alles vorüber war. Aber sie hatte sich kaum küssen lassen und so getan, als erweise sie Harvey damit einen Gefallen. Bis vor zehn Tagen. Es war der letzte Tag der Osterferien gewesen, ehe er ins Internat zurückmußte. Da hatte er sie gezwungen, ihn zu berühren. Er hatte ihre Hand gepackt, sie in seine Hose geschoben und festgehalten, als sie sich wehrte. Sie hatte auf dem Heimweg kein einziges Wort gesagt.

Und jetzt war völlig unerwartet der Brief gekommen. Wie die anderen, die sie schrieb: kleine, dicke Seiten, eng gefaltet, nach ihrem Parfüm duftend, herzlich und mitteilsam, in ihrer großen Rankenschrift, mit einem Füller mit aquamarinblauer Tinte.

»Alles, alles Liebe – Angie.« Ein Dutzend Küsse.

Sie hatte es nicht einmal erwähnt.

Er machte einen Doppelknoten in jeden Senkel. Aerosol zischte. Dieser ekelhaft süßliche Geruch war Brut. Dacre stand über ihm und untersuchte sein Gesicht im Spiegel nach Pickeln. Sein Studienkamerad schüttelte das blonde Haar aus der Stirn und besprühte die andere Achselhöhle. Dann noch einen Schuß ins Suspensorium. Dann zog er das Krickethemd über. Dacre hatte im Augenblick einen Geruchstick. Er schien überzeugt zu sein, daß man nur dann Punkte machen konnte, wenn man richtig roch.

Rob Reckett kam Kaugummi kauend in den Raum und furzte laut.

»Mein Gott, Reckett, du bist widerlich«, sagte Dacre.

Reckett antwortete, indem er seinen Hintern noch weiter unter dem Jackett vorstreckte und nochmals furzte.

»Du bist ein Ferkel, Reckett«, sagte Worral.

»Er ist kein Ferkel, sondern 'ne Erzsau«, korrigierte ihn Walls Minor.

Reckett blies mit dem Kaugummi eine Blase und ließ sie mit lautem Knall platzen. Dann zog er die Krawatte aus. Reckett war ein stämmiger, arroganter Bursche, mit braunem Pony über der Stirn, der damit angab, daß er die Hilfsköchin im Haus bumste. Sie war ein sagenhaft fettes Mädel, das – einem Gerücht zufolge – »es gern tat«, wenn man sie fragte. »Sie ist ganz wild drauf«, verkündete Reckett. »Steckt'n überallhin, sogar ins Ohr. Ältere Weiber sind die besten. Sie sind verrückt danach.«

Harvey Swire fand Recketts Beschreibung »steckt'n auch ins Ohr« seltsam aufregend. Er überlegte, ob er sich auch mal an die Küchenfee herantrauen sollte; aber sie war ihm zu fett und zu schmierig. Ihre Haut erinnerte ihn an eine ofenfertige Pute. Er wollte nicht, daß es so abliefe, nicht beim ersten Mal und niemals. Er versuchte sich vorzustellen, wie Angie ihn packte und sich ins Ohr steckte. Null Chancen!

Plötzlich lag ihm der Brief im Magen. Seine Freude beim Empfang wandelte sich jetzt in Ärger. Irgendwie wollte er, daß sie wütend auf ihn war, entsetzt. Er kam sich beinahe betrogen vor, weil sie es nicht war.

»Jesus, Dacre, du riechst wie 'ne Tunte«, sagte Tom Hanson.

»Verpiß dich, Hanson! Wenigstens stinke ich nicht wie ein Arschloch.«

»Nein, du siehst nur wie eines aus«, sagte Hanson und öffnete seinen Spind. Dabei lachte er boshaft über seine Schlagfertigkeit.

»Tunte in Stiefeln!« meinte Jones Minor und zog sich die Hosen an. Dabei runzelte er die Stirn beim Grinsen, so daß die Pickel durch die dünne Schicht Clearasil brachen.

»Wenn du denkst, ich bin schwul – was ist dann mit der neuen Popgruppe mit den hohen Stimmen? Wie nennt man die denn? Du weißt das, Harvey. Du hast doch gestern beinahe auf ihr Foto gekotzt.«

»Die Schimpansen«, antwortete Harvey Swire.

»Monkees, du Schwachkopf«, erklärte Horstead. »Gott, du bist auch zu dämlich, Swire. Du weißt ja gar nichts.«

Swire warf das Haar aus der Stirn und machte den zweiten Knoten.

»Du schaffst es nie, Medizin zu studieren. Man muß nämlich intelligent sein, um Doktor zu werden.«

In acht Wochen würde er im A-Stufen-Examen sitzen: Physik, Chemie und Biologie. Es ging um einen Platz am Queen's Hospital, wo auch sein Vater Medizin studiert hatte; wo sein Vater in Gynäkologie als Bester abgeschnitten hatte. Die Queen's-Ehrenmedaille hing an der Wand in seiner Klinik in der Harley Street. Quentin Swire war ein starker, eleganter Mann, der mit seinen Abtreibungen für Besucher aus Übersee ein Vermögen gemacht hatte. Er hatte sogar eine Bloßstellung durch die *News of the World* nicht nur als Arzt überlebt, sondern die Leute auch noch erfolgreich verklagt.

Sein Vater hatte auch Wesley besucht, die Schule, wo Harvey jetzt war. Quentin Swire war in allem hervorragend gewesen. Sein Name leuchtete von allen Ehrentafeln in den Sälen und Korridoren. Kricket. Fußball. Hockey. Stipendium für die Universität.

»Es kommt eine neue Beatles-LP raus«, sagte jemand.

Jemand kreischte mit Fistelstimme: »Strawberry Fields Forever.«

»Ich finde, die Beatles sind absolut tote Hose«, erklärte Worral.

»Schnauze, Worral. Die sind Spitze.«

»Pink Floyd ist millionenmal geiler.«

»Ich bekomme Karten, wenn Bob Dylan im August hier ist. Kommst du mit, Harvey?«

»Dylan ist cool«, sagte Dacre.

Harvey sah zu, wie Reckett Hose und fleckige Unterhose zusammen auszog. Reckett hatte einen riesigen, beschnittenen Schwanz. Harvey überlegte plötzlich, was mit den Penissen passierte, wenn Leute starben. Jemand hatte ihm erzählt, daß Gehängte mit einer Erektion sterben. Reckett schwenkte seinen

Schwanz mehrere Male wie ein Bandolero, ehe er ihn ins Suspensorium stopfte.

»Matlock hat's am Sonntag voll durchgezogen«, verkündete Walls Minor.

Die anderen schauten ihn überrascht an. »Ganz?« fragte Dacre.

Walls Minor nickte.

»Nie im Leben«, widersprach Horstead, dem es vor Neid fast die Stimme verschlug. »Er hätte gar nicht gekonnt, weil er den Tanzsaal nie verlassen hat.«

»Er hat gesagt, daß er es gemacht hat, als die Mädchen schon aufbrachen – kurz bevor der Trainer kam.«

»Wo?«

»Hier drin.«

»Blödsinn!«

»Vielleicht hat er einen Finger reingekriegt. Der kennt doch den Unterschied gar nicht.«

»Ich glaube, daß er die Wahrheit sagt«, meinte Walls Minor.

»Und wieso?« fragte Harvey interessiert.

»Weil er die ganze Woche schon Schiß hat. Er sagt, daß der Gummi zu dünn war und alles in ihr geblieben ist – das Scheißding war undicht.«

»Das ist 'n dicker Hund«, meinte Powell.

Horstead nickte Swire zu. »Hast du den Vogel angebohrt, den du zu Recketts Osterparty mitgebracht hast? Wie hieß die noch?«

Harvey wurde rot und schwieg.

»Aber warum redest du nie darüber, Harvey?«

»He, kommt, wir sind spät dran.« Dacre tippte auf seine Uhr und nahm den Kricketschläger unter den Arm.

Harvey nahm den Pullover vom Haken über ihm. Das Namensschild hing nur noch an einem Stich. Er starrte einen Augenblick lang auf seinen Namen in kleinen roten Buchstaben auf weißem Grund: *H. Q. E. Swire*. Eine Woge der Trauer brach über ihn herein. Seine Mutter hatte das Schildchen in dem kleinen Zimmer oben angenäht, wo sie auch bügelte und dazu fast immer ein Hörspiel im Radio laufen ließ. Er sah sie vor sich: Den

Kopf etwas zur Seite geneigt, so daß ihre blonden Locken auf die Schultern fielen. Er sah ihr hübsches Gesicht, das immer etwas müde und traurig aussah.

Wie es ihr wohl jetzt ging? Manchmal konnte er ihre Anwesenheit fühlen. Sie war vor kurzem in seinem Zimmer gewesen, als er in den Ferien seine Experimente durchgeführt hatte. Er spürte, daß sie das gut fand. Solange sie lebte, hatte er sie seine Experimente nie sehen lassen, weil er wußte, wie zimperlich sie war. Aber jetzt, wo sie tot war, war es in Ordnung.

»He, Harve, kommst du?«

Er packte den Schläger. Dann rannten sie über den Steinboden und den Weg zum verrosteten Fahrradschuppen hinab.

»Zu Fuß sind wir schneller«, meinte Powell. »Wir richten uns nach der Sonne und nehmen die Luftlinie.«

»Dann nehmt ihr unsere Schläger mit«, erklärte Dacre. Er holte sein weißes Claude-Butler-Rennrad heraus und schwang sich auf den Sattel. Dann fuhr er wie verrückt klingelnd auf Harvey zu. »He, Harve, was ist los? Du pennst heute wohl noch halb, was?«

»Der pennt doch fast immer«, sagte Powell.

Es klapperte, als Dacre über das rauhe Gras dahinschoß, dann an der Seite des Hauses in die Pedale trat und, ohne zu schauen, auf die Straße fuhr. Dann machte er einen Bogen und kam zurück. »Komm schon! Ich soll in zwei Minuten werfen!«

»Kannst dich selber wegschmeißen«, rief Powell.

Harvey stieg auf sein blaues Raleigh, steckte unbeholfen die Kricketschuhe mit den Spikes in die Pedalgurte und fuhr los. Dacre schoß auf ihn zu. Irritiert wich er aus, erwischte dabei aber noch eine Nase voll Deodorant.

»Ein Rennen, Harve. Wer als letzter kommt, ist ein Arsch!« Dacre zischte ab. Harvey schaltete, daß die Kette krachte. Dann raste er am Haus vorbei hinter Dacre her. Dacre bog auf die Straße. Harvey hörte die Autohupe, als er dicht hinter ihm war.

Aus dem Augenwinkel sah er den Wagen. Er schien stillzustehen wie auf einer Fotografie. Er konnte die Einzelheiten so genau erkennen, daß er überrascht war. Es war ein großer, grüner Ford mit blitzendem Chromgrill. Eine Frau fuhr. Ihre Haare waren so gelockt, als käme sie direkt vom Friseur. In der linken Hand hielt sie eine Zigarette zwischen den knochigen Fingern mit den Ringen. Ihre roten Lippen formten einen Kreis, als habe sie gerade einen Rauchring ausgestoßen. Er sah aber zuviel Weißes in ihren Augen, viel zuviel. Ihre Augen schienen gleich rauszufallen.

Das Foto wechselte, als zeige ein Projektor das nächste Dia. Das Auto war jetzt ein Schatten hoch über ihm. Irgendwo schrie jemand: »Harve! Paß auf!«

Dann hatte er das Gefühl, gegen eine Ziegelmauer geprallt zu sein. Er wurde in die Luft geschleudert. Jetzt sah er das Gesicht der Frau noch näher. Die hervorquellenden Augen traten noch weiter heraus. Er betrachtete sie von oben durch die Windschutzscheibe. Sie hatte die Hände vors Gesicht geschlagen. Er konnte sie schreien hören.

Der Projektor klickte und brachte eine Nahaufnahme von der Windschutzscheibe. Eine Sekunde ehe er den Krach hörte, spürte Harvey in seinem Körper ein Knacken und Knirschen. Die Scheibe explodierte um ihn herum in glitzernde, helle Funken. Sie schienen sich glühend heiß in sein Gesicht und die Hände zu bohren, an Millionen von Stellen gleichzeitig.

Dann wurde er durch die Luft geschleudert, und die Funken fielen unter ihm zu Boden. Noch etwas fiel herab: ein riesiger Schatten. Zuerst dachte er, es sei das Fahrrad oder der Kricketpullover oder seine Hosen. Er schaute zu, wie das dunkle Etwas in die Funken fiel, dann auf die Kühlerhaube des Fords aufschlug, abprallte und wie eine Stoffpuppe durch die Luft wirbelte. Eine große Delle erschien auf der Haube, Farbe platzte ab. Der Schatten flog in die Luft, beinahe bis zu ihm, dann wieder hinab, krachte auf das Autodach, rutschte nach hinten auf den Kofferraumdeckel und fiel auf den Asphalt der Straße. Dort rollte er wie wild dahin und zuckte, als stünde er unter Strom, bis er am Randstein liegenblieb.

Harvey sah, wie die Frau heulend aus dem Auto stieg. Dacre sprang vom Fahrrad. Reckett rannte über die Straße. Er sah sein Fahrrad unter dem Vorderteil des Fords. Das Vorderrad ragte in seltsamem Winkel verbogen hervor. Mehrere Speichen waren zerbrochen. Das ärgerte ihn. Er überlegte, wie er das Rad reparieren lassen konnte, ohne daß sein Vater davon erfuhr.

»Harve? Harve? Bist du okay?« Dacre kniete neben dem Ding im Rinnstein, neben dem Ding, das von ihm abgefallen war. Dann stellte er fest, daß dies Ding interessanterweise er selbst war.

Er beobachtete seinen eigenen Körper. Beobachtete alles von oben. Er konnte sehen, wie Blut aus seiner Stirn floß.

»Unter keinen Umständen bewegen!« rief jemand.

»O mein Gott! Ich habe ihn getötet«, kreischte die Frau.

»Holt einen Krankenwagen!« sagte Dacre. Harvey sah, wie Dacre in Panik seinen Puls fühlte. Ob Dacre eine Ahnung hatte, wonach er suchte? Dann sah er Worral sein eigenes Rad hinschmeißen und ins Haus laufen. Er schrie: »Mr. Matthey, Mr. Matthey, Sir! Mr. Matthey, Sir, Sir!«

Harvey beobachtete, wie ein Austin aus der anderen Richtung kam und sofort anhielt. Ein Mann in blauem Blazer sprang heraus und lief über die Straße. »Ich bin Arzt«, erklärte er.

»Ich hab' ihn nicht gesehen!« schrie die Frau. »O mein Gott, ich hab' ihn nicht gesehen.«

Die Tür des Hauses ging auf. Eine Frau lief heraus. Das war Mrs. Matthey, die Frau des Hausvaters. Sie stolperte und fiel hin. Harvey beobachtete, wie der Arzt neben ihm kniete und ihm den Puls fühlte. Dann richtete der Doktor sich auf und schob die Hand unter sein Hemd auf die Brust übers Herz. Dann öffnete der Arzt mit Gewalt seinen Mund und griff hinein. »Er hat die Zunge verschluckt«, erklärte er aufgeregt. »Hat schon jemand einen Krankenwagen gerufen?«

»Jawohl, Sir«, antwortete Dacre.

Der Arzt holte seine Zunge heraus. Harvey konnte erkennen, daß sein Gesicht blau war. »Wie lange liegt er bereits hier?« fragte der Arzt. Seine Bewegungen waren schnell und methodisch.

»Nur ein paar Sekunden.«

Der Arzt legte Harvey flach auf den Rücken, preßte die Hände zusammen und drückte kräftig auf Harveys Brust. Dann noch mal – stärker. Er musterte Harvey eine Sekunde und drückte wieder – und wieder und wieder. Seine Bewegungen wurden zunehmend hektischer.

Die Frau des Hausvaters lief herbei und fragte atemlos: »Ist er in Ordnung? Ist er in Ordnung?«

Der Doktor antwortete, ohne mit der Wiederbelebung aufzuhören: »Nein, er atmet nicht.«

»Mir geht's gut«, erklärte Harvey. »Ehrlich, mir geht's gut.« Aber sein Mund bewegte sich nicht. Es kam kein Ton heraus. Wieder versuchte er zu sprechen; aber da wurde er plötzlich nach oben gesaugt. Er wurde vom Unfallort weggezerrt, wollte aber nicht fort. »Nein!« schrie er. »Nein!« Aber aus dem Mund dieses reglosen Körpers zwischen den Knien des Arztes kamen keine Worte. Dunkelheit umgab ihn. Es wurde kalt, eiskalt. Angst überfiel ihn. Die Wände eines Tunnels engten ihn ein und saugten ihn wie ein Insekt weiter, das in einen Ausguß gespült wird. Er drehte sich immer schneller in einem schwarzen Strudel.

Er hatte den Eindruck, als würde er ewig herumgewirbelt. Es wurde immer kälter. Dann sah er einen winzigen Lichtpunkt in der Ferne und spürte einen ersten Hauch von Wärme.

Das Licht wurde größer, und mit ihm spürte er die Wärme, die ihn begrüßte, ihn durchdrang, seine Ängste schmelzen ließ, ein Teil von ihm wurde und ihm eine merkwürdige neue Energie verlieh.

Dann war er völlig in das Licht eingetaucht. Der Tunnel war verschwunden. Er bewegte sich nicht mehr. Das Licht war sehr hell, blendete ihn aber nicht. Es schien durch ihn hindurchzufließen, wie es die Wärme getan hatte. Er spürte, daß jemand in diesem Licht in seiner Nähe war, den er aber nicht sehen konnte.

Einen Augenblick lang hatte er das Gefühl von Ekstase. Er wollte hier an diesem Ort, in diesem Licht bleiben und nie mehr fortgehen.

Dann sprach eine Männerstimme sanft, aber tadelnd: »Was fällt dir ein, Harvey? Du hältst dich wohl für sehr gescheit?«

Die Stimme jagte ihm einen kalten Schauer über den Rücken. Sie kühlte auch das Licht ab, das verblaßte und wegzufließen schien. Schließlich stand er auf einer Art Waldlichtung unter einem grauen Himmel. Er kam sich nackt vor und hatte das

Gefühl, als stünden ringsum Menschen, die ihn beobachteten. Er drehte sich um. Da war nichts – nur leere Felder erstreckten sich bis zum Horizont.

Dann hörte er die Stimme seiner Mutter.

»Liebling!«

Eine Gestalt kam auf ihn zu. Zuerst war sie verschwommen und blaß, doch dann wurde sie dunkler und deutlicher, je näher sie kam. Eine Frau schritt langsam, elegant und mühelos dahin, als habe sie jede Menge Zeit, ihn zu erreichen.

Plötzlich konnte er sie ganz klar sehen. Da war das vertraute, blonde Haar und das heitere Lächeln. Sie trug das Sommerkleid, das ihm immer besonders gefallen hatte. Ein Gefühl unendlicher Freude durchdrang ihn. Er streckte die Arme aus und wollte auf sie zulaufen. »Mami!« rief er. Aber seine Stimme klang seltsam gedämpft, als befände er sich unter Wasser. Er konnte sich nicht rühren, stand nur reglos mit ausgestreckten Armen da und versuchte, sie zu erreichen, zu halten, zu liebkosen.

Ein paar Meter vor ihm blieb sie stehen und lächelte ihn voller Liebe an. »Du mußt zurückgehen, Liebling«, sagte sie.

Aus dem Grau hinter ihr tauchten andere, dunkle Gestalten auf, die keine Gesichter hatten.

»Mami, wie geht es dir?« Er wollte zu ihr laufen, konnte sich aber nicht bewegen.

»Liebling, Gott ist sehr unglücklich über dich.«

»Warum?« fragte er tonlos.

Die dunklen Schemen kamen näher, umringten ihn bereits, drängten sich zwischen ihn und seine Mutter.

»Weil du –« Ihre Worte verklangen. Sie schrie laut, als müßte sie eine Menschenmenge übertönen, aber die Worte wurden von den dunklen Schatten aufgesaugt.

»Warum?« Wieder versuchte er, zu ihr zu laufen, aber eisige Hände zogen ihn zurück. »Warum?« schrie er.

Die Schatten zerrten an ihm.

»Laßt mich mit ihr sprechen! Laßt mich los!«

»Du mußt zurückgehen«, sagte eine Stimme.

»Sie will dich nicht«, sagte eine andere.

»Sie will dich nie wiedersehen«, sagte eine dritte.

»Ihr lügt!« schrie er und versuchte, sich aus den eisigen Händen zu befreien, die an ihm zerrten. Er spürte ihren Atem, der so kalt wie die Luft in einer Gefriertruhe war. Das Licht wurde schwächer.

Er fiel.

3

Montag, der 22. Oktober 1990

Kate Hemingway wurde durch das Klicken des Radios um halb sieben Uhr morgens aus einem quälenden Traum erlöst. Sie hörte sich wie jeden Morgen die Schlagzeilen an, drückte dann auf den Schlummerknopf und genoß noch einige Minuten die Stille und das warme Bett. Dabei kämpfte sie dagegen an, daß der Traum ihrem Bewußtsein entglitt.

Es war einer der Angstträume, die sie zur Zeit fast jede Nacht hatte: Probleme mit ihrem neuen Job oder ihrer Schwester Dara oder wegen der gerade erst beendeten, katastrophalen Beziehung.

Kate Hemingway war vierundzwanzig Jahre alt und einen Meter dreiundsechzig groß. Sie war in Boston geboren, schlank und kräftig, hatte graublaue Augen, aus denen Leben sprühte, starke Wangenknochen, eine kleine, gerade Nase und einen lächelnden Mund mit guten Zähnen, die sie sehr pflegte. Ihr langes, strohblondes Haar trug sie modisch leicht zerzaust. Mit ihrer frischen, gesunden Hautfarbe sah sie wie die Prachtausgabe einer amerikanischen Collegestudentin aus, die nur bei ganz wenigen Männern kein Interesse und bei vielen Frauen Neid erregt.

Kate war intelligent, las viel und genoß es zuweilen, allein zu sein. Zwei Dinge fehlten ihr: Selbstvertrauen und ein fester Freund. Durch den Sarkasmus und die Verachtung, die sie während ihrer Kindheit von der älteren Schwester Dara erfahren hatte, auch durch die Tatsache, daß ihre Eltern ihr Dara immer vorzuziehen schienen, war sie so geschunden worden, daß sie sich ihrer eigenen Fähigkeiten nicht sicher war. Sie glaubte nicht einmal, attraktiv auszusehen, und arbeitete hart, um ihre Figur zu behalten. Sie aß vernünftig, machte aber keine Modediäten mit, da sie gutes Essen und Trinken liebte und davon auch eine Menge verstand – und joggte an Wochenenden.

Im Augenblick verlief ihr Leben angenehm. Zum ersten Mal seit langer Zeit. Sie hatte eine Arbeit, die sie liebte, in einer Stadt, die ihr bereits gefiel, obwohl sie erst vor kurzem als Fremde hierhergekommen war, und sie wohnte in einem Apartment, das sie selbst eingerichtet hatte, worauf sie sehr stolz war.

Nach drei Monaten in ihrem neuen Job als Reporterin für die Lokalzeitung, die *Sussex Evening News*, fand sie die Arbeit immer noch interessant, eine Herausforderung, auf die sie sich jeden Tag freute. Sie war glücklich, bei einer Zeitung zu sein, die ein gutes Sprungbrett zur Fleet Street sein konnte. In Qualität und Informiertheit unterschied sie sich beträchtlich von dem Wochenblättchen, für das sie vorher in Birmingham gearbeitet hatte.

Kates Selbstvertrauen wuchs, und die Wunden der letzten Beziehung heilten langsam. Den Job bei den *News* zu bekommen, war eine echte Karrierechance gewesen, auch wenn ihre ältere Schwester, die satt und zufrieden in ihrer Doppelhaushälfte in Washington saß, dies nie verstehen würde. Dara rümpfte über sie die Nase, weil sie nicht verheiratet war und keine Kinder hatte und auch sonst nicht weit gekommen war. Dara war Wirtschaftswissenschaftlerin und hatte einen reichen Rechtsanwalt geheiratet, der auf dem besten Weg war, Senator zu werden. Sie hatte drei Musterexemplare von Kindern und wies Kate in ihrer überaus subtilen Art ständig darauf hin, daß sie schon immer gesagt habe, daß Kate im Leben versagen würde. Manchmal hatte Kate Angst, daß die Schwester recht behalten könnte.

Tony Arnold war eine Katastrophe gewesen. Die Beziehung eine einzige Pleite. Trotzdem dachte sie immer noch an ihn, wenn sie Paco Rabanne auf der Straße roch. Sie hatte immer noch eine Schwäche für ihn, verdammt noch mal! Kate machte sich gern vor, daß sie nicht wisse, wie die Affäre eigentlich angefangen hatte, aber sie wußte, daß sie sich damit selbst belog. Er war stellvertretender Redakteur beim *Birmingham Messenger* gewesen. Damals war sie zweiundzwanzig gewesen und hatte diese Position für ungeheuer imposant gehalten. Sein Interesse hatte ihr daher anfangs auch geschmeichelt.

Davor hatte sie noch keine Affäre mit einem verheirateten Mann gehabt. Zuerst war es ein Spiel gewesen. Sie merkte nicht, wie sehr sie sich in ihn verliebte. Achtzehn Monate lang spielte sie getreulich die Verschwörerin und hielt alles geheim. Sie kochte Mahlzeiten für ihn, die er aus Zeitmangel nie aß. Sie wartete an Wochenenden geduldig, daß er sich mal eine Stunde freimachen konnte. Die ganze Zeit über erzählte er ihr, daß seine Ehe kaputt sei, und von seiner gemeinsamen Zukunft mit ihr.

Dann war sie an einem Samstag zufällig im Supermarkt auf ihn und seine Frau gestoßen, wie sie Arm in Arm gingen, gefolgt von den drei süßen Kindern. Bei dem kurzen Blick, den sie wechselten, erkannte Kate plötzlich, wie wenig Ahnung sie vom Leben hatte.

Kurz danach bot man ihm eine Stellung als Redakteur bei einer Zeitung in Schottland an. Er schlug ihr nicht vor, mitzukommen, sondern empfahl sie wärmstens weiter, als bei den *Sussex Evening News* etwas frei wurde. Sie hatten beide den *Birmingham Messenger* innerhalb einer Woche verlassen, und sie hatte seitdem nichts mehr von ihm gehört.

Kate war mit vierzehn Jahren nach England gekommen, zusammen mit ihren Eltern und Dara. Sie hatte einen älteren Bruder, Howie, der bei einem Segelunfall ertrunken war. Es war dieser Unfall gewesen, der zum Umzug geführt hatte. Ihr Vater, Dozent für Englisch an der Harvard University, hielt den Ortswechsel für eine gute Therapie und hatte daher eine zweijährige Gastdozentur an der University of London angenommen, aus der fünf Jahre wurden.

Sie führten in einem zugigen viktorianischen Haus in Highgate ein unkonventionelles Leben. Ihre Mutter war ein typisches Kleinstadtmädchen, das in den Sechzigern mit halb Amerika ausgestiegen war, weil man das damals eben tat. Kate war nicht sicher, ob es an der schlechten Heizung, der spartanischen

Möblierung mit Sisalläufern auf dem Eichenbretterfußboden und den selbstgehäkelten Decken an den Wänden, oder den Hasch rauchenden Studenten, die bei ihnen wohnten, weil sie die Miete allein nicht aufbrachten, die ständig die Milch tranken und das Brot aßen und dreckiges Geschirr stehen ließen oder daran, daß ihr Vater die »freie Liebe« großzügig praktizierte, gelegen hatte, daß ihre Mutter schließlich mit einem netten, aber langweiligen Ingenieur davonlief, der ein gemütliches, modernes Haus in Cheam bewohnte. Er wurde bald danach Projektleiter in Hongkong. Dort lebte ihre Mutter jetzt mit ihm.

Kate war in England geblieben, als ihr Vater nach Boston zurückging. Dara hatte ein Stipendium für Berkeley bekommen. Kate war sich bewußt, daß sie auch geblieben war, um sich selbst und Dara zu beweisen, daß sie sich aus dem Schatten der Schwester lösen konnte.

Vom Englischen Kanal wehte ein kalter, salziger Wind und trieb das Laub die dunkle Straße hinab. Er rüttelte an den Schiebefenstern der terrassenförmig angelegten Häuser. Kate spürte die kalte Luft im Gesicht und schob sich widerwillig ein Stückchen höher an den harten Stäben des Messingbetts empor. Die letzten ungelesenen Teile der *Sunday Times* rutschten von der Daunendecke und fielen auf den Zeitungsstapel am Boden.

Sie schwang die Beine aus dem Bett und stand fröstelnd auf dem weißen Langflorteppich. Sie schüttelte das zerzauste Blondhaar aus dem Gesicht und schlang sich die Arme um den Oberkörper, um etwas Wärme im Nachthemd zu halten. Dann ging sie zum Schiebefenster, schob es hoch und kämpfte mit dem Riegel des Außenfensters. Endlich gelang es ihr, diesen auch zu schließen, ohne viel Haut an den Fingern einzubüßen.

Aus dem gußeisernen Heizkörper kam etwas Wärme, so daß die Scheiben schnell anliefen. Sie wischte mit den Fingern eine Stelle frei und starrte dann auf das trübe, achtstöckige Hauptgebäude der Friendly-&-Mutual-Versicherungsgesellschaft auf der anderen Straßenseite. Es war beleuchtet. Reinigungspersonal war bei der Arbeit. Einige Angestellte arbeiteten bereits.

Als Kate den einjährigen Mietvertrag für das unmöblierte Apartment vor drei Monaten unterschrieben hatte, war ihr klar, daß die Miete in diesem Haus wegen der fehlenden Aussicht so niedrig war. Aber es hatte ihr nichts ausgemacht, weil sie bei der langen Arbeitszeit nur wenig zu Hause sein würde. Außerdem hatte sie noch nie eine schöne Aussicht gehabt.

Das Wohnzimmer hatte es ihr auf den ersten Blick angetan. Es war ein großer, luftiger Raum mit einem tiefen Erker und einem eleganten offenen Marmorkamin, der funktionierte und noch die Originalstuckverzierungen hatte. Dieser Raum war wie geschaffen, all den Krimskrams auszustellen, den sie so gern kaufte. Hier konnte man lesen, fernsehen oder Feste feiern. Die Küche war klein, aber sauber und modern. Dann gab es noch einen engen Flur und ein Schlafzimmer, das nicht allzugroß war, aber gute, tiefe Einbauschränke hatte, sowie ein Badezimmer.

Es war für Kate die erste unmöblierte Wohnung. Sie war froh, daß ihre Farbwahl so gut getroffen war. Der Vormieter hatte eine Schwäche für Giftgrün und Dschungeltapeten gehabt. Während der drei Monate hatte Kate die Tapete von den Wänden gelöst und alles neu tapeziert und gestrichen. Alles, was Holz war, sowie den Stuck, hatte sie weiß gestrichen. Die Wände im Wohnzimmer waren terrakottafarben, im Schlafzimmer aprikosenrosa. Im Bad waren die Armaturen avocadofarben. Hier hatte sie sich für Weiß mit einem Hauch Apfelgrün entschieden.

Die weichen geometrischen Vorhänge stammten von Laura Ashley, und das bequeme Sofa war zweite Wahl von Habitat. Den beigen Teppichboden hatte sie mit der Wohnung übernommen. Er sah besser aus, nachdem sie ein paar bunte Teppiche darübergebreitet hatte, die sie auf dem Flohmarkt erstanden hatte.

An die Wände hängte sie alte, gerahmte Reklameposter, Theaterplakate und einige Schwarzweißfotos, die sie als Teenager gemacht hatte, als sie noch davon träumte, Fotografin zu werden. Die Aufnahmen waren hervorragend.

Nach dem Frühstück aus Müsli, fettarmem Joghurt, Apfelsaft und Tee überflog sie den *Independent* und schaute ins Fernsehprogramm, ob etwas dabei war, was sie aufzeichnen wollte. Dann öffnete sie die Post.

Ein Brief von ihrer Mutter, eine Beitragsmahnung von Greenpeace und eine Postkarte einer Freundin vom *Birmingham Mes-*

senger, in der Türkei abgestempelt. Ihre Mutter schrieb einmal pro Woche. Kate antwortete ungefähr einmal pro Monat – manchmal aber auch nicht so oft. Dann erinnerte sie ihre Mutter an fällige Briefe, wenn sie telefonierten. Das war normalerweise Sonntag nachmittag, wenn Kate aus irgendeinem Grund meist deprimiert war.

Seit ihre Mutter weggezogen war, hatte sich ihre Beziehung verbessert und war enger geworden. Es war, als seien sie die Schwarze-Schaf-Hälfte der Familie und Vater und Dara Mr. und Miss Perfect.

Gestern abend hatte ihre Mutter angerufen. Es ging ihr gut. Sie war glücklich und schien die Schuldgefühle überwunden zu haben, weil sie Kates Vater verlassen hatte und in dem vorgerückten Alter noch einen völlig neuen Lebensstil angefangen hatte. Kate machte sich Sorgen, daß sie bei dem sich zuspitzenden Golfkonflikt in Hongkong abgeschnitten sein könnte. Sie hatte Angst, daß auf der ganzen Welt Krieg ausbrechen könnte und Reisen unmöglich sein würden.

Ihre Mutter sagte Kate, daß sie froh sei, daß Kate aus Birmingham in die kleinere Stadt Brighton gezogen sei, da es dort viel sicherer wäre.

Bald würde ihre Mutter herausfinden, wie sehr sie sich geirrt hatte.

4

Bilder kamen und gingen. Harvey Swire hörte das Klappern der Fahrradpedale, das Quietschen der Bremsen und den Schrei der Frau durch die Windschutzscheibe. Der Schrei brannte sich in die Dunkelheit, fraß alles auf, bis fahles, gedämpftes Licht schien. Harvey schrie immer noch, als er die Augen öffnete.

Die Umrisse eines Gesichts wurden deutlich, wie ein Bild auf einem Polaroidfoto. Ein Mädchen, nicht viel älter als er, ziemlich hübsch, mit einer winzigen Stupsnase wie Angie, aber mit straff zurückgekämmtem Haar. »Alles in Ordnung«, sagte sie. »Alles in Ordnung.« Ihre Stimme war weich und beruhigend. Dann wurde das Gesicht deutlich. Der Mund veränderte mehrmals blitzschnell die Form. Er hörte jemanden in der Nähe sprechen. Dann wurde ihm klar, daß beides zusammengehörte. Es war wie ein Film, bei dem die Tonspur falsch lief.

Er versuchte, die Hände an die Ohren zu halten. Er war verwirrt. Als ob er etwas so einstellen könnte, daß die Situation bereinigt wäre. Doch sein linker Arm bewegte sich nicht. Die Brust schien in einer eisernen Klammer zu stecken. Er entdeckte seinen Arm über sich, ein verschwommener weißer Fleck. Die Stimme drang wieder auf ihn ein.

»...lange Zeit. Jetzt? Besser... wir? Schlafen?«

Die junge Frau erinnerte ihn an Angie. Die herrische Angie, die seine Hände wegschob und ihm ein schnelles Küßchen auf die Wange gab. Angie, die ihm wütend eine runtergehauen hatte, in echter Wut, nicht in gespielter Empörung. Dann hatte er sie gepackt, kräftig gepackt.

Sein Gesicht brannte. Aber Angie verblaßte. Die Ohrfeige war woanders, ein anderes Spiel, ganz weit weg. Er hatte das Gefühl, als seien seine Wangen mit Watte ausgestopft und er spähe aus einer dunklen Höhle heraus an ihnen vorbei. Das Gesicht wurde unscharf, dann wieder scharf. Jemand schob sich dahinter. Ein älterer Mann mit grauen Haaren in einem roten Morgenrock mit türkischem Muster. Er hustete.

»Schock... lebendig... sein... Fahrrad... Glück.«

Harvey lächelte leer mit dick geschwollenen Lippen. In seinem Kopf war wieder das Bild des Autos und das Gesicht der Frau durch die Windschutzscheibe. Er sauste am Haus vorbei hinter Dacre her, direkt vor ein Auto. Er flog durch die Luft. Blieb in der Luft.

Kaltes Wasser wirbelte in ihm hoch. Er schluckte. Jetzt spürte er eiskalten Schweiß. Er konnte in ihren Augen sehen, daß sie die Veränderung bemerkt hatte, das Alarmsignal.

»Schon gut«, sagte sie. »Alles wird gut.«

Jetzt konnte er sie deutlicher erkennen. Er konnte sehen, wie ihre Brüste gegen den Kittel drückten. Plötzlich fühlte er einen Anfall von Lust, der aber sofort schwächer wurde und verging.

Er zitterte plötzlich vor Angst. Angst, daß er tot sei. »Wo bin ich?« fragte er.

Sie trug einen weißen Kittel. Eine Uhr hing an einer kurzen Kette am Revers. Ihr Name war auf ein Schild aufgedruckt, das am anderen Revers steckte. Anthea Barlow. »Besser. Mehr Schlaf.« Ihre Stimme war immer noch nicht synchron. Es verwirrte ihn, vergrößerte seine Angst. Tot. Ich bin tot. Er zitterte.

Sie beugte sich über ihn. Ihr Gesicht schmolz, Kügelchen fielen wie Wachs heraus. Er wich zurück, schrie wieder laut; aber sie kam trotzdem näher, wollte sich mit ihm vereinigen, ihn schmelzen. Ein Stich in seinem Arm. Er schien anzuschwellen, und die Finger schienen dick zu werden. Eine Welle der Übelkeit überfiel ihn.

»Das wird die Schmerzen wegnehmen«, sagte eine Stimme, irgendeine Stimme. Er wußte nicht, wessen Stimme. Er schlief.

Als er wieder aufwachte, war alles klarer. Er war in einem kleinen Krankensaal und konnte den Himmel durch ein großes, schmutziges Schiebefenster sehen, das trotz des herrlichen Sonnenscheins geschlossen war. Ihm gegenüber standen vier, vielleicht fünf Betten. Mehrere Besucher drängten sich direkt gegenüber von ihm, so daß er den Kranken nicht sehen konnte. Jemand hielt einen Blumenstrauß. Sein linker Arm tat weh. Irgendwo im Rükken saß auch ein stechender Schmerz, als läge er auf etwas, das brannte.

An der rechten Hand hatte er Abschürfungen. Einige Pflasterstreifen klebten darüber. Manche Nägel waren eingerissen. Er sah sich suchend nach einer Nagelfeile um.

Dann erschrak er, als er seinen Vater auf dem Mittelgang kommen sah. Er ging kerzengerade, mit hocherhobenem Kopf und den Händen auf dem Rücken, als gehöre ihm hier alles. Er trug einen karierten Anzug, ein rosa Seidenhemd mit Op-Art-Muster, eine weiße Krawatte und schwarze Slipper. Sein Haar – oben hatte er schon eine Glatze – war grau und zu lang. Es lockte sich über den Ohren und über dem Hemdkragen. Harvey wünschte, sein Vater würde nicht immer so angeberisch aussehen.

Sein Vater blieb am Bettende stehen. In seinem Gesichtsausdruck lag mehr Wärme als sonst. »Wie fühlst du dich, alter Junge?«

»Okay«, brachte Harvey heraus. Es gelang ihm ein Lächeln.

»Das war aber knapp.«

»Ich war blöd. Ich hab' nicht geschaut.«

Die Stimme seines Vaters wurde barscher. »Verdammt dämliches Radkunststück, habe ich gehört.«

»Wie lange muß ich hierbleiben?«

»Ein paar Wochen. Du hast einen Arm und zwei Rippen gebrochen. Die Rippen brauchen Zeit, um zusammenzuwachsen. Außerdem hat dein Kopf auch einen ziemlichen Schlag abbekommen.«

»Wo bin ich?«

»In Guildford. Im Surrey County Hospital.«

»Ist mein Fahrrad in Ordnung?«

Etwas glitzerte. Er hörte ein Klicken und sah, wie sein Vater eine Players ohne Filter aus dem silbernen Zigarettenetui nahm, das Etui zuklappte und mit dem Ende der Zigarette dagegen klopfte. »Ich glaube kaum, daß davon noch viel übrig ist, so wie man's mir beschrieben hat.« Er steckte die Zigarette in den Mund und zündete sie mit seinem goldenen Ronson an.

Harvey sah zu, wie er sein übliches Ritual absolvierte: Er ließ den Rauch aus dem Mund quellen, dann sog er ihn ein und stieß ihn langsam durch die Nase wieder aus. Süßliche, blaue Rauchwölkchen schwebten um Harvey. Er inhalierte sie dankbar. Der Geruch war zu verlockend.

Was fällt dir ein, Harvey? Du hältst dich wohl für sehr gescheit!

Die Stimme erschreckte ihn, als hätte jemand direkt in sein Ohr gesprochen. Jetzt kam die Erinnerung zurück, vollständig. Der Tunnel. Das Licht. Seine Mutter.

Du mußt zurückgehen, Liebling.

Versuch, zu ihr zu laufen. Die dunklen Schatten versperren den Weg.

»Wenn dein Rad kaputt ist, dein Pech. Ich kaufe dir kein neues. Du hast verdammt Glück gehabt, daß du noch lebst.« Sein Vater suchte nach einem Aschenbecher.

»Ich sah Mutter.«

Sein Vater verzog das Gesicht. »Du hast was?«

»Ich sah Mutter.«

Das Gesicht seines Vaters lief rot an. »Gütiger Gott, Junge. Deine Mutter ist tot.«

»Es geht ihr gut. Ich sah sie. Sie sagte mir, daß ich zurückgehen muß.«

»Das ist doch hirnverbrannter Blödsinn, Junge.«

»Ist es nicht, Vater. Ich habe sie wirklich gesehen.«

»Du hast einen Schlag auf den Kopf bekommen und bist operiert worden. Die haben alle möglichen Medikamente in dich hineingepumpt. Du hast Halluzinationen gehabt.«

»Es war keine Halluzination.«

Sein Vater sah auf die Uhr. »Ich muß gehen.« Seine Lippen zitterten. Harvey hatte immer Angst, wenn sein Vater wütend war. »Ich besuche dich morgen wieder. Brauchst du irgend etwas?«

»Bücher und ein paar Sachen.«

»Ich bringe dir lieber Schulbücher, wenn du hier ein oder zwei Wochen liegst, kannst du schon fürs Examen lernen.«

Harvey war erschöpft, nachdem sein Vater gegangen war. Sprechen war anstrengend. Jedes Wort war zuviel. Er döste ein. Als er aufwachte, stand ein Mann in weißem Kittel am Bettende. »Na, wach?«

Harvey nickte und schlief nach einer Weile wieder ein.

Als er wieder aufwachte, sah er zu seiner Überraschung Angie am Bett sitzen. Sie trug einen Minirock, der kaum ihr rosa Höschen bedeckte. Ihre Beine waren braungebrannt. Auch ihr Gesicht war gebräunt. Sommersprossen zeigten sich. Sie schob das feine, blonde Haar aus den Augen und lächelte ihn an. Sie hielt eine Papiertüte und eine alte Stoffpuppe mit Mütze in den Händen.

Sein erster wacher Gedanke war: Wie kann sie nur so dasitzen, mit dem Rock bis zum Hintern hochgeschoben und dann wütend werden, wenn ich nur ihre Titten anfassen will?

Dann kam ihm die Erinnerung. Abscheu und Scham vermischten sich. Er überlegte, warum sie sich überhaupt die Mühe gemacht hatte, herzukommen. Statt zurückzulächeln und sie zu begrüßen, dachte er nur trotzig: *Schwanzkitzlerin!* Beim nächsten Mal würde er nicht aufhören, gleichgültig, wie laut sie schrie und fluchte oder biß. Reckett, der Kraftprotz, der herumprahlte, er habe mit zwölf die Jungfräulichkeit verloren, behauptete, Weiber liebten es, rauh behandelt zu werden, es geile sie auf. Vielleicht war das die Antwort. Vielleicht hatte er es so gemacht, und bei ihm hatte es funktioniert. Vielleicht war Angie deshalb gekommen.

»Hallo«, sagte sie. Irgend etwas an ihrem Äußeren war anders. Sie hatte sich herausgeputzt und dicke schwarze Striche unter die Augen gemalt. Sie sah älter aus, viel älter als sechzehn; aber das allein war es nicht. »Ich habe dir Fred mitgebracht, damit er auf dich aufpaßt.« Sie legte die Puppe auf sein Bett. Dann nahm sie die Tüte. »Ich war nicht sicher, was ich mitbringen sollte. Hier ist ein James-Bond-Roman und türkischer Honig. Du magst doch türkischen Honig, oder?«

Harvey sagte nichts. Das Make-up störte ihn. Es gab ihm einen Stich, daß sie es nicht für ihn aufgelegt hatte.

»Ich habe dir vor kurzem geschrieben.«

»Hab' ich bekommen.«

Wieder schob sie ihr Haar nach hinten. »Wie fühlst du dich?«

Er zuckte eine Schulter. »Ziemlich dämlich. Woher weißt du überhaupt –«

»Ich – ich hab's gehört.«

Er versuchte, sich etwas aufzusetzen; aber das tat zu weh.

»Soll ich dir helfen?«

Er schüttelte den Kopf. Er hörte, wie ein Vorhang weggezogen wurde. Ein Mann rang nicht weit von ihm nach Luft. Dann hörte er eilige Schritte und das Rollen eines Servierwagens.

»Wie ist es passiert?« fragte Angie.

»Ich hab' nicht aufgepaßt.« Wieder liefen die Bilder ab. Die Windschutzscheibe. Schweben. Das Entsetzen auf dem Gesicht der Frau. Er schloß die Augen und machte sie wieder auf. Dann starrte er leer auf die Bettdecke vor seinem Kinn.

Sie wollte gerade etwas sagen, als ein selbstsicherer Mann in grauem Anzug, mit krausem Haar und einer Yachtclubkrawatte am Ende des Bettes stehenblieb. Hinter ihm stand ein junger Arzt in weißem Mantel, bei dem aus einer Tasche ein Stethoskop baumelte. Neben ihm eine Schwester. Beide grinsten über einen Witz, den nur sie kannten.

»Würde es Ihnen etwas ausmachen, ein paar Minuten in den Tagesraum zu gehen?« fragte der Mann im grauen Anzug Angie. »Ich möchte einen Blick auf diesen jungen Mann werfen.«

Angie schaute Harvey unsicher an. »Soll ich warten?«

Er nickte.

Die Schwester zog den Vorhang um sein Bett zu, und der junge Arzt nahm die Bettdecke weg.

Der Mann in Grau lächelte zu Harvey herab. »Ich dachte schon, mit dir wär's aus, als sie dich hierherbrachten. Ich bin Mr. Wynne, der Chirurg, der dich operiert hat. Ist dein Vater der Gynäkologe Quentin Swire?«

»Ja.«

»Wir waren zusammen am Queen's.« Plötzlich wurde sein Gesicht ernst. Seine Augen bohrten sich in Harvey. »Ein Arzt fuhr zufällig vorbei, als du den Unfall hattest. Er sagte, du hättest deine Zunge verschluckt und nicht mehr geatmet, als er zu dir kam. Du hattest verdammt viel Glück, daß er vorbeigekommen ist, sonst wärst du nämlich jetzt nicht hier. Wir werden ein paar Tests machen, um zu sehen, ob alles in Ordnung ist. Wir wissen nicht, wie lange du ohne Sauerstoff warst; aber bestimmt einige Minuten, was ich so hörte.« Er hielt eine Nadel hoch. »Ich werde dich ein bißchen in den großen Zeh pieksen. Sag mir, ob du das spürst.«

Harvey spürte einen scharfen Schmerz. »Au!«

»Gut«, sagte Wynne. »Jetzt den linken Fuß.«

Wieder schrie Harvey auf.

»Ausgezeichnet«, murmelte Wynne. Dann nahm er Harveys linkes Bein in die Armbeuge und schlug mit einem Gummihammer leicht aufs Knie. Dann leuchtete er mit einer Stablampe in jedes Auge und blickte genau hinein.

»Ich hab' gesehen, was passiert ist«, sagte Harvey ruhig.

Mr. Wynne zog die Brauen hoch und schaltete die Lampe aus.

»Ich sah den Doktor aus dem Auto steigen und zu meinem

Körper hinübergehen. Ich habe ihn genau beobachtet.« Harvey bemerkte die Verblüffung auf dem Gesicht der Schwester.

Der Chirurg schüttelte den Kopf. »Das mußt du geträumt haben, alter Junge.«

»Ich habe es nicht geträumt«, erklärte Harvey unnachgiebig. »Ich kann ihn beschreiben.«

Der Chirurg nickte ihm zu, weiterzusprechen.

»Er –« Harvey sah den Arzt genau vor sich, wie er aus dem Auto sprang und über die Straße lief. Dann löste sich das Bild in unzählige Einzelteile auf, wie Wasser, in das man einen Stein wirft. Er sah das Auto des Arztes; aber es überdeckte sich irgendwie mit dem Auto, in dem eine Frau saß und schrie. Er versuchte, die Erinnerung zurückzuholen; aber sie entglitt ihm.

Der Chirurg lächelte verständnisvoll. »Ich fürchte, du hast bei der Narkose eine ziemliche Keule abbekommen, alter Junge.« Er warf einen Blick auf das Krankenblatt, das am Bettende hing. »Du bekamst eine Ketamin-Narkose, weil du im Schockzustand eingeliefert wurdest. Davon kannst du noch tagelang Halluzinationen haben.«

»Ich habe keine Halluzinationen.« Harvey blickte hilfesuchend die Schwester an, aber ihr Gesicht war wie eine Maske. Durch einen Spalt im Vorhang sah er eine Frau mit Stoffhut, die eine Urne auf einem Servierwagen schob.

»Wie steht's denn mit deinem linken Arm?« fragte der Chirurg. Seinem Gesichtsausdruck nach war er in Gedanken schon bei etwas anderem.

»Ist in Ordnung.«

»Bist du Rechtshänder?«

»Ja.«

»Da hast du aber Glück. Den linken Arm kannst du nämlich die nächsten paar Monate nicht gebrauchen.«

»Ich sah es«, erklärte Harvey. »Ich – ich sah –«

Unter den forschenden Augen des Chirurgen wurde er unsicher und wußte nicht mehr, was er gesehen hatte. Er wollte dem Mann sagen, daß er seine Mutter gesehen hatte. Aber er wußte, daß das noch alberner klingen würde.

»Ich werde nach deinem Vater Ausschau halten«, sagte Mr.

Wynne. »Ich habe ihn zehn Jahre oder länger nicht mehr gesehen. Grüße ihn von mir. In ein paar Tagen komme ich wieder vorbei.« Er trat zurück, sagte etwas leise zu dem jungen Arzt und der Schwester und ging hinaus.

Die Schwester nahm das Krankenblatt, schrieb etwas darauf und klemmte es wieder am Bettgestell fest. Dann zog sie den Vorhang zurück und flüsterte dem Arzt etwas zu. Der kicherte. Dann folgten beide dem Chirurgen wie Hündchen an der Leine aus dem Saal.

5

Montag, der 22. Oktober

Kate Hemingway ging ins Büro wie fast jeden Morgen. Sie ging sehr schnell. Wenn sie das Haus verließ, wollte sie auch möglichst bald mit der Arbeit anfangen. Sie hatte ihre Handschuhe verloren und steckte deshalb die Hände tief in die Manteltaschen. Den Burberry-Trenchcoat aus den fünfziger Jahren hatte sie in einem Secondhandshop in Covent Garden gekauft. Er war etwas zu groß. Darunter trug sie ein zweireihiges Männerjackett aus demselben Laden, ein ungemustertes schwarzes Hemd und schwarze Leggins.

Make-up hielt Kate für Zeitverschwendung. Ihr Gesicht brauchte auch wenig, obwohl sie das nicht glaubte. Es hatte eine starke Knochenstruktur, und die natürliche Hautfarbe wurde durch Sommersprossen auf der Stirn und zu beiden Seiten der niedlichen Stupsnase betont. Kate konnte sich nicht gut schminken und legte daher, wenn sie Make-up benutzte, zu viel auf oder verschmierte alles, so daß sie mit dem wirren Blondhaar und ihrer Flohmarkt-Designer-Mode eher wie eine Collegestudentin aussah als wie eine Reporterin, die nach einer guten Story suchte.

Der Personaleingang war in einer Seitenstraße des Bürokomplexes, wo sich verschließbare Garagen und ein Baumarktgelände befanden. Hinter Kate stand ein Müllwagen. Das Quietschen des Hebegeräts zerschnitt die kalte, graue Morgenluft, als Kate die blaue Tür mit der Schulter aufschob und die schmutzige Eingangshalle mit Betonfußboden betrat. Vorn hing ein Feuerlöscher an der Wand, daneben eine Korktafel, auf der ein vergilbter Abschnitt des Arbeitsrechts mit Reißnägeln befestigt war. Neben der Stechuhr für die Drucker standen ein Regal für die Lochkarten und ein Schalter mit Maschendraht, an dem ein großes gedrucktes Schild hing: BESUCHERAUSWEISE. Zwei Sicherheitsbeamte saßen dahinter und unterhielten sich angeregt. Als Kate kam, schauten sie auf und grüßten freundlich.

»Hallo!« Sie winkte ihnen schnell zu und eile die Treppe hinauf. Aus den kahlen, blaugetünchten Wänden waren große Stücke Verputz herausgefallen. Sie ging durch den langen, engen Korridor an den Büros der Buchhaltung und des Verkaufs vorbei. Dann schaute sie auf die Uhr, eine Cartier-Imitation, die sie vor drei Jahren in Bangkok gekauft hatte. Acht Uhr fünfzig.

Sie ging schneller. Es roch nach altem Fett. Von hier führte eine Treppe zur Kantine hinauf und eine andere zur Druckerei und zum Vertrieb. Hier hingen eine Reihe von Mitteilungen an die Belegschaft: »Unfallmeldung – was ist zu tun?« Dann die wöchentliche Speisekarte: »Mon. Rindfleischeintopf; Die. Madras-Huhn, Curry.« Das Gebäude war ein Labyrinth. Kate war schon drei Monate hier, hatte die Geographie aber noch nicht ganz verinnerlicht. Es gab Leute, die das nach Jahren noch nicht geschafft hatten.

Kate drückte die Doppeltür auf und betrat die Nachrichtenredaktion. Der Raum nahm die gesamte Breite des Gebäudes ein. Übervolle Schreibtische standen entweder aneinandergereiht oder in Blocks zusammen. Jeder war mit einem Bildschirmgerät ausgestattet. Viele waren bereits besetzt. Im Raum herrschte eine Stimmung stiller Dringlichkeit wie jeden Morgen zu Arbeitsbeginn. Im Laufe des Tages verringerte sie sich mit jeder der sechs Zeitungsausgaben, die in die Druckerei wanderte.

Die Pfosten und Eisenträger sowie die Rohre für Heizung und Klimaanlage, die offen durch den Raum führten, waren rot gestrichen, um sie gegen die beigen Wände und den braunen Teppich und die ebenfalls braunen Schreibtische abzusetzen.

Graues Tageslicht drang durch die Fenster herein, durch die man auf beiden Seiten höhere Gebäude sah. Aus den an der Decke aufgereihten Neonröhren strahlte kaltes Kunstlicht. Im Hintergrund zischte ständig die Heizung. Hinzu kam das leise Klappern der Computertasten.

Sie kam an den Schreibtischen für Sonderartikel vorbei. Nur zwei waren besetzt. An einem leeren Schreibtisch klingelte pausenlos das Telefon. Niemand nahm ab. Vor dem Redakteur für Literatur stapelten sich Romane, vor dem Film- und Fernsehkritiker lagen haufenweise Videobänder. Die meisten Nachrichtenreporter waren da und arbeiteten. Die Zweitredakteure schufteten wie die Irren. In der Bildabteilung wurde eine hitzige Diskussion geführt. Zwei Schreibkräfte hatten die Telefone zwischen Ohr und Schulter geklemmt und tippten die eingehenden Meldungen in den Computer. Der verantwortliche Redakteur saß mit Stellvertreter und Nachtredakteur quer direkt hinter der Nachrichtenredaktion.

Kate hängte ihren Regenmantel an den Wandhaken hinten im Raum, setzte sich auf den Drehstuhl an ihrem Schreibtisch, stellte die Handtasche auf den Boden und lächelte Joanna Baines, einer anderen Reporterin, die ihr gegenübersaß, freundlich zu. Ihr fiel auf, daß weder Darren White noch Sharon Lever da waren, die an die Tische links von ihr gehörten. Joanna Baines hämmerte wie verrückt auf die Tasten. Neben ihr stieg der Rauch einer Zigarette empor. Sie hob die Hand, um den Gruß zu erwidern, schaute aber nicht auf.

Kate machte sich daran, das Chaos auf ihrem Schreibtisch zu sichten. Es war besonders schlimm, da sie am Samstag nicht hereingekommen war. Sie hatte Außendienst gehabt und über einen sexuellen Angriff auf eine Lernschwester und den Raubüberfall auf eine Exbürgermeisterin berichtet. Während ihrer Abwesenheit war der Papierstoß gewachsen.

Sie spießte erledigte Dinge auf einen Metalldorn. Ihr Schreibtisch war, wie alle anderen, aus Kunststoff mit Mahagonimuster, mit Metallbeinen und vier Schubladen. Sie fühlte sich hier beinahe so zu Hause wie in ihrer Wohnung, obwohl nichts Persönliches herumstand. Da lagen nur das schwarze Standardtagebuch, Papierstöße, jede Menge Schreibutensilien und der bereits eingeschaltete Bildschirm, auf dem sie der Befehl anstarrte: »Bildabruf – drücken!« Aber hier war ihr Platz, ihr vertrautes Chaos.

Sie drückte auf die Tasten und rief die Nachteingänge ab. Dann überflog sie die Nachrichten, die per Telex eingetroffen waren. Dabei konzentrierte sie sich auf Meldungen, die im Einzugsbereich der Zeitung in Sussex lagen. Wenn sie nicht auf eine bestimmte Geschichte angesetzt war, mußte sie allgemein an der Ausgabe mitarbeiten. Dabei hatte sie bei der Themenauswahl freie Hand.

Sie las: *Gerichtliche Untersuchung im Scaffold-Tod, Um Haaresbreite Flugzeugkatastrophe in Gatwick, Leere Bildschirme durch TV-Senderausfall, Ex-Polizist bei Drogenrazzia erwischt.*

Sie mußte heute noch zwei Berichte fertigmachen: die Geschichte über die Krankenschwester und die Ex-Bürgermeisterin, die im Krankenhaus lag. Sie nahm den Block aus der Handtasche und las die stenographischen Notizen durch. Aus dem Augenwinkel sah sie den Nachrichtenredakteur mit einem Computerausdruck auf sie zukommen. Er war ein ruhiger Mann, Mitte Dreißig, mit dünnem hellem Haar und einer verfrühten Stirnglatze. Er trug wie immer einen grauen Kammgarnanzug, der zwar modisch war, aber so aussah, als habe er darin geschlafen. Er ging leicht vornübergebeugt wie die meisten Journalisten. Das war Kate aufgefallen. Vielleicht kam das von den vielen Stunden, die sie über den Computer gebeugt saßen.

»Schönes Wochenende gehabt?« fragte er.

»Klar«, antwortete Kate. »Was davon übrigblieb.«

»Sie werden ein dickes Lob einheimsen«, sagte er.

»Was?« Sie strahlte.

»Die alte Dame, die überfallen wurde, die Exbürgermeisterin. Terry hat es sehr gefallen. Er will die erste Ausgabe damit aufmachen.« Terry Brent war der Chefredakteur.

»Mit Verfasserangabe?« fragte sie.

Er nickte.

»Irre! Das ist phantastisch!«

»Jetzt habe ich etwas für Sie. Es ist ein bißchen gruselig.«

»Ach ja?«

»Klopfgeräusche auf dem Friedhof.«

Sie zog die Brauen hoch und sah, wie er grinste. »Klopfgeräusche?«

Er gab ihr den Computerausdruck, den er mitgebracht hatte. Einen Augenblick lang begegneten sich ihre Augen. Kate schlug sofort den Blick nieder, weil es ihr peinlich war. Sie fand ihn attraktiv, schob aber diesen Gedanken weit weg. Er war verheiratet. Sie mochte seine Art: immer ruhig, nie verlor er die Beherrschung. Sie überlegte, ob er je wütend wurde, so richtig wütend. Irgendwie hielt sie es für ausgeschlossen. Er war wie ein Stein am Strand, über den das Meer spülte. Je rauher die See, desto glatter rieb sie ihn. Er war solide und einfach nett. Sie las den Text.

»Telefonmeldung von Police Constable Tucker, Brighton Polizei. Empfangen 8 Uhr 10, 22. Okt. Exhumierungsantrag bei Gerichtsmedizin gestellt aufgrund einer Meldung von Klopfgeräuschen in Grab auf St.-Anne's-Friedhof, Brighton. Erwartete Genehmigung wird heute vormittag erteilt.«

Kate schob eine lose Strähne aus dem Gesicht. »Wissen Sie noch mehr darüber?«

»Nein.« Er machte eine Pause. »Exhumierungen sind schwierig. Alles wird abgeschirmt sein, und bestimmt ist niemand auskunftsfreudig. Sehen Sie sich die Sache mal an. Ein kurzer Artikel. Die Bildredaktion will auch was. Sie schicken einen Fotografen mit.«

»Klopfen aus einem Grab? Was graben die denn aus? Einen viktorianischen Ghul?«

»Es handelt sich um eine dreiundzwanzigjährige junge Frau. Sie wurde letzten Dienstag beerdigt.«

Kate wurde blaß. »Glaubt man, daß sie lebt?«

Er lächelte. »Das bezweifle ich. So was passiert ab und zu. Friedhöfe jagen den Leuten Angst ein. Ein Ast knackt, und schon denken sie, ein Toter wird wieder lebendig.«

»Wissen Sie irgend etwas über die Frau?«

»Nein, aber vielleicht können Sie die Sache zu einer netten Geschichte ausbauen. Farbe und Atmosphäre reinbringen.«

Kate nahm den Mantel vom Haken und ging zum Bildredakteur. Sie fragte, welcher Fotograf für sie abgestellt sei. Dann ging sie zur Sicherheitsabteilung und ließ sich gegen Quittung ein tragbares Telefon geben.

6

Harvey beobachtete die blaue Rauchwolke, die durchs Zimmer auf ihn zuwehte. Reverend Bob Atkinson, der Schulgeistliche, lag bequem in seinem abgewetzten Roßhaarpolsterstuhl. Die Füße in grauen Socken und schwarzen Schnürschuhen schauten unter der Soutane hervor. Er hatte sie auf eine Fußbank mit Petit-point-Stickerei gelegt. Das abgebrannte Streichholz ließ er in einen Blechaschenbecher auf dem geschnitzten Holztisch neben sich fallen. Dann nahm er die Pfeife aus dem Mund und hielt sie nachdenklich in die Luft.

Das Zimmer war klein und vollgestellt. Auf dem Boden lag ein verblaßter Perserteppich. Das Regal bog sich unheilvoll unter den vielen Büchern. Eine Geburtstagskarte war auf die Kohlen im verbeulten Messingbecken gefallen. Mehrere gerahmte Drucke mit religiösen Motiven unterbrachen die verblichene falsche Samttapete an den Wänden.

Harvey roch, daß die Frau des Reverends kochte. Sie klapperte in der Küche herum, wobei das Radio laut lief. Er saß auf der Kante des alten Ledersofas und schlug die Beine, die in grauen Flanellhosen steckten, übereinander. Gleich darauf setzte er sie wieder nebeneinander. Er betrachtete seine Fingernägel und wartete immer noch auf die Antwort des Geistlichen. Verärgert stellte er fest, daß an mehreren Nagelbetten weiße Kalziumflekken zu sehen waren. Unter dem Zeigefingernagel war etwas Schmutz. Diskret entfernte er ihn mit dem Daumennagel der anderen Hand. Durchs Fenster sah er ein Rotkehlchen auf einer Sonnenuhr in dem kleinen verwilderten Garten landen.

»Sehr interessant«, sagte der Reverend. Er hatte ein breites, freundliches Gesicht, einen Kranz feiner, schwarzer Haare um die lichte Stelle in der Kopfmitte. Harvey dachte, der Geistliche könnte sich leicht als Schlagzeuger in einer Popgruppe ausgeben. »Es handelt sich zweifellos um das, was man in biblischen Zeiten für eine mystische Erfahrung gehalten hätte.«

Harvey sagte nichts.

Der Reverend schlug mit dem Pfeifenstiel gegen die Zähne. »Aber eigentlich hattest du doch eine Art Vision oder nicht?«

»Vision?«

»Ja.« Er legte die Hand über den Pfeifenkopf und sog lautstark. Die Pfeife war ausgegangen. »Hattest du eine enge Beziehung zu deiner Mutter?«

Harvey zuckte mit den Schultern. »Ja – schon, nehme ich an.«

»Und du bist überzeugt, daß du sie wirklich getroffen hast, daß es kein Traum oder eine Halluzination war? Manche Träume kommen einem so lebendig vor, daß man am Morgen denkt, daß sie passiert sein mußten.«

»Ich konnte bei meinem Unfall auch alles beobachten.«

Der Reverend holte ein neues Streichholz aus der Schachtel. »Außergewöhnlich. Meinst du nicht, daß du alles aus den Berichten deiner Kameraden später zusammengestückelt hast?« Er riß das Streichholz an und hielt es über den Pfeifenkopf.

Harvey wurde plötzlich wütend. »Glauben Sie denn nicht an ein Leben nach dem Tod?« Sein linker Arm juckte unter dem Gipsverband.

Der Reverend zog an seiner Pfeife und stieß den Rauch durch die Nase aus. »Aber natürlich glaube ich daran«, sagte er leise.

»Vorausgesetzt, daß es nicht jemandem passiert, den Sie kennen?«

Der Geistliche runzelte die Stirn. »Ich verstehe nicht, worauf du hinauswillst.«

»Ich habe nicht mehr geatmet – das hat mir der Doktor gesagt. Also war ich für einige Minuten tot. Ich wurde geröntgt, man machte alle möglichen Tests mit mir, weil man solche Angst hatte. Was ich gesehen habe, geschah, während ich tot war! Mit Sicherheit kann man keine Halluzinationen haben, wenn man tot ist, oder?«

»Das wissen wir nicht, Harvey. Keiner von uns weiß das. Wir müssen uns auf die Lehren der Heiligen Schrift verlassen.«

»Warum? Warum nicht auf mich?«

Der Reverend zog mehrmals an der Pfeife. »Du hast deine Mutter sehr geliebt, und ihr Tod ist dir sehr nahegegangen. Das ist erst einige Monate her. Zwangsläufig bist du noch in einem Aufruhr der Gefühle. Aber du bist ein starker Bursche und wirst darüber hinwegkommen. Dieser Unfall hat dich sehr zurückgeworfen und meiner Meinung nach auch sehr verwirrt – wenn ich ehrlich sein soll.« Er hob den Blick und schaute Harvey direkt an.

Harvey biß sich auf die Lippen, um seine Enttäuschung zu unterdrücken. Die Jungen hielten Bob Atkinson für einen feinen Kerl, mit dem man über alles reden konnte, ganz im Gegensatz zu den meisten anderen Lehrern. Harvey hatte gehofft, der Reverend würde ihn verstehen und ihm eine bessere Erklärung geben können.

»Ich sah alles ganz deutlich«, sagte Harvey. »Ich schwebte darüber. Ich sah, wie der Doktor versuchte, mich wiederzubeleben. Dann bin ich durch diesen Tunnel geflogen, und dann war meine Mutter da.«

»Wo warst du deiner Meinung nach?«

Harvey zögerte. »In einem Art Grenzgebiet zum – Himmel.«

»Wie kommst du auf diesen Gedanken?«

Harvey wurde rot und schob sich den Haarschopf aus der Stirn. »Ich fühlte mich so gut. Einen Augenblick lang war ich richtig glücklich, unglaublich glücklich. In meinem ganzen Leben habe ich mich nie so glücklich gefühlt.«

»Und dann hast du Angst gehabt?«

»Nein, Angst hatte ich nicht. Ich war eher wütend, weil sie mich nicht – bleiben ließen. Irgendwie reingehen. Sie haben mich auch nicht mit meiner Mutter sprechen lassen.«

Der Reverend blickte ihn ernst an. »Du bist aber nicht Gott begegnet – oder Jesus? Oder dem heiligen Petrus?«

Harvey schüttelte den Kopf.

»Meinst du nicht, daß das etwas seltsam ist? In den Himmel gehen und keinen von denen sehen?«

In Harvey fiel etwas zusammen.

Der Reverend lächelte freundlich. »Harvey, ich glaube nicht, daß Gott uns gestattet, diese Grenze zu überschreiten. Das ist nicht Teil seines Planes. Erinnerst du dich an den Brief des Apostels Paulus an die Korinther? ›Als ich noch ein Kind war, redete ich wie ein Kind, dachte ich wie ein Kind, urteilte ich wie ein Kind. Als ich ein Mann geworden, legte ich das Kindhafte ab. Jetzt schauen wir durch einen Spiegel, unklar, dann aber von Angesicht zu Angesicht.‹«

Er lehnte sich zurück und zündete wieder ein Streichholz an. »Verstehst du, was Paulus da sagt, Harvey?«

»Nicht ganz.«

»Er sagt, daß wir über diese Welt hinaus weder verstehen noch sehen sollen. Wir werden erst klar durch den Spiegel sehen, wenn unsere Sterbestunde gekommen ist. Dann werden wir die andere Seite sehen und mehr über dieses Leben verstehen. Aber vorher nicht.«

»Warum nicht?«

»Weil es Gottes Wille ist.«

»Und wir müssen Gottes Willen einfach akzeptieren?«

Der Reverend schien verstört. »Aber selbstverständlich, Harvey. Wir sind seine Diener. Wir begeben uns in Gefahr, wenn wir seinen Geboten nicht gehorchen.«

»Aber meinen Sie nicht, daß wir das Recht haben, seinen Willen in Frage zu stellen?«

Schweigen. »Wenn du weiterhin so oberflächlich bleibst, Harvey«, antwortete der Reverend ruhig, »öffnest du dich bösartigen, okkulten Mächten. Du verlierst Gottes Schutz.«

»Ich bin nicht oberflächlich.«

»Doch. Gottes Willen in Frage zu stellen und so darüber zu sprechen, das ist oberflächlich und leichtsinnig. Du bietest damit Schwachstellen, die das Böse einlassen.« Er lächelte. »Wollen wir gemeinsam ein paar Gebete sprechen – für deine Mutter und deinen Vater?«

7

Montag, der 22. Oktober

Kate Hemingway saß auf dem Beifahrersitz des kleinen Fords aus dem Motorpark der *Sussex Evening News*. Eddie Bix, der Fotograf, fuhr den Hügel zur Kirche hinauf. Er war ein schlaksiger Bursche, Anfang Zwanzig, und trug die Holzfällerstiefel, Jeans und die Bomberjacke wie eine Uniform. Er hatte ein fröhliches Babygesicht, kurzgeschnittenes, helles Haar und trug einen goldenen Ohrring. Jedesmal, wenn Kate mit ihm zu einem Auftrag losfuhr, hatte er eine andere Geschichte zu erzählen. Diese Woche war es eine über Schwimmkammern.

»Im Dunkeln ist es unglaublich. Du läßt einfach alles wegtreiben. Ich meine, man kommt raus und fühlt sich wirklich – riesig!«

Kate hörte nur mit halbem Ohr zu. Sie war in Gedanken woanders. Klopfgeräusche aus einem Grab. Eine dreiundzwanzigjährige junge Frau. Ein Jahr jünger als sie.

Sie erinnerte sich, wie sie als Kind beim Versteckspielen in einer alten Truhe festsaß. Sie versuchte, den Deckel hochzuklappen, aber der bewegte sich nicht. Und dann spürte sie, wie etwas an ihrem Bein entlangkrabbelte. Sie hatte fast den Verstand verloren. Dann war ihre Schwester ins Zimmer gekommen. Statt sie zu befreien, hatte Dara auf den Deckel geschlagen und gestöhnt. Und das Ding war immer weiter an ihrem Bein hinaufgekrochen. Sie hatte versucht, es abzuschütteln. Da biß es sie fest in den Schenkel. Später hatte Dara es ihr vors Gesicht gehalten: ein strampelnder, schwarzer, sieben Zentimeter langer Käfer.

»Es ist die Dunkelheit«, schwärmte Eddie Bix weiter. »Eine unglaubliche Erfahrung, als ob man in seinem privaten Universum ist.«

Das Auto war schmutzig und roch nach einem Luftverbesserer. Eine Rauchen-verboten-Plakette klebte vor ihr auf dem Armaturenbrett. Die Scheibenwischer quietschten und schmierten den Schmutz über die Scheibe.

»Sie sollten mal Gruppendynamik probieren. Selbstsicherheitstraining. Ich hatte früher das Gefühl, nie richtig zur Geltung zu kommen. In diesem Job wird man ja dauernd wie Scheiße behandelt. Jetzt macht mir das nichts mehr aus. Ich weiß, daß ich das Richtige tue.« Er streckte die Hand aus. »Da ist es. Mein Vetter hat hier vor ein paar Jahren geheiratet.«

Die Kirche stand ein gutes Stück von der Straße entfernt. Sie war klein und alt. Der Turm könnte normannisch sein, dachte Kate aufgrund ihrer Architekturstudien. Die spätgotischen Fenster im Altarraum störten. An den Wänden waren Teile des Zementverputzes herabgefallen. Sie sah heruntergekommen aus, der Friedhof ebenfalls. In diesem Zustand befanden sich viele Kirchen.

Rechts war das Pfarramt, ein moderner Ziegelbau. Auf der anderen Straßenseite stand eine Reihe kleiner Wohnhäuser. Hinter dem Friedhof war ein kleiner Platz, an dem die Häuser an der Kirchenmauer angeschlossen waren. Sie hielten hinter einem Polizeiauto und einem dunkelgrünen Lieferwagen. Kate sah keine anderen Fahrzeuge in der Nähe, auch keine Reporter. Ein Mann in Arbeitskleidung stand auf einer Leiter und reinigte die Fenster des Altarraums.

Kates Magen verkrampfte sich. Normalerweise wollte sie am Anfang eines neuen Auftrags möglichst schnell aussteigen und am Schauplatz sein, um einen Einstieg in die Story zu finden, den kein anderer geschafft hatte – einen Zeugen, ein Opfer oder einen Passanten als erste zu interviewen –, damit sie die Geschichte von einem Gesichtspunkt aus schildern konnte, den kein Kollege hatte. Heute aber sträubte sich etwas in ihr. Sie hoffte, daß sich die Sache als Ente herausstellen möge.

Als Eddie die Autotür öffnete, strömte kalte Luft herein. Er nahm seine beiden Nikons und ein Teleobjektiv vom Rücksitz und hängte sie sich um den Hals. Dann blickte er zum Himmel empor, berechnete Belichtungszeit und Blende und murmelte vor sich hin: »Zwei Komma acht.« Er nahm den Objektivdeckel von einer Kamera und stellte die Blende ein. Dann rieb er sich mit dem Finger die Nase und blickte zu den Häusern auf der anderen Straßenseite hinüber. »Bei einer Exhumierung war ich noch nie«, sagte er. »Leichen hatte ich schon ein paar. Bei denen ist das Gute, daß sie sich nicht dauernd bewegen.«

»Pfui Teufel!« sagte Kate. Ein kräftiger Windstoß wehte ihr die Haare ins Gesicht.

Es gab eine Tafel, auf der die Gottesdienstzeiten und der Name des Vikars standen: Reverend Neil Comfort.

»Ein Supername für einen Vikar«, meinte Eddie.

Sie gingen durch den Friedhof. Er war alt und uneben. Manche Grabsteine standen schief. Viele waren von Moos und Flechten überwachsen. An manchen war die Inschrift so verwittert, daß man sie nicht mehr lesen konnte. »Da hinten ist der neue Friedhofsteil«, erklärte Eddie.

Kate betrachtete die Grabsteine mit ungutem Gefühl. Friedhöfe machten ihr ein beklemmendes Gefühl. Sie hatte einmal mit dem Gedanken gespielt, Organspender zu werden, hatte ihn aber schnell wieder fallenlassen, und zwar aus demselben Grund, weswegen sie kein Testament gemacht hatte: Es machte sie nervös, Schritte zu unternehmen, die ihre Sterblichkeit bestätigten. Sie gab sich Mühe, nicht zu oft an den Tod zu denken. Vielleicht, weil sie ihm bei ihrer Arbeit so oft begegnete: Leichen, die aus Autowracks geschnitten werden mußten, Interviews mit gramgebeugten Witwen. Manchmal bedeutete ihr eine menschliche Tragödie nicht mehr als die Namen auf den Grabsteinen, an denen sie jetzt vorbeiging. Dann gab es wieder Augenblicke, in denen sie Angst hatte, zu abgebrüht und hart zu werden. Aber nach einem Interview mit einem vierjährigen Mädchen, das kurz danach an Leukämie starb, mußte sie den restlichen Tag mit den Tränen kämpfen.

Sie gingen den Backsteinpfad weiter, vorbei an einer großen Eibe, deren Äste gegen die Kirchenmauer schlugen. Ein Windstoß wirbelte das Laub vor ihren Füßen auf.

»Eiben wurden auf Friedhöfen gepflanzt, um böse Geister abzuhalten«, erklärte Eddie.

»Macht man daraus nicht auch Kricketschläger?«

»Nein, die sind aus Weide. Mein Gott, Ihr Yankees seid doch unbedarft! Wie lange haben Sie in England gelebt?«

»Zehn Jahre.«

»Und Sie wissen nicht, woraus Kricketschläger gemacht werden?«

Kate lächelte. Sie wurde gleich wieder ernst, als sie um die Kirche herumbogen und den uniformierten Polizisten sahen. Er stand vor einem weißen Band, mit dem der Friedhof hinter ihm abgesperrt war, ein hübscher, sauberer Friedhof, der von einer braunen Buchenhecke umschlossen war. Der Eingang hinten war ebenfalls mit einem weißen Band verklebt. Ein Streifen hatte sich gelöst und flatterte wie der Schwanz eines Papierdrachens.

Kate hatte bereits einige örtliche Polizisten kennengelernt, aber diesen hatte sie noch nie gesehen. Er war jung und blickte sie gelangweilt und abweisend an. Sie streckte ihm den Presseausweis entgegen. Er warf einen Blick auf die Kameras um Eddies Hals und sagte von oben herab: »Keine Presse.« Seine Mütze hob sich leicht im Wind. Er drückte sie fester auf den Kopf.

»Wem ist der Zutritt gestattet?« fragte Kate.

Hinter dem Polizisten stellten zwei Männer eine behelfsmäßige grüne Wand mit Zeltstangen auf. Sie hatten Mühe, das wild flatternde Ding zu halten. Der Polizist starrte nach vorn, als existierten Kate und Eddie gar nicht.

»Na los, Mann«, sagte Eddie. »Wer darf rein?«

»Nur befugtes Personal.« Er starrte weiterhin wie ein Wachtposten ins Leere und sagte nichts mehr. Kate wurde wütend. »Gibt es einen Polizeisprecher?«

Er schüttelte den Kopf.

»Es findet doch eine Exhumierung statt, richtig?«

Wieder keine Antwort.

Eddie zwinkerte ihr zu und ging zurück. Sie folgte. Dann blieb er stehen und nickte zu den modernen Häusern hinüber. »Von dort aus kann man alles sehen.«

»Ich möchte den Vikar sprechen«, sagte Kate.

»Ich mache gleich ein Foto. Die Geistlichkeit kommt immer gut.«

Der Vikar öffnete die Haustür und musterte sie scharf. Er war ein großer, intelligent aussehender Mann Ende Vierzig, mit kurzem, braunem Haar, das glatt zurückgebürstet war. Er trug eine überraschend modische Hornbrille. Sein steifer Kragen schaute aus einem Militärpullover heraus. Die Füße steckten in Lederpantoffeln.

»Mr. Comfort?« sagte Kate.

»Ja«, antwortete er spürbar abwehrend.

»*Evening News*. Wären Sie vielleicht so freundlich, uns einige Informationen über die Exhumierung zu geben?«

Sein Gesichtsausdruck wurde noch abweisender. Er hielt die Tür gegen den Wind fest. »Das ist wirklich reine Privatsache.« Seine Stimme war kühl. Allerdings zuckte es kaum merkbar um seine Mundwinkel. Nerven oder Verärgerung? Sein Blick wanderte von Kate zu Eddie.

»Sie haben meinen Vetter Dick Billington vor ein paar Jahren getraut«, sagte Eddie.

Das brachte den Vikar aus dem Gleichgewicht. »Ach ja?« sagte er. »Stammte aus Cornwall, nicht wahr? Er heiratete eine von hier, Jenny Vallance, stimmt's?«

»Devon«, sagte Eddie.

»Ja, ich erinnere mich an ihn.« Weder aus seiner Stimme noch aus seiner Miene konnte man ablesen, was er von Dick Billington oder Jenny Vallance hielt.

»Wir möchten auf keinen Fall in irgendeine Privatsache eindringen«, erklärte Kate. »Das wäre nicht auf der Linie der *News*; aber wir hofften, Sie könnten uns einige Hintergrundinformationen geben.«

Reverend Comfort zögerte. »Eine Erlaubnis zur Exhumierung wurde beantragt, aber bis jetzt nicht gewährt«, sagte er.

»Aber Sie rechnen mit der Erlaubnis?« Kate zog ihren Block heraus und stenographierte mit.

Der Vikar beäugte den Block, als habe er eine ausländische Münze im Klingelbeutel gefunden. »Der Leichenbeschauer hat die Anordnung gegeben. Jetzt hängt es davon ab, wann das Innenministerium die Erlaubnis erteilt.«

»Rechnen Sie heute damit?«

»Ich fürchte, daß ich mit den bürokratischen Wegen des Ministeriums nicht sehr vertraut bin.«

»Können Sie uns einige Informationen über die Person – die Leiche – geben, die exhumiert werden soll?«

»Leider nein. Das ist Privatsache. Der Antrag wurde vom Ehemann der Verstorbenen gestellt.«

»Wie hieß sie?«

Er zögerte. »Sally Donaldson, geborene Mackenzie.«

Kate schrieb es auf. »Hatten Sie schon früher mit Exhumierungen zu tun?«

»Nein. Nie.« Er lächelte gequält. »Auf diesem Gebiet haben Sie bestimmt viel mehr Erfahrung als ich.«

Kate lächelte zurück. Sie wollten diesen Eisblock zum Schmelzen bringen. »Stimmt es, daß Leute Klopfgeräusche aus dem Grab gehört haben?«

Der Vikar schaute zu Eddie, der das Objektiv wechselte. Seine Bomberjacke blähte sich im Wind. »Ein oder zwei Einheimische glauben, etwas gehört zu haben«, sagte er.

»Haben Sie das Klopfen gehört?«

»Nein, ich nicht«, antwortete er nachdrücklich.

»Besteht die Möglichkeit, daß Sally Donaldson noch lebt?«

»Absolut nein! Wir haben uns mit dem Krankenhaus in Verbindung gesetzt. Alle Formalitäten zur Erteilung des Totenscheins wurden sorgfältig beachtet. Die Frage, ob sie noch leben könnte, stellt sich nicht.«

»Aber warum wird sie dann exhumiert?«

Seine Augen zuckten mehrmals nervös. »Für den Seelenfrieden ihres Ehemanns«, antwortete er.

»Haben Sie schon jemals gehört, daß ein Mensch lebendig begraben wurde?«

»Das dürften Sie wohl eher bei Edgar Allan Poe finden.«

»Sie halten also die Exhumierung für nicht so dringlich, daß man sie durchführen müßte, ohne auf die offizielle Erlaubnis zu warten?«

Die Verärgerung in seinen Augen wurde stärker. »Nein!«

»Wissen Sie, woran sie gestorben ist?«

»Ein Problem mit der Atmung, soweit ich weiß.«

»Aber in dem Alter?« fragte Kate beim Schreiben weiter.

»Es gab wegen der Schwangerschaft Komplikationen.«

»Ach, sie war schwanger?« fragte Kate überrascht.

»Im sechsten Monat, soweit ich weiß.«

Kate blätterte um. »Wenn es sich um eine reine Privatsache handelt – warum ist dann die Polizei anwesend?«

Der Vikar atmete tief durch, ehe er antwortete. »Wir baten sie hierher, um uns zu helfen, die Privatsphäre zu wahren.«

»Sie glauben also nicht, daß es irgendwelche verdächtigen Umstände gibt?«

Eine starke Bö, dann setzte der Regen ein. Der Vikar schaute sie trotzig an, als wolle er sagen: Den Teufel werde ich tun und euch hereinbitten. »Nein.«

»Dürfte ich Ihnen nur noch ein paar Fragen über den Ablauf der Exhumierung stellen?«

»Tut mir leid, aber ich bin im Augenblick wirklich zu beschäftigt.«

»Selbstverständlich. Tut mir leid. Sie haben uns sehr geholfen, danke.«

Eddie trat ein paar Schritte zurück. »Nur ganz schnell ein Foto für die Akten.«

»Nein, wirklich, ich –«, setzte der Vikar an.

Kate hörte den Verschluß klicken, dann noch mal.

Der Vikar drehte sich um und ging hinein. Kate dankte ihm nochmals, aber er tat, als höre er sie nicht. Vielleicht tat es ihm leid, ihr schon so viel erzählt zu haben. Er machte die Tür entschlossen zu.

Eddie verstaute die Kamera. »Wollen wir es bei den Häusern probieren?«

Kate nickte. Dann zogen sie wegen des Regens die Köpfe ein und marschierten auf die modernen, kleinen Häuser neben der Kirche los. »Das am Ende?« fragte Eddie.

Es wurde kälter. Kate steckte die Hände tiefer in die Taschen des Regenmantels. Sie gingen einen verrückt gepflasterten Weg an einem grünen Rasen vorbei, der so unkrautfrei war, daß er künstlich aussah. Dann klingelten sie. Die Glocke klang traurig. Drinnen schrie ein Baby. Aus dem Radio dröhnte schrecklich laute Musik.

Eine Frau, etwa in Kates Alter, öffnete. Sie trug eine Snoopy-Schürze über Jeans und ein T-Shirt. Ihr Haar war schlampig hochgebunden. Sie kaute ein Karamelbonbon und schaute verärgert drein. Das Haus roch nach Windeln und Babypuder. Auf dem Flur lag überall Spielzeug.

Eddie zückte den Presseausweis und beugte sich fröhlich lächelnd vor. »Hallo! *Evening News.* Wir machen einen Artikel über den Friedhof. Dürften wir mal Ihr Obergeschoß ausleihen und ein paar Fotos von dort machen?«

Sie starrte ihn an, als sei er ein Irrer. »Was ist denn da drüben los?« fragte sie. Ein kleiner Junge auf einem Dreirad tauchte hinter ihr auf. Er prallte gegen eine Fußleiste. Sie wirbelte herum und brüllte ihn an: »Tommy! Steig sofort von dem Ding herunter, sonst knallt's!« Dann schaute sie wieder Eddie und Kate an.

»Eine Exhumierung«, erklärte Kate.

»Eine was?«

»Sie machen das Grab einer jungen Frau auf, die vorigen Dienstag beerdigt wurde.«

Sie starrte Kate an, dann Eddie und kaute weiter. »Ach ja, jemand hat was über Klopfen oder so erzählt.« Das Baby brüllte weiter.

»Haben Sie selbst etwas Ungewöhnliches gehört?« fragte Kate, ließ aber den Block in der Tasche.

Eddie zeigte nach hinten. »Ich überlege gerade, ob Sie vielleicht ein Zimmer nach hinten haben, von dem aus man den Friedhof –«

Plötzlich wurde das Gesicht der Frau hart. »Wie lange würden Sie brauchen?«

Eddie holte einen Fünfer aus dem Geldbeutel. »Als kleine Anerkennung«, sagte er und gab ihr den Schein.

Sie steckte ihn ohne Dank in die Schürzentasche. »Um elf muß ich weg.«

»Das ist in Ordnung.«

Sie folgten ihr nach oben. Das Haus war dürftig eingerichtet, als seien sie erst vor kurzem eingezogen. Sie betraten ein kleines Zimmer mit Teppichboden, in dem nur einige Kartons, ein Sack mit Golfschlägern und eine Packung Windeln standen. Es roch nach frischer Farbe. Die Frau ging zum großen Fenster. »Hier ist die beste Aussicht«, erklärte sie.

Man sah direkt auf den Friedhof mit den ordentlichen Reihen

von Grabsteinen, ein bemerkenswerter Gegensatz zu dem halb verfallenen vorn. In knapp sieben Metern Entfernung waren die beiden Männer gerade mit dem Aufstellen der Stoffwand fertig. Kate war frustriert, weil sie immer noch nicht dahinter sehen konnte. Am Ende des Friedhofs lag noch ein Eingang, aber auch der wurde von einem Polizisten bewacht.

Eine Klappe in der Zeltwand wurde zurückgeschlagen. Ein verzweifelt aussehender junger Mann im Anzug kam heraus und wanderte ziellos umher, ohne auf den Regen zu achten. Eddie holte sein Stativ heraus und schraubte die Nikon darauf.

»Der im Anzug könnte der Ehemann sein«, meinte Kate.

»Ich fotografiere jeden, den ich sehe.«

»Ich möchte versuchen, mit ihm zu sprechen. Bis später.«

Eddie nickte und konzentrierte sich auf seine Kamera.

Kate verließ allein das Haus, ging zum nächsten und klingelte dort. Keine Antwort. Sie versuchte es beim nächsten. Eine grauhaarige Frau öffnete.

Kate lächelte. »Verzeihen Sie die Störung. Ich komme von den *Sussex Evening News*.«

»Nein, kein Interesse«, sagte die Frau mit tiefer, leicht heiserer Stimme und wollte die Tür wieder schließen.

»Ich verkaufe nichts. Ich bin Reporterin. Vielleicht wissen Sie etwas über –«

»Tut mir leid. Kein Interesse.« Die Tür schloß sich mit festem Klicken.

»Dusselige Kuh«, murmelte Kate vor sich hin und ging zum nächsten Haus. Eine lebhafte, fröhliche Frau mit kurzem braunem Haar und hübschem Kleid machte auf.

»Ach ja, das Klopfen!« sagte sie mit einer Stimme, die nach Frauenverein und Wohltätigkeitsveranstaltungen klang. »Also, selbst habe ich es ja nicht gehört, aber waren Sie schon bei den Häusern gegenüber der Kirche?«

»Die aus Stein auf der anderen Straßenseite?«

»Ja. Nummer zwölf, Mrs. Herrige. Sie ist absolut sicher, daß sie vor ein paar Tagen etwas gehört hat. Das Problem ist nur, daß sie ein bißchen – na ja, Sie wissen schon.« Sie tippte sich an die Schläfe.

»Dürfte ich Ihren Namen notieren?«

»Pamela Weston. Mrs.«

»Glauben Sie, daß die junge Frau vielleicht lebendig begraben wurde?«

Mrs. Pamela Weston neigte den Kopf erst zur einen, dann zur anderen Seite. »Also, das ist wirklich ein grauenvoller Gedanke, nicht wahr? Ich hoffe nicht. Du meine Güte, ich kann mir nichts Entsetzlicheres vorstellen. Ich meine, wie könnte sie atmen? Meinen die Leute denn, daß sie noch leben könnte?«

»Auf alle Fälle gibt man sich große Mühe mit der Sache«, antwortete Kate.

»Würden Sie es mich wissen lassen, wenn Sie etwas erfahren? Bitte!«

Das versprach Kate. Dann ging sie zu den anderen Häusern, um zu versuchen, Mrs. Herrige in Nummer zwölf zu interviewen.

Mrs. Herrige hatte Klopfen gehört: einen SOS-Morsecode, regelmäßig wiederholt. Sie hatte auch Stöhnen und Hilfeschreie gehört. Und sie hatte Jesus in Visionen gesehen. Er besuchte sie regelmäßig und gab ihr wichtige Ratschläge für die Menschheit. Einmal hatte er sie sogar auf der Toilette aufgesucht, weil die Botschaft so dringend war, daß er nicht warten konnte. Mrs. Herrige bedrängte Kate, die wichtigen Botschaften in der Zeitung abzudrucken. Kate versicherte ihr, daß sie es beim Redakteur vortragen würde.

Dann klapperte sie noch die restlichen Häuser hier und wieder drüben am Platz ab. Nur eine weitere Person, ein pensionierter Zahnarzt, glaubte, etwas gehört zu haben, war sich seiner Sache aber nicht ganz sicher. Alle *wußten* aber, daß jemand etwas gehört hatte.

Um Viertel nach elf Uhr diktierte sie ihren ersten Bericht über das tragbare Telefon in die Redaktion und sprach mit Geoff Fox, dem Nachrichtenredakteur. Der sagte ihr, sie solle an der Geschichte dranbleiben.

Sie schaffte es, daß der Polizist, der Wache stand, ihr bestätigte, daß der Mann im Anzug Sally Donaldsons Ehemann war. Dann wartete sie auf ihn am Friedhofseingang.

In der nächsten Stunde tauchten noch ein paar Lokalreporter auf. Kate kannte sie und tauschte mit ihnen die spärlichen Informationen aus, die beide Seiten hatten. Nur eine Tatsache hielt sie zurück: daß Sally Donaldsons Mann hinter der Wand anwesend war.

Ihr erster Bericht erschien beträchtlich gekürzt auf Seite fünf der Mittagsausgabe. Es war eine Spalte mit vierzehn Zeilen unter der Überschrift EHEMANN BITTET UM EXHUMIERUNG.

> *Die Leiche der armen jungen Ehefrau Sally Donaldson soll exhumiert werden, nachdem angeblich Klopfgeräusche auf dem Friedhof der St.-Anne-Kirche gehört wurden. Sally, 23, starb am 14. Oktober im Prince Regent Hospital in Brighton an Komplikationen, die durch eine Schwangerschaft bedingt waren. Der Antrag auf Exhumierung wurde vom Vikar St. Anne's, Rev. Neil Comfort,gestellt. Der Leichenbeschauer für Ost-Sussex gab grünes Licht.*

8

Die Dämmerung drang durch die Fenster ins stille Labor. Der strenge Geruch von Formalin hing im Raum. Bunsenbrenner mit roten Schläuchen standen ordentlich in Reih und Glied auf den langen hölzernen Arbeitstischen. In den Regalen darüber hingen die Reagenzgläser. Daneben standen die Flaschen mit Glasstöpseln und getippten Etiketten. Salzsäure. Kaliumchlorid. Zinkoxid. Auf einem anderen Brett waren mehrere eingelegte, tote Frösche in Gläsern.

Draußen war es auch still, als würde die Zeit auf Harvey warten. Er betrachtete die Chemikalien und Instrumente. Wissenschaft. Wissen. Harvey Swire spürte die Erregung in sich. Er sog den Formalingeruch wie teures Parfüm ein.

Das Wort PHOTOSYNTHESE war mit Kreide auf die Tafel geschrieben. Die Kraft der Natur. Leben im Leben. Es gab einen Punkt, einen eindeutigen Punkt, an dem man die Lebenskraft verschwinden sehen konnte. Aber das hieß noch nicht, daß der Tod eingesetzt hatte. Tod war schwer faßbar.

Der Frosch zappelte in seiner geschlossenen Hand. Ein Zittern durchlief den grünen Körper: Angst und Energie. Seine Drüsen sonderten Schleim ab. Er blinzelte und zuckte mit den Beinen. Er wollte fliehen, frei sein. Im nächsten Augenblick würde ein Teil von ihm entfliehen, frei sein.

Im Innenhof durchschnitt eine Knabenstimme mit einem lauten Schrei die Stille. Eine andere Stimme antwortete. Wieder zappelte der Frosch. Die Wanduhr zeigte zwanzig Uhr fünfundvierzig an. Harvey mußte um neun für den Anwesenheitsappell wieder im Haus sein.

Er ließ den Frosch in die durchsichtige Schüssel des Kenwood-Mixers fallen, drückte den Deckel fest drauf und stellte den Mixer auf die Waage. Dann legte er auf die andere Waagschale vorsichtig Gewichte. Vier Pfund, drei Unzen und sieben Gramm. Er hatte vorher den Frosch und den Mixer einzeln gewogen. Der Frosch sprang gegen das Glas und stieß mit den Füßen gegen die scharfen Messer des Mixers, die sich noch nicht bewegten.

Harvey steckte die Schnur in die Steckdose. Das grüne Warnlicht an der Seite des Mixers leuchtete auf. Er starrte auf die Gewichte und griff dann mit Daumen und Zeigefinger nach dem Schalter an der Seite des Mixers. Den Frosch schaute er nicht an.

Ein Schatten bewegte sich hinter ihm. Erschrocken drehte er sich um. Es war Mr. Stipple, sein Biologielehrer, mit gemusterter, bunter Schleife und Leinenjackett. Er war ein bissiger, arroganter Mann mit geschniegeltem Haar und Mittelscheitel und hübschem Gesicht. Er ging auf seinen Kreppsohlen ein paar Schritte weiter. »Guten Abend, Swire. Noch so spät bei der Arbeit?«

»Ich mache ein Experiment, Sir«, sagte Harvey.

»Aha.« Der Lehrer schaute in den Mixer. »Würdest du mir das Experiment bitte erläutern.«

Harvey sah ihn trotzig an. Der Frosch hüpfte. Er nahm die Finger vom Schalter.

»Ist das ein Kochexperiment? Machst du Amphibiensuppe?«

»Ich führe ein Gewichtsverlustexperiment durch, Sir.«

Der Lehrer beugte sich näher zum Frosch. »Ein Gewichtsverlustexperiment?«

»Ich messe die Veränderung zum Zeitpunkt des Todes.«

»In einem Mixer?«

»Wenn ich den Frosch in einem fest verschlossenen Behälter töte, ohne etwas hinzuzufügen oder wegzunehmen, müßte ich feststellen können, ob es einen Verlust an Masse oder Gewicht beim Zeitpunkt des Todes gibt.«

»Und was würde ein solcher Verlust von Masse oder Gewicht zum Zeitpunkt des Todes beweisen, Swire?« Er sprach immer ein Dezibel lauter als nötig, als würde er einem unsichtbaren Publikum einen Gefallen tun wollen.

»Es könnte beweisen, daß der Frosch eine Seele hat.«

»Eine Seele?« wiederholte der Lehrer verblüfft. »Hältst du es denn für möglich, daß ein Frosch eine Seele hat?«

»Ich denke, daß es möglich ist, daß alle lebendigen Geschöpfe eine Seele haben, Sir.«

»Hast du je Pope gelesen, Swire?«

»Nein, Sir.«

»Das solltest du aber, Junge. ›Suchst nach dem Leben du in Geschöpfen, welche du sezierst – im selben Augenblick, da du es findest, du es schon verlierst.‹«

»Aber Sie sezieren doch ständig Tiere, Sir.«

Mr. Stipple hob den Finger. »Aus gutem Grund, Swire. Nur aus gutem Grund.«

»Ich habe auch einen Grund«, sagte Harvey.

»Dieses Labor ist dazu da, daß ihr euch auf den Stoff der A- und O-Examen vorbereiten könnt, Swire, nicht für widerliche Spiele.«

»Ich spiele kein ekelhaftes Spiel.«

»Ich glaube kaum, daß man die Verflüssigung eines Frosches in einem Küchenmixer als ernsthafte, wissenschaftliche Forschung betrachten kann, Swire. Ist dies einer unserer Frösche?«

»Ich habe ihn selbst gefangen, Sir.«

»Ich schlage vor, daß du schleunigst in dein Haus zurückkehrst, Swire. Es ist beinahe neun Uhr. Und laß den Frosch auf dem Weg laufen. Woher stammt der Mixer?«

»Er gehört mir, Sir. Von zu Hause.«

»Ich glaube, den nehme ich erst einmal in Verwahrung.«

Harvey verließ das Labor mit zusammengebissenen Zähnen. Er ging die Steintreppe in den Innenhof, setzte den Frosch widerstrebend bei den Büschen ab und ging dann schnell in sein Schulhaus.

Der Biologielehrer beobachtete ihn von dem Sprossenfenster des neugotischen Gebäudes aus. Der Junge machte ihm Sorgen. Er machte allen Sorgen. Harvey war gescheit, konnte sogar brillant sein, aber meist verlor er sich in seiner eigenen Welt. Er war immer schon ein bißchen introvertiert gewesen und benahm sich manchmal so seltsam, daß einige Lehrer es für bedrohlich hielten. Aber seit dem Unfall war es eindeutig schlimmer geworden. Er kam mit bizarren Ideen und stellte absonderliche Fragen. Er sollte sich auf den Stoff für das Examen konzentrieren, statt dessen schien er vom Tod besessen zu sein.

Vielleicht – um fair zu sein – war er durch den Tod seiner Mutter immer noch durcheinander.

Eine Gruppe Jungs stand versteckt neben der Seitentür. Harvey sah die rote Glut und roch Zigarettenrauch. Mehrere seiner Mitschüler stießen sich an und grinsten, als sie ihn kommen sahen. Einer sagte: »Hier kommt der Zombie!«

Kichern und Gelächter.

»He, Harve, wie geht's deinem Freund Gott? Hilft er dir bei den Examen?«

»He, Harve«, rief ein anderer, Horstead. »Anderson sagt, daß Menschen, die vom Tod zurückkommen, Zombies sind. Er hält dich auch für einen Zombie.«

Harvey sagte nichts.

Walls Minor rümpfte die Nase und schnupperte. »Er riecht schon nach Tod.«

»Nein, er stinkt, weil er todlangweilig ist.«

Das Gelächter folgte ihm bis in die Eingangshalle. Sie hatten keine Ahnung. Keiner auf dieser Schule hatte eine Ahnung.

Das Gelächter blieb bei ihm, als er später im Bett lag. Er konnte nicht einschlafen. Seit zwei Wochen war der Gipsverband weg, und der Arm tat höllisch weh. Es tat weh, wenn er darauf lag, daher rollte er sich auf den Rücken; aber jetzt schmerzte der Arm noch mehr. Er rollte sich auf die rechte Seite; aber der Druck auf die gebrochenen Rippen war zu stark. Nur mit Mühe konnte er einen Schmerzensschrei unterdrücken.

In der Dunkelheit konnte er seine fünf Schlafsaalkameraden atmen hören. Dacre schnarchte lautstark und unregelmäßig, wenn er die warme Luft durch die verstopften Polypen einsog. Links von ihm – Powell oder Walls Minor – quietschten die Bettfedern. Es war eine stille, warme Nacht. Durch die Fenster konnte er den Kastanienbaum sehen, der im Mondschein wie mit Porzellan überzogen aussah.

Er schloß die Augen und versuchte, wieder zu schlafen, aber das intensive Mondlicht schien sich durch seinen Schädel hindurch ins Gehirn zu bohren. Er sah Mr. Stipple mit der idiotischen Schleife und stellte sich vor, wie er den Lehrer mit Säuren und Skalpellen folterte. In seinem Kopf hörte er deutlich die Schmerzensschreie und spürte, wie er zappelte und wie das Leben aus ihm glitt. Er lächelte und schlief beinahe ein.

Dann überkam ihn wieder die Wut. Seine Mitschüler, grinsend und miteinander flüsternd, als er zurückgekommen war. Sie kicherten hinter seinem Rücken.

Er war nicht sicher, wann es angefangen hatte – nachdem er ihnen von seinem Erlebnis erzählt hatte oder nachdem er Reckett geschlagen hatte. Reckett mit dem riesigen, beschnittenen Penis und den sexuellen Eroberungen. Der hatte am lautesten gekichert, als er ihnen erzählte, was er erlebt und gesehen hatte.

»Hast du es geschafft, Angie zu bumsen, als du im Himmel warst, Harve?« hatte Horstead gespottet. »Reckett hat sie hier nämlich halb totgefickt, während du im Krankenhaus warst. Er sagt, sie ist flink wie ein Wiesel.«

Reckett war größer und kräftiger; aber Harvey hatte es ihm

verdammt gut gegeben, sogar ein Auge blau geschlagen, und das, obwohl er praktisch nur einen Arm gebrauchen konnte. Seine Freunde waren sprachlos vor Staunen gewesen. Er auch. Er hatte noch nie jemanden geschlagen. Niemals *wirklich* geschlagen, so wie Reckett.

Er hätte über das, was mit ihm geschehen war, den Mund halten sollen. Es war dämlich gewesen, es ihnen zu erzählen und zu hoffen, sie würden es verstehen. Sie waren alle Idioten und würden immer Idioten bleiben. Sie hatten keinerlei Interesse, das Leben zu verstehen.

Seine Gedanken schwebten wieder zurück zu seinem Unfall. Das passierte ständig. Endlos liefen die Details vor ihm ab: der Wagen mit der grünen Lackierung und hinter der Windschutzscheibe die Frau am Steuer, frisch vom Friseur, eine Zigarette rauchend. Er spürte den Aufprall, sah das Gesicht der Frau näher. Die Scheibe explodierte wieder in blitzende, weiße Funken. Sein eigener Körper sank unter ihm weg wie ein Schatten. Mrs. Matthey, die Frau des Hausvaters, lief aus der Tür, stolperte, fiel hin. Der Arzt in seinem blauen Blazer kniete über ihm und sprach zu Mrs. Matthey.

Dann kam seine Mutter auf ihn zu – mit ihren blonden Locken und ihrem Lächeln. Die dunklen Schatten. Die eisigen Hände, die ihn wegzerrten.

Harvey war heute in die Bibliothek des Hausvaters gerufen worden. Mr. Matthey war ein großer Mann mit einer großen Nase, einer gerunzelten Stirn und einem ständig gedankenverlorenen, leicht feindseligen Gesichtsausdruck. Einige vereinzelte Haarsträhnen lagen über dem kahlen Kopf. Er bohrte seine großen Hände beim Sprechen in die Taschen seines Tweedjacketts, wodurch die Schultern schief aussahen. Er sagte zu Harvey, wie sehr er den Unfall bedauere. Er hoffe nur, daß Harvey nicht die Absicht hatte, den Unfall als Entschuldigung anzuführen, wenn er keine guten Noten im Examen bekomme. Offenbar dachte Mr. Matthey, daß Harvey dies vorhatte, und diese Meinung wurde von Mr. Stipple und wohl den meisten Lehrern geteilt.

Die A-Tests begannen in etwas mehr als einer Woche. Harvey hatte Physik, Chemie und Biologie. Um in die Queen's Medical

School aufgenommen zu werden, brauchte er ein Minimum von einem A und zwei B.

Der Schlafsaal wurde dunkler, als ziehe eine Wolke vor den Mond. Harvey spürte Druck auf den Ohren und eine dumpfe Stille.

Dann das Gefühl zu schweben.

Das Fenster glitt unter ihm weg wie eine Tür im Fahrstuhlschacht. Er konnte die schlafenden Gestalten unter sich sehen. Das waren seine Kameraden im Schlafsaal.

Er auch.

Er starrte fasziniert nach unten. Dann drückte etwas gegen seinen Rücken. Es war die Decke. Einen Augenblick dachte er, sie habe sich gesenkt, doch dann erkannte er erstaunt, daß er zu ihr hinaufgeschwebt war.

Sein Körper lag reglos da. Plötzlich bekam er Angst.

Tot.

Diesmal wirklich tot.

Er dachte an Angie und Horsteads Spott. »Reckett hat sie halb totgefickt...«

Tot.

Er sah, wie sich seine Bettdecke hob und senkte. Sein Mund bewegte sich etwas, zitterte. Die Saaldecke hielt ihn in der Schwebe. Er wollte zurück in seinen Körper. Panik packte ihn. Er wollte aufwachen; aber nichts geschah. Er sah sich im Schlafsaal nach Hilfe um. Walls Minor. Dacre. Powell. Horstead. Smith. Alle schliefen.

Ich träume, dachte er.

Nur ein komischer Traum. Er wollte nach unten auf seinen Körper hinabsinken. Statt dessen schwebte er vorwärts durch den Schlafsaal. Er glitt über Walls Minor dahin, der auf dem Rücken mit offenem Mund schlief, die Hände brav auf der Bettdecke.

Die Wand kam näher, immer schneller. Er streckte die Hände aus – er konnte sie deutlich sehen –, um sich abzustützen.

Seine Hände verschwanden in der Wand.

Dann tauchte sein Gesicht in die Wand. Er wurde wie von einem Magneten hineingesaugt. Die Wand war nicht mehr fest.

Er konnte Millionen Teilchen sehen, die vor ihm auseinanderglitten. Sie sahen seidenweich aus, aber er konnte sie nicht spüren.

Im Geist, dachte er. Ich bin nur im Geist da. Astral.

Er durchdrang die verschiedenen Verputzschichten, dann die Ziegelmauer, dann wieder Verputz und kam im nächsten Schlafsaal heraus. Reckett lag mit offenem Mund und blauem Auge unter ihm. Harvey schwebte über mehrere Betten, wieder durch eine Wand in die Waschräume, auf einen Spiegel zu, der wie Wasser im Mondlicht glänzte, und suchte sein Spiegelbild.

Nichts.

Er bewegte sich näher heran. Immer noch nichts. Er durchdrang das Glas, den Reflektor, die Mauer dahinter und kam auf dem Treppenabsatz dahinter heraus. Es war dunkel, aber er konnte deutlich sehen. Hier kannte er sich nicht aus. Geschlossene Türen und eine gemusterte Tapete. Eine Blumenbank, Bilder von Blumen an den Wänden. Er war in den Privatzimmern von Mr. und Mrs. Matthey!

Vor einer Tür mit vertiefter Füllung hielt er an. Dann schwebte er hindurch. Es war wie ein Blick durchs Mikroskop. Er konnte die Schichten der Farbe sehen, fünf weiß und eine grün, dann die Maserung des Holzes. Fasern wichen ihm aus wie Schlingpflanzen einem Taucher. Schweigend glitt er in das große, dunkle Schlafzimmer, dessen Vorhänge geschlossen waren.

Als er die Zimmerdecke über sich spürte, bekam er einen Anhaltspunkt zur Orientierung. Unter ihm lagen zwei Gestalten im Bett. Er grinste. Beinahe hätte er laut gekichert. Mr. Matthey, sein Hausvater, lag auf dem Rücken und schnarchte heiser. Mrs. Matthey hatte den Kopf mit dem Haarnetz auf die Hände gelegt, als sei sie beim Nachtgebet eingeschlafen. Auf dem Nachttisch lag das Buch *Söhne und Liebhaber*.

Mr. Mattheys Schnarchen brach abrupt ab. Er bewegte sich und schlug die Augen auf. Harvey war die Situation schrecklich peinlich. Er hatte Angst, entdeckt zu werden. Was wäre, wenn er jetzt aufwachte und feststellen mußte, daß er hierher schlafgewandelt war? Da schlossen sich die Augen des Hausvaters wieder.

Harvey glitt zurück durch die Wand auf den Treppenabsatz. Dort ruhte er sich an der Decke kurz aus. Aber eigentlich brauchte er keine Ruhepause. Er konnte in jeder Höhe schweben, ohne daß ihn das Mühe kostete.

Er drehte um und drang durch eine andere Wand. Farbe, Verputz, Ziegel taten sich vor ihm auf. Jetzt war er draußen über einem Rhododendronbusch neben der Haustür. Er konnte Mr. Mattheys Dienstwagen sehen. Die Straßenlaternen warfen Licht und Schatten auf das Straßenpflaster. Irgendwo kämpften zwei Katzen.

Er bekam Angst.

Dann sagte er sich: Entspanne dich, laß dich treiben und genieße den Traum.

Nur ein Traum.

Er glitt die Straßen hinab auf das Hauptgebäude der Schule zu. Vor ihm lag der Aufenthaltsraum der Lehrer. Das Haus war ein imposantes Bauwerk mit einem großen überwölbten Torgang für Kutschen in der Mitte. Der Aufenthaltsraum befand sich direkt über dem Bogen. Schüler hatten keinen Zutritt zu diesem Gebäude. Es gab allerhand Gerüchte, wie es drinnen aussah; aber niemand wußte etwas Genaues. Fragte man einen Lehrer, lächelte dieser höflich, zwinkerte vielleicht mit einem Auge und behielt das Geheimnis für sich.

Licht drang aus den oberen Fenstern. Harvey glitt darauf zu, durch das Glas und die Steinranken. Der Raum war enttäuschend langweilig. In der Mitte stand ein langer Tisch mit alten Lederstühlen herum. Ferner gab es noch mehrere Sitzgruppen aus alten Ledersesseln um kleine Tische. Alles war eine Mischung aus verschiedenen Stilen und Perioden wie vom Trödelmarkt. Er sah nur zwei Personen. Mr. Stipple und Mr. Duncton, der Physiklehrer, saßen nebeneinander in Sesseln.

Mr. Stipple saß auf der Kante, trank eine Tasse Kaffee und rauchte eine Zigarette. Mr. Duncton, ein beleibter Witwer Mitte Sechzig, hielt ein Bierglas. Er hatte den Kopf gesenkt, wodurch sein Dreifachkinn wie eine Ziehharmonika aussah. Seine Stimme war tief und gewichtig. »Sind Sie dieses Jahr wieder für die Examen verantwortlich?«

»Ja«, antwortete Mr. Stipple.

»Sind die O- und A-Stufen Physik schon angekommen?«

»Ja.«

»Aha.« Er drehte das Bierglas, trank dann die letzten Tropfen aus und stand auf. »Also, für heute reicht's mir.« Auf nicht sehr sicheren Beinen ging er durchs Zimmer und stellte das Glas auf einer Theke ab, wo schon jede Menge benutzte Gläser und volle Aschenbecher standen. »Ich nehme an, daß Sie die Instruktionen für die praktischen Examen noch nicht angesehen haben, oder? Ob die mit den Fragen kommen oder extra?«

»Ich habe nicht nachgesehen, tut mir leid.«

Bei der Tür blieb Mr. Duncton noch einmal stehen. »Ach, ist nicht eilig. Aber irgendwie fehlt mir immer die Zeit zur Vorbereitung. Falls Sie sie mir ein paar Tage im voraus geben könnten –«

»Ich werde sie jetzt gleich holen und sie Ihnen morgen früh geben.«

»Wirklich sehr anständig von Ihnen, danke. Schließen Sie dann ab?« Dann ging er hinaus und machte leise die Tür hinter sich zu.

Mr. Stipple rauchte die Zigarette zu Ende, trank den Kaffee aus und ging durch den Raum. Harvey folgte ihm in einen kleinen Vorraum, dann durch einen kurzen dunklen Gang. Am Ende war eine schwere Eichentür. Als der Biologielehrer sie öffnete, kam ein großer, altmodischer Tresor zum Vorschein. Er öffnete ihn und nahm mehrere große, dicke, braune Umschläge heraus und legte sie auf den Boden. Die Adresse lautete: »An den Headmaster, Wesley School.« Dann hatte jemand noch mit schöner Schrift hinzugefügt: CHEMIE I.

Mr. Stipple blickte verstohlen über die Schulter und zog dann ein gedrucktes Blatt heraus. Harvey konnte deutlich mitlesen. Er war ein bißchen aufgeregt und hatte Angst, Mr. Stipple könnte aufschauen und ihn entdecken.

OXFORD UND CAMBRIDGE SCHOOLS
PRÜFUNGSAUSSCHUSS
Allgemeines Zertifikatsexamen
Stufe für Fortgeschrittene
CHEMIE I
Montag, 3. Juli 1967. 2 3/4 Std.
Beantworten Sie *sechs* Fragen
Papier nur einseitig beschreiben

Harvey las die Fragen:

1. *Was versteht man unter folgenden Begriffen: »Atomzahl, Atomgewicht, Isotopen?*

2. *Beschreiben Sie kurz die Herstellung von Methylcyanid (Acetonnitril), auf der Grundlage von (a) Methanol und (b) Äthanol.*

Der Biologielehrer las die Fragen ebenfalls und nickte vor sich hin. Er wußte, daß er das nicht durfte, deshalb blickte er sich immer wieder scheu um. Jetzt war er am Ende der ersten Seite, wo dick gedruckt *Umblättern* stand. Dies tat er, so daß Harvey auch Seite zwei und drei lesen konnte. Was für eine verrückte Halluzination. Er gestattete sich ein Lächeln.

Mr. Stipple faltete das Blatt zusammen und steckte es zurück in den Umschlag. Dann nahm er die anderen Prüfungsaufgaben für Chemie, Physik und Biologie heraus und las sie ebenfalls durch. Harvey prägte sich die Fragen so gut er konnte ein. Zu seiner Überraschung konnte er sie wiederholen, als hätte er sie mit dem Verstand fotografiert.

Zeitverschwendung, dachte er. Examensfragen auswendig zu lernen, die nicht existierten.

Er las die letzte Seite. Es wurde dunkler und schwieriger, alles zu erkennen. Plötzlich bekam er Angst. Hinter ihm war etwas Dunkles, Bedrohliches, das ihm den Weg versperrte.

Er wollte ausweichen, aber es kam immer näher. Er glitt zur Seite, aber statt durch die Wand zu schweben, wurde er von ihr eingesogen. Er durchdrang Farbe, Verputz und die feste Mauer. Es wurde dunkler. Die Bedrohung war immer noch hinter ihm.

Dann griffen Hände nach ihm. Eiskalte Hände. Er spürte sie

deutlich. Das Gefühl war zurückgekommen. Kalte Luft umwehte ihn. Hände packten fester zu. Er mußte kämpfen, um sich von ihnen zu lösen, zu entkommen. Er hörte die Stimme seiner Mutter, als flüstere sie ihm ins Ohr.

»Liebling, Gott ist sehr glücklich über dich.«

Dunkle Schatten zerrten an ihm, stießen ihn.

»Sie will dich nicht«, sagte eine barsche Stimme.

»Sie will dich nie wiedersehen«, sagte eine andere Stimme.

Er drehte sich entsetzt um. Die Moleküle um ihn herum wurden schwerer, zäher, als wollten sie ihn festhalten und nicht hinauslassen, ihn für immer in dieser Mauer einschließen.

Er schrie.

Kalt, so kalt.

Wieder schrie er. Und noch mal.

»Harve, halt's Maul!«

»Um Himmels willen, Harve!«

Das Licht ging an. Eine Gestalt stand über ihm. Dacre. Kalter Schweiß lief über Harveys Gesicht und den ganzen Körper. Er war wie aus dem Wasser gezogen.

»Alles in Ordnung, Harve?« fragte Dacre.

»Ein Traum«, flüsterte Harvey. »Ein Alptraum.« Bettfedern quietschten.

»Wer hat das Scheißlicht angemacht?« rief einer.

»Alles in Ordnung?« erkundigte sich Dacre noch mal.

Harvey gab keine Antwort. Er versuchte, sich in Gedanken zurück in den Traum zu versetzen. Die Prüfungsseiten gingen ihm durch den Kopf. Klar, kristallklar.

Schreiben Sie Snell's Gesetz der Lichtbrechung, und definieren Sie: refraktiver Index.

Tabellarisieren Sie zwei Unterschiede und zwei Ähnlichkeiten in der chemischen Zusammensetzung von Kohlenstoff und Silizium.

Was versteht man unter dem Ausdruck »adaptive Strahlung«?

Beschreiben Sie Anpassungen von Teilen des Mundes und der Beine bei Insekten, die Ihnen bekannt sind.

»Na schön, Harve«, sagte Dacre zögernd. »Du hast wirklich wie am Spieß gebrüllt, Mann. Was hast du denn geträumt?«

»Alles in Ordnung«, sagte Harvey und konzentrierte sich weiter auf die Wiederholung, die vor seinem geistigen Auge ablief: die Prüfungsfragen in Physik, Chemie und Biologie. Er wartete, bis seine Kameraden wieder eingeschlafen waren. Dann stieg er aus dem Bett, schlüpfte in die Pantoffeln und ging aus dem Schlafsaal hinaus über den dunklen Korridor zu dem winzigen Studierzimmer, das er mit Dacre teilte.

Er machte die Tür zu und legte ein Handtuch vor die Ritze, um das Licht abzuschirmen. Dann schaltete er die Tischlampe ein, setzte sich an sein Pult und schrieb die Fragen auf.

9

Montag, der 22. Oktober

Gegen zwei Uhr nachmittags hatte sich die Gruppe der Reporter vor dem Friedhof versammelt. Aus Mangel an Fakten verbreiteten sich Gerüchte. Jemand sagte, sein Kontaktmann bei der Polizei habe ihm anvertraut, daß die Tote, Sally Donaldson, von ihrem Mann ermordet worden sei – vergiftet. Jetzt sei es ein Versicherungsfall, erklärte er im Brustton der Überzeugung.

Kate steckte die Hände tiefer in die Taschen des Regenmantels. Sie beneidete Eddie Bix um das warme Plätzchen, von dem aus er den Friedhof überblicken konnte. Sally Donaldsons Mann war noch nicht vor der Zeltwand aufgetaucht. Aber es hatte sich herumgesprochen, daß er dort sei, und nun wartete die Meute auf ihn.

Der Regen hatte aufgehört. Der Wind hatte sich nach Nordost gedreht und war kälter geworden. Dunkle Herbstwolken verdüsterten den Himmel. Kate hatte sich zwanzig Minuten weggestohlen, um im Pub unten an der Straße schnell etwas zu essen. Sie hatte die Currysuppe verschlungen, daß ihr jetzt noch der Gaumen brannte, dazu einen mickrigen Schinkensalat, um den größten Hunger zu stillen.

Die geparkten Autos an der Straße gehörten größtenteils der

Presse. *Radio Sussex* war auch mit einem antennenstarrenden Übertragungswagen angerückt. Es roch nach Bier und Zigarettenrauch. An der Nachrichtenfront war es ruhig, so daß die Reporter hier herumlungerten, bis eine bessere Story kam.

»Ich hatte eine Tante, die man für tot erklärte, obwohl sie es nicht war«, verkündete Rodney Sparrow von der *Mid-Sussex Times*. Kate wußte nie, ob sie ihn ernst nehmen durfte. »Man brachte sie ins Leichenschauhaus für die Autopsie. Als der Pathologe den ersten Schnitt machte, setzte sie sich auf, packte ihn an der Gurgel und fragte ihn, was, zum Teufel, er da mache. Ehrlich!«

»Hypothermie«, meinte ein anderer Journalist, den Kate nicht kannte. Er war ein bulliger Kerl mit Narbengesicht und schwerem schottischem Akzent. Eigentlich sah er wie ein Rausschmeißer eines Nachtlokals aus. »Ein Doktor hat mir erklärt, daß Hypothermie, also Untertemperatur, den Puls auf einen Schlag pro Stunde verlangsamen kann. Beim Ausstellen des Totenscheins verpassen sie ihn daher manchmal.«

»Im Krieg passiert's auch oft, daß Leute lebendig begraben werden«, mischte sich keuchend Harry Oakes ein. Er war rund wie eine Tonne und litt unter Asthma. Er war Reporter für die *Eastbourne Gazette*. »Verwundete Soldaten. Ihre Kameraden mußten sich beeilen und haben nicht immer gemerkt, wenn einer noch geatmet hat. Das ist auch nicht leicht, wenn man keine medizinischen Kenntnisse hat. Ich war in Arnhem, als sie zweiundfünfzig die Kriegsgräber öffneten. Es war grauenvoll. Wenigstens ein halbes Dutzend Skelette waren in Hockstellung, und an den Sargdeckeln waren Kratzspuren. Arme Schweine.«

»In heißen Ländern kommt es auch gar nicht so selten vor, hat mir jemand erzählt«, sagte Shane Hewitt vom *Evening Argus*. »Laut Gesetz müssen sie innerhalb von zwei Tagen verbrannt werden. Man nimmt an, daß nicht wenige in ihren Särgen wieder aufwachen.«

»Wie lang kann man überleben, wenn man lebendig begraben ist?« fragte Kate und schüttelte sich innerlich vor Entsetzen.

»Höchstens ein paar Stunden«, antwortete Rodney Sparrow. »In so'm Sarg ist nicht viel Luft.«

»Blödsinn«, widersprach der Rausschmeißer. »Du kannst es tagelang überleben.«

»Ist aber verdammt eng in so'm Sarg«, sagte Sparrow. »Berechne doch mal das Verdrängungsvolumen und vergleiche es mit den Zylindern von Taucherlungen.«

»Ja, schon, aber wenn du kräftig drückst, müßtest du den Dekkel doch einen Spalt aufkriegen. Und dann käme Luft rein.«

»Erstens nageln sie den ziemlich fest drauf«, sagte Shane Hewitt, »und dann hast du noch das Gewicht der Erde.«

»Sie nageln den Deckel nicht drauf, sondern schrauben ihn fest.«

»Und wenn schon! Selbst wenn du Luft bekämst, würdest du am Wasserentzug sterben«, erklärte Sparrow. Er nickte zum Friedhof hinüber. »Wie lange ist sie schon unten?«

»Seit vorigen Dienstag nachmittag. Ungefähr sieben Tage.«

»Also dann besteht keine Chance mehr, oder? Selbst wenn sie noch gelebt hat.«

»Jemand hat heute morgen Klopfgeräusche gehört.«

»Ja? Wer war das?«

Shane Hewitt zeigte zu den kleinen Häusern auf der anderen Straßenseite. »Die Frau in Nummer zwölf.«

»Die hat wirklich nicht alle Tassen im Schrank«, erklärte Jim Barnhope von der *West Sussex Gazette*. »Kate hat mit ihr geredet.«

»Ich auch«, meldete Gail Cohen von Radio Sussex. »Die Alte ist wirklich nicht dicht.«

»Ich sag' euch was«, erklärte Harry Oakes mit seiner heiseren Stimme und der Zigarette im Mundwinkel. »Ich lasse mich verbrennen, nach dem, was ich schon alles erlebt habe. Ich will mir nicht, wie die Jungs in Arnhem die Finger blutig kratzen.« Er zwinkerte Kate zu. Sie lächelte tapfer zurück.

»Krematorium – ich weiß nicht so recht«, sagte Jim Barnhope. »Stellt euch vor, da wachst du im Sarg auf und weißt, daß es in den Ofen geht. Du spürst die Hitze. Die Flammen fressen sich durch den Sarg zu dir durch. Da ist Einbalsamierung besser, viel besser. Wenn du noch nicht tot bist, wenn sie anfangen, bist du es bestimmt, wenn sie fertig sind.«

»Bei 'ner Autopsie ist es genauso.«

Harry Oakes blickte Kate an. »Habt ihr vor, die ganze Zeit hierzubleiben?«

Sie zuckte mit den Achseln. »Weiß nicht.«

»Ich muß nach Eastbourne rüber. Stadtratsitzung. Habt ihr einen fahrbaren Untersatz?«

»Ja.«

»Kann ich Sie später anrufen und mich erkundigen, ob sich was getan hat?«

»Klar«, antwortete sie und knirschte innerlich mit den Zähnen. Bestimmt würde er gemütlich zu Hause vorm Fernseher sitzen, die Beine hochlegen und mit ihrer Story abkassieren – mit dem, was sie ihm erzählen würde. Andererseits hatte er viel Ahnung und ihr schon gute Tips gegeben, und seine Zeitung zahlte ihr ein Honorar, wenn er etwas von ihr verwendete.

»Ich habe diesen Spiritistentypen interviewt«, sagte Shane Hewitt. »Er meint, der Geist bleibt bis zur Beerdigung in der Nähe.«

»In welcher Hausnummer wohnt doch gleich die Frau, die das Klopfen gehört hat?« fragte Jim Barnhope Kate.

»Zwölf«, antwortete Kate.

»Danke.« Seine Stimme wurde beinahe zum Flüstern. »Ich habe gehört, daß Prinzessin Di vielleicht am Samstag in Worthing ist. Eine alte Schulfreundin von ihr heiratet. Aber behalten Sie das für sich...« Er tippte sich an den Nasenflügel.

»Danke«, sagte Kate.

Barnhope zwinkerte ihr zu und schlenderte auf die andere Straßenseite. Kate blickte ihm lächelnd hinterher. Ob er mehr Glück bei der verrückten Alten hatte?

»Also, wenn das nicht die schöne Kate ist!«

Sie fühlte eine Hand auf der Schulter und drehte sich um. Es war ein Reporter, mit dem sie in ihrer ersten Woche bei den *News* gearbeitet hatte. Er war dann zur *Daily Mail* gewechselt. Patrick Donoghue.

»Patrick! Was machen Sie denn hier?«

»Ich war gerade in der Gegend und hörte, daß es hier eine Story gäbe. Und, gibt's eine?«

»Noch nicht; aber vielleicht später.«

Er war einen guten Kopf größer als Kate. Sein kurzes, braunes Haar fiel in der Mitte etwas auseinander. Wind und Regen hatten es zerzaust. Einige feuchte Locken umrahmten seine Stirn.

Er war dreißig, kräftig und drahtig, Akne hatte ein paar Narben hinterlassen, ansonsten sah er wirklich gut aus, so ein Typ harter Naturbursche. Die wachen, grünen Augen verrieten seine irische Herkunft. Ihr Ausdruck war freundlich, aber bestimmt. Er trug ein schäbiges Tweedjackett und einen blauen Rippenpullover, Cordhosen und derbe Sportschuhe. In der Faust hielt er ein tragbares Telefon. Er hätte sich ebensoleicht für einen Soldaten in Zivil wie für einen Zeitungsreporter ausgeben können.

Er war in Kates erster Woche besonders freundlich zu ihr gewesen und hatte sich sehr bemüht, ihr zu helfen. Danach hatte sie ihn noch zweimal zufällig getroffen. Einmal bei einer Gerichtsverhandlung und dann wieder beim Warten auf die Premierministerin bei einer Parteiversammlung. Irgendwie hatte er etwas von einem Rebellen und einem Lausbuben, das sie auch von sich kannte; deshalb fühlte sie sich zu ihm hingezogen. Heute sah er noch viel besser aus, als sie ihn in Erinnerung hatte.

Lautes Klingeln. Er hob das Telefon ans Ohr. »Donoghue«, sagte er und legte die Hand übers Ohr. Dann drehte er sich, um den Empfang zu verbessern. »Dazu brauche ich etwa eine Stunde«, sagte er ins Telefon. »Wenn ich sofort losfahre... Nein, bis jetzt noch nichts.« Er schaute Kate an. »Ja, ließe sich bestimmt was machen. Richtig. Ist John Passmore schon vom Lunch zurück? Nein, schon gut. Ich rede später mit ihm.« Er drückte auf *Aus*. »Marschbefehl.«

Kate hob etwas enttäuscht die Augenbrauen. »Eine bessere Story?« fragte sie.

Er neigte den Kopf ein wenig. »Es gibt mehr Dinge zwischen Himmel und Erde, Horatio, als sich auf nassen Friedhöfen die Beine in den Bauch zu stehen.«

»Solange jemand anders für Sie herumsteht?«

»Eigentlich wollte ich gerade darauf zu sprechen kommen. Wäre es möglich, daß Sie die Sache hier für mich mitmachen, sollte es interessant werden?«

»Ich muß vorsichtig sein«, antwortete sie. »In der Zeitung hat es wegen anderen Reportern Ärger gegeben.«

»Darüber brauchen Sie sich keine Sorgen zu machen, Kate. Natürlich das übliche Honorar. Gutes Geld.«

Sie lächelte. »Aber sicher, gern.«

»Es hilft Ihnen, sich in London einen Namen zu machen. Sie wollen doch nicht für den Rest Ihres Lebens hinter der Feuerwehr in Sussex herjagen, oder?«

»Sie meinen, wenn ich sie in London jagen könnte?«

»Größere Brände.« Er grinste. »Rufen Sie mich an, falls sich etwas getan hat.«

»Was ist diese bessere Story, zu der Sie fahren?«

»Nicht Ihr Jagdrevier. London-Süd.«

»Moment mal!« sagte sie wütend. »Wir sind keine Hinterwäldler! Ich darf London-Süd bearbeiten, wenn es sich lohnt.«

»Nur 'ne Katze, die auf dem Dach steckengeblieben ist.« Er zwinkerte ihr zu, und weg war er.

Kate ging in die Kirche, um Zuflucht vor dem Wetter zu suchen. Sie traf dort auf den Küster. Der alte Mann mit dem dünnen Haar polierte gerade einen Kelch. Er sah aus, als sei er mal ziemlich rundlich gewesen. Jetzt wirkte er beinahe ausgezehrt. Offensichtlich war er froh, mit jemandem sprechen zu können. Er erzählte Kate, daß er am Dienstagabend, nach Sally Donaldsons Beerdigung, gemeint habe, Klopfgeräusche zu hören. Aber er hatte ein paar Tage lang nichts davon gesagt, bis er feststellte, daß noch andere etwas gehört hatten. Er hatte Sally Donaldson das ganze Leben lang gekannt und gab Kate eine genaue Biographie samt Namen und Adressen von Verwandten.

Als Kate wieder zu den Journalisten zurückging, kam Leben in die Gruppe. Ein blauer Vauxhall fuhr vor, und Dennis Falk, der Polizeipressesprecher, stieg aus. Die Reporter umringten ihn wie Motten das Licht, ehe er noch die Autotür schließen konnte. Er sah verschlagen aus, mit dünnem, glattem Haar und nagelneuem, blauem Trenchcoat. Beschwichtigend hob er die Hand. »Schon gut«, sagte er und holte ein gefaltetes Blatt Papier aus der Jackettasche. »Ich habe eine Erklärung.«

Als ehemaliger Reporter kannte er die meisten Journalisten. Er las vom Blatt ab: »Aufgrund von Berichten über unerklärliche Geräusche aus dem Grab der Verstorbenen und auf Antrag des Ehemannes der Verstorbenen, erteilte der Leichenbeschauer für Ost-Sussex, Dr. Stanley Gibson, die Anweisung für die Exhumierung der sterblichen Überreste von Mrs. Sally Donaldson, beerdigt am sechzehnten Oktober dieses Jahres. Das Innenministerium hat die Erlaubnis erteilt, gemäß Absatz fünfundzwanzig der Begräbnisordnung von achtzehnhundertsiebenundfünfzig, daß die Exhumierung nach Einbruch der Dämmerung, heute, am zweiundzwanzigsten Oktober, und vor dem Morgengrauen, morgen, Dienstag, dem dreiundzwanzigsten Oktober, stattfinden kann.« Er faltete das Blatt zusammen und steckte es wieder in die Tasche.

Es herrschte kurz Schweigen. Ein Polizeiwagen kam den Hügel herab und parkte auf der gegenüberliegenden Seite.

»Können Sie uns sagen, warum die Exhumierung nicht vor dem Abend ausgeführt wird, Mr. Falk?« fragte Kate.

Er lächelte sie so herablassend, wieselähnlich an, daß sie wütend wurde. Offensichtlich genoß er es, die Information für sich zu behalten. »Alle Exhumierungen werden in diesem Land nach Einbruch der Dunkelheit ausgeführt, um die Privatsphäre vor den Augen der Öffentlichkeit so weit wie möglich zu erhalten.«

»Aber Mr. Falk, man hat doch Klopfgeräusche aus dem Grab gehört! Handelt es sich da denn nicht um einen Notfall? Sollte man nicht sofort anfangen zu graben, falls die Chance besteht, daß die Frau noch lebt?«

»Meines Wissens hat der Leichenbeschauer die medizinischen Berichte und die Beweise genau studiert und seine eigenen Schlüsse gezogen. Seiner Meinung nach gibt es keinerlei Beweise, die die Theorie eines vorzeitigen Begräbnisses untermauern, und es ist auch die Möglichkeit auszuschließen, daß Mrs. Donaldson noch leben könnte.«

»Hat die Presse Zutritt?« fragte Jim Barnhope.

Falk verschränkte die Hände auf dem Rücken und streckte die Brust vor. Dann kippte er auf seinen grauen Schuhen etwas zurück. »Der Friedhof wird mit Einbruch der Dunkelheit für die

Öffentlichkeit geschlossen. Die Presse ersuche ich, von Fotos hinter der Schutzwand Abstand zu nehmen.«

»Einen Moment noch, Mr. Falk«, sagte Rodney Sparrow in respektvollem Ton. »Wir haben gehört, daß Mr. Kevin Donaldson, der Ehemann der Verstorbenen, im Augenblick auf dem Friedhof ist. Wir alle würden gern einen Kommentar von ihm bekommen.«

»Mr. Donaldson ist im Zustand schwerer emotionaler Erschöpfung. Er hat wissen lassen, daß er zum gegenwärtigen Augenblick mit niemandem sprechen möchte.«

Ein weißer Volvo-Kombiwagen fuhr vor, gefolgt von einem grünen Lieferwagen. Zwei ernst dreinschauende Männer in schwarzen Anzügen stiegen aus dem Volvo. Ihre Gesichter waren so ausdruckslos wie Gipsabgüsse. Aus dem Lieferwagen kletterten drei Männer in Overalls. Sie öffneten die Hintertüren und luden schwere Plastiksäcke aus.

Roy Pinner vom *Leader* beugte sich zu Kate. »Kalk. Gräber sind voller Bazillen. Wenn man sich mit Leichengift infiziert, ist man in wenigen Minuten hinüber. Das infektiöseste Zeug der Welt.«

»Mr. Falk, warum hat die Presse keinen Zutritt?« fragte jemand.

»Standardverfahren, aus privaten und hygienischen Gründen.«

»Können Sie uns sagen, wer Zutritt hat?«

»Nur die Totengräber, die Leute vom Beerdigungsinstitut, direkte Angehörige, der Beamte vom Gerichtsmedizinischen Institut und ein Beamter vom Umwelt- und Gesundheitsamt.«

Die Männer in den Overalls luden eine große, längliche Sperrholzkiste aus dem Lieferwagen und trugen sie in den Friedhof. Kate sah mit morbider Faszination zu.

Die Fotoabteilung der *Evening News* hatte im Archiv ein Hochzeitsbild des Paares gefunden. Kate hatte es noch nicht gesehen. Sie überlegte, wie Sally Donaldson wohl ausgesehen hatte, und versuchte sich die junge Frau lebendig in der engen, dunklen Kiste unter der Erde da drüben auf dem Friedhof vorzustellen. Ob sie von der Aktivität hier oben etwas mitbekam? Kate starrte über den Friedhof. Sie konnte nicht mehr leben. Lieber Gott, bitte nicht!

Die Arbeiter kamen zurück und schleppten die Säcke mit Kalk hinter die grüne Wand. Kate war es klar, daß ihre Story hinter dieser Wand stattfand. Dort würden sich Drama und Gefühle – und das Grauen – abspielen. Hinter der Wand würden sie den Sarg ausgraben und den Deckel öffnen.

Sie stahl sich von den anderen Journalisten fort, die weiterhin Falk mit Fragen bombardierten. Sie holte sich den Schlüssel zum Dienstwagen bei Eddie ab, der immer noch hinter seinen Kameras saß und auf den Friedhof hinabschaute. Dann stieg sie in den Ford, schaltete das Telefon ein und wählte die Auskunft.

Kurz darauf klingelte die Nummer, die sie gewollt hatte. Eine scharfe Stimme meldete sich: »Umwelt- und Gesundheitsamt.«

»Ich möchte bitte mit Barry Liverstock sprechen.«

Ein Klicken, dann erst mal Stille. Der Empfang bei diesem tragbaren Gerät war nicht sehr gut. Es zischte, knackte und zischte wieder. Eine Sekretärin fragte sie, dann hörte sie die bleierne, gewichtige Stimme des Stellvertretenden Direktors des Amts für Umwelt und Gesundheit: »Liverstock.«

»Mr. Liverstock, hier spricht Kate Hemingway von den *Evening News*.«

»Ach ja, wie geht es Ihnen?« Seine Stimme kletterte mehrere Stufen auf der Enthusiasmusleiter empor.

Sie sah ihn deutlich vor sich. Ein wichtigtuerischer Angeber mit langen, blonden Locken und einem wollüstigen Grinsen, dazu ein breiter, ordinär wirkender Trauring. Er hatte sich über seinen ozeanisch großen Schreibtisch gebeugt und einen ruhigen Lunch zu zweit vorgeschlagen. Sie hatte weder zugesagt noch abgelehnt. Sie wollte sich alle Türen offenhalten.

»Gut, danke«, antwortete Kate. »Hat Ihnen mein Artikel über das Programm zur Überwachung des Schadstoffausstoßes im Straßenverkehr gefallen? Ihre ›Ein-Atemzug-frischer-Luft-in-Brighton‹-Kampagne?«

»Der war großartig. Ich hatte keine Ahnung, daß Sie uns so viel Platz einräumen würden.«

»Ich habe meinen Redakteur davon überzeugt, daß es wirklich

wichtig sei«, log Kate. Das war nur zustande gekommen, weil die geplante Reportage auf Seite fünf wegen einer drohenden Verleumdungsklage in letzter Minute zurückgezogen worden war. Da hatte man eines ihrer ersten Interviews für die *Sussex Evening News* hineingenommen. »Eigentlich ist das auch der Grund meines Anrufs. Sie sagten doch, falls Sie mir auch einen Gefallen erweisen könnten...?«

»Jaaa?« Seine Stimme wurde langsamer, zweifelnder.

»Es ist nur ein klitzekleiner Gefallen.«

Es folgte ein unangenehmes Schweigen.

»Ich kann vielleicht noch einen Artikel unterbringen«, lockte sie.

Er biß nicht an. Sie konnte die plötzliche Kälte durchs Telefon förmlich spüren und verfluchte sich, weil sie es telefonisch probiert hatte. Sie hätte unbedingt persönlich zu ihm gehen müssen. »Sind Sie heute den ganzen Nachmittag im Büro?«

»Ich habe um vier eine Sitzung.«

»Ich könnte in zwanzig Minuten bei Ihnen sein.«

»Na ja, das ginge wohl«, meinte er widerstrebend.

Barry Liverstocks Büro fiel völlig aus dem Rahmen des schmuddeligen Bürokomplexes, in dem es lag. Es war weiträumig und bot den Ausblick über die Palace Pier und das Meer. Der tiefe Teppich war kornblumenblau. Die Möbel waren aus Teakholz, sein Schreibtisch protzig. Davor stand noch ein kleiner Konferenztisch. An den Wänden hingen in schweren Rahmen Fotos von Windhunden. Auf dem Bücherregal stand eine Reihe versilberter Pokale und anderer Trophäen. Zwei silberne Windhund-Briefbeschwerer lagen auf dem Schreibtisch neben den ledergerahmten Fotografien einer hübschen Frau und zwei kleinen Mädchen.

Barry Liverstock stand auf, als die Sekretärin Kate hereinbegleitete. Kate hatte sich im Waschraum etwas zurechtgemacht und noch einen Knopf an ihrer Bluse geöffnet. Als sie sich in den weichen Sessel vor seinem Schreibtisch setzte, schob sie den Rock über der schwarzen Strumpfhose so weit hoch, wie sie es wagte.

Er trug ein weißes Oberhemd und eine grellbunte Krawatte. Die Manschettenknöpfe aus Rheinkiesel blitzten. Am Handgelenk hing ein goldenes Armband. Er lehnte sich in seinem Sessel zurück. Kate fand, daß er noch dicker war, als sie ihn in Erinnerung hatte, und sein Gesicht noch teigiger aussah. »Was kann ich für Sie tun?« fragte er und musterte sie, als sei sie eine Hure, die zur Begutachtung vorgeführt wurde. Als er in ihren Ausschnitt starrte, kam sie sich billig vor. Es war ihr schrecklich peinlich.

»Ich möchte einen Job.«

Er runzelte die Stirn. »Sind Sie bei der Zeitung nicht mehr glücklich?«

»Nein, ich bin bei der Zeitung sogar sehr glücklich und zufrieden.« Sie zwang sich ein Lächeln ab. »Ich brauche nur vorübergehend einen Job bei Ihnen.« Sie machte eine Pause. »Ich möchte die nächsten vierundzwanzig Stunden für Sie arbeiten.«

Er riß ihr weiterhin mit den Augen die Kleider vom Leib. »Für mich arbeiten?«

»Ich möchte, daß Sie mich in Ihrem Amt einstellen – nur für vierundzwanzig Stunden.« Sie schaute aus dem Fenster, dann wieder zu ihm.

»Möchten Sie jemanden beschatten?« Jetzt starrte er ihre Beine an.

»Nur für vierundzwanzig Stunden.«

»Warum?«

»Ich brauche einen Ausweis oder einen Brief, der besagt, daß ich hier arbeite.«

Er stützte das Kinn auf die Hand. »Was haben Sie vor?«

Kate beugte sich etwas nach vorn, damit er noch tiefer in ihren Ausschnitt blicken konnte. »Heute abend findet eine Exhumierung statt. Da will ich dabeisein.«

»Sally Donaldson?« Er holte eine Packung Rothman's-Zigaretten und ein Wegwerffeuerzeug aus der Brusttasche. »So schnell kann ich das nicht machen. Wir haben da strenge Vorschriften. Ich muß die Regeln einhalten – das dauert ein paar Tage.«

Kate warf absichtlich unbekümmert den Kopf zurück. »Na, macht nichts. Ich dachte nur, Sie hätten hier eine Machtposition und würden den Laden leiten.« Sie zuckte mit den Schultern. Sein Gesicht färbte sich leicht rosa.

»Das tue ich allerdings«, erklärte er gereizt. Seine Augen wanderten wieder zu ihren Beinen. Dann ins Gesicht und über den Ausschnitt zurück zu den Beinen. Er lächelte überlegen. »Und was wäre für mich drin?«

»Vielleicht noch ein Interview.«

»Wie wär's, wenn wir darüber mal beim Lunch redeten?«

Ihre Augen trafen sich. Kate gab sich einen Ruck. »Ich bin sicher, daß ich das einrichten kann«, sagte sie und lächelte ihn einladender an, als sie vorgehabt hatte.

Er griff zum Telefon, drückte eine Nummer und lehnte sich zurück. »Brenda, wer erledigt die Exhumierung heute abend? Judith Pickford? Verbinde mich bitte mit ihr.« Er steckte sich eine Zigarette an. »Judith? Ich habe hier eine –«, er zögerte kurz, »– eine Schriftstellerin, die ein Sachbuch über Exhumierungen schreibt. Würde es dir etwas ausmachen, sie heute abend mitzunehmen?« Er inhalierte tief und blies den Rauch an die Decke. »Nein, keine Angst. Ich gebe ihr einen Brief, in dem steht, daß sie dich begleitet. Ich glaube kaum, daß dir jemand Schwierigkeiten macht.«

Er legte auf. Dann drückte er auf einen anderen Knopf. Kate hörte, wie es im Vorzimmer laut schnarrte. Dann ertönte die Stimme der Sekretärin durch die Gegensprechanlage.

»Hallo?«

»Könnten Sie schnell einen Brief für mich schreiben?« fragte er und zwinkerte Kate zu.

10

Harvey Swire stellte sich in der Reihe Schüler vor der Aula an. Sie trugen entweder marineblaue Blazer oder das Standardmodell der Schule, Fischgrätmuster und graue Flanellhosen. Die schwarzen Krawatten hatten einen bunten Streifen, wobei die verschiedenen Farben die verschiedenen Häuser bezeichneten.

Die Morgensonne war sehr stark. Es würde ein verdammt heißer Tag werden.

Harvey hatte seine Schuhe geputzt und ein sauberes Taschentuch eingesteckt. Jeder schien heute besonders adrett angezogen zu sein, als ob ein ordentliches Aussehen auch einen ordentlichen Verstand bewirken könnte.

Harvey stand neben Dacre. Der süßliche Geruch von Brut, den sein Freund ausströmte, half auch nicht, die Nervosität in seinem Magen zu beruhigen. Die Atmosphäre war trotz des herrlichen Sommermorgens angespannt. Selbst Reckett war still und benahm sich nicht angeberisch.

»Ich wette, wir bekommen eine Frage über Schwerkraft«, sagte einer hinter Harvey.

»Nicht in Chemie.«

»Nein – mein Gott, bist du dämlich – in Physik. Du hast doch auch Physik, oder?«

Harvey ging die letzte Steinstufe hinauf, dann durch den schmalen Eingang in die große, eichengetäfelte Aula. Dort standen in Reihen Tische, auf jedem zwei Bleistifte, ein neues, weißes Blatt Löschpapier und die Chemieprüfungsaufgaben, mit der Vorderseite nach unten. Die Sonnenstrahlen durch die bunten Scheiben störten etwas, aber wenigstens war es hier kühl. Am Ende der Aula befand sich das Podium, das für Schüleraufführungen oder Ansprachen benutzt wurde. Heute stand dort der Tisch für die Aufsicht. Ein einsam aussehendes Glas und eine offene Karaffe mit Wasser zierten ihn.

Aufsicht führte ein Mathematiklehrer, den Harvey nicht kannte, ein ernst dreinschauender Mann mit üppigem Bart und hageren, slawischen Gesichtszügen. Er fuhr sich mit einer Hand über das Kinn und blickte im Raum herum wie ein Raubvogel, der sein Gelege bewacht.

Harvey fand den Tisch, der für die nächsten vierzehn Tage sein Arbeitsplatz sein würde. *H. Swire* stand mit Maschine getippt auf einer weißen Karte, die mit Klebeband in der rechten oberen Ecke neben dem Tintenfaß festgeklebt war. Der Tisch sah neu aus, helles Holz, roch aber deprimierend uralt. Er nahm die Bleistifte und legte sie etwas anders hin. Tiere markieren ihr Territorium, dachte er. Um ihn herum scharrten Füße und kratzten Stühle über den Boden. Die Zeiger auf der großen Wanduhr standen auf neun Uhr fünfundfünfzig. Der Aufsichtslehrer blickte auf seine Uhr.

Einer von Harveys Bleistiften fiel zu Boden. Er hob ihn auf und mußte zu seinem Ärger feststellen, daß die Spitze abgebrochen war. Seine Hände zitterten und waren feucht. Der Minutenzeiger sprang auf sechsundfünfzig. Der Aufsichtslehrer starrte ihn an.

Harvey schaute weg. Er sah, wie Dacre sich auf dem Stuhl zurückgelehnt hatte und an seinem Zeigefinger roch. Dacres feste Freundin Anastasia. Er hatte allen erzählt, daß er sich den Finger erst dann wieder waschen würde, wenn er sie wiedersah. Das war der einzige Körperteil, den er nicht mit Brut eingesalbt hatte.

Plötzlich herrschte absolute Stille im Raum. Der Minutenzeiger stand auf neunundfünfzig. Harvey starrte auf das leere Papier. Er konnte ganz schwach die schwarzen Druckbuchstaben auf der anderen Seite durchscheinen sehen. Es war ein Doppelblatt mit einer eingelegten Seite. Fünf Seiten Fragen.

Unbewußt griff er nach einem Bleistift und kaute daran. Und wenn alles doch nur ein Traum gewesen war? In einer Minute würde er es wissen. Die Fragen brannten immer noch in seinem Gehirn. Er konnte sie bis in jede Einzelheit abrufen, in der richtigen Reihenfolge. Er hatte sie aufgeschrieben und dann zusammen mit den Antworten auswendig gelernt. Wenn diese Fragen wirklich drankämen, konnten Mr. Stipple, Mr.Matthey und alle anderen ihn am Arsch lecken.

Die Stimme der Aufsicht durchbrach das Schweigen. »Sie dürfen jetzt die Examensfragen umdrehen.«

Rascheln tönte durch den Raum. Harvey drehte sein Exemplar um und wagte kaum, einen Blick darauf zu werfen.

OXFORD UND CAMBRIDGE SCHOOLS
PRÜFUNGSAUSSCHUSS
Allgemeines Zertifikatsexamen
Stufe für Fortgeschrittene
CHEMIE I
Montag, 3. Juli 1967, 2¾ Std.
Beantworten Sie *sechs* Fragen
Papier nur einseitig beschreiben

1. Was versteht man unter folgenden Begriffen: Atomzahl, Atomgewicht, Isotopen?

2. Beschreiben Sie kurz die Herstellung von Methylcyanid (Acetonnitril), auf der Grundlage von (a) Methanol und (b) Äthanol.

Harvey hatte Mühe, das Grinsen zu unterdrücken, das sich wie Tinte auf seinem Gesicht ausbreitete. Wieder musterte der Aufsichtslehrer ihn scharf. Harvey las die restlichen Fragen durch; aber als er die dritte Seite zur Hälfte gelesen hatte, wußte er, daß er sich nicht die Mühe machen mußte, weiterzulesen.

Er kannte alle Fragen und wußte alle Antworten.

11

Montag, der 22. Oktober

Es war kurz nach fünf Uhr und inzwischen beinahe dunkel, als Kate Hemingway mit dem Ford dem blauen Renault der Beamtin vom Gesundheitsamt die enge Straße zur St.-Anne's-Kirche folgte.

Auf beiden Straßenseiten parkten Fahrzeuge. Jetzt mußte man schon ein gutes Stück von der Kirche entfernt parken, um einen Platz zu finden. Kate schloß die Autotür ab, schlug den Mantelkragen hoch und zog den Regenhut tiefer in die Stirn, damit man ihr Gesicht nicht so deutlich sehen konnte. Sie hoffte, daß die anwesenden Reporter sie in der Dämmerung nicht gleich erkennen würden. Der Wind blies heftig, und der ständig fallende Regen verschlechterte die Sicht noch mehr.

»Alles in Ordnung?« fragte die Beamtin. Judith Pickford war eine ruhige, ernste Frau, Mitte Dreißig, mit kurzem braunem Haar. Sie war hübsch und warm angezogen und hatte einen Regenschirm. Kate spürte, daß sie nicht übermäßig begeistert war, daß man ihr Kate aufgehalst hatte.

Als sie die Straße hinabgingen, war Kate nervös und angespannt. Sie schwitzte in ihren Sachen. Auf einem großen Lastwagen dröhnte ein Generator. Überall lagen Kabel herum, die über den Friedhof führten. Wenigstens ein Dutzend Reporter standen herum. Zwei örtliche Radiostationen hatten ihre Übertragungswagen aufgestellt, und natürlich war auch das Fernsehen vertreten. Heute scheint es woanders keine besonderen Nachrichten zu geben, dachte sie.

Das grelle Flutlicht hinter der Wand tauchte die Kirche in abschreckendes Dunkel. Mehrere Bewohner waren gekommen, um die allgemeine Aktivität zu beobachten. Sie verstärkten die unwirkliche Stimmung noch mehr. Kate hatte das Gefühl, eine Kulisse für einen Film zu betreten.

Sie zögerte. Vor einer Stunde hatte sie die Idee noch für großartig gehalten. Jetzt fühlte sie sich nicht mehr so sicher. Wollte sie wirklich sehen, was in dem Sarg war?

Die Reporter, mit denen sie vorher zusammengewesen war, standen frierend unter Regenschirmen. Einige tranken gemeinsam einen Becher Kaffee aus einer Thermosflasche. Kate zog den Kopf ein und versuchte sich wie eine Schildkröte im Kragen zu verstecken. Drei Männer mit PVC-Schutzanzügen, Gummistiefeln und Handschuhen tauchten hinter einem Lieferwagen auf, der vor der Kirche parkte, und gingen durchs Tor.

Kate und die Beamtin vom Gesundheitsamt folgten ihnen. Als Kate unerkannt an Shane Hewitt vom *Argus* und Rodney Sparrow von der *Mid-Sussex Times*, der aus Verzweiflung in einen Marsriegel biß, vorbeigegangen war, fühlte sie plötzlich eine Spur angenehmer Selbstzufriedenheit und einen kräftigen Adrenalinstoß.

Sie sah in der Manteltasche nach, ob sie noch den Brief Barry

Liverstocks hatte. »Direktoren des Bestattungsinstituts«, sagte einer der Männer zu dem immer noch mürrischen Polizisten von vormittags. Er nickte und ließ sie passieren. Auf Judith Pickfords Ausweis warf er nur einen kurzen Blick, dann ließ er sie und Kate eintreten, ohne Kate nach irgendeiner Legitimation zu fragen.

Als sie über den Friedhof gingen, schien ein schlecht postiertes Flutlicht direkt auf sie. In den Strahlen sah der Regen wie Metallstacheln aus. Die Wand aus grüner Zeltleinwand war viel höher, als Kate sie aus der Entfernung eingeschätzt hatte. Sie blähte sich gefährlich im Wind und zerrte an den Seilen, mit denen die Bahnen befestigt waren. Der Eingang war einfach eine Klappe. Sie folgten den Männern vom Beerdigungsinstitut hindurch.

Der abgeschirmte Raum war groß, über zehn Meter Durchmesser. Hier sah alles noch mehr so aus, als sollte ein Film gedreht oder ein Theaterstück aufgeführt werden. Im hellen Scheinwerferlicht von oben blitzte das Gras zwischen der Doppelreihe von Grabsteinen. Sally Donaldsons Grab war nicht zu übersehen. Es war das einzige neue Grab: ein rechteckiger Erdhügel mit einem Kranz roter Rosen darauf. An einer Seite lagen Seile, zwei Spaten und ein Stapel Plastiksäcke mit Kalk. An einem Ende ragte aus der Erde ein Metallstab mit einem Draht heraus. Kate folgte dem Draht mit den Augen. Er führte über den matschigen Boden zu einer einsamen, düsteren Gestalt, die auf der Sperrholzkiste saß, die sie vorher gesehen hatte, als man sie hereintrug. Der Mann hatte Kopfhörer auf und die Hände vors Gesicht geschlagen. Das war bestimmt Sallys Mann, dachte sie.

Die Männer vom Bestattungsinstitut gingen an ihm vorbei zu einer Gruppe von Männern, die in der Ecke standen und offensichtlich die Abwicklung der Exhumierung besprachen. Alle trugen Schutzkleidung, bis auf eine Frau, etwa dreißig, die einen dunklen Mantel und einen dicken Schal trug. Sei hielt einen Schirm.

Judith Pickford ging ebenfalls hinüber und stellte sich der Gruppe vor. Kate betrachtete noch einen Augenblick den einsamen Mann. Die Zeltbahnen flatterten und knallten im Wind, der Generator dröhnte in der Ferne. Plötzlich schrie der Mann hysterisch zu der Gruppe hinüber: »Um Gottes willen! Warum beeilt ihr euch nicht? Der ganze Tag ist schon vertan. Jetzt ist es doch bei Gott dunkel genug!« Er fiel auf die Knie und schaufelte mit bloßen Händen Erde vom Grab. »Ich warte nicht länger. Sie ist da unten! Geht doch alle zur Hölle!« Dann schrie er noch lauter zum Erdhügel. »Liebling! Liebling! Alles in Ordnung, wir holen dich raus!«

Die Frau im dunklen Mantel kniete sich neben ihn und legte beruhigend den Arm um ihn. Dann sprach sie zur Gruppe. Kate erkannte sie. Sie arbeitete beim amtlichen Leichenbeschauer. Kate hatte sie bei einer Gerichtsverhandlung gesehen. »Es ist wirklich dunkel genug.« Dann blickte sie auf den Mann neben ihr. »Mr. Donaldson, sie fangen jetzt an.«

Kevin Donaldson schaute sie an. Kate sah das unsägliche Leid auf seinem Gesicht. Er weinte hemmungslos und stammelte: »Bitte, bitte, beeilen Sie sich. O Gott, bitte, beeilen Sie sich. Sie ist seit vorigen Dienstag da unten. Können Sie sich vorstellen, was sie fühlt?«

Die Frau führte ihn vorsichtig beiseite. Zwei Männer nahmen die Metallsonde heraus, griffen zu den Spaten und fingen an zu graben, langsam, ohne sichtbare Eile, als würden sie einen Garten umgraben. Das Kratzen der Spaten und das Poltern der Erdbrocken vermengte sich mit dem Schluchzen des Ehemanns.

Judith Pickford kam zu Kate zurück und stellte sich neben sie. Ihr Gesicht war völlig ausdruckslos. »Bei wie vielen Exhumierungen waren Sie schon?« fragte sie.

»Vier«, antwortete die Frau.

»Waren alle wie die hier?«

»Nein. Es wurden alte Gräber versetzt.«

Kate sah wieder zum Ehemann hinüber. Er tat ihr leid, und sie wünschte, sie hätte ihm etwas Tröstliches sagen können. Dann versuchte sie, Eddie Bix am Fenster zu erspähen; aber die Wände waren zu hoch. Sie beobachtete die Szene genau, um später aus dem Gedächtnis die Atmosphäre möglichst getreu wiedergeben zu können.

Ein großer Mann stapfte auf sie zu. Er trug eine regenverschmierte Brille, wodurch er Judith Pickford und Kate nur mühsam erkennen konnte. Die Haut um seine Augen war weiß und weich. Offenbar trug er schon lange eine Brille. Seine Stimme war leise und höflich. »Ich bin Reg Burton, der Geschäftsführer vom Bestattungsinstitut Dalby und Sohn. Sind Sie Verwandte der – äh – Verstorbenen?«

»Ich komme vom Umwelt- und Gesundheitsamt«, erklärte Judith Pickford. »Die Dame gehört zu mir.«

»Sind Sie auch beim UGA beschäftigt?« fragte er Kate.

Kate hoffte, er würde nicht sehen, wie sie rot wurde. »Ja, vorübergehend.«

»Sie sind Amerikanerin?«

»Ja. Dort geboren.«

»Wo denn?«

»Boston.«

»Ich war einmal dort. Schöne Stadt. Gaslaternen auf einem Hügel.«

»Und ein Hafen voller Tee.«

Der Mann lächelte. »Ich glaube, ich habe Ihren Namen nicht verstanden.«

Ihr wurde von Minute zu Minute ungemütlicher. »Kate«, sagte sie nur und hoffte, er würde sie nicht zwingen, auch den Nachnamen preisgeben zu müssen.

»Haben Sie das Grab lange nach Geräuschen abgehört?« fragte Judith Pickford.

»Es ist eine Bergwerkssonde, die unglücklicherweise erst heute morgen eintraf. Man hatte uns einen Lasertaster versprochen, aber der kam nicht.« Er senkte die Stimme, so daß Kevin Donaldson nichts hören konnte. »Offen gesagt, glaube ich nicht, daß wir überhaupt etwas finden. Die ganze Sache ist völlig außer Kontrolle geraten. Wenn Sie mich fragen, muß der Vikar einen Haufen unbequemer Fragen beantworten.«

»Wo ist er?«

»Ich sagte ihm, wir würden ihn rufen, sobald der Sarg freigelegt ist.«

Reg Burton ging zurück zu den anderen und sagte etwas zu ihnen. Einige Köpfe wandten sich zu Kate. Die Metallstacheln des Regens schienen länger und dicker zu werden. Der Wind war durch sämtliche Kleidungsschichten gedrungen. Kate fror erbärmlich. Wie lange würde es noch dauern? Dabei ließ sie Kevin Donaldson nicht aus den Augen. Sie wartete auf eine gute Entschuldigung, mit ihm zu sprechen und ein paar gute Zitate zu bekommen, die sie später verwenden konnte. Gleichzeitig kämpfte sie gegen das Gefühl in sich an, das ihr gebot, aus Respekt still im Hintergrund zu bleiben.

Kate stellte Judith Pickford alle möglichen Fragen, aber die Frau sprach über ihre Arbeit und früheren Erfahrungen so unverbindlich, daß Kate sicher war, man hatte sie gewarnt, nicht zuviel zu sagen, weil Kate zur Presse gehörte. Nachdem die Männer eine Dreiviertelstunde gegraben hatten, brachte jemand eine Thermosflasche und Styroporbecher. Es wurde heißer Kaffee ausgeschenkt. Kate nahm dankbar auch einen Becher. Die süße Wärme hob ihre Stimmung etwas. Sie trank schnell aus und behielt den Becher in der Hand, weil sie nicht wußte, wohin sie damit sollte.

Noch ein Mann in Schutzkleidung kam durch die Absperrung. Er blickte umher und ging dann zielstrebig zu Sally Donaldsons Mann, schüttelte ihm die Hand und sprach mit ihm. Kevin Donaldson starrte nur mit tränenüberströmtem, gramzerfurchtem Gesicht auf den Boden. Dann ging der Mann zu der Frau, die für den Leichenbeschauer arbeitete. »Miss Willow?« sagte er so laut, daß seine Stimme Wind und Generator übertönte.

»Ja.«

»Ich bin Dr. Sells, Mrs. Donaldsons Hausarzt. Mr. Donaldson bat mich, hierherzukommen.«

»Aber Sie haben den Totenschein doch nicht ausgestellt, oder?«

»Nein. Ich sah sie nach der Einweisung ins Krankenhaus nicht mehr. Scheußliche Sache, das hier.«

Miss Willow nickte. Kate notierte im Geist den Namen des Arztes und bewegte sich ein winziges Stückchen näher zu den beiden. Sie gingen in die von Kevin Donaldson am weitesten entfernte Ecke. Kate folgte ihnen unauffällig und spitzte die Ohren.

»Sie war schwanger, soviel ich weiß«, sagte Miss Willow.

»Im sechsten Monat und kerngesund.« Dr. Sells Stimme klang bestürzt. »Der Geburtshelfer machte sich Gedanken wegen ihres

Blutdrucks, hielt es aber für nichts Ernstes. Ein leichter Anfall von Präeklampsie, Schwangerschaftsvergiftung. Er nahm sie in der Entbindungsabteilung auf, um sie ein oder zwei Tage zu beobachten, sonst nichts.«

»Sie starb doch an einem epileptischen Anfall, oder?«

Dr. Sells starrte erst auf den Boden, ehe er antwortete. »Das ist ein Effekt der Toxikose. Sie war keine Epileptikerin – jedenfalls zeigten sich nie irgendwelche Symptome.«

»Epilepsie kann aber jederzeit ausbrechen, nicht wahr?«

Der Arzt zögerte wieder. »Na ja – schon.« Er wollte weitersprechen, als ein dumpfer Schlag laut wurde. Kate spürte, wie die Spannung bei den Anwesenden anstieg. Alle Blicke richteten sich aufs Grab. Die beiden Totengräber stiegen herauf. Der bullige Typ mit Kraushaar nickte Judith Pickford zu. »Der Sarg ist freigelegt.«

Alle traten ein paar Schritte vor, hielten dann aber inne, als wollten sie nicht zu nahe an den Rand gehen. Alle, bis auf Kevin Donaldson. Er brach sich eine Bahn und schrie: »Sally! Liebling!« Dann fiel er schluchzend auf die Knie und wollte ins Grab hinabsteigen. Einer der Männer vom Bestattungsinstitut und ein Totengräber hielten ihn sanft zurück. »Laßt mich los!« brüllte er. »Laßt mich zu ihr!«

Kate hatte bei diesem Anblick einen Kloß im Hals. Trotzdem starrte auch sie in das dunkle Loch. Sie konnte unter den Erdklumpen den Sargdeckel erkennen.

»Mr. Donaldson«, sagte die Beauftragte des Leichenbeschauers. »Bitte, gedulden Sie sich noch ein paar Minuten länger.«

Der Beerdigungsmann, der sich Kate vorgestellt hatte, kletterte ins Loch, kniete sich auf den Sarg und klopfte laut. »Hallo?« rief er und klopfte noch mal. Dann legte er das Ohr auf den Deckel. Es war absolut absurd, dachte Kate.

Er kam wieder nach oben. »Ich kann nichts hören.« Er blickte zwei Männer an. »Wenn Sie den Kalk streuen, hole ich Reverend Comfort.«

Die Männer schnitten die Säcke auf und schaufelten das weißliche Pulver ins Grab auf den Sargdeckel. Der beißende Geruch verbreitete sich. Das wenige, das bis jetzt an Würde bei der

Handlung gewahrt worden war, ging in Kalkstaub und Gestank unter.

Kevin Donaldson sah mit stummem Schweigen zu. Kate mußte gegen den Impuls kämpfen, seine Hand zu nehmen und ihm etwas Tröstliches zu sagen.

Dann ließen die Totengräber Seile in die Grube, stiegen hinterher und stellten sich auf den Sargdeckel. Sie zogen die Seile durch die Tragegriffe des Sargs und kamen wieder nach oben. Sie packten die Enden, nickten sich zu und zogen. Nichts passierte.

»Scheiße«, sagte der Bullige. »Die steckt fest, Ron. Wir müssen erst ein Ende losmachen.« Er ging zu seinem Kollegen und stellte sich hinter ihn. Es sah aus, als würden die beiden Männer an einem Tauziehwettbewerb teilnehmen. Wieder zogen sie am Seil. Nichts.

»Wir müssen sie weiter ausbuddeln«, sagte der mit dem Pony.

Sie stiegen wieder hinab und schaufelten zehn Minuten weiter. Dann versuchten sie es noch mal. Einer der Bestattungsleute half mit. Aus dem Grab kam ein lautes saugendes Geräusch. Sie zogen noch kräftiger. Jetzt bewegte sich der Sarg etwas. Die drei Männer ließen los und atmeten tief durch.

»So! Weiter!«

Sie zogen wieder. Das Sargende tauchte auf. Die beiden Totengräber hielten das Seil, während die Männer vom Bestattungsinstitut das andere Ende übernahmen. Langsam kam der Mahagonisarg herauf. Kalkpulver rieselte von ihm ab. Sie schwangen ihn von der Grube weg und stellten ihn ins nasse Gras.

Die Seiten waren von Lehm und welkem Laub verschmiert. Weiße Kalkbäche liefen herab. Ein Wurm wand sich im Todeskampf im mörderischen Kalk. Die drei Messinggriffe schimmerten im Licht. Kate spürte, wie alle auf den Sarg starrten. Kevin Donaldson stand wie angewurzelt da. Offenbar hatte er jetzt, als der Augenblick der Wahrheit gekommen war, Angst.

Judith Pickford trat vor und entfaltete ein gedrucktes Dokument. Sie blickte auf das Messingschild auf dem Sargdeckel und verglich es mit dem Namen im Schriftstück. Dann nickte sie und gab den Bestattungsleuten das Zeichen, weiterzumachen.

Einer der Männer in Schwarz trat mit einem Schraubenzieher

vor. Systematisch löste er die sechs Schrauben, die den Deckel hielten. Dann stieß er die Klinge unter den Deckel, schlug mit der Hand drauf und hebelte ihn auf. Es folgte ein Schrei, daß Kate fast das Herz stehenblieb.

Dann gingen die Lichter aus.

Kate hielt den Atem an. Ihr Herz klopfte zum Zerspringen. Sie hörte den Wind. Dann einen lauten Befehl. Der Strahl einer Stablampe zuckte zum Sarg. Die Lichter flackerten und gingen wieder an.

Wieder ein Schrei – und noch einer. Kate atmete aus. Das war nur das Reiben von Holz auf Holz gewesen, als der Deckel etwas verschoben wurde. Jetzt hoben die beiden Männer den Deckel hoch. Wieder flackerten die Lichter.

Zuerst war der Gestank nur schwach. Es roch wie die Eingeweide eines schon längere Zeit toten Fischs oder ein verstopfter Abfluß. Als der Deckel weiter hochgehoben wurde, entstieg dem Sarg ein solcher Gestank, daß Kate Mühe hatte, den Brechreiz zu bekämpfen. Einigen anderen erging es ebenso.

Die Männer hoben den Deckel noch höher.

»O mein Gott!« sagte einer und starrte in den Sarg.

Sie rangen nach Fassung und legten den Deckel neben den Sarg. Ihre Augen waren vor Schock geweitet. Kate konnte nicht in den Sarg blicken, weil der hochgestellte Deckel ihr die Sicht versperrte. In wachsendem Entsetzen fixierte sie den Deckel. War es nur ein Lichttrick oder waren da tatsächlich Kratzspuren auf der Maserung?

Dann schaffte man den Deckel ein Stück beiseite, und sie konnte direkt in den Sarg schauen. Das gleißende Licht warf starke Schatten. Die Knie wurden ihr weich. Ihr Magen revoltierte. Ihr Schädel schien zu schrumpfen. Vor Ekel und Entsetzen zitterte sie am ganzen Leib. Sie wollte weg, stieß mit irgend jemandem zusammen, lief weiter, in die Zeltwand. Sie wollte den Stoff wegschieben.

Immer noch sah sie das Bild im Sarg.

Sally Donaldson, in weißer Steppseide und Rüschen wie eine Puppe in einer Geschenkverpackung. Die Augen weit offen, voll abgrundtiefer Verzweiflung, von einem matten Schleier überzogen. Ihre weiße, wächserne Haut schimmerte im grellen Scheinwerferlicht durchsichtig. Das blonde Haar war zerzaust und umrahmte das Gesicht wie ein aufgerissenes Kissen.

Der weit offene Mund schien mitten im Schrei erstarrt zu sein. Weiße, tadellose Zähne ragten aus den blauen Lippen hervor, die sich zu einem grauenvollen, starren Grinsen verzerrt hatten. Die Hände lagen an den Seiten. Die Nägel waren schwarz und völlig abgerissen, bis auf die langen, eleganten Daumennägel.

Das blaue Nachthemd war bis zum Bauch hochgeschoben und zeigte bräunliche Flecken. Die Beine waren angezogen, die Knie so weit gespreizt wie möglich. Zwischen den Schenkeln lag ein Fötus, noch an der Nabelschnur, verschrumpelt und glänzend wie eine Ratte.

12

Während der Sommerferien fuhr Harvey mit Dacre nach Spanien. Sie verbrachten fünf Wochen an der Costa Brava mit Camping. Dacres Vater hatte seinem Sohn einen alten Volkswagen geschenkt, mit dem sie herumfahren konnten.

Alle sagten, daß Harvey sich nach dem Unfall verändert habe. Dacre hatte in der Schule nicht so sehr darüber nachgedacht, weil er fürs Examen lernen mußte. Aber in den Ferien fiel ihm auf, daß sein Freund still und launenhaft war. Er zeigte kein Interesse, sich zu betrinken oder zu haschen oder eine Frau anzumachen.

Dacre hätte gern den Grund gewußt. Vermißte Harvey Angie, oder machte er sich wegen der Prüfungen Sorgen? Sein alter Herr war ein harter Brocken. Vielleicht hatte Harvey Angst, durchgefallen zu sein. Er hatte kein Wort über die Prüfungen gesagt.

Er dachte zurück, wie Harvey in den ersten Wochen nach dem Unfall sonderbare Bemerkungen über Visionen von Gott und seiner toten Mutter gemacht hatte. Dann sein wütender Angriff auf Reckett. Danach hatte er eine Isolierwand um sich errichtet.

Es war ein heißer Nachmittag Ende August, als Dacre Harvey

zu Hause absetzte. Das Haus war groß, schick, nachgeahmtes Fachwerk, und stand in Wimbledon. Dacre machte die Kofferhaube vorn auf und holte Harveys Sportsack, Campingausrüstung und Plastiktüte mit zollfreiem Scotch und Zigaretten heraus. Dann knallte er die Haube wieder zu.

Sie waren beide müde und verschmutzt, nachdem sie die Nacht mehr schlecht als recht auf der Southampton-Fähre zugebracht hatten. Dieses eine Mal roch Dacre nicht nach Brut. Sie verabredeten, sich gegenseitig mal anzurufen. Dacre ließ den Motor aufheulen und fuhr los, als habe er soeben irgendeinen Fremden abgesetzt, den er ein paar Meilen mitgenommen hatte, und nicht seinen besten Freund während der letzten fünf Jahre.

Harvey ging in seinem dreckigen T-Shirt, den unten weiterwerdenden Jeans und Stiefeln die kurze Kieseinfahrt zum Haus entlang. Da stand der blaue Mini seiner Mutter unter einer dikken Staubschicht. Seit ihrem Tod war er nicht angefaßt worden. Harveys Vater erlaubte weder dem Gärtner, ihn sauberzumachen, noch Harvey, ihn zu fahren. Das Auto stand einfach da und vermittelte die Illusion, alles sei in Ordnung und seine Mutter sei im Haus und koche gerade Tee.

Harvey suchte in seinem Sportsack nach dem Hausschlüssel. Dann schloß er die schwere Eichentür auf. Ohne sie zu schließen, lief er auf den Tisch in der Eingangshalle zu, wo die Haushälterin die Post in einer Zinnschale ablegte.

Obenauf lag die Morgenzeitung, der *Telegraph*. Er las die Schlagzeile: »BEATLES-MANAGER EPSTEIN TOT AUFGEFUNDEN.«

Harvey überflog den Artikel, weil ihn interessierte, wie der Mann gestorben war. Dann legte er die Zeitung beiseite. Darunter war ein Stapel Post. Obenauf lag eine Karte mit einem Stierkampf. Die hatte er pflichtgemäß seinem Vater vor drei Wochen geschickt. Sie schien erst heute angekommen zu sein. Ob Angie seine Postkarten bekommen hatte? Ihr hatte er drei geschickt.

Heute abend wollte er sie bumsen.

Er sah die restliche Post durch. Alles für seinen Vater. Für ihn war nichts dabei. Enttäuscht warf er das Bündel auf die Schale zurück. Das Haus war dunkel und leer und roch nach Möbelpolitur. Sein Vater befand sich in Frankreich und wollte erst in einer Woche wiederkommen. Darüber war Harvey froh.

Er schaute die Briefe noch mal durch. Vielleicht hatte er einen übersehen. Dann überprüfte er die Poststempel, falls sie an seinen Vater statt an ihn geschrieben hätten. Nichts. Ruhelos zog er eine Schublade in der Tischmitte auf und entdeckte ein kleines Bündel Post, das an ihn adressiert war.

Sein Herz schlug aufgeregt, als er die Briefe durchsah. Es waren nicht viele. Ein paar Umschläge sahen nach Party-Einladungen aus, Kontoauszüge, die September-Ausgabe des *Paris Match*. Dann sah er ihn.

Ein kleiner brauner Umschlag, auf dem sein Name und seine Adresse getippt waren. Der Poststempel zeigte an, daß er von seiner Schule kam. Er war schon geöffnet worden.

Mit zitternden Fingern holte er das weiße Blatt heraus. Einen Augenblick lang wagte er nicht, hinzusehen. Dann drehte er es um. Da stand:

OXFORD UND CAMBRIDGE
PRÜFUNGSAUSSCHUSS
ZEUGNIS
über die für die A-Stufe abgelegte Prüfung
Harvey Quentin Edward Swire

Biologie: A
Chemie: A
Physik: A

Er las die Noten noch mal – und noch mal.

Du meine Güte!

Ein ungläubiges Grinsen breitete sich auf seinem Gesicht aus. Es verschwand schlagartig, als er sich im Spiegel über dem Tisch sah: schmutzig, sonnengebräunt, die Haare zerzaust und zu lang, ein paar Stoppeln auf Kinn und Oberlippe. Seine Augen flackerten wie Kerzen im Wind. Wieder blickte er auf das Zeugnis. Etwas Eiskaltes durchfuhr ihn.

Er hatte Angst.

Aus der Küche hörte er das Brummen des Kühlschranks. Die Standuhr tickte laut auf dem Treppenabsatz über ihm.

Dreimal A.

Sie würden es nicht glauben.

Dann wurde er wütend. Sollen sie sich doch zum Teufel scheren. Sie hatten ihm auch nicht geglaubt, daß er seine Mutter gesehen hatte. Klar, sie hatten recht. Halluzinationen. Reine Halluzinationen, daß er seine Mutter gesehen hatte. Reine Halluzinationen, daß er die Examensaufgaben gesehen hatte. In Wahrheit war er ein brillanter Schüler. Bis jetzt war nur keiner intelligent genug gewesen, das zu erkennen und zu schätzen.

Er blickte in den Spiegel, um sich dort die Bestätigung zu holen. Sein Spiegelbild wandte sich ab. Wütend schlug er auf den Tisch. Die Zinnschale hallte wie ein Gong. Dann nahm er seine Sachen und ging die Treppe hinauf.

In den Ferien hätte er mehrmals Dacre beinahe alles erzählt. Aber jedesmal erinnerte er sich an den Spott, mit dem seine Freunde ihn überschüttet hatten, als er ihnen erzählt hatte, er habe seinen Unfall mit angesehen. Einmal hatte er schon angefangen, Dacre einzuweihen, aber dieser hatte plötzlich ein Mädchen entdeckt und war über die Tanzfläche der Disco gegangen, um sie anzusprechen.

Angie hatte sich angehört, was er ihr über seine Mutter erzählt hatte, und nicht gelacht. Vielleicht würde sie es verstehen. Aber da wurde ihm klar, daß alles eingetreten war. Nein, er konnte es ihr nicht erzählen. Er konnte es niemandem erzählen.

Dreimal A. Er hatte sich oft in jene Nacht zurückversetzt, in der er im Schlafsaal gelegen und über seinem Körper geschwebt war wie damals beim Unfall mit dem Fahrrad. Nachdem die Examen abgeschlossen waren, hatte er versucht, den Weg nochmals zu gehen, um zu sehen, ob er unbemerkt durch die Wohnung des Hausvaters auf die Straße gelangen konnte. Die Türen waren alle verschlossen gewesen, aber leicht zu knacken. Auch die Tür zum Aufenthaltsraum der Lehrer war verschlossen. Diese hatte er nicht knacken können. Vielleicht war sie aber in jener Nacht offengelassen worden. Vielleicht.

So muß es gewesen sein.

Er mußte im Schlaf dorthin gewandelt sein und hatte die Papiere entdeckt. Daß er sie über Mr. Stipples Schulter mitgelesen hatte, war ein Traum.

So muß es gewesen sein.

Er hatte Angst gehabt, daß seine Antworten zu glatt, zu makellos waren, daß er ein paar absichtliche Fehler hätte hineinbringen müssen, damit niemand auf den Gedanken kam, er habe gespickt. Er erinnerte sich, wie der Aufsichtslehrer bei den Prüfungen dicht an seinem Tisch vorbeigegangen war. Er hörte noch das Knarzen der Holzdielen unter den Schritten. Aber er hatte ihn nicht angesprochen oder irgend etwas in Frage gestellt.

Weil er ja auch nichts verbrochen hatte.

Er grinste, wenn er an die Gesichter dieser arroganten Lehrer dachte, die ihm erklärt hatten, daß er keine Chance habe, das Examen zu bestehen: Stipple der Nipple. Mr. Matthey.

Warum hatte sein Vater ihn eigentlich nicht angerufen, als er den Umschlag aufgemacht hatte? Aber dann fiel ihm ein, daß sein Vater ja keine Adresse von ihm in Spanien gehabt hatte. Er hätte aber einen Zettel für ihn dazulegen können! Mit ein paar netten Worten gratulieren! Vielleicht glaubte er die Ergebnisse nicht. Sein Pech! Er würde sie glauben müssen.

An der Tür zu seinem Schlafzimmer hing immer noch das Schild: »GEFAHR – KEIN ZUTRITT«, das er vor zehn Jahren aufgehängt hatte. Er ging hinein und war froh, daß alles so war, wie er es verlassen hatte. Höchstens etwas aufgeräumter und sauberer; aber das war in Ordnung. Harvey war ein Sauberkeitsfanatiker. Alles mußte staubfrei sein, auch die Stellen, die man gar nicht sah. Mrs. Mannings, die Haushälterin, hatte das kapiert, nachdem er ihr mit sofortiger Entlassung gedroht hatte, wenn sie nicht regelmäßig seinen Kleiderschrank oben abstaubte. Wenn er in einem Raum war, der nicht ordentlich saubergemacht war, spürte er, wie der Dreck sich förmlich an ihn heftete.

Dieses Zimmer war sein Reich. Es war ziemlich groß. Ein alter, roter Teppich lag auf dem Boden, der vorher im Eßzimmer der Eltern gewesen war. Es gab ein Waschbecken und ein Fenster, von dem aus man in den hinteren Teil des Gartens und zu den Nachbarn schauen konnte. Die braune, altmodische Streifentapete hatte seine Mutter ausgesucht, als er nach Wesley gegangen war, weil sie dachte, es sähe erwachsen aus. An der Decke war ein feuchter Fleck in Form einer Fledermaus, der sich schon, solange er denken konnte, dort befand. Über seinem Bett hing ein großes Schwarzweißposter von Janet Leigh in *Psycho*. Ihr Gesicht war im Schock erstarrt, Blut floß über die Kacheln der Dusche. Die linke obere Ecke hatte sich gelöst und hing herab.

Am Fenster stand ein Holztisch, auf dem sich ein Mikroskop, mehrere Instrumente und ein Mäuseskelett befanden, an dessen Rippen noch ein winziges Fellstück hing. Ein Fuß stand in die Luft, als habe das Gift, das sein Vater vor mehreren Jahren ausgelegt hatte, das Tier mitten in der Bewegung erwischt. In einem Regal befanden sich Gläser, in denen Wassermolche, Frösche, Mäuse, Ratten und Käfer in Formalin eingelegt waren. Auf diese Präparate war er sehr stolz. Das untere Brett enthielt seine medizinischen Bücher. Einige hatte er antiquarisch gekauft, einige hatte sein Vater ausgemustert. *Grays Anatomie. N. Kirkhams Pathologie heute. Chambers Medizinisches Wörterbuch. Cunninghams Handbuch der Sektion.*

Glanzstück des Zimmers war ein rechteckiger Glasblock mit fünf abgetriebenen menschlichen Föten, die so zusammengerollt waren, als befänden sie sich noch im Mutterleib. Um sie erkennbarer zu machen, waren sie rot eingefärbt. Der kleinste war zweieinhalb, der größte zehn Zentimeter groß. Sein Vater hatte die Präparate vor einigen Jahren geschenkt bekommen, hatte sie aber später weggeworfen. Harvey hatte sie aus dem Mülleimer geholt und auf seine Kommode gestellt.

Der Tod hatte ihn schon immer fasziniert. Seine Schreibtischschubladen waren vollgestopft mit Fotos aus Zeitungen und Illustrierten, auf denen der Tod abgebildet war. Die besten hatte er aus dem *Paris Match* herausgeschnitten. Sein Vater dachte, er habe die Zeitschrift abonniert, um sein Französisch zu verbessern. Oft sah man Opfer von Autounfällen ebenso zerquetscht und zerrissen wie die Fahrzeuge, die sie einschlossen. Manchmal war auch ein prima Mordopfer darunter.

Eines seiner Lieblingsfotos zeigte einen fetten, älteren Gangster im Anzug mit Weste und Uhrkette, der über einem noch nicht verspeisten Essen in einem Nobelrestaurant zusammengebrochen war. Blut lief aus dem Loch in der Schläfe ins Weinglas, als sei der Kopf eine makabre Karaffe.

Er überlegte, ob Angie zu Hause wäre. Vor der Abreise nach Spanien hatte er bei ihr Fortschritte gemacht. Auf einer Gartenparty hatte sie ihn ihre Brüste befingern lassen und seinen harten Schwanz zwischen den Schenkeln gerieben. Er hatte aber nie die Wahrheit über Reckett herausgefunden, ob Reckett sie tatsächlich gebumst hatte, während er im Krankenhaus lag. Er konnte es nicht glauben, daß sie es mit einem so ekligen Kerl wie Reckett getrieben hatte und bei ihm immer so auf anständig machte.

Er ging ins Schlafzimmer der Eltern. Der Raum war pastellrosa, mit Walnußmöbeln und Blick über den Garten und Swimmingpool. Die Fenster waren geschlossen, und die Luft zum Ersticken. Ein Farbfoto seiner Mutter stand auf der Frisierkommode. Sie lachte. Das Licht hatte sich in ihren Augen gefangen. Traurig betrachtete er es und dachte zurück.

Liebling, Gott ist sehr unglücklich über dich.

Wie eine Ohrfeige.

Sie will dich nie wiedersehen.

Klatsch!

Er konnte ihr Parfüm riechen, das aus dem Bettzeug und den Flaschen auf der Frisierkommode aufstieg. Er ging zum Walnußschrank hinüber, machte ihn auf und zog eine Schublade auf. Dann preßte er sein Gesicht in den Stapel Pullover. Er spürte die weiche Wärme von Kaschmir und roch den Duft ihres Körpers.

Wenn er nur länger mit ihr hätte sprechen können!

Wenn er sich mehr gewehrt, härter gekämpft hätte!

Du mußt zurückgehen!

Er grub das Gesicht tiefer in die Schublade und schloß die Augen. Die Wolle wurde feucht von seinen Tränen. Er wippte vor und zurück, wobei ein langgezogener Schmerzensschrei durch die zusammengebissenen Zähne drang, wie Dampf aus einem Teekessel.

Dann schloß er die Schublade und setzte sich auf das weiche Bett. Als er sich wieder beruhigt hatte, griff er zum Telefon und wählte Angies Nummer. Ihre Mutter antwortete. Wie immer klang sie erfreut, ihn zu hören, und holte Angie.

»Harvey?« Angies Stimme klang frostig, als habe er sie bei etwas Wichtigem unterbrochen. Seine Begeisterung sank auf den Nullpunkt. Er hatte erwartet, daß sie auch erfreut sein würde.

»Ich bin zurück«, sagte er.

»Ja.« Sie zögerte. »Prima.«

Schweigen. »Ich bin heute nachmittag gekommen«, sagte er.

Wieder Schweigen. »Ich dachte, du kommst erst nächste Woche zurück.«

»Uns sind die Mäuse ausgegangen.« Erneutes Schweigen. »Außerdem wollte ich dich gern wiedersehen.« Er biß sich auf die Lippen und wünschte, er hätte das nicht gesagt.

»Hattet ihr viel Spaß?« Sie klang, als habe sie es eilig.

»Ja. Es war irre.«

»Prima«, meinte sie.

»Ich habe die Examensergebnisse bekommen.«

»Ach ja, gut.«

Irgend etwas stimmte nicht. Sie klang so sonderbar. Je mehr er sich bemühte, etwas Begeisterung aus ihr zu locken, desto distanzierter wurde sie. »Es ist mir besser gegangen, als ich dachte.«

Schweigen.

»Ich dachte, wir könnten vielleicht – na ja – feiern?«

Keine Antwort. Er hörte das Klicken des Feuerzeugs und das Geräusch, als Angie inhalierte. Er stellte sich ihr gewelltes Blondhaar vor, die weiche Haut, die Stupsnase mit den Sommersprossen, die langen braunen Beine unter einem Minirock oder die heißen Höschen, die großen, kühlen Brüste, die er berührt und liebkost hatte. »Wie wär's mit heute abend?« fragte er.

»Nein, ich kann nicht«, sagte sie. »Ich muß mir die Haare waschen.«

»Ach. Mein Vater ist nicht zu Hause«, fuhr er lahm fort. »Ich hab' das Haus für mich. Du weißt schon, ich –« Er brach den Satz ab. »Wie wär's mit morgen?«

»Da ist Mamis Geburtstag. Die ganze Familie kommt abends zum Essen.«

»Und was ist mit Donnerstag oder Freitag?«

»Ich glaube, ich fahre übers Wochenende weg, segeln.«

»Verstehe.« Er betrachtete sich im Spiegel. »Ich dachte nur... wenn ich schon das Haus für mich habe –«

»Ich rufe dich an, wenn ich zurück bin«, sagte sie.

»Was ist eigentlich los? Ehe ich wegfuhr, hast du gesagt, daß ich dir echt fehlen würde.«

»Ich weiß es auch nicht.« Diese Kälte in ihrer Stimme hatte er noch nie gehört. »Ich finde, du bist in letzter Zeit wirklich komisch geworden.«

»Komisch?«

»Ja, ausgeflippt.«

»Was meinst du damit?«

»Na ja, das Zeug über deine Mutter. Damit hast du mich fast zum Wahnsinn getrieben.«

»Ich – ich dachte, es würde dich interessieren.«

»Fünf oder zehn Minuten, aber nicht die ganze Zeit über.«

»Kann ich dich sehen und mit dir darüber reden?«

»Worüber?«

Er versuchte, klar zu denken. »Über uns.«

»Ich rufe dich nächste Woche an, in Ordnung?«

Weg war sie.

Er starrte wütend auf den Hörer. Dann in den Spiegel. »Miststück!« sagte er leise. »Blöde Kuh!« Wut stieg in ihm auf. Er stand auf und trat gegen die Bettseite, dann gegen den Hocker, so daß dieser gegen die Frisierkommode fiel. Das Foto seiner Mutter fiel auf den Teppich, eine silberne Bürste darauf und zerbrach das Glas. Er stampfte aus dem Zimmer, den Gang hinunter.

In seinem Zimmer riß er die Mittelschublade seiner alten Kommode auf und holte ein paar Pullover heraus, unter denen eine Tabaksdose versteckt war. Er schraubte den Deckel ab und nahm ein winziges Stück Haschisch heraus, dazu noch Zigarettenpapier und ein halbleeres Päckchen Tabak.

Viel später lag er auf dem Bett im Schein einer einzigen roten Glühbirne in dem Papierkugelschirm über sich. Eine Platte von Pink Floyd spielte. Er rauchte den vierten Joint. Als er die Kippe im Aschenbecher ausdrückte, schwankte das Zimmer etwas. Einen Augenblick lang glaubte er, immer noch auf der Fähre zu sein.

Das Zimmer hob und senkte sich. Er wollte in die Bettfedern sinken, aber statt dessen schwebte er in die Höhe. Er entwich seinem Körper, seiner Trauer, seiner Verwirrtheit und seiner Wut und schwebte dahin.

Im roten Lichtschein konnte er unter sich seinen Körper sehen, der immer noch die Stiefel trug und mit ausgestrecktem Arm dalag. Er beobachtete ihn noch einen Augenblick. Er konnte alles deutlich und intensiv erkennen. Auf dem Lampenschirm lag Staub. Er notierte das geistig, um Mrs. Mannings darauf hinzuweisen.

In seinem Ohr flüsterte eine Stimme. »Alle bumsen sie.«

Er drehte sich um. Da waren nur die dunklen Zimmerwände, der rote Schein der Lampe, die reglosen Schatten. Von der Kippe im Aschenbecher stieg Rauch empor wie ein Wasserfall, der in die falsche Richtung fließt.

»Alle bumsen sie, Harve.«

»Die hat was drauf!«

»Weißt du, was sie besonders mag? Sie mag es, wenn ich ihn ihr ins Ohr stecke!«

Dunkle Schatten tanzten an den Wänden. Schatten von Menschen, die sich vor Lachen bogen. Schatten seiner Klassenkameraden und anderen – Fremden.

Ihr Gelächter gellte ihm in der Dunkelheit in den Ohren. Schatten hüpften jetzt an allen Wänden, umringten ihn.

Das Gelächter wurde lauter. Er wollte zurückweichen. Schatten füllten den Raum, verfinsterten das rote Licht. Ihm war kalt, eiskalt. Die Tunnelwände zerrten an ihm, sogen ihn ein.

»Sie will dich nie wiedersehen!«

»Wer?« schrie er.

»Deine Mutter«, antwortete eine Stimme.

»Angie«, sagte eine andere.

Er wirbelte herum, schlingerte wie verrückt auf einen winzigen Lichtpunkt zu. »Laßt mich zurückgehen! Laßt mich in Ruhe!« schrie er, aber kein Laut war zu hören.

Dann vernahm er Stimmen. Seine Schulkameraden unterhielten sich. Es klang etwas gedämpft, als stünden sie vor der Tür.

»Alle bumsen sie«, erklärte Walls Minor mit schriller Stimme.

»Harvey hat noch nicht rausgefunden, wozu er seinen Schwanz hat«, spottete Horstead.

Lautes Gelächter.

»Harvey sollte mal versuchen, ihn in ihr Ohr zu stecken«, meinte Reckett. »Weiber mußt du überraschen. Das lieben sie.«

Der Lichtpunkt wurde größer, kam näher. Harvey wurde langsamer.

»Stimmt es, daß alle sie bumsen, außer Harvey?« fragte Powell. »He, Harvey, warum gehst du nicht zu ihr und fickst sie wie alle anderen?«

»Fick sie, Harve!« sagte Dacre.

»Ja, reiß ihr die Hosen runter, und dann rein in sie!« brüllte Horstead.

»Erst ins Ohr stecken«, sagte Reckett.

»Fick sie!« kreischte Walls Minor.

»Fick das Miststück!« sagte Powell.

Das Licht hüllte ihn ein; aber es war diffus, zu düster, um klar sehen zu können. Er schwebte an der Decke eines Zimmers, aber es war nicht sein Zimmer.

Das Licht wurde heller. Er konnte an der Wand ein Poster mit Simon und Garfunkel sehen, ein ordentlich gemachtes Bett mit mehreren Stofftieren darauf, daneben Jeans, ein T-Shirt, Slip und Büstenhalter. Auf der Frisierkommode stand eine offene Flasche Eau de Cologne. Die Tür des Kleiderschranks war offen.

Angies Zimmer.

Angies Zimmer im Haus ihrer Eltern in Barnes.

Schuhe und Strümpfe lagen unordentlich auf dem zotteligen Teppich.

Das Miststück war ausgegangen.

13

Montag, der 22. Oktober

Der Regen fiel auf die weißen Satinrüschen, mit denen Sally Donaldsons Sarg ausgeschlagen war, und machte winzige dunkle Flecken. Er fiel auch auf das Gesicht der Toten. Jeder Tropfen glitt langsam wie geschmolzenes Wachs herab.

Die Menschen innerhalb der Absperrung standen wie erstarrt, reglos wie die Frau im Sarg. Ein Schweigen des Entsetzens hatte sich ausgebreitet. Kate hatte am ganzen Körper Gänsehaut. Im Schock zuckte sie überall, als sei ein Damm gebrochen, der die Bewegungen zurückgehalten hatte.

In der Ferne dröhnte der Generator. Die Zeltbahnen um sie herum blähten sich wie Segel im Wind. Dr. Sells trat einen Schritt vor. Er schaute die anderen an, als wolle er um Erlaubnis bitten. Keiner war fähig, den Kopf zu schütteln. Gewissenhaft, aber wie ein Automat, untersuchte er Sally Donaldson nach Lebenszeichen.

Kate sah mit großen Augen dem grotesken Schauspiel zu. Kevin Donaldson stand mit gesenktem Kopf da, die Hände vors Gesicht geschlagen. Die junge Frau im Sarg hätte eine Wachsfigur sein können, eine gräßliche Wachsfigur. Ein bizarres Gebilde aus einem anderen Jahrhundert.

Kate schloß die Augen. Trotzdem sah sie alles vor sich. Sie drehte den Kopf weg, als könne eine andere Blickrichtung das Bild, das sich ihr ins Gehirn gebrannt hatte, verdrängen. Nein, das winzige Baby, die Blutgerinnsel, die Nabelschnur blieben.

Der Arzt öffnete Sally Donaldsons blaues Nachthemd über der Brust und horchte sie mit dem Stethoskop ab. Er prüfte den Puls, blickte ihr mit einer Stablampe in die Augen, kitzelte den Rachen mit einem flachen Spatel. Kate überlegte, wie er es schaffte, sich bei dem Gestank, der für sie auch noch in einigen Metern Entfernung unerträglich war, nicht zu übergeben.

Der Arzt untersuchte auch den Fötus genau. Schließlich wandte er sich an Kevin Donaldson. Er brauchte nichts zu sagen.

Statt dessen legte er ihm die Hand auf die Schulter und versuchte ihn wegzuführen.

Die Dame vom Leichenbeschauer, Judith Pickford vom Umwelt- und Gesundheitsamt und der Direktor des Bestattungsinstituts unterhielten sich kurz, aber Kate konnte nichts verstehen. Dann gab der Beerdigungsinstitutsdirektor seinen Leuten Anweisung, den Deckel wieder zu schließen, aber nicht zu verschrauben. Die Männer hoben den Sarg in die Sperrholzkiste und verriegelten sie. Dann hoben sie die Kiste auf die Schultern und trugen sie vorsichtig über den schlüpfrigen Lehmboden durch die Zeltwand und über den Friedhof zur Straße.

»Das war's«, erklärte Judith Pickford.

»Darf ich Sie auf einen Drink einladen?« fragte Kate.

»Vielen Dank, aber ich muß nach Hause. Mein Mann hat heute Geburtstag.« Sie drehte sich um und ging weg.

Kate folgte ihr. Weiter vorn umringte die Meute der Reporter den Pressesprecher der Polizei und bedrängte ihn mit Fragen. Sie ging mit eingezogenem Kopf vorbei. Blitzlichter zuckten über den verhangenen Himmel.

»Mr. Falk, können Sie uns sagen, ob Mrs. Donaldson tot oder lebendig ist?«

Das Haar des Pressesprechers klebte auf seiner Stirn. Sein neuer Regenmantel sah auch nicht mehr so elegant wie vorher aus. »Ich kann bestätigen, daß sie tot ist.«

»Hat sie noch gelebt, als sie beerdigt wurde?«

»Eine Beamtin des Leichenbeschauers nahm an der Exhumierung teil. Sie wird über alles Bericht erstatten. Dann wird der Leichenbeschauer entscheiden, ob eine Autopsie notwendig ist.«

Kate hörte eine bekannte Stimme: Shane Hewitt vom *Evening Argus*. »Können Sie uns sagen, in welchem Zustand sich die Leiche befand?«

»Tut mir leid, ich war nicht anwesend.«

»Mrs. Donaldsons Mann sah sehr verzweifelt aus, als er herauskam«, bohrte der *Argus*-Reporter mitleidslos nach. »Haben Sie dafür eine Erklärung?«

»Wie würden Sie sich fühlen, wenn Ihre Frau exhumiert würde?« konterte Falk.

»Sie erklären also, daß sie definitiv nicht lebendig begraben wurde?« fragte Rodney Sparrow von der *Mid-Sussex Times.*

»War außer der Leiche noch etwas im Sarg, Mr. Falk?« hörte Kate Gail Cohen von *Radio Sussex* fragen.

»Mr. Falk, können Sie uns sagen, ob es – soweit Sie wissen – irgendwelche Beweise gibt, daß die Frau lebendig begraben wurde?«

»Mr. Falk, können Sie uns genau beschreiben, was sich in dem Sarg befand?« fragte Gail Cohen.

»Ich war nicht anwesend.«

»Gibt es irgendwelche Verdachtsmomente, weil der Sarg abtransportiert wurde?« fragte Shane Hewitt.

»Ich kann zum jetzigen Zeitpunkt keine weiteren Erklärungen abgeben. Nach der Entscheidung des Leichenbeschauers wird am Morgen eine Erklärung bekanntgegeben werden. Alles klar? Dann lassen Sie uns jetzt alle nach Hause gehen.«

Unbefriedigt stürzte sich die Meute auf die Männer, die die Kiste mit dem Sarg trugen. Shane Hewitt ging neben Kate und versuchte, aus ihr etwas herauszukriegen. Sie wurde feuerrot und war in Panik, daß er sie trotz der Dunkelheit und des ins Gesicht gezogenen Hutes erkennen könnte. Sie wagte kein Wort, weil er sie sofort am Akzent erkannt hätte. Sie schüttelte nur den Kopf und wandte sich ab.

Als sie die Meute abgeschüttelt hatte, ging sie zum Auto. In ihrem Magen drehte sich alles.

Nicht wahr, nicht wahr. Bitte, irgend jemand soll mir sagen, daß alles nicht wahr ist.

Sie blieb stehen, ließ den Kopf sinken und stützte sich an einer Hauswand ab. Sie konnte den Tränenstrom nicht mehr zurückhalten. Sie fühlte, wie all ihre Stärke aus ihr floß.

Mein Gott! Reiß dich zusammen! Du hast es gesehen. Du hast eine sensationelle Erstmeldung. Die hast du. Du hast, was du wolltest.

Sie spürte die nassen Steine an der Wange und preßte sich dagegen, als sei dies das einzige, dem sie auf dieser Welt vertraute. Wieder sah sie Sally Donaldsons Gesicht mit den weit offenen Augen.

Sie schaute sie an.

Die Flutlichter im Friedhof gingen aus. Sie hörte ein Auto starten und roch die warmen Dieselgase. Ihr Magen empörte sich. Mehrere Reporter liefen an ihr vorbei in Richtung Pub. Die Fernseh- und Radioleute packten ihre Ausrüstung zusammen. Anscheinend war alles vorbei.

Sie irren sich gewaltig, dachte Kate und schloß die Autotür auf. Sie schaltete die Standheizung ein und wartete auf Eddie Bix.

Nach ein paar Minuten stieg der Fotograf ein und knallte die Tür zu. »Jesus, eine Scheißnacht! Sie müssen bis auf die Haut naß sein. Waren Sie die ganze Zeit im Freien?«

Sie nickte.

»Kann ich Sie auf einen Drink einladen?« Er untersuchte die Schutzkappe einer Kamera.

»Danke«, sagte sie matt. »Aber ich muß los. Ich muß gleich den Artikel schreiben.«

»Nicht viel zu sagen, was? Hat Falk irgend etwas rausgelassen?«

Sie gab Gas und reihte sich in die Autoschlange ein. Sie war nicht sicher, ob sie im Augenblick darüber sprechen wollte. »Wie ist es Ihnen ergangen?« fragte sie.

»Ich konnte nicht viel sehen. Das Weib kam dauernd und wollte mit mir quatschen. Ich glaube, sie entdeckte ihre Schwäche für mich.«

Kate fuhr zur Zeitung zurück. Sie hatte Angst und fühlte sich ausgelaugt. Eddie bot an, den Wagen zurückzubringen. Kate stieg auf der dunklen Straße aus und betrat die schmuddelige Eingangshalle der *News*.

Der Nachtwächter hinter dem Metallgitter schaute auf. »Guten Abend, Miss Hemingway. Scheußliches Wetter«, sagte er mürrisch und hustete. »Arbeiten Sie noch lange?«

»So etwa eine Stunde.«

»Ich gehe um elf. Schließen Sie bitte ab, wenn Sie die letzte sind?«

»Aber ja«, versprach Kate und ging die Steinstufen hinauf. Hinter ihr hörte sie noch mal heftiges Husten, das aber vom Hall ihrer Schritte übertönt wurde.

Der Treppenabsatz oben war dunkel. Sie drückte auf den Schalter. Das fluoreszierende Licht summte und zuckte. Dann ging es für ein paar Sekunden aus, ehe es beständig brannte.

Kate lief an der Buchhaltung vorbei. Die Schreibtische waren leer, die Computer ausgeschaltet, die Bildschirme dunkel. Die Räume waren dunkel. Nur die Silhouetten der Regale, Schreibtische und Computer zeichneten sich schwach ab. Ihr eigener Schatten bewegte sich stumm auf der Wand neben ihr her.

Der Essensgeruch, der tagsüber hier in der Luft hing, war verschwunden. Jetzt roch es nach Desinfektionsmitteln aus den Toiletten und nassen Scheuertüchern. Sie ging an den Anschlagbrettern vorbei und drückte die Doppeltüren zur Nachrichtenredaktion auf.

Es war dunkel und still. Die Türen schwangen hinter ihr quietschend zu. Die Schatten zwischen den Lichtstrahlen, die von der Straßenbeleuchtung hereinfielen, sahen wie schwarze Tintenflecke aus. Ein starker, weißer Lichtstrahl zuckte über die Decke. Er stammte von einem Auto, das vorbeifuhr. Der Raum roch nach Teppich und Druckerschwärze, nach Tabakrauch und Reinigungsflüssigkeit. Im Hintergrund zischten die Heizungsrohre, da sie auch nachts nicht abgeschaltet wurden.

Plötzlich klingelte und ratterte es. Kate zuckte zusammen. Es war nur das Faxgerät. Sein grünes Licht leuchtete. Dann spuckte es Papier aus. Kate drückte an der Wand auf einige Schalter. Ein halbes Dutzend Lampen gingen an, auch diejenige über ihrem Schreibtisch.

Alles sah so aus, wie es nachts immer aussah. Man hatte den Eindruck, die Menschen hätten alles in Panik stehen- und liegenlassen, weil es einen Feueralarm oder eine Bombendrohung gegeben hatte.

Erschöpft ließ Kate sich auf ihren Drehstuhl fallen und lehnte sich zurück. Sie zog den Mantel fester um sich. Regenwasser lief ihr den Nacken hinunter. Sie zitterte und starrte auf den leeren Bildschirm. Sally Donaldsons Augen starrten von dort zurück.

Das Fax piepte einmal und verstummte.

Beruhige dich!

Ein Taxi fuhr auf der Straße vorbei. Kates Herz raste wie der

Motor. Es klopfte zum Zerspringen. Heute war es ungewöhnlich ruhig. Normalerweise waren noch ein oder zwei Kollegen da. Howard Michael, der sanfte Filmkritiker, arbeitete oft noch spät an Kritiken. Eigentlich hätte auch eine Schreibkraft dasein müssen, außerdem noch der Reporter, der bis elf Dienst hatte. Wahrscheinlich war er gerade vor Ort, um eine Story zu recherchieren.

Kate stand auf und ging zurück zur Tür, dann über den Gang in die leere Bibliothek. Sie schaltete das Licht ein. Alle sechs Ausgaben der heutigen Zeitung lagen auf einem Aktenschrank, um abgelegt zu werden. Sie nahm die fünf oberen Exemplare. Ihre Lebensgeister wurden etwas munterer, als sie die Schlagzeile der ersten Ausgabe las, die gegen elf Uhr vormittags herauskam: EXBÜRGERMEISTERIN SCHLÄGT RÄUBER IN DIE FLUCHT.

Das war ihre Geschichte. Sie hatte vergessen, daß Geoff Fox, der Nachrichtenredakteur, ihr gesagt hatte, daß sie die Schlagzeile bekommen würde – mit Namensnennung. Da stand ihr Name gedruckt: Reporterin Kate Hemingway. Sie überflog die anderen Seiten. Nichts weiter von ihr. In der Mittagsausgabe zierte die Bürgermeisterin-Story noch die erste Seite, war aber an zweite Stelle gerückt, und es fehlte ihr Name. In der sechsten Ausgabe war ihr Artikel auf Seite drei gewandert.

Kate fand ihren vierzehnzeiligen Artikel über die Exhumierung auf Seite fünf der Mittagsausgabe. Bis zur vierten Ausgabe blieb er unverändert, dort stand er leicht verändert und auf achtzehn Zeilen gedehnt. In der letzten Ausgabe war er auf zwei Spalten gewachsen, zusammen mit einem Foto von Sally Donaldson an ihrem Hochzeitstag. Eine bildhübsche junge Frau mit langem, blondem Haar blickte in die Welt mit einem zuversichtlichen »Das-Leben-ist-gut-zu-mir«-Ausdruck auf dem Gesicht.

Kate lief es kalt über den Rücken, als sie daran dachte, was sie im Sarg gesehen hatte. Wieder krampfte sich ihr Magen zusammen. Sie ging an ihren Schreibtisch zurück, setzte sich und schaltete den Computer ein. Sie tippte die Befehle ein und wartete, daß auf dem Bildschirm eine leere Seite erschien.

Sie wühlte in den Haaren und preßte die Hände an die Schläfen. Tränen flossen über ihr Gesicht. Sie wischte sie mit dem Jakkenärmel ab. Nur mit Mühe konnte sie das Schluchzen unterdrücken. Der Bildschirm wurde unscharf. Sie drückte auf eine Taste, die falsche. Statt eines großen *B* hatte sie ein kleines *v* erwischt. Weg damit. Ihre Finger waren von der Kälte steif, vor Schock gefühllos – wie ihr Gehirn.

Die Lichtröhren summten wie ein Schwarm Schmeißfliegen. Sie tippte die erste Zeile, löschte sie, tippte neu. Sie schloß die Augen und versuchte, ihre Gedanken zu klären; aber die Löschtaste in ihrem Kopf bewegte sich nicht. Es ist doch nur eine Story wie jede andere, redete sie sich ein. Sie biß die Zähne zusammen und hämmerte auf die Tasten. Nur eine Story wie jede andere auch. Sonst nichts!

Jetzt lief es. Sie war ziemlich schnell fertig. Noch die Korrekturen, dann schickte sie die Story an die Nachrichtenredaktion und fügte noch ein Memo an den Redakteur hinzu: »Bin reingekommen. Habe alles selbst gesehen.«

Dann stand sie auf. Sie war völlig ausgelaugt. Sie schaltete den Computer aus und ging nach Hause. Dort goß sie sich im Wohnzimmer erst mal einen großen Scotch ein und ließ heißes Wasser in die Wanne laufen. Hunger hatte sie nicht, auch keine Energie, um zu kochen. Sie machte eine Dose Tomatensuppe warm. Dazu aß sie einen Toast. Dann legte sie sich im Morgenrock aufs Sofa vor den Fernseher.

Später im Bett schlief sie zum ersten Mal seit ihrer Kindheit bei Licht.

14

Angies Lachen drang so deutlich durch die Nacht, als würde ein Glas zerbrechen.

Sie lachte über ihn.

Harvey Swire starrte auf ihr leeres Zimmer hinab. Verdammtes Miststück! Das Lachen kam von weit her, jenseits der Dächer auf der anderen Straßenseite. Er bewegte sich durchs Zimmer, durchs Fenster hinaus in die dunkle Nacht. Wieder hörte er sie lachen und wurde davon unwiderstehlich angezogen.

Das Lachen zog ihn über die Hausdächer auf der anderen Straßenseite. Unten sah er einen beleuchteten Swimmingpool, hörte die Stimmen, Gelächter. Ein Löffel klirrte auf einer Untertasse.

Er glitt über die nächsten Dächer, wieder über eine Straße – immer dem Lachen entgegen. Unter ihm lag eine Sackgasse, die er kannte, am Ende befand sich ein Tor, das immer offenstand, und dahinter führte ein Feldweg zu einer Wiese. Er erkannte deutlich den Weg und folgte ihm um ein Trafohäuschen herum, dann durch die Büsche in den Wald. Jetzt zweigte nach rechts ein Weg ab, der auf einer kleinen Lichtung mündete. Hierher hatte er Angie immer gebracht, wenn sie ausgegangen waren, ehe er sie zu Hause absetzte.

In der Ferne bemerkte er ein schwaches Licht. Nein, das war nicht weit entfernt, sondern keine hundert Meter weg. Es war die Innenbeleuchtung eines Autos. Das Licht ging aus. Er hörte Kichern.

Aus dem Autoradio kam Musik, dann Knacken, Stimmen, wieder Musik, ein Werbespruch, wieder Knacken. Jemand drehte am Radio und suchte einen anderen Sender. Jetzt kam die Musik klarer. Die Beach Boys sangen »Then I Kissed Her«. Harvey hatte ein flaues Gefühl im Magen. Langsam stieg Wut in ihm auf. Wieder dieses Kichern!

»Tim! Nein! Mein Gott, sind deine Hände kalt! Oh, jaa!«

Gemurmel.

Als er zum Auto hinschwebte, hörte er, wie Folie zerrissen wurde.

»Ich zieh ihn drauf«, sagte Angie. »Das tu ich so gern.«

Das Auto war ein großer, blitzender Rover. Angie und ein Junge, den er noch nie gesehen hatte, lagen auf dem Rücksitz. Die Vordersitze waren so weit nach vorn geklappt, daß sie fast flach waren. Die schwarzen Haare des Jungen waren im Beatles-Stil geschnitten und fielen ihm in die Stirn. Seine Hosen und Unterhosen hingen ihm um die Knöchel. Angies Kleid war zusammengerollt knapp unterm Busen. Ihre Brüste waren größer, als er sie in Erinnerung hatte. Die roten Brustwarzen waren hart und standen vor. Sie hatte auch keinen Slip an. Er sah zwischen den braunen Beinen das hellbraune, gekräuselte Schamhaar und die rosigen Schamlippen.

Sie hielt den Penis – einen gewaltigen Penis – des Jungen in der Hand. Harvey war über die Größe erstaunt. Überaus geschickt, für Harveys Empfinden zu routiniert, streifte sie ein rosa Kondom über den Penis. Sie ließ auch genügend Platz an der Spitze. Langsam und genüßlich entrollte sie den Gummi am Schaft, wobei sie ihn zart massierte.

»Vorsicht«, sagte der Junge. »Sonst komme ich gleich.«

Die Wut schnitt wie ein Messer in Harveys Inneres. »Blöde Kuh«, wollte er schreien. Er war fast blind vor Wut. »Miststück! Hure!« schrie er, aber es kam kein Ton heraus. Nichts. Das Licht wurde schwächer. Jetzt konnte er nichts mehr erkennen.

Plötzlich war er wieder an der Decke seines Zimmers und starrte auf sich hinab. Immer noch lag er angezogen, sogar mit Stiefeln, auf seinem Bett.

Mein Gott, bin ich high, dachte er.

Er versuchte, nach unten zu sinken, wieder in seinen Körper zu gelangen, aber unsichtbare Hände hielten ihn fest und preßten ihn unbarmherzig gegen die Zimmerdecke. Er sah, wie sich unten sein Körper aufsetzte, die Augen rieb und mit beiden Händen durchs Haar fuhr. Er wollte hinabsinken, wieder in seinen Körper zurück; aber die Hände ließen ihn nicht los.

Neugierig und ängstlich sah er sich aus dem Bett steigen, zum Waschbecken hinübergehen, den Kaltwasserhahn aufdrehen und sich kaltes Wasser ins Gesicht spritzen. Er konnte nichts fühlen. Wieder wehrte er sich. Laßt mich zurück, murmelte er. Die Angst wurde stärker. Plötzlich hatte er schreckliche Angst. Angst, daß er in die Decke hineingezogen würde, daß die Atome und Moleküle sich um ihn schließen würden, daß er für immer dort bleiben müsse.

Er sah sich aus dem Schlafzimmer gehen, den Gang entlang, die Treppe hinunter. Immer über seinem Körper schwebend, sah er sich die linke Schublade des Tisches in der Eingangshalle öffnen, Autoschlüssel herausnehmen, die Hausschlüssel einstecken und aus der Tür gehen.

Nein, tu das nicht!

Hilflos sah er sich zum Mini seiner Mutter laufen, die Tür aufschließen, einsteigen, den Sitz zurückschieben, den Choke ziehen und die Zündung einschalten.

Spring nicht an! Bitte, spring nicht an! Mein Gott. In den Reifen war viel zu wenig Luft. Spring nicht an!

Der Anlasser klang müde. Die Batterie war fast leer. Ein Grunzen, dann nur dumpfes Schnarren. Er sah es sich immer wieder versuchen. Plötzlich ein scharfes Klicken. Er wartete kurz und versuchte es noch mal. Diesmal sprang der Motor an. Er trat kräftig aufs Gaspedal. Der Motor heulte auf. Aus dem Auspuff knallten einige Fehlzündungen, und schwarzer, öliger Rauch stieg auf. Er schaltete in den Rückwärtsgang, setzte zurück und fuhr dann aus der Einfahrt auf die Straße. Jetzt schaltete er auch die Scheinwerfer ein.

Harvey sah hilflos zu. Fahr zurück! Fahr zurück! Der Mini beschleunigte. An der Kreuzung zur Hauptstraße mußte er scharf bremsen. Der Wagen rutschte auf den weichen Reifen nach rechts weg. Ein Lastwagen hupte wütend, als der Mini so rücksichtslos fuhr, und bremste ab. Dann überholte er ihn.

Hilflos beobachtete Harvey, wie der Mini unter ihm wie wahnsinnig dahinraste und plötzlich in eine Seitenstraße einbog. Er rutschte über den Straßenbelag und verpaßte eine Reihe geparkter Autos nur um Haaresbreite.

Fahr langsamer, du Idiot!

Der Mini schoß kerzengerade über eine Kreuzung. Harvey versuchte, sich nach unten zu zwingen, ins Auto, in seinen Körper; aber es gelang ihm nicht, den Abstand zu überwinden. Er schwebte darüber durch die Dunkelheit. Er konnte den Motor unten hören, das Pfeifen des Windes, das Quietschen der Reifen; aber er spürte selbst keinerlei Geschwindigkeit. Ein Traum, alles nur ein Traum. In der nächsten Minute würde er aufwachen.

Ein Auto fuhr weiter vorn auf die Kreuzung. Brems doch, um Gottes willen! Tritt auf die Bremse! Statt dessen wurde der Mini noch schneller. Er bog um die Ecke und hatte den anderen Wagen mit der Breitseite direkt vor sich. Harvey hörte das Quietschen der Reifen, als der Mini wie wahnsinnig nach rechts und dann nach links schleuderte. Zwischen ihm und dem Heck des anderen Wagens hätte keine Hand Platz gehabt. Dann raste er auf eine Kurve zu. Die Räder blockierten, der Mini schoß geradeaus auf einen Baum zu.

Ein schrecklicher Knall, Knirschen, Splittern, als der Kotflügel auf der Beifahrerseite am Stamm entlangkratzte. Dann blieb er stehen.

Gott sei Dank!

Harvey blickte zum Auto hinab. Ein vorderer Scheinwerfer strahlte in eine Buchenhecke, der andere war kaputt. Der Motor lief noch. Im Haus hinter der Ecke gingen Lichter an. Metall knirschte, als er versuchte, rückwärts zu fahren. Es gelang ihm nicht. Da stieg er aus und zerrte mit aller Kraft am verbogenen Blech des Kotflügels. Bei jedem Ruck kreischte Metall durchdringend. Dann stieg er wieder ein. Jetzt war das Rad frei, und er konnte wegfahren.

Jemand kam schreiend durch den Garten gelaufen.

Harvey sah, wie er mit dem Mini wegfuhr. Der eine Scheinwerfer wirkte wie der eines Motorrades.

Er überlegte, wie er den Schaden seinem Vater erklären sollte. Vielleicht konnte er den Mini irgendwo reparieren lassen, ohne daß sein Vater es merkte.

Wach auf! Um Gottes willen, wach auf!

Der Mini raste durch die Sackgasse auf den holprigen Feldweg. Dann bog er rechts in den Wald ab und wurde langsamer. Die roten Rücklichter des Rovers leuchteten im schwachen Strahl des Minischeinwerfers auf. Harvey sah, wie er den Mini am Wegrand parkte, das Licht ausschaltete und ausstieg.

Er sah seinen Körper den Weg zum geparkten Rover einschlagen. Panik ergriff ihn und riß ihn wie ein Stück Treibholz in einer Flutwelle mit. Nein! Halt! Nicht! Wieder versuchte er verzweifelt, in seinen Körper zurückzukehren, warf sich mit aller Kraft nach unten; aber die unsichtbaren Hände hielten ihn erbarmungslos fest. Halt! schrie er stumm. Halt!

Entsetzt sah er sich den Weg entschlossen weitermarschieren. Die Stiefel machten kaum Lärm. Nur ab und zu rollte ein Stein zur Seite.

»In the Midnight Hour« spielte gerade im Radio. Wilson Picketts Stimme hallte durch die Bäume und wurde bei jedem Schritt lauter. Er blieb ein Stück vor dem Auto stehen und wartete.

Geh zurück!

Durch die Scheiben konnte er ein kurzes rotes Aufglühen im Rover sehen. Er roch den scharfen Geruch von Haschisch. Aus dem Wageninneren drang Lachen, das die Radiomusik übertönte.

»Doch! Das waren Scheinwerfer«, sagte Angie.

»Bestimmt auch ein Liebespaar wie wir«, antwortete eine Stimme, die Harvey nicht kannte.

Angie lachte wieder.

Harvey ging näher heran. Jetzt konnte er durch die Scheiben in den Rover hineinblicken. Sie hatten es sich auf dem Rücksitz bequem gemacht. Angies Kleid lag ihr wie ein Rettungsring um die Taille. Ihre nackten Brüste drückten sich gegen die Brust des Jungen. Der Junge zog kräftig an einem Joint, stieß die Luft aus und reichte ihn an Angie weiter.

Sie tat auch einen Zug, dann preßten sie ihre Lippen aufeinander und bliesen sich den Rauch gegenseitig in den Mund.

Harvey sah, wie sein Körper die Wagentür aufriß. Plötzlich fand er alles prima.

Als der Junge sich umdrehte, beugte Harvey sich vor, packte den Jungen beim Schopf und schlug ihm mit der Faust ins Gesicht. Angie kreischte. Er zerrte den Jungen heraus und schleifte ihn mit dem Gesicht nach unten an den Füßen über den Boden. Der Junge schlug wild um sich. Aber die Unterhosen um seine Knöchel behinderten ihn sehr.

»Was machst du mit meinem Mädchen, du Schwein!« brüllte Harvey. Er riß den Jungen auf die Beine, stieß ihn gegen das Auto und schlug ihm mit der Faust erneut ins Gesicht. Dann griff er ihm zwischen die Beine und quetschte die Hoden. Der Junge schrie vor Schmerzen wie am Spieß. Das Kondom hing schlaff über das Ende seines Penis herunter. Harvey sah die Flüssigkeit darin und drückte noch fester zu.

Der Junge zuckte und brüllte. Er stieß Harvey die Finger in die

Augen und kratzte wie wild. Aber das war Harvey egal. Als er so darüber schwebte, spürte er keinen Schmerz. Er drückte noch kräftiger und quetschte den schleimigen, haarigen Hodensack noch mehr um die schwammigen Dinger darinnen. Der Junge wand sich und brüllte wie ein Tier, das den Verstand verloren hat. Harvey sah sich grinsen, als der Junge sich gegen das Auto zurückwarf, als habe man ihn in eine Steckdose gesteckt. Er schrie und bettelte. Erbrochenes schoß aus seinem Mund und ergoß sich über Harvey.

Angeekelt rammte Harvey ihm das Knie in die Weichteile. Der Junge krümmte sich. Harvey stieß noch mal zu. Er traf die Autotür und hinterließ eine tiefe Delle.

»Nein, nicht!« winselte der Junge. »Der Wagen gehört meinem Vater! Mach ihn nicht kaputt!«

Harvey packte den Jungen bei den Schultern und stieß ihm mit dem Kopf direkt ins Gesicht. Der Junge sank zu Boden.

Angie versuchte auszusteigen. Sie brüllte: »Harvey, laß ihn in Ruhe! Tu ihm nicht weh! O mein Gott, Harvey, hör auf!«

Harvey sah, wie sein Körper ihre Kehle packte und zurück ins Auto stieß. Dann warf er sich auf sie und preßte sie gegen den Sitz. Er spürte die nackte Haut ihrer Schultern und Brüste. Sie wehrte sich, schlug um sich und schrie. Er machte seine Gürtelschnalle auf und zog am Reißverschluß. Angie zappelte wie eine Wahnsinnige unter ihm.

»Nein, Harvey! Hau ab, du Dreckschwein!«

Sein Reißverschluß klemmte. Er zerrte daran.

»Harvey, geh runter!« schrie sie außer sich vor Wut. »Tim, hilf mir!«

Endlich ging der Reißverschluß auf. Er hatte Mühe, die Hosen runterzuschieben und Angie festzuhalten. Er erstickte ihre Schreie, indem er seinen Mund auf ihren preßte und sie küßte. Er schob seine Zunge tief in ihren Mund. Sie machte sich frei und schrie wieder: »Hau ab, Harvey!«

Er streifte die Unterhosen ab, nahm seinen harten Penis und führte ihn zwischen ihre Schenkel. Er spürte die schleimige Feuchtigkeit, das harte Schamhaar. Dann stieß er zu.

»Harvey!« schrie sie. »Nein, nein! Tim, hilf mir!« Sie grub die

Finger tief in Harveys Rücken. Aber er spürte keinen Schmerz. Er konnte von oben sehen, daß sie die Haut aufriß. Blut färbte sein Hemd rot. Er konnte seinen Hintern zustoßen sehen.

Konnte sich tief in ihr spüren.

Konnte den Schock in ihren Augen sehen.

Konnte seinen Orgasmus fühlen. Wie er in ihr explodierte. Er preßte sie an sich, preßte seine Wange an ihr Gesicht, als die Zukkungen ihn schüttelten.

Dann hörte es auf. Er spürte, wie er in ihr schlaff wurde. Sie hatte jeden Widerstand aufgegeben. Sein Rücken schmerzte. Er roch ihr Parfüm. Es war dasselbe, das sie immer nahm. Er küßte zärtlich ihre Wange. Jetzt roch er auch das Leder der Sitze. Er spürte, wie sein Penis herausglitt.

Dann kam ihm die Erkenntnis:

Er beobachtete nicht länger aus der Distanz von oben. Er war wieder in seinem Körper, im Auto. Sein Penis war in Angie.

Entsetzt schloß er die Augen. Gewalt. Reckett behauptete, Weiber liebten es, rauh behandelt zu werden. Angie war still und atmete ruhig. Ihre Wimpern kitzelten seine Wange. Sie war in Ordnung. Das hätte er schon längst tun sollen! Schon vor zwei Jahren. Er roch das Erbrochene des Jungen auf seinem Hemd. Er küßte sie wieder und hielt sie ganz fest. »Ich liebe dich, Angie«, sagte er.

Sie weinte.

»Ich liebe dich, Angie.«

»Raus!« Ihre Stimme klang fest und entschlossen.

Wieder küßte er ihre Wange.

»Raus!«

»Ich liebe dich.«

Die Plötzlichkeit ihrer Bewegung überraschte ihn. Mit einem Ruck hatte sie sich aufgesetzt und seinen Kopf zurückgestoßen. »Mach, daß du rauskommst!« Ihre Stimme war haßerfüllt. Sie packte ihn am Hals und schüttelte ihn wie einen Baum, damit das Obst herabfällt. »Hau ab! Hau ab! *Hau ab!*« Sie biß die Zähne zusammen. Tränen strömten über ihr Gesicht.

Wie betäubt zog er sich zurück und schob sich aus dem Auto. Es ist ein Traum, dachte er. Ich habe das nicht getan. Das bilde ich mir nur ein. In der nächsten Minute werde ich aufwachen. Er zog Unterhosen und Hosen an und machte einen Schritt nach hinten. Er trat auf etwas Weiches. Beinahe wäre er gefallen. Es war der Junge. Er bewegte sich noch. Sein Gesicht war blutüberströmt. Aus angstvollen Augen schaute er Harvey an. Harvey starrte ins Auto zu Angie. Sie schaute ihn haßerfüllt an.

Er drehte sich um und ging zurück zum Mini. Er schleppte sich dahin, als sei das Gestänge, das ihn aufrecht hielt, plötzlich unter seinem erschlaffenden Körper zusammengebrochen.

15

Dienstag, der 23. Oktober

Sie wachte schweißgebadet auf. Ringsum war alles pechschwarz. Angst schnürte ihr die Kehle zu. Ihr Zimmer war nie so dunkel, nie so still.

Mit der rechten Hand faßte sie nach dem Nachttisch; aber da war etwas Weiches aus Satin. Ein Kissen hatte sich wohl zwischen Nachttisch und Bett geklemmt. Komisch! Sie strich darüber. Sie spürte Rüschen. Ihre Schultern waren eingezwängt. Es roch sonderbar nach frischem Holz und neuem Stoff.

Das Kopfende des Bettes. Sie war erleichtert. Offenbar hatte sie sich im Schlaf quer gedreht. Aber sie hatte doch gar kein Kopfteil! Sie wollte die Beine seitlich herausschwingen; aber sie konnte sich nicht bewegen. Überall war der abgesteppte Satin. Er drückte gegen ihren rechten Ellenbogen. Sie drückte dagegen. Nichts gab nach.

Sie wollte sich aufsetzen. Da stieß sie mit dem Gesicht gegen etwas Hartes. Ihre beiden Arme waren eingezwängt, die Beine auch. Es war kaum genug Platz, sie einen Spalt zu öffnen. Sie war in Dunkelheit eingesponnen. Heiße Dunkelheit.

Mein Gott, ist das heiß!

Sie holte tief Luft, aber sie mußte sich sehr anstrengen, um überhaupt etwas Luft in die Lungen zu saugen.

Sie versuchte, sich ein Bild zu machen, wo sie war. Ein fremdes Hotel? Nein. Sie war zu Hause ins Bett gegangen – wirklich? Die Wände schienen sie zu erdrücken. Ärgerlich schob sie mit den Ellenbogen dagegen und versuchte sich aufzusetzen. Sofort stieß sie ihr Gesicht an und sank wieder zurück.

Die Bettdecke wegstoßen, damit es kühler wird. Sie bewegte die Beine; aber da war keine Bettdecke, nur ein ganz leichtes Laken, das überall eingesteckt war. Wieder suchte sie nach dem Lichtschalter, diesmal entschlossener. Glatter Satin – um sie herum, unter ihr. Als sei sie auf einem Sofa eingeschlossen.

Wo bin ich? »Hallo?« rief sie. »Hallo?« Ihre Stimme war so leise.

Ihr wurde schwindlig im Kopf vor Hitze und Luftmangel. Sie mußte um jeden Atemzug kämpfen.

Autounfall. Sie hatte auf dem Heimweg einen Autounfall gehabt und war jetzt im Wagen eingeklemmt.

Blind! Ich bin blind geworden! Sie schrie, als entsetzliche Panik sich ihrer bemächtigte. »Hilfe! Helft mir doch!« Ihre Knie zuckten gegen die Decke. Sie trommelte mit den Fäusten. »Helft mir!«

Dann sank sie erschöpft zurück und rang nach Luft. Es war wie in einem Vakuum. Sie konnte beinahe spüren, wie sie bei jedem Atemzug die Satindecke ansaugte. Wieder trommelte sie mit den Fäusten, schrie, stieß mit den Füßen und warf sich nach oben und unten, drehte und wand sich, bis sie nicht mehr wußte, wo oben und unten war.

»Hilfe!« schrie sie. Sie zerfetzte den Satin mit den Fingernägeln. Sie hörte, wie er zerriß. Etwas Kühles flatterte gegen ihr Gesicht, sie atmete die Füllung ein und mußte niesen. Sie richtete sich auf, schlug mit dem Kopf gegen die Decke und schrie vor Schmerzen.

Sie wühlte mit den Händen in der weichen Füllung, riß daran, bis sie auf etwas Hartes, Rauhes stieß. Holz. Sie pochte mit den Knöcheln dagegen, trommelte dagegen, bis sie vor Schmerzen nicht mehr konnte. Sie sank zurück und kämpfte um die nächsten Atemzüge.

Die Wände rückten immer näher. Der Raum wurde immer

kleiner. Sie wurde erdrückt, zerquetscht. »Hallo?« schrie sie. »Helft mir! Bitte, helft mir!«

Plötzlich war die Luft kühl. Sie konnte atmen. Da war auch Licht. Es war so grell, daß sie die Augen schließen mußte. Sie hörte eine Tür klicken, Schritte auf dem Korridor. Ihr Nachbar auf der anderen Seite ging zur Arbeit. Sechs Uhr vierzig. Er verließ immer um sechs Uhr vierzig das Haus.

Jesus!

Kate setzte sich auf. Sie zitterte vor Angst. Ihre Bettdecke war auf den Boden gerutscht. Sie schloß die Augen und machte sie wieder auf. Sie hatte entsetzliche Angst, wieder einzuschlafen. Reglos lag sie einige Zeit da und sammelte ihre Gedanken, ohne auf den kalten Zug zu achten, der über sie hinwegstrich. Sie fühlte sich müder als vorm Zubettgehen. Über ihrem Kopf brannte die Lampe. Sie hatte das Licht die ganze Nacht brennen lassen.

Sie schwang die Füße auf den Boden. Er fühlte sich wie eine Eiswiese an. Ihr war bis auf die Knochen kalt. Zitternd stand sie auf, tastete sich zum Badezimmer vor und drehte die Dusche auf.

Das heiße Wasser auf ihrem Körper und der Haarbalsam konnten das Grauen nicht wegwaschen. Sie sah Sally Donaldsons Gesicht, das entsetzliche, starre Grinsen. Sie hatte vorher schon unzählige Male Tote gesehen: Autounfallopfer, Brandopfer, einen Penner, der im Park erfroren war. Einen Ertrunkenen, der so aufgebläht war, als man ihn aus dem Meer holte, daß sein Bauch platzte und die Gedärme herausquollen, als man ihn aufs Deck des Rettungsbootes legte.

Aber nichts war ihr so unter die Haut gegangen wie der Anblick von gestern abend.

Lebendig begraben.

Die Geburt.

Wie lange Sally Donaldson da unten wohl noch gelebt hatte? Was war ihr durch den Kopf gegangen? Wer hatte den Totenschein ausgestellt? Wer, zum Teufel, war für alles verantwortlich?

Sie ging in die Küche und schaltete den Heißwassertopf ein. Dann schüttete sie Müsli in eine Schüssel und schnitt eine Banane hinein. Eigentlich hatte sie keinen Hunger, aber sie mußte etwas in den Magen bekommen, Energienachschub.

Einige Vierecke wurden in der riesigen Glaswand auf der anderen Straßenseite hell. Langsam wurden es mehr, als würde jemand ein Puzzle füllen. Das Reinigungspersonal ging durch die Räume. Angestellte trafen ein, um neue Versicherungen zu verkaufen. Der langweilige Betonkomplex entwickelte sich wie ein Foto aus der Dunkelheit der schwindenden Nacht.

Kates Gedanken wurden langsam klarer. Sie hatte Erfahrung mit Krankenhausskandalen. In Birmingham war ein Mann entlassen worden und keine Stunde später an einem Herzinfarkt gestorben. Das Krankenhaus hatte sofort die Reihen fest geschlossen. In der Medizin nahm einer auf den anderen Rücksicht. Fehler passierten ab und zu; aber sie waren sehr selten. Sie waren kein größeres Problem, es sei denn, man war selbst der Fehler.

Es sei denn, man war Sally Donaldson.

Sie mußte schnell sein, ihren Vorteil den anderen Reportern gegenüber ausnützen. Nach Erscheinen der ersten Ausgabe der *Sussex Evening News* um elf würde jede Zeitung in England die Meldung auf den Schreibtischen haben.

»Heute ist Dienstag, der dreiundzwanzigste Oktober«, verkündete eine Stimme im Radio.

Dienstag. *Twin Peaks.* Sie programmierte den Videorecorder, wobei sie immer noch Schwierigkeiten hatte. Meist war etwas völlig anderes auf dem Band, als sie aufzeichnen wollte. Dann nahm sie ihr Notizbuch aus der abgewetzten Lederhandtasche und ging das Adressenverzeichnis durch. Als sie die Nummer gefunden hatte, griff sie zum alten, schwarzen Telefon, das sie auf einem Flohmarkt erstanden hatte.

Dr. Marty Morgan war der Arzt für Allgemeinmedizin, der die wöchentliche Kolumne für die *Evening News* schrieb, in der er den Lesern gute Ratschläge für Gesundheit und Fitneß gab. Außerdem bekam er eine Honorarpauschale, um Reportern für alle medizinischen Fragen zur Verfügung zu stehen. Als Fitneßfanatiker sprach er immer schnell und etwas atemlos, als käme er gerade von einem Zehnmeilenlauf oder befände sich mittendrin.

Seine Kolumne hatte ihm den Status einer Lokalberühmtheit eingebracht. Er reagierte darauf, indem er einen Akzent kultivierte, der Kate immer an einen Diskjockey erinnerte.

Sie war ihm nie begegnet, konnte sich aber aufgrund eines Fotos ein Bild von ihm machen. Er war ein neurotischer Typ, dünn, mit kurzem, schwarzem Haar. »Tut mir leid, daß ich Sie schon so früh anrufe«, sagte sie.

»Kein Problem, Kate. Dazu bin ich ja da«, antwortete er eine Spur zu fröhlich für diese Tageszeit.

»Würden Sie mir bitte den medizinischen Ablauf für die Feststellung des Todes erklären?« bat sie.

»Sprechen Sie von klinischem Tod oder Gehirntod bei einem Organspender?«

»Es geht um eine Schwangere, die im Krankenhaus starb.«

»Sie ist keine Spenderin?«

»Das weiß ich nicht.«

»Gut, nehmen wir an, daß sie keine ist. Der Grad der Gründlichkeit kann davon abhängen, ob der Tod vorauszusehen war. Grundsätzlich untersucht man auf Lebenszeichen, zum Beispiel Puls. Man stellt fest, ob der Patient noch atmet, schaut in die Augen. Innerhalb weniger Minuten nach dem Tod bilden die Venen auf dem Augapfel Perlen. Sie sind ein ziemlich narrensicherer Indikator. Man kann auch die Kehle des Patienten oder die Augäpfel berühren, um eine Reaktion zu testen.«

»Ist es möglich, daß eine falsche Diagnose gestellt wird?«

»Jemanden für tot zu erklären, der es nicht ist?«

»Ja.«

»Nein, das halte ich für unmöglich. Na ja, vielleicht nicht unmöglich, aber höchst unwahrscheinlich.«

»Falls es doch passiert, würde dieser Patient dann lebendig begraben?«

»Nicht, wenn es zu einer Autopsie oder Einbalsamierung kommt.«

»Und wenn beides nicht geschieht?«

»Theoretisch ist es möglich, aber praktisch... Sprechen wir über dies Land hier?«

»Ja.«

»Dann glaube ich, daß es praktisch nicht geschieht.«

»Ist Ihnen kein einziger Fall bekannt, in dem es passierte?«

Er lachte gezwungen. »Nein. Na ja, einmal war es verteufelt knapp dran.« Er zögerte. »Als ich Assistenzarzt in Bristol war, wurde eine junge Frau eingeliefert, die eine Überdosis Drogen genommen und sich dann in den Kanal gestürzt hatte. Sie hatte Hypothermie – Untertemperatur –, atmete nicht mehr und schien auch keinen Puls mehr zu haben. Ich füllte den Totenschein aus, als die Schwester mich anschrie, daß sie Puls festgestellt habe. Wir legten einen Monitor an und sahen, daß sie alle dreißig Sekunden einen Herzschlag hatte. Sie überlebte. Normalerweise hat der Mensch etwa achtzig Herzschläge pro Minute.«

»Was wäre passiert, wenn die Schwester das nicht gemerkt hätte?«

»Sie wäre ins Leichenschauhaus gekommen. Die Kälte der Kühlanlage hätte sie wahrscheinlich endgültig umgebracht.«

Kate schwieg einen Moment. »Und danach war sie wieder in Ordnung?«

»Ja, sicher. Wahrscheinlich lebt sie heute noch.«

Kate hörte, wie der Heißwassertopf sich ausschaltete. »Das wäre eine super Folgestory. Haben Sie irgendeine Idee, wie und wo ich die Frau finden könnte?«

Die Stimme des Arztes klang plötzlich müde. »Das war vor fünfzehn Jahren. Ich habe keine Ahnung, wo sie heute lebt.«

Kate kaute auf dem Bleistift. »Es gibt also keinen absolut narrensicheren Test?«

»Normalerweise ist es so: Wenn das Gehirn über neunzig Sekunden keine Sauerstoffzufuhr hat, kommt es zu einer irreversiblen Schädigung, und nach drei oder vier Minuten ist das Gehirn tot. Bei Hypothermie ist der Körper in einem fast erstarrten Zustand und der Stoffwechsel sehr verlangsamt. Er benutzt nur einen Bruchteil der Energie, die er normalerweise verbraucht, daher braucht das Gehirn auch nur einen Bruchteil des Sauerstoffs. Man hört manchmal von Kindern, die in einen eiskalten Teich gefallen sind, erst nach einer Stunde wiederbelebt wurden und überlebten. Diesen täuschend langsamen Puls gibt es. Aber die Ärzte wissen das heutzutage.«

»Und wer stellt in einem Krankenhaus den Totenschein aus?«

»Jeder Arzt, der auf der Station Dienst hat.«

»Haben Sie mit Exhumierungen Erfahrung?«

»Nein. Dazu müßten Sie einen Pathologen befragen. Ich kann Ihnen aber jemanden empfehlen. Warum?«

»Wo bringt man eine exhumierte Leiche für gewöhnlich hin?«

»Von einem Friedhof?«

»Ja.«

»Hier in unserer Stadt wahrscheinlich ins städtische Leichenschauhaus in der Lewes Road.«

»Würden Sie mir, bitte, den gesamten Ablauf schildern, von dem Zeitpunkt, an dem jemand im Krankenhaus für tot erklärt wird, bis zum Begräbnis?«

»Gerne.«

Als er fertig war, bedankte Kate sich und legte auf. Sie ging wieder ins Bad und fönte ihre Haare trocken. Ihr Gesicht war blaß und angespannt, sogar die Sommersprossen waren blaß. Ihre Augen waren müde. Sie zog ihre Lieblingsbluse an, die weißblau gestreifte, in der sie sich immer besonders frisch fühlte, dazu einen kurzen schwarzen Samtrock, den sie beim Ausverkauf in einem Geschäft in den Lanes erstanden hatte, und neue schwarze Strumpfhosen. Sie spielte mit dem Gedanken, die neuen schwarzen Omastiefel anzuziehen, die geschnürt wurden, ließ es aber und wählte statt dessen konservative, schwarze Schuhe.

Sie gab sich mit dem Make-up auch mehr Mühe als sonst, um möglichst konservativ auszusehen, trotz ihres wilden Haares. Bei der Erinnerung an Sally Donaldsons Zähne lief es ihr wieder kalt über den Rücken. Sie hatte während des größten Teils ihrer Teenagerjahre eine Zahnspange über die Vorderzähne tragen müssen und hatte damals nur mit Grauen ihre Zähne im Spiegel betrachten können. Neben vielen anderen hatte Dara ihr damals den Spitznamen »Karnickelgesicht« gegeben.

Sie tupfte noch etwas »Fidji« an Hals und hinter die Ohren. Der Duft richtete sie etwas auf. Dann telefonierte sie mit der Nachrichtenredaktion und fragte, ob sie für heute eingeteilt sei. Sie hatte ein paar Termine, die sie aber verlegen konnte. Sie erklärte, daß sie dringend einigen Punkten der Exhumierungsstory nachgehen müßte, die ein Knüller werden könnte. Sie würde am späten Vormittag vorbeikommen.

Eine halbe Stunde später fuhr Kate mit ihrem eigenen Auto, einem angerosteten, weißen VW-Käfer, durch die Straßen. Es herrschte der übliche morgendliche Stoßverkehr. Ohne sich um das wütende Hupen zu kümmern, bog sie bei einem Kreisverkehr links ab. Ein riesiger Lastwagen fuhr rechts an ihr vorbei. Die ölverschmierten Radmuttern streiften fast ihre Scheibe. Dann mußte sie bremsen. Stau.

Es war acht Uhr fünfzig. Der Motor hinten brummte gleichmäßig. Sie hatte den Wagen gerade erst vom Kundendienst geholt. Der Tacho funktionierte zum ersten Mal seit Monaten. Auf dem Beifahrersitz lag die Rechnung von der Werkstatt. »PM Pfeiffer Associates« lautete der Briefkopf. Darunter waren alle möglichen Dinge aufgeführt, von denen sie keine Ahnung hatte. Ärzte und Autowerkstätten schienen ihre eigenen Sprachen zu haben.

Langsam schoben sich die Autos weiter. Sie kam an einer Reihe schmutziger Läden, dann an einem Baumarkt vorbei. Endlich sah sie das Schild: BRIGHTON STÄDTISCHE LEICHENHALLE.

Sie fuhr zwischen zwei Eingangssäulen aus Ziegeln durch, dann die geteerte Einfahrt entlang, vorbei an einem Torhaus, auf ein langes, eingeschössiges Gebäude mit grauem Rauhputz und einer großen Markise an einer Seite zu. Sie parkte den Wagen und schloß ab. Der Himmel war herbstlich blau, aber die Luft war kühl. Das lange, niedrige Gebäude war ihr unheimlich. Ihr Mut verließ sie etwas, als sie auf den Klingelknopf drückte und das Surren des Öffners hörte.

Strapazierte sie ihr Glück nicht zu sehr?

Eine junge Frau öffnete die Tür. Sie war etwas rundlich, hatte aber ein hübsches, fröhliches Gesicht. Das blonde Haar war mit einem blauen Band hochgebunden. Sie trug eine weiße Schürze und weiße Gummistiefel. »Kann ich Ihnen helfen?« fragte sie.

Kate schluckte nervös. »Könnten Sie mir sagen, ob bei Sally

Donaldson eine Autopsie stattfindet?« Sie bemerkte, wie die junge Frau bei ihrem Akzent zusammenzuckte.

»Und wer sind Sie, bitte?«

»Ich komme vom Umwelt- und Gesundheitsamt.«

Das Gesicht der Frau entspannte sich. »In Ordnung, kommen Sie herein«, sagte sie fröhlich und hielt Kate die Tür auf. »Ich bin Mandy, die Assistentin des Leichenbeschauers.«

Kate betrat ein kleines Warte- und Empfangszimmer. Wände, Teppichboden und Mobiliar waren strahlend rosa. An der gegenüberliegenden Wand befand sich eine kleine Küchenzeile. Ein Heißwassertopf war gerade benutzt worden, denn in einer der Tassen dampfte Kaffee. Daneben stand eine ungeöffnete Milchflasche. Ein altmodischer Heizofen mit ausgefranster brauner Schnur glühte vor sich hin. Es war sonderbar gemütlich.

»Übrigens«, sagte Mandy, »hat Dr. Wyndham bereits angefangen.«

»Dr. Wyndham?« fragte Kate überrascht. Dr. Wyndham war der örtliche Pathologe. Wenn der Verdacht eines Verbrechens bestand, zog man normalerweise einen Pathologen vom Innenministerium aus London hinzu. »Ist denn kein Pathologe vom Innenministerium angefordert worden?«

»Nein«, antwortete Mandy. »Es besteht ja keinerlei Verdacht.«

Verblüfft schaute Kate sie an. »Ach, wirklich?«

Die junge Frau zuckte mit den Achseln. »Ich finde, es hätte genaugenommen sofort eine Autopsie stattfinden müssen.« Offenbar bedauerte sie ihre Äußerung, denn ihr Gesicht wurde verschlossen. »Möchten Sie sich umziehen oder gehen, wie Sie sind?«

»Ja – hm – nein, schon gut«, antwortete Kate. »Wissen Sie, warum ursprünglich keine Autopsie gemacht wurde?«

»Ach, das ist oft so. Ärzte machen ihre eigenen Gesetze. Manchmal machen sie sich nicht einmal die Mühe, Todesfälle beim Leichenbeschauer zu melden, obwohl das Vorschrift ist.« Sie deutete mit der Hand. »Hier geradeaus und dann rechts. Waren Sie schon einmal dort?«

»Nein.«

»Deshalb habe ich Sie auch nicht erkannt. Sie arbeiten für Mr. Liverstock?«

Kate nickte und spürte, wie sie rot wurde.

»Netter Mann.«

»Ja.« Sie ging schnell weiter. Direkt vor ihr waren Doppeltüren. Dahinter führte rechts ein Korridor zu einem hellerleuchteten Raum. Sie konnte mehrere Leute erkennen und eine weiße Gestalt, die auf dem Rücken lag.

Sie ging langsam auf den Raum zu. Je näher sie kam, desto schlimmer wurde der widerliche Geruch. Jetzt sah sie Miss Willow, die sie vom Friedhof her kannte. Sie trug ein elegantes, marineblaues Kostüm. Neben ihr stand eine Polizistin in Uniform, die leicht grün um die Nase aussah. Ihr Kollege hielt seine Mütze in der Hand. Außerdem war noch eine Frau in weißer Schürze und weißen Gummistiefeln da.

Als Kate den Raum betrat, wurde der Gestank so schlimm, daß sie sich beinahe übergeben mußte. Es roch anders als gestern abend, als der Sarg geöffnet wurde, beißender, wie ein ekliges Gewürz, mit einem Beigeschmack von Desinfektionsmittel.

Kate hielt den Atem an und schaute sich um. Ein eleganter, gutaussehender Mann Ende Dreißig mit rötlichem Haar und blauem Arbeitsanzug, den er in weiße Gummistiefel gesteckt hatte, stand mit dem Gesicht zur Wand und sprach in ein Diktiergerät. Er trug Gummihandschuhe. Miss Willow betrachtete Kate mit fröhlicher Neugier, aber Kate wich ihrem Blick aus, weil sie nicht in ein Gespräch verwickelt werden wollte.

»Sie waren doch bei der Exhumierung gestern, nicht wahr? Sie kommen vom Gesundheitsamt?« fragte Miss Willow.

»Ja.« Der Pathologe lächelte Kate zerstreut zu, dann diktierte er weiter.

»Kein Anzeichen einer alten Verletzung, keine Narben oder Abschürfungen oder Schnitte, keine Operationsnarben...«, sagte er leise.

Der Raum war gekachelt und ohne Fenster, mit hoher Decke. Er erinnerte Kate an einen Operationssaal. Der Fußboden war aus Kunststoff mit Marmormuster. Von der Decke hingen an Metallketten vier große Leuchtstoffröhren. An einer Wand befanden sich zwei tiefe rostfreie Stahlwaschbecken mit einem Abflußloch darunter. Auf einem ebenfalls rostfreien Stahltisch lagen alle möglichen chirurgischen Instrumente und eine elektrische Kreissäge. An der gegenüberliegenden Wand hing eine große Tafel, auf der Spalten eingetragen waren: *Name. Gehirn. Lunge. Herz. Leber. Nieren. Milz.* Davor stand eine Metzgerwaage mit Digitalanzeige.

Von den drei länglichen Tischen waren zwei leer und auf Hochglanz poliert. Auf dem dritten lag eine nackte, junge Frau auf dem Rücken. Ihre Haut sah bei der Beleuchtung talgig aus. Die blonden Haare umrahmten das Gesicht. Ihre Brüste hingen in einem merkwürdigen Winkel seitlich bis auf den Tisch herab. Auf ihrer Brust lag ein großes, schleimiges, braunweißliches Ding.

Etwas stimmte nicht, war anders als gestern abend.

Kate schluckte und kämpfte gegen die Übelkeit an. Sie zitterte und wagte es kaum, die Leiche anzusehen. Sally Donaldson war vom Hals bis zum Becken aufgeschnitten. Die Ränder des Schnittes waren zurückgeklappt, so daß man die inneren Organe sehen konnte. Über ihr Schamhaar hing ein großer Hautlappen wie ein obszönes Feigenblatt. Der Fötus hing immer noch an der Nabelschnur und lag auch noch zwischen ihren Beinen. Zwei Schilder – ein braunes und ein gelbes – baumelten an ihrem großen Zeh. Die Därme quollen aus der Körpermitte heraus. Der braunweißliche Klumpen auf der Brust war ihr Gehirn.

Kates Magen rebellierte stärker. Sie konnte sich nur mit Mühe konzentrieren und klar denken. Etwas stimmte nicht. Etwas war anders. Jemand hatte Sally Donaldson seit gestern gesäubert und die Blutflecken abgewaschen. Aber das war es nicht!

Der Pathologe legte das Diktiergerät beiseite, ging zur Leiche und nahm in eine Hand das Gehirn, in die andere ein Messer. Dann legte er das Gehirn auf ein Marmorbrett hinter dem Kopf der Toten und schnitt es vorsichtig in Scheiben, als sei er ein Küchenchef.

Blut stieg Kate in den Kopf. Der Boden schwankte unter ihren Füßen. Sie hielt sich am kalten Metall einer Tischplatte fest. Nicht ohnmächtig werden! Nicht kotzen! Reiß dich zusammen!

Der Geruch der verwesenden Eingeweide bohrte sich wie ein Korkenzieher durch ihren Körper. Sie starrte das nackte helle Fleisch an und die blonden Locken. Der Gestank wurde noch schlimmer. Sie holte tief Luft und machte einen Schritt nach vorn.

Für eine Sekunde mußte sie die Augen abwenden, als der Pathologe mit der behandschuhten Hand einen Teil der glitschigen Därme aus Sally Donaldsons Mitte holte. In diesem Augenblick wußte sie, was nicht stimmte.

Die Finger der Toten. Die Nägel hatten gestern im Sarg so ausgesehen, als seien sie bis auf die Wurzeln abgebissen.

Jetzt waren sie alle lang, säuberlich manikürt und farblos lakkiert.

16

Harvey Swire wachte in seinem Schlafzimmer auf. Sonnenstrahlen drangen durch die Gardinen. Einer davon brach sich an einem Glas mit einem präparierten Frosch, ein anderer traf auf den Glasbehälter mit den abgetriebenen Föten. Janet Leigh auf dem Poster blieb noch im Dämmerlicht.

Die Luft im Zimmer war abgestanden, es roch nach kaltem Rauch. Er bewegte den Ellenbogen und stieß den Aschenbecher auf den Boden. Er hatte das Gefühl, als stecke eine Axt in seinem Schädel. Der Geschmack im Mund war mehr als ekelhaft, außerdem roch es nach Erbrochenem. Im Garten trillerte ein Vogel.

Gestern nacht hatte nicht stattgefunden.

Sein Penis tat weh. Er schob die Bettdecke beiseite. Sein gutes Stück lag schlaff im Schamhaar, sah aber dicker als sonst aus. Er nahm ihn in die Hand und zog die Vorhaut zurück. Über der Eichel lag ein getrockneter Belag wie eine Kruste.

Der Wecker zeigte sechs Uhr fünfunddreißig an. Er stand auf. Da lagen seine Klamotten. Er konnte sich nicht erinnern, sie ausgezogen zu haben. Sein Gehirn war wie verflüssigt und schwappte bei jeder Bewegung von einer Seite auf die andere.

Schwankend ging er ins Schlafzimmer der Eltern. Dabei mußte er sich gegen die Wände wehren, die ihm ständig entgegenkamen. Er schaute durchs Fenster auf die Einfahrt. Der Mini sah heil aus. Er war nicht gefahren worden – nirgendwohin. Harvey stieß einen Seufzer der Erleichterung aus. Ein übler Trip, das war alles! Lausiges Hasch!

Scheiße!

Verrückter Traum.

Der Fußboden schwankte bedrohlich. Schnell setzte er sich auf den rosa Überwurf des weichen Bettes. Er ließ den Kopf nach vorn sinken. Das Foto seiner Mutter lag unter der Frisierkommode, wohin es gestern gefallen war. Wie ein Spinnennetz war das Glas zersprungen. Die silberne Bürste lag daneben. Überall stieg der Duft des Parfüms und Körperpuders seiner Mutter auf: aus dem Bett, aus den Flaschen auf der Frisierkommode. Sein Herz schlug dumpf. Es klang, wie wenn ein Boxer gegen einen Schlagball hämmerte. War Lehm an den Mini-Reifen? Lehm, der gestern noch nicht dran gewesen war?

Er stand auf und warf noch einen Blick auf den Mini. Er zuckte zusammen. Etwas hatte unten geklappert. Aber dann ging der Postbote über die Einfahrt hinaus.

Gestern nacht war nie geschehen.

Er ging zurück in sein Zimmer, zog den Bademantel über und lief in die Eingangshalle hinunter. Mehrere Briefe lagen auf dem Boden und unterhalb des Briefkastenschlitzes. Er ignorierte sie, öffnete die Haustür und rannte fast zum Mini.

Schon nach wenigen Schritten sah er die andere Seite. Der Kotflügel war zerbeult, der Lack abgesprungen, Scheinwerferfassung und Reflektor baumelten wie ein herausgerissenes Auge.

Das Fahrrad des Zeitungsjungen klapperte in die Einfahrt. Harvey blickte kaum hin. Der Junge schob die Zeitungen in den Briefkastenschlitz und radelte an ihm vorbei wieder weg.

Harvey untersuchte den Schaden sorgfältig. Dann überlegte er kurz, ob er den Wagen selbst reparieren könne. Langsam ging er zurück zum Haus. Er nahm die Milchflasche vor der Tür mit hinein und machte die Tür zu. Die Zeitungen fielen auf den Parkettboden der Eingangshalle. Er war überrascht, daß sein Vater die Zeitungen nicht abbestellt hatte. Aber seit dem Tod seiner Mutter war er ziemlich vergeßlich und zerstreut geworden.

Harvey brachte die Milch in die Küche und setzte sich an den Küchentisch. Der Kühlschrank brummte und klickte. Die elektrische Wanduhr summte. Der fette, alte Tigerkater Silas kam herüber und rieb den Kopf an seinen nackten Beinen. Gedankenverloren streichelte er ihn und starrte weiter in sein verzerrtes Spiegelbild im Chrom des Toasters. Draußen pickte eine Drossel an einer Brotkruste auf dem Rasen.

Gestern nacht war nicht geschehen.

Das war nicht er gewesen, sondern jemand anders.

Der Druck in seinem Kopf wurde stärker. Er preßte die Hände zusammen, daß die Knöchel weiß wurden.

Die Haushälterin seines Vaters, Mrs. Mannings, kam und freute sich, ihn zu sehen. Sie fragte, ob er schöne Ferien gehabt hätte und bestand darauf, ihm ein Frühstück zu machen, was er nicht wollte. Sie hatte den Schaden am Mini nicht bemerkt.

Um zehn Uhr rief er Angie an. Ihre Mutter war dran, freundlich wie immer. Sie sagte ihm, daß Angie noch nicht wach sei.

Harvey fuhr den Mini in die Werkstatt, die er in Merton gesehen hatte. Der Mann sagte, es würde drei Tage dauern und hundertfünfundvierzig Pfund kosten. Soviel Geld hatte er auf seinem Postsparbuch. Er ließ den Wagen dort und nahm den Bus nach Hause.

Kurz nach zwölf war er wieder zurück und erklärte Mrs. Mannings, der Mini habe Öl verloren. Sie kündigte den Lunch für ein Uhr an. Schinken und eine Folienkartoffel. Harvey ging nach oben ins Schlafzimmer der Eltern. Er machte die Tür zu und wählte noch mal Angies Nummer. Die Putzfrau nahm ab und sagte, daß Angie und ihre Mutter ausgegangen seien. Sie wußte nicht, wohin. Das versetzte ihn in Panik.

Polizei?

Wenn sie zur Polizei gingen, waren seine Chancen, Arzt zu werden, für immer vorbei.

Angie würde nicht zur Polizei gehen. Gestern nacht war nie geschehen.

Er ging in sein Zimmer und setzte sich auf den Stuhl vor dem

Schreibtisch mit dem Mikroskop. In den Schubladen waren sein Chemiekasten, seine Instrumente und die Zeitungsfotos, die er im Laufe der Zeit gesammelt hatte.

Er öffnete die rechte, untere Schublade und nahm den Ordner heraus. Als erstes entfernte er die Seite aus dem *Paris Match*, wo in Farbe ein Volkswagen am Wüstenrand umgekippt war. Der Wagen war von Kugeln durchlöchert, die hintere Scheibe zerschossen. Innen lagen Menschen übereinander. Ein Mann lief auf die Kamera zu. Er schien mitten im Lauf von einem Schlag getroffen worden zu sein. Seine Beine waren nach außen gedreht, die Arme wie bei einer Marionette zurückgerissen, sein Gesicht zu einem Aufschrei verzerrt. Auf dem Hemd war ein brauner Fleck, ungefähr in der Herzgegend. Der Stoff war ringsum in Fäden explodiert.

Die Kamera schien den exakten Zeitpunkt des Todes eingefangen zu haben. Der Sekundenbruchteil, in dem der Mensch noch lebte und gleichzeitig schon tot war. Es war eines von Harveys Lieblingsbildern, weil das Wichtige drauf war, der Moment, wo die Lebenskraft schwand, das einzig Wesentliche, das Bewußtsein, die Seele.

Das bißchen, was von ihm noch übrig war, als er mit dem Fahrrad verunglückte, der Teil von ihm, der von ihm weggegangen war und die Prüfungsaufgaben gelesen hatte. Der Teil von ihm, der vorige Nacht –

Unmöglich. Gestern nacht war nicht geschehen.

Um halb drei rief er Angie wieder an. Keine Antwort. Er versuchte es um vier Uhr noch mal, wieder nahm niemand ab. Um sechs war sie selbst am Apparat, legte aber schnell auf, als sie seine Stimme hörte.

Er rief sofort wieder an.

Ihre Stimme war gespannt wie ein Draht. »Ich will dich nie wiedersehen«, sagte sie. »Und ich will nie wieder mit dir sprechen.«

Mrs. Mannings war nach Hause gegangen. Er brauchte also nicht zu fürchten, belauscht zu werden. »Ich muß dir alles erklären.«

»Erklären?« sagte sie. »Dann will ich dir mal was erklären: Ich darf mich mit Tim nicht treffen. Mami hält nichts von ihm. Wenn das nicht wäre, würde ich sofort die Polizei verständigen.« Ihre Stimme brach. Harvey hörte, daß sie weinte. »Und er auch!« Dann legte sie auf.

Sein Gesicht im Spiegel der Frisierkommode sah schrecklich aus. Er hatte dunkle Ringe unter den Augen. Ein Teil der Sonnenbräune schien verblaßt zu sein. Auf Kinn und Oberlippe waren Stoppeln. Wieder wählte er ihre Nummer. Diesmal klingelte es fünfmal, ehe sie abnahm.

»Hast du ein Poster mit Simon und Garfunkel in deinem Zimmer?« fragte er.

Sie schwieg einen Augenblick. Als sie sprach, klang ihre Stimme kalt und beherrscht. »Du hast mich gestern nacht vergewaltigt. Und jetzt willst du wissen, ob ich ein Poster mit Simon und Garfunkel habe?«

»Hast du?«

»Das ist wirklich nicht der richtige Zeitpunkt, um Denkspiele zu machen, Harvey.«

»Hast du?«

»Du bist schizophren, weißt du das? Ich sah im Fernsehen einen Bericht über schizophrene Typen. All das Zeug mit aus deinem Körper herausschweben und daß deine Mutter dich aus dem Himmel zurückgeschickt hat. Das ist eine klassische schizophrene Wahnvorstellung. Sie sagten auch, daß die Gruppe, wo die meisten schizophren werden, Teenager sind. Und daß es nach Kopfverletzungen ziemlich oft passiert. Du mußt zu einem Irrenarzt gehen, denn du bist ein Schizo, Harvey!«

»Hast du ein Poster mit Simon und Garfunkel an der Wand – links vom Fenster?«

»Ja, zum Teufel! Und?«

»Es ist neu, stimmt's?«

»Ich habe es vor zwei Tagen aufgehängt.«

Harvey starrte auf die Löcher in der Sprechmuschel, dann legte er den Hörer auf. Eine Schmeißfliege summte durchs Zimmer. Er stand auf. Die Angst, die ihn den ganzen Tag nicht losgelassen hatte, glitt wie eine trockene Haut von ihm ab. Etwas anderes trat an ihre Stelle; aber das konnte er nicht sofort definieren.

Noch mal Schwein gehabt!

Er lächelte.

Miststück.

Er ging hinunter ins Sprechzimmer seines Vaters und setzte sich auf dessen Sessel. Der Schreibtisch war aufgeräumt und leer, bis auf das schwarze marmorne Schreibset, den ledernen Löschpapierroller und ein Foto von ihm und seiner Mutter im Silberrahmen. Rechts stand ein Glasschrank mit verschiedenen chirurgischen Instrumenten. Im Regal links standen alle Bücher in Reih und Glied, die Zeitschriften feinsäuberlich aufgeschichtet. Sein Herz schlug wieder so stark und gleichmäßig wie die Schläge eines Boxers gegen den Sandsack.

Er nahm Hallands *Lehrbuch der Geisteskrankheiten* heraus. Es öffnete sich genau an der richtigen Stelle: Seite 279. Harvey wußte die Seite auswendig. Er hatte seit seinem Unfall diesen Abschnitt mehrmals gelesen.

Es ist möglich, daß der Patient unter Wahnvorstellungen der Passivität leidet: daß er oder sie von einer außenstehenden Macht kontrolliert wird. Das kann Gott, die BBC oder ein Verstorbener sein.

»Du mußt zurückgehen, Liebling.«

Der Patient kann von Zeit zu Zeit auch Bemerkungen hören, die von dritten Personen kommen. Er hört, wie Menschen über ihn sprechen.

Als er gestern abend auf Angies Haus zuschwebte, hörte er seine Klassenkameraden.

Alle bumsen sie.

Harvey sollte mal versuchen, ihn ihr ins Ohr zu stecken.

Fick sie, Harve!

Ja, reiß ihr die Hosen runter, und dann rein in sie!

Fick das Miststück!

Von außenstehenden Mächten kontrolliert werden. Das erklärte, wie er sich selbst hilflos zugesehen hatte, als er gestern den Mini fuhr. Wie er sich selbst beobachtet hatte bei dem, was er Angie und dem Jungen angetan hatte.

Aber es erklärte nicht, wie er das Innere ihres Schlafzimmers hatte sehen können.

17

Dienstag, der 23. Oktober

Kate saß an ihrem Schreibtisch und tippte: »Überlebensexperte Doug Ewell erklärte den *News*: ›In einem luftdichten Sarg ist ein Überleben für mehr als zwei Stunden unmöglich. Falls aber eine undichte Stelle existiert, könnte ein Mensch möglicherweise mehrere Tage am Leben bleiben, ehe er an Austrocknung stirbt.‹«

Sie warf einen Blick auf ihre Notizen, dann tippte sie weiter: »Mrs. Donaldsons Vater, Mick Mackenzie, ein Obstgroßhändler aus Eastbourne, erklärte, daß die Familie eine Klage gegen das Krankenhaus erwägt.«

Sie schlug die nächste Seite ihres Notizblocks auf. »Alan Newcombe, Direktor von Whylies Bestattungsdienst, einem der größten Beerdigungsinstitute im Süden, sagte: ›Verfrühte Beerdigungen seien im viktorianischen England eine tatsächliche Gefahr gewesen wie auch heute noch in vielen heißen Ländern, wo eine schnelle Bestattung durch das Gesetz gefordert werde.

Bei den strengen medizinischen Verfahrensvorschriften für die Ausstellung eines Totenscheins im heutigen England hält man dies für ausgeschlossen. In den vierzig Jahren meiner Tätigkeit ist mir niemals ein solcher Fall begegnet.‹«

Sie trank einen Schluck Kaffee. Er war kalt geworden, und es hatte sich eine Haut gebildet. Ein Tropfen lief an der Seite auf ihre braune Kunststofftischplatte. Der Geruch der Leichenhalle war noch in ihrer Nase, im Magen und im Kopf.

In ihrem weißlichbraunen Gehirn.

Gehirn war überhaupt nicht grau. Nur wenn man es in Formalin einlegte. Das hatte Mandy ihr in der Leichenhalle erzählt. Nur wieder eine kleine Bestätigung, daß nichts im Leben so war, wie man es sich vorstellte.

»Was ist los? Haben Sie vergessen, Ihre Glückspille zu schlukken?« Eddie Bix hockte auf der Schreibtischkante. Seine lederne Bomberjacke lag auf ihrem roten Ablagekorb.

Kate lächelte ihn matt an. »Ja, ich nehme an, das wird's sein.«

Er legte ein Schwarzweißfoto vor sie hin, auf dem sie den Vikar von St. Anne interviewte. »Na, wie finden Sie es? Sie strotzen nur so vor Energie und Tatkraft!«

Auf dem Foto stand Kate demütig gebeugt da, mit frommem Gesicht, und hielt ihren Block wie eine Almosenschale an sich gepreßt. Der Vikar blickte auf sie herab, als sei sie Hundedreck.

Ihr Telefon klingelte, und das Lämpchen leuchtete auf. Sie griff zum Hörer. »Kate Hemingway.«

Es war ein Mitarbeiter aus der Nachrichtenredaktion. »Kate, könnten Sie das übernehmen? In einer der hiesigen Schulen wird ein Scheck übergeben. Das wollen sie in die Presse bringen.«

Kate nahm den Anruf entgegen. Schüler hatten zweihundertfünfzig Pfund für die Herzabteilung des Sussex Queen Victoria Hospital gesammelt. Morgen um vier sollte die Schecküberreichung stattfinden. Kate sah in ihrem Terminkalender nach. Da stand schon etwas. Sie versicherte dem Lehrer, daß die *News* auf alle Fälle jemanden schicken würden. Als sie auflegte, schaute Eddie sie besorgt an.

»Ihre Gesichtsfarbe ist grauenvoll. Grün. Fühlen Sie sich nicht wohl?«

»Ich habe leichte Kopfschmerzen.«

»Ich hole Ihnen ein paar Aspirin.«

»Nein, schon gut, danke. Ich nehme nicht gern Pillen«, wehrte sie ab. Auf ihrem Schreibtisch lag die Kopie der Todesanzeige, die in der vorigen Woche in den *News* gedruckt worden war.

> Donaldson, Sally Anne. Am 14. Oktober im Krankenhaus.
> Über alles geliebte Ehefrau von Kevin.
> Trauergottesdienst in St. Anne's, Brighton, Dienstag, 16. Oktober, 15 Uhr. Blumen nur von der Familie. Falls jemand spenden möchte, bitte an: Blindenhundeverein, über Dalby Bestattungsdienst, 311 Lewes Road, Brighton

»Also wirklich, Sie sehen krank aus. Sie sollten nach Hause gehen.«

Kate nahm ihre Tasse aus der Reichweite seiner Jacke. »Ich bin etwas weggetreten. Ich war bei einer Autopsie«, sagte sie. Sie drehte den Kugelschreiber nervös zwischen den Fingern.

»Bei einer Autopsie? O Scheiße! Ich war auch mal bei einer. Der Gestank ist das schlimmste.« Er tippte auf die Zeitung vor ihr: die Elfuhrausgabe der *News*. »Schlagzeile, super, was? Aber wieso exklusiv?«

Kate gelang ein Grinsen.

»Sie sind reingekommen? Hinter die Wand?«

»Vielleicht.« Sie zwinkerte ihm zu.

»Das haben Sie mir gestern abend gar nicht erzählt.«

Das Gebäude vibrierte einen Augenblick. Die uralte Presse im Keller druckte gerade die Mittagsausgabe. Kate mochte es, wenn die Pressen dröhnten. Dann hatte sie das Gefühl, daß ihre Arbeit richtig abgeschlossen war. Wieder starrte sie auf die erste Seite, auf die Schlagzeile.

LEBENDIG BEGRABEN

Darunter war ein Foto von Sally Donaldson. Ihren Mann hatte man herausgeschnitten und im Kleinformat daruntergesetzt. Rechts stand: »Exklusivbericht von Kate Hemingway.«

Sally Donaldson war wirklich bildhübsch gewesen. Sie lächelte vor Glück. Sie war so jung und sah so frisch aus. Welch schrecklicher Gegensatz zu diesem abstoßenden Etwas, das Kate im Sarg und auf dem Seziertisch hatte liegen sehen.

Sie überflog die ersten Absätze.

> Welche Tragik. Die junge Ehefrau Sally Donaldson, 23, war lebendig begraben worden, wie gestern festgestellt wurde.
>
> Ihr Sarg wurde auf dem Friedhof von St. Anne's in Brighton exhumiert, wo sie am 16. Oktober begraben worden war.
>
> Der Sarg wurde im Beisein einer Gruppe geöffnet, worunter sich auch der Ehemann Sallys befand, der Versicherungskaufmann Kevin Donaldson, 24. Der

Zustand der Leiche offenbarte, daß Sally die letzten Stunden verzweifelt versucht hatte, sich aus dem Sarg zu befreien.
Die Exhumierung erfolgte aufgrund von Berichten über Geräusche aus dem Grab, die am Nachmittag von Sallys Beerdigung begannen.
Der Vikar von St. Anne's, Rev. Neil Comfort, stand gestern abend für einen Kommentar nicht zur Verfügung.
Aber Mrs. Eleonor Knott, die neben dem Friedhof wohnt, erklärte: »Ich hörte lautes Stöhnen, als ich am Freitagnachmittag über den Friedhof ging. Und das war drei Tage nach der Beerdigung.«
Sally, die im sechsten Monat schwanger war, als sie starb, verfiel in Brightons Prince Regent Hospital ins Koma. Das lebenserhaltende System wurde nach Konsultationen mit ihrer Familie abgeschaltet. Sie wurde am 14. Oktober für tot erklärt.
Jetzt wird eine gerichtliche Untersuchung stattfinden.

Der Nachrichtenredakteur vom Dienst hatte einige Details weggelassen: Sally Donaldsons Fingernägel, den zerkratzten Sargdeckel und die Frühgeburt. Er hatte Kate erklärt, diese grausigen Einzelheiten würden »unsere Leser zu sehr quälen«. Der Kerl strich immer die besten Sätze raus, dachte Kate verärgert.

»Zwei Tage hintereinander die Schlagzeile. Sie sind wirklich auf dem Weg nach oben«, meinte Eddie Bix.

Normalerweise wäre Kate überglücklich gewesen. Aber heute hatte sie die Seite noch nicht einmal in ihre Sammelmappe getan, die gestrige auch nicht.

»Hören Sie, eine Gruppe von uns geht heute abend ins Kino, *Ghost*. Wollen Sie nicht mitkommen? Hinterher 'ne Pizza oder zum Chinesen? Das bringt Sie auf andere Gedanken.«

Die Aussicht, allein zu Hause zu sitzen, zu lesen oder fernzusehen, machte Kate nicht fröhlicher. Eddie Bix hatte recht. Sie mußte auf andere Gedanken kommen. Sie mochte Eddie. Er war wie ein großer Bruder, wie Howie. Sie lächelte. »Gern, danke.«

Ihr Telefon klingelte. Eddie hob den Zeigefinger. »Komme später«, murmelte er und verschwand. Kate nahm ab. Es war Barry Liverstock, Stellvertretender Direktor des Amts für Umwelt und Gesundheit. Er wollte seine Schulden eintreiben.

»Schulden?« fragte Kate verständnislos.

»Ich habe die Zeitung gelesen«, sagte er. »Hervorragende Story. Wie ist es Ihnen nur gelungen, hineinzukommen?«

»Ja, danke«, sagte Kate. »Sie haben mir sehr geholfen.«

»Ich dachte, wir könnten doch gleich einen Termin für unseren Lunch festlegen, den Sie mir versprochen haben.« Er zog sie mit der Stimme aus. Am liebsten hätte sie den Hörer aufgeknallt. Aber er hatte ihr geholfen, und vielleicht brauchte sie ihn wieder mal. Beim Gedanken an zwei Stunden mit diesem schmierigen Kerl wurde ihr übel. Sie blätterte durch ihren Terminkalender. Nichts, nichts, nichts! Kaum Termine.

»Die nächsten zwei Wochen sind ein Problem«, sagte sie.

»Bei mir auch. Wie wär's mit der ersten Novemberwoche?«

Sie einigten sich auf ein Datum. Kate schrieb es ebenso begeistert ein wie einen Zahnarzttermin. Dann legte sie auf und studierte die Liste der Leute, mit denen sie sprechen mußte. Einige hatten ein Häkchen, einige nur einen Strich. Der bedeutete, daß sie auf Kates Rückruf warteten. Wieder klingelte das Telefon.

Es war Patrick Donoghue, der Reporter der *News*, der jetzt bei der *Daily Mail* in London arbeitete.

O mein Gott! dachte sie und schloß die Augen. Verdammt! Verdammt! Verdammt!

»Kate? Erinnern Sie sich an mich? Ich war der gutaussehende Bursche gestern auf dem Friedhof.«

»Ich weiß, was Sie sagen wollen. Es tut mir schrecklich leid. Ich hab's vergessen.«

»Mein Redakteur spuckt Gift und Galle.«

»Es tut mir wirklich leid.«

»Als Kollegin sind Sie ein Schatz! Ich sitze hier wie ein Idiot, und die Drähte laufen mit Ihrer Story heiß. Sie hatten versprochen, mich anzurufen.«

»Ich hab's vergessen. Ich war völlig fertig, es war so grauenvoll, daß ich –«

Sie hatte ihr Versprechen, ihn anzurufen, falls an der Sally-Donaldson-Story was dran wäre, völlig verschwitzt. Sie hatte auch vergessen, Harry Oakes anzurufen. Oakes' Zeitung hätte ihr für eine solche Story ein hübsches Honorar überwiesen, ebenso wie Patrick Donoghue ein paar hundert Pfund von der *Daily Mail* für sie herausgeschlagen hätte. »Es tut mir wirklich schrecklich leid, Patrick.«

»Na schön; aber das mindeste, was Sie tun könnten, um diese Scharte auszuwetzen, ist, daß Sie morgen mit mir zu Abend essen.«

»Morgen?« Ihr Herz klopfte plötzlich schneller.

»Ich bin unten in Sussex. Haben Sie Zeit?«

Sie schluckte. »Ich muß Tom Cruise absagen.«

»Ich hole Sie gegen halb sieben ab. Wo werden Sie sein?«

Kate gab ihm ihre Adresse. Nachdem sie aufgelegt hatte, fiel es ihr schwer, sich wieder auf die Arbeit zu konzentrieren. Sie verweilte in Gedanken noch bei Patrick Donoghue. Sie sah ihn vor sich: die kräftige Gestalt, die grünen Augen, das kurze braune Haar – Haltung wie ein Soldat. Sie lächelte. Doch dann dachte sie an den offenen Sarg, die Autopsie.

Sally Donaldsons Fingernägel.

Sie wählte die Nummer des Prince Regent Hospitals und bat die Telefonzentrale zum fünften Mal, sie mit dem Verwaltungsdirektor, Brian Merrivale, zu verbinden.

Wieder das Besetztzeichen! Genervt legte sie auf und starrte auf ihren Bildschirm. Die hellgrünen Buchstaben auf dunklem Grund starrten zurück. Der Sekundenzeiger auf der großen Wanduhr an der Säule rechts von ihr zog schweigend seine Bahn. Zwölf Uhr zehn. Reporter, Redakteure, Volontäre und freie Mitarbeiter standen langsam auf, streckten sich und gingen zum Mittagessen oder holten sich eine Tasse Kaffee oder Tee. Es mußten noch vier Ausgaben der Zeitung ins Körbchen gebracht werden, aber der Morgenansturm war vorbei. Man konnte es langsamer angehen.

Zwei Telefone klingelten asynchron. Bei der Verbrechensredaktion hämmerte ein Reporter wie wahnsinnig auf die Tasten ein.

Kate tippte auch noch den Laufzettel für ihren Artikel:

»Memo an Geoff Fox. Von Kate. Betrifft: Beerdigung.

Erwarte weitere Kommentare von Verwaltungsdirektor des Krankenhauses. Versuche, beteiligtes Personal aufzuspüren und später zu interviewen.

Erwarte Rückrufe von Bibliothekaren des Britischen Museums und der Britischen Medizin. Gesellschaft über verfrühte Beerdigungen in diesem und überseeischen Ländern.

Von Krankenhausverwaltung hörte ich heute (Dienstag), daß es zu sofortiger Untersuchung kommen soll –«

Sie brach ab und blätterte wieder in ihrem Stenogramm. Dann löschte sie die letzten Zeilen und fing neu an.

»Der Stellvertretende Verwaltungsdirektor des Krankenhauses, Derek Gould, sagte, sie könnten keine Stellungnahme abgeben, ehe nicht die Ergebnisse der Autopsie vorlägen und daß gegenwärtig keine Überprüfung der Abläufe geplant sei, die zur Ausstellung des Totenscheins geführt hatten.

Sargträger Mr. Warren Denham, 36, vom Beerdigungsinstitut Dalby sagte, er habe ein Geräusch aus dem Sarg gehört, als sie ihn aus dem Wagen luden, meinte damals aber, er habe sich getäuscht. (Ich hoffe, ihn heute noch für ein Interview zu erwischen.)

(Versuche ebenfalls, ein Interview mit S. Ds. Ehemann zu bekommen.)

Muß feststellen, warum ursprünglich keine Autopsie angeordnet wurde – werde mit allen Beteiligten im Krankenhaus Kontakt aufnehmen.«

Wieder klingelte das Telefon. Es war Geoff Fox, der Nachrichtenredakteur.

»Kate, Autounfall auf der A 27 in der Nähe von Polegate. Einer tot, vielleicht zwei. Fahr so schnell wie möglich mit einem Fotografen hin.«

»He, könnten Sie nicht jemand anderen schicken? Ich habe noch 'ne Million Dinge in Sachen Beerdigung zu verfolgen. Ich schicke Ihnen gerade ein Memo.«

»Tut mir leid, das müssen Sie später machen.«

Kate unterdrückte die aufsteigende Wut. Sie hielt sich vor Augen, daß sie hier noch eine Anfängerin war und einen guten Eindruck machen wollte, indem sie jederzeit hilfsbereit war. Nach Polegate würde sie eine gute halbe Stunde brauchen. Mit etwas Glück könnte sie gegen zwei Uhr wieder zurück sein. Sie stand auf, nahm ihren Mantel und ging zur Bildredaktion hinüber.

Eddie Bix wurde in der Dunkelkammer gebraucht, um dem Techniker dort bei einem Belichtungsproblem zu helfen. Man gab ihr Dennis Rigby mit, einen kleinen, pummeligen Mann, Anfang Sechzig, Pfeifenraucher. Er war schon einundvierzig Jahre bei der Zeitung und nahm an, daß Kate seine Begeisterung für Kricket teilte.

Kate hatte mehrere Kricketspiele gesehen, konnte sich aber nicht dafür begeistern. Sie fand das Spiel langweilig. Deshalb hatte sie manchmal ein schlechtes Gewissen, als würde sie es ihrem Adoptivland schulden, daß der Nationalsport ihr die Sinne raubte.

»Ich meine, Ian Botham hatte es verdammt schwer. Die Leute würdigen einfach nicht, daß er…« Rigby fuhr schlecht und zum Verzweifeln langsam. Dabei redete er ohne Pause und kaute auf dem Pfeifenstiel herum. Kate nickte und gab an geeigneter Stelle »aha« oder »ach was« von sich. Sie mußte gegen das flaue Gefühl im Magen ankämpfen, das sie immer auf dem Weg zu einem Verkehrsunfall befiel.

Ein kleiner Toyota war mit einem Lieferwagen zusammengestoßen und hatte sich überschlagen. Dann war er von einem Jaguar, der aus der Gegenrichtung kam, von der Fahrbahn gewischt worden. Aus dem Toyota hatte man eine Frau mit Schneidbrennern befreien müssen. Sie war bereits auf dem Weg ins Krankenhaus. Die Polizei hielt es für ausgeschlossen, daß sie überleben würde. Jetzt versuchte die Feuerwehr, den Mann rauszuholen. Überall lagen Trümmer verstreut und waren Schläuche ausgerollt. Ein Koffer war geplatzt: Nachthemd, Waschbeutel, Lederpantoffeln, ein grüner Lacklederschuh und ein blauer Kamm lagen zwischen Glassplittern und Autoteilen. Die Polizei hatte ein Schild aufgestellt: POLIZEI LANGSAM UNFALL.

Langsam fuhren die schaulustigen Autofahrer am Unfallort vorbei.

Kate fühlte sich elend und deprimiert. Das Rückfenster des Toyota war heil. FRISCH VERHEIRATET war mit Lippenstift draufgeschrieben. Zwei Blechdosen hingen an einer Schnur von der hinteren Stoßstange herab.

Der Fahrer des Lieferwagens stand noch unter Schock. Er machte gerade im Polizeiwagen seine Aussage. Der Jaguarfahrer war ebenfalls bereits ins Krankenhaus transportiert worden.

Kate notierte den Namen des Krankenhauses – Eastbourne District General. Das Paar aus dem Toyota stammte aus London, soweit die Polizei feststellen konnte. Rigby machte seine Pflichtfotos. Dabei achtete er sorgsam darauf, nicht den sterbenden oder toten Mann hinter dem Lenkrad ins Bild zu bekommen. Er kroch herum oder stellte sich auf Zehenspitzen. Alle paar Sekunden klickte die Kamera.

Kate sah ein Hochzeitsgeschenk. Es war in weißes Papier gewickelt und mit blauem Band verschnürt. Eine Glückwunschkarte hing traurig über den Grasrand in den Straßengraben. Wenn sie Rigby wäre, dachte Kate, hätte sie nur dies fotografiert, nichts anderes.

Geoff Fox kam mit einer Tasse Kaffee gerade auf den Flur vor der Nachrichtenredaktion, als Kate und Rigby kurz nach zwei Uhr wieder eintrafen.

»Wie war's?« fragte er.

»Schlimm«, antwortete Kate. »Ein Paar auf Hochzeitsreise.«

Rigby ging weiter. Kate hielt Fox die Tür zur Redaktion auf.

»Klingt vielversprechend. Wie viele Tote?« fragte Fox.

»Zwei.«

»Hier aus der Gegend?«

»Nein, aus Nord-London.«

Er verzog enttäuscht das Gesicht. »Verletzte?«

»Einer, nicht sehr schlimm, aus der Nähe von Eastbourne.«

»Motzen Sie die Sache ein bißchen auf. Letzte Woche hatten wir wenig Verkehrsunfälle. Vielleicht können Sie sich Hochzeitsfotos besorgen – Sie wissen schon: *Die Hochzeitsfotos, die sie nie sehen werden*«, sagte er. »Schnappen Sie sich den Trauzeugen und ein paar Gäste.« Er kratzte sich im Nacken. »Müßte gut werden. Schade, daß es keine Einheimischen sind.«

»Ich muß wegen der Exhumierung noch tausend Sachen recherchieren, aber ich tue, was ich kann.«

Er drehte sich schnell um. »Klar, schieben Sie es ein.«

Geoff Fox' freundliches Aussehen täuschte Kate immer wieder. Darunter lag Härte. Oder vielleicht nicht Härte, sondern eine andere Art, die Realität wahrzunehmen. Was immer Realität sein mochte.

Auf ihrem Schreibtisch lag die erste Nachmittagsausgabe der Zeitung. Daneben ein dicker Stapel Telefonnotizen, viel mehr als sonst. Die meisten kamen von Boulevardzeitungen wie *Sun, Mirror, News of the World, Star* und von einigen lokalen Nachrichtenagenturen. Alle baten dringend um ihren Anruf. Sie legte die Zettel mit einem Gefühl von Hochstimmung wieder zurück. Schnell zog sie den Mantel aus. Dann griff sie zu den *News*.

Sie runzelte die Stirn. Ihr Artikel war nicht mehr auf der Titelseite. Statt dessen stand da jetzt: BÜRGERMEISTER BRAUCHT BYPASS-OPERATION.

Die beiden kleineren Schlagzeilen lauteten: BOOTSDRAMA – BRÜDER GERETTET und PRINZESSIN DIANA KOMMT NACH WORTHING – HOCHZEIT.

Ihre Story war von der Titelseite verschwunden.

Verwirrt blätterte sie weiter und überflog die Überschriften. Auf der siebten Seite wurde sie fündig; aber keine Fotos mehr, auf zwei kleine Spalten gekürzt und unter anderer Überschrift.

MRS. SALLY DONALDSON

Die Leiche von Mrs. Sally Donaldson, 23, die am Dienstag in St. Anne's, Brighton, beerdigt worden war, wurde gestern exhumiert.

Ein Sprecher der Polizei erklärte, daß eine Autopsie stattfände, um den unbegründeten Verdacht auszuräumen, daß sie verfrüht beerdigt worden sei.

Das war alles.

Kates Wangen brannten. Sie verglich die Elf-Uhr- und die Mittagsausgabe. Auf beiden füllte ihre Story praktisch die Titelseite. Es war üblich, daß sich die Titelgeschichte im Laufe des Tages änderte, wenn etwas Wichtigeres dazukam, aber die anderen Artikel waren nicht im geringsten sensationeller als der ihre.

Kate hängte den Mantel auf und ging zur Nachrichtenredaktion. Geoff Fox tippte und blickte angestrengt auf seinen Bildschirm. Seine beiden Mitarbeiter warfen einen Blick auf Kate und senkten die Köpfe. Wie die Schafe, dachte sie.

Sie wartete, bis Fox fertig war. »Was ist mit meiner Story passiert?«

Er hatte soviel Anstand, verlegen zu schauen. »Die ist prima.«

»So prima kann sie nicht sein. Sie haben sie verstümmelt.«

»Er –« Geoff Fox zeigte mit dem Kopf auf die Tür zum Büro des Nachrichtenchefredakteurs. »Terry möchte mit Ihnen darüber sprechen. Er ist in seinem Büro.« Er drehte die linke Hand wie ein Rad, das im Schlamm steckengeblieben ist.

Die Tür war offen. Terry Brents Büro war ein großer, kahler Raum, mit zwei Ledersesseln vor einem imposanten Rosenholzschreibtisch, an dem der Chefredakteur vornübergebeugt saß, die Arme bis zu den Ellenbogen auf der Tischplatte.

Er hatte ein Boxergesicht, hart und kampferprobt, wenn nötig auch auf Hinterhöfen und dunklen Straßen. Sein Haar war kurzgeschnitten, weil das praktisch war. Die gelben Hemdsärmel waren hochgerollt, der oberste Knopf offen, die gestreifte Krawatte gelockert. Von der Zigarette im Glasaschenbecher stieg Rauch auf. Er trommelte mit der Spitze des Kugelschreibers auf den Tisch, während er ein getipptes Manuskript durchlas.

Kate klopfte. Ihre Wut verließ sie und machte Nervosität Platz.

Er winkte ihr hereinzukommen, ohne aufzublicken. »Machen Sie die Tür zu.« Dann nahm er die Zigarette zwischen Daumen und Zeigefinger, zog kräftig daran und legte sie mechanisch zurück in den Aschenbecher. Auf dem Schreibtisch lagen eine offene Schachtel Marlboro und ein Plastikfeuerzeug neben einem Stapel der heutigen *News*-Ausgaben.

»Setzen Sie sich.« Er las weiter.

Kate setzte sich. Der Ledersessel war nicht so bequem, wie er aussah. An den Wänden hingen alte Titelseiten und mehrere Auszeichnungen. Brent schaute sie an. »Ich bin unter schwerem Beschuß wegen des Sally-Donaldson-Artikels«, sagte er.

»Beschuß?« fragte sie erstaunt.

Wieder nahm er die Zigarette zwischen Daumen und Zeigefinger und tat einen Zug, dann drückte er sie im Aschenbecher aus. Er stieß den Rauch durch den schmalen Spalt zwischen den Lippen. Jede Freundlichkeit war aus seinem Gesicht verschwunden. »Ich hatte die Polizei an der Strippe, das Krankenhaus, vier Vikare und gerade ein Riesengezeter vom Bischof von Chichester. Er ist in Panik, daß sämtliche Geistliche in Sussex von Irren heimgesucht werden, die alle irgend etwas auf dem Friedhof gehört haben. Nicht schlecht, wenn man bedenkt, daß die erste Ausgabe um elf Uhr rauskam.«

»Hoffentlich werden die Leute in Zukunft vorsichtiger sein.«

»Vorsichtiger? Wobei?«

»Beim Ausstellen von Totenscheinen.«

Er trommelte mit der rechten Hand auf den Schreibtisch.

»Kate, ehe wir die Story heute morgen in Druck gaben, versicherten Sie mir, daß die Frau lebendig begraben wurde, nicht wahr?«

»Ja.«

»Deshalb haben wir den Artikel gebracht. Weil Sie uns überzeugt hatten. Wir haben uns auf Ihr Wort verlassen. Sie sind ein helles Mädchen, und wir wollten Ihnen eine Chance geben. Sie hatten zwar keine offizielle Bestätigung, aber wir fanden, daß man die Story bringen sollte – gut und schlagkräftig, stimmt's?« Sein Gesicht wurde dunkler. Kate fühlte sich zunehmend unwohler. »Woher wissen Sie so genau, daß die Frau nicht tot war, als man sie beerdigte?«

»Ich sah, daß sie im Sarg ein Kind geboren hatte. Ihre Augen waren offen. Es war Blut da. Ihre Fingernägel waren –« Sie stockte. Sie sah die glänzenden, makellosen Fingernägel. »Der Sargdeckel – da waren Kratzspuren.«

»Sie sind Experte für Leichen?«

»Was meinen Sie?«

»Bei wie vielen Exhumierungen waren Sie schon dabei? Wie viele Leichen haben Sie schon gesehen, die ausgebuddelt wurden?«

»Keine.« Kate packte mit der linken Hand das rechte Handgelenk. Sie war wütend und verunsichert. Sie drehte den silbernen Armreif. Das gab ihr ein vertrautes Gefühl. Aber Zweifel nagten an ihr.

Der Redakteur verzog spöttisch den Mund. »Hat Ihnen schon jemand erklärt, was mit einer Leiche nach ein paar Tagen möglich ist, daß eine tote Frau durch den Druck der Gase im Inneren einen Fötus ausstoßen kann? Daß Leichen ihre Stellung ändern, mit den Gliedmaßen zucken?«

Für Kate schien die Welt einen Augenblick lang aus den Fugen zu geraten. Mein Gott! Sie dachte an die Folgen, wenn ihre Story sich als falsch entpuppte: Verleumdungsklagen vom Krankenhaus, den Ärzten, dem Bestattungsinstitut, dem Ehemann. In ihrem Kopf drehte sich alles. Sie versuchte, alles nochmals durchzudenken. Sie sah die Hände, die Finger, die bis aufs letzte abgewetzten Nägel, den zerkratzten Sargdeckel. Da waren doch Kratzspuren, oder? Keine Leiche kann so kratzen. Das stand fest. Und die Nägel waren abgebrochen gewesen.

Ja, das waren sie!

Voller Entsetzen blickte sie Terry Brent an. Einige Kollegen hatten ihr erzählt, daß er ein Weiberfeind sei, daß er vor allem Reporterinnen haßte. Beim Einstellungsgespräch hatte Kate davon nichts bemerkt, aber jetzt spürte sie es. Seine Gesichtsmuskeln traten hervor, weil er vor Wut die Zähne zusammengebissen hatte.

»Wir sind eine Familienzeitung, Kate, kein beschissenes Sensationsblatt! Wir haben eine Verantwortung. Ich will nicht so einen Scheißdreck. Den brauche ich nicht.«

»Scheißdreck?« Ihre Stimme quiekste etwas. »Es ist eine grauenvolle Sache. Darüber muß man berichten!«

Er schüttelte den Kopf. »Selbst wenn sie wahr ist, wäre sie für unsere Leser zu erschütternd.«

Total verblüfft starrte Kate ihn an. »Ich – ich verstehe nicht.

Verkehrsunfälle sind in Ordnung, aber so etwas nicht? Ich komme gerade von einem Unfall. Ein Paar auf der Hochzeitsreise – beide tot. Ich glaube nicht, daß das, was ich da gesehen habe, eine hübsche Familienlektüre abgibt – die Fotos auch nicht.«

»Wenn man Fotos von Unfällen bringt, hilft man mit, Leben zu retten.«

»Ach! Das glauben Sie doch selbst nicht!« Sie ballte vor Zorn die Fäuste. Dann spürte sie sein Schweigen.

Er nahm sich eine Zigarette. »Ich habe mich bei der Polizei umgehört – wirklich umgehört! Keine Reporter hatten die Erlaubnis, hinter die Absperrung zu gehen. Sind Sie etwa durchgekommen, oder haben Sie hinterher jemanden rumgekriegt oder bestochen, aus der Schule zu plaudern?«

»Es ist mein Job, an Orten zu sein, wo ich nicht sein darf.«

»Nicht, wenn Sie damit den Presse-Code verletzen und unsere gute Zusammenarbeit mit der Polizei gefährden.« Er steckte die Zigarette in den Mund und zündete sie an.

»Wir haben überhaupt keine gute Beziehung zur Polizei. Die helfen uns nie.«

Er zuckte mit den Achseln und lehnte sich zurück. Dann rollte er die Zigarette in die Mundmitte und klemmte sie zwischen die Zähne. »Können Sie den Bericht untermauern? Eine Bestätigung bringen?«

»Daran arbeite ich noch. Ich meine, ich habe die Frau zweimal selbst gesehen. Eine Mitarbeiterin in der Leichenhalle sagte mir, daß sie sehr erstaunt gewesen sei, daß ursprünglich keine Autopsie stattgefunden hätte. Ich glaube, es könnte eine große Fahrlässigkeitssache drin sein. Bei der Exhumierung war ein Arzt anwesend. Dann noch die Beamtin vom Leichenbeschauer und eine Mitarbeiterin vom Umwelt- und Gesundheitsamt.«

»Und Sie haben alle gefragt, ob sie Ihrer Auffassung zustimmen?«

»Nein, ich habe vor, heute mit ihnen zu sprechen.«

Er nahm die Zigarette aus dem Mund und hielt sie wie einen Wurfpfeil. »Sie nehmen das persönlich, weil Sie eine Frau sind.« Er funkelte sie an.

Kate zwang sich, nicht die Beherrschung zu verlieren. »Die Nachrichtenredaktion schickte mich hin, um über die Exhumierung zu berichten. Das habe ich getan. Ich habe mir nichts ausgedacht oder aus den Fingern gesogen. Ich muß auch nicht schon bei vielen Exhumierungen dabeigewesen sein, um zu sehen, daß die Frau versucht hat, rauszukommen! Diese Frau war nicht tot gewesen, als man sie in den Sarg gelegt hat. Ich bin ziemlich sicher, daß die Sache vertuscht werden soll. Ich bin sogar absolut sicher.«

»Welche Beweise haben Sie?«

Kate konnte durch die Jalousien hinter Terry Brent einen Fensterputzer bei der Arbeit am gegenüberliegenden Gebäude sehen.

Die Fingernägel.

Sie starrte in ihren Schoß und wollte nichts davon sagen. Terry Brent nicht und keinem anderen. Sie lauschte auf das Zischen in der Heizung. Dann blickte sie auf.

Terry Brent hatte die Lippen zusammengekniffen und staubte die Asche von der Zigarette. »Wir können die Sache nach der gerichtlichen Untersuchung wiederaufnehmen.«

»Aber die Story ist jetzt heiß! Ich kann einen echten Knüller bringen, wenn Sie mir die Chance geben.«

»In einigen Wochen ist die gerichtliche Untersuchung. Darüber werden wir berichten. Das reicht. Ich brauche Sie morgen für die Verhandlung von Hartley Briggs.«

»Was?«

»Der Kindersex-Ring – die Satanisten-Gruppe.«

»Ach, es ist in Ordnung, Berichte über Sex mit Kindern und Teufelsanbetung zu drucken, aber nicht über lebendig begrabene Menschen?«

»Das ist im Interesse der Öffentlichkeit. Eltern müssen über solche Sachen Bescheid wissen.«

»Glauben Sie nicht, daß es für die Öffentlichkeit auch von Interesse wäre, zu wissen, daß man lebendig begraben werden kann?«

Die Frühausgabe der *News* lag auf dem Zeitungsstapel. Er las laut vor: »Mrs. Eleonor Knott, die neben dem Friedhof wohnt, erklärte: ›Ich hörte lautes Stöhnen, als ich am Freitagnachmittag über den Friedhof ging. Und das war drei Tage nach der Beerdigung.‹ Särge lassen keine Luft rein, wenn sie ordnungsgemäß verschlossen sind«, sagte er. »Jeder Mensch würde nach zwei bis drei Stunden ersticken. Und selbst wenn der Sarg nicht luftdicht ist, liegen immer noch fast zwei Meter Erde darüber. Wie, zum Teufel, soll Luft da durchdringen?«

Kate drehte wieder ihren Armreif.

»Ist Ihnen klar, wie tief wir in die Scheiße geraten können mit dieser Geschichte?« fragte er. »Wir enden mit Verleumdungsklagen von den Ärzten, dem Krankenhaus, den Beerdigungstypen und der Familie der Frau.«

Das Bild von Sally Donaldson im Grab tauchte vor Kates Augen auf. Wie sie zerstückelt in der Gerichtsmedizin lag, mit dem Gehirn auf der Brust. »Und doch ist es wahr!« erklärte sie fest.

»Das werden wir nach der Verhandlung wissen, richtig?«

»Ich werde es vorher herausfinden. Mit etwas Glück weiß ich es bereits heute abend.«

»Es reicht«, sagte Terry Brent. »Ich will nichts mehr darüber hören bis zur Gerichtsverhandlung. Verstanden? Vergessen Sie die Sache! Ich will unter keinen Umständen, daß Sie im Krankenhaus herumschnüffeln und dort auch alle gegen uns aufbringen.«

»Lassen Sie mich doch wenigstens mit dem Arzt sprechen, mit Dr. Sells.«

»Sie sprechen mit niemandem! Kapiert?«

»Setzen Sie jemand anderes auf die Geschichte an?«

»Nein. Das Ganze ist ein Haufen Scheiße. Ich vergesse den Mist.«

»Und wenn bei der Gerichtsverhandlung herauskommt, daß ich recht hatte?«

»Das ist auch in Ordnung. Dann können Sie jedem ein Gespräch aufdrängen, wem Sie nur wollen. Aber seien Sie sich über eines im klaren: Wenn Sie sich irren, sitzen Sie bis über dem Kopf in der Scheiße.« Er suchte auf dem Schreibtisch herum und gab ihr ein Blatt. »Wenn Sie so heiß auf Tote sind, die wieder lebendig werden, könnten Sie heute abend darüber berichten.«

Es war eine Presseerklärung.

WELTBERÜHMTES MEDIUM
BESUCHT HOVE

Dora Runcorn veranstaltet einen Abend über Hellsehen. Dienstag, 23. Oktober, 19 Uhr 30, Hove Town Hall.

Dora hat fünf internationale Bestseller geschrieben, darunter *Das Licht am Ende des Tunnels*. Sie wird ihre erstaunlichen hellseherischen Kräfte unter Beweis stellen, aber auch Kommunikation mit Seelen Verstorbener aufnehmen, heilen...

»Da soll ich hingehen?« fragte Kate.

»Ja. Da können Sie sagen, was Sie wollen. Sie können sie fertigmachen, wenn Sie Lust haben. Das sind alles Scharlatane, das ist mir egal.«

Kate verließ Terry Brents Büro. Sie war verletzt und hatte Angst. Angst, daß sie sich vielleicht bei Sally Donaldson geirrt hatte. Angst, daß alles vertuscht werden sollte. Die Fingernägel ließen ihr keine Ruhe. Die Tatsache, daß es keine Autopsie gegeben hatte, machte sie stutzig. Sie ging an ihren Schreibtisch und rief Dr. Marty Morgan, den Medizinexperten der Zeitung, an, mit dem sie morgens schon telefoniert hatte. Als sie ihm ihre Fragen vorgetragen hatte, wurde er still und nachdenklich.

»Ich habe irgendwo einen Artikel darüber«, sagte er nach einer Weile. »Soll ich ihn suchen und Ihnen zuschicken?«

Kate fragte, ob sie nicht sofort zu ihm kommen und den Artikel abholen könnte.

18

Dr. Iain Cuthby, Vorstand der Anatomischen Anstalt an der Queen's Hospital Medical School, stand auf dem Podium. Ein zäher, kleiner Mann mit ordentlich gekämmtem, sandbraunem Haar und einem gefälligen Lächeln. Er sprach mit chirurgischer Präzision und sezierte dabei die Luft mit den Händen.

Dreihundertsechzig Studenten und Studentinnen saßen in weißen Kitteln im Hörsaal und schrieben eifrig mit. Mit morbider Neugier und leichter Nervosität warteten sie auf das Ende der Vorlesung. Die meisten hatten noch nie eine Leiche gesehen.

Jeweils vier Studenten mußten sich eine Leiche teilen. In den nächsten zwölf Monaten mußten sie daran Experimente durchführen und sie Stück für Stück auseinandernehmen. Am Schwarzen Brett hingen getippte Blätter, auf denen der Platz und die Kurzbiographien der Leichen standen. Harvey Swires war Nummer zweiundfünfzig. Laut Anschlag war es ein Mann, der mit sechsundsiebzig an einer Erkrankung der Herzarterie verstorben war. Er war Beamter gewesen und hatte in East Anglia gewohnt. Das war alles.

Die Vorlesung neigte sich dem Ende zu. Dr. Cuthby erhob die Stimme, um die Unruhe zu übertönen, die bei den Studenten aufgekommen war. »Also, bitte, denken Sie an das, was ich Ihnen sagte, ehe wir hineingehen.« Sein schottischer Akzent war deutlich zu hören. »Dies sind Menschen, die ihre Körper der medizinischen Wissenschaft gespendet haben. Jeder Leichnam ist freiwillig und gern hier. Aber denken Sie immer daran, daß es Menschen sind, Menschen, die einmal unter uns gelebt haben. Respektieren Sie sie, wie Sie einen Toten Ihrer Familie respektieren würden.«

Schweigen.

»Und alles bleibt bei der Leiche, verstanden? Ich dulde unter keinen Umständen, daß Gliedmaßen oder Geschlechtsorgane für schlechte Scherze mitgenommen werden. Wenn Sie mit Ihrer Arbeit Ende des Jahres fertig sind, werden die Überreste verbrannt, im Einklang mit den Wünschen der Verstorbenen.«

Die Anatomie-Abteilung befand sich am anderen Ende des Colleges, hinter den Küchen, Waschanlagen und der Leichenhalle. Harvey ging an der Spitze der Studenten durch die schmutzigen Korridore, an deren Wänden die asbestverkleideten Rohre verliefen. Er hatte das Gefühl, in einen gähnenden Schiffsbauch zu gehen.

Wie jeden Morgen fühlte er leichte Kopfschmerzen und Benommenheit, aber daran mußte er sich eben gewöhnen. In der rechten Hand hielt er sein oft benutztes Handbuch des Sezierens und die Stoffrolle, in der sein Anatomiebesteck war. In dem weißen Kittel fühlte er sich wohl und zuversichtlich.

Auf den blaßblauen Doppeltüren am Ende des Gangs hing ein Schild: ZUTRITT NUR MIT WEISSEM KITTEL GESTATTET. Der rechte Flügel öffnete sich und ließ die Studenten hindurch. Der vertraute Geruch von Formalin begrüßte Harvey. Er wurde stärker, je näher er an die Tür kam.

Mehrere Studenten blieben noch draußen, als seien sie nicht bereit und brauchten einen letzten Anstoß. Voller Verachtung ging Harvey an ihnen vorbei. Dann blieb er stehen. Die Atmosphäre des Raums beeindruckte ihn sehr.

Der Raum war riesig und still. Die Leichen lagen unter weißen Tüchern in Reihen auf Metalltischen, an denen ein brauner Plastikeimer hing. Harveys Puls raste. Das Schweigen. Das völlige Fehlen jeglicher Bewegung. Wie in einer Kathedrale oder in einem Tempel. Da waren die hohen Bogenfenster, die Wände dazwischen erbsengrün gekachelt. Tafeln mit schlechten anatomischen Zeichnungen. Holz- und Plastikmodelle von inneren Organen standen aufgereiht auf Fensterbänken und Regalen. Rissiges, braunes Linoleum bedeckte den Fußboden. Auf der rechten Seite waren Metallwaschbecken und Papierhandtuchverteiler. An Ketten hingen Leuchtstoffröhren über jedem Seziertisch, über den welligen, weißen Tüchern.

Keiner sprach mehr. Man hörte nur die Schritte, dann Scharren, dann herrschte Stille. Es war, als sei jeder, der hereinkam, für einen Augenblick auch gestorben.

Nummer zweiundfünfzig lag am anderen Ende des Raums. Dahinter stand Gerümpel, mehrere leere Seziertische, ein

Gepäckwagen mit einem zerbrochenen Skelett und ein großer Glastank, in dem menschliche Organe in Formalin schwammen.

Harvey betrachtete das reglose weiße Tuch. Darunter konnte er die Form des Kopfes und des Körpers erkennen. Ein Fuß ragte heraus. Ungeduldig wartete er auf seine drei Kommilitonen. Die Aufregung in seinem Innern wuchs. Er wollte das Gesicht des Leichnams sehen, ihn berühren, spüren, wie sich die Toten von den Lebenden unterschieden.

Gordon Clifford kam als erster. Er war immer zu Scherzen aufgelegt. Harvey mochte ihn nicht besonders. Dann kam ein ernster Junge, Thomas Piper, und mit vielen Entschuldigungen, weil er sie nicht gleich gefunden hatte, das kinnlose Wunder, Hedley Hedley-Weens, dessen Vater Präsident – Pwäsident, wie er es aussprach – des Royal College der Chirurgen gewesen war.

Harvey betrachtete die drei. Sie wirkten scheu und starrten das Tuch an, als fürchteten sie, es könne sich plötzlich bewegen. Er trat entschlossen vor und zog es oben weg.

Der Formalingeruch wurde noch stärker. Seine Augen brannten etwas. Das Gesicht des Leichnams war mit einer feuchten Musselinmaske bedeckt, man konnte den Hals sehen. Er war bräunlichgrau wie die Schuppen eines Reptils. Harvey nahm die Maske ab. Überrascht stellte er fest, daß sich die Haut kalt und feucht anfühlte.

Die Leiche hatte ein rundes Gesicht mit Sommersprossen. Die Rundlichkeit wurde noch dadurch betont, daß man den Kopf kahlgeschoren hatte. Der Gesichtsausdruck war freundlich wie bei jemandem, den man im Zahnarztstuhl warten ließ.

Harvey entfernte das Tuch von der Brust. Die Haut war überall bräunlichgrau. Die Narbe zeigte, wo die Operation am offenen Herzen durchgeführt worden war. Harvey blinzelte wegen der Formalindämpfe und zog das Tuch weiter zurück. Jetzt lag der Nabel frei, dann der Penis. Er war so geschrumpft, daß man ihn auf dem Hodensack kaum erkennen konnte.

Dann legte er Schenkel und Beine frei. Überrascht hielt er inne, als er sah, daß das linke Bein unter dem Knie amputiert war.

»Da war irgendein Wichser schneller!« sagte Clifford.

Hedley-Weens war grün wie Galle geworden. Harvey dagegen war etwas enttäuscht von der Leiche. Mit der lederartigen, verfärbten Haut sah sie mehr wie eine Schaufensterpuppe als wie ein Mensch aus. Piper glotzte nur stumm. Gordon Clifford grinste nervös. Hedley-Weens drehte sich beiseite und bespuckte seinen weißen Kittel und den Fußboden mit Tomatenresten, gewürfelten Karotten und dem restlichen Mageninhalt. »Entschuldigung«, stammelte er und suchte nach Eimer und Schrubber.

Harvey berührte den Arm der Leiche mit dem Finger. Der Muskel fühlte sich wie Fensterkitt an.

»He, Harvey!« sagte Gordon Clifford und tat erschreckt. »Tu das nicht! Du weckst ihn auf!«

Harvey lächelte. In seinen Augen war Clifford ein Idiot. Er hielt alle hier an der Medical School für Idioten. Aber er spielte mit. Charmant sein und fröhlich. Er hatte den Fehler begangen, seinen Klassenkameraden in der Schule zuviel zu erzählen. Er hatte ihnen ein Geheimnis anvertraut, das sie nicht verstehen konnten. Und er war zu ernst gewesen. Damit stieß man die Menschen ab, es half im Leben nicht weiter. Die Menschen waren armselig, aber man durfte nicht zeigen, daß man das wußte.

Piper las eifrig in seinem Handbuch. »Wir fangen mit dem Rücken an«, erklärte er. »Wer will den ersten Schnitt machen?«

Harvey schlug sein Buch auf und überflog das Inhaltsverzeichnis. Thorax. Abdomen. Herz. Hals. Gliedmaßen. Davon brauchte er nichts durchzulesen. Das hatte er so sorgfältig studiert, daß er es fast auswendig wußte. »Wir müssen ihn umdrehen«, sagte er.

Sie rollten Nummer zweiundfünfzig auf den Bauch. Hedley-Weens war nicht zurückgekommen. Harvey nahm sein blitzendes neues Skalpell heraus und blickte auf die Zeichnung. Dann preßte er die Klinge gegen die Haut unterhalb des Halses der Leiche. Er mußte kräftig drücken. Die Haut war überraschend zäh. Beim Schneiden hörte man sie zerreißen. Langsam zog er die Klinge über den ganzen Rücken. Eine klare, fettige Flüssigkeit quoll aus dem Schnitt.

Er überlegte, wie der Tod wohl für Zweiundfünfzig gewesen war. War er aus seinem Körper ausgetreten, hinaufgeschwebt und durch einen dunklen Tunnel gewirbelt? Hatte er ein helles Licht gesehen und war von seiner Mutter begrüßt worden? Schwebte er jetzt in diesem Raum über ihnen und beobachtete sie von der Decke aus?

Manche Menschen glaubten, daß die Seelen sich so lange in der Nähe aufhielten, bis der Körper beerdigt war, daß sie sich solange nicht frei bewegen konnten. Sie konnten erst dann in die nächste Welt eingehen, wenn keine Leiche – nichts – mehr übrig war.

Man war ja nicht unbedingt tot, wenn man beerdigt war. Das Haar wuchs weiter, die Nägel auch. Selbst wenn das Blut herausgepumpt und die Gefäße mit Formalin gefüllt waren, ging das Leben im Körper weiter. Zersetzung, Verwesung, Bakterien. Es dauerte Jahre, bis ein Körper vollständig verrottet war. Jahre, in denen man möglicherweise darüber schwebte und zuschaute. Jahre, in denen man nicht frei war.

Du mußt zurückgehen, Liebling.

Gott ist sehr unglücklich über dich.

Und wenn man nichts hatte, in das man zurückgehen konnte? Nur einen toten, verwesenden Körper? Was dann? Oder wenn man eingeäschert war?

War das die Hölle? Ein Geist ohne Körper zu sein? Aus dem Jenseits zurückgeschickt, um herumzuschweben und zuzusehen? Für immer?

Er hob die Augen und blickte angestrengt nach oben. Ob die Luft in diesem Raum voll mit Seelen der Leichen hier war, die wie Fische über ihm herumglitten? Geister, die aufschrien, sobald sie begriffen, was sie unten mit ansehen müssen?

Gefangen in einer schrecklichen Vorhölle.

Oder gab es nichts? Überhaupt nichts? Nur Tod, Ende? War man weg, wenn das Gehirn nicht mehr arbeitete?

Die Kälte des Raums drang in ihn ein. Der Gestank von Hedley-Weens Erbrochenem brachte die Erinnerung zurück, die ihn quälte: Angie.

Außer Kontrolle.

Schizophren.

Seitdem hatte er Angst. Angst vor seiner unheimlichen Macht.

Die Pillen dämpften die Angst etwas. Chlorpromazin. Fünfundzwanzig Milligramm dreimal täglich und fünfzig abends. Diese Behandlungsmöglichkeit bei Schizophrenie hatte er in der Fachbibliothek der British Medical Association am Tag nach dem letzten Gespräch mit Angie gefunden. Er hatte sich auf dem Block seines Vaters, der im Schreibtisch lag, ein Rezept für drei Monate ausgeschrieben, das mehrfach verwendet werden konnte.

Nachschub zu bekommen, das war kein Problem. Er hatte sich bereits mit der für die Medikamentenausgabe zuständigen Schwester im Krankenhaus angefreundet. Er hatte ihr erzählt, daß er sich ganz besonders für die pharmakologische Seite der Medizin interessiere. Sie hatte ihm das Lager gezeigt. Jetzt wußte er, wo die Medikamente für die psychiatrische Abteilung aufbewahrt und wie die Unterlagen darüber geführt wurden.

Die Tabletten verursachten zwar morgens leichte Kopfschmerzen und Benommenheit, störten aber ansonsten nicht. Inzwischen waren schon Wochen vergangen, ohne daß es Rückfälle gegeben hätte. Zu seinem Bedauern mußte er sich immer mehr eingestehen, daß Angie mit ihrer Diagnose recht gehabt hatte. Irgendwie war es eine herbe Enttäuschung.

Er zog die Haut zurück und betrachtete das Netz der Rückenmuskeln bei Zweiundfünfzig. Eingewecktes Fleisch. Wie jedes andere Tier auch. Er trat beiseite, um Clifford ranzulassen.

Dieser Raum, auf den er vorher so große Hoffnungen gesetzt hatte, war nicht der richtige Ort. Hier waren sie bereits zu lange tot, viel zu lange. Seit über zehn Jahren hatte er diesen Tag herbeigesehnt, hatte davon geträumt, mit einem richtigen menschlichen Körper das zu tun, was er jetzt auch tat. Aber dies war die falsche Abteilung, die falsche Fachrichtung. Das war ihm jetzt klar.

Nicht die Toten würden ihm Antworten auf seine Fragen geben, sondern die Lebenden.

19

Dienstag, der 23. Oktober

Auf den Plakaten an den grauen Betonwänden der Stadthalle sah man das Foto einer siebzigjährigen Frau mit aufgetürmtem, blondiertem Haar, das wie ein verrutschter Heiligenschein leuchtete. Sie trug ein durchsichtiges Gewand und lächelte, wie Mitglieder des Königshauses lächelten, wenn sie vor der Tür eines Flugzeugs die aufmarschierten Repräsentanten eines Landes huldvoll begrüßten.

DORA RUNCORN – WELTBERÜHMTES MEDIUM –
HEUTE 19 UHR

stand darunter.

Kate Hemingway wartete in der Reihe. Sie war noch nie bei einem Medium gewesen, hatte aber eine Ahnung, was ihr bevorstand. Sie war verärgert, daß sie hierherkommen mußte, statt mit Eddie und den Kollegen *Ghost* anzusehen. Die Wut über die Auseinandersetzung mit Terry Brent war auch noch nicht verraucht. Sie hatte hinterher sofort ihre Kündigung geschrieben, aber dann hatte sie sie wieder zerrissen.

Du bist doch blöd, sagte sie sich. Es ist nur eine Story. Eine Reportage wie jede andere auch. Vergiß es! Aber sie konnte nicht. Es war nicht irgendeine Reportage. Es ging um eine Frau, die ein Jahr jünger als sie war. Das hatte sie so erschüttert. Die Fingernägel ließen ihr auch keine Ruhe. Brents Verhalten ärgerte sie. Die Bemerkung Mandys in der Gerichtsmedizin, daß sie überrascht sei, weil nicht gleich eine Autopsie stattgefunden hatte, nagte an ihr. Etwas war falsch gelaufen. Und Terry Brent hatte auch unrecht. Du lieber Himmel, er war ein Zeitungsmann! Er sollte Interesse an der Geschichte haben, an der Wahrheit!

Dann überfielen sie wieder Zweifel. Ihr Magen verkrampfte sich. Wenn sie sich nun doch geirrt hatte?

Jemand trat ihr von hinten gegen den Absatz. Sie zuckte zusammen und ging einen Schritt vorwärts.

»Entschuldigung«, sagte eine Stimme.

Sie streifte den Schuh ab und rieb sich die Ferse. Die Reihe bewegte sich vorwärts. Sie gab dem Ordner ihre Freikarte und betrat den großen Saal. Er war typisch für die meisten modernen, städtischen Säle: kahl und hell, eine abstrakt gemusterte Decke, Flachreliefs an den Wänden, ungefähr fünfhundert harte, orangefarbene Plastikstühle, von denen etwa zwei Drittel besetzt waren. Sanfte Musik – Spirituals – ertönte aus den Lautsprechern.

Kate setzte sich nach hinten und musterte die Menge. Sie war erstaunt über die unterschiedliche Zusammensetzung des Publikums. Sie hatte den Aufmarsch der blaugekleideten Frauenbrigade mit Blumenhüten erwartet. Aber der Großteil der Besucher hier war jung und modern gekleidet, von Teenagern bis Mitte Dreißig. Ein paar von den älteren Leuten hatten offensichtlich ihre Sonntagskleidung angezogen, um für ihre Toten fein auszusehen, falls einer ihrer Lieben auftauchen sollte.

Auf der Bühne standen ein weißer Ledersessel, ein Tisch mit weißer Decke und einem Korb aus künstlichen weißen und gelben Blumen, in dem ein Mikrofon versteckt war. Immer mehr Menschen strömten herein. Kate nahm unauffällig den Block aus der Tasche und steckte ihn unter die Jacke. Sie machte sich schon mal Notizen über die Atmosphäre.

Die Lichter auf der Bühne wurden heller. Ein großer, blonder Mann mit zwei goldenen Ohrringen und einem gelben Smoking kam mit einem Mikrofon in der Hand auf die Bühne.

»Ladies und Gentlemen, einige von Ihnen haben Dora vielleicht schon erlebt. Wer dieses Vergnügen noch nicht gehabt hatte, dem kann ich ein einzigartiges Erlebnis versprechen. Sie ist gerade von ihrer Weltreise wieder zurück. Ihre Energien sind auf dem Höhepunkt. Heute abend wird sie mit Botschaften beginnen, die sie für viele unter Ihnen von geliebten Verstorbenen überbringt. Anschließend wird sie heilen. Alle, die ihrer Kraft bedürfen, sind eingeladen zu bleiben.« Er streckte die Hand aus und zeigte seine strahlend weißen Zähne. »Ladies und Gentlemen, Dora Runcorn!«

Während er nach links wegging, betrat das Medium unter Fanfarenklängen in einem Lichtermeer von rechts die Bühne. Sie trug ein weißes Satingewand mit Rüschenkragen und Spitzen.

Kate lief es kalt über den Rücken. Sie wurde an die weiße Satinpracht erinnert, mit der Sally Donaldsons Sarg ausgeschlagen war.

Das Medium lächelte ihr königliches Lächeln, verneigte sich und winkte dem heftig applaudierenden Publikum zu. Dann nahm sie im weißen Sessel Platz und hustete. Musik und Applaus verstummten. Das Mikrofon knackte und knisterte, als sie es einstellte.

Sie sah kleiner aus als auf dem Foto und dicker. Auf Kate wirkte sie mit dem üppig aufgetragenen Make-up wie eine herausgeputzte Nachtclubsängerin.

»Wie schön, euch alle wiederzusehen, meine Lieben.« Ihre Stimme war rauh, mit ländlichem Akzent. »Ich komme direkt aus Amerika. Siebenundzwanzig Städte habe ich in sechs Wochen besucht. Reizende Menschen, diese Amerikaner. Sie haben mit unserem Land eine so starke, spirituelle Verbindung. Aber ich spüre auch hier heute starke Bindungen.«

Dora Runcorn breitete die Arme aus, wackelte mit den Fingern, schloß die Augen und atmete tief. »Heute ist hier sehr viel Energie. Es wird ein guter Abend werden. Um mich sind so viele Freunde und Verwandte von euch. Es sind so viele, daß ich nicht weiß, mit wem ich beginnen soll. Ich fange den Namen Wrekin in Schottland auf.« Sie öffnete die Augen. Eine ältere Dame mit weißem Haar hob die Hand. »Dort gibt es einen Gentleman, der Wrekin heißt. Er ist vor kurzem gestorben. Könnte das stimmen?«

Dora Runcorn nickte. Das Publikum schwieg.

»Er möchte eine Botschaft an einen gewissen Farquharson mitteilen. Kennen Sie jemanden, der Farquharson heißt und der in den letzten sechs Monaten Pläne gemacht hat, den Wohnsitz oder den Arbeitsplatz zu wechseln?«

Die Frau schüttelte den Kopf.

»Ich glaube, daß es Farquharson ist«, sagte das Medium. »Nein?«

Die weißhaarige Frau schüttelte den Kopf.

»Haben Sie Geduld, meine Liebe. Die Bedeutung wird in ein oder zwei Tagen klarwerden.« Sie schloß die Augen wieder und holte tief Luft. »Ich empfange eine Botschaft für jemanden, der White oder Whiting heißt.«

Drei Leute hoben die Hände.

»Sie kommt von einem Mann, der mir sagt, daß er ungefähr vor einem Jahr verschied.«

Zwei Leute ließen die Hände sinken. Übrig blieb eine Frau, Ende Dreißig, mit harten Zügen. Sie saß in derselben Reihe wie Kate. Sie hatte ihr rotes Haar unter eine Kappe gesteckt und trug eine grüne Jacke.

»Dieser Mann war Ihr Vater, stimmt's?«

»Mein Mann.«

»Tut mir leid, meine Liebe. Da war eine kleine Störung. Ich muß ihn mißverstanden haben. Er sagt mir, Sie haben sein Zimmer anders eingerichtet.«

»Ich habe das Haus gewechselt«, antwortete die Frau kühl.

Dora Runcorns Stimme verlor etwas an Sicherheit. »Das meine ich ja, meine Liebe.« Die Sicherheit war wieder da. »Sie haben seinen Stuhl an einen anderen Platz gestellt – im neuen Haus.«

»Ich habe seinen Stuhl verkauft.«

Das Medium lächelte triumphierend. »Ich denke, genau das wollte er mir sagen, meine Liebe. Sie haben den Stuhl aus Ihrem Leben entfernt, und das hat ihn etwas verletzt.« Sie strahlte. Dann schloß sie erneut die Augen und saß schweigend da.

»Ich bekomme eine Botschaft für jemanden, der Parks heißt und ursprünglich aus dem Westen des Landes kommt.«

Ein Mädchen mit kurzgeschorenem, schwarzem Haar streckte die Hand hoch. Eine ältere Frau hob ihre zögernder.

»Sie kommt von einem Bill.«

Die Ältere ließ den Arm sinken.

Das Medium blickte das Mädchen an. »Ich denke, er ist ein Onkel. Könnte das zutreffen?«

»Mein Vater.«

»Ich wußte, daß es entweder Ihr Vater oder Ihr Onkel war. Er starb vor etwa fünf Jahren?«

»Zehn.«

»Er übermittelt mir eine Warnung bezüglich Treppen. Er macht sich Sorgen wegen einer losen Teppichhalterung, glaube ich.«

»Wir wohnen in einem Bungalow«, erklärte das Mädchen.

Zaghaftes Gelächter wurde laut.

»Ich glaube, er sorgt sich um die Dame nebenan. Wohnt eine Dame in Ihrer Straße in einem mehrgeschössigen Haus?«

Das Mädchen nickte.

»Er möchte, daß Sie sie wegen der Treppe warnen. Er ist deshalb sehr hartnäckig.«

Kate fühlte, wie sie beim Schreiben wütend wurde. Dieses Weib verdrehte alles. Das Ganze war reine Scharlatanerie. Sie konnte nicht glauben, daß so viele Menschen darauf reinfielen.

»Jetzt erhalte ich eine Botschaft von jemandem, der Verbindung nach Amerika hat. Sie gilt jemandem, der einen Bruder in Amerika hat, der etwa vor zehn Jahren starb, wie er mir sagt.«

Kates Interesse wurde geweckt.

Dora Runcorn saß immer noch mit geschlossenen Augen da: »Ich empfange ihn nicht sehr deutlich, aber er sagt, seine Schwester sei heute hier anwesend.«

Kate sah drei Hände hochgehen.

»Er sagt mir, daß er bei einem Bootsunfall ums Leben kam. Auf einer Jacht. Er sagt, daß ihn das Segel erwischte und über Bord schleuderte.«

Kate hatte das Gefühl, jemand habe ihr mit einem Vorschlaghammer gegen die Brust geschlagen. Die drei Hände senkten sich zögernd. Das Medium sprach mit geschlossenen Augen weiter.

»Jetzt versucht er, mir seinen Namen mitzuteilen. Es könnte Harry sein.«

»Howie«, formten stumm Kates Lippen.

Die Augen des Mediums waren immer noch geschlossen. »Ja, ich glaube, es ist Harry. Er war achtzehn, als er starb, aber Sie sind immer noch seine kleine Schwester, und er möchte auf Sie aufpassen. Er will wissen, ob Sie ein Spielzeug haben, das Keith heißt. Er zeigt mir einen Affen.«

Feef! Kate starrte die Frau entsetzt an. Ihr Stoffaffe hieß Feef.

»Er ist wegen irgend etwas sehr beunruhigt.« Das Medium öffnete die Augen und blickte genau auf Kate. Sie brauchte die Hand nicht zu heben. Das Medium wußte, daß sie es war.

Kate starrte auf den weißen Satin, die Rüschen. Sie sah Sally Donaldsons Gesicht, dann Dora Runcorns.

»Er sagt mir, daß Ihnen große Gefahr droht durch etwas, was Sie tun – bei Ihrer Arbeit. Sie dürfen das auf keinen Fall tun.«

Kate hatte das Gefühl, ihr Kopf würde zusammengepreßt und die Haut im Nacken unerträglich gespannt.

»Er wird jetzt sehr schwach. Ich kann ihn kaum noch hören. Sprich lauter, mein Lieber!« rief sie. Dann schwieg sie einen Augenblick. »Er will, daß Sie diese Sache fallenlassen, sich nicht weiter einmischen.« Sie schloß die Augen. »Er versucht, mir einen Namen zu übermitteln. Es klingt wie Draht. Er will mir etwas über Draht sagen.« Sie öffnete die Augen. »Haben Sie mit elektrischen Geräten zu tun?«

»Ein bißchen, ja«, antwortete Kate.

»Dann müssen Sie mit Drähten ganz besonders vorsichtig sein. Ich glaube, er sagt, Sie dürfen keinen Draht berühren. Irgend etwas mit Draht. Ergibt das irgendeinen Sinn für Sie, meine Liebe?«

Kate schüttelte den Kopf und sagte lauter: »In etwa, aber eigentlich nicht. Könnten Sie mir noch mehr sagen?«

Das Medium schloß wieder die Augen. »Ich verliere ihn, fürchte ich. Er macht sich große Sorgen um Sie. Sie dürfen dieses neue Ding nicht tun.«

In Kates Kopf drehte sich alles.

»Behalten Sie es im Gedächtnis, meine Liebe. Vielleicht wird Ihnen die Bedeutung in ein oder zwei Tagen klar.«

Kate saß stumm da, blickte das Medium an und hörte zu. Ihr Herz hämmerte, ihr Magen verkrampfte sich.

Harry. Howie. Vor zehn Jahren. Bootsunglück. Amerika. Bruder. Schwester hier.

Wenn das Zufallstreffer waren, dann waren es eine ganze Menge auf einmal.

»Ich habe eine Botschaft hier für jemanden, der Mary heißt«, sagte Dora Runcorn.

Mehrere Hände gingen hoch.

»Sie kommt von jemandem, der eine Brille trägt. Ich sehe zwei Brillen. Die Stimme sagt, daß Sie immer böse auf sie wurden, weil sie die Brillen dauernd verlor.« Sie überflog die Hände. »Es ist eine Frau. Ich glaube, sie heißt Betty.«

Kate ließ den Rest der Veranstaltung teilnahmslos über sich ergehen. Namen, Banalitäten. Sie hörte kaum hin. In Gedanken war sie wieder in Boston. Sie sah ihren Vater an ihrem Bett sitzen und ihr sagen, daß Howie nie mehr nach Hause kommen würde. Dann richteten sich ihre Gedanken auf die Gegenwart.

Etwas mit Draht... Er will, daß Sie sich nicht einmischen.

Sie blieb noch sitzen, als die Sitzung beendet war und die Leute hinausgingen. Der Mann im gelben Smoking erschien wieder und stellte zwei orangefarbene Stühle auf die Bühne. Etwa dreißig Leute warteten. Kate stellte sich hinten an.

Es ging nur langsam vorwärts. Dora Runcorn verbrachte mit einigen Leuten fünf Minuten, mit anderen länger. Das Reinigungspersonal stellte bereits die Stühle zusammen und saugte Staub. Der Mann im Smoking stand in den Kulissen und gähnte.

Das Medium lächelte, als Kate endlich auf sie zuging. Aus der Nähe betrachtet, schien sie viel älter zu sein und sehr müde.

»Es tut mir leid«, sagte Kate. »Ich brauche keine Heilung. Ich wollte nur fragen, ob Sie mir vielleicht noch mehr Anhaltspunkte geben können.« Sie war nicht sicher, ob die Frau sie wiedererkannte.

»Tut mir leid, meine Liebe. Heute abend nicht mehr.«

»Könnte ich vielleicht eine private Sitzung haben? Ich bezahle gern dafür.«

Die Frau lächelte. »Es geht nicht ums Geld, meine Liebe.« Sie runzelte plötzlich die Stirn. Kate bemerkte, daß sie ihren Notizblock an sich preßte. »Sind Sie Reporterin?«

»Ja«, gab Kate zu. Es war ihr furchtbar peinlich. Doch dann wurde ihr klar, daß es ihr überhaupt nicht peinlich sein sollte. »Sie haben meiner Zeitung, den *Sussex Evening News*, eine Einladung geschickt.«

»Ja, meine Liebe. Ich habe sie gelesen.«

»Sie stammen aus der Gegend?« fragte Kate überrascht.

»Geboren und aufgewachsen in Sussex.« Das Medium nahm eine Visitenkarte vom Tisch und gab sie Kate. »Rufen Sie mich doch nächste Woche an. Diese Woche bin ich noch unterwegs. Da bin ich zu müde, um private Sitzungen abzuhalten.«

»Danke. Das werde ich.«

»Wie heißen Sie, meine Liebe?«

»Kate Hemingway.«

»Mit dem Schriftsteller irgendwie verwandt?«

»Nein, leider nicht.«

»Sie sind sehr hübsch, meine Liebe. Sie erinnern mich an jemanden, an eine Schauspielerin. Sie hat auch so lange, blonde Haare und ähnliche Gesichtszüge. Aber ich fürchte, mein Gedächtnis ist nicht mehr besonders gut.«

Kate lächelte. »Danke. Ich werde Sie anrufen.«

»Ja, nächste Woche, meine Liebe. Rufen Sie mich nächste Woche an.«

Kate ging durch den leeren Saal, vorbei am Ordner und hinaus in die Nacht. Es war elf Uhr, und es regnete. Sie hatte nichts gegessen und hatte keine Ahnung, was sie schreiben sollte.

20

Die Aufwachstation im zweiten Stock des Queen's Hospital war ein großer, viereckiger, fensterloser Raum mit weißen Wänden und gußeisernen Rippenheizkörpern, die wegen der ungewöhnlich warmen Spätfrühlingstage abgedreht waren. Auf der Station wurden die Patienten von fünf Operationssälen versorgt. Im Augenblick lagen vier Patienten auf den Rollbetten. Medizinstudenten und Schwestern überwachten sie beim Aufwachen aus der Narkose.

Harvey Swire saß neben einem alten Mann. Er war an einer krankhaften Arterienerweiterung im Abdomen operiert worden und noch nicht zu sich gekommen. Harvey hatte noch sechs Wochen in diesem Sommersemester des dritten Jahres an der Medical School vor sich. Im Zimmer war es heiß. Er hatte am

Morgen das Wetter falsch eingeschätzt und einen warmen Anzug und Wollsocken angezogen. Jetzt war ihm unangenehm warm, außerdem langweilig. Ab und zu warf er einen Blick auf den *Daily Express*, der neben ihm lag. Immer wieder zog ein Foto seine Augen magisch an. Die Überschrift lautete: MASSAKER AN DER KENT STATE UNIVERSITY.

Vier Studenten – zwei Männer, zwei Frauen – waren von Soldaten der Nationalgarde bei einem Protest gegen den Vietnamkrieg auf dem Gelände der Kent State University in Ohio erschossen worden. Auf dem Titelbild sah man einen Studenten in Jeans auf dem Boden liegen. Sein erstarrtes Totengesicht blickte direkt in die Kamera. Hysterisch um Hilfe schreiend, kniete eine junge Frau mit ausgestreckten Armen neben ihm. Im Hintergrund gingen andere Studenten wie Schlafwandler vorbei.

Es war ein gutes Bild. Er würde es in seine Sammlung aufnehmen.

Harveys derzeitige Freundin war eine rothaarige Lernschwester. Sie hieß Gail und war verrückt nach oralem Sex. Er nahm immer noch die Tabletten, was er vor ihr und anderen Bettgenossinnen geheimhalten konnte. Mädchen liefen ihm mittlerweile nach, meist Schwestern. Er hatte das Geheimnis entdeckt: Tu so, als würde dir etwas an ihnen liegen, zeige Interesse, sei charmant und witzig. Das war leicht, die Arbeit auch.

Das Leben war ein Spiel. Darüber mußte man sich im klaren sein. Man mußte die anderen sehen lassen, daß man die Spielregeln einhielt. Man konnte jeden hinters Licht führen, wenn man die Spielregeln einhielt. Manchmal konnte er sogar sich selbst einreden, daß er normal sei, daß er diese Macht nicht habe, daß er die Tabletten nicht brauche.

Mehrere Nächte vor dem Examen hatte er aufgehört, sie zu schlucken und versucht, seinen Körper wieder zu verlassen und die Prüfungsaufgaben zu lesen. Aber nichts hatte sich getan. Vielleicht Entzugserscheinungen. Die Macht schien verschwunden zu sein.

Ohne die Pillen war ihm dauernd schwindlig. Er konnte auch keine Erektion bekommen. Er bekam Wutanfälle, verlor die Kontrolle. Zur Hälfte konnte er seinen Körper verlassen; aber er konnte sich nicht vollständig trennen. Es war, als kontrolliere er alles bei vollem Bewußtsein aus einem Cockpit in seinem Kopf. Nach einem seiner Wutausbrüche bekam Gail abends Angst. Sie meinte, er arbeite zuviel und habe einen Nervenzusammenbruch. Jedenfalls sei er so komisch geworden.

Gail warf ihm viele Dinge an den Kopf, die ihm auch schon seine erste Freundin, Angie, vorgehalten hatte. Also nahm er wieder die Tabletten, hatte wieder die Kopfschmerzen und leichte Übelkeit, an die er sich schon so gewöhnt hatte, daß sie für ihn Normalität waren.

Ebenso Normalität wie der Mann neben ihm im Bett, dessen Gesicht grauenvoll weiß war wie Marmor. Sie kamen immer aus dem Operationssaal weiß wie Marmor – oder tot. Oft war es ohne die grünen Zacken auf dem Elektrokardiogramm kaum möglich, den Unterschied zu erkennen.

Der hier lebte. Auf dem Plastikarmband ums Handgelenk stand E. Meadway. Ein Tropf war an die Plastikkanüle auf dem Handrücken direkt darunter angeschlossen. EKG-Pflaster klebten auf der Brust. Darunter war eine zwanzig Zentimeter lange Naht. Schläuche führten zu den Salz- und Adrenalinlösungen, die in den Glasbehältern am Gestell hingen. Die Drähte von der Brust waren an den Monitor des Elektrokardiographen angeschlossen. Der Mann lag auf dem Rücken, die Hände neben sich, die Augen geschlossen, der Mund offen. Er war sich nicht bewußt, daß an der Seite des Monitors ein Messingschild angebracht war, auf dem stand: »Zur Erinnerung an Louis Silverstein 1968«. Er war sich auch nicht bewußt, daß Harvey neben ihm saß, weil es seine Aufgabe war, ihn zu beobachten, bis er aus der Narkose soweit erwacht war, daß man ihn ohne Risiko wieder auf sein Zimmer schicken konnte.

Die Brust des Mannes hob und senkte sich leicht, aber regelmäßig. Er atmete aus eigener Kraft. Der Anästhesist hatte vor zwanzig Minuten den Tubus herausgenommen. Harvey warf einen Blick auf den Blutdruckmonitor. 148/70. Das war in Ordnung. E. Meadway hatte die Operation und die Narkose überlebt und machte jetzt mit eigener Kraft weiter.

Schwere Narkose. Es hatte Komplikationen gegeben, wodurch die Operation beinahe vier Stunden gedauert hatte. Acht Milligramm Pancuronium, um die Muskeln so zu lähmen, daß der Chirurg die Bauchhöhle öffnen konnte, ohne daß es zu Reflexbewegungen kam. Fünfzehn Milligramm Haloperidol und vierzig Milligramm Pavaveretum, um den Blutdruck zu kontrollieren und den Blutverlust während der Operation möglichst gering zu halten. Harvey war von der Chemie der Narkose fasziniert.

Der Mann bewegte sich. Bald würde er wach werden, dachte Harvey und schaute kurz auf das Zeitungsfoto, dann auf die schwarzbestrumpften Beine von Schwester Anthea am anderen Ende des Raums. Er hatte für sie eine Schwäche. Thomas Piper saß neben dem nächsten Rollbett, auf dem ein Mann, Mitte Vierzig, mit gewaltigem Schnurrbart, lag.

Harvey hatte ein Jahr lang mit Piper in der Anatomie an derselben Leiche gearbeitet. Trotzdem hatte er ihn nicht näher kennengelernt. Piper war in Ordnung. Er war ernst, sorgfältig und völlig ohne Charme. Hedley-Weens hatte aufgehört, weil er einfach kein Blut sehen konnte. Gordon Clifford war in diesem Frühjahr bei einem Skiunfall ums Leben gekommen.

An dem Bett mit einer älteren Frau gab es Aufregung. Schwester Anthea rief jemandem zu: »Schnell, holen Sie Mr. Crymble!«

Harvey blickte über die Schulter. Ein Anästhesist zog eine Spritze auf, während ein Anästhesieassistent sich krampfhaft bemühte, der Frau einen Schlauch für die Intubation in den Hals zu schieben. Er hieß Roland Dance und war ein Angeber, der sich liebend gern vor Studenten produzierte. Harvey hörte noch schnelle Schritte, dann mußte er sich wieder seinem Patienten widmen, der plötzlich laut aufstöhnte. Einen Augenblick lang hatte er Angst, der Mann sei gestorben und er hätte den Moment verpaßt.

Bis jetzt hatte er diesen Moment nur ein einziges Mal erwischt. Es war ähnlich wie heute gewesen. Der Patient hatte eine ähnliche Bauchoperation wie E. Meadway gehabt, der jetzt hier lag. Urplötzlich war der Mann steif geworden, und die Zacken auf dem Monitor waren zu einer geraden Linie abgeflacht.

Harvey wußte sofort, daß er tot war. Beinahe hatte er gespürt, wie die Lebenskraft den Mann verließ. Er hatte abseits gestanden, während ein Ärzteteam mit allen Mitteln versuchte, den Mann wiederzubeleben. Aber es war nicht gelungen. In Sekunden war die Farbe aus dem Gesicht geschwunden. Und noch etwas war geschwunden. Harvey wünschte, er hätte den Mann eine Sekunde früher, ehe es passierte, wiegen können. Er war sicher, daß etwas den Körper verlassen hatte.

E. Meadway war bereits einmal gestorben – vor einer Stunde im Operationssaal. Sein Herz hatte aufgehört zu schlagen. Chirurg und Schwestern hatten fast zwei Minuten gekämpft, es wieder in Gang zu bringen, doch ohne Erfolg. Dann hatten sie Adrenalin direkt in eine Herzkammer gespritzt. Das hatte gewirkt; aber sie konnten nicht sicher sein, ob der Patient aufgrund des Sauerstoffmangels nicht einen Gehirnschaden davongetragen hatte. Er war schon siebenundsiebzig, ohne große Spannkraft. Genaues konnte man erst in einigen Tagen feststellen, wenn der Patient einigermaßen bei Sinnen war.

Harvey hatte ihn beobachtet, während er tot war und mit gespreizten Gliedmaßen unter den grünen Abdecktüchern auf dem Operationstisch lag. Es war ein seltsames Gefühl gewesen.

E. Meadway stöhnte wieder. Seine Augen klappten auf. Er machte eine Bewegung, als wolle er sich aufsetzen. Harvey sprang sofort auf und beugte sich über ihn. Der Mann blickte Harvey direkt in die Augen. Harvey war erstaunt, wie jemand so plötzlich so hellwach sein konnte.

»Verdammte Scheiße!« sagte E. Meadway krächzend. Harvey war nicht sicher, ob er ihn ansprach. Er blickte zu den Monitoren. Die Zacken waren da. Wieder krächzte der Mann leise mit seinem starken East-End-Akzent weiter. »Leck mich doch! Ich hab' euch alle gesehn. Die ganze Scheißoperation hab' ich gesehn! Du hast in der Nase gebohrt! Ich war da oben anner Decke von dem Scheiß-OP. Wie der Kerl gesagt hat, daß ich übern Jordan bin, hab' ich dem Arschloch auf die Schulter tippen woll'n und sagen, daß 's mich noch gibt; aber der konnte mich nich' hör'n.«

E. Meadway schloß die Augen und schlief weiter.

Harvey starrte ihn wie gelähmt an. Die Zacken auf dem Monitor flachten etwas ab. Während der Operation hatte er mit dem Anästhesisten hinter E. Meadways Kopf gestanden, während der Assistent die Narkose auf dem Monitor verfolgte. Wie üblich bei einem größeren Eingriff war hinter dem Kopf des Patienten ein grünes Tuch aufgespannt, um die Möglichkeit, daß Bakterien vom Narkosegerät zum Patienten gelangten, gering zu halten.

Harvey hatte die Maske abgestreift und in der Nase gebohrt. Er erinnerte sich daran. Während der Aufregung, als man E. Meadway für klinisch tot erklärte, hatte er in der Nase gebohrt.

Unmöglich! E. Meadway konnte ihn nicht gesehen haben.

Es war ebenso unmöglich wie das, was er gesehen hatte, als er den Fahrradunfall hatte.

21

Mittwoch, der 24. Oktober

Der Sommer schien schon ewig zurückzuliegen, eine vage Erinnerung, die sich bei Kate bereits mit anderen Sommern vermischte, so wie sich Bilder ineinanderschieben und unter dem Stapel begraben werden, der immer höher und höher wurde.

Noch vor einem Monat hatte es Tage gegeben, die so heiß waren, daß man sich unmöglich vorstellen konnte, je wieder zu frieren oder unter der Nässe zu leiden. Jetzt war die Hitze kaum mehr als eine Illusion, und die Realität war ein nasser Herbstmorgen mit tiefen Pfützen auf der Straße, Sturzbächen in Gullys und einem Himmel, der ein schweigender Wolkenwirbel aus Grau und Dunkelgrau war.

Kate stand in der aufgeregten Menschenmenge vor dem Lewes-Crown-Gerichtsgebäude und überlegte, ob das uralte Ding groß genug war, alle zu verschlingen. Sexualverbrechen zogen immer Menschenmengen an, und heute ging es um ein besonders grauenvolles Verbrechen: Der siebenundvierzigjährige Hartley Briggs, ein Satanist, wie er erklärte, und vier weitere Männer waren angeklagt, während der letzten fünf Jahre sechzehn Kinder entführt und an ihnen rituelle Sexualhandlungen vorgenommen zu haben.

Gerichtssäle waren – wie Eisenbahnabteile – entweder glühend heiß oder eiskalt. Der Trick war – wie Kate herausgefunden hatte –, sich mehrere Schichten anzuziehen, die man bei Bedarf ablegen konnte. Sie wollte immer elegant aussehen, wenn sie zum Gericht mußte. Es half, wenn man Zeugen interviewen wollte. Die Leute waren oft nicht sicher, wer eine offizielle Funktion hatte und wer nicht. War man gut gekleidet, vermittelte man eher den Eindruck, zum Gericht zu gehören.

Kate trug ein schwarzweißes Kostüm mit Fischgrätmuster, das sie letzten Januar im Sonderangebot bei Fenwick erstanden hatte, dazu eine weiße Bluse mit schwarzer Samtschleife und darüber ihren besten Mantel, in dem sie todschick aussah. Das wußte sie. Er war marineblau, Wolle mit Kaschmir, und reichte bis zu den Knöcheln. Sie hatte ihn ebenfalls als Sonderangebot bekommen. Ein farblich perfekt passender Wollschal über den Schultern, glatte schwarze Strumpfhosen und flache schwarze Schuhe vervollständigten das Bild.

Die Schuhe waren schon ein paar Jahre alt und sahen etwas schäbig aus, aber vor Weihnachten würden die Schuhgeschäfte die Preise herabsetzen. Bis dahin mußte sie nur noch ein paar Wochen warten. Kate kaufte die meisten Sachen im Sonderangebot. Sie mochte gute Qualität bei Kleidung und Schuhen, und auf diese Weise konnte sie sich diese leisten.

Auf ihrer Stirn verlief ein dickes Schmerzensband, das Resultat der schlaflosen Nacht. Sie hatte im Bett gelegen und über alles nachgedacht. Sie hatte Angst gehabt und war verwirrt gewesen. Sie sah Sally Donaldson mit ihren kaputten Fingernägeln im Sarg liegen, dann Sally Donaldson auf dem Seziertisch mit tadellos gepflegten Nägeln und hörte wieder Dora Runcorns Worte.

Er sagt mir, daß er bei einem Bootsunfall ums Leben kam. Auf einer Jacht. Er sagt, daß ihn das Segel erwischte und über Bord schleuderte.

So präzise.

Harry. Das war weniger präzise. Harry, Howie – es klang ähnlich. Zu ähnlich.

Er will wissen, ob Sie ein Spielzeug haben, das Keith heißt. Er zeigt mir einen Affen.

Feef! Mein Gott!

Er sagt mir, daß Ihnen große Gefahr droht durch etwas, was Sie tun – bei Ihrer Arbeit. Sie dürfen das auf keinen Fall tun. Er will, daß Sie diese Sache fallenlassen, sich nicht weiter einmischen. Er will mir etwas über Draht sagen.

Draht? Meldungen kamen über die Leitungen. Die Hälfte ihrer Tips kam auf diese Weise. Die Botschaft war zu vage, zu mehrdeutig. Es war wie in den Artikeln, die sie über Medien gelesen hatte: Sie beeindruckten im Augenblick, dachte man aber nach, erkannte man, daß man ihre Worte auf hundert verschiedene Arten auslegen konnte. Es gab nichts Spezifisches. Nur Feef. Harry. Die Jacht.

Beim Gedanken an den Blick des Mediums lief es ihr kalt über den Rücken. Als würde die Frau es wissen und als würde sie dirigiert werden.

Die Fingernägel. Vielleicht hatten Fetzen vom Sargfutter oder getrocknete Plazentastücke sie so kaputt aussehen lassen. Vielleicht.

Wenn sie sich irrte, würde man sie rausschmeißen. Verklagen. Die Karriere ruinieren. Sie konnte sich die bissigen Bemerkungen ihrer Schwester vorstellen. *Vierundzwanzig, und diese Idiotin schafft es nirgendwo. Sie hat keine Arbeit, keinen festen Freund und kann keinen Job behalten.*

Sie erinnerte sich, daß sie um vier Uhr die Ehrung eines Mädchens als Pianistin an einer Schule in Brighton besuchen mußte. Ob sie das schaffte? Sie berichtete gern über Ereignisse mit Kindern, um ihnen Mut zu machen.

Langsam bewegte sich die Menge. Es war, als versuche Zahnpasta, wieder zurück in die Tube zu kriechen. Langsam näherten sie sich der engen Tür für die Öffentlichkeit und der Pressetribüne. Polizei stand an der Treppe des Gerichts und hielt den Haupteingang frei. Die Leute beeilten sich. Rechtsanwälte liefen bereits in Talar und Perücke herum. Eine Handvoll verkommener Typen schrie und hielt ein Spruchband hoch, auf dem HARTLEY IST UNSCHULDIG stand.

Kate spürte plötzlich, wie sich ein Finger in ihren Rücken bohrte. Eine Stimme sagte: »Ist es nicht eigentlich Ihre Aufgabe, Gräber zu schaufeln?«

Sie fuhr herum. Patrick Donoghue stand hinter ihr. Er hatte den Mantelkragen hochgeschlagen. Seine Augen blitzten fröhlich. »Langsam bezweifle ich Ihre Berufung zum Journalismus. Sie haben die heißeste Story seit Jahren, und anstatt da nachzubohren, verbringen Sie einen Tag im Gericht.«

»Nicht freiwillig.« Sie war froh, daß sie sich so gut angezogen hatte. Der *Daily-Mail*-Reporter betrachtete sie anerkennend. Er trug seine üblichen Sachen, ziemlich abgetragen, aber nie schmuddelig: flaschengrüne Cordhosen, braune, derbe Schuhe, ein Vyella-Hemd unter einem Rippenpullover und ein Tweedjackett, das noch von seinem Vater stammen konnte. Wie immer hielt er sich kerzengerade. Kates Herz schlug bei seinem Anblick schneller. Sie fühlte sich sicher und wohl in seiner Gegenwart.

Sie bewegten sich ein paar Schritte vorwärts. »Na, und was gibt's Neues über die große Exhumierung?«

Kate zuckte mit den Achseln. »Ich bin nicht mehr dran«, sagte sie und warf eine Haarsträhne aus dem Gesicht.

»Was soll das heißen? Sie hatten doch die sensationelle Erstmeldung.«

»Beinahe bekam ich die sensationelle Kündigung.«

Er blickte sie besorgt an. »Was ist das Problem?«

»Terry Brent glaubt anscheinend, daß ich mir die Story aus den Fingern gesogen habe. Ausgeburt weiblicher Hysterie. Keiner will die Geschichte untermauern, und offensichtlich ist es völlig normal, daß eine Frau im Grab ein Kind bekommt.« Sie legte den Kopf schief und wartete auf seine Reaktion.

»Was? Im Grab gebären? Sie meinen doch nicht –«

Kate nickte.

»Das stand aber nicht drin.«

»Dick Wheeler, der stellvertretende Chefredakteur, fand, es würde den Lesern zu sehr auf den Magen schlagen«, erklärte sie.

»Sie hat tatsächlich im Sarg ein Kind geboren?«

»Völlig normal, wie Terry Brent mir sagte. Das machen Tote pausenlos, wenn Sie ihm glauben.«

»Tote bewegen sich wirklich etwas. Rigor mortis setzt ein und läßt wieder nach. Wenn man die Leichen bewegt, kann es zu Stöhnen kommen, weil die Gase aus dem Bauch gepreßt werden. Ein toter Körper ist eine sehr eklige Sache.«

»Und sie bewegen sich wirklich?«

»Ja. Manchmal klettern sie aus den Gräbern und verfolgen Sie.« Er riß die Augen auf.

Kate lächelte. »Terry Brent hielt mir vor, daß ich die halbe Geistlichkeit in Sussex verärgert habe. Ich muß die Geschichte bis nach der Gerichtsverhandlung ruhen lassen.«

»Die ganze Fleet Street spricht über die Story.«

»Ich weiß. Gestern haben mich die *News of the World*, der *Mirror*, die *Sun* und noch ein halbes Dutzend anderer Zeitungen angerufen.«

»Und was haben Sie ihnen gesagt?«

»Ich habe noch nicht zurückgerufen.«

»Das sind gute Kontakte, Kate! Vergessen Sie die Provinz, und wagen Sie den Sprung nach oben!«

»Damit man mich nach Sussex zurückschickt, um über Exhumierungen und Satanskult zu berichten wie Sie?«

»In London wird man dafür viel besser bezahlt«, sagte er.

Kate bohrte die Hände in die Manteltaschen. In der linken Tasche war ein zusammengefalteter Zettel. Sie überlegte krampfhaft, was draufstand. »Keiner wird besonders beeindruckt von mir sein, wenn ich Mist gebaut habe.«

»Glauben Sie das denn?«

Der Zettel bedeutete nichts, wie ihr einfiel. Nur ein Tip für ein Haarwaschmittel. »Nein«, antwortete sie. »Das glaube ich nicht. Aber ich weiß nicht, was gespielt wird. Gestern war ich absolut sicher, aber jetzt –«, sie zuckte mit den Schultern, »– ich weiß nicht. In Birmingham habe ich meine Erfahrungen mit einem Krankenhausskandal gemacht! Blitzschnell standen alle wie ein Mann da und hielten dicht.«

»Das ist bei Medizinern immer so«, sagte Patrick. »Die meisten Berufe schützen ihre Leute. Aber den Autopsiebericht des Pathologen kann keiner so leicht vor dem Gericht vertuschen.«

»Die Frau in der Gerichtsmedizin sagte, sie sei überrascht, daß es ursprünglich nicht gleich eine Autopsie gegeben habe. Außerdem seziert ein hiesiger Pathologe, keiner vom Innenministerium. Das bedeutet, daß man kein Verbrechen vermutet.«

»Woher wissen Sie das?«

»Ich bin zur Autopsie gegangen.«

»Die haben Sie reingelassen?«

Sie lächelte und wurde rot. »Ja.«

»Ich frage nicht, wieso«, meinte er.

»Ach, es war ganz leicht.«

»Und wie war's?«

»Ich bin beinahe in Ohnmacht gefallen.«

»Ich war mal bei einer Autopsie und bin umgekippt. Das war, als sie die Schädeldecke mit der Kreissäge –«

Kate hob den Kopf und schluckte. »Bitte ersparen Sie mir Einzelheiten.«

»Raten Sie mal, womit sie den Schädel füllten, nachdem das Gehirn entfernt war?«

»Nein!«

»Mit alten Zeitungen. Daran sollten Sie immer denken, wenn Sie einen Artikel schreiben.«

»Danke, Patrick.«

»Ach, Sie gewöhnen sich noch daran.«

»Ich glaube kaum, daß ich das will. Untersucht der Pathologe alles genau?«

»Die arbeiten ziemlich gründlich.«

»Was ist mit Fingernägeln?«

»Aufgabe des Pathologen ist es, die Todesursache festzustellen. Er untersucht alles, was dafür relevant sein könnte.«

Sie bewegten sich wieder ein Stück auf den Eingang zu. »Dann sind Sie also nicht unterwegs, um Klinken zu putzen? Kommentare einzufangen? Sie sollten jetzt im Krankenhaus sein und den Leuten ein Gespräch aufdrängen oder zwei.«

»Das brauchen Sie mir nicht zu sagen!«

»Sind Sie wirklich überzeugt, nach dem, was Sie gesehen haben?«

»Ja, in meinem Herzen schon. Jedenfalls dachte ich das.«

»Na ja, wir müssen ja nicht beide den ganzen Tag hierbleiben.«

Er blickte sie an. »Ich gebe Ihre Berichte telefonisch durch. Einverstanden? Worauf warten Sie noch? Schwirren Sie ab!« Er zwinkerte ihr zu.

»Im Ernst?«

»Ja, natürlich. Allerdings unter einer Bedingung.«

»Und die wäre?«

»Daß Sie nicht unsere Verabredung heute abend vergessen.«

Sie lächelte. »Abgemacht! Und Sie geben wirklich meine Berichte telefonisch an die Redaktion weiter?«

»Ja! Und im Gegensatz zu Ihnen werde ich es nicht vergessen.«

»Wenn Brent herausfindet, was ich mache, wird er –«

»Brent ist ein Arschloch. Machen Sie sich wegen ihm keine Sorgen. Er ist schnell auf der Palme, aber auch schnell wieder unten.« Er nickte mit dem Kopf. »Los, zischen Sie ab! An die Arbeit!«

22

Auf dem Flur dröhnte »Satisfaction« von den Rolling Stones. Rote und blaue Lichter flackerten im Rhythmus. Harvey stand in der engen Küche unter einer nackten, weißen Glühbirne. Auf der gesprenkelten Kunststoffarbeitsplatte hinter ihm befanden sich jede Menge Flaschen mit billigem Wein, Bierdosen und Plastikbecher.

Ein betrunkenes Mädchen, den Minirock fast bis zur Taille hochgeschoben, saß auf dem Spültisch und ließ die langen Beine in Netzstrümpfen baumeln. Lippenstift war übers Gesicht verschmiert. Sie stritt sich mit einem ebenfalls betrunkenen Medizinstudenten, der Ted Blake hieß und ein rotes Cordsamthemd mit geblümter Krawatte trug, ob eine beschnittene Frau einen Orgasmus haben könne oder nicht.

Harvey haßte Parties, besonders diese Studentenfeten am Samstagabend. Es war heiß, und er schwitzte schon beim Herumstehen. Seine Freundin Gail tanzte im anderen Zimmer mit irgendeinem großen Idioten. Harvey war es egal. Tanzen langweilte ihn. Er nahm einen Schluck von dem lauwarmen Bier, das nach Blechdose schmeckte, und dachte an E. Meadway, den Patienten, der ihm erzählt hatte, er habe seine eigene Operation von oben an der Decke des Operationssaals aus beobachtet. Harvey hatte den alten Mann noch mehrmals besucht; aber es waren postoperative Komplikationen aufgetreten, und der Mann schlief entweder oder war zu verwirrt, um sich zu unterhalten.

Jemand schlug ihm kräftig auf den Rücken. »Na, alter Junge, wie geht's?«

Er drehte sich um und sah Roland Dance, den Narkoseassistenten im Rollkragenpulli und Tweedjackett. Dance war stockbesoffen und uncharakteristisch jovial. »Fein«, antwortete Harvey. Dance nahm eine große Bierdose und schenkte sich einen Pappbecher voll. Der Schaum lief über den Rand und auf den klebrigen Linoleumboden. Harvey mochte Dance nicht besonders. Er fand ihn arrogant und angeberisch. Angeblich sollte Dance außergewöhnlich intelligent sein und eines Tages ein brillanter Anästhesist werden. Für seine derzeitige Position war er sehr jung. Harvey lehnte ihn ab, weil er es schon so weit gebracht hatte. Er war überrascht, ihn hier zu sehen.

»S-s-super P-party«, nuschelte Dance. Er bemühte sich, die Augen zu fokussieren. Dance war groß und dünn, mit einer Trichternase, kurzem, schlaffem Haar, einem runden Mund, praktisch ohne Kinn, mit scharf aussehenden Zähnen. Er erinnerte Harvey immer an ein Nagetier.

»Keine Frau kann ohne Klitoris kommen, is' unmöglich«, behauptete das betrunkene Mädchen neben dem Kühlschrank.

»Das hängt von der Tiefe der Penetration ab«, behauptete Ted Blake.

Roland Dances Aufmerksamkeit richtete sich auf das Paar. Er runzelte mißbilligend die Stirn, versuchte geradeaus zu blicken und beugte sich zu Harvey herüber. »Ich f-finde, das is' ganz schön happig, oder?« Er kippte etwas Bier in den Mund.

Harvey war nicht sicher, ob er den Minirock oder das Gespräch meinte. Er blickte zu dem Mädchen. Ihr weißes Fleisch drückte sich durch die Maschen der Netzstrümpfe. Harvey spürte, wie er erregt wurde. Ob er sich ins Gespräch einmischen konnte? »Manche afrikanischen Stämme machen das doch, oder?« sagte er.

»S-s-stimmt überhaupt nich'«, widersprach das Mädchen angriffslustig. »Nicht alle Schwarzen haben 'n großen Schwanz.« Ihr Kopf fiel nach vorn, und sie blinzelte. »Und überhaupt is' das 'n Privatgespräch.«

»Haben Sie vor, sich zu spezialisieren?« fragte Roland Dance Harvey, um das Thema zu wechseln.

»Ich habe mich noch nicht entschieden«, antwortete er kurz, weil er sich über die Unterbrechung ärgerte. Doch dann sah er seine Chance und fragte Dance lächelnd: »Ich wollte Sie schon immer etwas fragen. Es geht um einen Patienten. Anfang der Woche. Er heißt Meadway. Mr. Wendell operierte ihn am Dienstag. Sie waren auch dabei.«

»Meadway?«

»Zweiter von oben, Dienstag morgen. Ein älterer Mann. Abdomen. Hatte Herzstillstand.«

Die Dezibel der Musik nahmen zu und übertönten seine Worte.

»Tut mir leid«, brüllte Dance. »Sie müssen lauter sprechen.«

Harvey wiederholte.

»Ach ja – Aorta Aneurysma.«

»Ich war bei ihm auf der Wachstation«, fuhr Harvey fort. »Als er zu sich kam, erzählte er mir, daß er während der ganzen Operation bei Bewußtsein gewesen sei.«

»Bei Bewußtsein?«

Harvey starrte in sein Bier. »Nicht direkt wach. Er sagte, er sei an der Decke des Operationssaals geschwebt und habe alles gesehen, was mit ihm gemacht wurde. Er beschrieb, wo jeder stand, was jeder tat.« Harvey blickte auf. »Er sagte mir auch, was ich tat.«

Der Narkoseassistent nickte abfällig und meinte kühl: »Das passiert ziemlich oft, alter Junge.«

»Wirklich?«

»Absolut.«

Die Netzbeine lenkten Harvey kurz ab. »Sie meinen, daß

Menschen ihren Körper verlassen?« Ein Pfleger und eine Schwester, die er kannte, kamen kichernd in die Küche und wühlten in den Weinflaschen. »Menschen können aus ihrem Körper herausgleiten und herumschweben?«

»Ja, das passiert häufig. Es ist alles eine Illusion.«

Harvey fühlte den Stich der Enttäuschung. »Wie meinen Sie das?«

Der Anästhesist starrte Harvey an, als sei er ein Idiot. »Das bewirke ich mit meinen Drogen. Neuroleptische Anästhesie. Ich nehme an, Sie sind bis zu diesem Gebiet noch nicht vorgedrungen.«

»Nein.« Die Musik hörte auf und bot eine kurze Erholungspause. »Sie sagen also, daß diese Wirkung durch Medikamente erzielt werden kann?«

»Selbstverständlich. Disassoziative Drogen. Butyropherone wie Haloperidol. Ketamin, wenn man den Patienten halb bei Bewußtsein halten will. Gut bei Traumasituationen, wenn man jemand aus einem Autowrack schneiden muß oder unter einem Gebäude rausholen will, ohne daß der Blutdruck zu sehr absinkt.«

»Und die Menschen denken dann, sie hätten ihren Körper verlassen?«

Dance nickte.

»Kommen die sich nicht ziemlich komisch dabei vor?«

»Doch, besonders bei Ketamin. Es produziert grauenvolle postoperative Alpträume, die tage- oder wochenlang anhalten können. Ziemlich übles Zeug.«

Harvey nahm noch einen Schluck Bier. Er mußte wegen den Tabletten aufpassen. Mehr als ein Bier, und er fing an, sich komisch zu fühlen. »Glauben Sie, daß jemand tatsächlich den Körper verlassen kann?«

»Sie meinen die Seele?«

»Seele – oder Bewußtsein – oder eine Energieform.«

»Totaler Schwachsinn! Wußten Sie, daß in einem dieser biblischen Tempel, wo sich Wunder ereigneten, eine unterirdische, undichte Stelle war, wo Stickstoffoxydul, also Lachgas, austrat? Jeder dort wurde unweigerlich total high. Alle diese halluzinatorischen Erlebnisse haben chemische Ursachen.« Er hob den Becher und schielte ins Bier.

»Aber wie erklären Sie sich, daß dieser Patient Meadway beschreibt, was die Leute während der Operation taten, obwohl er sie nicht sehen konnte?«

Dance langweilte das Thema. Seine Augen schweiften zu dem Mädchen in den Netzstrümpfen.

»Männer haben vom Orgasmus keine Ahnung«, behauptete sie gerade und blickte Harvey und Dance wütend an.

Dance zuckte zusammen. Er schaute zu Harvey und tippte aufs linke Ohr. »Das Gehör, alter Junge. Das ist der letzte Sinn, der bei der Narkose aufgibt. Deshalb spricht man im Operationssaal nie über einen Patienten. Ein Hauch zu wenig Narkose, und er kann mithören. Wenn Sie das mit der disassoziativen Droge kombinieren, fühlen Sie sich außerhalb des Körpers – und da haben Sie Ihre Erklärung.«

Harvey umschloß seinen Becher mit beiden Händen. Das Mädchen mit den Netzstrümpfen schmuste heftig mit dem Mann im roten Cordsamthemd. Seine Hand steckte bis zur Armbanduhr in ihrem Minirock. »Das wäre eine Halluzination. Aber ich meine: Wie kann man erklären, daß jemand exakt beschreibt, was vor sich ging? Das wäre doch unmöglich, wenn es sich um eine Halluzination handelte?«

Dance beugte sich vor und wackelte mit einem Ohr. »Diese Dinger, alter Junge! Blinde können damit sehen. Fledermäuse können damit sehen. Alle möglichen Insekten auch. Man behilft sich mit dem, was man eben hat. Wenn die anderen Sinne ausgeschaltet werden, verstärken sich die übriggebliebenen. Die Ohren arbeiten dann wie Radar.«

Harvey dachte zurück an den Operationssaal. Konnte E. Meadway gehört haben, daß er in der Nase bohrte? Er erinnerte sich ganz deutlich, daß er es getan hatte. Er hatte die Maske aufs Kinn geschoben. »Haben Sie schon von Fällen gehört, daß jemand eine solche Erfahrung gemacht hat, auch wenn er nicht in Narkose war?«

»Die Geschichte ist voll davon. Plötzliche Streßsituationen oder ein Trauma können das auslösen.«

»Und wie – ohne Drogen?«

Dance rülpste laut und starrte anklagend in sein Bier. »Wissen Sie, was die beste Drogenfabrik der Welt ist, alter Junge?« Er taumelte etwas und hielt sich an einem Küchenschrank fest.

»Nein.«

Dance schlug sich an die Brust. »Unser Körper! Irrer Zauberer! Kann alles produzieren. Wir machen manchmal unsere eigenen Halluzinogene – absichtlich, wenn wir einschlafen, zufällig, wenn wir uns den Kopf stoßen, krank sind oder im Schock.« Auf seiner Stirn standen Schweißtropfen, seine Nase glänzte. »Verdammt heiß hier.« Er wischte sich mit einem gelben, gepunkteten Taschentuch die Stirn.

»Könnte jemand mit einer Kopfverletzung eine Halluzination haben?« fragte Harvey.

»Hängt davon ab, was sich noch abspielte. Diese Sache ist fließend. Oft passiert's, wenn das Herz stillsteht. Das Gehirn macht sozusagen den Laden dicht. Halluzinogene werden ausgestoßen – Endorphine. Der Mensch sieht sich dann plötzlich über dem eigenen Körper schweben, dann durch einen Tunnel gleiten und verstorbene Verwandte sehen.« Er grinste selten dämlich. »Die Leute sind überzeugt, daß sie gestorben sind und auf der anderen Seite waren.«

Harvey starrte ihn wie gelähmt an. »Kommt das häufig vor?«

»Nein, eher selten«, antwortete Dance.

»Und Sie glauben nicht, daß an der Sache mehr dran ist?«

»Ich weiß, daß nicht mehr dran ist, alter Junge.«

»Könnten Sie es beweisen?«

»Beweisen?« Er zögerte. »Ich nehme an, daß es möglich wäre.«

»Könnten Sie jemanden dazu bringen, diese Erfahrung zu machen?«

»Absichtlich?« Dance blickte ihn kalt an.

»Ja.«

»Technisch ist es möglich«, sagte Dance und beugte sich zu Harvey. »Ich kann mit meinem Narkosegerät alles, was ich will, mit einem Patienten machen. Niemand ist sich bewußt, welche Macht Anästhesisten haben. Die Chirurgen sind doch nur daran interessiert, daß der Patient sich nicht bewegt, daß die Muskeln keine Reflexe haben, sich nicht verkrampfen. Chirurgen sind nur eine glorifizierte Kreuzung zwischen Schreiner und Klempner. Anästhesisten haben die wirkliche Macht im Operationssaal. Was ich mit meinem Narkosegerät mache, welche Medikamente ich verwende und wieviel, entscheidet darüber, ob ein Patient lebt oder stirbt.« Er trank einen Schluck Bier. »Kennen Sie den Psychiater R. D. Laing?«

Harvey nickte. Das Knutschen hinter Dance wurde intensiver. Das Mädchen hatte den roten Hemdzipfel des Mannes herausgezogen und ihre Hand in seine Hosen gesteckt. »Ich habe ein Buch von ihm gelesen: *Das gespaltene Ich*.«

»Eine gute Studie über Schizophrenie.«

Harvey wurde rot.

Dance merkte es nicht. »Schon mal von diesem Dilemma gehört?«

»Nein.«

Lautes Gläserklirren. Das Mädchen hatte ihre langen Beine um den Studenten geschlungen, und sie rieben sich aneinander. Dance warf einen mißbilligenden Blick hinüber. »Laing sagt, daß er einen Patienten hatte, der Anästhesist war. Der Bursche erzählte ihm, daß er ab und zu einen Patienten nur so zum Spaß umbrachte. Offenbar konnte Laing sich nie schlüssig werden, ob der Mann ein Psychopath war oder tatsächlich getötet hatte oder ob es nur sein Schuldgefühl war – sein Weg, sich zu rechtfertigen, wenn er einen Patienten verlor.«

Harvey blickte auf das braunmarmorierte Linoleum hinunter. Neben seinem Fuß war ein Brandloch von einer Zigarette. »Und was war das Resultat?«

»Na ja, der hippokratische Eid und das alles. Laing konnte sich nicht überwinden, den Namen des Mannes zu enthüllen – außerdem müßte er jetzt sowieso tot sein. Verdammt schwer, so etwas nachzuweisen. Es gibt Patienten, die Grenzfälle sind. Ein bißchen zuviel von etwas, und das war's dann. Narkosemittel setzen dem Körper ganz schön zu. Manche Leute vertragen sie nicht. Ein paar Patienten wird man immer verlieren – besonders in Notfällen. Da kommt ein Verkehrsopfer rein – die inneren

Organe des armen Schweins sind praktisch im Arsch, das chemische Gleichgewicht des Körpers spielt verrückt –, da muß der Anästhesist blitzschnell eine Menge entscheiden, manchmal alles nur aufgrund von Vermutungen. Wenn man wirklich will, könnte man jemand verdammt leicht töten, ohne daß der Chirurg es merkt.« Plötzlich zuckten Dances Augen beiseite, als habe er etwas gesehen, was ihn erschreckte.

»Haben Sie schon Patienten verloren?« fragte Harvey.

»Ja. Ab und zu«, antwortete Dance. »Vor ein paar Wochen eine Frau, die erst achtundzwanzig war. Kam nur für einen Sondierungseingriff. Die dumme Gans hatte auf dem Formular nicht angegeben, daß sie unter Asthma litt.« Er zuckte mit den Schultern und überprüfte das Innere seines Munds mit der Zunge. »Die Medikamente, die wir ihr verabreichten, führten zu einer anaphylaktischen Reaktion. Als wir das erkannten, war es schon zu spät.«

Sie standen schweigend einen Augenblick da.

»Aber, was soll's«, sagte Dance und leerte seinen Becher. »Ich werde mich mal lieber unter den jungen Talenten etwas umsehn.«

»Bye-bye, Miss American Pie«, dröhnte es im anderen Zimmer. »Eines verstehe ich nicht, was Sie sagten«, meinte Harvey.

»Was denn?«

Harvey wartete, bis das knutschende Paar sich an ihm vorbeigedrückt hatte und auf dem Flur verschwunden war. »Diese disassoziativen Drogen, dieses Gefühl des Schwebens – alles schön und gut, wenn der Patient lebt. Wie würden Sie das aber jemandem wie Meadway erklären, der klinisch tot war, als es passierte? Es war während der zwei Minuten, in denen sein Herz stillstand. Er war tot. Wie könnte er irgendein Bewußtsein haben können?«

»Aha!« Dance lächelte überlegen. »Das ist der große Trugschluß! Darüber habe ich meine Doktorarbeit geschrieben. Ich werde Ihnen ein Exemplar geben. Die Menschen definieren Tod, wenn das Herz stillsteht, aber das Herz ist nur eine Pumpe. Es befördert nur das Blut ins Gehirn. Der alte Gehirnkasten ist der wichtige Teil, nicht das Herz. Das Gehirn kann neunzig Sekunden weitermachen – zwei Minuten maximal –, nachdem das Herz aufgehört hat zu schlagen. Das Potential, das Bewußtsein wiederzuerlangen, ist noch da. Der Tod tritt erst ein, wenn der Sauerstoff aufgebraucht und das Gehirn irreversibel geschädigt ist. Es kann fünf oder sechs Minuten dauern, bis die elektrische Aktivität im Gehirn erlischt. Danach kann das Bewußtsein nie wieder reaktiviert werden.«

Ein lautes Knacken. Dance blickte auf Harveys Plastikbecher. Harveys Hände waren naß. Er hatte den Becher so zusammengepreßt, daß er geplatzt war und das Bier auf den Boden floß. Verwirrt stellte er ihn auf den Tisch. Eine braune Pfütze bildete sich. Harvey wandte sich einfach ab. »Könnte man Gehirntod mit Narkose simulieren?« fragte er ruhig.

»Simulieren? Ich verstehe Sie nicht, alter Junge.«

Harvey zitterte. Sein inneres chemisches Gleichgewicht spielte verrückt. Er spürte, wie Adrenalin in seinen Blutstrom gepumpt wurde. »Einen Gehirntod simulieren und den Menschen dann wieder zurückholen. Disassoziative Drogen geben, dann die Gehirntätigkeit stoppen und hinterher feststellen, ob der Patient sich an irgend etwas aus dieser Zeit erinnert.«

Dance runzelte die Stirn. »Gehirntod ist nicht reversibel. Wenn der Ofen aus ist, ist Feierabend.«

»Gibt es denn keine Drogen, mit denen man Gehirntod simulieren kann? Jegliche Gehirntätigkeit abschalten?«

»Aber warum sollte man so was tun wollen?«

Harvey preßte die Hände zusammen. »Verstehen Sie denn nicht? Wenn man jemanden dazu bringen könnte, daß er aus seinem Körper austritt und schwebt und dann die Gehirntätigkeit vollständig abschaltet und hinterher mit dem Patienten redet... verstehen Sie nicht, was das beweisen würde?«

»Ich kapiere nichts.«

»Das würde beweisen, ob es ein Leben nach dem Tod gibt!«

Dance schüttelte erstaunt den Kopf. »Aber warum?«

»Sie sagten doch gerade, daß ein Herausgleiten aus dem Körper Illusion ist. Wenn jemand gehirntot ist und aus seinem Körper heraustritt und schwebt, kann das doch keine Illusion sein, oder?«

»Der wäre verdammt tot!«

»Gibt es keine Droge, die die Gehirntätigkeit dämpft und völlig ausschaltet, ohne das Gehirn zu schädigen?«

Dance dachte nach. »Hm, da gibt es eine neue Generation von Barbituraten«, sagte er. »Manchmal benutzen wir sie bei Epileptikern für den *status epilepticus*. Das ist aber teuflisch riskant und eine Keule fürs Gehirn; aber manchmal wirkt es.«

»Haben Sie schon mal jemanden dabei auf dem Monitor überwacht?«

»Nein.«

»Wenn Sie das nächste Mal jemanden in diesem Zustand bekommen, würde ich gern bei der Behandlung zusehen.«

»*Status epilepticus* ist ziemlich selten. Wir bekommen einen Fall alle paar Monate.«

»Ich wäre sehr interessiert. Sagen Sie mir Bescheid?«

Dance versprach es.

23

Mittwoch, der 24. Oktober

Kate hatte ein schlechtes Gewissen, als sie vom Gericht wegfuhr, weil sie Patrick Donoghue überlassen hatte, ihren Bericht zu machen. Als sie mit ihm zusammenstand, hatte sie sich wohl gefühlt und stark. Jetzt kamen wieder Zweifel. Oft spielte einem der Verstand Streiche. Man sah Dinge in Filmen, die gar nicht da waren, weil man aus Angst nicht richtig hingesehen hatte.

Er will, daß Sie die Sache fallenlassen, sich nicht weiter einmischen.

Diese Sache? Hatte Dora Runcorn die Sally-Donaldson-Sache gemeint? Wollte Howie sie davor warnen? Wenn ja, hatte er vielleicht recht. Sie hatte alles verbockt, ihre Chance versaut. Ihre einzige goldene Chance.

Der Trick war, die gramgebeugten Ehepartner schnell zu finden, während der ersten drei Stunden, solange sie noch benommen vom Schock waren und nicht aufpaßten. Dann gingen sie aus sich heraus, weil es ihnen guttat, zu sprechen. Da waren sie abgelenkt vom Schmerz, von der Realität. Es schien, als sei alles einem anderen zugestoßen, nicht ihnen. Danach wuchs der Felsbrocken von Trauer und Abwehr und die Jalousien wurden geschlossen. Die Familien bildeten eine schützende Front, gingen für die anderen an die Haustür und ans Telefon und sprachen nur wenig und mit großer Vorsicht.

Wenn man schlau war, kam man ins Haus und lieh sich die Fotoalben aus, damit die Konkurrenzzeitungen keine Bilder bringen konnten. Wenn man hart genug war, brachte man die Familie dazu, Tee zu kochen, und klaute die Fotos vom Kaminsims, wenn sie draußen waren. Selbstverständlich schickte man sie nach ein paar Tagen mit einer lahmen Entschuldigung zurück. Das gehörte zum Spiel.

Kate verfluchte sich, weil sie die Chance nicht genutzt hatte, Sally Donaldsons Mann auf dem Friedhof zu interviewen, gleich nachdem der Sarg geöffnet worden war. Er hätte geredet und ihr alles gegeben, was sie gebraucht hätte.

Aber sie hatte es nicht getan, weil sie selbst zu sehr unter Schock stand. Aber vielleicht war das nur eine Entschuldigung. Die Wahrheit war, daß sie zu weich war, nicht den Killerinstinkt hatte. Ihr hatte der Mann furchtbar leid getan. Sie wollte ihn in seinem Schmerz nicht stören.

Vielleicht hatte ihre Schwester Dara recht, daß sie immer Schiffbruch erleiden würde, nicht aus dem richtigen Holz geschnitzt war, gleichgültig, worum es ging.

Plötzlich fiel ein Sonnenstrahl durch das Loch in den Wolken und brach sich auf der Chromleiste ihrer Kühlerhaube. Große Pfützen standen auf der zweispurigen Fahrbahn. Sie fuhr zu schnell in eine hinein. Der Volkswagen drehte sich. Wasser trommelte gegen das Bodenblech. Das Lenkrad machte einen Ruck, dann gehorchte es nicht mehr. Sie bekam panische Angst, daß sie auf die andere Fahrbahn geraten oder sich überschlagen könnte. Der Wagen sauste wie ein Boot durch die Wellen.

Sobald die Vorderreifen die Fahrbahn griffen, nahm sie den Fuß vom Gaspedal; aber schon war sie in der nächsten Pfütze.

Ein Lastwagen donnerte vorbei und blendete sie mit Gischt. Wieder rutschte der Wagen weg. Die Scheibenwischer summten und machten zwei verschmierte Halbkreise vor ihren Augen frei.

Sie ging mit der Geschwindigkeit zurück auf unter dreißig, packte das Lenkrad, sah in den Rückspiegel und fuhr in großem Bogen um die nächste Pfütze herum. Rechts lagen die roten Backsteingebäude der Sussex University. Wie so oft überlegte sie, ob ihr Leben wohl anders verlaufen wäre, wenn sie auf die Universität gegangen wäre, anstatt nach Schulabschluß ein Jahr durch die Welt zu reisen.

Er sagt mir, daß Ihnen große Gefahr droht.

Sie hatte den Artikel über Dora Runcorn noch nicht geschrieben. Sie war nicht sicher, was sie schreiben sollte.

Er war achtzehn, als er starb, aber Sie sind noch immer seine kleine Schwester, und er möchte auf Sie aufpassen.

Das Medium hatte mit ihr ein Spiel gespielt. Das gleiche Spiel, das sie mit allen anderen auch spielte. Kate hatte die Tricks und Wortverdrehungen schnell gemerkt. Sie suchte nach einer Erklärung, warum sie dies bei sich überhört hatte, als das Medium mit ihr spielte.

Sie muß Tricks angewendet haben.

Als sie in Brighton einfuhr, war sie mit ihren Gedanken weit weg. Ein bißchen Schuldgefühl nagte an ihren Nerven. Gott. Religion. Sie glaubte nicht an Gott, nicht wirklich; aber es gab Nächte, in denen sie immer noch betete, wie sie es als Kind getan hatte, weil sie im tiefsten Herzen wußte, daß sie glauben wollte.

Der Verkehr stockte. Rechts von Kate erhoben sich die Kuppeln und Türmchen des Royal Pavillon über den Rasenflächen. Ein verrücktes, extravagantes Schloß, das Georg IV. für seine Geliebte, Mrs. Fitzherbert, bauen ließ, als er noch Prinzregent war. Kate überlegte, was für eine Frau diese Mrs. Fitzherbert wohl gewesen war. Im Pavillon hingen Bilder einer großen, eleganten Lady, die mit ihrem Fächer die Welt in Schach hielt. Ob Mrs. Fitzherbert bei ihrer Affäre mit dem Prinzregenten die gleichen Gefühle hatte wie sie bei ihrem Verhältnis mit Tony Arnold in Birmingham? Wie fühlte man sich, wenn der Geliebte einen in einem Schloß besuchte statt in einer dunklen Bude an der

Ringstraße? Es mußte schön sein, verwöhnt zu werden! Sie war schon ewig nicht mehr verwöhnt worden.

Langsam fuhr sie auf der Seepromenade Brightons dahin. Da entdeckte sie eine freie Parkbucht gegenüber des altehrwürdigen, grauen Old Ship Hotels. Der Wind war böig und fing sich in ihren Haaren. Eine alte Dame ging in einem teuren Mantel vorbei. Ein Shitzu an der Leine folgte widerstrebend.

Das Meer war braun und stürmisch. Die Wellen brachen sich an den Balken der Palace Pier und schäumten gegen die Mauern des Vergnügungspalastes am Ende der Promenade. Ein Tanker war am Horizont zu sehen. Er hatte Kurs auf den Hafen Shoreham genommen, drei Meilen westlich.

Kate liebte den Geruch des Meeres: Salzwasser, Tang, Teer und Rost. Eine Blechdose klapperte auf der Promenade unter ihr. Das Becken für die Paddelboote war leer und verlassen. Im nächsten Becken tanzten ein paar Motorboote, die unter Planen zusammengebunden waren. Ein Eiskiosk war mit Brettern verschlossen, Fischerboote ruhten auf modrigen Davits auf dem Kiesstrand, weit über der Hochwassermarke. Plötzlich roch sie Pommes frites.

Kindheitserinnerungen kamen zurück. Fahrten an der Küste Neuenglands. Die schicken Hafenanlagen in Rhode Island. Grillfeste an verlassenen Stränden. In warmen Sommernächten allein auf dem Teakdeck der *Sloop Doop* sitzen. Krabbenfang mit einem Hühnerknochen an einer Schnur.

Kate riß sich widerstrebend los, knöpfte den Mantel zu und überquerte die breite, verkehrsreiche Straße. Sie ging nach rechts und beeilte sich, um die Ecke zu biegen und vor dem Wind Schutz zu finden. Eine halbmondförmige Reihe Regencyhäuser, die dringend Farbe benötigten, standen bei der Bushaltestelle.

Das Amt für die Registrierung von Geburten und Todesfällen befand sich im selben Gebäude wie das Amt für Umwelt und Gesundheit. Kate ging durch den mächtigen, allerdings verschmutzten Glasvorbau in die große Eingangshalle. Sie folgte den Schildern durch einen langen Korridor, vorbei an einem großen Rauchverbotsschild und Stuhlreihen. Sie hörte Schreibmaschinengeklapper hinter den geschlossenen Türen.

Der Korridor führte in ein kleines Vorzimmer mit großer Holztheke, hinter der eine blonde junge Frau im hübschen grünen Kostüm saß. Über ihr an der Wand hing ein Farbposter mit einem Seehund.

»Ich möchte mir gern einen Totenschein ansehen«, sagte Kate.

»Wissen Sie das Datum und den Ort des Todes?« fragte die junge Frau knapp.

»Ja, es war am vierzehnten Oktober im Prince Regent Hospital.«

»Eine Kopie kostet zwei Pfund.« Sie blickte Kate fragend an.

»In Ordnung.«

»Würden Sie mir den Namen des Verstorbenen nennen?«

Kate gab den Namen an, und die junge Frau verschwand. Es kamen noch ein paar Leute herein und stellten sich hinter Kate an. Dann brachte die Frau Kate die Kopie. Sie bezahlte, wartete auf die Quittung und ging dann in eine Ecke, um die Urkunde sorgfältig zu studieren.

Im Briefkopf war ein Wappen mit einer lateinischen Inschrift und unten eine unleserliche Unterschrift. Kate las: Name, Vorname: Sally Mary Donaldson. Geschlecht: weiblich. Mädchenname bei verheirateten Frauen: Mackenzie. Beruf und Hauptwohnsitz: Sekretärin, 10, Ryland Close, Brighton. Todesursache: Cerebrales Ödem. Bestätigt von H. Matthews, MB.

Kate faltete die Fotokopie und steckte sie in die Tasche. Dann ging sie zurück zum Auto und machte sich auf den Weg ins Prince Regent Hospital.

24

Die fünfunddreißigjährige Frau war in der Gynäkologischen Abteilung des Queen's Hospital aufgenommen worden, um ihr Fasergeschwulste an den Eierstöcken zu entfernen. Die zwanzig Milligramm Valium als Vorbereitung auf die Operation hatten ihr Zentralnervensystem so beeinflußt, daß ihre Angst sich in leichte Euphorie verwandelt hatte. Sie spürte nur etwas Neugier, als der pfeifende Pfleger sie durch die Korridore rollte und dann durch die Doppeltüren in den weißen Narkoseraum schob.

Stan Meers, der Anästhesist, war ein kleiner Mann mit Sommersprossen im rundlichen Gesicht. Er drehte sich um und sagte fröhlich: »Hallo! Wie geht's uns denn?«

Als die Frau »gut« murmelte, tippte er auf ihren Handrücken und suchte nach einer Vene. Ihre Augen starrten auf den Narkosearzt in seinem grünen Schlafanzug. Der Mundschutz baumelte unter dem Kinn. Er trug eine grüne Kappe und weiße Pantinen. Dann schweiften sie zur Schwester hinüber, die ebenso gekleidet war, dann zu Harvey Swire und zwei weiteren Medizinstudenten, die ihr vierwöchiges Praktikum in der Gynäkologie ableisteten. Harvey schenkte ihr sein hervorragend eingeübtes, mitfühlendes Lächeln.

Auf dem Tisch hinter der Patientin lagen fünf Plastiktabletts für die fünf Patienten, die heute auf der Liste standen. Auf jedem Tablett befanden sich eine sterile Einwegspritze in Plastikhülle verschweißt, Ampullen mit Narkosemitteln und ein getipptes Blatt mit Namen, Zimmernummer und Krankengeschichte der Patientin sowie einer Liste möglicher Allergien. Typ und Dosierung der Medikamente auf den Tabletts waren bei jedem Patienten verschieden, je nach der Operation, die durchgeführt wurde.

Harvey kannte die Medikamente. Alle waren Varianten der drei Grundbestandteile der Narkose. Hypnotische Drogen, um Schlaf herbeizuführen und die Patienten schlafen zu lassen, analgetische Drogen, um Schmerzen zu verhüten, und Muskelentspanner, um die Patienten zu lähmen, damit es nicht zu Reflexzuckungen kam, wenn die Muskeln zerschnitten wurden, und damit der Chirurg leichter Zugang zu den inneren Organen hatte.

»Alles in Ordnung?« fragte Meers.

Die Frau nickte.

»In ein paar Sekunden schicken wir Sie ins Reich der Träume.«

Es war warm im Raum und roch nach Sterilisierflüssigkeit und etwas strenger nach Desinfektionsmitteln. Die Doppeltüren gingen auf, und der Chirurg kam herein.

»Hallo«, sagte er zur Patientin. »Ich bin Mr. Emmerson. Wir

haben schon miteinander gesprochen; aber Sie haben mich in dieser Verkleidung vielleicht nicht erkannt. Ich sehe morgen nach Ihnen, wenn Sie ausgeschlafen haben.«

Die Frau versuchte zu lächeln. Der Anästhesist nahm die Spritze. »Nur einen kleinen Piekser in die Hand«, sagte er und schob die Kanüle in die Vene.

Das Lächeln brach ab. Als er weiterdrückte, holte sie tief Luft, dann versteifte sich ihr Körper, als sei sie in Zement eingebettet. Über die Augen legte sich ein Schleier. Sie erstarrten. Einen Augenblick glaubte Harvey, sie sei tot. Dann atmete sie aus. Ihr Atem hatte sich verändert. Sie atmete tief und langsam wie im Tiefschlaf.

Der Anästhesist drückte weiter auf die Spritze, bis der letzte Tropfen Brietal herausgepreßt war. Dann ließ er die Kanüle stekken. Die Schwester klebte sie ans Handgelenk. Meers schloß mit seinen plumpen Fingern ihre Augen.

Es war, als sehe man zu, wie jemand stirbt, dachte Harvey. Es gab einen Augenblick, den man fast genau messen konnte, wenn der Patient sich von einem denkenden Wesen in ein nur noch existierendes Etwas verwandelte. Schnell. Kaum länger als dreißig Sekunden.

Der Anästhesist setzte jetzt eine Spritze mit einem Muskelentspanner an. Dann bog er den Kopf der Frau zurück, führte das gebogene, stählerne Laryngoskop ein und schob die endotracheale Plastikröhre am weißen Dreieck des Kehlkopfs vorbei in den Rachen. Sie blieb stecken. Er mußte die Röhre drehen und zurückziehen, dann wieder kräftig hineinschieben. Er wurde zunehmend ungeduldiger, wie ein Angler, der Mühe hat, einen tief in den Kiemen sitzenden Haken herauszuholen.

Endlich glitt die Röhre an ihren Platz. Meers schob sie so weit hinein, daß nur noch das Mundstück aus dem Mund der Frau herausragte. Sie sah wie eine Säuglingspuppe aus. Dann blies er die Manschette auf und schloß das Atemsystem an.

Zwei Pfleger rollten die Patientin in den Operationssaal. Harvey folgte. Sie schoben Holzstangen in die Schlaufen an beiden Seiten der Matratze und hoben die Patientin auf den Operationstisch. Bewegungslos lag sie in ihrem Baumwollhemd unter dem mitleidslos grellen Licht der Lampen, hilflos, nicht fähig, etwas zu tun außer zu atmen. Und selbst dazu würde sie in wenigen Minuten nicht mehr imstande sein.

Es waren noch zwei Studenten im OP, vorschriftsmäßig gekleidet, dann zwei Schwestern, die OP-Schwester, der Techniker, der Chirurg für Gynäkologie und sein Assistent, der Anästhesist mit Assistent – und natürlich Harvey. Alle trugen Anzüge oder Kittel, Gummihandschuhe, Pantinen oder Schuhe mit Gummisohlen. Die Masken bedeckten Mund und Nase, so daß man nur die Augen sehen konnte.

Der Anästhesist arbeitete schnell. Sein Assistent band eine Blutdruckmeßmanschette um den Arm der Frau, dann schaltete Stan Meers die Gaszufuhr am Narkosegerät ein und verband die Atemschläuche mit der endotrachealen Röhre.

Die Schwestern entkleideten die Frau. Sie war nackt bis auf das Plastikarmband mit ihrem Namen. Die beiden Pfleger nahmen jeder ein Bein und schnallten es auf den Haltern fest. Harvey betrachtete die großen, schlaffen Brüste, den formlosen Bauch mit den Schwangerschaftsstreifen, die glänzend helle Stelle, wo ihr Schamhaar abrasiert war.

Eine Schwester pinselte Jod auf den Bauch. Die Flüssigkeit lief in häßlichen Bächen auf beiden Seiten herab. Sie bestrich die Schamgegend der Frau und die Innenschenkel, als würde sie eine kaputte Schaufensterpuppe anmalen. Die andere Schwester legte die Instrumente ordentlich in Reih und Glied aus. Das Klirren erinnerte Harvey an seine Mutter, wenn sie den Tisch gedeckt hatte.

Stan Meers trug den Blutdruck der Frau auf der Narkosekarte ein. Das würde er alle drei Minuten tun. Hinzu kamen noch ihr Herzschlag und die genaue Dosis und Zeit der Medikamente, die sie bekam. Sollte es plötzlich zu Komplikationen kommen, konnte er sofort nachsehen. Außerdem schützte er sich damit gegen Beschuldigungen.

Das Oszilloskop des EKG-Schirms zeigte niedrige, gleichmäßige Anschläge. Eine Schwester hängte einen Tropf an den Ständer. Meers sagte etwas zu seinem Assistenten, das Harvey nicht hören konnte. Der Assistent drehte einen Knopf am Strömungsmesser, worauf eine Sekunde lang ein Warnton piepte. Die Schwestern zogen weiße Antithrombose-Strümpfe über die Beine der Frau. Die Orangenhaut der Schenkel bildete dicke Wülste. Der OP-Techniker band die blaue Diathermieplatte am Knöchel fest.

»Wie ich sehe, hatte die Lady eine Laparotomie«, sagte die Schwester und betrachtete die Narbe auf dem Bauch der Frau. Dann pinselte sie weiter.

Hartmannsche Lösung tropfte intravenös in den Handrücken der Frau. Der Anästhesist überprüfte die Anzeigen für Sauerstoff und Lachgas. Die Schwestern deckten jetzt die Frau bis auf die Mitte mit grünen Tüchern ab und stellten eine Wand hinter dem Kopf auf, um sie gegen das Narkosegerät abzuschirmen.

Operationssäle flößten Harvey Ehrfurcht ein. Seine Augen schweiften über die gekachelten Wände und die Decke, über die hohen Fenster mit Milchglasscheiben, die Steckdosen, die zurückversetzten, glänzenden Stahlbecken mit blitzenden Armaturen, wo man sich wusch, über das Narkosegerät mit flakkernden Anzeigen und lautlos blinkenden Lichtern, die farbcodierten Zylinder für Sauerstoff, Kohlendioxid und Lachgas. Er betrachtete den metallenen Operationstisch unter den starken Scheinwerfern. Für ihn war er ein Altar.

Die Schwestern hatten das Abdecken mit den grünen Tüchern beendet. Die letzte Vorbereitung wie ein stummes religiöses Ritual. Eine Zeremonie wie die Kommunion. Eine Feier.

Die Suche nach Wissen.

Jetzt waren nur noch das Gesicht der Frau und ein Rechteck auf ihrem Bauch zu sehen. Die mit Jod gefärbte Haut sah beinahe ockerfarben im Licht der Scheinwerfer aus. Das Licht, das auf den Altar hinabstrahlte.

Der Operateur drückte mit den Fingern auf den Bauch der Frau. »Alles in Ordnung, Stan?« fragte er den Anästhesisten.

»Sie schläft wie eine Eins.«

Wieder drückte der Operateur. »Die Abdominalmuskeln fühlen sich etwas gespannt an.«

»Ich gebe noch einen Schuß Curare.« Meers drehte schnell den Knopf am Halothanzerstäuber.

Es war still, als der Chirurg das Skalpell nahm und langsam, aber stetig einen Schnitt in der Bauchmitte machte. Die Haut brach hinter der Klinge auseinander, als würden sich Lippen öffnen. Eine kleine Blutspur füllte die Wunde.

Chirurgen sind nur eine glorifizierte Kreuzung zwischen Schreinern und Klempnern. Anästhesisten haben die wirkliche Macht im Operationssaal, sagte eine Stimme, die Harvey kannte. Er blickte umher, aber niemand schien gesprochen zu haben.

Ach ja, Roland Dance hatte das zu ihm gesagt. Er beobachtete den Schreiner, wie er die nackte Stelle zwischen den grünen Tüchern bearbeitete. Er entfernte das Gewebe um die Gebärmutter. Die Schwestern hielten das Fleisch mit Klammern zurück und saugten das Blut ab. Abstand. Da unten war alles eklig schleimig. Hier, am Kopf der Frau, geschah, was wirklich wichtig war. Die Schläuche, Ventile, Bildschirme, auf denen sich piepsend die Punkte und Linien jagten. Ja, hier mit dem Narkosegerät wurde das Leben der Frau kontrolliert.

Harvey sah, wie sich der Ziehharmonikabalg des Sauerstoffgeräts ausdehnte, zusammenzog, ausdehnte. Stan Meers machte die Eintragungen auf der Karte. Sein Assistent überprüfte den Blutdruck. Das Gesicht der Frau war ausdruckslos, reglos, die Kiefer durch die Intubation verzerrt. Da unten, hundert Meilen entfernt, verrichtete der Chirurg weiter seine Schreiner- und Klempnerarbeiten. Er war glücklich und zufrieden, solange die Muskeln der Frau nicht zuckten und ihr Blut rot blieb.

Dance hatte recht. Der Anästhesist kontrollierte das Leben der Frau. Eine Drehung am Ventil, ein Druck auf den Schalter, die kleinste Unaufmerksamkeit oder eine falsche Handbewegung, wenn sie die Medikamente nicht vertrug – mehr war nicht nötig.

Der Operateur entfernte zwei Fibrome, kleine, blutige Dinger, so groß wie Golfbälle. Dann vernähte er den Schnitt mit schwarzen Zickzackstichen. Klempner, Schreiner und Schneider, dachte Harvey. Die Operation war beendet.

Die Pfleger hoben die Frau wieder auf die Bahre und rollten sie auf die Wachstation. Es ging ihr gut. Sie atmete bereits aus eigener Kraft. Das Curare, das ihre Lungen gelähmt hatte, verlor nach dem Absetzen schnell an Wirkung.

Der Anästhesist und sein Assistent blieben bei ihr, bis sie die Augen öffnete. »Na, wieder wach?« fragte Meers.

Die Frau murmelte zusammenhanglos.

»Es geht ihr gut«, erklärte Meers dem Assistenten, Harvey und den beiden Studenten. Dann ging er zurück in den Narkoseraum. Als sich die Tür öffnete, sah Harvey bereits den nächsten Patienten. Er wollte hinterhergehen, als eine Schwester ihn ansprach. »Mr. Swire?«

Harvey drehte sich um. In ein paar Jahren würde sie ihn Doktor Swire nennen. Darauf freute er sich. »Ja?«

»Ein Telefonanruf für Sie im Schwesternzimmer.«

Überrascht eilte er in das kleine Zimmer und nahm den schwarzen Hörer auf, der auf dem Schreibtisch lag. »Hallo?«

»Roland Dance hier. Sie sagten doch, daß Sie interessiert wären, einen *Status-epilepticus*-Patienten zu sehen.«

Harvey machte in Gedanken einen Sprung zurück, als er vor etwa sechs Wochen mit dem Anästhesisten in der Küche bei einer Party geredet hatte. Er erinnerte sich gut daran. Seine Freundin Gail war an dem Abend mit einem Pfleger abgehauen. Das Miststück hatte sich nicht mal verabschiedet. »Ja, sicher.«

»Bei uns ist gerade eine auf der Intensivstation eingeliefert worden. Möchten Sie sie sehen?«

Harvey hatte keine besonderen Aufgaben zu erfüllen. Niemand würde ihn vermissen. »Ja, sehr gern«, sagte er.

Schnell wechselte er von der OP-Kleidung in Leinenhosen, ein gestreiftes Oberhemd, Seidenkrawatte und weißen Kittel. Er eilte durch die Korridore, an verirrten Besuchern und verwirrten Patienten vorbei, an Schwestern und Pflegern mit Rollbetten. Die Aufregung ließ ihn noch schneller laufen. Bei den vier Treppen nahm er zwei Stufen auf einmal.

Die Intensivstation war heiß, wie immer, und sehr still, stiller als die anderen Stationen. An der Decke befanden sich lärmdämmende Platten, auf dem Boden lag ein grauer Teppich. Jedes Bett stand in einer Nische, so daß die zwölf Patienten relativ abgeschirmt waren. Allerdings merkten die wenigsten davon etwas. Sie lagen an die blinkenden Monitore angeschlossen da. Drähte führten von den Körpern zu Apparaten.

Wenn sie wach waren, bewegten sich nur die Augen und verfolgten die Schwestern, Pfleger und Ärzte, die sich bemühten, den prozentualen Anteil der Überlebenden zu erhöhen. So ging es hier Woche um Woche zu. Achtzig Prozent der Patienten wurden von hier in Krankensäle oder Privatzimmer verlegt. Zwanzig wanderten in die Leichenhalle.

Trotz der Wärme draußen und den ständigen siebenundzwanzig Grad in der Station trug Dance ein dickes Tweedjackett, ein dickes Hemd mit grüner Wollkrawatte und Köperhosen. Er sprach gerade mit zwei Schwestern und ließ Harvey einige Minuten warten, während er über die Behandlung eines Patienten redete, bei dem plötzlich Blutungen aufgetreten waren und der nicht mehr reagierte. Auf Dances eckigem Gesicht standen Schweißperlen, was Harvey störte. Er wünschte, Dance würde sich die Stirn abwischen.

»Ah, hallo«, sagte Dance schließlich. »Stimmt. Sie waren ja am *status epilepticus* interessiert, nicht wahr?«

»Ja.« Harvey lächelte. »Ich bin beeindruckt, daß Sie das noch wissen.«

»Na ja – haha!« Dance ging mit ihm ans Ende des Raums, wo eine junge Frau lag. Sie war gertenschlank. Ihr zartes Gesicht mit den hohen Wangenknochen war wunderschön, obwohl die endotracheale Röhre aus dem Mund herausragte. Ihre Gliedmaßen zuckten. Alle paar Augenblicke blähte sich ihr Magen, daß sie das Rückgrat wölbte. Sie biß auf die Röhre, stöhnte leise, und Schaum floß aus den Mundwinkeln.

Auf dem Tisch neben ihr standen Grußkarten und eine große Vase mit Blumen. Kleine Elektroden waren an ihre Stirn, Schläfen und Kopfhaut geklebt. Die Drähte liefen in einer Spange zusammen und bildeten danach einen bunten Strang, der ins Enzephalogramm eingesteckt war. Die Zacken tanzten sprunghaft auf dem grünen Oszilloskopschirm. Gipfel, Täler, Ebenen. Keinerlei Regelmäßigkeit. Ihr Gehirn verursachte Kurzschlüsse. Jeder Muskel ihres betäubten, bewußtlosen Körpers zuckte krampfartig.

»Sie ist fünfundzwanzig«, erklärte Dance. »Modell. Wurde vor drei Wochen vom Pferd abgeworfen. Der Schädelbruch verursachte eine Blutung im Gehirn. Die verletzte Gehirnsubstanz ist elektrisch instabil geworden, das bewirkt die Epilepsie. Es ist eine klassische Epilepsie-Situation infolge einer Verletzung. Ihr Hausarzt wies sie gestern ein, nachdem sie sich über die immer häufiger werdenden Anfälle beklagt hatte. Sie hatte heute morgen hier wieder einen Anfall und reagierte nicht auf Diazepam intravenös. Wir probierten es mit großen Dosen Phenytoin intravenös, aber das brachte auch nichts. *Status epilepticus* lautete dann die Diagnose, daher verlegten wir sie auf die Intensivstation. Sie bekommt jetzt eine Thiopenton-Infusion.«

Harvey studierte ihr Gesicht, dann die Apparate.

»Wenn wir sie unbehandelt lassen würden«, fuhr Dance fort, »würde sie einen Gehirnschaden erleiden und ihre Muskelkoordination würde zusammenbrechen, so daß sie aufhört zu atmen, wie Gemüse dahinvegetiert oder sogar stirbt. Wir versuchen, diesen Prozeß umzukehren, indem wir die elektrische Aktivität ihres Gehirns dämpfen. In der nächsten halben Stunde werden wir ihre Gehirntätigkeit vollkommen abstellen.«

Harvey beobachtete, wie die Droge durch den klaren Plastikschlauch in den Handrücken der Frau floß, auf dem eine Kanüle festgeklebt war. Die Zacken des EEG wurden langsam kleiner und regelmäßiger. Das Medikament wirkte, beruhigte sie. Je kleiner die Zacken wurden, desto größer wurde seine Aufregung. Nur er, Dance und die Frau. Dance, der Narkoseassistent in vollkommener Verantwortung für das Leben dieser Frau.

Seine Augen begegneten denen der Schwester. Sandra Lock. Seine Männlichkeit machte sich bemerkbar. Er blickte wieder auf die Patientin. Jetzt wollte er nicht abgelenkt werden. Jetzt nicht! Dann schaute er wieder Sandra an. Sie lächelte ihm zu.

Sie hatte eine Himmelfahrtsnase und einen großen, einladenden Mund. Ihr schwarzes Haar war modisch kurz geschnitten. Ihr Gesicht raubte ihm nicht die Sinne, und ihre Haut war rauh, aber irgend etwas an ihr erregte ihn. Sie war Anfang Zwanzig. Große Brüste, lange, schlanke Beine in schwarzen Strümpfen. Er stellte sie sich weiß vor, marmorweiß, wenn sie nackt waren.

»Wie die deiner Mutter«, sprach eine scharfe Stimme direkt in sein Ohr.

Er zuckte zusammen und drehte sich um. Hinter ihm stand niemand. Sandra lächelte wieder. Sie? Hatte sie das gesagt? Er hörte das leise Fauchen des Atemgeräts. Leute sprachen zu ihm. Stimmen. Leute sprachen über ihn. Das taten sie öfters. Ihm machte es nichts aus. In der Schule hatten sie auch über ihn geredet, aber denen hatte er es gezeigt!

Eines Tages würde er es der Welt zeigen!

Die Blasebalge eine Handbreit über dem Kopf der Frau dehnten sich automatisch aus und zogen sich wieder zusammen. Sie preßten Luft in ihre Lungen und wieder hinaus. Klank-puff... klank-puff. Helles Licht strahlte von den Leuchtstoffröhren an der Decke. Klare, gefilterte Luft drang durch die Gitter in den Wänden herein.

»Na, reagiert sie?« fragte eine Stimme. Es war Dr. O'Feral, der diensthabende Anästhesist der Intensivstation.

»Sie kommt runter«, antwortete Dance.

O'Feral blickte auf den Tropf, dann aufs EEG-Oszilloskop. »Fünf cc?«

»Ja.«

»Wie lange?«

»Fünfzehn Minuten.«

»Puls?«

»Fünfundfünfzig«, antwortete Sandra Lock.

»Auf siebeneinhalb steigern. Wir brauchen etwas Hilfe bei Mr. Wendell in Bett sieben«, sagte er zu Sandra. »Könnten Sie für ungefähr fünf Minuten aushelfen?«

Die Schwester folgte ihm. Dance stellte den Tropf nach. »Siebeneinhalb«, verkündete er. Dr. O'Feral kam zurück. »Roland, werfen Sie doch schnell einen Blick auf Mrs. Gaffrey. Ich habe einen Herzstillstand unten.«

Dance wandte sich an Harvey. »Trauen Sie sich zu, für fünf Minuten zu übernehmen?«

Harvey nickte.

»Messen Sie alle drei Minuten den Puls. Rufen Sie, wenn er unter fünfundvierzig absinkt. Sie kommt langsam runter, dürfte keine Probleme geben.«

Plötzlich war Harvey allein. Er starrte die Frau an, dann das

EEG. Die Zacken wurden niedriger, ihre Zuckungen schwächer. Er fühlte den Puls. Achtundvierzig. Das Barbiturat verlangsamte alles. Er wußte, daß es in Ordnung war, wenn der Herzschlag langsamer wurde, weil der Stoffwechsel der Frau langsamer wurde und sie weniger Sauerstoff brauchte.

Ihr Handgelenk war kalt, feucht, schlaff. Der Puls schlug wie ein verängstigtes Tier. Aber ihr Gesicht sah ruhig aus, heiter. Der Alarm des Monitors summte. Die Zacken auf dem Oszillographen waren beinahe flach. Harvey schaltete den Alarm aus. Stille.

Die letzten Punkte verschwanden vom Bildschirm. Es gab nur noch eine durchgezogene, grüne Linie. Ihr Gehirn war völlig ausgeschaltet. Es gab keinerlei Aktivitäten mehr. Es war genauso, als sei sie tot. Jetzt war ihr Puls nur noch fünfundvierzig. Harvey lauschte auf das Surren des Ventilators. Die abgestandene Luft roch nach Gummi. Sein Herz schlug wie verrückt.

Gehirntod. Keine Aktivität da drinnen. Kein Gedanke, nichts. Sie konnte weder sehen noch hören oder fühlen. Bis die Barbituratzufuhr abgestellt wurde und die grünen Zacken wieder loshüpften, vegetierte sie dahin.

Wieder surrte der Ventilator. Schlechte Luft. Wenn man bei jemandem die Gehirntätigkeit vollkommen zum Stillstand brachte, stoppte man damit auch das Bewußtsein? Oder preßte man das Bewußtsein heraus? Wohin? Zum Beispiel an die Decke des Operationssaals?

Aber was war, wenn diese Frau sich bewußt wäre, was hier passierte? Sich bewußt wäre, obwohl sie gehirntot war. Dann wäre alles ganz anders. Noch besser wäre es, wenn sie überhaupt nicht mehr atmen würde. Wenn Herz und Gehirn beide tot wären und sie hinterher, wenn man sie wieder zurückgeholt und geweckt hatte, wissen würde, was sich hier ereignet hatte...

Die Atmung abzustellen war einfach. Den Schalter direkt neben seiner Hand umlegen. Er drehte sich um und lauschte, ob sich Schritte näherten. Er blickte durch die Station. Niemand war in der Nähe, keiner sah zu.

Nur ein paar Sekunden, um zu sehen, was passierte.

Er streckte die Hand aus, fühlte den Schalter. Adrenalin tobte in ihm. Schweiß lief ihm am ganzen Körper herab. Da kamen Schritte – schnell, eifrig. Sie hielten beim nächsten Bett an. Er konnte nicht sehen, wer es war. Nervös zog er die Hand zurück. Irgendwo hörte er Dances wieherndes Lachen. Verdammt! Wenn das Bewußtsein der Patientin oben an der Decke schwebte und sie ihn beobachtete, würde sie sich vielleicht später erinnern. Vielleicht.

Gib ihr ein Zeichen, dachte er. Tu etwas, an das sie sich erinnert. Etwas, das beweist, daß sie von oben alles beobachtete.

Er ging ein paar Schritte zur Seite, bis sie ihn vom Bett aus mit Sicherheit nicht mehr sehen konnte. Dann hob er die Arme über den Kopf und machte mit beiden Händen das V, das Siegeszeichen. Während er die Arme noch oben hatte, spürte er, daß jemand hinter ihm stand.

»Alles in Ordnung?« fragte Dance.

Harvey ließ die Arme sinken. Er kam sich wie ein Idiot vor. »Hinüber«, antwortete er.

Dance warf einen Blick auf den Tropf, dann aufs EEG. »Wie ist der Puls?«

»Fünfundvierzig«, antwortete Harvey.

»Haben Sie bekommen, was Sie wollten?«

»Ja, danke.«

»Wollen Sie Ihre Doktorarbeit über Epilepsie schreiben?«

Harvey zögerte kurz, dann nickte er.

»Sie ist viel verbreiteter, als die Leute denken«, sagte Dance. »Ungefähr einer von zwanzig ist betroffen.« Er gähnte. Es war, als sähe man ein Pferd gähnen. »Übrigens – ich arbeite an einem Experiment, das Sie interessieren dürfte.«

»O ja.«

Dance gähnte wieder und schlug sich mit der geballten Faust vor den Mund. »Tut mir leid, diese Woche habe ich Nachtdienst.« Er steckte die Hände in die Jackettaschen und starrte auf den Teppich, als habe er etwas verloren. »Wir untersuchen im Labor Behandlungen mit starker Barbituratdosis bei Epilepsie. Sehr interessante Ergebnisse bei Ratten und Katzen. Wir haben Katzen die Halsschlagadern abgebunden – sozusagen erwürgt –, aber nur so viel, daß es zu schwerem Sauerstoffmangel im

Gehirn kam. Dann haben wir eine Gruppe mit Barbituraten behandelt und der anderen gar nichts gegeben. Dann haben wir untersucht, welche Gruppe schwerere Hirnschäden aufwies. Sehr beeindruckende Resultate. Die Ratten sind interessant. Bei epileptischen Ratten sind die Resultate positiv.«

»Bekommen Ratten Epilepsie?« fragte Harvey.

»Wir geben ihnen GW 2937.«

»Dieses Medikament kenne ich nicht.«

»Natürlich nicht. Das ist eine Versuchsdroge von Grauer's. Sie wurde gegen Schlaflosigkeit entwickelt; aber man fand heraus, daß sie Epilepsie hervorruft. Verdammt scheußliche Angelegenheit – diese Epilepsie. Besonders was die Kleine hier hat.«

»*Status epilepticus* ist aber nicht so verbreitet«, sagte Harvey.

Dance betrachtete nachdenklich die junge Frau. »Eine Schande. Sie ist bildschön.«

»Es ist eine Schande, daß es nicht mehr wie sie gibt«, meinte Harvey.

Dance runzelte die Stirn. Dann verzogen sich seine Lippen zu einem Grinsen. »Klar, hübsche Mädels! Ich dachte einen Augenblick lang, Sie meinten *Status-epilepticus*-Patienten.«

Harvey sagte nichts.

25

Mittwoch, der 24. Oktober

Das Prince Regent Hospital stand eine halbe Meile von den Klippen entfernt auf einer Anhöhe am östlichen Ende von Brighton. Die Zimmer nach Süden boten einen herrlichen Blick über die Dächer des Regency und die viktorianischen Terrassen auf den Englischen Kanal. Aus den Fenstern nach Norden konnte man über die Downs und die Rennbahn Brightons sehen. Dank der typisch bürokratischen Planung führten die meisten Fenster nach Westen auf ein Industriegelände und nach Osten auf das mehrstöckige Parkhaus des Krankenhauses.

Das Krankenhaus war ursprünglich Anfang des neunzehnten Jahrhunderts ein Heim für invalide Seeleute gewesen. Durch die ständigen Anbauten der nächsten Jahrzehnte war es eines der größten Provinzkrankenhäuser Englands geworden. Jetzt wurde noch der Prince-of-Wales-Flügel angebaut, wo ein vollständiges Lehrkrankenhaus der University of Sussex Platz finden würde.

Das Herzstück des Krankenhauses war ein schmutziges, graues Steingebäude mit Schieferdach und einem Säulenvorbau, der an Palladio erinnerte. Auf der einen Seite stand eine angelaufene Kupferstatue des Prinzregenten und auf der anderen eine ebenso grünspanige Statue der Königin Viktoria. Ein buntes Gemisch aller möglichen Bauten breitete sich daneben aus, die durch fensterlose Korridore und schiefe Gehwege verbunden waren. Dort befanden sich die älteren Krankenstationen und die Verwaltungsbüros.

Weiter hinten standen noch kleinere Häuser, deren Fassaden mit Kieselsteinen verputzt waren. Hier waren Wäscherei, Leichenhalle und Pathologie untergebracht. Ferner gab es einen Forschungslaborblock und betont unauffällige Tierversuchsanstalten. Dahinter kam noch der Flügel *Queen Elizabeth II.*, ein düsterer zwölfstöckiger Turm aus den fünfziger Jahren, in dem sich neben allgemeinen Abteilungen die Intensivstation, die Entbindungsstation und neun Operationssäle befanden.

Kate mochte Krankenhäuser nicht. Sie weckten Erinnerungen und Ängste, die sie lieber begraben hatte. Sie erinnerten sie an ihre eigene Sterblichkeit. Dabei fand sie das Leben auch ohne diese Gedanken unsicher. Sie mochte die Gebäude nicht, auch nicht die Gerüche oder die Hilflosigkeit der Patienten. Als Kind war sie zweimal im Krankenhaus in Boston gewesen. Mit sieben hatte man ihre Mandeln entfernt und mit zehn Jahren den Blinddarm. Die Ärzte waren nett gewesen, die Schwestern auch, aber sie hatten ihr weder die Schmerzen noch die Angst nehmen können.

Als Kate den VW die Rampe des Parkhauses hinauffuhr, öffnete sich das Handschuhfach. Sie knallte es wieder zu, aber es ging wieder auf. Ein Stapel Strafzettel wegen Falschparkens fiel auf die Fußmatte.

Die erste Etage war besetzt, die nächsten drei auch. Sie mußte bis ganz nach oben fahren, heraus aus der Dunkelheit, hinein in das Sonnenlicht, um einen freien Platz zu finden. Der Wind blies so stark, daß sie sich dagegen stemmen mußte. Ihr Mantel blähte sich wie ein Segel. Die Haare schlugen ihr ins Gesicht.

Sie ging eine Steintreppe hinab, die nach Urin stank und mit Graffiti beschmiert war. MACHT SADDAM ZUM KRIEGSGEFANGENEN! stand da. Dann kam eine schwere, eiserne Feuertür. Dahinter stand sie vor einem Schilderwald: Mendelssohn Station, Victoria Station, Chemotherapie, Mikrobiologie, Histopathologie, Ambulanz, Intensivstation, Geburtshilfe, Unfallstation, Auskunft.

Sie drückte eine große Tür auf. Der lange, dunkle Korridor dahinter roch nach Hackfleisch, Kohl und heißem Öl. Aus einer offenen Tür quollen Dampfwolken. Kate bemerkte, daß sie eine Etage zu tief war. Ein Pfleger schob einen Wäschewagen an ihr vorbei. An seinem Gürtel hing ein Schlüsselbund. Sie ging weiter und kam zu einer Treppe. Am Ende des Korridors nach rechts herrschte reges Treiben. Wäsche wurde sortiert, auf Wagen geladen und weggeschoben.

Sie ging die Treppe hoch, durch mehrere Doppeltüren und gelangte schließlich zur Auskunft und zum Wartezimmer. Die junge Frau hinter dem Auskunftsschalter wirkte munter und tüchtig. Kate fragte sie, wo sie Dr. Matthews finden könnte.

»Es gibt zwei Dr. Matthews hier«, sagte die Frau. »Dr. William und Dr. Howard.«

Kate holte die Kopie des Totenscheins heraus und sah nach. H. Matthews. »Dr. Howard«, sagte sie.

Die Frau warf einen Blick auf etwas unter dem Schreibtisch, das Kate nicht sehen konnte, und sagte: »Er ist auf Intensiv. Fünfte Etage.«

Kate bedankte sich und ging zu den Fahrstühlen. Sie drückte auf den Knopf. Es roch nach Desinfektionsmittel und nach etwas, was sie nicht identifizieren konnte. An den Wänden hingen Korktafeln. Auf einer war ein Plakat befestigt, auf dem Blutspender gesucht wurden. Die Metalltür des Fahrstuhls öffnete sich mit einem Ruck. Zwei Schwestern unterhielten sich angeregt. Außerdem war noch ein älterer Mann in rotem, geblümtem Morgenrock da, der eine zusammengerollte Zeitung hielt. Als sie einstieg, schob ein junger Mann einen kleinen Wagen mit chirurgischen Instrumenten hinein. Er begrüßte fröhlich die Schwestern.

Kate stieg im fünften Stock aus und folgte den Pfeilen zur Intensivstation über den grauen Teppich des Korridors zu einer hölzernen Doppeltür mit Sicherheitsglasscheiben. Dahinter lag ein kleines, leeres Empfangszimmer. Hinter einem Bambusschirm standen mehrere bequeme Stühle, ein Automat, ein Trinkbrunnen und ein Münztelefon in einer Plexiglasmuschel. Durch eine offene Tür konnte Kate ein winziges Zimmer sehen, in dem ein einzelnes Bett mit lila Tagesdecke stand.

Bei der Auskunft war niemand. Auf dem Computerbildschirm blinkte einsam ein Cursor zwischen all dem Fachchinesisch, von dem Kate kein Wort verstand. Es herrschte hier eine ruhige, private Atmosphäre, als wäre dieser Raum von der Hektik im übrigen Krankenhaus weit entfernt. Durch die Gitter in der Styropordecke zischte leise warme Luft herab. Die Schwestern gingen draußen lautlos auf dem Teppichboden vorbei. Niemand war in Eile, aber niemand wirkte träge. Es war ähnlich wie in der Nachrichtenredaktion der Zeitung: das Gefühl, im Zentrum zu sein, auf der Innenbahn zu laufen, das Tempo zu bestimmen. Sogar die Wanduhr mit dem Sekundenzeiger sah ähnlich aus.

Nach etwas über einer Minute bemerkte eine Schwester Kate und kam zum Schreibtisch. Sie war eine Schwarze mit kurzgeschorenem Haar und einem weichen, warmen Gesicht. Eine Chromuhr baumelte an einer Kette des Revers ihrer blauweißen Uniform. Sie hielt ein Klemmbrett in der Hand. »Kann ich Ihnen helfen?«

»Ich möchte Dr. Matthews sprechen«, sagte Kate.

»Ich glaube nicht, daß er hier ist. Er hat im Augenblick Nachtdienst.« Dann runzelte sie die Stirn und blickte auf eine Liste. »Nein, Moment mal, da hat sich etwas geändert. Ich werde nachsehen.« Kate war erleichtert, daß sie gehen würde, ohne sie genau auszufragen, aber da blieb die Schwester stehen. »Sind Sie eine Verwandte eines Patienten?«

Kate lächelte – sie war froh, daß sie sich gut angezogen hatte – und schüttelte den Kopf.

»Wen darf ich melden?«

»Ich heiße Kate Hemingway.« Die Schwester stellte keine weiteren Fragen und ging hinaus. Kate sah, wie sie auf dem Korridor einen Mann anhielt, der sowohl Autorität wie Arroganz ausstrahlte. Sie zeigte ihm etwas auf dem Krankenblatt, das sie hielt. Er las sehr genau. Die Schwester schien vor dem sehr teuer angezogenen Mann Angst zu haben. Kate überlegte, wer er wohl sein könne. Komisch, daß er sie auch verunsicherte.

Er war untersetzt, fast bullig, höchstens einen Meter siebzig. Da er sich sehr gerade hielt und den Kopf nach hinten legte, wirkte er größer. Sein Gesicht war schlaff, blaß, typisch Stubenhocker, mit einer kurzen Nase, kleinen rosigen Lippen und kleinen, tiefliegenden, eiskalten Augen. Sein Haar war hellbraun, schütter, aber sorgfältig gekämmt, jede Strähne an ihrem Platz.

Er trug einen Doppelreiher mit Marineknöpfen, graue Flanellhosen und glänzende schwarze Halbschuhe mit Goldketten. Sein Hemd war cremefarben mit breitem Kragen, die Krawatte ordinär und schrill. Seine Kleidung sah so aus, als habe er sie gerade aus der Reinigung geholt.

Beim Sprechen spitzte er die Lippen und faltete die Hände. Kate sah, daß er ein goldenes Armband mit Namenszug, eine goldene Uhr und einen Wedgwood Siegelring trug. Er sprach ohne den Anflug eines Lächelns, als fühle er sich der schwarzen Schwester weit überlegen. Irgend etwas in seinem Gesicht war unheimlich, dachte Kate. Eine gewisse eiskalte Grausamkeit. Sie hätte sich ihn gut als Leiter eines Konzentrationslagers vorstellen können.

Plötzlich fixierten seine Augen Kate, als habe er gewußt, daß sie ihn beobachtete. Sie drehte den Kopf beschämt zur Seite, aber gleichzeitig lief es ihr eiskalt über den Rücken. Sie blickte wieder zurück. Er starrte sie immer noch an. Sofort heftete sie den Blick wieder auf den grünen Cursor des Computers.

Aus dem Augenwinkel sah sie, wie die Schwester und auch der Mann weggingen. Er blickte nach vorn und hatte seine Gedanken auf etwas anderes konzentriert, nahm sie an. Doch kurz bevor er verschwand, blickte er sich noch einmal zu ihr um. Da war kein Hauch von Flirt, nur Verachtung und Feindseligkeit.

Ich fange an, unter Verfolgungswahn zu leiden, dachte sie. Ich habe ein schlechtes Gewissen, weil ich hier bin.

Die Schwester kam mit einem Mann im weißen Kittel zurück. Er blickte verärgert drein, als habe man ihn bei etwas Wichtigem gestört. Die rauhe Haut, das extrem kurzgeschnittene blonde Haar und der volle, aber auch sorgfältig getrimmte Bart gaben ihm das Aussehen eines eifrigen Studentensprechers.

»Ja?« sagte er mit harter, ausdrucksloser Stimme.

»Dr. Matthews?«

Seine harten, blutunterlaufenen Augen musterten sie, als sei sie ein bösartiger Tumor. Ihr war klar, daß er trotz ihres eleganten Kostüms die Aufschrift *Reporterin* las. Er nickte kurz.

»Ich würde gern mit Ihnen über eine Mrs. Sally Donaldson sprechen. Sie haben doch ihren Totenschein ausgestellt, wenn ich mich nicht irre.«

Sein Mund wurde schmal. »Sind Sie eine Verwandte?«

Kate zögerte, schüttelte dann den Kopf.

Die letzten Spuren von Höflichkeit verschwanden aus seinem Gesicht. »Tut mir leid, wer sind Sie?«

»Ich bin –«, sie zögerte wieder, »– Reporterin.«

Ein Muskel an seinem Kinn zuckte. »O Gott, Leute wie Sie finde ich zum Kotzen. Ich versuche hier Leben zu retten, und Sie hetzen pausenlos hinter mir her. Ich arbeite Tag und Nacht, weil wir nicht genügend Personal haben, und habe wirklich keine Zeit, mit Ihnen zu reden. Ich hatte drei Stunden Schlaf in den letzten drei Nächten. Alle Presseverlautbarungen werden von der Verwaltung erledigt. Das sollten Sie doch wissen.«

Die Schwester stand einige Schritte abseits und blickte etwas schuldbewußt drein. Kate schaute Dr. Matthews direkt in die Augen. »Sie sagen, daß Sie Leben retten wollen; aber Sie bescheinigten den Tod einer Frau, die nicht tot war.«

Beinahe hätte er den Köder geschnappt. Kate hoffte, daß er es täte, betete darum. Er öffnete den Mund. Die Handknöchel wurden weiß. Sie hatte einen Nerv getroffen. »Das Büro des Verwaltungsdirektors ist im ersten Stock des Jubilee-Flügels. Ich schlage vor, daß Sie mit ihm sprechen. Ich habe keinerlei Beweise gesehen, daß Mrs. Donaldson nicht tot war.« Er machte abrupt auf dem Absatz kehrt und ging so schnell weg, daß sein weißer Kittel flatterte.

Kate war wütend auf sich, weil sie sich so dämlich benommen hatte. Dieser Besuch hatte ihr nichts gebracht. Sie wußte nicht einmal, wo Sally Donaldson gestorben war, ob es auf dieser Station oder auf einer anderen war. Dr. Matthews hatte sie aus der Fassung gebracht. Menschen verloren die Fassung, wenn sie sich einer Schuld bewußt waren, aber auch, wenn sie übermüdet waren. Sie konnte keine klare Schlußfolgerung ziehen.

Sally Donaldson hatte an lebenserhaltenden Geräten gehangen. Also mußte sie eigentlich hier gelegen haben. Es gab doch noch andere Ärzte und Schwestern auf der Station. Jemand mußte Bescheid wissen und würde vielleicht sprechen. Sie ging auf den Korridor hinaus, studierte den Schilderwald an der Wand und suchte einen Weg durch das Labyrinth der Korridore.

Dr. Matthews hatte gesagt, daß er müde sei. Drei Stunden Schlaf in drei Nächten. Selbst wenn das Übertreibung war, wirkte er eindeutig überarbeitet, und in diesem Zustand macht man leicht Fehler. Aber er war noch hier. Man hatte ihn nicht vom Dienst suspendiert oder seine Arbeitslast vermindert. Wenn er unter irgendeinem Verdacht stünde, hätte man ihn doch suspendiert, oder?

Also stand er nicht unter Verdacht. Dann war entweder die endgültige Diagnose von jemand anderem gestellt worden und er hatte lediglich unterschrieben, oder die Krankenhausleitung machte sich keine Sorgen, weil sie sicher war, daß Sally Donaldson nicht lebendig begraben worden war. Alles war nur die schreckliche Verleumdung einer hysterischen Journalistin. Kates.

Oder das Vertuschen war voll im Gang.

Das Büro des Verwaltungsdirektors war ein guter Tip. Dort standen zwei Schreibtische, die von Papieren fast begraben waren, ein Textverarbeiter und mehrere uralte, mechanische Schreibmaschinen, ein müde wirkender Kopierapparat und ein Faxgerät. Die Wände waren voll mit Zeitungsausschnitten,

Schlagzeilen und Cartoons. Ein schmutziges Rollo war als Schutz gegen die Sonne heruntergelassen. Kate konnte durch das große Fenster dahinter den Mastenwald des Jachthafens von Brighton und den Kanal sehen.

Eine Sekretärin saß an einem Schreibtisch und sprach etwas gereizt in eines der drei Telefone vor sich. Kate erkannte die Stimme wieder. Susan Malden. Kate hatte schon früher ein paarmal mit ihr telefoniert, zum letzten Mal gestern morgen, als Susan Malden ihr knapp und kühl erklärt hatte, daß das Krankenhaus »der Sache nachgehen würde«. Sie hatte lange braune Haare, eine flache Nase und eine Nickelbrille mit runden Omagläsern. Sie legte auf und fluchte leise vor sich hin.

»Ist Mr. Merrivale da?« fragte Kate.

»Er ist im Augenblick beschäftigt. Kann ich Ihnen helfen?«

»Ja. Haben Sie schon neue Informationen über Sally Donaldson?« fragte Kate.

»Wer sind Sie, bitte?«

»Kate Hemingway von den *News*.«

Susan Malden schaute sie an, als habe sie sich soeben einen Zahn ausgebissen. Sie wühlte in Papieren, holte ein Blatt heraus und hielt es Kate entgegen.

PRINCE REGENT HOSPITAL – PRESSEERKLÄRUNG – DRINGEND stand als Überschrift. Kate las.

> *24. Oktober*
>
> Ein Zeitungsbericht, demzufolge Mrs. Sally Donaldson, die am 14. Oktober im Prince Regent Hospital starb, verfrüht beerdigt wurde, entbehrt jeglicher Grundlage.
>
> Die Verstorbene war fünf Tage in unserer Intensivstation an lebenserhaltenden Geräten angeschlossen, nachdem man den Gehirntod durch ein zerebrales Ödem als Folge nicht zu unterbindender, epileptischer Anfälle diagnostiziert hatte. Alle Diagnosemöglichkeiten wurden beachtet und voll ausgeschöpft, ehe man die lebenserhaltenden Geräte nach Beratung und mit

vollem Einverständnis der Familie der Verstorbenen abschaltete.

Die Zeitungsreporterin – die bei der Exhumierung nicht anwesend war – scheint offenbar Berichte über natürliche biologische Prozesse, die in einem nicht einbalsamierten Leichnam nach dem Tod auftreten, fälschlicherweise als Beweise einer verfrühten Beerdigung aufgefaßt zu haben.

Das Krankenhaus wird nach der gerichtlichen Untersuchung weitere Erklärungen abgeben.

Kate blickte Susan Malden an. Die Selbstgefälligkeit auf dem Gesicht dieser Frau drehte ihr den Magen um. Die beiden runden Brillengläser funkelten triumphierend.

Kate verließ das Zimmer, weil sie der Frau nicht länger Gelegenheit zur Schadenfreude bieten wollte und weil sie nicht riskieren wollte, die Beherrschung zu verlieren und Dinge zu sagen oder zu tun, die ihr später leid tun würden. Das Vertuschen hatte begonnen, falls es Vertuschen war.

26

»Du hast einen großartigen Schwanz, weißt du das überhaupt? Einfach super.« Ihre Finger rieben sanft den schlaffen, schleimigen Schaft. »Wirklich großartig«, flüsterte sie ihm ins Ohr. Ihr Atem war heiß und rauh wie ihre Haut.

Harvey Swire spürte, wie er wieder hart wurde. Sandra küßte seinen Hals, dann seine Brustwarzen, wobei sie ihn langsam und beständig weiterstreichelte. »So super.« Sie glitt mit der Zunge über seine Brust, preßte sie in seinen Nabel und rollte sie darin herum. Dann arbeitete sie sich weiter nach unten vor, nahm ihn behutsam in den Mund und liebkoste den Schaft mit den Lippen. Sie spielte mit der Zunge an der dicker werdenden Eichel, steckte probeweise die Zungenspitze in den Schlitz.

Harvey ballte die Fäuste vor Lust und holte tief Luft. Dann

leckte sie am Schaft langsam und regelmäßig auf und ab, bis ihr Mund tiefer glitt und sie seine Eier mit den Lippen umschloß. Eine Sekunde lang fühlte er sich unwohl. Ein leichtes Ziehen im Bauch tat etwas weh, als sie sie zusammenpreßte. Er war müde und wußte nicht, wie spät es war. Zwei, vielleicht drei Uhr morgens? Es war eine laue Nacht. Der Schweiß auf seinem Körper war noch nicht ganz getrocknet, seit sie sich vor etwa einer halben Stunde geliebt hatten.

Jedesmal, wenn sie den Kopf hob, sah er ihre Brüste. Sie waren groß, weiß, fast durchsichtig im Schein der Straßenlaterne vor dem offenen Fenster. Er konnte auch einen flüchtigen Blick auf seinen weißen Schwanz erhaschen, als sie ihn mit dem Mund bearbeitete. Das erregte ihn wieder.

Es war ihre erste Verabredung und würde auch die letzte sein. Sie hatten zweimal in seinem Bett in seiner engen Wohnung in der Nähe von Elephant und Castle gevögelt, die er mit der Erbschaft von seiner Mutter gekauft hatte.

Er hatte recht gehabt mit seiner Annahme, daß Sandra im Bett Spitze sein würde. Verdammt gut! Als sie mit der Zunge wieder über seinen Bauch glitt und seine Brustwarzen zwischen den Zähnen hin und her rollte, sich dann auf ihn setzte und seinen Schwanz ganz langsam in sich hineinschob, war er beinahe versucht, seinen Plan zu verschieben und noch ein oder zwei Sitzungen vorher mit ihr abzuhalten.

Harvey hatte Sandra eingeladen, mit ihm auszugehen, nachdem er sie auf der Intensivstation am Bett des gertenschlanken Mannequins mit *status epilepticus* kennengelernt hatte. Dieser wunderschönen Blondine hatte man Barbiturate gegeben, um ihre Gehirntätigkeit zu dämpfen und damit den Anfall zu stoppen. Maddie Stelman.

Roland Dance hatte ihm die Aufgabe übertragen, sie zu überwachen. Dreimal hatte er die Luftzufuhr ausgeschaltet, immer wenn er sicher war, daß ihn niemand beobachtete. Die längste Unterbrechung hatte etwas über eine Minute gedauert. Er war zu nervös, daß ihn jemand erwischte, um es länger zu wagen. Er wollte seine Karriere nicht ruinieren, noch ehe sie begonnen hatte. Es würde in der Zukunft noch Zeit genug sein.

Aber selbst diese kurzen Abschnitte waren überaus aufregend gewesen. Das Wissen, in der Gegenwart eines Menschen zu sein, der tot war und wieder lebendig werden würde! Dr. O'Feral, der behandelnde Arzt des Mannequins, hatte erst nach drei Stunden die Barbiturat-Infusion abgesetzt. In der folgenden Stunde ließ die Wirkung langsam nach. Harvey sah, wie sich aus der geraden Linie wieder Zacken bildeten. Gleichmäßige Zacken. Normale Gehirnströme. Der epileptische Anfall war vorüber.

Als sie am späten Nachmittag endlich die Augen aufschlug, hatte er auf ein Zucken gewartet, daß sie ihn wiedererkannte. Er hatte darauf gewartet, daß sie sagte: »Hallo! Ich war da oben an der Decke und habe gesehen, wie Sie die Arme hoben und das Siegeszeichen machten.«

Statt dessen starrte sie ihn nur an und fragte – erst stammelnd, dann zunehmend arroganter und eisiger –, wo, zum Teufel, sie sei. Als er ihr erklärte, daß sie auf der Intensivstation des Queen's Hospital sei, blickte sie ihn ungläubig und vorwurfsvoll an, als halte sie ihn persönlich für verantwortlich, daß man sie eingeliefert hatte.

Wenn ihr Bewußtsein den Körper verlassen hatte, konnte sie sich nicht daran erinnern. Sie wurde zunehmend ärgerlicher, als Harvey ihr weiter mit Fragen zusetzte. Sobald Roland Dance ans Bett trat, beschwerte sie sich, daß Harvey sie mit idiotischen Fragen belästige.

Harvey bat Dance, ihn wissen zu lassen, wenn sie wieder einen Anfall hätte. Dance erklärte, daß der hinzugezogene Neurologe beschlossen hatte, sie sollte regelmäßig Antikrampfmittel einnehmen, um die Anfälle zu vermindern. Harvey war enttäuscht. Dance versprach ihm, Bescheid zu geben, wenn wieder ein Patient mit *status epilepticus* eingeliefert würde. Das könne aber mehrere Monate dauern.

Das Licht fiel auf Sandras weiße Brüste. Er sah kurz die roten Brustwarzen, als sich ihr Bauch zusammenzog und wieder dehnte. Dann glitt sie beinahe von ihm herunter. Dabei sah er die weißen Schenkel und roch die animalische Ausdünstung.

Ihre Bewegungen wurden langsamer. Sie hob sich so hoch, daß er fast herausgerutscht wäre, aber sie preßte sich schnell wieder an ihn und blickte ihm in die Augen. Dabei lächelte sie fast dämonisch. Ihre Augen wanderten zu seinem prallen Sack und dem weißen Schaft. Dann stieß sie ihm ihr schwarzes Schamhaar wieder gegen die weiche Haut unterhalb des Nabels.

»O Harvey, ja, Harvey!«

Als sie seinen Schwanz wieder tief in sich versenkte, kam er zum Orgasmus. Sie spürte es und packte seine Handgelenke. Er spürte, wie sein Samen in ihr spritzte, spürte, wie die Drüsen pumpten, winzige Zuckungen, die langsam schwächer wurden, als seine Hoden, die sich schon zweimal entleert hatten, wieder trocken wurden.

Beinahe sofort erschlaffte er. Eine Welle des Ekels trat an die Stelle des Lustgefühls. Ihr Gewicht drückte auf seine Schenkel. Ihr heißer Atem roch säuerlich und nach Knoblauch – vom Essen,von Zigaretten und Schnaps. Ihr Schweißgeruch überlagerte das billige Parfüm. Sie roch sauer und ätzend. Der leichte Moschusgeruch, der ihn auf der Intensivstation erregt hatte, war verschwunden. Ihre Haut war feucht, glitschig. Sie küßte ihn liebevoll. Er fühlte die Haare auf ihrer Oberlippe, die sie mit Make-up überschmiert statt entfernt hatte.

Sie beugte sich zurück. Der Schein der Straßenbeleuchtung fiel auf ihre Brüste. Große Brüste, die ihn erregt hatten, aber jetzt durch die flachen, häßlichen, eingeschrumpften Brustwarzen entstellt waren. Sie küßte ihn auf beide Augen. Er wich ihrem Atem aus. Sein Schwanz schrumpfte noch mehr und glitt aus ihr heraus. Sperma tropfte auf seine Schenkel.

Sie rollte von ihm herab und schmiegte sich an seine Seite. Dann begann sie, seinen Schwanz wieder zu streicheln. Es kitzelte und war ihm unangenehm. Er stieß ihre Hand weg. Spielerisch griff sie wieder zu und küßte ihn noch mal. Er wünschte, sie würde endlich still liegen. Sie strich ihm liebevoll einige Strähnen aus der Stirn.

»Gefällt dir die Medizin?« fragte sie.

»Ja.«

»Hast du vor, dich auf Neurologie zu spezialisieren, wenn du es schaffst?«

»Wieso Neurologie?«

»Ich dachte, weil du bei der Frau mit dem epileptischen Anfall warst.«

»Nein, ich werde mich auf Anästhesie spezialisieren.«

»Ach klar, deshalb warst du da.«

Harvey sagte nichts.

»Jemand hat mir gesagt, daß du brillant seist. Hast du voriges Jahr nicht erstklassige Noten bekommen?«

Vor den Prüfungen des dritten Jahres – vorigen Sommer – hatte Harvey versucht, die Chlorpromazintabletten abzusetzen, die er viermal täglich einnahm, um zu sehen, ob er wiederholen könnte, was passierte, als er die A-Stufen-Prüfungen ablegte. Aber es hatte nicht funktioniert. Mehrere Tage fühlte er sich desorientiert. Wie beim letzten Mal, als er die Tabletten absetzte, hatte er das schreckliche Gefühl, teilweise in und teilweise außerhalb seines Körpers zu sein.

Er brauchte auch nicht zu spicken. Er wußte, daß er die Prüfungen mit fliegenden Fahnen bestehen würde. Prüfungen waren ein Kinderspiel. Die Durchführungen seiner Experimente gestalteten sich schon schwieriger. Vor allem, sie durchzuführen, ohne sie erklären zu müssen, ohne daß jemand etwas merkte.

»Was ist dein Ziel?« fragte sie und wickelte sein Schamhaar um einen Finger. »Gibt es etwas, was du unbedingt erreichen willst? Hast du einen persönlichen Heiligen Gral? Du weißt schon, etwas, weswegen man dich nie vergessen wird?«

»Wie Penizillin erfinden?«

Sie lächelte. »Ja, so etwas Ähnliches.«

Er starrte auf die nackte Glühbirne, die an der Decke hing. Das Licht der Straßenbeleuchtung bewirkte, daß man glauben konnte, sie brenne. »Ja«, sagte er.

»Was ist es?«

Er lag eine Zeitlang still da und fühlte sich ruhig und heiter. »Ich werde der Mann sein, der der Welt beweist, daß es ein Leben nach dem Tod gibt.«

»O Mann!« sagte sie und schwieg einen Augenblick. »Das ist wirklich ehrgeizig. Glaubst du an Gott?«

»Gott ist ein arroganter Dreckskerl.«

»Warum sagst du das?«

»Wie wär's mit noch einem Schluck Sekt?« fragte er.

»Warum nicht?«

Harvey stieg aus dem Bett, nahm die zwei Sektkelche vom Nachttisch und ging nackt aus dem Zimmer durch den Gang in die Küche. Er schloß die Tür hinter sich, schaltete das Licht ein und zog das Rollo herab. Dann nahm er die offene Sektflasche aus dem Kühlschrank, schenkte die Gläser voll und stellte sie auf das kleine Hackbrett.

Vorsichtig schaute er zur Tür, dann kniete er nieder und holte ganz hinten aus dem Kühlschrank eine Polystyrenschachtel. Er nahm den Deckel ab und hob ein winziges Glasröhrchen mit zweieinhalb Zentimetern weißem Pulver heraus. Er entfernte den Korken und schüttete den Inhalt in das linke Sektglas. Danach stellte er die Schachtel zurück in den Kühlschrank und brachte die Gläser ins Schlafzimmer.

Als er aufs Bett zuging, ließ er das Glas in der rechten Hand fallen. Es zersprang auf dem Fußboden. »Scheiße!« sagte er und ging vorsichtig um die Scherben herum. Er gab Sandra ihr Glas. »Ich mache eine neue Flasche auf.«

»Wir können uns das teilen.«

»Kipp es runter! Damit du groß und stark wirst. Wir können das nächste teilen.«

Sie setzte sich auf. »Wie dekadent! Vier Uhr morgens, und wir trinken Sekt im Bett!«

»Ich fege schnell die Scherben zusammen«, sagte er.

Kurz nach zwei Uhr am nächsten Nachmittag legte Sandra die Salzlösung für einen Herzpatienten in der Intensivstation an. Da hatte sie ihren ersten epileptischen Anfall.

27

Mittwoch, der 24. Oktober

Kate tankte ihren VW voll und kaufte in der Tankstelle ein Thunfisch-Gurken-Sandwich und eine Trinktüte Apfelsaft. An der Tür sah sie ein Bündel der Mittagsausgaben der *Evening News*. Die Schlagzeile lautete: SKANDAL BEIM SATANISTEN-PROZESS.

O Gott! Wenn sie etwas verpaßt hatte... Sie kniete sich hin. Da stand klein: von Kate Hemingway.

Erleichtert lächelte sie. Patrick Donoghue hatte sein Versprechen gehalten und einen Bericht für sie durchtelefoniert. Sie hoffte, daß er noch bei Gericht war und nicht wegen einer wichtigeren Sache abberufen worden war.

Sie überflog den Artikel. Häßliche Szenen vor dem Gericht. Angehörige der Familien von Kindern, die von den Angeklagten vergewaltigt oder sexuell mißbraucht worden waren – jedenfalls lautete die Anklage so –, hatten versucht, die Männer auf dem Weg ins Gerichtsgebäude anzugreifen. Drinnen hatte jemand den Richter und die Polizei wüst beschimpft und die Angeklagten verhöhnt. Einige waren aus dem Saal verwiesen worden. Die Staatsanwaltschaft ermittelte.

Der Himmel wurde schwarz. Der kalte Wind biß sie ins Gesicht, als sie über den Vorplatz ging. Dankbar stieg sie in ihr warmes Auto. Noch ein Blick auf die Adresse Sally Donaldsons auf dem Totenschein, dann nahm sie den Stadtplan von Brighton aus dem Handschuhfach.

Ryland Close zehn.

Sie prägte sich die Route ein, steckte den Plan zurück ins Handschuhfach und machte es zu. Es klappte sofort wieder auf. Verärgert knallte sie es mit Gewalt zu.

Regen trommelte gegen die Windschutzscheibe. Der Platz vor der Tankstelle war leer bis auf einen alten Lieferwagen, dessen Fahrer den Reifendruck überprüfen ließ. Ein Bus fuhr auf der Straße vorbei. Kate steckte den Fingernagel in die Plastikfolie um das Sandwich, um sie aufzureißen; aber sie klebte fest. Auf dem Aufkleber stand: »Mr. Tasty – täglich frisch!« Ein Datum war aufgedruckt – das von gestern.

Wütend griff sie nach dem Türgriff, um das Sandwich zurückzubringen. Da prasselte der Regen stärker aufs Dach. Auf dem imitierten Ziegelsteinpflaster des Hofes standen im Nu tiefe Pfützen.

Wahrscheinlich ist alles von gestern, dachte sie, und drehte die Packung herum, um woanders eine Möglichkeit zum Aufreißen zu finden. Es gab keine. Sie bohrte den Fingernagel ins Zellophan, dabei drückte sie auch durch das trockene Brot und die matschige Füllung. Sie machte das Loch größer, holte das Sandwich heraus und biß hinein. Das Brot schmeckte komisch und erinnerte sie an den Geruch von Hundekuchen. Die Füllung ähnelte im Geschmack Fensterkitt.

Kate drehte den Zündschlüssel. Der Anlasser bewegte sich erst langsam, dann mit einem lauten Schnarren. Eine blaue Rauchwolke stieg auf. Die Scheibenwischer verschmierten den Regen zu einer streifigen Schicht. Sie trat kurz aufs Gaspedal und stellte die Heizung an. Sie hatte kalte Füße und bewegte die Zehen in den engen, schwarzen Schuhen.

Zweifel plagten sie.

Folge deinem Herzen, Kleines, pflegte ihr Vater zu sagen, als sie mit Schwierigkeiten kämpfte, weil Dara sie verhöhnte, weil sie nicht aufs College gehen wollte. Er würde es jetzt wieder sagen, wenn sie ihn anriefe und ihm die Geschichte erzählte.

Ryland Close lag am Rand von Brighton, in dem Gewirr totenstiller Straßen, die sich von der Küste bis zum Fuß der Downs ausgebreitet hatten. Es war eine Sackgasse mit kleinen Häusern mit pseudo-georgianischen Fassaden, nicht älter als zwei oder drei Jahre. Zu diesem Schluß kam Kate aufgrund der jungen Baumsetzlinge auf dem Rasen und der niedrigen Büsche an den Beeten.

Nummer zehn hatte Kutschenlampen an der Wand und eine lackierte Eichentür mit einem Bronzelöwenkopf als Türklopfer und einem für Kates Geschmack zu protzigen Briefkasten. Auf der schmalen Einfahrt zur Garage parkten zwei Autos: ein bescheidener Toyota und ein kleiner Ford mit schwarzem Spoiler und grellen Rennstreifen.

Beim Fenster im Erdgeschoß waren die Vorhänge zugezogen. Ein Zeichen, daß die Familie den Trauernden abschirmte. Kate zog den Kopf wegen des Regens ein, ging schnell zur Tür und drückte auf die Klingel. Tiefes Glockengeläut erklang. Der Vorhang bewegte sich. Kate war froh, sich gut angezogen zu haben, weil man sie dann nicht auf Anhieb für eine Reporterin halten würde und sie vielleicht eine Chance bekäme, mit Kevin Donaldson zu sprechen, wenn sie die Karten richtig ausspielte.

Eine Blondine, Ende Vierzig, öffnete. Sie sah aus, als trüge sie normalerweise sehr viel mehr Make-up. »Ja?« fragte sie vorsichtig. Ihre blasse, glänzende Haut stand in Kontrast zu ihrem mattschwarzen, ausgebeulten Pullover. Sie musterte Kate von Kopf bis Fuß mißtrauisch mit wachen Augen unter langen, gebogenen Wimpern. Sie hatte tiefe Tränensäcke. Mehrere Ringe glitzerten an ihren Fingern. Das Straßarmband hing halb über dem knochigen Handrücken. Unter dem Pullover trug sie braune Skihosen, die in Leopardenplüschpantoffeln steckten. Sie roch nach Tabak.

»Wäre es möglich, ein Wort mit Kevin Donaldson zu sprechen?« Hitze schlug Kate aus der Tür entgegen.

»Er will niemanden sehen.« Die Stimme klang matt und endgültig.

»Es ist sehr wichtig.«

»Er hat einen schweren Verlust erlitten und steht noch unter Schock. Ich fürchte, Sie müssen sich noch mehrere Wochen gedulden.«

»Ich war bei der Exhumierung dabei, als man Mrs. Donaldsons Sarg öffnete«, sagte Kate.

Die Frau zögerte. »Sind Sie von der Polizei?«

Kate war entzückt. Die Frau hatte sie nicht gleich als Reporterin entlarvt. »Ich war dort auf Wunsch des Umwelt- und Gesundheitsamts.«

»Er will aber niemanden sehen.« Sie trug blausilbrige Augenschminke. Die Haarwurzeln waren grau. Der Regen fiel ins Haus, so daß ihre Füße naß wurden. »Ich bin seine Mama. Kann ich Ihnen helfen?«

»Darf ich auf eine Sekunde eintreten?«

Die Frau ging weiter zurück. Kate rang nach Luft, als die Frau die Haustür hinter ihr schloß. Die Hitze und der Tabakqualm bereiteten ihr fast Platzangst. Der Flur war winzig und sah so neu aus, als sei alles hier erst gestern ausgepackt worden. Die Wände waren fleckenlos, ohne Kratzer, die Türen glänzten frisch lakkiert, die Messinggriffe und Türplatten schienen geradewegs aus der Gießerei gekommen zu sein, auf dem dicken Teppich schien noch nie jemand gegangen zu sein. Das neue Heim für die frisch Verheirateten.

Die Hitze und die Gerüche verrieten alles. Kate stieß bei ihrer Arbeit fast täglich auf den Geruch der Trauer. Er war immer gleich: abgestandene Luft wegen der geschlossenen Fenster, zu hoch aufgedrehte Heizung, der Geruch von Kleidung, die nicht gewechselt worden war, und von Essen, das unberührt kalt geworden war und noch herumstand.

Eine Katze kam kläglich miauend angelaufen. Eine Burmakatze, elfenbeinweiß und schwarz. Keine gewöhnliche Katze, ebenso protzig wie der Teppich, der Dielentisch mit auffälligen Tropenholzfurnieren und Messinggriffen, der vergoldete Rahmen um einen billigen Druck von Sorrent an der Wand, die ausladende Lampe mit schillernden Glasfäden an der Decke. Alles, um Eindruck zu schinden.

Kate merkte auf einmal, daß sie nach Dingen suchte, die sie bei Sally Donaldson stören sollten. Dann würde das Grauen irgendwie leichter zu ertragen sein. Während sie so dastand und über den Geschmack der Leute innerlich die Nase rümpfte, verachtete sie sich selbst wegen dieser Arroganz.

Sally Donaldson war eine ganz normale, hübsche, junge Frau gewesen, voller Aufregung über ein neues Heim, die Ehe und das kommende Baby. Oben würde das Kinderzimmer bestimmt schon fertig sein, das Bettchen gekauft, das Mobile aufgehängt. Alles bereit.

Bereit für den verschrumpelten Fötus, der im Sarg gelegen hatte.

»Was wollen Sie denn?« fragte die Frau, streifte einen Pantoffel ab und kratzte sich die Fußsohle.

»Glaubt Mr. Donaldson, daß seine Frau lebendig begraben wurde?«

Die Frau hielt sich mit einer Hand an der Wand fest und schob den Fuß wieder in den Pantoffel. »Was meinen Sie? Natürlich tut er das. Sie wurde lebendig begraben.«

»Ich weiß es, aber das Krankenhaus bestreitet es.«

Die Frau lachte verbittert auf. »Ach ja? Aber das ist doch typisch, oder?« Sie zuckte mit den Achseln. »Alle haben's gesehen. Mein Sohn hat's gesehen. Der Vikar hat's gesehen. Alle haben's gesehen.« Sie verzog schmerzlich das Gesicht. Ihre Hände zitterten. »Soll nur jemand kommen und sagen, daß er's nicht gesehen hat.«

»Die Leute werden schon ihre Gründe haben. Der Vikar will sich nicht vorwerfen lassen, daß er jemanden bei lebendigem Leib beerdigt hat, auch nicht das Bestattungsunternehmen. Das Krankenhaus will auch nicht beschuldigt werden.« Kate blickte auf den Teppich. »Es tut mir leid. Ich weiß, daß es für Ihre Familie sehr schlimm ist, aber keine Angst, ich werde in den nächsten Tagen mit allen Beteiligten sprechen.«

»Sie haben eine Autopsie durchgeführt. Über die Ergebnisse können sie bei der Gerichtsverhandlung nicht lügen.«

»Ein guter Anwalt macht aus dem Bericht des Pathologen Hackfleisch.«

»Aber nicht aus der Zeit des Todes. Das wird er beweisen können. Das kann man immer. Ich hab's schon oft im Fernsehen gesehen. Dieser Poirot neulich abends – auf eine halbe Stunde genau wußten die die Todeszeit – und das bei einer drei Wochen alten Leiche.«

»Im Fernsehen wissen sie das, weil es gut in die Handlung paßt«, widersprach Kate. »Aber so leicht ist es nicht. Die Pathologen können den Zeitpunkt des Todes nicht so einfach bestimmen.« Sie machte ihre Handtasche auf und nahm einige zusammengeheftete Fotokopien heraus, die sie gestern abend bei Dr. Marty Morgan, dem medizinischen Ratgeber der *News*, abgeholt hatte. Sie zeigte sie Mrs. Donaldson.

Auf dem ersten Blatt stand: *Zeit nach Eintritt des Todes und Zersetzung des menschlichen Körpers.*

Darunter hatte Kate einen Absatz rot angestrichen:

Die Schwierigkeit bei der Bestimmung, wieviel Zeit seit dem Eintritt des Todes verstrichen ist, beruht unter anderem auf dem Fehlen systematischer Beobachtung und Erforschung der Zersetzungsgeschwindigkeit des menschlichen Körpers. Weder Körpergewicht noch Temperatur sind zuverlässige Anhaltspunkte, besonders wenn die Temperatur schwankt. Die Geschwindigkeit der Zersetzung und des Abbaus von Giften im Stoffwechsel kann nur als Maßstab genommen werden, wenn die ursprüngliche Dosis bekannt ist. *Wenn der exakte Zeitpunkt des Todes vor Gericht eine maßgebliche Rolle spielt, sollte man die relevanten Ergebnisse der Autopsie mit äußerster Vorsicht behandeln.*

Kate betrachtete die dichten Wimpern der Frau, als sie las. Der Regen trommelte draußen weiter. Aus dem hinteren Teil des Hauses hörte sie Klicken und Rauschen. Die Waschmaschine hatte auf den nächsten Gang geschaltet. Zweifel machte sich auf dem Gesicht der Frau breit. »Und welches Interesse haben Sie an der Sache?«

»Ich möchte, daß die Wahrheit ans Licht kommt. Kevin ist die einzige Person, die mir helfen kann.«

Die Frau hob die Hand, um Kate zu bedeuten, daß sie warten solle. Dann öffnete sie die Tür rechts von sich und steckte den Kopf hinein. »Schläfst du, Liebes?«

Dumpfes Murmeln war die Antwort.

»Hier ist eine Lady wegen der Gerichtsverhandlung. Ich finde, du solltest mit ihr reden. Meinst du, du schaffst das?«

Keine Antwort.

»Es wäre besser, wenn du's tätest«, sagte die Frau und nickte Kate zu, hineinzugehen.

Kate versank fast im dicken Teppich, als sie in den verdunkelten Raum trat. Goldfarbene, schwere Gardinen mit Quasten waren zugezogen. Das einzige Licht kam von zwei Tischlampen, die kleinere Ausgaben der Glasfaserbüschellampen im Flur waren. Außerdem lief der Fernseher ohne Ton. Ein Stereoturm mit zwei Lautsprechern, rechts und links vom Kamin, beherrschte das Zimmer. Drei Stäbe eines Elektroofens glühten im Kamin und schickten flackernde Lichter über Plastikkohlen. Auf dem Kaminsims stand ein Ferrari-Modell neben dem gerahmten Hochzeitsbild von Sally und Kevin Donaldson.

Kevin hatte kaum noch Ähnlichkeit mit dem Mann auf dem Foto. Er hing in einem Sessel, die Hände lagen auf den Armlehnen, sein Haar war wirr, das Gesicht weiß und angespannt, mit dicken Tränensäcken unter den Augen. Er sah aus wie ein lebender Leichnam.

Über einem schmuddeligen T-Shirt trug er ein falsch zugeknöpftes, verknittertes Oberhemd, dazu ausgebeulte Hosen, Wollsocken und graue Schuhe. Er sah aus, als habe er seit Tagen nicht geschlafen, sich nicht rasiert oder die Kleidung gewechselt. Er schien Kate kaum zu bemerken.

»Ich war mit Ihnen bei der Exhumierung«, sagte sie leise.

Er antwortete nicht. Seine Augen glitten kurz zu ihr, dann wieder zu den stummen *Nachbarn* auf dem Bildschirm.

»Setzen Sie sich doch, meine Liebe«, sagte Kevins Mutter. Ihre Haltung Kate gegenüber war spürbar freundlicher geworden.

Neben dem anderen Sessel stand ein Aschenbecher, randvoll mit Kippen, die alle Lippenstift zierte. Daneben lag ein Stapel Frauenzeitschriften und ein Roman von Robert Goddard, in der Mitte aufgeschlagen und mit dem Buchrücken nach oben. Kate setzte sich aufs Sofa.

»Die Lady macht sich Sorgen, daß das Krankenhaus vielleicht vertuschen will, was mit Sally passiert ist«, sagte Kevins Mutter. »Sie glaubt, die werden die Wahrheit abstreiten.«

Kevin sprach langsam. Seine Stimme klang tief und schleppend, als käme sie von einem Kassettengerät, dessen Batterien fast leer waren. Bestimmt hat man ihm Tranquilizer gegeben, dachte Kate. »Der Leichenbeschauer hat gesagt, daß er mich anruft.« Dann schwieg er wieder.

»Mit den Ergebnissen der Autopsie?« fragte Kate nach. Instinktiv griff sie nach dem Notizblock in der Tasche. Sie konnte sich gerade noch beherrschen.

»Die Autopsie war gestern. Bis jetzt hat er nicht angerufen.«

Seine Mutter setzte sich auch hin und schüttelte eine Zigarette aus der Packung. »Das gibt einen Riesenprozeß«, erklärte sie. »Und davor haben sie Angst, stimmt's?« Sie steckte die Zigarette in den Mund und zündete sie mit einem blitzenden Metallfeuerzeug an. »Und dazu haben sie auch allen Grund! Wir werden sie nämlich verklagen.« Sie inhalierte tief. »Mehrere hunderttausend schätzt mein Mann.«

Kate sah Kevin Donaldson an. »Könnten Sie mir vielleicht den Hintergrund erzählen, wenn es nicht zu schmerzlich für Sie ist?«

Er blickte noch ein paar Sekunden auf den Fernseher. Kate dachte schon, er würde nicht antworten. Dann fing er zu sprechen an, ohne die Augen vom Bildschirm zu nehmen. »Wie weit zurück?«

»Wie weit?« wiederholte Kate. »Nun, so weit, wie Sie es für wichtig halten.« Entschlossen öffnete sie ihre Tasche. »Stört es Sie, wenn ich mir ein paar Notizen mache?« fragte sie und versuchte, ganz unschuldig zu klingen. In Mrs. Donaldsons Augen flackerte Mißtrauen auf. »Ich muß doch Bericht erstatten«, fügte sie hinzu.

Die Frau nickte verständnisvoll.

»Es war der Frauenarzt«, sagte Kevin Donaldson. »Mr. Heywood. Der sagte, daß sie ins Krankenhaus muß.« Er brach ab und starrte schweigend auf den Fernseher.

»Wann war das?« fragte Kate.

»Sie mußte zur monatlichen Untersuchung. Sie war in der fünfundzwanzigsten Woche.«

Erneutes Schweigen.

»Warum wollte Dr. Heywood, daß Ihre Frau ins Krankenhaus ging?«

Seine Mutter antwortete für ihn. »Sie hatte hohen Blutdruck. Der Doktor dachte, sie sollte das mal im Krankenhaus beobachten lassen.«

»Präeklamptische Toxikose«, sagte Kevin Donaldson plötzlich laut und deutlich, als hielte er eine Seminarvorlesung.

»Es gab Komplikationen«, erklärte seine Mutter. »Ihr Blutdruck stieg immer höher, und sie hatte eine Geschwulst im Gehirn. Dann fingen die epileptischen Anfälle an.«

»Sie war Epileptikerin?«

»Nein! Das ist eine Nebenwirkung von dieser Toxikosesache.« Sie klopfte die Asche von der Zigarette. »Sie konnten die Schwellung im Gehirn nicht kleiner kriegen, und die Anfälle wurden immer schlimmer. Sie haben ihr alle Medikamente gegeben – was sie nur konnten. Dr. Heywood schien sich sehr um sie zu kümmern.« Sie zog an der Zigarette und stieß den Rauch schnell aus. »Und dann ist sie ins Koma gefallen. Sie haben sie auf der Intensiv an die Geräte gehängt. Da war sie fünf Tage –«

»Sechs«, unterbrach sie ihr Sohn.

»Sechs.« Sie drückte die Zigarette aus und hustete. »Er hat da geschlafen – es gibt ein Zimmer für Verwandte. Mitten in der Nacht hat ihm der diensthabende Doktor gesagt, daß man nichts mehr machen kann. Er sagte, daß sie gehirntot ist, schon mehrere Tage, und daß man die Geräte abstellen und die Quälerei aufhören sollte.«

»Das Baby war nicht normal«, verkündete Kevin Donaldson.

Beide Frauen schauten ihn an, aber in seinem Gesicht stand nichts zu lesen. Seine Mutter nahm die nächste Zigarette aus der Packung. »Dr. Heywood hat ihm gesagt, daß kaum die Chance besteht, daß das Baby überlebt, wenn die Mutter gehirntot ist, und wenn, dann würde es wahrscheinlich irgendwie mißgebildet sein. Wir haben alle mit Dr. Heywood geredet. Er war sehr nett, sehr freundlich und hat mit uns alles ganz genau besprochen. Kevin und Sallys Eltern gaben ihm recht, daß ein Kaiserschnitt sinnlos sein würde.«

»Und dann wurden die Geräte abgeschaltet?«

Kevin Donaldson nickte traurig. »In der Nacht noch. Da hatte ein neuer Doktor Dienst. Er sagte, daß er das Bett braucht. Es ging schnell. Sie hörte auf zu atmen, und sie sagten mir, daß sie jetzt tot ist.« Er blickte Kate zum ersten Mal richtig an.

»Wurden Tests gemacht?«

»Weiß ich nicht. Ich habe zu sehr geweint. Sie haben mich gefragt, ob ich ein Taxi will. Dann habe ich noch gesehen, wie sie sie weggerollt haben, unter einem weißen Laken.«

Jetzt strömten Tränen über seine Wangen. Kate holte tief Luft. »Haben Sie sie noch mal gesehen?«

»Nein. Die Leute vom Beerdigungsinstitut sagten, ich könnte jederzeit kommen.«

»Sie haben Ihre Frau also nicht mehr gesehen, bis der Sarg... bis zur Exhumierung?«

Er schwieg und war wieder in seinem Schneckenhaus.

»Und haben Sie die Exhumierung beantragt?«

Er antwortete nicht.

»Er hat es schwer gehabt«, sagte seine Mutter. »Die Polizei wollte nichts davon hören. Der Leichenbeschauer erst auch nicht, sagte ihm, daß es unmöglich sei und daß er vielleicht ein bißchen –«, sie tippte sich an die Stirn, »– Sie wissen schon, verwirrt sei wegen ihrem Tod. Der Vikar wollte auch nicht helfen. Kevin mußte Zeugen bringen mit Telefonnummern, damit der Leichenbeschauer mit denen redete. An einem Nachmittag wurde er beinahe festgenommen, weil er mit einem Spaten auf den Friedhof gegangen war und selbst angefangen hatte zu graben.« Sie blickte ihren Sohn an. »Stimmt's nicht?«

Er reagierte nicht.

Kate biß sich auf die Lippen. Sie war von der Hitze und Nervosität naßgeschwitzt. »Kevin, Sie und ich sahen dasselbe, als der Sarg Ihrer Frau geöffnet wurde. Haben Sie irgendeinen Zweifel, daß sie noch eine Zeitlang gelebt hat, nachdem man sie in den Sarg gelegt hatte?«

»Tote gebären keine Kinder«, erklärte seine Mutter.

»Doch, das ist offensichtlich möglich«, sagte Kate.

»Blödsinn! Davon will ich nichts hören.«

»Das wird man bei der Verhandlung behaupten.«

»Kevin hat gesagt, daß ihre Finger – die Nägel, abgebrochen waren, so als hätte sie sie bis auf die Wurzel abgebissen. Auf dem Sargdeckel waren Kratzspuren. Sie hatte daran gekratzt wie ein eingesperrtes Tier.«

»Man wird behaupten, daß Leichen sich noch bewegen, wenn die Leichenstarre einsetzt«, sagte Kate.

»Und machen Kratzer in Mahagoni? Nun machen Sie mal 'n Punkt, Fräulein!«

»Was ist mit Dr. Sells? Er war dort. Was hat er gesagt? Er muß Ihnen doch recht geben«, sagte Kate.

»Nein, tut er nicht. Er sagt, wir sollen auf den Autopsiebericht warten. Er sagt, daß ihm keine Kratzer am Deckel aufgefallen sind. Er sagt, daß wir alle auf dem falschen Dampfer sind, nur weil das Baby rausgekommen ist.«

Kevin Donaldson sprach auf einmal. »Sie hat ihre Nägel immer so gepflegt. Immer.«

Schweigen folgte. Kate spürte einen Hoffnungsschimmer, als sie langsam aufschrieb, was er gesagt hatte, nicht in Stenographie, um nicht preiszugeben, daß sie Journalistin war.

Seine Mutter lächelte verbittert. »Ich habe vielleicht keine große Ahnung von Medizin, aber eines kann ich sagen, und das weiß ich ganz genau: Tote kauen nicht an ihren Nägeln!«

28

Es war drei Tage nachdem Harvey Swire Sandra fünfundzwanzig Milligramm GW 2937 gegeben hatte. Das war die Kennummer des Medikaments, das eine Schweizer Pharmazeutikfirma herstellte, allerdings nur für Laborversuche, die nicht am Menschen durchgeführt werden durften.

Harvey hatte das Zeug leicht bekommen. Als Teil seiner Trimesterarbeit über Epilepsie machte er Tierversuche in der Tierversuchsanstalt der Medical School. Ratten, Katzen und Schimpansen wurde GW 2937 gegeben, um schwere epileptische Anfälle hervorzurufen, die dann durch massive Dosen von Barbituraten gemildert wurden.

Die GW-2937-Tabletten waren rund und weiß, ähnlich wie Aspirin, aber durch die deutlich eingeprägten Buchstaben GW kenntlich gemacht. Harvey hatte die Tabletten im Mörser zu einem kalkigen Pulver zerstampft und sie dann ins Tierfutter gemischt. Die Droge war geschmacklos, und die Spuren wurden normalerweise durch die Energie bei den Anfällen vom Stoffwechsel verarbeitet.

Er mußte im ganzen vierzig Tiere mit der Substanz füttern. Es war ein Kinderspiel gewesen, einen Teil der Tabletten mit Aspirin zu vertauschen. Wenn er alles ins Futter gemischt hatte, hatten weder die Tiere noch die diensthabenden Neurologen an diesem Tag einen Unterschied festgestellt.

Er wußte nicht, wie er die Dosis für einen Menschen berechnen sollte. Er ging dann nach Gehirnkapazität vor. Er nahm das durchschnittliche Gewicht beim normalen Menschen – eintausendzweihundertvierzig Gramm – und das eines Schimpansen. Daraus berechnete er die Dosis.

Am Sonntagabend hatte er im Schwesternheim angerufen, wo Sandra wohnte. Ein nicht besonders freundliches Wesen hatte ihm gesagt, daß sie noch nicht vom Dienst zurück sei. Er hatte keine Nachricht hinterlassen. Am Montagabend rief er wieder an, eine andere Schwester nahm ab. Sie ließ ihn mehrere Minuten an der Strippe warten und erklärte ihm dann atemlos und sich mehrfach entschuldigend, daß Sandra sich nicht wohl fühle und zur Beobachtung über Nacht im Krankenhaus bleiben müsse.

Am Dienstagmorgen war Harvey bei der Gruppe Studenten, die dem Geburtshelfer und seinem Assistenten durch die Entbindungsstation folgte. Aufgedunsene Frauen mit milchiger Haut lagen in ihren durchsichtigen, rosa Nachthemden in den Metallbetten, umgeben von Blumen und Karten. Väter saßen völlig verwirrt auf den Stuhlkanten, und weibliche Verwandte belagerten die Mutter wie eine Festung. Draußen war es kühl, aber in dieser Station herrschte Treibhaustemperatur. Harvey haßte den Geruch der Entbindungsstation. Die eklige Süße drang bis in die Haut vor und blieb noch stundenlang hängen.

Eine fette Frau drückte ihren Finger in ein rosa Bündel in einem Wollschal. »Ahh! Ahh!« Die Mutter lag daneben im Bett und war zu erschöpft und zu höflich, um ihr zu sagen, sie solle gehen.

»Mr. Harvey Swire. Hausruf für Mr. Harvey Swire.«

Harvey ging zum schwarzen Wandtelefon am Eingang der Station. Es war Roland Dance. Gerade war wieder ein Patient mit *status epilepticus* in der Intensivstation eingeliefert worden. Er wollte Harvey Bescheid sagen, falls er herüberkommen und einen Blick riskieren wolle.

Harvey spielte den Gelassenen. Er sagte Dance, daß er im Moment keine Zeit habe, aber in der Pause käme. Dann machte er mit der Visite weiter, aber alles wie im Traum. Er konnte sich auf nichts konzentrieren, die Aufregung in ihm war zu groß.

Es war halb zwei, als er die Intensivstation betrat, die ebenso heiß war wie die Entbindungsstation, von der er kam. Er wartete im Schwesternzimmer, während eine Schwester den Narkoseassistenten suchte.

An der Wand rechts hing die Stationsliste: eine große, weiße Plastiktafel. Links waren die Bettennummern aufgedruckt, daneben standen mit Filzstift die Namen der Patienten geschrieben. Bei Nummer sechs stand S. LOCK.

Sandra Lock. Er spürte die feuchte, glitschige Haut, sah die großen, weißen Brüste über sich, roch ihren Körper und den heißen Atem. Roland Dance kam auf ihn zu. Wieder trug er das schäbige Tweedjackett mit Lederknöpfen, Köperhosen und eine gelbgraue Krawatte. Er war beim Friseur gewesen, aber die extrem kurzgeschorenen Haare verschönten sein Pferdegesicht keineswegs.

»Ach, hallo!« sagte er, als habe er Harvey eigentlich nicht erwartet. Er verschränkte die Hände auf dem Rücken und wippte in den abgewetzten Wildlederschuhen auf den Ballen. »Ja, äußerst interessant. Ein bißchen wie mit Bussen.«

»Mit Bussen?« wiederholte Harvey verständnislos.

Dance hatte sich beim Rasieren geschnitten. Ein kleines, viereckiges Pflaster klebte an seinem Hals. »Ja, man wartet Ewigkeiten auf einen Bus, und plötzlich kommen vier auf einmal.«

»Ich vermeide es, so gut es geht, mit dem Bus zu fahren«, sagte Harvey.

Dance blickte ihn schmerzlich berührt, dann völlig starr an, als seien die Batterien für die Gesichtsmuskeln plötzlich ausgefallen. »Sicher.« Sein Mund zuckte. »Der *Status-epilepticus*-Fall, den Sie vor ein paar Wochen sahen, das Mannequin mit der Kopfverletzung, Sie erinnern sich? Also wenn das eine virale Epilepsie gewesen wäre, müßte man sich ernstlich Sorgen machen, weil ein zweiter Fall so schnell folgte, besonders weil es sich um eine der Schwestern handelt, die damals die Patientin gepflegt hat.« Er schüttelte den Kopf. »Aber das war's nicht. Es scheint keinerlei Verbindung zu bestehen.«

»Wodurch hervorgerufen?« Harvey war durch das Pflaster abgelenkt, das jeden Moment abzufallen drohte.

»Kann man noch nicht sagen. Es könnte Enzephalitis sein; aber sie hat kein Fieber, und das müßte sie bei einer Infektion. Möglicherweise ein Gehirntumor, obwohl wir bereits wissen, daß die CT-Abtastung normal ist. Wir machen eine Lumbalpunktion und sehen uns ihr CSF an – um eine Infektion auszuschließen –, sobald wir sie unter Medikamente gesetzt haben. Die Mädchen im Schwesternheim sind sehr besorgt.«

Harvey überlegte, ob GW 2937 bei einem Bluttest erkennbar war. Aber Blutuntersuchungen waren spezifisch und sehr arbeitsaufwendig. Wenn man direkt danach suchte, konnte man höchstens Spuren des Medikaments finden. Aber um auf GW 2937 zu untersuchen, müßte jemand zuerst einen Verdacht haben. Das war bei Sandra Lock höchst unwahrscheinlich. Sollte wirklich jemand wissen, daß er mit ihr ausgegangen war, blieben die Chancen, daß diese Person Sandras Anfall mit den paar Tagen Laborforschung Harveys in Verbindung brachte, gleich Null. Außerdem konnte niemand etwas beweisen.

»Es könnte natürlich eine Überdosis Antidepressiva sein. Das kann durchaus ein Auslöser sein. Aber die anderen Schwestern nehmen sie in Schutz. Sie soll fröhlich und lebenslustig gewesen sein, offenbar ein kleiner Feger.« Er wippte nachdenklich auf den Fersen. »Aber gerade das sind die Typen, die leicht depressiv werden. Jedenfalls ein interessanter Fall. Sogar besonders interessant, ja.«

»Warum?« fragte Harvey. Die Bemerkung hatte ihn wieder unruhig gemacht.

»Die Schwere des Anfalls. Bis jetzt reagiert sie nicht auf die Barbituratbehandlung. Kommen Sie, und sehen Sie es selbst.«

Sandra lag nicht im Bett, in dem das Mannequin gelegen hatte, sondern eines weiter. Sie war bewußtlos, das Mundstück des Beatmungsgeräts steckte in ihrem Mund, der schwarze Ziehharmonikasack blähte sich über ihrem zerzausten Haar und zog sich wieder zusammen. Ein Tropf hing an der Kanüle in ihrem Handrücken. Ihr Rücken war hochgewölbt, der Bauch herausgestreckt, die Arme und Beine zuckten wie bei einer Marionette. Sie hatte die Zähne um das Mundstück gebissen und grunzte und stöhnte zusammenhanglos. Aus den Mundwinkeln trat Schaum.

Eine pummelige Schwester mit kurzen, roten Locken stand neben dem Tropfhalter und schaute verzweifelt zu ihr hin. Auf ihrem Namensschild stand: Elaine Foster. »Es geht ihr immer schlechter, Dr. Dance«, sagte sie mit starkem schottischen Akzent.

Roland Dance blickte Harvey an. »In der ersten Station injizierte man ihr fünf cc Diazepan, die keine Wirkung hatten. Dann versuchten sie Phenytoin intravenös – funktionierte auch nicht. Als sie dann zu uns kam, legten wir eine Thiopenton-Infusion an – eine kräftige Dosis.«

»Fünfunddreißig Milligramm«, sagte die Schwester.

»Sehen Sie das Problem? Wenn wir den Anfall nicht in den Griff bekommen, führt das zu einem Gehirnschaden. Wenn wir aber noch mehr Barbiturate in sie pumpen, hält das meiner Meinung nach ihr Körper nicht aus.«

Drähte führten von Sandras Stirn zu den beiden Oszilloskopen auf dem Regal über dem Bett. Harvey betrachtete die Kurven des Elektrokardiographen. Ihr Herzschlag war durch die Dämpfung durch die Barbiturate bereits schwach und unregelmäßig. Auf dem Elektroenzephalographen waren die Ausschläge, die ihre Gehirntätigkeit zeigten, nicht auf dem Bildschirm. Harvey starrte in ihr Gesicht. Die Augen waren offen und starrten zurück. Er glaubte, eine Zuckung wahrzunehmen, daß sie ihn erkannte, aber das war natürlich unmöglich. Gleich darauf rollten die Augen nach oben, die Pupillen verschwanden unter den Lidern und ließen nur das Weiße zurück. Ihre Arme schlugen wild um sich. Der Schlauch vom Tropf wurde aus der Kanüle gerissen und spritzte herum.

Dance packte sie beim Handgelenk, und die Schwester schob den Schlauch wieder drauf. »Wir müssen sie festbinden«, sagte er.

Der Blutsauerstoffmonitor gab piepsend Alarm. »Wir brauchen Hilfe«, sagte Dance. »Rufen Sie Dr. O'Feral. Und holen Sie eine Ampulle Curare.«

Die Schwester lief hinaus.

Dance wandte sich an Harvey. »Sie kämpft gegen die Beatmung. Wir müssen sie paralysieren. Ich kann nicht noch mehr Barbiturate geben.«

Dr. O'Feral, der Chef der Abteilung, kam, gefolgt von zwei Schwestern, schnell zum Bett. Sie injizierten Curare; aber ohne Erfolg.

»Geben Sie ihr noch fünfundzwanzig Milligramm Thiopenton«, befahl Dr. O'Feral.

Der EEG-Monitor piepste Stakkato-Alarm. Die Ausschläge auf dem Oszilloskop spielten verrückt. Sie sahen wie ein Haufen sich kringelnder Würmer aus.

Harvey spürte, wie alles um ihn in Panik geriet.

»Herzstillstand«, sagte O'Feral und drückte kräftig auf die Brust. »Verständigen Sie die Kardiologie«, sagte er. »Wir brauchen den Defibrillator.« Wieder drückte er rhythmisch auf Sandras Brust, wieder und wieder.

Eine Schwester war bereits losgerannt.

Die Zacken auf dem EEG-Schirm wurden ruhiger, schwächer; aber das wurde nicht durch das Barbiturat bewirkt. Es war der Sauerstoffmangel im Gehirn.

Der Defibrillator wurde in weniger als neunzig Sekunden gebracht. Dance riß Sandras Krankenhauskittel auf. Harvey sah wieder ihre großen Brüste mit den flachen, eingeschrumpften Brustwarzen. Sie legten die Elektroden über das Herz. O'Feral brüllte: »Los!« Einer der Techniker drückte auf einen Knopf. Man hörte einen lauten elektronischen Klick. Sandra wurde von einer starken Zuckung emporgerissen. Dann lag sie wieder still.

Die Zacken auf dem Elektrokardiographen wurden schwächer. Sie versuchten es noch mal und noch mal. Jedesmal wurde sie hochgerissen und fiel leblos wie eine Stoffpuppe zurück.

Nach drei Minuten waren die Ausschläge verschwunden. Nur eine gerade Linie leuchtete, begleitet vom Alarmsummer, den im Augenblick niemand ausschaltete.

Sandra Lock war tot.

29

Mittwoch, der 24. Oktober

Die Scheibenwischer drückten den Regen weg. Das Wasser glitt erbarmungslos an den beschlagenen Seitenscheiben des Volkswagens herab. Kate fuhr auf eine enge Eisenbahnbrücke zu. Sie war erleichtert, der schrecklichen Hitze im Haus der Donaldsons entronnen zu sein. Nur der Wagen, der ihr folgte, störte sie.

Sie fuhr so dicht wie möglich an die Bordsteinkante, aber er traf keine Anstalten, sie zu überholen. Ihre Konzentration ließ nach, weil sie immer wieder in den Rückspiegel schaute. Auf der anderen Seite der Brücke bremste sie, um ihn vorbeizulassen; aber er wurde auch langsamer. Sie erreichte die T-Kreuzung zu einer belebten Einkaufsstraße und bog rechts ab. Folgte ihr der Wagen immer noch? Nein, er bog nach links ab. »Idiot«, sagte sie.

Das Geschäft von A. Dalby & Sohn war noch ein paar hundert Meter entfernt, an der Ecke neben der Eisenwarenhandlung. Alles sah passend ernst und unauffällig aus. BESTATTUNGSINSTITUT stand in goldenen Lettern auf einer schwarzen Reklametafel, der Firmenname in kleineren Buchstaben prankte auf einem Fenster mit Gardinen darunter.

Kate parkte in einer Seitenstraße und ging zu Fuß hin. Der Regen ließ etwas nach; aber der kalte Wind und die düsteren Gedanken in ihrem Kopf ließen sie frösteln. Wieder hörte sie die wütenden Worte ihres Redakteurs Terry Brent und die des Mediums Dora Runcorn gestern abend. Sie sah Kevin Donaldson zusammengesunken im Sessel sitzen. Vielleicht hatte der Direktor des Bestattungsinstituts recht gehabt, als er auf dem Friedhof gesagt hatte, daß der Vikar eine Menge Fragen beantworten müßte. Kate hatte beinahe das Gefühl, als habe die Störung der Friedhofsruhe durch das Ausgraben von Sally Donaldsons Leiche das wackelige Gleichgewicht ihrer eigenen Welt erschüttert.

Sie hatte mal einen Film gesehen, in dem Menschen, die auf

einem Friedhof herumalberten, von den Geistern der Toten in Besitz genommen und vernichtet wurden. Aber das war nur ein Film. Solche Dinge gab es nicht wirklich.

Tote Brüder schicken keine Botschaften, nicht wirklich.

Sie zitterte.

Direkt vor der Hauptstraße kam sie an einer großen Toreinfahrt in einer Ziegelmauer vorbei. Da hing ein Schild:

A. DALBY & SOHN, BESTATTUNGSUNTERNEHMEN
ZUFAHRT 24 STUNDEN FREIHALTEN

Sie schluckte nervös, als sie vor der Eingangstür stand. Sie war noch nie vorher bei einem Bestattungsunternehmen gewesen. Schnell probte sie ihre Geschichte noch mal. Hoffentlich traf sie nicht denselben Direktor des Unternehmens, den sie bereits auf dem Friedhof gesehen hatte. Vielleicht würde er sie nicht wiedererkennen; aber ihr Akzent würde ihm auffallen. Es wäre doch ein seltsamer Zufall, schon wieder eine Amerikanerin zu treffen. Sie atmete noch mal tief durch und machte das Gesicht, das sie dieser Gelegenheit für angemessen hielt, und ging hinein.

Sie hatte erwartet, in eine Art Laden zu kommen, wo ein ernster Mann mit Leichenbittermiene hinter einem dunklen Schreibtisch saß. Statt dessen befand sie sich in einem Raum, der wie die Empfangshalle eines kleinen, sehr exklusiven Hotels wirkte. Er war L-förmig, mit zwei gemütlichen Sitzecken, die durch den Schreibtisch des Empfangs abgeteilt waren, an dem eine freundliche Frau, Mitte Fünfzig, saß, mit kurzem, grauem Haar, einem blauen Pullover und einer Perlenkette. Sie lächelte Kate an. »Guten Tag.«

Die Möbel waren Reproduktionen der viktorianischen Epoche, alles in Mahagoni mit grünen Samtpolstern. Ein dicker, goldfarbener Teppich lag auf dem Boden, goldfarbene, unechte Samttapeten, prächtige Kandelaber mit rosa Lampenschirmen und passende Wandleuchten. Es fehlte nur noch ein Kamin, dachte Kate. »Ich habe zwei betagte Tanten, die zusammen wohnen«, sagte sie. »Eine ist in einem Pflegeheim und wird wohl in den nächsten Tagen von uns gehen. Ihre Schwester bat mich, hierherzukommen und mich bei Ihnen zu erkundigen. Sie macht sich wegen ein paar Dingen Sorgen, und ich wollte ihr diese gern etwas erleichtern.«

»Selbstverständlich.« Die Frau lächelte wieder, voll Mitgefühl, keineswegs gespielt.

»Sie hatte schon früher mit Ihrem Unternehmen zu tun und schätzt Ihre Dienste sehr hoch. Aber sie ist wegen eines Zeitungsartikels ganz unglücklich. Da stand, daß eine Frau lebendig begraben wurde – und daß dies von Ihrem Institut gemacht wurde.«

Die Frau wurde blaß. »Ja, ich glaube, am besten unterhalten Sie sich mit Mr. Morris Dalby. Ich hole ihn sofort.« Sie verschwand durch eine Tür am Ende des Raums.

Kate hätte zu gern eine Tasse Kaffee getrunken. Seit dem Frühstück hatte sie nichts Warmes mehr gehabt. Sie betrachtete die beiden Sitzgruppen. Anheimelnd wie der rosa Raum im Leichenschauhaus. Wie die Rüschendekoration in Sally Donaldsons Sarg. An der Wand hing ein gerahmtes Zertifikat des Britischen Instituts der Einbalsamierer. Dann kam die Empfangsdame zurück.

Hinter ihr ging ein kleiner Mann her, der die Gegensätze von stiller Würde und arroganter Selbstsicherheit ausstrahlte. Er trug einen anthrazitfarbenen Anzug, ein gestärktes, weißes Hemd und eine schwarze Krawatte, die unmodisch breit war. Sein schütteres, graues Haar war zurückgekämmt und mit Brillantine festgeklebt. Seine Haut war blaß mit dunklen Falten, die Backen hingen wie bei einem Hamster herab. In seinen Augen lag eine gewisse Bauernschläue. Er sprach mit salbungsvoller Stimme. »Ich bin Morris Dalby, Madam, inwiefern kann ich Ihnen behilflich sein?«

Kate war erleichtert, daß er nicht derselbe Mann war, den sie auf dem Friedhof getroffen hatte. Sie wiederholte, was sie der Empfangsdame bereits erzählt hatte. Der Mann zeigte auf einen Sessel, setzte sich ihr gegenüber und legte die kleinen Hände auf die polierte Tischplatte. »Es ist immer traurig, ein liebes Tantchen zu verlieren.«

»Ja«, stimmte ihm Kate zu.

»Tanten sind ganz besondere Menschen.«

»Ja, das sind sie.«

»Es tut mir so leid, daß die Schwester sich über diesen Artikel so aufregte. Aber das ist ja nur verständlich. Ein sehr verantwortungsloser Artikel, muß ich sagen. Ich fürchte, daß sich viele Leute darüber aufgeregt haben. Eine dieser cleveren Journalistinnen will sich in den Vordergrund spielen. Lokalzeitungen sollten mehr Verantwortung haben!«

Kate spürte, wie sie rot wurde, und überlegte einen Augenblick, ob er sie durchschaut hatte. Sie versuchte sich zu erinnern, ob sie ihn bei der Exhumierung gesehen hatte. Vielleicht hatte er sie gesehen? »Dann stimmt die Geschichte also nicht?«

»Aber keineswegs, Madam. Ihre arme Tante braucht sich absolut keine Sorgen zu machen. Soll es eine Beerdigung oder eine Einäscherung sein?«

Kates Gesicht wurde noch röter, da sie auf diese Frage nicht vorbereitet war. »Beerdigung.«

»Öffentlicher Friedhof, oder haben Sie einen Platz auf einem kirchlichen Friedhof? Oder eine Familiengruft?«

Kate zögerte. »Öffentlicher Friedhof.«

Er musterte sie seltsam. Sie fühlte sich schrecklich unwohl. »Falls die Lady sich Sorgen macht, daß ihre Schwester im Sarg noch einmal zu sich kommt, könnten wir zwei Dienstleistungen anbieten, die sie beruhigen würden. Wir können eine Ader öffnen, wenn der Sarg geschlossen bleibt, oder wir können die Verblichene einbalsamieren. Kennen Sie sich mit dem Einbalsamieren aus?«

»Nein.«

»Es ist im Grunde ganz einfach. Wir ersetzen das Blut in den Venen mit Konservierungsflüssigkeit. Sie ist gefärbt, so daß der Verstorbene ganz natürlich aussieht, und selbstverständlich ist damit die Möglichkeit, lebendig begraben zu werden, aus der Welt geschaffen.«

Plötzlich war Kate in Panik. »Die Frau aus der Zeitung, war die auch einbalsamiert?«

Er nahm ein ledernes Notizbuch aus der Jackettasche und legte es auf den Tisch. »Ich möchte keine Indiskretion begehen, aber wenn es Ihrem Tantchen hilft – nein, sie war nicht einbalsamiert. Das machen wir nur bei Personen, deren Sarg offenbleibt, damit die Leute den Verstorbenen nochmals ansehen können. Diese Lady war mehrere Tage an lebenserhaltenden Geräten, und als diese abgeschaltet wurden, wünschte die Familie eine möglichst schnelle Beerdigung. Dieser Zeitungsartikel ist absolut unsinnig. Die arme Frau war bereits im Krankenhaus einige Tage klinisch tot und verbrachte dann noch über vierundzwanzig Stunden in unserem Kühlraum. Niemand könnte das überleben, von allem anderen ganz abgesehen.«

Er blickte zu schnell zur Seite, als sie ihm direkt in die Augen sah. Verschlagen, hinterlistig. Er holte aus der Tasche einen silbernen Füllfederhalter. »Ich möchte nur ein paar Angaben notieren. Dürfte ich um Namen und Adresse der Lady bitten für – äh – die Rechnung? Danach können wir einen Sarg und die Ausstattung auswählen. Möchten Sie, daß wir die Todesanzeigen in die Zeitung setzen? Wir könnten sie jetzt schon aufsetzen, dann sind sie fertig, wenn Sie den Totenschein haben.«

»Ich nehme an, es ist nicht möglich, daß ich mich mal kurz umsehe? Meine Tante ist eine dieser überpenıblen Menschen und wird mir tausend Fragen stellen, was mit der Leiche ihrer Schwester geschieht, wenn sie das Pflegeheim verläßt.«

»Ist das Coppercliffe? Mit denen haben wir sehr gute Beziehungen. Darf ich mir jetzt den Namen notieren?«

Kate schwirrte der Kopf. »Mrs. – äh, Miss Vining. Miss Alice Vining.« Sie buchstabierte den Namen.

»Und die Adresse – wäre das Ihre?«

»Ich möchte mir gern alles ansehen, ehe wir weitermachen. Entscheiden wird meine Tante. Wenn sie zufrieden ist mit dem, was ich ihr berichte, komme ich morgen wieder.«

»Selbstverständlich, Madam.« Er stand auf. »Wir beginnen mit der Kapelle der Ruhe.«

Kate folgte ihm durch die Tür nach hinten in einen kleinen Korridor mit Marmorfußboden und dann eine Treppe mit Teppichbelag hinauf. Auf dem Absatz oben stand ein Bänkchen mit roten Samtpolstern neben einer schweren Eichentür. Er öffnete sie und hielt sie respektvoll für Kate auf.

Drinnen herrschte eine dunkle, kirchenähnliche Atmosphäre, und da war ein Geruch, der sie störte: Die Mischung aus Fichtennadeln und chemischen Konservierungsmitteln war eigentlich nicht unangenehm, aber es erinnerte sie an Krankenhäuser und Leichenhallen.

Der Bestattungsunternehmer drehte an einem Lichtschalter, und es wurde heller. Am anderen Ende hing ein Kruzifix an der Wand und ein von hinten angestrahltes Mosaik aus buntem Glas. »Bei uns kann man die geliebten Verstorbenen vierundzwanzig Stunden besuchen. Sie können jederzeit kommen, wenn Sie Ihr Tantchen sehen wollen. Falls Sie nachts oder an Wochenenden kommen wollen, rufen Sie uns einfach vorher an.«

Sie gingen wieder hinaus ins Treppenhaus. Kate war froh, als er die Tür zugemacht hatte. Ein dunkelhaariger Mann, Ende Zwanzig, kam die Treppe herauf. Er trug ein elegantes, schwarzes Jackett und graue Hosen. »Harry und Jane haben eine Tour zum Prince Regent«, sagte er. »Du vergißt doch den Fünf-Uhr-Termin nicht?«

»Ich bin in zehn Minuten bei dir, Bill.«

Auf der Treppe sagte er zu Kate: »Das ist mein Sohn. Wir sind ein Familienunternehmen. Meine Frau und Tochter arbeiten auch mit.«

Kate hörte, wie oben eine Tür geöffnet wurde, und eine Stimme, die sie kannte, rief: »Morris?«

Dalby blieb stehen. Kate sah oben den großen Mann, der bei der Exhumierung gewesen war. Er musterte sie kurz, schien sie aber nicht wiederzuerkennen. »Ja, Reg?«

»Das ist der Kerl von den *News of the World* wieder am Telefon.«

Dalby warf einen verlegenen Blick auf Kate. Sein Gesicht wurde rot. »Sag ihm, daß es eine Gerichtsverhandlung geben wird und wir keine Kommentare abgeben können.«

Sie durchquerten den Empfangsraum und gingen durch einen schmuddeligen Korridor mit Holztüren und vergilbten Wänden. Dalby blieb vor einer Tür stehen, machte sie vorsichtig auf und nickte dann. »Es ist in Ordnung. Sie können eintreten.«

Kate betrat einen kleinen Raum, der noch stärker nach der

Fichtenmischung roch. Die Wände waren gekachelt und der Boden mit hartem, gleitschutzfestem Material ausgelegt. Es gab auch ein Abflußloch. Es stand ein Metalltisch da, ähnlich dem in der gerichtsmedizinischen Leichenhalle, und eine Bahre auf Rädern, deren Riemen lose herabbaumelten. Die Regale waren voller Flaschen mit rosa Flüssigkeit, Gelatine. Kosmetikartikel und verschiedene chirurgische Instrumente lagen auch dort.

»Dies ist der Einbalsamierungsraum«, erklärte Dalby mit gewissem Stolz. »Meine Tochter macht die Einbalsamierungen.« Er öffnete die Tür am anderen Ende, und Kate hörte elektrisches Summen. »Hier sind die Kühlschränke.«

Kate folgte ihm zu einer Wandnische mit Betonboden und betrachtete mit etwas flauem Gefühl die Reihe der Metalltüren, jede etwa fünfundsiebzig Zentimeter im Quadrat, die eine Wand völlig bedeckten. An jeder Tür war ein Griff und ein Rahmen für das Namensschild. Manche waren leer, auf manchen standen die Namen, schön deutlich schwarz geschrieben. Kate las:

Mr. T. Hake. Mrs. E. Millbright. Mr. A. Reece. Mrs. S. Donaldson. Mr. N-

Ihr Herz raste wie verrückt.

Mrs. S. Donaldson.

Sie war da drin. Das hieß, daß der Leichenbeschauer sie freigegeben hatte. Sie las noch mal das Schild, um sicherzugehen, keinen Fehler zu machen. Dabei gab sie sich Mühe, ihr Interesse zu verbergen.

»Wenn Sie nicht die Absicht haben, Ihr Tantchen in einem offenen Sarg aufzubahren, würden wir sie in einem von denen hier aufbewahren«, erklärte Morris Dalby munter. Er beugte sich vor, packte den Griff einer Tür ohne Namen und riß sie auf.

Eiskalte Luft schlug Kate entgegen. Entsetzt starrte sie in das tiefe, stockdunkle Loch, aus dem die Kälte quoll und der eklige Gestank toten, menschlichen Fleisches. Rechts konnte sie nach kurzer Zeit die Umrisse eines Körpers erkennen, der in weiße Plastikfolie gewickelt war.

Sie bekam eine Gänsehaut. Sally Donaldson. Sie lag da drinnen in der Dunkelheit, in der Kälte. Dalby zog den leeren Metallschieber mit Ritzen ein Stück heraus. Er rollte lautlos. »Hier bleiben sie bei fünf Grad plus. Niemand könnte länger als eine Stunde überleben.«

»Warum ist auf der Innenseite der Tür auch ein Griff?« fragte Kate.

»Falls jemand beim Reinigen aus Versehen eingesperrt wird.«

Kate versuchte sich vorzustellen, eine Nacht in diesem Kühlschrank zu verbringen. Mein Gott, Tod war eine einsame Sache. In einem dieser Fächer war man wirklich einsam. Dann sprach sie sich selbst wieder Mut zu, indem sie sich sagte, daß es keine Rolle mehr spielte, wenn man tot war. Dann war man abgetreten. Das war das Ende. Entweder vergessen, oder die Seele oder irgendeine andere Lebenskraft hatte den Körper verlassen und war in den Himmel oder die Hölle gewandert oder wiedergeboren oder sonst etwas. Der Körper war nur eine leere Hülle, die man ablegte, wie ein Schmetterling aus der Puppe schlüpfte oder eine Muschel ihre Schale verließ. Er war nichts.

Nichts.

Aber wenn man in diesem Kühlschrank aufwachte? Mitten in der Nacht? Und man lag da, in Plastikfolie eingewickelt und zu schwach, um sich zu bewegen, zu schwach, um die Tür zu öffnen, und niemand hörte die Hilferufe?

»Werden Menschen mit Untertemperatur nicht manchmal fälschlicherweise für tot gehalten?« fragte sie.

»Ich habe gehört, daß so etwas möglich ist.«

»Aber hier könnte das nicht passieren, oder?«

»Nein, meine Liebe.« Seine Stimme verlor etwas von der engelhaften Geduld. »Die Menschen sind bereits tot, wenn sie hier hineinkommen. Das besagt der amtliche Totenschein.«

Sie spürte seine Gereiztheit. Das gefiel ihr gar nicht. Dalby machte die Kühlschranktür zu und führte sie zurück durch den Einbalsamierungsraum in einen anderen Korridor. Die Tür am Ende war altmodisch, mit zwei schmalen Fenstern und mit einem modernen Vorhängeschloß an einem Riegel gesichert.

Draußen befand sich ein Hof mit Kopfsteinpflaster und mehrere Garagen. Aus einer ragte der Kühler eines weißen Volvos hervor, aus einer anderen das Heck eines Leichenwagens. »Daimlers«, erklärte Dalby. »Die sind sehr bequem.«

Beim Zurückgehen sah Kate, daß die Fenster hinten alle vergittert waren. Der Bestattungsunternehmer öffnete eine Tür rechts. Der starke Geruch frischen Holzes drang heraus. »Dies ist unsere Werkstatt und das Lager.«

Der Raum war zur Hälfte mit Särgen gefüllt. Sie standen hochkant, Schulter an Schulter, wie Soldaten nach Höhe und Breite geordnet. Sie verdeckten teilweise ein großes, grünes Schild, das auf den Notausgang hinwies. Daneben war eine kleine Tür. Ein rostiger Messingschlüssel hing an einem Haken an der Wand.

»Wir haben Särge in drei Ausführungen auf Lager: solide Eiche, solides Mahagoni oder Preßspan mit Furnier. Wenn Ihre Tante aber etwas anderes wünscht, können wir es selbstverständlich besorgen«, sagte Morris Dalby.

An einer Wand hing ein uraltes Plakat für Erste Hilfe. Die Beleuchtung war kümmerlich. Eine nackte, verstaubte Glühbirne hing von der Decke, und ein kleines Fenster mit Milchglasscheiben lag über einer Arbeitsplatte mit Werkzeug und Stoffballen. Ein älterer Mann in braunem Overall beugte sich über einen Sarg, der auf Holzpflöcken stand. Er befestigte mit dem Hammer das cremefarbene Futter. Er arbeitete weiter, ohne sie zu grüßen.

»Eiche ist am teuersten«, sprach Dalby weiter. »Aber dafür hält es auch für ewig.«

Kate hörte ihm nicht zu. In der den Särgen gegenüberliegenden Ecke stand eine große Sperrholzkiste. In so eine Kiste hatten die Männer des Bestattungsunternehmens Sally Donaldsons offenen Sarg nach der Exhumierung gelegt. Am Boden der Kiste klebte noch Lehm.

Das ist dieselbe Kiste!

»Messinggriffe sind traditionell üblich«, erklärte Dalby. »Sollten die Finanzen eine Rolle spielen, können Sie auch Plastikgriffe mit Messingbelag haben; aber normalerweise sind die nur für Einäscherungen.«

Kate berührte einen Sarg. »Ist das Eiche?«

»Ja.«

Wieder wanderte ihr Blick zu dem Schlüssel am Haken und zu der Sperrholzkiste. »Und wo ist Mahagoni?«

»Ich zeige es Ihnen.« Das Telefon klingelte. Er zögerte, ging dann zum Arbeitstisch und nahm den Hörer ab. »Morris Dalby«, meldete er sich.

Kate schob sich näher an den Schlüssel heran. Dalby schien verärgert.

»Na, dann stell schon durch.« Er hielt die Hand über die Sprechmuschel. »Dauert nur eine Minute«, sagte er zu Kate. »Mr. Webb, guten Tag. Nein, kein Wort wahr. Das werden Sie bei der Gerichtsverhandlung auch hören. Was? Sie haben mit dem Ehemann gesprochen? Nun, der arme Mann hat vor Schmerz den Verstand verloren. Diese Exhumierung hätte niemals stattfinden dürfen!«

Der Kopf des Arbeiters steckte im Sarg. Kate nahm blitzschnell den Schlüssel vom Haken, umklammerte ihn in der Hand und schlenderte möglichst unauffällig in eine Ecke. Dort steckte sie ihn lautlos in die Handtasche.

30

Die Leichenkammer des Queen's Hospital lag tief unter dem Hauptgebäude. Es war ein großer, naßkalter Raum mit gewölbter Ziegeldecke, gekachelten, fensterlosen Wänden, grünem Marmorfußboden und einem zugigen Gang, der zu den Kühlfächern führte, wo die Leichen der Patienten aufbewahrt wurden, für die eine Autopsie angeordnet worden war, oder die Spenderleichen für die Anatomie.

Es gab ein steinernes Waschbecken, einen Arbeitstisch mit Kunststoffplatte, auf dem sich chirurgische Instrumente und Glaskolben befanden. Unter einer Wandtafel mit Linien stand eine altmodische Waage. Fünfzig Studenten konnten auf den Holzbänken Platz nehmen. In der Mitte stand ein länglicher Metalltisch, auf dem die nackte, weiße Leiche Sandra Locks lag.

Wie eine Alabasterbüste erhob sich ihr Gesicht aus dem schwarzen Haar. Ihre Wangen waren eingefallen, der Mund stand offen, die leeren Augen starrten nach oben, ohne den grellen Scheinwerfer zu erfassen. Hinter ihrem Kopf war ein blutbefleckter Holzblock, der auf vier kurzen Beinen auf dem Tischende ruhte. Es stank auch hier ekelhaft nach menschlichen Innereien. Diesen Gestank konnten – wie auch in den Leichenhallen bei Autopsien – keine Desinfektionsmittel verdrängen.

Der Pathologe – er hieß Percy Higgs – war ein stämmiger Mann mit derben Gesichtszügen, graumeliertem Haar und einem Zahnbürstenschnurrbart. Er stand über die tote Krankenschwester gebeugt, in seinem grünen Operationskittel, mit Schürze und Handschuhen. Er blinzelte durch den Rauch seiner filterlosen Zigarette zwischen den Lippen. Seine Hände waren bis zu den Gelenken in der Brust vergraben. Mit dem Skalpell löste er Herz und Lungenflügel aus.

Nur wenige Studenten saßen auf den Bänken. Keiner machte eine der üblichen dämlichen Bemerkungen. Die heutige Autopsie ging ihnen zu nahe. Sandra Lock war so alt wie sie selbst. Das attraktive, lebenslustige Mädchen hatte zu ihrer Clique gehört. Der nackte Leichnam vor ihnen und die schreckliche Metzgerarbeit ließen sie einen unangenehmen Blick hinter den Schleier tun, der sie von ihrer eigenen Sterblichkeit trennte.

Alle bis auf Harvey Swire.

Die Brüste, die ihn im Bett so erregt hatten, hingen jetzt flach an den Seiten herab, so daß die Brustwarzen auf der Metallplatte lagen. Der Einschnitt vom Hals bis in die Schamgegend entstellte den Körper. Ihre Schenkel waren zu dick, die Füße zu schmal und seltsam verdreht. Ein Pappschild war mit einer Schnur an ihrem großen Zeh befestigt. Der Nagel war frisch lackiert. Harvey dachte: Was für eine Zeitverschwendung!

Der Tod veränderte die Menschen auf seltsame Weise. Vor ein paar Tagen war sie noch ein wildes Energiebündel gewesen mit Muskeln, Drüsen, Herz und Gefühlen. Jetzt war sie ein Nichts. Das Etwas war vergangen, und es bestand keine Hoffnung, es je zurückzubekommen. Jenseits der Grenze, ab der keine Rückkehr mehr möglich war.

Der Pathologe durchtrennte die letzte Membrane und hob die Lunge mit blutigen Handschuhen heraus. Er legte sie mit lautem Platsch auf den Holzblock und bohrte mit den Fingern hinein.

Die Lunge war dunkelrot und braun, schwammartig wie Schaumgummi. Wenn er draufdrückte, traten schwarze Tröpfchen aus. »Sehen Sie, wie die Flüssigkeit zurückbehalten wird?« Der Pathologe sprach mit näselndem Yorkshire-Akzent. Zwei Zentimeter Asche schwankten am Zigarettenende und fielen zu Boden. »Bei einem älteren Menschen würde man das erwarten, aber nicht bei einer so jungen Frau. Ich würde sagen, daß sie eine starke Raucherin war.« Ein Tropfen hing an seiner Nasenspitze.

Das war sie, hätte Harvey beinahe laut gesagt, biß sich aber noch rechtzeitig auf die Lippen und nickte nur.

Die Assistentin, eine stille, farblose Frau Mitte Fünfzig, versenkte eine Metallschöpfkelle in Sandra Locks offenen Brustkorb, als wolle sie Suppe austeilen. Sie holte die Kelle bis oben hin mit blutigem Glibber gefüllt heraus und kippte den Inhalt in den Ausguß unter dem Tisch. Dann tauchte sie die Kelle wieder ein.

»Es existiert auch ein Symptom des Erstickens«, fuhr der Pathologe fort. »Die Barbituratdosis, die nötig war, um den Anfall zu stoppen, entspannte die Lungenmuskulatur so sehr, daß sie nicht mehr arbeiten konnte. Es sieht aus, als sei die Lunge kollabiert und konnte sich dann nicht mehr ausdehnen.«

»Glauben Sie, daß das Barbiturat sie getötet hat, Dr. Higgs?« fragte Harvey und bemühte sich, die Aufregung in seiner Stimme als normale studentische Wißbegier zu tarnen.

»Menschliche Organe können nur bis zu einem bestimmten Grad chemische Angriffe aushalten. Das ist immer eine Gefahr bei der Behandlung von *status epilepticus*.« Er wischte sich die Nase am Ärmel ab, hob die Lunge hoch und ließ sie in den Metallkorb am Tischende fallen.

Seine Assistentin ließ die Kelle in Sandra Locks Brustkorb stecken und trug den Korb schweigend zur Waage. Sie stellte ihn drauf und schrieb mit Kreide »750 g« unter die Spalte »linker Lungenflügel« und »850 g« unter »rechter Lungenflügel«. Dann kippte sie alles in eine weiße Plastiktüte und brachte den Korb zurück.

Der Pathologe nickte zur Tafel hin. »Bei einer normalen, gesunden Frau dieses Alters müßte das Gewicht drei- bis vierhundert Gramm betragen. Das zusätzliche Gewicht resultiert vom Flüssigkeitsstau. Das ist ein klarer Hinweis auf Erstikkung.« Er zog die Handschuhe ab, legte die Zigarette in einen Aschenbecher auf der Arbeitsplatte neben dem Ausguß, wischte sich die Hände an einem Tuch ab und nahm einen Kugelschreiber.

Harvey entspannte sich etwas, während Dr. Higgs seine Aufzeichnungen über die Lunge niederschrieb. Alles würde okay sein. Alles lief bestens. Die Assistentin löffelte noch mehr Blut aus Sandra Locks Körper. Das Blut eines Toten in Horizontallage floß immer in die Brust wie in eine Senkgrube.

Beförderungsmittel. Mehr waren menschliche Körper nicht.

Der Pathologe legte den Kugelschreiber weg, machte noch einen Zug an der Zigarette und drückte sie aus. Als er wieder zur Leiche ging, fragte ein Student – er hieß Brian Kirkland –: »Dr. Higgs, ist es das Ziel dieser Autopsie, festzustellen, daß Schwester Sandra am *status epilepticus* starb, oder die Ursache der Epilepsie zu entdecken?«

Der Pathologe nahm ein Stofftaschentuch aus der Tasche, wedelte damit wie ein Zauberkünstler und schnaubte laut trompetend hinein. Dann ballte er das Tuch mit einer Hand zusammen und steckte es ein. Er blickte die Studenten an. »Ziel einer Autopsie ist es, die Todesursache festzustellen und dem amtlichen Leichenbeschauer die Sicherheit zu geben, daß kein Verdacht besteht, es könne sich um ein Verbrechen handeln. Das Gesetz dieses Landes besagt, daß, wenn eine Person später als achtundzwanzig Tage nach einer ärztlichen Untersuchung oder innerhalb von vierundzwanzig Stunden nach einer Operation stirbt, eine Autopsie stattzufinden hat. Ferner muß eine Autopsie gemacht werden, wenn die Todesursache nicht eindeutig geklärt ist. Im vorliegenden Fall wußten wir, daß die Todesursache *status epilepticus* war. Wir wissen aber nicht, was die Epilepsie bei einer offensichtlich gesunden jungen Frau auslöste, die bisher nicht an Epilepsie gelitten hatte.«

Leichte Panik bei Harvey. Der Pathologe ging zu einem Jakkett, das an einem Haken hing. »Ich habe bereits das Gehirn auf Anzeichen eines Tumors oder auf andere Schädigungen hin untersucht und nichts gefunden. Aufgrund der leichten Entzündung deutet im Augenblick alles auf eine Virusinfektion hin; aber wir dürfen niemals Vermutungen anstellen.« Er holte ein Paket Player's aus der Tasche.

Harvey fing den Blick des Pathologen auf und nickte eifrig. Das wirst du auch finden, dachte er selbstzufrieden: virale Symptome.

»Dr. Higgs«, fragte ein anderer Student. »Werden Sie die Leichensäfte toxikologisch untersuchen lassen?«

Der Pathologe schüttelte eine Zigarette aus dem Paket und tippte damit auf das Glas seiner Armbanduhr. »Viren sind schwer zu identifizieren. Wir werden Blut- und Gewebeflüssigkeitsproben für das Labor entnehmen; aber diese sind sicher nicht so brauchbar wie Proben, die man hätte entnehmen sollen, als die Frau noch lebte.« Er zündete die Zigarette an und schlüpfte wieder in die Handschuhe.

Als Harvey Ratten die vierfache Dosis GW 2937 gegeben hatte, die er Sandra Locks verabreicht hatte, war nach zwei Stunden keinerlei Spur davon mehr nachzuweisen. Harvey wußte, daß, selbst wenn die Droge vom Stoffwechsel nicht völlig abgebaut wäre, man ganz spezifisch daraufhin testen müßte, um sie zu finden. Das war, als würde man eine Nadel im Heuhaufen suchen.

Der Pathologe griff zum Skalpell und machte sich an die Entfernung der Leber. Mit dem aufgeschlitzten Bauch und den blutigen, weißen Fleischrändern entlang des Schnitts hätte Sandra Lock auch ein Schwein auf einem Metzgertisch sein können. Tot. Ausgenommen. Leer. Der Fahrer war weg, der Pilot, die Seele oder der Geist – wenn es so etwas überhaupt gab. Es war zu spät, sie danach zu fragen.

Blödes Miststück! Harvey betrachtete sie wütend. Aber eigentlich war er auf sich selbst wütend. Er hatte sich verschätzt. Eine zu hohe Dosis. Er blickte zur Wandtafel hinüber, wo das Gewicht von Gehirn, Herz und Lunge bereits eingetragen war, und notierte die Zahlen in seinem Taschenkalender.

Beim nächsten Mal würde er die Dosis reduzieren. Aber er mußte erst mal warten. Das war ihm klar. Zwei Fälle von *status epilepticus* innerhalb von zwei Wochen war ein Zufall, der annehmbar war. Drei würden den Rahmen sprengen. Vielleicht in eine paar Monaten oder so. Er hatte Sandra Lock fünfunddreißig Milligramm GW 2937 gegeben. Beim nächsten Mal würde er dem Mädchen, das in etwa Sandras Größe und Gewicht entsprechen sollte, nur fünfundzwanzig verabreichen.

31

Mittwoch, der 24. Oktober

»Wenn der Gerichtsmediziner die Leiche freigegeben hat«, sagte Patrick Donoghue, »dann wird man sie in den nächsten Tagen wieder beerdigen. Vielleicht schon morgen.«

Außer ihrem war nur noch ein Tisch im Restaurant besetzt. Kate bereute, hierhergekommen zu sein. Vor einigen Wochen war sie auch zum Lunch hier gewesen. Da war es voll und quirlig gewesen. Jetzt, so leer, verstärkte das elegante Schwarzweißdekor die Nervosität in ihr.

Der Kellner war ständig in der Nahe, um ihnen jeden Wunsch von den Augen abzulesen. Kate betete, er möge verschwinden, damit sie sich in Ruhe unterhalten konnten.

»In ein paar Minuten«, sagte Patrick zu ihm.

Kate drehte das Weinglas in der Hand. Patrick trug ein altes Cordsamtjackett und ein blaues Baumwollhemd ohne Krawatte, das ihm die Ausstrahlung eines aufrechten Rebellen verlieh, die sie an ihm so mochte.

Sie überflog die Speisekarte. Sie wollte etwas Leichtes, das Energie gab, aber nicht müde machte. Parmaschinken mit Melone, dann gegrillten Seeteufel, entschied sie. »Wenn er die Leiche freigegeben hat, glaubt er offensichtlich nicht, daß Grund zu irgendeinem Verdacht besteht.«

»Nicht unbedingt. Es bedeutet, daß er alle benötigten Informationen durch den Bericht des Pathologen erhalten hat. Hat der Leichenbeschauer schon mit dem Ehemann gesprochen?«

»Ich habe heute abend angerufen und mit seiner Mutter geredet. Der Leichenbeschauer hatte gerade telefoniert und gesagt, daß der Pathologe auf die Analyseergebnisse der Körperflüssigkeiten warte, daß er aber in seinem bisherigen Bericht dieselbe Todesursache wie schon im Krankenhaus bestätige.«

»Das war Epilepsie, nicht wahr?«

»Eine Schwellung des Gehirns, die damit zusammenhängt.«

»Kein Anzeichen für Erstickung?«

Kate beugte sich vor. »Ich habe mit Dr. Marty Morgan, dem medizinischen Ratgeber der *News*, gesprochen. Er sagte, daß bei jemandem, der über eine Woche tot sei, Erstickung vom Pathologen nur sehr schwer festgestellt werden könne, eigentlich überhaupt nicht.«

»Wie erklärte der Leichenbeschauer das Blut im Sarg?«

»Fruchtwasser und andere Substanzen, die austraten, als der Fötus herausgepreßt wurde.«

»Und was denkt die Mutter?«

»Daß es absoluter Blödsinn ist.«

Er verschränkte die Finger, kräftige, männliche Finger, gepflegt, aber nicht übergepflegt. Er beobachtete ihr Gesicht.

»Sie halten mich wahrscheinlich für verrückt«, sagte sie und blickte ihn mit den graublauen Augen flehend an.

»Nein, ganz und gar nicht.«

»Dann glauben Sie mir immer noch?«

»Ja.« Er trank einen Schluck Wein. »Ich finde, Sie sollten die Donaldsons dazu bringen, eine private Obduktion zu verlangen.«

»Würde denn der Leichenbeschauer das erlauben?«

»Ich glaube schon. Es würde helfen, wenn Sie noch ein paar Beweise bringen könnten, die der Pathologe übersehen hat. Was ist mit den anderen Leuten bei der Exhumierung? Die Totengräber?«

Kate nippte an ihrem Wein. Es war ein australischer Chardonnay mit hervorragendem Bouquet. Sie hätte gern mehr davon getrunken und sich am liebsten vollaufen lassen, aber sie mußte nüchtern bleiben und durfte nur so viel trinken, daß die schlimmste Nervosität beseitigt war. Sie durfte sich ein bißchen

Mut antrinken, aber mehr nicht. »Ich werde mit allen reden. Das hatte ich für morgen geplant.«

»Morgen kann ich nicht für Sie einspringen«, sagte Patrick. »Ich muß nach Brüssel.«

»Brüssel? He, das ist doch großartig«, sagte sie und gab sich Mühe, die Enttäuschung zu verbergen.

»Ja, ich muß einen Artikel über den Lebensstil der Mitglieder des Europaparlaments machen.«

»Phantastisch!«

Ihre Augen begegneten sich. Kate blickte sofort auf die Speisekarte, dann wieder auf und lächelte. In seinem Ausdruck lag eine Zärtlichkeit, die etwas in ihr auslöste. Ihre Kehle wurde trocken. Ein Kribbeln durchlief sie. Im Magen hatte sie ein komisches Gefühl, als säße ein kleines Tier drinnen und wollte heraus. Dieser Patrick war ihr ganz und gar nicht gleichgültig! Sie betrachtete die Haare an seinem Handgelenk, die sich um den Knopf der Armbanduhr ringelten. Ihre Augen glitten über die starken Hände mit den langen Fingern und den kurzen, kräftigen Nägeln. Kräftig. Alles an ihm strömte Kraft aus. Er schien unzerstörbar zu sein. Ihr wurde bang, weil er wegfuhr. Ob er eine Freundin oder Verlobte hatte? Er schaute sie immer noch an und flößte ihr Wärme ein, gab ihr Mut. »Ich freue mich für Sie«, sagte sie. »Wirklich.«

»Bei der Verhandlung heute waren Dutzende von Reportern. Sie finden bestimmt leicht jemanden, der für Sie einspringt.«

»Klar.« Jetzt fiel ihr ein, daß sie eigentlich zur Lady-Gosden-Grundschule wegen der Ehrung der kleinen Pianistin hätte gehen müssen. Es tat ihr leid, daß sie das vergessen hatte. Sie enttäuschte nicht gern Kinder. Aber sie konnte später die Schule anrufen und dann noch einen Artikel schreiben.

Es war kurz nach Mitternacht, als Kate den Volkswagen langsam an A. Dalby & Sohn vorbeifuhr. Zu ihrer Erleichterung war dort alles dunkel. Ein Taxi hupte, gab lautstark Gas und überholte sie. Es herrschte wenig Verkehr. Mit Ausnahme einiger Imbisse, die außer Haus lieferten, waren alle Geschäfte geschlossen.

Sie bog in eine Seitenstraße mit kleinen, schäbigen Häusern

und parkte zwischen einem Wohnwagen und einem rostigen Jaguar. Sie stellte den Motor ab, löste den Gurt und stieg aus. Es war eine kühle, dunkle und wolkenverhangene Nacht. Ein starker Wind blies ihr ins Gesicht und zerzauste ihr Haar.

Patrick hatte sie zu Hause abgesetzt und ihr einen zarten Kuß auf die Wange gegeben. Er hatte auch versprochen, sie anzurufen, sobald er in ein paar Tagen aus Brüssel zurück sei. Sie hatte ihn nicht hinaufgebeten, weil sie ja noch einmal weg wollte und er nicht wissen sollte, was sie vorhatte. Sie hatte Angst, daß er darauf bestehen könnte, mitzukommen, und sie wollte ihn nicht in ihre Schwierigkeiten hineinziehen. Es war ihr Problem, das sie allein lösen mußte.

Kate trug jetzt Jeans, einen dicken schwarzen Pullover, Stiefel mit Gummisohlen und eine dunkelblaue Jacke. Nach dem Besuch beim Bestattungsunternehmen hatte sie dünne, schwarze Lederhandschuhe gekauft, die sie jetzt angezogen hatte. In den Jackentaschen steckten eine Taschenlampe, ein Federmesser, eine Zange und ihre kleine Minolta-Automatic-Kamera. Während sie zur Hauptstraße ging und den Reißverschluß zusammensteckte, fühlte sie sich alles andere als wohl. Sie war müde und nervös wie noch nie. Sie wünschte, sie säße jetzt gemütlich zu Hause im Wohnzimmer, unterhielte sich mit Patrick bei einem guten Glas Wein und sanfter Musik.

Patrick. Das Zusammensein mit ihm prickelte noch in ihr nach. Als sie den Rücklichtern seines alten Alfa Romeos nachgeschaut hatte, war in ihr eine so große Sehnsucht aufgestiegen, wie sie sie noch nie gefühlt hatte.

Das Tor war durch die Straßenlampe auf der anderen Seite und die Lichter der Hauptstraße beleuchtet. Je näher sie kam, desto heller kamen sie ihr vor.

A. DALBY & SOHN, BESTATTUNGSUNTERNEHMEN
ZUFAHRT 24 STUNDEN FREIHALTEN

Ein Polizei-Panda fuhr an ihr vorbei. Mißtrauisch beobachtete sie ihn, bis er verschwunden war. Der Wind stürmte scheußlich. Auf der anderen Straßenseite klapperte eine Tür. Kate blickte die senkrechten Bretter des Tors an. Die Flügel waren etwa ein Meter achtzig hoch. Bei einem Meter zwanzig lief eine Kette durch Löcher. Bei Tageslicht hatte es so leicht ausgesehen, jetzt in der Dunkelheit schien es vor ihr wie die Verteidigungsanlage einer Festung aufzuragen.

Ein alter, weißer Chevy fuhr vorbei. Rockmusik dröhnte aus allen Lautsprechern. Bei einem Haus weiter oben auf der Straße ging die Haustür auf. Ein Paar kam heraus, ging aber in die andere Richtung.

Kate spähte nach allen Seiten. Nichts. Sie hob die Arme und sprang. Es gelang ihr, das Tor oben mit beiden Händen zu erwischen. Sie rutschte mit den Stiefelsohlen an den nassen Brettern herum und suchte nach einem Halt. Da fand sie mit dem rechten Fuß die Kette. Sie schob sich höher und erreichte die Kante. Dann rollte sie sich bäuchlings hinüber und ließ sich fallen.

Es kam ihr vor, als fiele sie eine Ewigkeit. Sie prellte sich das Knie auf dem Kopfsteinpflaster. Taschenlampe und Zange klirrten in ihrer Tasche.

Sie stand etwas mühsam auf, nahm die Taschenlampe heraus, lauschte und blickte sich nervös auf dem dunklen Hof um. Bis auf eine waren alle Garagentüren geschlossen, und die Fenster zum Hof hin waren alle dunkel. Sie blitzte kurz mit der Taschenlampe in die offene Garage hinein. Ein dunkler Ölfleck war auf dem Zementboden.

Bei uns kann man die geliebten Verstorbenen vierundzwanzig Stunden besuchen.

Kate hoffte, daß niemand in den nächsten paar Minuten einen geliebten Verstorbenen besuchen wollte und daß niemand unterwegs war, um eine Leiche abzuholen. Der Lichtstrahl glitt über die dunkle Milchglasscheibe der Werkstatt, über die dunklen Scheiben der Kapelle der Ruhe darüber und verlief sich in der Dunkelheit des Hofes. Lediglich die fensterlose Wand der Eisenwarenhandlung überragte alles. Niemand konnte sie sehen.

Kein Lebender.

Sie zitterte und schob diesen Gedanken schnell beiseite, ehe er sich ausbreitete.

Er war achtzehn, als er starb; aber Sie sind immer noch seine kleine Schwester, und er möchte auf Sie aufpassen, hatte das Medium ihr mitgeteilt.

An Geister glaubt man nicht!

Kate ging zu der kleinen, hölzernen Notausgangstür am Ende der Werkstatt und holte den großen Messingschlüssel aus der Tasche. Der Lichtstrahl zeigte das tiefe Schloß.

Er sagt mir, daß Ihnen große Gefahr droht durch etwas, was Sie tun – bei Ihrer Arbeit. Sie dürfen das auf keinen Fall tun.

An Geister glaubt man nicht!

Der Schlüssel ließ sich nicht bewegen. Sie dachte schon, daß sie den falschen Schlüssel erwischt hätte. Ein bißchen hoffte sie sogar, daß es der falsche sei. Doch dann knallte es, laut wie ein Schuß, und die Tür öffnete sich eine Handbreit, als sei ein gewaltiger Druck von ihr genommen. Kate drehte den Griff, und entsetzlich knarzend ging die Tür auf.

Die Särge schienen einen Schritt auf sie zuzumachen. Dann schwankten sie, als sie den Lichtstrahl darauf richtete. Die Kehle war ihr wie zugeschnürt, als sie die Tür abschloß. Plötzlich fühlte sie sich sehr allein und hatte Angst. Sie leuchtete über die Werkbank, das halb aufgerollte Erste-Hilfe-Plakat, den Sarg auf den Pfosten, die Regale mit Griffen, Schildern und Plastikurnen.

Der Lichtstrahl stieß gegen einen rundlichen Gegenstand auf dem Boden. Entsetzt starrte sie darauf. Aber es war nur eine kleine, graue Maus mit langem Schwanz. Ihr Hinterkopf war von der Feder der Mausefalle plattgedrückt. Frisches Blut floß über das Fell auf dem Rücken. Auf dem Brett lag ein Stückchen Käse einige Zentimeter vor ihr.

Schatten folgten dem Lichtstrahl, schlüpften einer nach dem anderen aus den Wänden wie Phantome, die sie begrüßen wollten. Voller Angst leuchtete sie aufgeregt umher.

Beruhige dich! Nur nicht die Nerven verlieren!

Das Fenster klapperte wegen eines Windstoßes. Kate ging an den Särgen vorbei, die stark nach Holz rochen, kniete nieder und öffnete die Sperrholzkiste. Dann sah sie den Sarg drinnen. Die Seiten waren von getrocknetem Lehm beschmiert, Laub klebte daran und einige weiße Kalkstreifen. Die Messinggriffe und das Schild auf dem Deckel waren blind.

Der Deckel war merkwürdig sauber, im Gegensatz zu dem restlichen Sarg. Sie hob ihn hoch. Er war ziemlich schwer und roch stark nach neuem Plastik. Das Sargfutter sah auch aus, als habe man es erneuert. Weißer Satin, weiße Rüschen und Spitzen – alles makellos sauber. Ein neuer, weißer Plastikboden. Sie untersuchte die Innenseite des Deckels Zentimeter für Zentimeter; aber kein Kratzer verunstaltete die glatte Oberfläche und die Maserung des Mahagoniholzes.

Kate dachte zurück an den Augenblick am Montagabend, als der Deckel abgehoben wurde und sie die Linien gesehen hatte, die ihrer Meinung nach Kratzspuren waren. Sie hatte ihren Standpunkt verändert, falls es nur eine optische Täuschung sei; aber auch dann war sie noch ganz sicher gewesen, daß dort flache Rillen waren, manche über Kreuz, die tiefsten an einer Stelle, als habe jemand wild entschlossen dort mit dem einzigen verfügbaren Werkzeug gekratzt – mit den Nägeln. Kate betrachtete ganz genau die Maserung. Wieder überlegte sie, ob sie sich geirrt haben könnte und die Maserung für Kratzspuren gehalten hatte. Aber wie sie den Deckel auch drehte und wendete, sie sah im Schein der Taschenlampe nichts, was Kratzspuren ähnelte.

Sie hob den Deckel wieder auf den Sarg und machte die Kiste wieder zu. Enttäuscht ging sie durch die Werkstatt auf die offene Tür zu, die zum Korridor führte. Sie hatte gehofft, die Kratzspuren seien noch da, damit sie ein Foto machen oder die Polizei verständigen könnte, damit diese den Deckel untersuchte. Doch als sie jetzt den Lichtstrahl über die fleckigen gelben Wände des Korridors gleiten ließ, verdrängte Angst alle anderen Gedanken.

Sie lauschte angestrengt. Das Haus knarzte, etwas klapperte im Wind. Kalte Zugluft umgab sie. Als eine Diele laut knackte, zuckte sie zusammen. Etwas huschte über den Boden: eine Maus oder eine Ratte. Dann tiefe Stille. Ihr Herzschlag war das einzige Geräusch. Es war kalt, bitterkalt, aber Kate bemerkte es kaum.

Er sagt mir, daß er bei einem Bootsunfall ums Leben kam. Auf einer Jacht. Er sagt, daß ihn das Segel erwischte und über Bord schleuderte.

An Geister glaubt man nicht!

Kate ging einige Schritte. Dann blieb sie vor der Tür zum Einbalsamierungsraum stehen. Sie zögerte, weil sie glaubte, Stimmen gehört zu haben. Nichts. Nur das leise Summen der Kühlaggregate. Mit Gänsehaut am ganzen Körper drehte sie den Türgriff und ging hinein. Dann blieb sie wie erstarrt stehen.

Ein Mann war drinnen.

Sie wich zurück, prallte gegen die Wand. Der Lichtstrahl war immer noch auf das Gesicht gerichtet. Es war weiß und reglos wie der restliche Körper auf dem Metalltisch. Durch das Erschlaffen der Kinnmuskeln war sein Mund eingefallen. Es sah aus, als gähne er. Das silbrige, kurz geschnittene Haar war zerzaust. Er lag nackt auf dem Tisch. Seine Haut hatte die Farbe von Mondstein, sein Penis lag im grauen Schamhaar. Die Beine mit den blauen Zehen und schuppigen Schienbeinen waren gespreizt, die dünnen, knochigen Arme auf dem Bauch gefaltet.

Entschuldigung, wollte sie sagen, Entschuldigung, daß ich störe. Ein Wasserhahn tropfte. Kate hielt die Taschenlampe auf den Toten gerichtet, während sie auf ihn zuging. Ängstlich beobachtete sie ihn, ob die Haut zuckte, ein Augenlid sich öffnete oder ein Finger sich bog. Der Formalingeruch schien aus allen Poren der Wände zu dringen. Der schwarze Schatten der Nische mit den Kühlschränken war ganz nahe. Das Summen wurde lauter, die Luft kühler.

Kate schwenkte die Lampe von der Leiche zur Nische. Alles in Ordnung, nur beigefarbene Kacheln. Nichts weiter.

Keine Geister.

Da knarzte die Diele hinter ihr. Sie wirbelte herum. Der Lichtschein fiel wieder auf die Leiche. Sie konnte den Entsetzensschrei nicht ganz unterdrücken. Die Gesichtshälfte, die sie von der Tür aus nicht hatte sehen können, war eingeschlagen. Knochenreste ragten aus dem Teil heraus, der Stirn und Wange gewesen war. Oben sah man die nackte Schädeldecke. Das Auge hing fast zerquetscht heraus und starrte Kate von seitlich unten her an.

Sie wandte sich ab und schluckte. Dann schritt sie entschlossen auf die Nische mit den Kühlschränken zu. Da waren die kleinen, viereckigen Türen, metallgrau, kalt und Platzangst verursachend. Da lagen Menschen. Hinter jeder Tür mit Namensschild lag ein Mensch, statt gemütlich zu Hause im Bett zu sein.

Allein.
Mrs. S. Donaldson.

Kate zog am Griff. Mit lautem Klicken drehte er sich. Dann gab die Gummidichtung nach, und die Tür öffnete sich. Kalte Luft schlug ihr entgegen.

Ihr Herz klopfte bis zum Hals, als sie in das dunkle Loch hineinstarrte. In die Dunkelheit, in der eine menschliche Gestalt wie eine Mumie in weiße Plastiktücher gewickelt dalag.

Sally Donaldson.

Kate packte die Enden des Metallschiebers mit zitternden Fingern und zog daran. Lautlos glitt er heraus wie eine gut geölte Schublade.

Ist ja alles nicht wahr, dachte sie, ich träume nur. Sie konnte kaum das Plastiktuch zwischen den zitternden Fingern festhalten. Dann zog sie es vom Gesicht. Aus dem alabasterweißen Gesicht starrten ihr die toten Augen Sally Donaldsons entgegen. Ihr Mund war immer noch zu demselben Grinsen verzerrt, die Lippen in stummem Verzweiflungsschrei zurückgezogen

Am grauenvollsten war die totale Reglosigkeit. Still. Keinerlei Bewegung. Man wartete, daß sie aufwachte, wußte aber, daß es nie geschehen würde. Kleine, braune Stellen wie Leberflecken waren dort, wo das Fleisch bereits in Verwesung überging. Die sorgfältig frisierten, blonden Locken waren ein graßlicher Gegensatz, der Angst einflößte. Kate zog schnell das Tuch wieder übers Gesicht. »Ich tue alles, was ich kann, für dich«, sagte sie leise. »Ich bemühe mich wirklich.«

Sie nahm Sally Donaldsons linken Arm heraus und hob die Hand hoch. Er war steif und fest. Sorgfältig betrachtete sie im Schein der Taschenlampe jeden Finger. Sie waren dunkelblau, und das Fleisch war geschrumpft. Die Nägel waren hell, nicht lackiert, lang und perfekt manikürt. Makellos. Zu makellos.

Kate zog einen Handschuh aus, nahm den Nagel des Zeigefingers zwischen ihren Zeigefinger und Daumen und drehte ihn. Nichts. Sie versuchte es noch mal und zog kräftiger. Ihre Nägel bogen sich, aber nicht Sally Donaldsons. Nichts. Sie versuchte die anderen Finger. Auch kein Erfolg.

Da nahm sie die Zange aus der Tasche, packte den Nagel des Zeigefingers und zog kräftig. Nagel und Fleisch lösten sich.

O mein Gott!

Voll Entsetzen starrte Kate auf den Nagel in der Zange, an dem noch Fleischfetzen hingen. Ihr Magen revoltierte. Sie hielt den Nagel ins Licht der Taschenlampe. Er sah echt aus, grauenvoll echt, nicht wie der falsche Nagel, den sie erwartet hatte. Sorgfältig wickelte sie ihn in ein Taschentuch und steckte es in die Innentasche ihrer Jacke.

Kate schloß die Augen. Sie hätte vor Enttäuschung weinen können. Dann dachte sie wieder an den Augenblick auf dem Friedhof, als der Sargdeckel weggenommen wurde. Der Verwesungsgeruch. Die Kratzspuren innen im Deckel. Die braunen Flecken des getrockneten Bluts auf dem blauen Nachthemd. Sally Donaldsons weit aufgerissene, verzweifelte Augen. Die alabasterweiße Haut unter den grellen Scheinwerfern. Die makellosen, weißen Zähne, das schreckliche, starre Grinsen der zurückgezogenen, blauen Lippen. Die langen Daumennägel. Alle anderen Nägel bis auf die Wurzeln abgebissen oder abgebrochen.

Abgebrochen vom Kratzen.

So waren sie gewesen!

Nein, Kate hatte das nicht phantasiert, ebensowenig wie damals, als ein Polizist das Bein eines Parlamentsabgeordneten aus den Rosenbüschen geholt hatte, knapp dreißig Meter von der Stelle entfernt, wo die Autobombe den Mann getötet hatte. Sie hatte bei der Exhumierung ebensowenig phantasiert wie bei den über ein Dutzend schrecklichen Unfällen, die sie als Reporterin gesehen hatte.

Plötzlich wurde es hell in der Nische. Sie schaltete die Taschenlampe aus und drehte sich um. Licht drang aus dem Einbalsamierungsraum. Auf Zehenspitzen schlich sie zum Korridor. Ihr Herz pochte wie wahnsinnig. Der Korridor war hell erleuchtet. Sie spürte einen Luftzug und hörte fröhliche Männerstimmen.

»Hast du ihn?« fragte ein Mann.

»Klar.«

»Ich mache nur schnell die Tür zu.«

Angst glitt ihr wie eine Messerklinge zwischen Haut und Muskeln. Die Leiche. Wegschaffen, damit sie keiner sieht.

Sie lief zurück und stopfte die Plastiktücher auf Sally Donaldson und schob sie zurück. Sie hatte zu kräftig geschoben. Mit lautem Knall donnerte die Metallplatte gegen die Rückseite des Kühlschranks. Kate machte die Tür zu und wollte weglaufen. Doch da wurde im Einbalsamierungsraum das Licht eingeschaltet.

»Das ist ein verdammt schweres Luder«, sagte eine Stimme.

Kate suchte verzweifelt die Wände ab. Nichts. Keine Fenster, nur Kacheln.

Sie hörte Schritte. Ein Schatten fiel über die Nische.

»Sollte nicht so nackt herumliegen – könnte sich ja erkälten«, sagte eine andere Stimme, ein jüngerer Mann. Einer lachte.

Kühlschrank.

Der Schatten wurde größer. Dann konnte sie den Anorak sehen. Ein Mann ging rückwärts.

Kate steckte die Taschenlampe ein, sank auf die Knie und öffnete die nächste Tür. Sie schob die Füße hinein. Da war etwas Festes, das aber nachgab. Erschrocken blickte sie sich um. Da lag eine Leiche in weißes Plastik gewickelt.

O mein Gott!

Sie wollte herauskriechen; aber da drehte der Mann sich langsam um.

Keine Zeit.

Sie schlüpfte zurück und legte sich auf die Leiche. Ihr Rücken drückte gegen den Boden des Faches darüber. Sie packte den Innengriff der Tür und zog sie so leise wie möglich zu.

Dann schloß sie die Augen, fluchte still und wartete.

Schweigen.

Kälte.

Eiseskälte. So kalt, daß jeder Atemzug schmerzte. Die Nase tat weh, die Zähne. Sie roch das Plastik. Ihre Wangen lagen auf der Leiche. Ihr Haar fiel ihr übers Gesicht. Sie spürte die Konturen des Schädels, dann etwas Weiches: ein Ohr. Als sie ihre Stellung verändern wollte, stieß sie mit der Hand gegen die Nase unter der Plastikplane.

Dann hörte sie dumpf Schritte. Bis auf den winzigen Lichtstreifen an der Tür vor ihr war alles stockdunkel. Vor Kälte klapperte sie mit den Zähnen, auch aus Angst. Ihre Nerven waren hauchdünn und wehten in einem eiskalten Wind, der so kalt war, daß er ihren Verstand betäubte. Der Gestank war eklig: Plastik, Formalin, Fichte, ranziges Fett und Verwesung.

Ein Klicken wie ein Pistolenschuß. Licht flutete herein. Voller Panik spähte sie durch den Schlitz für das Schild, dann nach rechts und links. Sie konnte noch weitere weiße Umrisse erkennen. Es gab keine Trennwände. Alles war wie ein riesiger Kühlschrank. Ganz am Ende wurde eine Tür aufgemacht und der Schieber herausgezogen. Sie hörte jemanden ächzen, dann einen Plumps.

»Vater hat einen zweiten Kühlschrank bestellt. Da passen noch mal neun rein«, sagte jemand. Kate erkannte die Stimme. Es war Morris Dalbys Sohn.

»Na, wird aber auch Zeit.«

Kate gab sich Mühe, still zu liegen und ruhig zu atmen, damit die Plastiktücher unter ihr nicht raschelten. Von der Kälte taten ihr die Ohren weh. Jeden Augenblick konnten die Männer sie entdecken und herausziehen. Sie wartete direkt darauf, erhoffte es. Alles, um hier herauszukommen, weg von diesem Ding unter ihr, weg von der Kälte.

Der Schieber wurde wieder zurückgerollt. Die Tür knallte zu. Sie lag wieder in pechschwarzer Dunkelheit. Die Schritte entfernten sich. Dann verlosch auch der schmale Lichtstreifen des Schlitzes.

Alles pechschwarz.

Die Männer hatten sie nicht gesehen. Etwas bewegte sich unter ihr. Einen schrecklichen Moment lang dachte sie, die Leiche, auf der sie lag, versuchte, sich zu bewegen. Der Kopf drückte gegen ihre Wange. Sie hob den Kopf und prallte gegen den Metallschieber über ihr. Schnell legte sie den Kopf wieder auf den Schädel des Mannes oder der Frau.

Sie fühlte den Herzschlag unter sich.

Nein, es war ihr eigener! In der Stille pochte es überlaut. Die Kälte wurde schlimmer. Sie saugte die Wärme aus ihr heraus und goß Eisluft wie eine Flüssigkeit in ihren Nacken. Die Kälte drang durch die Haare, durch die Handschuhe und in die Stiefel. Zitternd lag sie in der Dunkelheit und erdrückte das Ding unter sich.

Kate schaltete die Taschenlampe ein. Sofort wünschte sie, das nicht getan zu haben. In der Dunkelheit war es besser gewesen, weil sie das weiße Bündel unter sich nicht sehen konnte, auch die anderen weißen Bündel, die stumm und reglos überall lagen. Die Kälte wurde schlimmer. Lange konnte sie es hier nicht mehr aushalten. Morris Dalby hatte recht. Hier konnte niemand lange überleben. Sie lauschte auf das Zischen ihres Atems und schaute auf die Armbanduhr. Fast eine halbe Stunde war vergangen, seit sie in die Werkstatt eingebrochen war.

Sie machte die Tür einen Spalt auf und wartete. Stille. Sie schob sich über die Leiche nach draußen. Mühsam richtete sie sich auf. Dann stand sie hilflos zitternd da und lauschte. Nichts außer dem Wind und dem Tropfen des Wasserhahns nebenan. Sie schloß die Tür des Kühlschranks und rannte beinahe durch den Einbalsamierungsraum, den Korridor, an den Särgen vorbei durch die Werkstatt. Dann spähte sie aus der Tür auf den Hof. Die Garage war jetzt auch geschlossen.

Leise machte sie die Tür hinter sich zu, lief über den Hof und kletterte über das Tor. Die Straße war verlassen. Sie rannte zum Auto, in die Wärme, weg von all dem Grauen. Da fiel ihr ein, daß sie vergessen hatte, den Schlüssel wieder an den Haken zu hängen. Sie zögerte und überlegte, ob sie noch mal zurückgehen sollte. Nein, das war zu riskant. Sie ließ den Schlüssel in den Rinnstein fallen.

Erleichtert setzte sie sich hinters Steuer und drehte den Zündschlüssel. Dann schaltete sie Heizung und Radio ein. Es spielte keine Rolle, welcher Sender. Nur Geräusche hören. Normalität.

Dann schloß sie die Augen und kämpfte gegen die Enttäuschung, die Tränen. Sie bemühte sich, klar zu denken, Ordnung in die vor Entsetzen und Verwirrung fast gelähmten Gedanken und in die immer größer werdende Verzweiflung zu bringen.

Irgend etwas ließ ihr keine Ruhe. Sie hatte irgend etwas übersehen. Irgend etwas, was bei dem Bestattungsunternehmen nicht stimmte. Sie versuchte zu denken, aber ihr war zu kalt. Nichts. Wahrscheinlich hätte es sowieso nichts genützt. Ein letzter Strohhalm, nichts weiter.

Du liebe Güte, es waren doch noch andere Leute bei der Exhumierung dabeigewesen. Die hatten auch in den Sarg geschaut, als er offen war. Es waren nicht nur sie, Kevin Donaldson und die Totengräber dort gewesen. Die Beamtin der Gerichtsmedizin und Judith Pickford und ein Arzt waren auch da gewesen.

Dann überfiel sie wieder die Verzweiflung. Vielleicht hatte niemand etwas gesagt, weil alles ganz normal gewesen war, weil es immer so aussah, wenn ein Sarg nach kurzer Zeit geöffnet wurde. Vielleicht hatte Terry Brent recht. Vielleicht hatten alle recht. Ein tieftrauernder Ehemann griff nach einem Strohhalm, und eine blöde Reporterin klammerte sich an eine billige Sensationsmeldung.

Kate fuhr mit gesenktem Kopf nach Hause. Sie warf den Mantel aufs Sofa, duschte lange und heiß, um den ekligen Geruch auf Haut und Haaren loszuwerden. Aber den Geruch des Versagens konnte sie nicht abwaschen.

32

Donnerstag, der 25. Oktober

Die Atmosphäre im Gerichtssaal war feierlich. Am Morgen hatte die Presse Zutritt gehabt, nicht aber die Öffentlichkeit. Die fünf Angeklagten, alle unauffällige Männer in mittleren Jahren, standen auf der Anklagebank. Hinter einem Wandschirm, getrennt von den Richtern in Perücke und Talar, erzählte ein zehn Jahre altes Mädchen in allen Einzelheiten mit einer beherrschten und fast fröhlichen Stimme, was man ihm angetan hatte. Kate bewunderte ihren Mut.

Nach der Mittagspause wurde die Öffentlichkeit zugelassen. Die Eltern des Mädchens sagten aus. Dann ein Automechaniker, der einem der Angeklagten ein Auto verkauft hatte. Der Gerichtssaal war sehr groß und wirkte mit der Säulengalerie wie ein Theater. Er war bis auf den letzten Platz besetzt mit Reportern, den Familien und Freunden der Opfer und der Angeklagten, mit Jurastudenten und Neugierigen. Drei Zeitungen hatten ihre Zeichner geschickt, um alles festzuhalten.

Mechanisch schrieb Kate Seite um Seite ihres Notizblocks voll, während ihre Gedanken immer wieder zu Sally Donaldson abirrten. Sie hatte nicht schlafen können und war in Gedanken immer wieder alles durchgegangen. Die Fingernägel ergaben keinen Sinn. Am Montag waren die Nägel völlig abgebrochen und kurz, gestern nacht waren sie makellos. Echte Nägel.

Aber das änderte nichts. Es änderte nichts an der Tatsache, daß Sally Donaldson lebendig begraben worden war.

Heute war es heiß und stickig im Saal. Kate trug dasselbe schicke Kostüm wie gestern, aber mit frischer Bluse. Sie nahm ihren Taschenkalender heraus und überprüfte die Liste der Leute, die sie noch besuchen mußte. Sie wollte mit dem Küster noch einmal sprechen, der als erster die Klopfgeräusche gehört hatte. Dann mit dem Sargträger, der zugegeben hatte, gehört zu haben, daß sich im Sarg etwas bewegte, und mit einem Nachbarn, der behauptete, Schreie gehört zu haben. Der für die Leichenhalle zuständige Mensch im Krankenhaus. Judith Pickford. Aber alle Gespräche wären reine Zeitverschwendung, wenn der Bericht des Pathologen negativ ausfiel. Und er würde so ausfallen. Kate schloß das aus dem, was Kevin Donaldsons Mutter ihr gestern am Telefon erzählt hatte. Es sei denn, die Analyse der Körperflüssigkeiten ergab etwas anderes. Dr. Marty Morgan hatte ihr fröhlich erklärt, daß man wahrscheinlich nichts finden würde, wenn man nicht ganz spezifisch nach bestimmten Chemikalien oder Medikamenten in der Analyse suchen würde.

Sie mußten eine zweite Obduktion bekommen!

Zum hundertsten Male versuchte sie die Stücke zusammenzusetzen, das Szenario zu erarbeiten von dem Zeitpunkt an, als Sally Donaldson im Krankenhaus eingeliefert worden war, bis zu ihrer Beerdigung. Wer war daran beteiligt gewesen? Wie viele Leute waren im Krankenhaus? Dr. Matthews Name stand auf dem Totenschein; aber hatte er auch selbst den Tod festgestellt?

Aber wieder lief alles auf den Bericht des Pathologen hinaus. Medizinische Fakten. Das würde man am Ende der Gerichtsverhandlung glauben. Gleichgültig, wie viele Augenzeugen Klopfen, Kratzen und Weinen gehört hatten, diese Aussagen waren wertlos, wenn die Fakten sie nicht untermauerten.

Kate kam sich im Gerichtssaal wie gefangen vor. Sie hatte Kevin Donaldsons Mutter heute schon ganz früh angerufen und ihr erklärt, was sie dem Gerichtsmediziner sagen sollte und daß sie unter keinen Umständen erlauben dürfe, daß sofort eine zweite Beerdigung stattfände. Sie hatte ihr nichts von ihrem Besuch beim Bestattungsunternehmen gestern nacht erzählt.

Zu Mittag war sie mit der Horde Reporter in ein Pub gegangen, hatte zwei Glas schweren Rotwein getrunken und Moussaka aus der Mikrowelle gegessen, die ihr den Gaumen verbrannt hatte. Jetzt bereute sie, ein so schweres Essen gegessen und den Wein getrunken zu haben. Sie gähnte und konnte kaum die Augen offenhalten.

Harry Oakes, der rundliche Reporter der *Eastborne Gazette*, war immer noch verärgert, weil sie vergessen hatte, ihn anzurufen und ihm Einzelheiten der Exhumierung mitzuteilen, wie sie versprochen hatte. Schließlich war es ihr gelungen, ihn zu besänftigen, indem sie erklärte, daß man ihr die Story weggenommen habe, und ihm auf Treu und Glauben versicherte, sie würde ihn sofort anrufen, wenn etwas Neues auftauchte – wenn er morgen für sie den Prozeß beobachten würde. Er stimmte zögernd zu, fügte aber als alter Lüstling sofort die Bedingung hinzu, daß sie dafür mit ihm essen müsse. Kate stellte fest, daß Männer offenbar in ihren Gehirnen *Lunch* und *Vorspiel* untrennbar vereinten.

Der Verteidiger sprang auf. »Euer Ehren, dieser Beweis ist nicht –«

»Setzen Sie sich! Der Zeuge soll weitersprechen.«

Ärgerliches Stimmengewirr. Kate zuckte zusammen. Sie hatte etwas nicht mitbekommen. Dann hörte sie wieder die Stimmen des Sohnes von Morris Dalby und dem anderen Mann.

Vater hat einen zweiten Kühlschrank bestellt. Da passen noch mal neun rein.

Na, wird aber auch Zeit.

Kate zitterte vor Aufregung, als ihr klarwurde, was ihr die ganze Nacht keine Ruhe gelassen hatte.

Na, wird aber auch Zeit.

Hieß das, daß der Kühlschrank, in dem sie gewesen war, manchmal voll war? Daß nicht alle Leichen Platz hatten?

Fing die Schlamperei bei A. Dalbys Bestattungsunternehmen an und hörte auch dort auf? Hatte man dort gemerkt, daß Sally Donaldson noch lebte, aber trotzdem mit der Beerdigung weitergemacht aus Angst, Kunden zu verlieren?

Nein! Sie hätten sich über ihren guten Ruf mehr Sorgen gemacht und hinterher alle Spuren verwischt.

Die arme Frau war schon im Krankenhaus einige Tage klinisch tot und verbrachte dann noch über vierundzwanzig Stunden in unserem Kühlraum. Niemand könnte das überleben, von allem anderen ganz abgesehen.

Vielleicht nicht. Aber wenn Sally Donaldson nicht in den Kühlschrank gebracht worden war? Wenn sie, statt zu sterben, als die Geräte auf der Intensivstation abgeschaltet wurden, sich wieder erholt hatte und die Leute im Bestattungsunternehmen die schwachen Lebenszeichen nicht wahrgenommen hatten?

Das hätte leicht passieren können. Sie hatten die Leiche am Morgen aus der Leichenhalle des Krankenhauses abgeholt, ihr das blaue Nachthemd angezogen – vielleicht hatte sie dies schon im Krankenhaus getragen –, sie dann gleich in den Sarg gelegt und den Deckel geschlossen. Wahrscheinlich hatten sie kaum einen Blick auf das Gesicht geworfen.

Aufgeregt trommelte Kate mit den Fingern auf der braunen Holzbrüstung. Ob jemand bemerkt hatte, daß die Notausgangstür der Werkstatt unverschlossen war? Heute nacht wollte sie unbedingt zurückgehen und sich noch mal umsehen. Sehr viel genauer umsehen.

Der Richter sagte: »Das Gericht vertagt sich auf morgen, zehn Uhr dreißig«, stand auf und verließ den Gerichtssaal.

»Kommen Sie noch auf einen Schluck mit, Kate?« fragte Gail Cohen vom *Radio Sussex*, als sie hinausgingen.

»Gern.« Kate konnte einen Drink gut gebrauchen. »Ich muß

nur schnell durchgeben, was sich am Nachmittag getan hat, vielleicht die Endversion machen. Ich stoße später dazu.«

Es goß in Strömen, und es war bereits dunkel. Als sie die Treppe hinablief, kam eine kleine, dunkle Gestalt auf sie zu. Sie spürte plötzlich Angst. Ein Mann in schäbigem Regenmantel, mit hochgestelltem Kragen, starrte sie an. Als das Licht der Straßenlaterne auf sein Gesicht fiel, erkannte sie Morris Dalby. Allerdings war die stille Würde von gestern völlig verschwunden. Jetzt wirkte er bedrohlich.

»Miss Hemingway.« Die Stimme des Bestattungsunternehmers drang durch den Straßenlärm der Stoßzeit.

Einen Augenblick lang glaubte Kate, er sei nur ein Gebilde ihrer Phantasie. Er wirkte so fehl am Platz. Verwechselte sie ihn mit jemand anderem? Dann trat er entschieden einen Schritt auf sie zu. Panik ergriff sie. Mit angstgeweiteten Augen starrte sie ihn an. Ihr Gehirn war unfähig, irgendwelche Laute an ihren Mund zu übermitteln.

Terry Brent! Sie konnte nichts anderes denken. Dalby hatte sich bei ihm über ihren Besuch beschwert, wo sie doch bei Gericht hätte sein müssen. Obwohl Brent ihr deutlich erklärt hatte, sie solle die Finger von der Sache lassen! Sie durfte auf keinen Fall mit Dalby sprechen. Er durfte nicht sicher wissen, wer sie war.

Mit rotem Gesicht drehte sie sich schnell um und schob sich in die Menge, die das Gericht verließ. Sie lief zwischen zwei Anwälten und ging vorbei an Leuten mit Plakaten und an einigen Fotografen.

»Entschuldigen Sie, Miss Hemingway.«

Sie ging schneller, tauchte zwischen Kauflustigen unter, lief dann blitzschnell über die Fahrbahn. Regen und Angst blendeten sie fast. Sie stolperte über einen Einkaufswagen, lief weiter, herunter vom Gehsteig, auf die Fahrbahn, vorbei an einem Zeitungsstand, durch eine enge Seitenstraße zum Parkplatz.

Sie schloß den VW auf und sank keuchend mit Seitenstechen auf den Sitz. Dann knallte sie die Tür zu und steckte den Schlüssel in die Zündung. Vor Aufregung konnte sie kaum wenden. Der Wagen roch feucht, die Fenster waren beschlagen. Langsam und träge bewegte sich der Anlasser. War die Batterie fast leer? Nun los doch! Mach schon! Endlich setzte sich der Motor in Bewegung. Sie wischte schnell die Scheiben innen ab. Dann trat sie mit dem linken Fuß auf die Kupplung. Das Knie tat ihr noch vom Sturz über das Tor weh. Dann rutschte ihr Fuß vom Kupplungspedal. Plopp!

Scheiße!

Wieder trat sie drauf, legte den Gang ein und fuhr vorwärts. Am Ausgang des Parkplatzes wartete sie ungeduldig auf eine Lücke im Verkehr. Nervös hielt sie nach dem Bestattungsunternehmer Ausschau. Da tauchten plötzlich Scheinwerfer im Rückspiegel auf. So unvermittelt, als seien sie vom Himmel gefallen.

Kate biß sich auf die Lippen und fuhr auf die Einbahnstraße hinaus. Mit laut aufheulendem Motor folgte ihr der andere Wagen. Dann blieb er an der nächsten Ampel bei Rot hinter ihr stehen. Kate konnte im Schein der Straßenbeleuchtung sehen, daß es ein weißer Wagen war. Sie versuchte, das Gesicht des Fahrers zu erkennen, aber das war nur ein Schatten hinter der Windschutzscheibe.

Sie bog nach rechts ab, um Lewes auf einem Schleichweg zu verlassen, den sie erst vor einigen Wochen entdeckt hatte, als sie dem Stoßverkehr ausweichen wollte. Sie wollte so schnell wie möglich weg von hier. Der weiße Wagen folgte ihr. Sie konzentrierte sich auf den Weg, der durch die verschmierte Scheibe und bei dem Regen nur schlecht zu sehen war.

Mr. Dalby. Was, zum Teufel, wollte er? Aber sie wußte, was er wollte. Sie wußte, warum er gekommen war. Die Scheibenwischer surrten eifrig, schienen aber alles nur noch mehr zu verschmieren. Wieder wischte sie die Scheibe von innen mit einem Lappen ab. Der Regen prasselte jetzt so stark herab, daß die Wischblätter ihn kaum noch wegschieben konnten. Ihre Hände zitterten. Reiß dich zusammen! Niemand konnte ihr etwas beweisen. Es gab keinen Beweis.

Überhaupt keinen.

Sie hoffte das.

Kate beschleunigte und fuhr die dunkle Straße viel zu schnell entlang. Der Wagen hinter ihr beschleunigte ebenfalls und blieb an ihr dran. Vor ihr tauchten die Lichter der Hauptstraße auf. Sie wurde langsamer und blinkte nach links. Dann blieb sie in einer langgezogenen Kurve bei der Einmündung stehen. Der Wagen blieb hinter ihr. Endlos rasten die Autos auf der Hauptstraße an ihr vorbei. Plötzlich wurden die Scheibenwischer langsamer, die Armaturenbeleuchtung ging aus, als der Motor abstarb. In Panik ließ sie den Wagen wieder an und trat aufs Gaspedal. Die Wischer arbeiteten wieder, das Licht ging an. Sie legte den ersten Gang ein, blieb auf dem Kupplungspedal stehen, während sie den Motor aufheulen ließ. Sie wartete.

Jetzt.

Sie schoß heraus. Als die Lichter des großen Lasters direkt hinter ihr waren, starb der Motor, und der VW blieb mit einem Ruck stehen.

Voller Panik drehte sie an dem Zündschlüssel. Die riesigen Scheinwerfer waren hoch über ihr, schwenkten dann von einer Straßenseite auf die andere. Der Laster rutschte. Das erkannte sie. Dann blendeten die Scheinwerfer sie. Hilflos drehte sie den Schlüssel und trat aufs Gaspedal. Da hörte sie gleichzeitig das Zischen der Luftbremsen und Reifenquietschen.

Sie sah die grellen Lichter.

Die Silhouette des Fahrers in der Kabine oben.

Der Motor sprang an. Sie versuchte, den Rückwärtsgang einzulegen, um wegzufahren.

Erst kam ein Ruck, dann ein dumpfes Dröhnen von allen Seiten, als befände sie sich im Zentrum einer Glocke. Ein brüllender Tornado folgte. Etwas stieß ihr in den Bauch und preßte die Luft aus ihr heraus. Ein grauenvoller Schmerz raste durch ihre rechte Seite. Dann wurde sie durch die Luft geschleudert. Sie schwebte leicht dahin, als habe sie jede Menge Zeit, als spiele Zeit überhaupt keine Rolle mehr. Lichter glitten an ihr vorbei, waren über ihr, unter ihr.

In weiter Ferne hörte sie ein Geräusch, als klappere ein Abfalleimer aus Metall über die Fahrbahn. Ein schrecklicher Druck preßte ihren Körper zusammen. Der Sitzgurt schnitt tief in ihre Schulter. Ihr Kopf dröhnte. In Zeitlupe wölbte sich die Windschutzscheibe über sie, verbog sich wie eine Schlange und schlug ihr ins Gesicht. Auch das Armaturenbrett wölbte sich und rollte sich wie verbranntes Papier zusammen. Sie hörte Schreie. Jetzt rollte sie, überschlug sich, noch mal, prallte gegen etwas, noch mal.

Dann Stille. Leises Schaukeln. Etwas tickte. Ein Zischen. Benzingeruch.

Wie durch einen Schleier merkte sie, daß sie mit dem Kopf nach unten hing. Der Hals schmerzte. Ein Licht kam auf sie zu, wurde immer heller, greller. Reifen quietschten auf dem nassen Straßenbelag. Ein entsetzlicher Knall. Sie wirbelte wie ein Kreisel hilflos herum. Ihr wurde schwindlig. Die Lichter verschmolzen zu einem großen und gingen plötzlich aus, als habe jemand auf den Schalter gedrückt.

»Sie atmet«, sagte eine Stimme.

»Sie ist einfach vor mir rausgefahren, direkt vor mir, und dann stehengeblieben«, rief ein Mann hysterisch.

»Kann jemand mal den Verkehr aufhalten?« fragte ein anderer. Eine Sirene heulte, wurde lauter. Kate zitterte. Schwach beleuchtete Gesichter blickten auf sie herab. Ihr war kalt. Die Seite schmerzte schrecklich. Sie wollte etwas sagen, brachte aber keinen Laut über die Lippen.

Metalltüren wurden zugeschlagen. Grelles Licht. Ein Mann in blauer Uniform schaute auf sie herab. Er hatte einen weichen, schwarzen Bart. Die Straße unter ihr dröhnte. Eine Sirene schien sie zu jagen. »Dauert nicht mehr lange«, sagte der Mann. »Bleiben Sie ruhig liegen, und entspannen Sie sich.«

Die Sirene verstummte. Kalte Luft wirbelte um sie. Regen fiel auf ihr Gesicht. Bewegung. Eine Tür ging auf. Menschen liefen schreiend herum. Wieder viele Lichter über ihrem Kopf. Mehrere Leuchtstoffröhren, dann ein langer, dunkler Korridor. Ein Tunnel. Er schien endlos lang zu sein. Sie bewegte sich sehr schnell. Schritte neben ihr. Wieder ein Korridor, dann noch einer, dann ein Raum mit hellen Scheinwerfern an der Decke.

Zwei Männer beugten sich über sie. Eine Frau reichte ihnen eine Schere. Kate merkte nur vage, daß man ihre Kleidung aufschnitt. Ihr bestes Kostüm. »Das können Sie doch nicht machen!« protestierte sie; aber sie hörte keine Stimme.

»Kopfverletzungen, möglicherweise Wirbelsäule ebenfalls betroffen. Verdacht auf Milzriß«, erklärte eine Männerstimme. Er schaute sie an, aber sie hatte den Eindruck, er spräche über jemand anderen. Ein Stich in der linken Hand.

Die Schmerzen wurden schlimmer. Ihr wurde übel. Eine Schwester lächelte. »Schon gut, alles wird wieder gut.« Sie legte eine Bluttransfusion an.

»Sie heißt Kate Hemingway«, sagte jemand.

»Hat viel Blut verloren«, meinte ein anderer.

Eine Frau in weißem Kittel blickte auf sie herab. Sie hatte kurze, graue Haare und eine Gumminase. »Ihre nächsten Angehörigen?« fragte die Frau. »Wer sind Ihre nächsten Angehörigen?« Blut floß durch den Schlauch.

»Mutter«, sagte Kate, aber kein Wort war zu hören. Sie bewegte sich wieder. Ein Rad unter ihr quietschte. Oben glitt die Decke vorbei, die Wände an beiden Seiten ebenfalls. Menschen glitten vorbei, glänzende Wägelchen, Türen, Röhren.

Eine Tür schloß sich. Sie war in einem weißen Raum, der nicht sehr groß war. Weiße Regale mit Flakons, Flaschen, Spritzen in Plastiktüten. Es roch nach Desinfektionsmitteln. Eine Schwester in blauem OP-Anzug starrte sie an. Dann noch eine. Ein Mann, der ihr irgendwie bekannt vorkam, auch in blauem Anzug und Mütze. Die Maske hing lose unterm Kinn. Sein Gesicht war teigig blaß, eine Stupsnase, winzige rosige Lippen und kleine, eisige, tiefliegende Augen hinter Pausbacken.

Kate hatte ihn schon mal gesehen, konnte sich aber nicht erinnern, wo. Nein, sie kannte ihn nicht. Jetzt lächelte er und zog eine Spritze auf. Er trug bereits Gummihandschuhe.

Plötzlich hatte Kate Angst vor ihm. Sie wußte nicht, warum, aber sie wollte nicht hierbleiben, wollte keine Spritze von ihm. Sie wehrte sich und schrie laut. Jemand hielt ihr Handgelenk fest.

»Ist schon gut«, sagte eine Schwester beruhigend und legte Kate eine Sauerstoffmaske aufs Gesicht.

Der Mann setzte die Spritze an die Kanüle für den Tropf an der linken Hand. »In ein paar Sekunden sind Sie eingeschlafen«, sagte er. Seine Stimme klang warm, nur ein bißchen zu hoch.

Er hieß Harvey Swire.

33

Donnerstag, der 25. Oktober

»Nein!« schrie Kate. »Nein! Laßt mich –«

Das Ketamin floß in ihre Venen, in den Blutstrom und ins Gehirn. Innerhalb von dreißig Sekunden nach der Injektion unterdrückte das Medikament bereits Kates Bewußtsein.

Hilflos fühlte sie, daß alles langsamer und schwerer wurde. Ihre Augen schlossen sich. Sie zog sich in ihren Körper zurück, scheute vor der Droge zurück, raste rückwärts durch ihre eigenen Tunnel, um einen Platz zu finden, den sie noch nicht erreicht hatte, wo sie in Sicherheit war. Aber erbarmungslos wie die einlaufende Flut folgte ihr die Droge, trieb sie weiter zurück, noch weiter zurück, tiefer und tiefer in die aufziehende Dunkelheit.

Aber nicht in die Stille.

Sie konnte hören.

Stimmen. Die Laute waren weit weg, als kämen sie aus einem anderen Raum.

»Ich kriege das Scheißding nicht rein«, sagte ein junger Mann.

»Ich zeig's Ihnen«, sagte eine Frau. »Sie müssen fest zupacken. Sehen Sie das kleine weiße Dreieck des Kehlkopfs?«

Dann wußte Kate, daß sie bewegt wurde. Sie hörte Schritte und Räder. Instrumente wurden klappernd auf ein Metalltablett gelegt.

»He! Ich bin noch wach. Bitte!«

Sie wollte ein Zeichen geben, den Arm heben, sprechen, die Augen öffnen. Sie konnte Menschen im selben Raum sprechen hören. Luft zischte. Dann zischte noch etwas.

»Ich kann nicht. Ab morgen mache ich wieder Nachtdienst«, sagte eine junge Frau.

»Ich möchte es für meinen Sohn kaufen«, sagte ein Mann mit indischem Akzent.

»Soll die AA sich das doch ansehen.«

»Was haben wir denn hier?« fragte eine scharfe Frauenstimme.

»Autounfall«, sagte die Frau mit der jungen Stimme. »Verdacht auf Milzriß. Schwere Prellungen am unteren linken Abdomen, und der Blutdruck sinkt ständig. Gehirnerschütterung. Oberflächliche Schürfwunden am Kopf und im Gesicht. Möglicherweise innere Kopfverletzungen. Einige Schnittwunden und möglicherweise innere Verletzungen.«

»Ein hübsches Mädel, nicht wahr?« meinte eine andere Stimme.

Etwas klapperte. Ein scharfes Zischen, noch mal. Zisch-Plopp. Zisch-Plopp. Es klang, als würde sie durch einen Schnorchel atmen.

»Weiß jemand, wie's passiert ist?« fragte eine Frau.

»Ja«, antwortete ein Mann mürrisch. »Sie war in einem Volkswagen Käfer und wurde von einem Laster an der Breitseite erwischt. Hat offenbar die Schnauze vom Käfer weggerissen. Dann hat sie sich ein paarmal überschlagen. Jedenfalls meinte der Ambulanzfahrer, daß es so gewesen sein muß.«

Dann sprach wieder der Mann mit dem indischen Akzent. »Wie ist der Blutdruck, Harvey?« fragte er leise, höflich, aber bestimmt.

»Achtzig systolisch, fallend.« Kate erkannte die etwas hohe Stimme des Mannes wieder, der ihr die Injektion gegeben hatte.

»Und der Puls?«

»Hundertzwanzig, aber schwach.«

He, ich bin bei Bewußtsein!

»Hat sie Blut bekommen?«

»Zweimal einen halben Liter Null negativ, sechs weitere Konserven sind bestellt.«

»Was haben Sie ihr bis jetzt gegeben, Harvey?«

Ich bin bei Bewußtsein! Bitte, ich bin bei Bewußtsein!

»Zum Einschlafen einhundertfünfzig Milligramm Ketamin«, antwortete die weiche Stimme. »Sie hatte schon hundert Milligramm Suxamethonium, sechs Milligramm Vecurionium, fünfzehn Kubikzentimeter Rhesodioxepan. Sie bekommt vier zu zwei Lachgas und Sauerstoff zur Beatmung.«

»Rhesodioxepan? Das ist das neue Medikament von Grauers, nicht wahr?«

»Sehr starke Gehirntätigkeit auf dem EEG«, sagte der mit dem indischen Akzent.

»Vielleicht das Ketamin. Aber meiner Meinung nach könnte diese Unruhe auch durch die Kopfverletzung verursacht sein.«

»Geben Sie ihr deshalb das Rhesodioxepan in den Tropf?«

»Ja. Ich werde die Dosis erhöhen, wenn die Unruhe anhält.«

»Das ist eine hübsche Blinddarmnarbe«, sagte eine Frau.

»Ja, wirklich gut genäht«, meinte der Inder. »Gut, sind wir dann soweit? Ich finde, wir sollten etwas Antibiotika beimischen.«

»Selbstverständlich.« Das war die weiche Stimme.

Kate versuchte zu schreien. Nichts. Dann ein scharfer Schmerz im Arm. Sie hatte das Gefühl, als bliese man ihn auf.

»Ich werde jetzt das Abdomen öffnen. Ist sie ausreichend vorbereitet, Harvey?« fragte der Inder. Er war offensichtlich der Chirurg, dachte Kate.

»Ja.«

ICH BIN WACH!

»Blutdruck fällt noch immer«, sagte ein junger Mann.

Kate fror vor Angst. Hatte Sally Donaldson das gleiche erlebt? War sie in ihrem Körper gefangen, lebte aber? Hatte Sally Donaldson auch so empfunden, als man sie aus dem Kühlschrank nahm und in den Sarg legte?

»Kostete diese AA-Inspektion viel?«

HÖR AUF, ÜBER AUTOMOBILCLUBS UND AUTOS ZU QUATSCHEN! ICH BIN WACH! KANN DAS KEINER SEHEN?

»Etwa neunzig Pfund; aber es macht sich bezahlt.«

Kate war jetzt in Panik. Sie hatte einmal ihrer Mutter gesagt, daß sie eingeäschert werden wollte. O mein Gott, war's jetzt soweit? Würde man sie für tot erklären, obwohl sie noch lebte? So wie bei Sally Donaldson? Wenn die Flammen die Kiste anfraßen, gab es keinerlei Chance mehr, gerettet zu werden.

Dann schlug der Schmerz zu. Ein glühendroter Eisenstab bohrte sich durch ihren Magen tief in die inneren Organe.

Sie schrie sich die Lunge heraus. Die Schmerzen waren unerträglich. Sie schlug mit den geballten Fäusten um sich. Die Hitze brannte in ihr, verätzte die Magenschleimhaut, die Leber, die Nieren. Grauenvoller Schmerz brannte sich durch die Brust in die Schultern. Es wurde immer schlimmer. Schlimmer. Sie schüttelte sich und warf sich von einer Seite auf die andere. Nur diesen Schmerzen entfliehen! Sie hämmerte den Kopf nach hinten gegen den Operationstisch, um dieser Qual zu entkommen; aber nichts half. Es war, als würde jemand mit einem Lötkolben durch ihre inneren Organe brennen.

Sie bäumte sich auf, warf sich nach unten. Das war noch schlimmer. Wieder hoch, runter, noch schlimmer.

GOTT, HILF MIR!

Eine Welle der Übelkeit überrollte sie.

»Sie blutet sehr wenig«, sagte der Operateur besorgt. »Na, wahrscheinlich der hohe Blutverlust.«

HILF MIR! schrie Kate.

»Und das Rhesodioxepan«, sagte der Mann mit der weichen Stimme.

»Davon halten Sie sehr viel, oder?«

»Es ist wirklich gut bei epileptischen Anfällen und Trauma, verengt die Kapillaren.«

»Ja, der Blutverlust ist geringer, als ich bei dem Schnitt erwartet hätte. Sie hat aber auch nicht mehr viel Blut. Sie ist sehr ruhig.«

»Das ist gut.«

Ruhig? Lieber Gott, bitte, HILF MIR! Sie spürte, wie die Finger als weißglühende, spitze Messer in sie eindrangen. Metallklammern zwickten die Haut. Kate schrie außer sich vor Schmerzen auf, als ihr Magen beiseite geschoben wurde und die Finger einen Nerv berührten. Grauenvolle Schmerzen rasten in ihrer Wirbelsäule bis zur Schädelbasis. Wieder schrie sie.

Aber sie konnten sie nicht hören. Konnten ihre Bewegungen nicht fühlen.

Sie bewegte sich nicht. Die Lider lagen wie Bleigewichte auf ihren Augen. Wie Sargdeckel.

»Dann halten Sie also ein Gutachten vom AA für eine gute Idee«, meinte der Chirurg.

»Sie arbeiten ungemein gründlich. Alte Fiats sind sehr rostanfällig. Wenn man da nicht genau weiß, wo man nachsehen muß.«

»Ich habe keine Ahnung von Autos.«

Kate weinte trockene Tränen, schlug gegen die Gefängnismauern, warf sich von einer Seite auf die andere; aber die Finger gruben sich immer weiter in sie hinein. O lieber Gott! Ich kann es nicht mehr aushalten. BITTE HILF MIR!

Da hörte sie ein lautes Piepsen. Dann die Stimme eines jungen Mannes. »Dr. Swire, das EEG!« sagte er aufgeregt. »Die Gehirnwellen hören auf.«

»Das ist gut. Das ist die Wirkung des Rhesodioxepans und des niedrigen Blutdrucks. Schalten Sie den Alarm aus. Konzentrieren Sie sich auf das EEG und den Blutsauerstoff.«

Ein greller Pfeifton.

Die Eisenstange verbreiterte sich zu einer rotglühenden Schaufel, die in ihren Eingeweiden wühlte. Kate schrie wieder, kratzte an den Zellenwänden, kratzte an der Innenseite ihres Körpers, daß die Nägel abbrachen.

»Blutsauerstoff fällt«, verkündete der junge Mann. Er klang sehr nervös.

Jetzt explodierte der Schmerz in ihr wie ein glühendes Schrapnell.

Ein schrilles Stakkato brach aus. Panik.

»O mein Gott, sie stirbt mir weg!« rief der junge Mann.

»Was ist denn los, Harvey?« fragte der Chirurg.

»Allergische Reaktion. Entweder auf die Narkose oder das Antibiotikum«, antwortete die weiche Stimme ungerührt.

»Herzstillstand!«

»O Gott!« rief der Chirurg. »Gebt ihr Adrenalin! Schnell, Mann! Holt den Defibrillator!«

Es klingelte laut. Kate hörte schnelle Schritte. Eine elektrische Hupe. Eine Lautsprecherstimme hallte.

Die Schmerzen hörten auf.

Die Erleichterung war ekstatisch. Kate wollte vor Freude schreien. Allen verkünden, daß die Schmerzen weg seien, daß es ihr gutginge, daß ihr Herz nicht stehengeblieben war, daß sie sich jetzt wohl fühlte.

DIE SCHMERZEN HATTEN AUFGEHÖRT!

Sie konnte wieder sehen. Verschwommene Lichter. Ein komisches rundes Ding mit Scheinwerfern außen. Erst undeutlich, dann schärfer. Eine fliegende Untertasse. Träumend wurde ihr klar, was es war: die große Operationslampe mit den Scheinwerfern. Aber sie blickte jetzt von oben hinab.

Sie schwebte an der Decke eines Operationssaals.

Sie träumte oder halluzinierte; aber sie fühlte sich phantastisch wohl. Sie betrachtete den gebogenen Metallhalbkreis der Lampe. Sie konnte sehen, wo die Bolzen die Scheinwerfer hielten. Die Griffe aus Chrom. Die Ventilationsschlitze hinter jedem der zehn Scheinwerfer. Da war noch so ein komisches Zeichen aufgemalt: ein Dreieck mit einem krummen Strich darin. Wie ein Straßenschild, das vor einer scharfen Kurve warnte.

Unter der Lampe lag eine junge Frau auf dem Operationstisch. Sie war mit grünen Tüchern bis zum Kinn abgedeckt, mit Ausnahme einer Stelle am Bauch. Menschen in blauer OP-Kleidung, blauen Mützen und Masken arbeiteten hektisch. Ein Summer wurde laut, dann ein Piepsen. Der Kopf der Frau ragte aus den grünen Tüchern heraus. Sie hatte lange, zerzauste, blonde Haare, zwei Schnitte im Gesicht und einen Beatmungstubus im Mund. Die Frau ähnelte ihr ungemein. Unglaublich, wie ähnlich sie ihr war.

Die Frau war sie!

Verblüfft, neugierig, nicht erschreckt blickte Kate hinunter. Sie betrachtete die Schnitte. Einer war auf der Stirn, der andere auf der Wange, direkt unter dem Auge.

In der Mitte des Bauchs war ein langer, tiefer Schnitt. Das Fleisch wurde seitlich von Klammern zurückgezogen. Glatte, glänzende Organe in einem Netz von pulsierenden Blutgefäßen lagen offen da. Eine Schwester riß das grüne Tuch von der Brust. Ihr Busen sah flach und gequetscht aus. Eine andere Schwester preßte die Hände auf die Brust und begann mit der Herzmassage. Der Chirurg, ein kleiner Mann mit braunem Gesicht, rief Anweisungen.

Der Mann mit den winzigen, rosigen Lippen, der Anästhesist, den sie schon früher mal gesehen hatte, nahm eine Spritze aus der Hülle. Neben ihm beobachtete ein junger Mann die Oszilloskope.

Eine Schwester lief herein und gab dem Anästhesisten ein Fläschchen. »Lignokain«, sagte sie.

Kate sah, wie er sich umdrehte. Statt die Nadel in das Fläschchen zu stechen, musterte er verstohlen die anderen. Dann ließ er das Fläschchen in die Kitteltasche gleiten und holte ein anderes Fläschchen heraus, das genauso aussah. In dies stieß er die Nadel.

He, was soll denn das! Wut und Panik stiegen in Kate auf. Sie sah, wie der Chirurg einen dicken Gazebausch in den Schnitt drückte und mit den blutigen Handschuhen festhielt.

Die Szene unter ihr wurde kleiner. Sie entfernte sich. Jetzt konnte sie den gesamten Raum überblicken: den Boden mit den Platten, die makellos sauberen, grüngekachelten Wände, die Milchglasscheiben, die durch einen Wandschirm abgeteilte Ecke, wo man sich vor der Operation wusch. Blanke Stahlwaschbekken. Dann die Doppeltüren zum Narkoseraum, die blauen, weißen, gelben und schwarzen Schläuche für Sauerstoff und Lachgas, die von der Decke hingen.

Hinter ihrem Kopf hatte man eine Abschirmung aus grünen Tüchern aufgestellt. Lichter, Skalenscheiben, digitale Drucker und Monitore flackerten am Narkosegerät und an der Stahlkonsole an den Wänden. Es gab zwei runde Uhren. Auf einer war es sieben Uhr zehn. Die andere war ein Zeitmesser. Sie hatte knapp über fünf Minuten registriert. An ihrem rechten Arm war die Manschette zum Blutdruckmessen, am linken Handgelenk ein Plastikarmband mit ihrem Namen. Im Handrücken steckte eine Kanüle, die durch einen dünnen Schlauch mit der am Ständer aufgehängten Plastikflasche verbunden war. Von einer kleinen, schwarzen Klemme am Mittelfinger lief ein Draht zu einem Digitalmeßgerät. Zwei Gummischläuche führten vom Narkosegerät zum Kopf des Operationstischs, von dort ein klarer Plastikschlauch in ihren Mund. Der Balg des Beatmungsgeräts fiel zusammen, dehnte sich, fiel zusammen und dehnte sich. Darüber, noch über dem Narkosegerät, war ein Oszilloskop mit kurzen, steilen, grünen Zacken.

Der Anästhesist schob das leere Fläschchen in den Abfallkorb unter dem Narkosegerät und injizierte die Flüssigkeit direkt durch die Kanülenöffnung.

Was, zum Teufel, macht der Kerl?

Er schob sich zurück an sein Gerät und schien wieder die anderen zu beobachten, nicht Kate. Ganz unauffällig drückte er auf einen Schalter an der Seite des Oszilloskops, ging zum Tropf, veränderte etwas die Tropfgeschwindigkeit und schrieb etwas auf das Blatt auf einem Klemmbord. Doppeltüren gingen auf. Drei Männer schoben einen großen Apparat herein, bei dem an den Enden von Gummischläuchen Paddel baumelten.

Die Menschen wurden noch kleiner. Etwas zog Kate ständig nach oben. Sie kämpfte dagegen an. Es zerrte stärker an ihr. Plötzlich verwandelte sich ihre ruhige Faszination in schieres Entsetzen.

Tot.

Nein. Nicht tot. Bitte nicht!

Sie stieg höher. Ihr wurde kalt.

Mir geht's gut. Bitte, mir geht's gut.

Sie hatte das Gefühl, von einem riesigen Vakuum eingesaugt zu werden. Die Szene unter ihr schrumpfte ständig.

Bitte, helft mir!

Jetzt erstarben die Geräusche unten. Sie konnte nichts mehr hören. Stille. Das Nichts.

Grauenvolle Angst packte sie. Sie schlug mit Armen und Beinen um sich, um gegen das Vakuum zu kämpfen. Bitte, holt mich nicht weg! Nein! Bitte, laßt mich hier!

Ihr Körper wurde kleiner und kleiner. Sie krallte sich in die leere Luft. Ich will nicht sterben. Noch nicht. So nicht. Bitte, laß mein Leben nicht zu Ende sein. Es hat doch kaum begonnen.

Sie stellte sich ihre Einäscherung vor. Mutter. Vater. Dara, die Kinder im Krematorium. Vielleicht Patrick. Alle sahen zu, wie der Sarg durch die Vorhänge wegrollte.

Und sie war drinnen und schrie hilflos.

Dara führte die Kinder hinaus. Dann betrachtete sie noch die Schleifen an den Blumengebinden. Sie konnte Dara hören: *Armes Ding. Für sie war das Leben ein einziger Kampf. Nie kam sie auf einen grünen Zweig.*

Unter ihr wurde der Operationssaal zu einem weißen Lichtpunkt wie die schrumpfenden Bilder auf dem Fernsehschirm, wenn man abschaltet. Aber dieser Lichtpunkt verschwand nicht. Er blieb wie ein blitzender Stecknadelkopf in weiter Ferne.

Dann bewegte sie sich sehr schnell, aber sie konnte keine Räder hören. Es war, als sei sie in einem schallgedämpften Glaskäfig. Sie raste mit zunehmender Geschwindigkeit auf den Lichtpunkt zu, aber er wurde nicht größer. Dunkelheit schoß an ihr vorbei, gelegentliche helle Flecke. Es war, als fahre sie mit einem Schnellzug durch einen Tunnel, nur daß sie kein Rattern oder Dröhnen hörte. Es war kalt, so bitterkalt wie im Kühlschrank.

Ihre Angst wurde schlimmer. Hilf mir! Ihre Stimme klang verloren. Sie zitterte vor Entsetzen. Immer noch konnte sie den Lichtpunkt sehen und die Beschleunigung fühlen. Sie wurde so schnell, daß die Dunkelheit nicht mehr an ihr vorbeiraste, sondern zu einer festen Masse wurde. Sie konnte nicht mehr erkennen, ob diese Masse sich bewegte oder stillstand. In ihren Ohren dröhnte und summte es. Immer lauter.

Ein Traum. Der Wecker. Aufwachen.

Das Summen wurde lauter, brach auseinander wie ein aufgescheuchter Bienenschwarm. Jetzt wurde der Lichtpunkt größer. Er wurde hell, unerträglich grell wie ein Autoscheinwerfer, der direkt auf sie zufuhr. Das Licht blendete sie nicht mehr, sondern war warm und verlockend wie auf einem sonnenüberfluteten Strand. Es zog sie zu sich. Zog sie ohne Eile an. Sie spürte, wie sich ihre Geschwindigkeit verringerte. Jetzt glitt sie sanft dem Licht entgegen. Samtweiche Strahlen liebkosten ihr Gesicht, ihren Körper, drangen in alle Poren, drangen durch sie hindurch, zerstreuten alle Schmerzen und Ängste, sogen sie langsam ein.

Dann – als habe jemand auf einen Knopf gedrückt – lief ihr gesamtes Leben vor ihr ab. Bilder, Erinnerungen und Gefühle wurden wach. Sie sah sich mit sechs Jahren, in ihrem Zimmer eingeschlossen und weinend, weil sie eine Ohrfeige bekommen hatte, weil sie Dara geschubst hatte. Sie öffnete und schloß Schubladen ihrer Kommode, nahm kleine Gegenstände heraus, die sie gesammelt hatte: ein glattgeschliffenes Glasstück vom Strand, ein Glücksvierteldollar, der noch braune Flecken vom

Weihnachtspudding hatte, eine winzige Versteinerung, die sich ganz rauh anfühlte, wenn man mit dem Daumen darüberstrich.

Howie lief ihr mit einer großen Krabbe hinterher. Sie floh an den Strand. Später hatten sie das Biest auf dem Boden des Badezimmers ausgesetzt, ehe Dara hineinging.

Die Party zu Daras neuntem Geburtstag. Dara saß am Kopfende des Tisches und plusterte sich mit ihrem neuen Kleid furchtbar auf. Kate sah, wie ihre Mutter, dann ihr Vater sie küßten. Dara schien dauernd Geburtstagsparties zu haben, sie nie. Der einzige, der Dara nicht küßte, war ihr Bruder Howie.

Kate sah den Stolz auf dem Gesicht ihrer Mutter, als sie ein Blatt schwenkte. »Dara ist ins College aufgenommen! Sie geht nach Berkeley!«

Daras Hochzeit. Da war Kate zum letzten Mal in Amerika gewesen. Fotos von Daras drei Kindern trafen alle paar Monate ein, begleitet von selbstgefälligen Lobeshymnen, die für Kate immer wie ein Schlag ins Gesicht waren. Es waren Zeugnisse von Daras Erfolg als menschliches Wesen und ihrem Versagen.

Howie in zerrissenen Jeans auf dem Vorderdeck der alten Jacht ihres Vaters. Er las ein Buch. Howie mit den Sommersprossen, den blonden Locken und dem breiten Grinsen, der sich mit Dara auch nicht verstand. Ihr Verbündeter.

Ihr Vater, wie er an einem Herbsttag in ihr Zimmer kommt. Sie hatte sofort das Gefühl, etwas stimmte nicht. Der Tag war grau, stürmisch und kalt. Er setzte sich auf ihr Bett, die schwarzen Haare wie immer unordentlich, die Augen vom Weinen gerötet. Er schob Feef ein Stück beiseite, legte den Arm um sie und sagte ihr, daß Howie nachts einen Unfall auf See gehabt hätte, daß er von einer Welle erwischt worden war, während er ein Segel frei machen wollte, das sich verfangen hatte, daß er über Bord gespült worden war und man ihn am nächsten Morgen am leeren Strand gefunden hätte.

Tony, wie er an einem Sonntagmorgen im Jogginganzug in ihrem Apartment in Birmingham auftauchte und ihr Blumen brachte, die er bei einer Tankstelle gekauft hatte. Tony, wie er aus dem Supermarkt kommt, den Arm um seine Frau gelegt, während die drei Kinder Pakete schleppen.

Die Erinnerung an das Klingeln einer Haustür in Birmingham. Eine fröhliche junge Frau machte auf. Sie hielt ein zwei Monate altes Baby auf dem Arm, das sie küßte und kitzelte. Der verwirrte Ausdruck auf dem Gesicht der jungen Frau, als Kate ihr wegen ihres Mannes ihr tiefes Beileid aussprach.

»Mein Billy? Warum? Was ist passiert?« Das Glück war aus dem Gesicht verschwunden, als habe man es mit einer Axt herausgeschlagen.

Kate stand wie gelähmt da, als sie begriff, daß die Polizei einen schrecklichen Fehler begangen hatte, indem sie Namen und Adresse des Mannes an die Zeitung weitergegeben hatte, ehe man seiner Frau die traurige Nachricht überbracht hatte. Auf dem Weg zur Arbeit war sein Motorrad unter einen Lastwagen gerutscht und hatte Feuer gefangen. Der Mann war völlig verbrannt.

Das strahlende Licht nahm Schuld, Entsetzen und Peinlichkeit von Kate, befreite sie davon, erteilte ihr die Absolution. Alles, was hinter ihr lag, war nicht mehr wichtig. Sie würde sich weiterbewegen, durch das Licht mit neuerwachter Energie gleiten. Sie spürte, wie das Licht ihr mitteilte, daß sie ein neues Verständnis empfangen würde.

In der Ferne konnte sie eine Silhouette erkennen. Sie wurde immer deutlicher, je näher Kate kam. Sie glitt durch das Licht hindurch auf die andere Seite, hinaus auf eine riesige grüne Wiese am Waldrand. Der Himmel war wolkenlos und tiefblau. Hinter dem Wald konnte sie den Ozean, wie ein Spiegel so glatt, glänzen sehen.

Die Silhouette beobachtete sie. Ein Junge, der an einem Tor lehnte.

Es war Howie.

Ihr Herz machte einen Freudensprung. Howie – genauso, wie sie ihn das letzte Mal gesehen hatte: die blonden zerzausten Lokken, das T-Shirt mit dem Aufdruck ICH BIN NETT ZU DELPHINEN, die zerrissenen Jeans, die schmutzigen, nackten Füße und sein gebräuntes Gesicht mit den Sommersprossen. Er lächelte sie an.

Sie lief auf ihn zu, beugte sich über das Tor und schlang die

Arme um ihn. Sie hielten sich fest. Dann mußte Kate weinen. Sie spürte die Tränen auf ihrem Gesicht. Er fuhr ihr zärtlich durchs Haar, wie er es immer tat. Schweigend standen sie engumschlungen eine Weile da. Kate wußte nicht, daß man sich so unendlich wohl fühlen konnte.

»He, Kleines, du Idiot!« sagte er liebevoll. »Warum hast du das gemacht? Ich habe dir doch gesagt, du sollst die Finger davonlassen.«

»Wovon?«

»Die Story fallenlassen! Von ihm wegbleiben!«

»Ich habe die Nachricht nicht kapiert. Und, weißt du, ich habe nicht geglaubt, daß sie wirklich von dir kam.«

Wieder fuhr er ihr durchs Haar. »Dickschädel.«

Sie schmiegte den Kopf an seine Wange.

Ein kühler Windhauch umwehte sie plötzlich. Der Himmel verdunkelte sich. Dann glitten seine Hände von ihr weg. »Du mußt jetzt zurückgehen«, sagte er.

»Ich will aber nicht«, widersprach sie. »Ich will bleiben.«

»Du mußt noch eine Menge Dinge erledigen.«

»Was meinst du? Was für Dinge?«

Er grinste und zuckte mit den Schultern. »Du weißt schon, Dinge. Zeugs.«

»Warum kann ich nicht bei dir bleiben?«

»Weil sie dein Herz reanimieren, Kleines. Du mußt zurückgehen.«

Sie trennten sich. Aber Howie bewegte sich nicht, sondern Kate. Sie wurde zurückgezogen, obwohl sie sich an ihn festklammern wollte.

»Du mußt dich von ihm fernhalten, Kleines!«

»Von wem?«

»Laß deine Story sausen.«

Ein Windstoß trieb ihr die Tränen in die Augen. Das Licht wurde schwächer. Sie wurde zurückgetrieben. Howie verschwand auch immer schneller. »Ich will bleiben!« schrie sie. »Ich will hier bei dir bleiben!«

Das Licht war plötzlich verschwunden. In absoluter Dunkelheit trieb es sie zurück. Ihre Ohren wurden taub.

Dann tiefe Stille.

Sie fühlte sich so schwer, zu schwer, um sich zu bewegen.

Kalte Augen blickten sie an.

Sie verschwanden. Nach einiger Zeit waren sie wieder da. Rosenknospenlippen, fest zusammengepreßt. Sie verschwanden. Eine Frauenstimme, die Kate nicht kannte, sagte in weiter Ferne: »Sie atmet jetzt wieder selbständig.«

Leute gingen still herum. Sie hörte Husten. Weit weg klingelten Telefone, ratterten Teewagen mit Tabletts. Dann wieder Stille. Sie öffnete die Augen. Es war dunkel.

Sie öffnete sie wieder. Helles Tageslicht. Alles bewegte sich ruckweise wie bei einem alten Filmprojektor. Gedämpftes, gelbes Licht. Verschwommen. Sie roch frische Bettwäsche, Gazeverband und Desinfektionsmittel. Ihr Körper war so schwer wie Blei. Ihr Bauch tat schrecklich weh. Vor ihr stand eine Schwester in weißem Kittel mit blauem Gürtel. Sie war nicht mehr im Operationssaal.

Die Schwester lächelte, aber es war furchtbar schwer, das Gesicht deutlich zu sehen. Es veränderte dauernd die Form, als sei es flüssig. Eine Uhr hing vom Revers. Die Uhrkette wurde länger, dann wieder kürzer. Die Uhr tanzte wie ein Jo-Jo-Spiel auf und ab. Die weiße Tracht blendete.

»Na, wieder zu uns zurückgekehrt?« fragte die Schwester fröhlich.

34

Donnerstag, der 25. Oktober

Um zwanzig nach neun goß es immer noch in Strömen. Ein steifer Südwest vom Kanal fing sich in den dunklen Straßen wie in Trichtern und wurde zu brüllenden Strudeln. Harvey Swire fuhr seinen Range Rover langsam durchs offene Tor von A. Dalby & Sohn, parkte auf dem Hof und machte das Licht aus. Der Wagen schwankte im Sturm.

An der hinteren Tür des Gebäudes tauchte eine Gestalt auf, lief schnell durch den Regen und schloß das Tor. Dann rannte sie zurück ins Haus. Harvey Swire folgte Morris Dalby in den schützenden Korridor und strich sich das Haar zurecht.

Morris Dalby schloß die Tür ab. »Danke, daß Sie gekommen sind, Dr. Swire.« Regen tropfte aus den wenigen Haarsträhnen des Bestattungsunternehmers, als er die kleine, knochige Hand ausstreckte. Er war offensichtlich sehr aufgeregt.

Harvey Swire stand in seinem Burberry-Mantel und den Schweinslederhandschuhen da und musterte den kleinen Mann mit dem gestärkten, weißen Hemd und der breiten schwarzen Krawatte leicht angewidert. Er schüttelte ihm die Hand mit so wenig Kontakt wie möglich, als zöge er in einer schmutzigen Toilette an der Wasserkette. »Ich konnte nicht früher kommen. Im OP war viel los, und wir haben im Moment zu wenig Personal.«

»Ja, natürlich«, sagte Morris Dalby mit seiner tiefen Stimme, nahm eine Schachtel Benson und Hedge's aus der Tasche und holte eine Zigarette heraus. Dann bot er auch dem Anästhesisten eine an. Harvey Swire schüttelte den Kopf.

Der Bestattungsunternehmer blinzelte nervös, seine Hände zitterten. »Ich hielt es für das beste, Sie anzurufen. Wir haben ein kleines Problem.«

»Was meinen Sie?«

»Gestern nacht wurde hier eingebrochen. Sie verstehen?«

Harvey Swire blickte ihn im schwachen Licht der nackten Glühbirne an. »Was wurde gestohlen?«

»Das ist gerade der Punkt«, antwortete Dalby. Die nicht angezündete Zigarette schwankte in seinem Mund. »Es wurde nichts gestohlen.«

»Hat jemand geschnüffelt?«

»Mein Sohn fand heraus, daß die Notausgangstür der Werkstatt heute morgen nicht abgeschlossen und der Schlüssel weg war. Er ist ganz sicher, daß gestern abgeschlossen war, weil er vormittags einige Särge hereingebracht hatte. Ich habe auch eine Ahnung, wer es war.«

»Wer?«

Der Bestattungsunternehmer zündete sich mit dem Feuerzeug die Zigarette an. »Gestern kam eine neunmalkluge junge Dame. Sie erzählte mir eine Geschichte über eine Tante im Pflegeheim. Ich habe das hinterher überprüft. Diese Tante existiert gar nicht.« Er zog an der Zigarette. »Journalistin, schätze ich.«

»Und sie hat den Schlüssel gestohlen?«

»Sie wollte, daß ich sie herumführe, damit sie sich alles ansehen könne. Das ist durchaus üblich – die Leute haben ein besseres Gefühl, wenn sie gesehen haben, wie alles abgewickelt wird. Als wir in der Werkstatt waren, bekam ich einen Anruf. Ich dachte noch: Was macht sie denn da? achtete aber nicht weiter darauf. Da muß sie den Schlüssel vom Haken genommen haben.«

»Und es wurde überhaupt nichts gestohlen?«

»Bis jetzt haben wir nichts feststellen können. Ich – ich hatte da so einen Verdacht. Dieser Artikel in den *News*. Ich dachte, der könne von ihr sein – fragen Sie mich nicht, warum. Sie war Amerikanerin, die Dame gestern. Am Dienstag hatten sie den Namen der Reporterin unter der Schlagzeile angegeben. Ich rief die *News* an und erfuhr, daß diese Reporterin Amerikanerin ist.«

Harvey Swires Augen wurden groß.

»In der Redaktion sagte man mir, daß sie den ganzen Tag bei Gericht in Lewes sei. Ich bin heute nachmittag hingefahren. Ich wollte mit ihr ein paar Takte sprechen.«

»Sind Sie wahnsinnig?«

»Ich wollte sie zur Rede stellen.«

»Und was ist passiert?«

»Als sie mich sah, rannte sie weg.«

Harvey Swire fixierte Dalby. »Und was ist mit der Leiche? Alles in Ordnung?«

Der Bestattungsunternehmer wurde kreidebleich. »Aber... aber ich kann mir nicht vorstellen, daß jemand sie stehlen würde.«

»Haben Sie schon nachgesehen?«

»Nein, eigentlich nicht –«

»Wo ist sie?«

Dalby steckte die Zigarette in den Mund, ging zum Einbalsamierungsraum und schaltete das Licht ein.

Harvey Swire folgte ihm. Seine Ledersohlen hallten auf dem harten Boden, sein Mantel raschelte, Regenbäche flossen über die glänzenden, schwarzen Halbschuhe und hinterließen Spuren.

Die Hälfte aller Schubläden in den Kühlschränken trugen Namensschilder. Dalby öffnete die Tür bei Sally Donaldson und zog den Schieber mit dem in weiße Plastikfolie gehüllten Körper heraus. »Sie ist es«, sagte er, nachdem er das Gesicht freigelegt hatte, und trat beiseite.

Harvey Swire neigte sich über die Leiche. »Einen Augenblick hatte ich schon Sorgen«, meinte er. Er hob das Tuch noch weiter hoch. Der rechte Arm fiel herab. Er hob die Hand und erstarrte, als er den Zeigefinger sah. Dann drehte er die Hand herum, als erwarte er, irgend etwas in der Handfläche zu finden.

»Wo, zum Teufel, ist dieser verdammte Nagel?« rief er und wühlte in den Plastiktüchern.

»Nagel?« Der Bestattungsunternehmer blinzelte durch eine Rauchwolke auf das zerrissene Nagelbett, wo der Nagel gewesen war. »So eine verdammte Scheiße!«

»Es ist absolut unmöglich, daß der Nagel von selbst abgegangen ist«, erklärte Harvey Swire. »Sie können sehen, daß er mit Gewalt herausgerissen wurde. Wann ist das passiert?«

Verschreckt blickte Dalby ihn an. »Sie ist von der Gerichtsmedizin nicht so zurückgekommen. Ich habe sie sorgfältig untersucht.«

»Ja, deshalb war Ihr Einbrecher hier, stimmt's?« Harvey Swire blickte Dalby mit unverhohlener Wut an. Er ließ die Hand der toten Frau fallen und lief hin und her. »Haben Sie denn hier keinen Sicherheitsdienst?«

»Bis jetzt fanden wir ihn unnötig.« Der Bestattungsunternehmer nahm die Hand und hielt sie hoch. Er betrachtete verängstigt den Finger. »Aber es kann doch niemand etwas nur aufgrund eines Nagels beweisen, oder?«

»Davon kann man einen DNA-Abdruck machen und ihn mit dem restlichen Körpergewebe vergleichen.«

Betretenes Schweigen. Dalby inhalierte tief den Rauch der Zigarette, die er zwischen Zeigefinger und Daumen hielt. Dann sagte er: »Dr. Swire, ich verstehe ja, daß das Krankenhaus unbedingt einen Skandal vermeiden will, deshalb habe ich auch mitgemacht, aber jetzt finde ich, daß ich die Polizei verständigen muß. Die Presse hat mich schon die ganze Woche unter Beschuß genommen, und jetzt auch das noch! Ich kann nicht mehr schweigen und den guten Ruf meines Unternehmens aufs Spiel setzen.«

Harvey Swire riß wütend eine andere Kühlschranktür auf. In der Mitte lag eine eingewickelte Leiche, die Fächer darüber und darunter waren leer. »Heute haben wir ja jede Menge Platz, was?« sagte er. »Wenn Sie nicht mehr übernommen hätten, als Sie ordnungsgemäß erledigen können, wäre das alles nicht passiert.«

»Es gibt keine gesetzliche Vorschrift, daß wir die Leichen im Kühlschrank aufbewahren müssen, Dr. Swire. Selbstverständlich tun wir es normalerweise. Mrs. Donaldson lag für die kurze Zeit, die sie hier war, relativ lang im Kühlschrank. Wir nahmen sie nur etwas früher heraus, weil wir den Platz benötigten. Genauso, wie Sie die Geräte abgeschaltet haben, weil Sie das Bett auf der Intensivstation brauchten«, sagte er und machte noch einen tiefen Zug an der Zigarette. »Wollen Sie etwa andeuten, daß wir das Problem nicht hätten, wenn sie die ganze Zeit über im Kühlschrank gewesen und dann mit Sicherheit in der Kälte gestorben wäre?«

»Allerdings.«

»Ich dachte, es sei Aufgabe der Ärzte, Patienten am Leben zu erhalten.«

»Nur wenn die potentielle Lebensqualität es rechtfertigt.« Er schloß die Kühlschranktür. »Sie war gehirntot. Hätte sie wieder zu atmen begonnen, wäre das unwichtig gewesen. Sie hätte nur noch dahinvegetiert.«

»Wirklich nur noch vegetiert, Dr. Swire?« Der Bestattungsunternehmer musterte ihn durchdringend.

Harvey Swires Gesicht rötete sich. »Wir sind nicht unfehlbar. Wir versuchen, für unsere Patienten das Beste zu tun; aber die Medizin ist keine sehr exakte Wissenschaft. Manchmal machen wir eben auch Fehler«, erklärte er kaltschnäuzig. »Was mit dieser

Frau passierte, ist eine absolute Ausnahme. So etwas ist nie vorher passiert und wird nie wieder passieren. Sie werden auf keinen Fall zur Polizei gehen. Sie sind doch kein kompletter Idiot. Sie haben nicht mitgemacht, weil Sie sich um den Ruf des Krankenhauses Sorgen machten, sondern weil Sie in Panik wegen des Rufes Ihrer Firma waren. Es hätte Sie geschäftlich über Nacht ruiniert, wenn es herausgekommen wäre. Also müssen Sie auch jetzt den Mund halten.«

»Und was, schlagen Sie vor, sollen wir tun?« fragte Dalby.

»Herausfinden, wer den Nagel geklaut hat, und zwar schnell! Meinen Sie, es war diese Reporterin?«

»Ich habe keine Beweise; aber es war doch seltsam, daß sie weggerannt ist.«

»Sie könnte es getan haben. Wir müssen rauskriegen, was sie mit dem Nagel gemacht und wem sie davon erzählt hat. Wissen Sie, wo sie wohnt?«

Dalby schwieg einen Moment. »Ich glaube, sie ist tot.«

»Sie sagten doch, Sie hätten sie heute nachmittag gesehen?«

»Hab' ich auch. Ich folgte ihr, als sie weglief. Sie rannte zu ihrem Auto. Da wir auf demselben Parkplatz standen, fuhr ich ihr hinterher. Ich habe keine Ahnung, warum sie plötzlich direkt vor einem Lastwagen auf die Hauptstraße raste.«

Harvey Swire runzelte die Stirn.

»Es sah grauenvoll aus.« Dalby kaute innen auf der Wange.

»Wie sah die Reporterin aus?«

»Hübsch. Lange, blonde Haare – dieser modische, leicht zerzauste Stil. Sommersprossen, etwa einen Meter sechzig, schlank –«

»Was für ein Auto fuhr sie?« unterbrach Harvey Swire ihn.

»Volkswagen Käfer.«

»Sie ist nicht tot«, erklärte Harvey Swire. »Es geht ihr gut. Allerdings wird das kleine Miststück die nächsten Tage kein Wort sagen können.«

35

Samstag, der 27. Oktober

Kate wurde von metallischem Klappern geweckt. Beim Geruch des Kartoffelpürees wurde ihr leicht übel. Sie hatte das Gefühl, als hätte ihr jemand in den Bauch und gegen den Hals getreten. Der Mund war ausgetrocknet, die Kiefer schmerzten. Die Kehle war wund. Sie würde sich gleich übergeben müssen. Sie öffnete die Augen. Grelle Lichter blendeten sie. Leute liefen herum. Wie Schemen bewegten sie sich. Der Geruch des Kartoffelpürees wurde stärker. Toilette! Sie wollte sich bewegen, aufsetzen, aus dem Bett steigen.

Sie würgte. Nichts kam. Wieder würgte sie. Jemand hielt eine Metallschüssel vor sie hin. Eine junge Schwester in blaßgrüner Uniform mit gestärkter Schürze. Eine Uhr hing vom Revers. Da war auch ein Namensschild aus Plastik. Belinda Tindall stand darauf.

Kate würgte wieder. Einige Tropfen Speichel fielen in die flache Schüssel. Die Schwester lächelte. Sie hatte ein hübsches, offenes Gesicht mit einem Leberfleck über der Lippe. Ihr Haar war kurz und braun.

»Tut mir leid«, nuschelte Kate.

»Aber machen Sie sich doch keine Gedanken.« Auch die Stimme war jung und fröhlich. »Sie Arme haben viel mitmachen müssen. Möchten Sie versuchen, sich aufzusetzen?«

»Ja, danke«, sagte Kate. Das Geräusch einer Kurbel. Ihr Rükken wurde hochgeschoben. Ein Kissen wurde aufgeschüttelt. Die Schwester richtete sie auf. Ein stechender Schmerz fuhr ihr durch den Bauch. Kate saß ganz still da, bis der Schmerz etwas nachließ. »Tut mir leid.« Sie lächelte verkrampft und versuchte, ihre Umgebung zu erkennen. Etwas zerrte am Hals, im Nacken. Die Bänder des Operationskittels, den sie noch immer trug. Dann sah sie den Schlauch auf ihrem Handrücken, der zum Tropf führte.

»Tut's weh?«

Kate verzog das Gesicht.

Die Schwester hob die Bettdecke. Kate sah den Katheter und eine Flasche, die halb mit Urin gefüllt war.

»Ich werde das wechseln. Möchten Sie einen kleinen Schluck trinken? Wasser oder Saft?«

Der Raum schwankte, als läge sie in einem Boot. Ihr Magen revoltierte wieder. »Ich – ja – ich, was ist das in meinem Arm?« Ihre Stimme klang merkwürdig rauh, und die Kehle tat weh, als habe man sie mit Sandpapier geschmirgelt.

»Nur eine Salzlösung und Dextrose, damit Sie Energie bekommen. Sie haben lange geschlafen – anderthalb Tage.«

»Anderthalb Tage?« Kate hob die Hände. Wieder dieser Schmerz im Bauch. Sie berührte ihre Haare. Ganz verklebt. Sie faßte sich ins Gesicht. Da klebte ein Pflaster auf der Wange. Erinnerungen wurden wach. »O mein Gott!« Noch ein Pflaster – auf der Stirn. »Wie steht's um mich?«

Die Schwester lächelte. »Ja, es geht Ihnen gut. Sie hatten einen schlimmen Autounfall, und der Chirurg mußte Ihr Bäuchlein aufschneiden, um zu sehen, ob dort alles in Ordnung ist. Es wird noch ein paar Tage weh tun. Sie haben zwei Kratzer im Gesicht, aber es bleiben keine Narben.«

»Wo bin ich?«

»Im Prince Regent-Hospital in Brighton. Waren Sie schon einmal hier?«

»Ja«, antwortete Kate.

»He, Kleines, du Idiot!«

Überrascht blickte Kate umher, als sie Howies Stimme kristallklar hörte.

»Warum hast du es gemacht? Ich habe dich doch gewarnt, oder?« sagte Howie.

»Gewarnt, wieso?« fragte Kate.

»Die Finger von der Story zu lassen. Dich von ihm fernzuhalten.«

»Ich habe die Nachricht nicht verstanden –« Verwirrt blickte Kate umher. Es war ein großer Krankensaal. Eine Frau mit rötlichgelbem Haar lag im Bett gegenüber. Ein Mann saß vornübergebeugt daneben und hielt seinen zusammengefalteten Mantel auf dem Schoß. Ein offensichtlich gelangweilter Junge spielte mit einem elektronischen Spiel. Links von der Frau war ein hohes Fenster mit blauen Vorhängen, durch das man die graue Betonwand des Parkhauses sehen konnte. Die nächste Patientin hatte ein Gestell im Bett, über das die Bettdecke gelegt worden war. Kate konnte ihr Gesicht nicht sehen.

Du mußt jetzt zurückgehen ... weil sie dein Herz reanimieren.

Sie fühlte sich völlig ausgelaugt. Die Schwester beobachtete ihr Gesicht mit einer Spur Sorge. »Welcher Tag ist heute?« fragte Kate.

»Samstag.«

Samstag. Sie war nicht sicher in welchem Monat. Samstag. Bald würde Ostern sein. Nein, nicht Ostern. Weihnachten kam als nächstes. Dann erinnerte sie sich. »Ich hätte gestern auf dem Gericht sein müssen. Hartley Briggs. Lewes Crown Court. Ich muß telefonieren. Ich muß meinem Chefredakteur Bescheid sagen. Sie wissen sonst nicht –«

»Sie sind Journalistin?«

»Hm, ja.«

»Mein Bruder möchte gern Journalist werden. Bei welcher Zeitung sind Sie?«

»Die *Sussex Evening News.*«

»Das ist eine gute Zeitung. Die lese ich auch. Möchten Sie Ihren Chef benachrichtigen?«

Eine Frau rollte einen Essenswagen an Kates Bett vorbei. Ein Arzt in weißem Kittel schlenderte hinterher. Das Stethoskop hing aus der Tasche. Zwei Schwestern kamen vorbei. Sie plauderten fröhlich. Eine Gruppe Leute in Mänteln stand am Eingang zur Säuglingsabteilung. »Da ist sie!« rief jemand und winkte.

»Wieviel Uhr ist es?« fragte Kate. Aus Kopfhörern ertönte blecherne Musik.

»Halb eins. Soll ich Ihren Chef verständigen lassen? Machen Sie nicht so ein bekümmertes Gesicht. Er versteht das doch.«

»Ich berichte über ein Verfahren, verstehen Sie.«

»Sagen Sie mir den Namen Ihres Chefs, und ich kümmere mich um alles.«

»Meine Kleider sind aufgeschnitten. Ich erinnere mich, wie sie meine Sachen aufgeschnitten haben.«

»Es sah ziemlich schlimm aus, als Sie eingeliefert wurden. Ich habe Ihre Sachen in den Spind getan. Können wir jemanden anrufen, daß man Ihnen Nachthemd und Waschzeug bringt?«

Patrick.

Kate berührte die Unterlippe mit der Zunge.

»Ihren Mann oder Freund?«

Sie schüttelte den Kopf.

»Ihre Eltern?«

»Die sind nicht in England.«

»Haben Sie nicht eine Wohnungsgenossin oder sonst jemanden?«

Langsam kam die Erinnerung wieder. Angst packte sie. Der Bestattungsunternehmer. Der Lastwagen. Sie schwieg und versuchte, die Gedanken zu ordnen. Dabei verfiel sie in eine Art Dämmerschlaf. Dann schreckte sie hoch. Howie. Komischer Traum. Menschen kamen auf sie zu. Ein kleiner Inder in weißem Kittel und zwei Schwestern: die eine groß, elegant, mit langem Haar, die andere jünger, dünner und mit verkniffenem Gesicht.

»Geoff Fox«, sagte Kate. »Der Nachrichtenredakteur. Könnten Sie ihn anrufen lassen?«

Aber die nette Schwester war nicht mehr da. Das Licht war anders. Die blauen Vorhänge vor das Fenster gezogen. Verwirrt überlegte Kate. Es war doch Mittag – gerade war es doch halb eins gewesen, oder?

»Na, guten Abend. Endlich wach?« Der Inder sprach. Sofort kannte sie die Stimme wieder.

Es war die Stimme des Operateurs.

Er stand am Fußende des Betts und betrachtete das Krankenblatt. Er war klein, mit einem intelligenten, fein geschnittenen Gesicht und wachen, braunen Augen. »Wie lange sind Sie schon wach?« fragte er.

»Ich glaube – schon vor einer Weile –« Verwirrt brach sie ab.

Er trug eine goldene Rolex und hatte eine glänzende Krawatte mit roten und gelben Sechsecken. Vielleicht waren es aber auch Achtecke. Kate versuchte, die Seiten zu zählen.

»Und wie fühlen Sie sich?« fragte er freundlich lächelnd und kam an die Bettseite.

»Ein bißchen angeschlagen, und mein Bauch tut weh.« Wieder versuchte sie, die Seitenkanten des Motivs zu zählen. Diesmal waren es sieben.

»Was ich Ihnen jetzt sage, ist kein Scherz. Sie sind im Operationssaal gestorben. Wußten Sie das? Drei Minuten lang schlug Ihr Herz nicht, auch keine Gehirnaktivität. Sie sind die toteste Person, die ich je wieder ins Leben zurückbringen konnte.«

Der Mann im weißen Kittel hinter ihm beäugte Kate, als sei sie ein Ausstellungsstück im Museum. Die Erinnerungen gerieten durcheinander, ordneten sich, fielen wieder auseinander. Summen und Piepsen. Grelle Scheinwerfer. Howie.

Herzstillstand!

»Ich habe Sie alle gesehen«, erklärte Kate. »Ich habe alles beobachtet.«

Der Inder hob höflich die Augenbrauen.

»Haben Sie nicht operiert?«

»Ja, ich bin Mr. Amritsan.«

»Ich habe Sie gesehen. Ich habe von oben zugeschaut.«

Er lächelte gütig. »Ich glaube, Sie hatten eine bildschöne Halluzination.«

»Ich konnte Sie hören, als man mich in den OP brachte. Sie sprachen über Autos. Sie fragten, ob Sie beim AA einen Fiat oder so ähnlich testen lassen sollten.«

»Ja, ich sprach über einen Wagen für meinen Sohn, der auf die Universität geht. Aber wann war das nur?«

»Im Operationssaal«, antwortete Kate.

»Nein, es war –« Er zögerte. »Doch, ja, Sie haben recht.« Er beugte sich mit besorgtem Gesicht über sie. »Aber Sie standen doch unter Narkose.«

Es war sonderbar. Kate hatte das Gefühl, dieses Gespräch zu träumen. »Ich habe gefühlt, als Sie mich aufschnitten – und Ihre Finger.«

Seine Augen wurden groß. Tiefbraune Pupillen. Das Weiße wirkte gegen das strahlend weiße Hemd fast gelblich.

Kate war müde. Sie spürte, wie sie zurück in den Schlaf sank;

aber sie wollte es ihm erzählen. Mußte es ihm unbedingt erzählen. »Ich habe geschrien; aber Sie haben mich nicht gehört. Ich konnte mich nicht bewegen. Ich habe vor Schmerzen fast den Verstand verloren.«

Er setzte sich auf den Stuhl neben ihrem Bett und legte die Hände zusammen, als schließe er ein Buch. Es waren große Hände, unverhältnismäßig groß für seine schlanke Gestalt, mit schlanken, gepflegten Fingern. »Also, Catherine, so heißen Sie doch?«

»Kate.«

»Hübscher Name, Kate. Sie sind Amerikanerin?«

»Ja.«

»Ihre Milz ist in Ordnung. Wir mußten eine Laparotomie vornehmen, weil wir befürchteten, sie sei gerissen. Aber wie sich zeigte, hatten Sie nur eine schwere innere Quetschung. Diese und der Schock führten zu einer massiven Blutkonzentration im Bauch, wodurch Ihr Blutdruck rapide abfiel – alles Symptome eines Milzrisses. Außerdem haben Sie zwei gebrochene Rippen. Ein paar Wochen werden Sie noch Schmerzen haben; aber das ist alles. Unglücklicherweise kam es zu einer kritischen allergischen Reaktion auf ein Narkosemittel oder Antibiotikum, was zum Herzstillstand führte. Sie müssen auf alle Fälle einen Allergietest machen lassen, falls Sie wieder eine Narkose brauchen. Ganz ehrlich – ich dachte, wir hätten Sie verloren.« Er öffnete die Hände und legte sie wieder langsam zusammen. »Sie sind eine kräftige junge Frau, und wir hatten das Glück, Dr. Swire im OP zu haben. Er ist der beste Anästhesist in Südengland, ein hervorragender Mann. Aber Sie haben uns einen ganz schönen Schock versetzt. Sie hatten Glück, daß Sie jung und körperlich fit sind. Sie werden sich schnell erholen.«

»Wie lange muß ich hierbleiben?«

Er legte sich nicht fest. »Nun, wir müssen sehen, wie es Ihnen geht. Ich schätze, so ein oder zwei Wochen.«

Panik ergriff sie. Sally Donaldson.

»Ich muß sofort aufstehen. Ich habe ein Riesenproblem. Ich – ich kann nicht eine Woche bleiben.«

»Das werden Sie aber müssen, Kate. Und, ehrlich gesagt,

glaube ich nicht, daß Sie sich in den nächsten Tagen imstande fühlen werden, irgend etwas zu tun. Haben Sie Kopfschmerzen? Schwindel?«

»Nein, ich meine, ein bißchen vielleicht.«

»Wir müssen sichergehen, daß Sie keine bleibende innere Schädelverletzung vom Unfall oder durch den Herzstillstand erlitten haben. Während der Operation kam es leider zu einigen anfallartigen Symptomen.«

»Anfallartig?«

»Epileptische Anfälle. Das kann auf eine innere Verletzung hinweisen. Ich halte es aber eher für Teil der allergischen Reaktion, so daß Sie sich keine Sorgen machen müssen. Wir werden ein EEG – ein Elektroenzephalogramm – des Gehirns machen. Sollten Sie Erinnerungsverlust oder ähnliche Beschwerden feststellen, müssen Sie uns das sofort mitteilen. Ich werde unseren Neurologen bitten, einen Blick auf Sie zu werfen.«

»Danke.«

Der Chirurg rückte den bereits perfekt sitzenden Krawattenknoten zurecht. »Diese Schmerzen, die Sie im Operationssaal spürten... wissen Sie, bei Autounfällen ist es sehr schwierig. Die Menschen werden eingeliefert, und manchmal ist keine Zeit mehr, sie richtig vorzubereiten. Wir wissen nicht, was sie gegessen oder getrunken haben oder welche Drogen oder Medikamente sie genommen haben. Die Entscheidungen über Narkose und Operation müssen oft blitzschnell getroffen werden.« Er zog seine Jacke aus.

»Sie hörten uns während der Operation sprechen. Dann haben Sie uns von oben gesehen. Ein Mittel, das man Ihnen gab, ist Ketamin, das reduziert die Blutung, hat aber die Nebenwirkung, daß der Patient sich von seinem Körper losgelöst fühlt – er glaubt, darüber zu schweben. Manchmal bleibt trotz Narkose auch ein Teil des Gehörsinns erhalten. Vielleicht vermischen sich beide Dinge in Gedanken und verursachen eine Halluzination. Es ist möglich, daß Sie durch das Ketamin auch noch in den nächsten Tagen Halluzinationen haben, was natürlich sehr bedauerlich ist. Narkosemittel haben sonderbare Wirkungen auf das menschliche Gehirn. Es sind sehr starke Substanzen. Wenn diese noch zu dem Trauma des Autounfalls hinzukommen –« Er zuckte mit den Schultern.

»Ich hatte aber das Gefühl, daß es sehr real war«, widersprach Kate.

»Es tut mir leid, daß Sie Schmerzen empfanden. Vielleicht war die Anfangsdosis bei der Narkose zu schwach, so daß Sie durchs Vekuronium gelähmt waren, aber die Wirkung des Ketamins nachließ. Das kann aber nur einen Moment lang gewesen sein, bis Dr. Swire die Narkose verstärkte; denn Sie hatten mehrere Minuten keinerlei Gehirnaktivität. Es wäre absolut unmöglich für Sie gewesen, während dieser Zeit etwas gesehen oder gehört zu haben.«

»War das während der Zeit, als mein Herz stillstand?«

Er dachte kurz nach. »Ja.«

»Ich habe alles gesehen und gehört. Und ich bin meinem Bruder begegnet.«

»Ihrem Bruder?«

»Er ist –« Sie zögerte. »Er ist tot.«

Der Arzt lächelte. »Dann hätten Sie ja ein wahres Wunder erlebt. Ich fürchte, Halluzinationen können sehr verwirrend sein. Außerdem wird bei einem Herzstillstand oft die unmittelbare Erinnerung ausgelöscht. Ich glaube, daß Sie auch feststellen werden, daß es sich um Halluzinationen handelte, die vielleicht noch etwas weitergehen.« Er schaute auf die Uhr. »Ich komme morgen wieder, um nach Ihnen zu sehen.«

»Danke«, sagte Kate.

In Gedanken war er bereits beim nächsten Patienten, als er fortging. Der Arzt im weißen Kittel und die Schwestern folgten ihm.

Plötzlich wurde Kate von Angst gepackt, die ebenso stark war wie der Aufprall des Lastwagens. Sie spürte, wie ein eiskalter Strahl durch ihren Bauch schoß, als habe sie eine Injektion bekommen.

He, Kleines, du Idiot! Ich hab' dir doch gesagt, du sollst die Finger davonlassen. Die Story fallenlassen. Von ihm wegbleiben!

Von wem?

Du mußt dich von ihm fernhalten! Laß die Story fallen!

Ihre Gedanken wanderten von Howie zu Dora Runcorn.

Er versucht, mir einen Namen zu übermitteln. Es klingt wie Draht. Haben Sie mit elektrischen Geräten zu tun?... Ich glaube, Sie müssen mit Drähten ganz besonders vorsichtig sein... Sie dürfen keinen Draht berühren. Ergibt das irgendeinen Sinn für Sie, meine Liebe?

Müdigkeit saugte die Angst auf. Kate schlief ein Weilchen. Sie träumte, daß sie in einer dunklen Kiste steckte und vorwärts rollte und daß Vorhänge sich hinter ihr schlossen. In der Kiste wurde es immer heißer. Dann explodierten die Seiten und flogen davon. Sie war von brennenden Gasdüsen wie von Kerzen um einen Altar umgeben, aber sie brannten seitlich. Die Düsen waren auf sie gerichtet.

Verbrannten sie.

Ihre Augen gingen auf.

Die Beleuchtung im Krankensaal brannte. Alles war still. Jemand kam auf sie zu. Eine Schwester mit einem Pappbecher. »Hier sind Ihre Tabletten. Möchten Sie etwas trinken?«

»Etwas Wasser, bitte.«

»Wie fühlen Sie sich?«

»Einigermaßen. Ein bißchen müde.«

»Dr. Swire kam ein paarmal vorbei, um nach Ihnen zu sehen, aber Sie schliefen. Er sagte, er käme morgen früh wieder.«

36

Sonntag, der 28. Oktober

Kate war wach, hellwach, und nahm die neue Umgebung in sich auf. Neue Geräusche: Betten wurden hochgekurbelt, Wagen ratterten vorbei, Geschirr und Besteck klapperte, ständig Schritte und das Rascheln der Schwesternkleidung. Gemurmelte Gespräche. Der Krankensaal war schäbig. Die Metallbetten waren alt, die hellgrünen Wände hatten dringend einen neuen Anstrich nötig, ebenso die cremefarbenen Fensterrahmen. Die Poster, die wahllos mit Nadeln an den Wänden befestigt waren, zeigten hauptsächlich bedrohte Tiere und bogen sich an den Kanten wie alte Brotscheiben auf. Selbst das Morgenlicht, das durch die Fenster hereindrang, schien irgendwie kraftlos. In den Betten lagen lustlose Gestalten oder schlurften in Zeitlupe in Bademänteln oder Freizeitkleidung durch den Saal. Jemand hustete. Kate roch Toast und spürte leichten Hunger. Der Tropf war weg. Nur ein Pflaster klebte auf dem Handrücken. Das Plastikarmband mit ihrem Namen befand sich am Handgelenk. Wie ein Gepäckzettel, dachte sie. Dann betrachtete sie ihre Finger und die langen Nägel, von denen zwei abgebrochen waren, wie sie verärgert feststellte. Auf der Brust spürte sie einen dumpfen Schmerz, als würde jemand auf ihre Rippen pressen.

Die Szene im Operationssaal beschäftigte sie immer noch. Wieder sah sie ihren eigenen Körper unter sich liegen. Sie hatte von Menschen gelesen, denen dies passiert war; aber gewöhnlich nach einem Trauma oder einem Unfall.

Sie sah ihren Körper auf dem Operationstisch unter sich. Alles war so deutlich, daß sie es hätte malen können: die Farben der Kacheln und des Fußbodens. Das seltsame dreieckige Symbol, das mit schwarzem Filzstift auf der Rückseite der großen Lampe gezeichnet war. Der Anästhesist, der irgendwelche Fläschchen vertauschte und eines in die Kitteltasche gleiten ließ.

Halluzination. Der indische Arzt hatte recht. Er mußte recht haben.

»Ich habe Ihnen ein paar Kekse mitgebracht.«

Belinda Tindall, die nette Schwester, stand mit einem weißen Teller vor ihr, auf dem vier einfache Butterplätzchen lagen. Sie hielt einen riesigen Blumenstrauß. »Die sind gerade für Sie abgegeben worden. Ich hole eine Vase.« Sie stellte den Teller auf den Tisch und legte die Blumen aufs Bett.

Kate riß das Zellophan auf und holte den kleinen Umschlag heraus. Dann nahm sie die Karte.

»Gute und baldige Besserung. Von Terry, Geoff und allen bei den *News*.«

Auf der Karte waren Osterglocken. Kate stellte sie neben die Plätzchen und das leere Glas. Ein pummeliges Mädchen auf

Krücken humpelte vorbei und nickte ihr fröhlich zu. Kate lächelte zurück.

Der gußeiserne Heizkörper unter dem Fenster strahlte etwas Wärme ab. Dann erschien Belinda mit einer großen blauen Vase. »Jemand rief gestern abend an und wollte Sie sprechen. Er klang sehr besorgt.« Sie nahm einen Zettel aus der Schürzentasche. »Patrick Donoghue rief an. Er meldet sich heute morgen wieder.«

Allein der Klang seines Namens verlieh ihr etwas Stärke. Eine Flut von Gefühlen brach über sie herein, so daß sie die Schwester kaum beachtete. Patrick. Aber dann kam sie sich albern vor. Was würde er denken, wenn er sie so sah! Eine andere Schwester schob ein Münztelefon auf Rädern herein. Kate wünschte sich verzweifelt, es möge Patrick sein. Aber die Schwester brachte es jemandem am anderen Ende des Saals.

»Könnte ich vielleicht eine Zeitung bekommen?« fragte Kate.

»Ich lauf' in meiner Pause schnell in den Laden hinunter. Welche hätten Sie gern?«

»Heute ist Sonntag, oder?«

»Ja.«

»Würden Sie mir dann die *Sunday Times* holen?« fragte Kate. »Und falls noch eine *Evening News* von gestern da ist, hätte ich auch gern eine.«

»Mr. Amritsan möchte, daß Sie aufstehen und ein bißchen im Saal herumspazieren. Meinen Sie, daß Sie das schaffen?«

»Sicher.«

»Ich entferne den Katheter.« Die Schwester zog den Vorhang ums Bett.

Kate biß die Zähne zusammen, als die Schwester den Katheter entfernte. Es tat scheußlich weh. Aber danach verspürte sie eine herrliche Erleichterung. Ein weiterer Schritt auf dem Weg zur Unabhängigkeit. Sie aß ein Plätzchen. Dankbar genoß sie das süße, krümelige Zeug. Kaum hatte sie es hinuntergeschluckt, hatte sie schon Appetit auf das nächste. Dann schob sie vorsichtig, weil es sehr weh tat, die Beine über die Bettkante, bis die Füße den braunen Linoleumboden berührten. Belinda zog die Vorhänge zurück und brachte ihr einen Morgenrock und Pantoffeln. Sie half Kate beim Anziehen. Kate machte am Arm der Schwester ein paar steife Schritte, dann schaffte sie es allein. Die Schmerzen im Bauch waren zwar stechend, aber erträglich.

Sie gingen hinüber zum Schwesternzimmer, in dem ein Schreibtisch mit zwei Telefonen stand. Überall lagen Papiere oder waren an der Wand befestigt. Die Oberschwester war dick, matronenhaft, mit einem Knoten im Nacken und fröhlichem walisischem Akzent.

»Ja, da ist ja unser kleiner Engel! Von den Toten auferstanden!« Sie wühlte in einer Schublade und holte eine Plastiktasche mit Zahnbürste, Zahnpasta und Waschlappen heraus. Dann gab sie Kate noch ein weißes Handtuch. »Nach einer guten Wäsche fühlen Sie sich viel besser. Das ist immer so.«

Belinda zeigte Kate den Waschraum. Er war nur ein paar Meter weiter. Kate schlurfte, mit dem Handtuch über dem Arm, hin. Als sie drinnen war und die Tür geschlossen hatte, überfiel sie plötzlich ein Gefühl der Freiheit. Allein! Es war schön, niemanden um sich zu haben. Dann schaute sie in den Spiegel. Entsetzt wich sie vor dem geschwollenen Gesicht mit blauen Flekken und verfilztem Haar zurück.

Erschöpft stützte sie sich aufs Waschbecken, drehte das Wasser auf und steckte den Stöpsel hinein. Als das Becken sich füllte, roch sie das Chlor und die Krankenhausseife. Sie mußte sich mehrere Minuten auf den Hocker setzen, ehe sie genug Kraft hatte, sich das Gesicht zu waschen.

Ganz langsam ging sie den Korridor zurück. Belinda hielt eine Tasse Tee in der Hand und plauderte mit anderen Schwestern vor dem Schwesternzimmer. Über der Doppeltüre stand in Goldbuchstaben »Princess Margaret Ward«.

»Na, fühlen Sie sich wohler?« fragte Belinda.

»Ja, danke«, antwortete Kate.

»Ich habe Ihre Papiere. Kommen Sie, ich helfe Ihnen zurück ins Bett.«

Auf dem Nachttisch standen Blumen und die Nachricht von Patrick. Daneben lag die zusammengefaltete Ausgabe der gestrigen *Sussex Evening News* und die *Sunday Times*. Über dem Bett befanden sich eine Leselampe, Kopfhörer und das Alarmlicht.

»Ich habe Ihnen die Fernbedienung noch nicht gezeigt«, sagte Belinda und nahm einen kleinen Kasten mit Griff. »Der ist für Radio, Licht und Alarm.«

»Prima.«

»Und hier ist der Speisezettel. Bitte, kreuzen Sie an, was Sie zum Lunch und zum Abendessen haben möchten.« Sie legte das Blatt auf den Tisch.

Unter Schmerzen schob Kate sich wieder ins Bett. Die Schwester deckte sie zu. »Möchten Sie die Kopfstütze hochgestellt haben?«

Kate nickte und gähnte. Dann hörte sie die Kurbel, als das Kopfteil hochgestellt wurde. Dankbar lächelte sie die Schwester an und schloß kurz die Augen. Sofort schwirrten alle möglichen Gedanken durch ihren Kopf.

Das Dreieck auf der Lampe.

Es lief ihr kalt über den Rücken. Sie nahm Patricks Nachricht und las: »Patrick Donoghue rief an. Er meldet sich heute morgen wieder.«

Nur seinen Namen zu lesen, machte ihr Mut. Sie griff zu den *News*. Schlagzeile war ein Boxkampf. Darunter stand noch ein kurzer Bericht über den Prozeß. Wer war wohl am Freitag für sie eingesprungen? Dann blätterte sie weiter, um zu sehen, ob noch etwas von ihr abgedruckt war. Überrascht sah sie, daß auf der Leitartikelseite neben der Kolumne des Redakteurs ein langer Artikel von ihr stand, den sie vor drei Wochen verfaßt hatte.

TIERSCHÜTZER-CHAOTEN von Kate Hemingway.

Als sie den Artikel las, war sie entsetzt über das Gift, das darin verspritzt wurde. Das war nie ihre Absicht gewesen. Ein Assistent in der Redaktion hatte sich mehr Freiheiten bei der Bearbeitung als sonst herausgenommen. Sie hatte den Bericht geschrieben, nachdem Tierschützer Molotowcocktails in ein Pelzgeschäft geworfen hatten. Kate wollte zwar durchaus Kritik an dieser Methode üben, aber die Prinzipien der Tierschützer nicht niedermachen, da ihr diese auch ein Anliegen waren.

Kate faltete die Zeitung zusammen. Sie kochte vor Wut und nahm sich vor, mit dem Betreffenden ein ernstes Gespräch zu führen, sobald sie wieder arbeiten konnte. Dann nahm sie den getippten Speisezettel und suchte in ihrer Handtasche, die im Nachtschrank steckte, nach einem Stift. Sie wählte Selleriesuppe, gegrillten Kabeljau und Fruchtsalat. Als sie das letzte Kreuzchen machte, bemerkte sie, daß jemand reglos am Fußende des Betts stand. Er kam ihr bekannt vor, aber sie konnte ihn nicht sofort einordnen.

Der Mann war etwa vierzig, kräftig gebaut, teuer gekleidet und hatte einen Kopf, der für den Körper zu groß wirkte. Sein Gesicht war schlaff, aber nicht fett, und blaß wie bei einem typischen Stubenhocker. Er hatte eine kurze Nase, kleine Rosenknospenlippen, winzige, tiefliegende Augen. Das Haar war hellbraun, sorgfältig gekämmt, wurde aber schon schütter. Er trug einen marineblauen Doppelreiher, glänzende Halbschuhe mit Goldkettchen, ein blauweiß gestreiftes Hemd mit verdeckter Knopfleiste und eine gelbe Krawatte mit Violinen darauf. An einem Handgelenk prankte eine goldene Rolex, am anderen eine Kette mit graviertem Namen und ein blauweißer Wedgwood-Siegelring.

Sie fing seinen Blick auf. Erst reagierte er nicht, sondern musterte sie nur kalt, als sei sie ein Möbelstück.

Dann war er wie ausgewechselt und lächelte sie abrupt freundlich an. »Nun, wie fühlen Sie sich?« Seine Stimme war glatt, ein bißchen zu hoch und mit einer Wärme erfüllt, die bestimmt nicht echt war, wie Kate dachte. Auf einen Schlag wußte sie, wer er war. Am Donnerstag hatte sie ihn über sich mit herabhängendem Mundschutz am Narkosegerät stehen sehen. Und dann auch im Operationssaal – und noch irgendwo.

»Ich komme mir vor, als hätte mich ein Pferd getreten«, antwortete sie.

»Ein großes, eisernes Pferd mit sechzehn Rädern, stimmt's?« Er lächelte immer noch, als teilten sie ein Geheimnis miteinander, aber trotzdem blieb ein kaltes Glitzern in diesen Äuglein. »Ich weiß nicht, ob Sie sich noch an mich erinnern. Ich bin Dr. Swire. Ich war Ihr Anästhesist.«

»Ich nehme an, daß ich Ihnen großen Dank schulde, weil Sie mein Leben gerettet haben.«

»Ich habe nur das getan, was jeder Anästhesist unter diesen

Umständen getan hätte. Allerdings sagte mir Mr. Amritsan, daß ich Sie nicht richtig zum Einschlafen brachte.« Jetzt nahm sein Gesicht einen schmerzlichen Ausdruck an. »Das tut mir aufrichtig leid. Wie schrecklich für Sie – Kate, nicht wahr?«

Sie nickte.

Er setzte sich neben sie, wobei er die Bügelfalten sorgsam über den Knien anhob. Seine Hände waren fleischig, ziemlich formlos; aber die Nägel waren makellos manikürt.

»Ich dachte, ich müßte vor Schmerzen sterben«, sagte Kate. »Ich konnte fühlen, wie mich das Skalpell aufschnitt und wie die Finger des Chirurgen in mir herumwühlten.«

»Grauenvoll! Sie armes Ding! Nun ja, manchmal kommt es vor. Ich habe mir so meine Gedanken gemacht. Mir fiel auf, daß Ihr Puls schneller ging, als Mr. Amritsan den Einschnitt machte, daher habe ich die Narkose verstärkt. Doch dann, fürchte ich, hatten Sie eine massive allergische Reaktion auf eines der Narkosemittel oder Antibiotika.« Er stand auf und schob den Stuhl eine Handbreit vor. »Ich werde Ihnen etwas geben, damit Sie heute nacht gut schlafen können. Mr. Amritsan erwähnte, daß Sie ziemlich unangenehme Halluzinationen hatten.«

»Ich bin nicht so sicher, daß es Halluzinationen waren. Ich – ich glaube, daß ich ein Erlebnis hatte, von dem ich schon gelesen habe: Man verläßt den eigenen Körper oder steht an der Schwelle des Todes oder so.« Sie musterte ihn verstohlen. »Haben Sie schon davon gehört? Wenn Menschen ihren Körper verlassen? Dann sehen sie sich auf dem Operationstisch oder in einem Autowrack. Sie bewegen sich durch einen dunklen Tunnel auf ein helles Licht zu. Dort begegnen sie einem Verwandten, der tot ist und ihnen sagt, daß sie zurückgehen müssen, nicht wahr?«

In seinen Augen flackerte es. Es war, als flattere der Schatten eines Vogels am Fenster vorbei. Nur eine Sekunde lang.

»Ja, gewiß.« Er rang langsam die Hände, als seife er sie ein.

»Genau das habe ich erlebt.«

»Erzählen Sie es mir.« Seine Hände seiften weiter.

Kate zögerte. Ganz deutlich war die Erinnerung da, daß er im Operationssaal die Fläschchen vertauschte. Sie sah, wie die Schwester ihm Lignokain gab, das er in die Tasche gleiten ließ.

Vielleicht war es doch nur eine Halluzination gewesen. Vielleicht war alles eine Halluzination und sie auf dem besten Weg, einen Narren aus sich zu machen. Kate senkte die Stimme. »Ich – ich hörte jemand sagen: ›Dr. Swire, das EEG! Die Gehirnwellen hören auf!‹ Und Sie antworteten: ›Das ist gut‹ und dann etwas wie Rhesodox und Blutdruck. Dann sagten Sie: ›Schalten Sie den Alarm aus. Konzentrieren Sie sich aufs EEG und den Blutdruck.‹ Und dann schwebte ich plötzlich an der Decke des Operationssaals und schaute hinab.«

Seine Augenbrauen hoben sich. »Schwebte?«

»Ja, irgendwie schwerelos.«

»Wie fühlten Sie sich da?«

»Phantastisch, weil die Schmerzen aufgehört hatten. Sie unten waren alle ganz aufgeregt und versuchten mich wiederzubeleben. Ich wollte Ihnen sagen, daß alles in Ordnung sei; aber ich konnte nicht.«

Seine Augen starrten sie an. Kate spürte beinahe, wie sie in ihren Körper schnitten – wie Diamantenschneider in Glas. »Was haben Sie noch gesehen?«

Kate schaute beiseite. Vom Lignokain wollte sie ihm nichts erzählen. Noch nicht. »Neben Ihnen stand noch ein Mann. Ich glaube Ihr Assistent. Er beobachtete die Skalen und Apparate. Ich sah, wie Sie eine Spritze aus der Verpackung nahmen. Auf der Wanduhr war es genau zehn nach sieben. Sie gaben mir die Spritze durch das Ding auf meinem Handrücken, drehten an ein paar Ventilen und schrieben etwas auf ein Klemmbord. Die Schwester nahm die grünen Tücher weg und fing an, mit beiden Händen mein Herz zu massieren. Drei Männer rollten den Defibrillator herein – so heißt das doch? Dann wurde ich weggezogen.«

In seinen Augen funkelte es jetzt so, daß es ihr eiskalt über den Rücken lief. Dabei wirkte er auch wie ein aufgeregtes Kind, aber völlig ohne kindliche Unschuld. Kälte, Gier, Verschlagenheit paßte eher. Kate schluckte einen Kloß hinunter, der soeben noch nicht im Hals gewesen war, und blickte auf den Speisezettel. Rinderschmorbraten mit Mehlklößen. Die Normalität des Essens tat ihr gut. Jetzt roch Kate das Eau de Cologne des Anästhesisten – pfeffrig, teuer, auffällig!

»Sprechen Sie doch weiter.«

»Irgendwie machte es mir Spaß, da ich keine Schmerzen mehr hatte. Dann stieg ich aber immer höher und wurde in einen dunklen Tunnel hineingezogen. Ich wollte nicht. Ich hatte Angst.«

»Wovor?«

»Daß ich tot sein würde, wenn man mich wegschleppte.«

»Und wer wollte Sie wegschleppen?«

»Geister, nehme ich an«, sagte sie und kam sich schrecklich albern vor. Jetzt lächelte er wieder milde. In seinen Augen stand freundliches Interesse. Kate überlegte, ob sie sich den eiskalten Ausdruck soeben nur eingebildet hatte. »Ich wirbelte durch diesen Tunnel und kam am Ende zu einem ganz hellen Licht. Es war wie ein lebendes Wesen, wie eine Person.«

»War es freundlich?«

»Ja.« Sie zuckte mit den Schultern. »Freundlich, verständnisvoll.« Wieder spürte sie die tiefe Wärme, die die Schmerzen in ihr wegschmelzen ließ. »Es war ein gutes Gefühl: unfaßbar sicher und liebevoll. Ich wollte nie wieder an einen anderen Ort. Dann sah ich meinen Bruder Howie – er starb, als ich vierzehn war. Er sagte mir aber, daß ich nicht bleiben könne, daß Sie mein Herz wieder schlagen ließen. Und da mußte ich zurück in meinen Körper.«

»Welche Gefühle hatten Sie dabei?«

»Ich wollte nicht. Es war mir überhaupt nicht recht, daß ich zurückmußte. Ich wollte nicht. Der Ort dort war viel schöner. Außerdem wollte ich meinen Bruder noch so viel fragen; aber er ließ mir keine Zeit. Er war beinahe ärgerlich, als er mir sagte, ich müsse zurückgehen, weil ich noch viel zu erledigen hätte. Und dann hörte ich jemand sagen: ›Sie atmet jetzt wieder selbständig.‹ Dann war ich wieder in meinem Körper.« Sie erwartete, daß er sie auslachen würde; aber er saß nur schweigend da.

»Verstehen Sie, was Tod ist, Kate?« fragte er schließlich.

»Ja, ich glaube schon.«

»Es gibt eine Menge irrige Meinungen über den Tod. Die legale Definition lautet Gehirntod. Menschen können jahrelang – jahrzehntelang – mit Hilfe von Apparaten am Leben gehalten werden; aber wenn sie keine Gehirnaktivität mehr zeigen, besagt das Gesetz, daß sie kein Bewußtsein mehr haben. Sie vegetieren nur noch dahin. Wußten Sie das?«

»In etwa.«

»Das Herz ist eine Pumpe. Die anderen Organe sind Filter, Chemieproduktionsstätten und Abfallbeseitigungssysteme.« Seine Stimme klang jetzt leidenschaftlich, aufgeregt. »Ihr Gehirn wurde von einem Anästhesiemittel während der Operation ausgeschaltet. Das dauerte etwa fünf Minuten. Also ist es unmöglich, daß im Gehirn irgendwelche Aktivität stattfand. Dann hörte Ihr Herz auf zu schlagen. Sie waren klinisch tot, existierten nur noch.« Er musterte sorgfältig Kates Gesicht. »Ihr Herzstillstand dauerte drei Minuten. Normalerweise – wenn das Herz für länger als neunzig Sekunden aussetzt – fehlt dem Gehirn Sauerstoff, und es kommt zu einem irreversiblen Gehirnschaden. Aber Ihres war geschützt, weil es durch die Narkose ausgeschaltet war und nicht die normale Sauerstoffzufuhr benötigte.«

»Wie bei Hypothermie?«

»Ähnlich.«

»Warum wurde mein Gehirn ausgeschaltet?«

»Sie zeigten Symptome epileptischer Anfälle, wie es bei inneren Schädelverletzungen häufig vorkommt. So wurde die Gefahr von Gehirnblutungen verringert.«

»Wollen Sie sagen, daß ich innere Schädelverletzungen habe? Epilepsie?«

»Das bezweifle ich. Hoffen wir, daß es nicht so ist. Oft sind die Anfälle lediglich Symptom eines Traumas.« Er sagte das in einem Ton, daß Kate sich dumm vorkam, gefragt zu haben. »Als Sie da oben an der Decke des Operationssaals schwebten, war Ihr Gehirn völlig ausgeschaltet. Es ist absolut unmöglich, daß Sie während dieser Zeit irgend etwas sehen konnten.«

Eisspiralen entrollten sich in ihr. »Und wie erklären Sie dann das, was ich sah?«

»Herzstillstand und durch Barbiturate bedingtes Aufhören der Gehirnaktivität löschen normalerweise jede unmittelbar vorausgehende Erinnerung aus. Sie dürften sich also an nichts erinnern.«

»Aber ich tue es.«

»Sie haben typische postoperative Halluzinationen, hervorgerufen durch die Narkosemittel. Das Gehirn setzt hübsche, halluzinogene Substanzen frei, wenn es stirbt. Das ist Teil des Abschaltmechanismus. Manche Menschen, die dem Tode sehr nahe waren, berichten von Begegnungen mit verstorbenen Verwandten. Diese gehören zum Übergang in den Tod. Das letzte, was das Gehirn noch für uns tut, ist, uns das Sterben zu verschönen. Es besteht keine Möglichkeit, daß Sie tatsächlich etwas gesehen haben. Sie waren weg, ausgeschaltet. Sie hatten keine Gehirnaktivität.«

Kate schüttelte den Kopf. »Es war wirklich seltsam.« Sie erinnerte sich wieder an Dora Runcorns Stimme, dann an Howies. Der Operationssaal. Das seltsame Dreieck oben auf der Lampe.

»Womit verdienen Sie Ihre Brötchen, Kate?«

»Ich bin Journalistin, Zeitungsreporterin.«

»Welche Zeitung?«

Sie zeigte auf die neben dem Bett. »Die *Evening News*.«

Er lächelte. »Eine gute Zeitung. Manchmal stehen recht kontroverse Sachen drin.«

Kate zuckte mit den Schultern. »Eigentlich nicht. Dazu fehlt es an Mut.«

»Warum sagen Sie das?«

»Man ist dort zu sehr unter Druck, der Gemeinde nicht auf die Füße zu treten.«

»Am Dienstag stand ein ziemlich polemischer Artikel über eine Exhumierung drin.«

Seine Augen bohrten sich förmlich in ihre. Ihr wurde flau. Sie blickte beiseite und überlegte, ob er wußte, daß sie den Artikel geschrieben hatte. »In den späteren Ausgaben wurde er eingezogen, weil der Chefredakteur Bedenken bekam.«

»Und weshalb? Daß er die Leser verstimmen könnte?«

»Teilweise.«

Kate zuckte zusammen, weil es plötzlich laut piepste. Er zog den Piepser aus der Tasche und sah auf die Anzeige. »Tut mir leid, ich muß zu einem Notfall.« Abrupt stand er auf. »Ich komme später noch einmal zu Ihnen.« Dann ging er schnell weg.

In Kates Kopf drehte sich alles. Völlig erschöpft lag sie mehrere Minuten da. Sie hatte Angst.

Sie konnte das Dreieck auf der Lampe nicht vergessen.

Howie.

Dr. Swire, wie er die Fläschchen vertauschte. Etwas stimmte nicht. Er machte es so verstohlen. Nein, da stimmte wirklich etwas nicht.

Du mußt dich von ihm fernhalten, Kleines!

Von wem?

Dr. Swire?

»Na, Speisezettel ausgefüllt?« Belinda Tindall nahm das Blatt hoch und überflog es. »Dr. Swire ist doch wirklich ein netter Mensch, finden Sie nicht auch?«

Kate nickte unsicher.

»Er ist Chef der Intensivstation. Sie hätten keinen besseren Anästhesisten haben können.«

Jetzt erinnerte Kate sich. Ja, sie hatte ihn auf der Intensivstation gesehen, als sie mit Dr. Matthews gesprochen hatte. Da hatte sie ihn vorbeigehen sehen.

»Kannten Sie Sally Donaldson? Sie war Patientin hier und starb vor zwei Wochen.«

»Ja«, antwortete Belinda. »Sie war in dieser Abteilung. Eine ganz reizende Frau. Sie hatte sich so auf ihr Baby gefreut.« Die Schwester machte ein betrübtes Gesicht. »Sie hat mir sehr leid getan und ihr Mann auch, der arme Kerl. Ich konnte es einfach nicht glauben, als ich hörte, daß sie gestorben sei.«

»Woran ist sie eigentlich genau gestorben?«

»Sie bekam *status epilepticus*. Wenn das Gehirn anschwillt, kommt es zu pausenlosen Anfällen. Angefangen hat es mit Bluthochdruck – das haben Schwangere oft –, und manchmal entwikkelt es sich dann dazu.«

»Ist es tödlich?«

»Nein, nicht unbedingt. Aber bei der Behandlung sind starke Medikamente nötig. Die meisten erholen sich wieder, aber manchmal kann es das System nicht vertragen. Dr. Swire tat alles, was in seiner Macht stand, für sie.«

»War sie Dr. Swires Patientin?«

»Ja, sicher. Man hält Dr. Swire für den besten im Land. Er hat Bücher geschrieben und Unmengen von Artikeln.« Sie senkte die Stimme. »Das ist wirklich ein Glück. Wir hatten nämlich direkt eine Serie von solchen Fällen, seit er hier ist. Fünf *Status-epilepticus*-Fälle, glaube ich.«

»Wie lange ist er schon hier?«

»Er kam vor ungefähr vier Monaten. Normalerweise rechnen wir mit höchstens zwei Fällen pro Jahr. Schon komisch, wie das Leben so spielt.«

»Immer in Wellen«, sagte Kate.

»Ja. Wissen Sie auch, warum er sich dafür so interessiert?«

»Nein.«

»Seine Verlobte starb wohl daran, vor mehreren Jahren. Das hat der arme Mann nicht verkraftet. Aus diesem Grund will er unbedingt ein Mittel oder Heilverfahren dagegen finden. Traurig, nicht wahr?«

37

Sonntag, der 28. Oktober

Kate schreckte aus einem leichten Schlummer hoch.

»Catherine Hemingway.«

Sie hörte eine tiefe Stimme und schaute auf. Ein kräftiger Polizist mit breiten Schultern stand da. Er trug einen dicken Regenmantel und hielt verlegen die Mütze in der Hand.

Vom Bestattungsunternehmen A. Dalby & Sohn hatte jemand den Unfall gesehen, berichtete er ihr. »Ja«, meinte sie müde und versuchte, die Gedanken zu ordnen.

»Constable Stroud, East Sussex Police. Es tut mir leid, Sie zu stören; aber fühlen Sie sich imstande, ein paar Worte mit mir zu wechseln?«

»Sicher«, sagte sie, immer noch leicht benommen. Wieviel Uhr war es? Eine Schwester kam mit einem riesigen Blumenstrauß vorbei. Ein Geistlicher lief mit leerem Lächeln durch den Gang zwischen den Betten und fingerte an seinem Kragen herum. In der Mitte des Saals stand ein junger Mann in weißem Kittel und sprach sehr ernst mit einem älteren Mann im Tweedanzug.

Constable Stroud machte den Knopf seiner Brusttasche auf und warf einen Blick auf den Stuhl neben Kates Bett. »Darf ich?«

»Aber bitte.« Sie nickte. Er setzte sich und holte sein Notizbuch heraus. »Wie fühlen Sie sich jetzt?«

»Einigermaßen, danke.«

»Wahrscheinlich erinnern Sie sich nicht mehr an mich«, sagte der Polizist. »Ich war einer der Leute, die Sie aus Ihrem Wagen holten.«

Kate war erleichtert. Er war nicht wegen des Bestattungsunternehmens gekommen. »Nein, tut mir leid. Ich erinnere mich nicht.«

»Ehrlich gesagt, ich dachte, Sie würden es nicht schaffen. Ich bin erstaunt, Sie schon sitzen zu sehen. Sie hatten wirklich Glück, wenn man so sagen kann. Der Lastwagen hat das Vorderteil Ihres VWs abgerissen. Hätte er Sie ein Stückchen weiter an der Tür erwischt, wäre das weniger günstig gewesen.« Er öffnete das Notizbuch und suchte in der Tasche nach einem Stift. »Ich würde gern ein paar Notizen machen, wenn es Ihnen recht ist.«

»Ist dem Lastwagenfahrer etwas passiert?«

»Nein. Er wurde nicht verletzt, nur Schock.«

»Ist sonst jemand verletzt worden?«

»Nein.«

»Gott sei Dank.«

Er nahm die Kappe vom Füller und probierte die Feder auf dem Finger aus. Eine blaue Linie wurde sichtbar. Dann blätterte er in seinem Büchlein, bis er eine leere Seite fand. »Jetzt! Können Sie mir sagen, was passiert ist?«

»Wo soll ich anfangen?« Als sie seinen Blick auffing, wurde sie vor schlechtem Gewissen rot. Als wüßte er, daß sie bei Dalby eingebrochen war und daß an der Sache viel mehr dran war, als sie ihm erzählen würde. Eine gewisse Müdigkeit lag auf seinem Gesicht. Diese Müdigkeit besagte, daß immer mehr an der Sache dran war, als die Leute ihn wissen ließen.

Kate machte es kurz. Sie erzählte von dem weißen Auto hinter ihr, sagte aber nicht, daß es sie verfolgt hatte. Nur daß er an der Kreuzung hinter ihr gewesen sei und daß sie deshalb viel zu schnell auf die Hauptstraße gefahren sei, weil sie geglaubt hatte, er habe es so eilig.

Der Polizist schrieb alles langsam mit und sagte, er würde Nachforschungen anstellen, ob sich der Fahrer des weißen Autos gemeldet habe. Er selbst konnte sich an kein weißes Auto am Unfallort erinnern. Dann schloß er die Augen. Als er sie wieder öffnete, trug sein Gesicht einen ganz anderen Ausdruck. Es war wie ein Szenenwechsel auf der Bühne. »Miss Hemingway, ich fürchte, wir müssen Sie bitten, zu uns zu kommen, um eine formelle Aussage zu machen, und daß wir die Akte weiterleiten müssen an die Staatsanwaltschaft. Vielleicht wird man Sie wegen fahrlässigen Verhaltens zu einer Strafe verurteilen.«

»Na, danke schön.«

Er nickte mit dem Kopf, hatte aber die Freundlichkeit, verlegen auszusehen. Als Kate ihm nachschaute, wie er aus dem Krankensaal ging, spürte sie einen stechenden Schmerz tief im Bauch. Sie hob die Decke hoch und das Krankenhaushemdchen. Als sie die dunkelblauen Stiche auf ihrem Bauch sah, machte sie sich Gedanken, wie dick wohl die Narbe sein würde. Als sie ihr Gewicht verlagerte, tat die Wunde wieder weh.

Eine hübsche Schwester mit rotbraunem Haar rollte das gelbe Münztelefon an ihr Bett. »Ein Ferngespräch für Sie«, sagte sie. Dann steckte sie das Telefon in eine Dose über Kates Kopf und gab ihr den Hörer.

Mutter wahrscheinlich, dachte Kate und bereitete sich seelisch schon darauf vor, zu erklären, daß alles bestens sei.

»Kate?«

Es war Patrick. Seine warme Stimme klang so nah. »Wie geht es Ihnen?«

Kate hatte das Gefühl, ihn bereits ihr ganzes Leben zu kennen, als sei er ihr bester Freund auf der Welt. Am liebsten hätte sie losgeheult, weil sie sich so freute, von ihm zu hören. Sie wünschte, er säße jetzt hier neben ihrem Bett. »Alles in Ordnung«, sagte sie.

»Was ist passiert?«

»Wo sind Sie?«

»In Brüssel. Ich muß noch ein paar Tage länger bleiben. Was ist passiert, Kate?«

»Ich bin ein bißchen ramponiert.« Sie zögerte. Morris Dalby. Das weiße Auto. Aber es wäre sinnlos, ihm das alles jetzt zu erklären. Nein, nicht am Telefon. Sie wollte mit ihm auch über ihre Erfahrung sprechen und daß sie außerhalb ihres Körpers gewesen war, aber vielleicht hielt er sie dann für verrückt.

»Ich habe in der Redaktion angerufen. Ein Kollege erzählte, daß Sie einen Unfall hatten. Er hat etwas darüber in Ihrer Zeitung gelesen. Ich konnte es nicht glauben. Gestern rief ich bei Ihrer Zeitung an. Die sagten mir, daß Sie in diesem Krankenhaus seien. Ich habe schon viermal angerufen; aber Sie haben immer geschlafen, und niemand wollte mir nähere Auskunft geben. Ist wirklich alles in Ordnung?«

»Ja, mir tut nur der ganze Körper weh.«

»Sie klingen ziemlich bedrückt.«

»Bin ich auch.«

»Wie lange müssen Sie noch im Krankenhaus bleiben?«

»Ungefähr eine Woche.« Sie senkte die Stimme. »Ich bin auf derselben Station, wo Sally Donaldson war.«

»Nein, im Ernst? Haben Sie schon etwas rausbekommen?«

Ein Arzt und eine Schwester kamen am Bettende vorbei. Kate schwieg, bis beide vorbeigegangen waren. »Daran arbeite ich noch.« Sie dachte an Dr. Swire. Chef der Intensivstation. Seinen seltsamen Gesichtsausdruck. Er wußte über Sally Donaldson Bescheid. »Ich kann hier nicht richtig sprechen.«

»Ich bin in einer Telefonzelle. Meine Münzen sind gleich zu Ende. Ich rufe Sie heute abend noch mal vom Hotel aus an. Wie spät kann ich noch anrufen?«

»Das weiß ich nicht genau.«

Piepsen, Klappern. Er sagte etwas, das sie nicht verstehen konnte. Dann nur noch ein Summen. Kate legte den Hörer auf. Sie fühlte sich besser, froh. Sie schloß die Augen und genoß das Bild seines kantigen Gesichts, das kurze, zerzauste braune Haar, die klaren, grünen Augen, der leichte Knick in der Nase, wo sie vielleicht mal gebrochen war, das feste Kinn, immer nach oben gerichtet, seine ernste, besorgte Miene und seine Wärme. Das

Bild verdunkelte sich plötzlich. Sie geriet in Panik, als sie es nicht wieder heraufbeschwören konnte. Sie konnte sich nicht mehr erinnern, wie er aussah, und wünschte, sie hätte ein Foto.

Dann sah sie die schlaksige Gestalt von Eddie Bix, dem Fotografen der *News*. In Jeans und karierter Holzfällerjacke kam er auf sie zu. Er trug ein Körbchen mit Obst und einen riesigen Umschlag.

»He, Sie sehen fabelhaft aus!« sagte er fröhlich. »Ich dachte, Ihre Arme und Beine seien im Streckverband hochgezurrt.«

Kate staunte über den Berg aus Ananas, Bananen, Trauben und Kiwis. Die Karte hatten anscheinend sämtliche Mitarbeiter der Zeitung unterschrieben.

»Vielen Dank«, sagte sie. »Das ist wirklich nett.«

»Und, alles okay mit Ihnen?«

»Ich habe einige innere Quetschungen.« Sie berührte das Gesicht. »Und ein paar Kratzer. Sie müssen noch einige Tests machen, glauben aber nicht, daß es etwas Ernstes ist.«

Er setzte sich und schnüffelte kurz. »Ich kann Ihnen eines sagen: Mann, war ich froh, daß ich nicht die Fotos von Ihrem Auto machen mußte.«

»Hat überhaupt jemand welche gemacht?«

»Dennis Rigby. Er sagte, daß es übel aussah. Ich habe Ihnen den Artikel mitgebracht.« Er nahm die *Sussex Evening News*, die er unter den Arm geklemmt hatte, breitete sie auf Kates Bett aus und blätterte.

Dann sah Kate das Foto des Autowracks. Durch das Blitzlicht hob es sich grell gegen den dunklen, nächtlichen Hintergrund ab. Ein Polizist stand mit dem Rücken zur Kamera und dirigierte den Verkehr. Er trug eine fluoreszierende Jacke. Kate las den Artikel.

REPORTERIN ÜBERLEBTE UNFALL
WIE DURCH EIN WUNDER

Evening-News-Reporterin Kate Hemingway wurde gestern abend ins Krankenhaus gebracht, nachdem ihr VW mit einem Lastwagen in der Nähe von Lews kollidierte.

PC Derek Stroub sagte: »Ihr Volkswagen war bis zur Unkenntlichkeit zerquetscht. Der Unfall ereignete sich bei starkem Regen. Es ist ein Wunder, daß sie überlebte.«

Kate, 24, erlitt innere Quetschungen und Schnittverletzungen. Heute morgen wurde ihr Zustand als zufriedenstellend beschrieben.

»Und wie läuft's in der Redaktion?« fragte Kate, der bei dem Artikel fast schlecht geworden war.

»Ach, soso! Keine größeren Dramen.« Er grinste. »Nichts seit Ihrem Exhumierungsartikel, den Terry Brent niederwalzte.«

»Würden Sie mir einen Gefallen tun? Ich brauche aus meiner Wohnung ein paar Sachen zum Anziehen und Waschzeug.«

»Kein Problem! Geoff Fox hat Joanna schon gefragt. Ich bringe ihr die Schlüssel.«

Kate machte den Nachttisch auf und holte ihre Handtasche heraus. Sie öffnete sie und wühlte, aber ihre Schlüssel waren nicht da. Ihre Geldbörse auch nicht. Dann erinnerte sie sich und winkte Belinda herbei, die gerade aus den Vorhängen um das Nebenbett auftauchte.

»Ihre Schlüssel sind mit den anderen Wertsachen im Tresor. Ich hole Ihnen gleich den Umschlag«, sagte die Schwester.

Gerade als sie hinausging, schob eine andere Schwester das gelbe Münztelefon herein. »Ein Anruf für Sie.«

»Soll ich gehen?« fragte Eddie Bix.

Kate schüttelte den Kopf und nahm den Hörer. Es klickte, als die Schwester die Schnur einsteckte. »Hallo?« meldete sich Kate.

»Kate Hemingway?« Es war die scharfe Stimme von Kevin Donaldsons Mutter. »Hier ist Beth Donaldson.«

»O hallo.«

»Ich hab' von Ihrem Unfall gehört. Tut mir so leid. Geht es Ihnen gut?«

»Ja, danke, so einigermaßen.«

»Ich versuchte, Sie zu finden, aber das war gar nicht so einfach. Hat 'ne Weile gedauert.«

»Was gibt's Neues über die zweite Autopsie?« fragte Kate.

»Es gibt keine!« Die Endgültigkeit in der Stimme der Frau verhieß nichts Gutes.

Kate schluckte. »Warum nicht?«

»Freitag abend rief mich der Bestattungsheini an, Mr. Dalby. Er entschuldigte sich tausendmal.« Die Stimme klang verbittert. »Seinem Jungen ist eine schreckliche Verwechslung passiert. Sally ist eingeäschert worden.«

38

Sonntag, der 28. Oktober

Joanna Baines brachte Kates Sachen und Waschzeug in einer kleinen Reisetasche. Sie blieb und plauderte noch ein Weilchen. Kurz vor drei Uhr ging sie, und Kate schlief wieder ein.

Sie wachte auf, als man sie auf einen Krankenwagen hob. Verwirrt schaute sie die Schwester und den Pfleger an. »Was ist los?«

»Sie werden in ein Einzelzimmer verlegt«, erklarte die Schwester spitz. Offenbar war ihr das nicht recht.

»Ich bin aber keine Privatpatientin«, sagte Kate.

»Ich habe Anweisung, Sie zu verlegen«, sagte die Schwester. »Ich bringe Ihre Sachen gleich nach.«

Der Pfleger schob Kate aus dem Saal einen langen Korridor hinab. Der Wagen vibrierte leicht, als die Räder über den Linoleumboden rollten. Sie betrachtete die Leuchtstoffröhren an der Decke. Sie kamen noch an mehreren Automaten vorbei. Dann hielten sie vor den Stahltüren eines Aufzugs.

»Auf wessen Anweisung hin werde ich in ein Privatzimmer verlegt?«

»Weiß ich nicht, Miss. Vielleicht haben Sie eine Krankenversicherung an Ihrem Arbeitsplatz?«

»Das glaube ich nicht.«

Der Aufzug bewegte sich langsam nach oben. Drinnen war es ebenso düster wie in Kates Kopf. Sally Donaldson war verbrannt worden. Für immer weg.

Die Türen gingen auf, und man schob sie in einen Bereich, der viel luxuriöser wirkte. Alles frisch gestrichen. An den Wänden hingen abstrakte Bilder von Brighton. Über der Tür war ein Schild. »Leggett I«. Sie hielten am Stationszimmer. »Catherine Hemingway«, sagte der Pfleger. »Welche Zimmernummer?«

»Elf«, sagte eine Stimme. Kate drehte den Kopf und sah eine große, ziemlich streng aussehende Frau in blauer Schwesterntracht. Ihr strohblondes Haar war wie ein Mop geschnitten. Ihre großen Augen sahen wie Murmeln aus.

Es ging einen langen, engen Korridor entlang. Auf dem Teppich rollten die Räder lautlos dahin. Die meisten Türen rechts und links standen offen. Kate konnte einen Blick hineinwerfen. Gestalten in Betten. Ein Nachrichtensprecher im Fernseher. Blumen. Karten. Eine ältere Dame beim Essen. Der Pfleger machte eine Tür auf und schob sie hinein. Der Raum glich einem schmucklosen, durchschnittlichen Hotelzimmer, bis auf das hohe Krankenhausbett aus Metall. Eine Tür führte nach nebenan, Kate vermutete, ins Bad.

Eine schlanke, dunkelhaarige Schwester kam und half dem Pfleger, Kate ins Bett zu heben. Die Schwester wirkte nonnenhaft verschlossen. Auf dem Namensschild stand: Margaret Watts. »Haben Sie schon gegessen?« fragte sie Kate.

»Nein.«

»Möchten Sie das Abendessen?«

»Warum hat man mich verlegt?«

»Heute abend sind in der Hauptstation die Betten knapp geworden. Deshalb wurden Patienten, die nicht ständig überwacht werden müssen, hierher verlegt«, erklärte die Schwester. »Hier ist die Fernbedienung für den Fernseher.« Sie hob das Kästchen hoch. »Sie haben vier Kanäle, drei Radiosender und den Rufknopf für die Schwester. Toilette ist im Bad da drüben.« Sie ging schnell hinaus.

Kate lag da. Diese plötzliche Verlegung gab ihr Rätsel auf. Das Zimmer war hübsch. Es war auch angenehm, allein zu liegen und Telefon und Fernsehen zu haben; aber trotzdem hatte sie ein ungutes Gefühl. Diese Verlegung war irgendwie zu glatt gelaufen. Sie hatte auch einen Augenblick lang Angst gehabt, das Telefon könnte angezapft sein, als sie mit Patrick sprach. Allerdings hatte sie ihm nichts erzählt. Reiner Verfolgungswahn! Das war ihr klar. Wahrscheinlich war die Krankenhausverwaltung nicht glücklich, sie hier zu haben, und hatte ihr ein Einzelzimmer gegeben, damit sie nicht so viel Kontakt zu anderen Leuten hatte, damit sie nicht so leicht Fragen stellen konnte.

Ein junger Assistenzarzt kam herein. Ohne zu lächeln las er ihr Krankenblatt, erkundigte sich, ob sie sich wohl fühle und verschwand wieder. Die dunkelhaarige Schwester kam zurück, maß Fieber und Blutdruck und trug die Werte auf dem Krankenblatt ein. Eine zierliche asiatische Schwester brachte ihr Erbsensuppe, gegrilltes Huhn und einen Mangojoghurt. Kate überlegte, ob sie sich nur einbildete, daß das Personal sie zurückhaltend behandelte. Vielleicht wußten alle, wer sie war.

Sie aß langsam. Hunger hatte sie nicht, aber sie mußte wieder zu Kräften kommen. Dabei sah sie *Nur Narren und Pferde* im Fernsehen an. Aber nichts nahm ihr das Gefühl von dumpfer Verzweiflung und Wut. Sally Donaldson war eingeäschert worden. Weg. Sie dachte an den aalglatten Morris Dalby. Wie er ihr auf der Straße entgegengerannt war. Jetzt war ihr klar, daß sie hätte stehenbleiben und ihn kaltblütig abblitzen lassen müssen. Sie verfluchte ihre Panik. Deshalb lag sie jetzt hier.

Von Sally Donaldson waren jetzt nur noch der Fingernagel und die Körperflüssigkeiten übrig, die sich noch in der Gerichtsmedizin befanden. Sie wußte nicht, ob der Nagel etwas nützen würde. Es hing noch ein winziger Fleischfetzen daran. Pathologen konnten oft von einem winzigen Stück sehr viele Rückschlüsse ziehen. Ihre Augen schlossen sich. Sie fühlte sich völlig ausgelaugt. Sie schob den Tisch weg und rollte sich auf die Seite. Aber das tat zu weh. Vorsichtig legte sie sich auf den Rücken und schlief ein.

Irgendwann später hörte sie, wie das Tablett geholt und das Kopfteil des Betts verstellt wurde. Dann schloß sich die Tür wieder. Sie dämmerte dahin. Sie sah Dora Runcorn schreiend auf sie zulaufen, aber sie konnte nichts hören. Das Medium hielt ein großes Plakat hoch. Kate sah, daß darauf ein Dreieck mit einer Schlangenlinie war wie ein Straßenschild.

Dann hielt jemand ihren Arm. Der Druck verstärkte sich. Sie machte die Augen auf. Dr. Swire beugte sich über sie und legte eine Manschette an ihrem Arm an. Er trug dieselbe elegante Kleidung wie am Morgen. Entsetzt starrte sie ihn an. Er lächelte beruhigend.

»Nur etwas, damit Sie gut schlafen können und Ihre Rippen nicht so weh tun.« Er hielt eine Spritze hoch. Sie sah den Tropfen am Ende und fühlte dann einen Einstich.

Etwas ergoß sich in ihren Arm, ließ ihn anschwellen. Dicke, kalte Flüssigkeit drang ein. Der Ausdruck in den Augen des Anästhesisten jagte ihr Angst ein. In Panik riß sie den Arm weg. Aber die plötzlichen Schmerzen in den Rippen ließen sie innehalten. Die Nadel steckte immer noch drin.

»Entspannen Sie sich«, sagte er.

Da wurde Kate klar, daß es keinen Grund gab, sich zu fürchten. Sein Lächeln war warm, freundlich. Er würde ihr nicht weh tun, sondern war gekommen, um ihr zu helfen. Wie dumm, Angst zu haben! Er war ihr Freund. Sein Lächeln wurde breiter und sagte ihr, daß sie in Sicherheit sei, in völliger Sicherheit. Sie legte sich hin. Euphorie durchströmte sie, trug sie mit sich fort.

»Wie fühlen Sie sich, Kate?«

Seine Stimme kam von weit her. Langsam rollten ihre Augen zu seinem Mund, um nachzusehen, ob er gesprochen hatte. Wieder bewegten sich die Rosenknospenlippen, und seine Stimme drang aus einer entfernten Zimmerecke. »Fühlen Sie sich entspannt?«

»Ja, großartig«, sagte sie. »Einfach großartig.«

»Gut, da bin ich froh. Keine Schmerzen mehr?«

Er schien sehr weit weg zu sein. Sie brauchte ihm ja nicht sofort zu antworten. Die Euphorie verstärkte sich. Er war ein wunderbarer Mensch! Wie falsch von ihr, ihm zu mißtrauen. Er machte sich Sorgen um sie, wirklich. Das sah sie an seinem Gesicht.

»Der Artikel, den Sie in den *News* am Dienstag über die Exhumierung geschrieben haben, war wirklich phantastisch.«

»Hat er Ihnen gefallen?«

»Einfach brillant.«

Sie kicherte. Ihre Rippen taten überhaupt nicht weh.

»Warum hat Ihr Redakteur ihn dann gestrichen?«

»Er haßt Frauen. Das war ein Grund. Außerdem hat er meinem Urteil nicht getraut.«

»Aber Sie hatten doch recht, oder? Sie wissen, daß Sie recht hatten.«

»Ja.« Begeisterung stieg in ihr auf, als sie begriff, daß er ihr helfen würde, daß er ihr helfen wollte.

»Sie hatten doch Beweise, oder?«

»Ja.«

»Sie sahen, daß die Fingernägel abgebrochen waren.«

»Ja.«

»Weiß noch jemand davon?«

»Ihr Mann.«

»Noch jemand?«

»Aber eigentlich müssen doch alle es gesehen haben. Ich habe noch nicht mit allen gesprochen. Und jemand hatte die Nägel am nächsten Morgen ausgetauscht.«

»Waren das falsche oder echte Nägel, Kate?«

»Ich weiß nicht. Das will ich noch herausfinden.«

»Möchten Sie, daß jemand den, den sie an sich genommen haben, untersucht?«

»Ja.«

»Wenn Sie ihn mir geben, untersuche ich ihn.«

»Er ist zu Hause. Ich muß ihn holen.«

»Aber ich könnte ihn doch für Sie holen. Wo würde ich ihn denn finden?«

Durch den Schleier sah Kate zwei dunkle Kreise. Sie wurden enger und dunkler. Eine Stimme schrie laut. Sie schaute umher, konnte aber nichts erkennen, außer diesen beiden Kreisen. Ihr wurde bewußt, daß jemand lächelte, widerlich lüstern. Sie konnte ihre eigene Stimme nicht mehr hören und bekam Angst. Doch nur einen Augenblick lang. Dann spürte sie, wie die Euphorie wieder wie ein warmer Strom durch ihren Bauch floß. Sie sagte etwas, wußte aber nicht, was. Wußte auch nicht, ob jemand sie hören konnte. Es war ihr egal. Sie lag auf warmem Sand und sonnte sich.

Rauschen und Klappern, dann helles Licht. Kate öffnete die Augen und blinzelte. Ein dunkler Schatten stand vor dem Fenster. Der Schatten bewegte sich zur Wand und wurde zu einer großen Frau in weißer Schwesternuniform. Sie trug einen blauen Gürtel und schwarze Strümpfe, von denen einer eine Laufmasche hatte. Ihr Gesicht war knochig und blaß, mit langer Nase, schmalen Lippen und engstehenden, flackernden Augen. Das grau werdende Haar war unordentlich zu einem Pferdeschwanz zurückgebunden. »Guten Morgen.«

Kate blinzelte in das strahlende Sonnenlicht, das ins Zimmer flutete. Durchs Fenster sah sie ein Stück eines gelben Krans und eine Reihe Kaminaufsätze, nicht mehr die graue Mauer des Parkhauses. Das Zimmer war klein.

»Möchten Sie etwas? Fürs Frühstück ist es zu spät, aber ich kann Ihnen Toast holen.«

Die Farben im Zimmer waren sehr intensiv. Kate starrte auf die cremefarbenen Wände, den Fernseher und die beiden Blumensträuße neben ihrem Bett. Einer glitzerte komisch. Dann sah sie, daß er noch in Zellophan gewickelt war.

»Die sind gerade abgegeben worden.«

»Wie spät ist es?«

»Zehn vor elf.«

»Ich – ich –« Verwirrt blickte sie sich um. Warum war sie nicht im Krankensaal? Gestern nachmittag war sie doch im Krankensaal gewesen. Ihr Gehirn war wie verstopft, der Kopf schwer. Irgendwo fehlte ein Stück Logik. Die Frau war eine Krankenschwester, also war sie noch im Krankenhaus. In einem anderen Krankenhaus? Kopfverletzung, möglicherweise Gehirnschaden? Sie geriet in Panik. Man hatte sie in ein neurologisches Krankenhaus verlegt. Gehirnschaden.

»Wo bin ich?«

»Im Krankenhaus.« Die Schwester hatte eine harsche Stimme.

»In welchem?«

»Prince Regent.«

»Ich war in einem Saal.«

»Gestern abend wurden Sie verlegt.«

Kate runzelte die Stirn. Die Erinnerung war sehr schwach. Ein

Pfleger rollte sie in einen langen Korridor. Dr. Swire gab ihr eine Spritze. Aber vielleicht war das ein Traum? Dora Runcorn kam auch vor. Vielleicht war das auch ein Traum gewesen? Sie rollte sich auf die Seite und stieß einen Schmerzensschrei aus. Der Bauch tat weh und noch mehr die Rippen. Sie zog den linken Arm unter der Bettdecke hervor und schob den Ärmel des Nachthemds hoch. Ein winziges, rundes Pflaster klebte in der Armbeuge. Sie zog es ab und sah ein stecknadelkopfgroßes Blutklümpchen.

»Hat Dr. Swire mir gestern nacht eine Spritze gegeben?«

»Ich sehe auf Ihrem Krankenblatt nach.« Die Schwester ging ans Fußende des Betts und studierte das Blatt. »Sie sollen alle vierundzwanzig Stunden, abends, eine Injektion zur Blockierung der Rippen bekommen; aber für gestern ist keine eingetragen. Wahrscheinlich wurde das wegen der Verlegung vergessen. Schlamperei! Tun Ihnen jetzt die Rippen weh?«

»Ein bißchen.«

»Ich hole etwas.«

»Danke.«

Kate legte den Kopf zurück und versuchte, klar zu denken. Irgend etwas lag unter der Oberfläche des Bewußtseins und quälte sie. Es war etwas passiert, was nicht richtig war. Dr. Swire. Er war doch eben noch im Zimmer gewesen, oder? Er hatte ihr doch eine Spritze gegeben. Verzweifelt versuchte sie, sich zu erinnern; aber es war, als würde man versuchen, eine Schrift zu lesen, die nicht mehr da war.

Kate nahm das kleine Kuvert von der Zellophanhülle um die Blumen und holte die Karte heraus.

»Gehen Sie bloß rollenden Teewagen aus dem Weg. Alles Liebe, Patrick.«

Sie lächelte, legte sich zurück und hielt die Karte fest. Es klopfte. »Herein.«

Die Tür öffnete sich langsam. Eine Frau schob sich herein. Kate brauchte einen Moment, um sie zu erkennen. Sie war klein, mit blondiertem Haar und dickem Make-up. Sie trug einen schwarzen Mantel mit Astrachankragen. Darunter sah man die cremefarbene Bluse mit einer Türkisbrosche. Sie zog die schwarzen Wildlederhandschuhe aus. »Hallo, meine Liebe«, sagte sie. »Darf ich hereinkommen?«

Kate schob sich hoch, zuckte wegen der Schmerzen zusammen und starrte verblüfft Dora Runcorn an.

Das Medium schloß die Tür und setzte sich auf den Stuhl neben Kates Bett. »Es hat ewig gedauert, bis ich Sie gefunden habe. In der Aufnahme sagte man mir, Sie seien auf der Princess Margaret Station; aber dort wußte niemand, wohin man Sie gebracht hatte.« Sie legte die Handschuhe zwischen die Finger mit zwei prachtvollen Ringen. »Wie geht es Ihnen, meine Liebe?«

»Ach, gut, danke.« Kate roch ein süßlich-scharfes Parfüm.

»Seit Freitag versuche ich, Sie zu erwischen. Sie sind doch die Reporterin, die vorigen Dienstag zu meiner Sitzung in die Stadthalle kam, oder?«

»Ja, tut mir leid. Ich habe den Artikel über Sie noch nicht geschrieben.«

»Ach, machen Sie sich deshalb keine Sorgen. Ich erhalte immer wieder Botschaften für Sie. Ihr Bruder ist sehr hartnäckig und läßt mir keine Ruhe. Er besteht darauf, daß ich mit Ihnen spreche.«

Das Gefühl der Verwirrtheit kehrte zurück. Kate war nicht sicher, ob sie noch schlief und das Gespräch nur träumte.

»Der Junge, der bei einem Jachtunfall ertrank, meine Liebe.«

»Howie.«

»Er sagt, Sie hätten nicht auf ihn gehört. Deshalb seien Sie jetzt hier. Er hat noch eine Botschaft an Sie; aber sie ist nicht sehr klar. Das ist das Problem mit diesen Botschaften, meine Liebe. Sie sind nie ganz eindeutig. Ich weiß auch nicht, warum die Geister sich nicht klar ausdrücken, sondern immer nur in Rätseln und Bruchstücken sprechen. Ich nehme an, daß wir uns keine Vorstellung machen, wie schwierig es für sie ist, zu uns durchzudringen.« Sie lächelte. »Sie halten mich wahrscheinlich für völlig verrückt, was?«

»Nein, wirklich nicht.«

»Wenn doch, macht es mir auch nichts aus, meine Liebe. Viele Leute halten mich für verrückt.« Sie schlug sich auf die Brust.

»Es ist nun mal meine Berufung, und die Geister sind mir sehr dankbar, ebenso viele, viele Menschen auf dieser Erde. Im Laufe der Jahre bekam ich Tausende von Dankesbriefen. Am wichtigsten ist das Heilen. Das schreiben Sie in den Artikel, meine Liebe.«

»Ja, natürlich.«

Die Tür ging auf. Eine Putzfrau mit Besen steckte den Kopf herein, entschuldigte sich und ging wieder.

»Hat Ihnen der Abend in der Stadthalle gefallen?«

»Ja, aber ich weiß nicht, ob ich wirklich daran glaube. Sind Sie tatsächlich überzeugt, daß die Geisterwelt mit Ihnen Kontakt hält? Fangen Sie nicht vom Publikum telepathische Nachrichten auf?«

Das Medium schien beleidigt. »Ich könnte kaum über Telepathie heilen, oder?« fragte sie hochmütig. »Nur die Geister verleihen mir die Gabe zu heilen. Sie beschützen uns, sind immer in unserer Nähe – als unsere Schutzgeister. Sie wollen uns helfen. Ich glaube, Ihr Bruder ist Ihr Schutzgeist, aber er kann Ihnen nicht helfen, wenn Sie ihn nicht lassen. Deshalb ist er auch jetzt so ärgerlich. Er sagt, Sie würden nicht auf ihn hören.«

»Verärgert?«

Das Medium schloß die Augen. »Gerade jetzt versucht er, mir etwas mitzuteilen. Wieder dasselbe. Katzen. Ich sehe Katzen. Große Gefahr droht von Katzen.«

»Vorher war es doch Draht«, sagte Kate.

»Ich sehe eine Katze. Etwas ist sonderbar an dieser Katze.« Sie öffnete die Augen und starrte Kate erschrocken an. »Er sagt, Sie sollen unter keinen Umständen etwas tun, wenn Sie sie sehen.«

»Wenn ich was sehe?«

»Die Katze, meine Liebe. Die Katze, die er mir zeigt.«

Kate überlegte, ob die Frau vielleicht doch nicht alle Tassen im Schrank hatte. »Und wie soll ich die Katze erkennen?«

»Oh, Sie werden es wissen, wenn Sie sie sehen, meine Liebe. Er sagt mir, daß Sie es wissen werden.«

»Glauben Sie, daß Menschen die Erfahrung machen können, sich außerhalb ihres Körpers aufzuhalten?« fragte Kate.

»Mit dem Astralleib sich bewegen? Aber selbstverständlich,

meine Liebe. Unsere Körper sind nur Fahrzeuge für diese Erdoberfläche. Wenn wir sterben, gehen wir zurück auf die Astralebene.«

»Können wir auf der Astralebene andere Geister sehen? Können wir unsere Schutzgeister treffen?«

»Ja, sicherlich, meine Liebe. Aber nicht für lange. Wir müssen weiter – weiter auf dem Weg zu größerem Verstehen.«

»Was passiert, wenn Menschen Erfahrungen an der Schwelle zum Tod machen, wenn das Herz aufhört zu schlagen und sie durch den Tunnel gleiten, aber dann zurückgeschickt werden? Ist das eine Halluzination oder eine Astralreise?«

»Es ist keine Halluzination«, erklärte das Medium. »Es ist keineswegs eine Halluzination. Es ist die Welt der Geister, die sich darauf vorbereitet, uns aufzunehmen.«

»Können Sie das beweisen?«

»Welchen Beweis verlangen Sie, meine Liebe?« Sie schloß wieder die Augen. »Jetzt sagt mir Ihr Bruder wieder etwas. Er zeichnet etwas. Es sieht wie ein Straßenschild aus. Ein schwarzes Dreieck mit einer Schlangenlinie darin. Und rundherum scheint Licht. Er sagt, Sie hätten es erst kürzlich gesehen und wüßten, was es bedeutet.« Sie öffnete die Augen.

Kates Herz trommelte wie verrückt. Sie steckte die Finger in die Ohren, um das Schlagen nicht mehr zu hören, aber es wurde nur stärker. Es klang wie eine riesige Pauke. Der Schlegel schwang durch die Luft und sauste auf das gespannte Fell nieder und löste ein tiefes, hallendes Dröhnen aus.

Dann schwang er wieder durch die Luft und auf die Seite der Pauke. Sie wartete auf den Schlag. Statt dessen hörte sie eine Katze in Todesangst schreien.

Sie setzte sich auf. Entsetzen tobte in ihr. Schweiß lief über ihren Körper. Dora Runcorn war gegangen. Die Bettwäsche klebte an ihr. Sie schluckte und überlegte, ob sie den Besuch nur geträumt hatte. Es hing noch ein schwacher, süßlich-scharfer Parfümduft im Zimmer. Sie überlegte, ob sie sich den auch nur einbildete.

Ihr Herz raste.

Jetzt sagt mir Ihr Bruder wieder etwas. Er zeichnet etwas. Es sieht wie ein Straßenschild aus. Er sagt, Sie hätten es erst kürzlich gesehen und wüßten, was es bedeutet.

Ja, sie wußte, was es bedeutete. Und sie wußte genau, was sie tun mußte.

39

Montag, der 29. Oktober

Die Schwester brachte Toast und Tee. Kate war gerade fertig, als Patrick anrief. Er sagte, er habe gestern abend noch einmal angerufen, aber niemand wußte, wo sie abgeblieben war. Sie dankte ihm für die wunderschönen Blumen. Er sagte, er müsse noch ein paar Tage in Brüssel bleiben, würde aber morgen wieder mit ihr telefonieren.

Kate stand auf, duschte und fühlte sich viel besser. Sie wollte die Schwester, die den Toast gebracht hatte, fragen, ob sie heute schon Besuch gehabt hätte. Als sie in ein Handtuch gehüllt aus dem Bad kam, betrat die Schwester das Zimmer.

»Wie geht es Ihnen heute?«

»Besser, danke.« Kate fand die Frau einschüchternd. »Ich war noch etwas benommen, als ich vorhin aufwachte. Ich kann mich nicht erinnern, ob ich Besuch hatte oder das nur träumte.«

»Wie hat sie denn ausgesehen?«

»Etwa siebzig, blondierte Haare, klein, mit schwarzem Mantel.«

»Eine Verwandte?«

»Nein, eine Freundin.«

»Ich habe niemanden gesehen, auf den diese Beschreibung paßt, aber ich mußte das Stationszimmer mehrmals verlassen. Wie sind die Schmerzen heute?« Sie betrachtete das Krankenblatt. »Haben Sie gestern abend keine Spritze bekommen?«

»Ich – ich dachte –«

»Offenbar ist sie übersehen worden. Na ja, Sie haben trotzdem lang genug geschlafen. Hatten Sie schon Stuhlgang?«

»Ja.«

»Gut. Mr. Amritsan möchte, daß Sie herumlaufen. Ziehen Sie sich bitte an, und machen Sie einen Spaziergang. Eine Etage über uns ist ein Tagesraum, in Leggett zwei.« Abrupt drehte sie sich um und ging hinaus.

Kate holte aus dem Schrank ihre Reisetasche. Sie nahm Unterwäsche, Hosen, Bluse und einen ausgeleierten, grauen Pullover heraus. Sie brauchte zum Anziehen mehrere Minuten. Als sie fertig war, setzte sie sich erschöpft aufs Bett. Dann zog sie die Schuhe an und verließ das Zimmer.

Als sie auf dem Korridor stand, war ihr eigenartig leicht im Kopf. Sie überlegte, in welche Richtung sie gehen sollte. In diesem Augenblick öffneten sich die Doppeltüren rechts von ihr. Ein Pfleger schob einen Krankenwagen heraus. Er kam ein Stück auf Kate zu, rollte dann aber den Wagen in eines der Zimmer.

Kate ging den Korridor in die Richtung hinunter, aus der der Pfleger gekommen war, vorbei am Stationszimmer, durch die Türen. Dann stand sie in einem kleinen Empfangsraum vor einem einzigen Aufzug. An die abstrakten Bilder von Brighton erinnerte sie sich noch vage von gestern abend. Rechts war eine Tür mit dem Schild »Nottreppe«. Kate spielte mit dem Gedanken, die Treppe zu nehmen; aber der Weg hierher hatte sie schon viel Kraft gekostet, und sie mußte ihre Energie sparen. Sie drückte auf den kleinen, viereckigen Aufzugsknopf. Ein Plastikstreifen besagte, daß sie sich auf Etage zehn befand. Sie lehnte sich an die Wand. Ihr war schwindlig. Mit dumpfem Gong verkündete der Aufzug, daß er da sei, und die Tür glitt auf.

Drinnen stand ein schwarzer Arzt im weißen Kittel. Er trug eine Hornbrille und unterhielt sich ernsthaft mit einer Schwester. Kate schob sich hinein. Sie kam sich fehl am Platz vor. Der Arzt legte die Hand an die Knopfleiste und schaute sie fragend an.

»Erdgeschoß«, sagte Kate. Sie war nicht sicher, wohin sie wollte.

Er drückte den Knopf und dann den darüber.

Das Erdgeschoß hatte dicken Teppichboden und eine Unmenge von Schildern und Pfeilen.

Jubilee-Flügel – Geradeaus.

Queen-Elizabeth-Block – Zur Zeit Eingang Etage zwei.

Ein Mann in blauer Arbeitskleidung kam mit Eimer und Mop durch eine Schwingtür. Er brachte einen Strom kalter Luft mit sich. »Entschuldigen Sie«, sagte Kate. »Können Sie mir sagen, wie ich zu den Operationssälen komme?«

»Etage sechs im Queen-Elizabeth-Block«, antwortete er fröhlich.

Kate verirrte sich dreimal und mußte fragen. Jedesmal vermied sie es, sich bei Personen zu erkundigen, die wie Ärzte oder Schwestern aussahen. Mehrmals verließen sie ihre Kräfte, so daß sie sich setzen mußte. Schweiß lief ihr über den Rücken. Ihr war schlecht. Der Bauch und die Rippen taten höllisch weh. Sie schleppte sich durch einen endlosen Korridor mit Leuchtstoffröhren an der Decke, die ihr irgendwie bekannt vorkamen. Sie bemühte sich krampfhaft, alle Einzelheiten ins Gedächtnis zurückzurufen. Dr. Swire gestern nacht. Etwas ließ ihr keine Ruhe. Es war etwas passiert, an das sie sich einfach nicht erinnern konnte. Heute morgen Dora Runcorn. Kate hatte Angst und war verwirrt.

Am Ende des Korridors befand sich ein Hinweisschild für die Aufzüge. Sie ruhte sich noch mal kurz aus, drückte dann auf den Knopf und wartete.

Als sie in der sechsten Etage ausstieg, roch sie sofort Desinfektionsmittel. Direkt vor ihr lag eine Tür mit zwei schmalen Fenstern und einem grünen Schild. Darauf stand in weißen Buchstaben: »Operationssäle. Für Unbefugte Zutritt verboten.«

Kate öffnete die Tür. Der Geruch wurde stärker. Auf dem Boden lag grauer Industrieteppich. Sie ging am Fenster zu einem kleinen Aufenthaltsraum vorbei, in dem Schwestern saßen und Tee oder Kaffee tranken. Auf dem Gang standen Gasflaschen aufgereiht. Dann kam wieder ein grünes Schild, auf dem die weißen Buchstaben den Weg zu OP fünf bis neun angaben.

Sie blieb wieder stehen. In der Ferne hörte sie Geräusche, als würde jemand Stühle aufeinanderstapeln. Sie ging weiter. Durch ein Fenster konnte sie in einen leeren Operationssaal blicken. Alles war sauber und kahl. Der Metalltisch in der Mitte glänzte.

Auf dem Fußboden lag der gleiche gesprenkelte Belag, den sie von oben gesehen hatte. Ähnlich, sehr ähnlich, aber nicht genauso. Etwas war anders.

Dann fiel es ihr ein: Die Wände waren kriegsschiffgrau gekachelt. Diejenigen, die sie gesehen hatte, waren aber pastellgrün gewesen. Schweiß stand ihr auf der Stirn, und die Knie wurden weich. Sie setzte sich auf einen Plastikstuhl und wischte sich die Stirn mit dem Taschentuch ab. Der Stuhl wackelte. Ein scharfer Schmerz zuckte in ihrem Bauch.

Kate hörte Stimmen und sah eine Gruppe in OP-Kleidung auf sich zukommen: drei Männer und vier Frauen. Kate musterte sie scharf, weil sie Angst hatte, Dr. Swire könnte dabeisein. Erleichtert stellte sie fest, daß er es nicht war. Die Gruppe ging vorbei. Ein Pfleger rollte auf einem Bett einen älteren Mann hinterher. Kate senkte den Kopf. Sie war hundemüde.

Eine Tür öffnete und schloß sich. Gummisohlen quietschten auf dem Boden. Dann eine Stimme: »Fühlen Sie sich nicht wohl?«

Ein junger Mann im Overall trug einen Plastikeimer. Er hatte einen blonden Pferdeschwanz und mehrere goldene Ohrringe in jedem Ohr. »Nein, alles in Ordnung.« Ihre Stimme klang seltsam schroff. Sprechen tat ihr weh. »Ich suche einen Operationssaal.«

»Sind Sie sicher, daß alles in Ordnung ist?« fragte er.

»Ja, mir geht's gut.«

»Dürfen Sie überhaupt hier sein?«

»Ich bin operiert worden und wollte mir gern den OP ansehen, in dem ich war.«

»Da müssen Sie eine OP-Schwester fragen. Ich bringe Sie hin.« Er nahm Kate unter der Achsel und half ihr auf die Beine.

»Danke«, sagte sie.

Langsam gingen sie den Korridor entlang. Dann bogen sie nach rechts ab. Mehrere leere Krankenwagen standen da. Über einem Fenster war ein Schild: »OP-Schwesternzimmer«.

»Mrs. Pearse«, rief der junge Mann und beugte sich ins Fenster. »Hier ist eine Dame, die mit Ihnen reden möchte.«

Eine Frau schaute heraus. Sie trug einen blauen OP-Anzug und eine hellblaue Kappe. Ihr Gesicht war rundlich. »Ja?« fragte sie mit französischem Akzent.

»Ich wurde vor ein paar Tagen hier operiert. Wäre es möglich, daß ich einen Blick in den Operationssaal werfe?«

»Warum?« Die Frau lächelte. »Die meisten Leute wollen vom OP nichts mehr hören oder sehen.«

»Ich bin einfach neugierig.«

Die Frau dachte kurz nach. Dann lächelte sie wieder. »Na ja, ein kurzer Blick ist schon möglich, wenn er nicht benutzt wird. Wissen Sie, welcher?«

»Nein.«

»Wer hat operiert?«

»Mr. Amritsan. Es war Dienstag abend. Ich hatte einen Autounfall.«

»Ich sehe mal nach. Ich war vorige Woche nicht da.« Sie schaute in ein dickes Heft. »Sind Sie Miss Hemingway?«

»Ja.«

»OP vier. Der ist im Augenblick leer. Sie müssen aber einen Kittel und Schuhe überziehen.«

Sie nahm Kate mit in ein Umkleidezimmer, half ihr in einen blauen Kittel und gab ihr ein Paar viel zu große Clogs. Dann gingen sie den Korridor hinab.

»Sie haben nicht etwa Ihre Kontaktlinsen oder das Gebiß verloren? Bei Dr. Amritsan kann es passieren, daß er sie im Bauch eingenäht hat.«

»Ach, ist er ein so schlechter Chirurg?«

Die Schwester kicherte. Kate wunderte sich, da die Frau sicher über vierzig war. »Nein, nein. Ich habe nur Spaß gemacht. Er ist wirklich gut. Sehr gewissenhaft. Hier sind wir schon.«

Sie machte eine Tür auf und ließ Kate den Vortritt. Da war der kleine Narkoseraum, weiß gestrichen mit Regalen voller Fläschchen, Ampullen und Spritzen in sterilen Packungen. Dann gingen sie durch eine Doppeltür in den eigentlichen Operationssaal.

Als Kate eintrat, wußte sie sofort, daß es der richtige war.

Ja, hier war sie gewesen. Angst beschlich sie wieder. Zögernd stand sie da und wagte nicht weiterzugehen. Sie betrachtete den Boden, die pastellgrünen Kacheln an den Wänden, die riesige Lampe mit den Scheinwerfern über dem Operationstisch, die beiden Stahlwaschbecken, den Papierhandtuchverteiler, die

Steckdosen, die farbigen Gasleitungen an der Decke, die beiden Uhren, das roboterähnliche Narkosegerät mit den stummen Monitoren, die dunklen Bildschirme, die Milchglasscheiben. Immer wieder wurden ihre Augen von der Lampe angezogen. Die Schwester beobachtete sie.

Kate hörte Dr. Swires Stimme in ihrem Kopf.

Als Sie da oben an der Decke des Operationssaals schwebten, war Ihr Gehirn völlig ausgeschaltet. Es ist absolut unmöglich, daß Sie während dieser Zeit irgend etwas sehen konnten... Sie haben typische postoperative Halluzinationen, hervorgerufen durch die Narkosemittel... Es besteht keine Möglichkeit, daß Sie tatsächlich etwas gesehen haben.

Kate streckte sich, um die Griffe der Lampe zu erreichen. Ein stechender Schmerz fuhr durch ihren Bauch. Sie stieß einen leisen Schrei aus. »Ich möchte sehen, was oben auf der Lampe ist.«

Die Schwester sah Kate an, als habe diese den Verstand verloren, und drehte die Lampe völlig um. »Da ist nichts.« Sie lächelte Kate fragend an.

Aber Kate bemerkte es nicht. Sie starrte nur stumm, wie betäubt, auf das cremefarbene Halbrund und das Dreieck, das jemand mit schwarzem Filzstift aufgemalt hatte. Ein großes Dreieck mit einer komischen Schlangenlinie darin. Wie ein Verkehrsschild.

Als Kate wieder in ihr Zimmer kam, war sie völlig erschöpft. Sie setzte sich erst in den Sessel, ehe sie sich auszog und zurück ins Bett kroch. Kurz darauf kam die Schwester, die sie gestern abend gesehen hatte, und brachte ihr auf einem Tablett das Mittagessen.

»Gibt es im Krankenhaus eine Fachbibliothek?« fragte Kate.

»Ja, im Fitzherbert-Flügel. Aber nur für Ärzte, Schwestern und Studenten. In einem Tagesraum im Queen-Elizabeth-Block ist eine kleine Bibliothek, wenn Sie etwas lesen möchten.«

Kate betrachtete das Essen, nachdem die Schwester gegangen war. Selleriesuppe. Rinderschmorbraten. Mandelpudding. Ihr Herz klopfte wie verrückt. Sie spürte, wie das Blut durch die Gefäße raste. Überall kribbelte es. Das Dreieck. Sie hatte die Schwester im Operationssaal gefragt, was das Zeichen bedeute;

aber diese hatte nur mit den Schultern gezuckt. Sie hatte keine Ahnung. Vielleicht stammte es von den Elektrikern, hatte sie gemeint. Kate hatte sie nicht zu sehr mit Fragen bedrängen wollen, um nicht zuviel Aufmerksamkeit zu erregen, weil sie sich dafür interessierte.

Aber jetzt wußte sie ganz sicher, daß sie nicht halluziniert hatte. Sie war dort oben gewesen, außerhalb ihres Körpers. Und sie hatte gesehen, wie Dr. Swire die Fläschchen vertauschte. Und als er ihr sagte, daß alles nur eine Halluzination war, hatte er gelogen.

Kate blieb den ganzen Nachmittag im Bett. Für einen weiteren Ausflug war sie zu müde. Eddie Bix und Joanna Baines besuchten sie und brachten ihr die Zeitung, ein paar Illustrierte und Pralinen. Howard Michael, der Filmkritiker, brachte ihr einen Stapel Bücher, die ihm der Literaturkritiker für sie gegeben hatte.

Kate wählte zweimal Dora Runcorns Nummer. Beide Male meldete sich der Anrufbeantworter. Kate bat um Rückruf. Abends maß die Schwester Fieber und Blutdruck und gab ihr eine Spritze. Der ernste Assistenzarzt kam auch vorbei, und Mr. Amritsan sah sich die Naht an. Von Dr. Swire keine Spur.

Am nächsten Morgen zog Kate sich nach dem Frühstück an, sah nach, ob ihr Notizbuch in der Handtasche war und machte sich auf die Suche nach dem Fitzherbert-Flügel. Heute hatte sie mehr Energie und mußte nicht so oft stehenbleiben. Zweimal mußte sie fragen, dann hatte sie das eigenartige Gebäude im Odeon-Stil gefunden. Es stand im Schatten des großen Gerüsts, das um den Neubau des Studentenwohnheims aufgebaut war.

Auf dem Messingschild am Eingang zur Thomas-Stanmore-Bibliothek stand, daß sie eine Stiftung des verstorbenen Sir Thomas Stanmore Baronet war. Direkt am Eingang war eine kleine Ausstellung römischer Kunstschätze und Töpfererzeugnisse, die während der Ausschachtungsarbeiten beim Bau des Flügels 1928 zum Vorschein gekommen waren. Die Bibliothek war größer, als Kate erwartet hatte: ein zentrales Atrium, zwei Galerien mit Bücherregalen und in jeder Ecke eine Wendeltreppe. Es standen Eichentische und Stühle mit hohen Lederlehnen herum. Auf einigen saßen Studenten in Freizeitkleidung wie Kate oder in weißen Kitteln, junge Ärzte wahrscheinlich. Dann war noch ein älterer Mann im Tweedanzug und Backenbart da, vielleicht ein Universitätsprofessor. A. J. Daveys *Anaesthesia Explained* lag neben ihm.

Die Bibliothekarin, Mitte Sechzig, mit silbrigen Löckchen, saß an einem Mikrofiche-Bildschirm, umgeben von Stahlaktenschränken und hölzernen Karteikästen.

Kate mochte Bibliotheken und fühlte sich auch hier sofort heimisch. Sie ging zu der Frau und hielt sich selbst die Daumen, daß man sie wegen ihrer Identität nicht zu sehr in die Enge trieb. Die Frau lächelte Kate freundlich an.

»Ich schreibe eine Arbeit über Dr. Swire«, erklärte Kate. »Haben Sie von ihm Bücher und Artikel?«

»Ja. Sie finden sie hinten links unter NEUROLOGIE. Suchen Sie etwas ganz Bestimmtes?«

»Ich interessiere mich für seine Arbeiten über Epilepsie.«

»Ja, alle seine Bücher behandeln dieses Thema. Möchten Sie auch die Zeitschriftenartikel?«

»Bitte, gern.«

»Ich hole sie Ihnen.«

Kate ging an den Regalen entlang, bis sie zum Schild NEUROLOGIE kam. Sie überflog die Buchrücken. Ja, da im zweiten Regal stand der Name des Anästhesisten: *Status epilepticus. Neue Fortschritte bei der Diagnose und der Behandlung.* Von Dr. H. Swire. MB. BS. FFARCS.*
Kate nahm das Buch heraus.

* Fellow of the Faculty of Anaesthetists of the Royal College of Surgeons.

40

Sonntag, der 4. November

Draußen lagen Wiesen, Felder und Meer unter einem flachen Nebelteppich. Stare flogen in dichten Schwärmen hoch über den Dächern des Prince Regent Hospital hinaus auf den Kanal nach Süden. Möwen zogen ihre Kreise. An diesem windlosen Morgen hallten ihre Schreie wie aus der Tiefe. Das Fenster des Krankenzimmers wurde hell. Langsam sah man die Kaminreiter und den gelben Kran wieder.

Kate bekam Cornflakes zum Frühstück. Hungrig löffelte sie den letzten Rest Milch mit Zucker aus dem Teller. Dann köpfte sie das gekochte Ei und strich Margarine auf eine weiche Toastscheibe. Sie war schon kräftiger, obwohl sie die letzten Tage schlecht geschlafen hatte. Immer wieder war sie von Angstträumen und bohrenden Gedanken aufgeweckt worden.

Letzte Woche hatte sie viel Zeit in der Bibliothek und am Telefon verbracht. Dr. Marty Morgan, der Medizinexperte der *News*, war eine unschätzbare Hilfe gewesen. Er verstand zwar nicht, warum Kate diese Informationen brauchte, hatte ihr aber alle verschafft. Dr. Swire war noch nicht wieder bei ihr gewesen. Sie hatte den Eindruck, daß die Schwestern Anweisung hatten, nicht mit ihr über ihn zu sprechen. Sie hatte alle über Sally Donaldson und den Anästhesisten befragt, aber immer waren sie mit einer lahmen Entschuldigung schnell verschwunden.

Dora Runcorn hatte Kate zurückgerufen. Ja, sie hatte Kate an jenem Montag besucht und gefunden, daß Kate ziemlich benommen war. Kate dankte ihr und sagte, daß sie sich an die Botschaft erinnere, aber den Sinn noch nicht begriffen habe. Dora Runcorn versicherte ihr, das würde noch kommen. Kate hatte ihr versprochen, ein Interview für die Zeitung mit ihr zu machen, wenn sie aus dem Krankenhaus entlassen sei. Darüber hatte sich das Medium gefreut.

Mr. Amritsan hatte gestern die Fäden gezogen. Heute morgen durfte sie nach Hause. Patrick war gestern abend aus Belgien zurückgekommen. In einigen Stunden würde er sie abholen, darauf hatte er bestanden.

Nach dem Frühstück kam zum dritten Mal in dieser Woche der Neurologe zu ihr. Dr. Nightingale war etwa vierzig, mit einem wißbegierigen, angenehmen Gesicht, das sie an Harrison Ford erinnerte. Er hatte mit ihr Anfang der Woche mehrere Tests und ein EEG gemacht. Er piekste sie in Zehen, Finger und Stirn mit einer Nadel, prüfte ihre Reflexe mit einem Hämmerchen und stellte ihr eine Reihe von Fragen. Danach versicherte er ihr mit dem nettesten Krankenhausbesuchergesicht, daß alles »absolut in Ordnung« sei.

Ein Assistenzarzt, den sie noch nie gesehen hatte, kam herein und sagte ihr, sie dürfe noch zwei Wochen nicht arbeiten. Dann gab er ihr ein Rezept für Schmerztabletten, die sie – wie er sagte – in der Apotheke des Krankenhauses holen könne. Danach duschte sie und wusch sich die Haare.

Kate zog den Plastikvorhang zurück, trat aus der tiefen Emaillewanne und trocknete sich das Haar vor dem beschlagenen Spiegel. Sie betrachtete die Schnitte im Gesicht. Sie heilten gut. Ihre Haut war so blaß, daß sie kaum die Sommersprossen sehen konnte. Ihre Augen waren noch geschwollen. Der große blaue Fleck auf der linken Brust wurde schon blasser. Am Rippenkorb war die Haut etwas abgeschürft. An den Beinen hatte sie auch überall blaue Flecke. Der Schnitt im Bauch war eine schwarze Linie. Sie steckte den Fön ein und schaltete ihn an. Die heiße Luft war angenehm. Ihr Haar rollte sich in kleine Locken. Das Lanolinshampoo roch gut. Sorgfältig putzte sie die Zähne, rollte das Deodorant unter die Arme, spritzte Fidji-Parfüm an den Hals und ein bißchen auf Schenkel und Hüften. Der Duft verlieh ihr ein Gefühl der Normalität und vertrieb den schrecklichen Krankenhausgeruch.

Dann legte sie Make-up auf und ging im Kopf die Liste aller Dinge durch, die noch zu erledigen waren. Bis jetzt hatte sie die Versicherung wegen des Volkswagens noch nicht verständigt. Ob der Wagen noch zu reparieren war? Brauchte sie etwas aus dem Kofferraum oder dem Handschuhfach? Ihr wurde klar, daß sie keine Ahnung hatte, wo der Wagen jetzt stand.

Die Kleidungsstücke, die sie beim Unfall getragen hatte, lagen alle sorgfältig zusammengefaltet in einer grauen Plastiktüte. Beim Gedanken an die Blutflecken auf der Bluse und das zerschnittene Kostüm wurde ihr ganz schlecht. Zum Glück hatte der warme Kamelhaarmantel nur einen kleinen Riß abbekommen. Sie konnte ihn heute tragen. Schnell zog sie frische Unterwäsche an, Pullover, Jeans und Stiefel, überprüfte noch einmal ihr Aussehen im Spiegel und setzte sich in den Sessel neben dem Bett. Sie holte ihr Notizbuch aus der Handtasche und las die Aufzeichnungen noch mal durch.

Die dunkelhaarige Schwester kam herein und erkundigte sich, ob Kate noch etwas brauche. Plötzlich hatte Kate das Gefühl, als brüte eine ganze Kolonie Schmetterlinge in ihrem Magen. Sie schlug der Schwester vor, ihre Blumen jemandem zu geben, der keine hätte. Dann wandte sie sich wieder ihren Notizen zu, aber das Wissen, daß Patrick jede Minute kommen würde, lenkte sie so ab, daß sie sich nicht konzentrieren konnte.

Plötzlich geriet sie wegen ihres Aussehens in Panik und wollte schnell ins Bad gehen, um es zu überprüfen. Aber sie konnte nicht einmal die Handtasche nehmen. Es klopfte.

»Herein«, sagte sie.

Patrick Donoghue trat ein. »Hallo!« sagte er liebevoll. Er trug seinen Tweedmantel, einen blauen Rollkragenpullover, Jeans und abgewetzte schwarze Stiefel. Er sah noch viel besser aus, als sie sich ihn während der letzten zehn Tage vorgestellt hatte. Einen Augenblick stutzte er und machte ein besorgtes Gesicht, als er die Schnitte in ihrem Gesicht sah.

»Hallo«, sagte Kate und lächelte ihn lahm an. Nervös warf sie das Haar zurück. Sie hatte schreckliche Hemmungen und Angst, daß die Hoffnung, die sie hegte, sich in nichts auflösen könnte. »Danke, daß Sie gekommen sind«, sagte sie. »Aber es wäre wirklich nicht nötig gewesen. Ich –«

Er ging auf sie zu, legte die Hände vorsichtig auf ihre Schultern und küßte sie auf beide Wangen. Ohne die Hände wegzunehmen, blickte er ihr in die Augen und sagte: »Sie sehen wunderschön aus.«

»Ich bin ein Wrack!«

»Dann aber das hübscheste Wrack, das ich je gesehen habe.«

Schweigend blickte Kate ihm ins Gesicht. Er kam näher. Seine Augen bohrten sich in ihre. Sie mußte den Kloß im Hals hinunterschlucken. Seine Lippen legten sich auf ihren Mund. Sie waren warm, weich und liebevoll. Dann küßten sie sich noch einmal – länger. Kate schloß die Augen und wünschte, der Kuß würde nie enden.

Langsam und zögernd trennten sich ihre Lippen. Kate machte die Augen wieder auf und blickte in seine. Am liebsten wäre sie für immer mit ihm so stehengeblieben. Ihre Wangen berührten sich. Sie hielten sich umschlungen. Seine frisch rasierten Wangen fühlten sich so männlich und gut an. Kate versank in dem Duft seines Zitronenshampoos, des Pullovers und des Rasierwassers. Sein Tweedmantel kratzte etwas, aber das war ihr egal.

Patrick hielt sie auf Armeslänge von sich. Immer noch lagen seine starken Hände auf ihren Schultern. Mit seinen klaren, grünen Augen betrachtete er ihr Gesicht. Dann ballte er eine Faust und berührte leicht ihre Wange. »Ich kann's immer noch nicht glauben, daß du im Krankenhaus gewesen bist. Du siehst aus, als hättest du eine Woche Urlaub gemacht.«

Kate spürte, wie ihre Augen feucht wurden. Sie wollte aber nicht weinen. Sie zeigte auf die Blumen. »Vielen Dank, die sind wunderschön.«

»Gut.« Er deutete auf die graue Plastiktüte und die Reisetasche. »Ist das dein ganzes Gepäck?«

»Ja.«

»Ich fahre den Wagen zum Vordereingang.«

»Nicht nötig. Ich kann gehen.«

»Ich parke in der Hochgarage. Das ist meilenweit weg.« Er nahm die beiden Gepäckstücke. »Komm in fünf Minuten zum Vordereingang.«

Kate sah ihn hinausgehen. Plötzlich war das Zimmer so leer. Das ungemachte Bett und die Morgenzeitungen. Sie ging auf den Korridor und langsam zum Aufzug.

Patricks Auto stand vor einem geparkten Krankenwagen, neben einem »Nicht-Parken«-Schild. Es war ein orangefarbener Alfa Romeo, ein Zweisitzer mit Rostlöchern in der Tür. Das

Stoffdach war an mehreren Stellen mit schwarzem Teppichband geklebt.

»Ich fürchte, es ist nicht gerade ein perfekter Krankenwagen«, sagte Patrick und machte die Tür für sie auf.

»Es ist wirklich lieb, daß du gekommen bist.«

Sie setzte sich auf den niedrigen, harten Sitz und streckte die Beine über den Feuerlöscher. Dann zog sie den Gurt über die Schulter und klinkte ihn ein, während Patrick ihr Gepäck im Kofferraum verstaute. Dann stieg er auch ein. Das Auto roch nach heißem Schmieröl und feuchtem Stoff. Auf dem Boden lagen Gummimatten. Er ließ den Motor an. Aus dem Radio plärrte Popmusik, die er sofort abstellte. Der Schalthebel wakkelte hin und her.

»Und wie geht's dir wirklich?« fragte er.

»Hervorragend.« Ihr Herz klopfte wie ein gefangener Vogel in ihrer Brust.

Er legte die Hand auf ihre, drückte sie leicht und fuhr dann mit den Fingern über ihre Knöchel. »Ich habe mir große Sorgen gemacht, als ich von deinem Unfall hörte.« Wieder drückte er ihre Hand. Dann mußte er sie wegnehmen und schalten. Er hielt das Steuer aus Holz und fuhr über die Rampe, auf der Ausgang stand, zur Hauptstraße. Dann bog er rechts ab.

Kate lehnte den Kopf gegen die Kopfstützen und betrachtete ihn. Er hatte den Kragen hochgeschlagen. Wie immer war das kurze braune Haar zerzaust. Bei ihm fühlte sie sich sicher, ungemein sicher und ungefährdet.

»Dann erzähl mal, was passiert ist«, sagte er.

Die Sonne schien warm durch das Seitenfenster. Ein Bursche in lederner Bomberjacke ging Arm in Arm mit einem Mädchen in dickem Pullover. Normalität, dachte Kate und sah zu, wie die beiden stehenblieben und sich küßten. Dann sagte das Mädchen etwas und wollte weglaufen. Der junge Mann hielt sie aber am Arm fest, zog sie zurück und küßte sie wieder.

»Glaubst du an ein Leben nach dem Tod?« fragte sie.

»Ich bin katholisch«, antwortete er. »Zumindest wurde ich katholisch erzogen, bis ich vierzehn war.«

»Du bist aber kein Katholik geblieben?«

»Mein Onkel, der Bruder meines Vaters, ist an Krebs gestorben. Er hat sehr lange leiden müssen. Meinen Vater hat das schrecklich mitgenommen. Ein paar Abende nach der Beerdigung hat mein Vater sich an den Küchentisch gesetzt und gesagt: ›Gott, mein ganzes Leben habe ich versucht, an dich zu glauben. Wenn es dich wirklich gibt, mußt du mir aber erklären, warum du Sean weggenommen hast. Ich gebe dir vierundzwanzig Stunden, um mir ein Zeichen zu geben, daß es dich gibt. Ansonsten höre ich auf, an dich zu glauben.‹«

»Und hat er ein Zeichen bekommen?« fragte Kate.

»Nein.« Patrick fuhr schweigend weiter. Sie sah auf seinem Gesicht etwas, was Trauer oder Bedauern war. »Und wie ist das bei dir, Kate? Glaubst du daran?«

»Ich weiß es nicht.« Sie hörte Dora Runcorns Stimme.

Er war achtzehn, als er starb; aber Sie sind immer noch seine kleine Schwester, und er möchte auf Sie aufpassen.

Dann hörte sie Howie.

He, Kleines, du Idiot! Ich hab's dir doch gesagt, oder?

Das Dreieck auf der Lampe. An der Decke schweben. Außerhalb ihres Körpers.

Unmöglich.

Aber sie hatte es gesehen! Es sei denn, die Lampe war im Operationssaal umgedreht worden. Es sei denn...

Kate beichtete Patrick, was sie nach dem gemeinsamen Abendessen gemacht hatte. Sie erzählte ihm vom Einbruch beim Bestattungsinstitut und daß sie den Fingernagel mitgenommen hatte. Auch, daß sie den Donaldsons vorgeschlagen hatte, eine private, unabhängige Autopsie zu verlangen und daß Sally Donaldsons Leiche »versehentlich« wenige Stunden nachdem dieser Vorschlag gemacht worden war eingeäschert wurde.

Kate machte das Fenster auf und roch den Duft von Seetang, Salz, rostendem Eisen und verfaulenden Schlingpflanzen. Das Meer rief bei ihr immer tiefe Gefühle hervor: Traurigkeit und gleichzeitig Glück. Jetzt roch es sehr stark nach Fett und Fritten. Ihr wurde beinahe übel. Auch die Fahrt im Auto verursachte ein komisches Gefühl im Magen. Sie schwieg und konzentrierte sich darauf, ihren Magen zu beruhigen.

Patrick fuhr in eine Kurve, danach ging es bergauf. »Alles in Ordnung?« erkundigte er sich liebevoll.

»Alles prima«, antwortete sie. Die Scheinwerfer der OP-Lampe beleuchteten ihren Körper, der, mit grünen Tüchern abgedeckt, darunterlag. Die Schwester lief herein und gab das Fläschchen Dr. Swire. »Lignokain«, sagte sie. Dann ließ Dr. Swire das Fläschchen in die Tasche gleiten und nahm ein anderes heraus.

Dr. Marty Morgan hatte Kate telefonisch erklärt, daß Lignokain bei Herzstillstand während Operationen gegeben wird. Es war das Standardmedikament, um das Herz wieder zu animieren.

Warum, zum Teufel, hatte Dr. Swire es absichtlich nicht genommen?

Ein Ruck, ein Klicken. Sie standen in zweiter Reihe vor ihrer Wohnung.

»Spring du raus. Ich suche einen Parkplatz«, sagte Patrick.

»Ich komme mit dir.«

»Nein, du gehst rein. Es ist nicht sehr warm.«

Kate kletterte heraus und öffnete die Haustür. Wie üblich lagen Zeitungen, Postwurfsendungen, Speisekarten von Imbißständen und Briefe im Hauseingang herum. Mehrere Briefe waren an Kate adressiert, auch ihr Exemplar des *Independent*. Vorsichtig, um die Wunde zu schonen, sammelte Kate alles ein und ließ die Entriegelung an der Tür für Patrick einrasten. Dann ging sie die enge Treppe hinauf. Auf dem ersten Absatz hörte sie von oben Musik dröhnen.

Sie schloß ihre Wohnungstür auf und betrat den Flur, der ins Wohnzimmer führte. Etwas Schwarzes sprang sie an, kratzte ihr Gesicht.

Eisige Angst erfaßte sie. Sie wich zurück und prallte gegen den Türpfosten. Zeitung und Briefe fielen zu Boden. Sie schlug wild um sich. Ein scharfer Schmerz, wie ein Messerschnitt, in einem Handgelenk. Gleichzeitig hörte sie gehässiges Fauchen.

Ihr Schrei blieb in den Stimmbändern hängen. Mit aufgerissenen Augen kämpfte sie sich durch die Dunkelheit zurück zu dem Treppenabsatz. Nur weg von diesem Horror. Sie erstickte fast an ihrem eigenen Schrei. Sie wollte ihn hinauslassen; aber er kam nicht.

Dann raste die schwarze Katze wie wahnsinnig an ihr vorbei, sprang auf den kleinen Tisch und blieb reglos wie eine widerliche Nippesfigur sitzen. Zwischen den Ohren war die Schädeldecke feinsäuberlich aufgesägt, so daß Kate das weißliche Gehirn mit den Blutgefäßen, die sich wie rote Fäden dahinzogen, glänzen sehen konnte. Kot und Urinflecke waren auf dem Fußboden.

Vor Entsetzen wie gelähmt, starrte Kate die Katze an. Sie hörte kaum die Schritte, die die Treppe heraufkamen. Dann machte die Katze ganz langsam, als folge sie der Musik eines Schlangenbeschwörers, einen Buckel und drehte sich. Dabei bohrten sich ihre Augen in die Kates. Auf einmal bäumte sich der schwarze Körper auf. Schaum trat aus dem Maul, das eben noch wild gefaucht hatte. Dann, als habe sich die Energie erschöpft, fiel sie auf die Seite. Alle paar Sekunden zuckte das Tier noch leicht, als schickte man elektrische Stromstöße hindurch.

41

Sonntag, der 4. November

»Es gibt schon schreckliches Gesindel hier«, sagte der Polizist. Er stand in seiner blauen Uniform mit gespreizten Beinen da, die Hände mit der Mütze auf dem Rücken. Er war etwa fünfunddreißig Jahre alt, kräftig gebaut, mit Stupsnase und kurzgeschnittenem Haar. Angewidert und entsetzt verzog er das Gesicht. »Wer so was macht, gehört nicht zur menschlichen Rasse.«

Kate drückte die Finger auf das Pflaster am Handgelenk, um die Schmerzen aus der tiefen Kratzwunde zu mildern. Sie hatte weder den Namen des Polizisten noch den seiner Kollegin mitbekommen, die ihr gegenübersaß. Sie war hübsch, Anfang Dreißig, das braune Haar trug sie hochgesteckt. Sie hatte große blaue Augen und wirkte liebenswürdig kindlich. Allerdings stand das in Kontrast zu der ruhigen Entschiedenheit, mit der sie sprach.

Ich sehe eine Katze. Etwas ist sonderbar an dieser Katze. Er sagt, Sie sollen unter keinen Umständen etwas tun, wenn Sie sie sehen.

Sie hatten versucht, die Katze vom Tisch zu holen; aber sie hatte um sich geschlagen, sobald jemand näher kam. Wegen der Schädelverletzung wollten sie auch keine Decke über das Tier werfen, um das offenliegende Gehirn nicht zu berühren. Die Polizei wollte die Katze auch nicht anfassen und hatte einen Tierarzt gerufen.

In Kates Wohnung sah es schrecklich aus. Alle Schubladen waren herausgerissen und der Inhalt auf dem Boden verstreut: Höschen, Strumpfhosen, Strümpfe und Strumpfhaltergürtel.

Da lagen alte Briefe, Taschentücher, Kontoauszüge, Pullover, teure Seifen in Geschenkverpackung, die sie nie aufgemacht hatte, eine Schachtel Sets mit Szenen aus dem viktorianischen London. Am Spiegel der Frisierkommode steckte ein Zettel. Worte und Buchstaben waren aus der Zeitung geschnitten:

DAS TUN DEINE FREUNDE.

»Haben Sie Probleme mit Nachbarn, Miss Hemingway?« fragte die Polizistin.

»Nein, mir ist nichts bekannt.«

»Familiäre Streitigkeiten?«

»Familiär?«

»Na ja, vielleicht einen Exfreund, der auf Sie wütend ist oder so ähnlich.«

Kate schaute Patrick an, dann durchs Fenster hinaus auf das Bürogebäude. »Nein.«

»Hat noch jemand einen Schlüssel zu Ihrer Wohnung?« Die Polizistin blickte auf den Büstenhalter mit den ausgeschnittenen Körbchen.

Kate hätte sich am liebsten verkrochen. »Nein.«

»Es ist zwar ein Fenster nicht fest verschlossen, aber das kann man von der Straße aus sehen. Ich glaube eher, daß jemand von oben und durch die Vordertür kam – das ist kinderleicht. Dann knackte er Ihre Wohnungstür oder hatte einen Schlüssel. Sie haben ein altes Yale-Schloß, das auch noch falsch eingesetzt ist. Jeder kann es aufmachen. Man muß nur mit einer Kreditkarte in dem Türspalt entlangfahren. Hat einer Ihrer Nachbarn noch einen Schlüssel?«

Das düstere Bürogebäude war übers Wochenende geschlossen. Alle Fenster waren dunkel, um den Parkplatz hingen Ketten zwischen den Pfosten. »Nein«, antwortete Kate.

»Haben Sie eine Putzfrau?«

»Nein. Vorigen Sonntag hatte ein Kollege von mir, Eddie Bix, den Schlüssel. Er holte mit einer Kollegin zusammen Sachen zum Anziehen und Waschzeug.«

»Wie gut kennen Sie die beiden?« fragte die Polizistin.

»Nicht sehr gut, aber wir kommen gut miteinander aus. Keiner von beiden hätte je im Leben so etwas getan.«

»Wir werden mit ihnen sprechen. Vielleicht haben sie etwas gesehen.«

Es klingelte. Um die Tür aufzumachen, mußte Kate an der Katze vorbei, die wieder wie wild um sich schlug. Patrick machte ihr ein Zeichen zu bleiben, wo sie war. Dann schob er sich mit dem Rücken an der Wand entlang an dem Tier vorbei.

Ein kleiner Mann in schäbigem blauem Anorak stand da und trug einen Metallkoffer. Er hatte eine lange, gebogene Nase und einen buschigen, kleinen Schnurrbart. Durch die starken Brillengläser waren seine Augen zu dunklen Murmeln vergrößert. »Oje«, meinte er und blickte auf die Katze. »Ich bin Dennis Yapton, der Tierarzt.« Dann stellte er die Aktentasche ab, kniete nieder und ließ das Schloß aufschnappen. Er holte eine Spritze und ein Fläschchen heraus, zog die Spritze auf und packte die Katze im Nacken. Wütend, aber hilflos schlug sie um sich. Er versenkte die Spritze schnell hinter ihrem Schwanz. Sekunden später hing das Tier schlaff da.

»Ich habe sie nur für ein paar Minuten betäubt«, erklärte er und blickte Kate an, dann die Polizisten. »Das Tier stammt aus einem Labor.«

Der Anblick der völlig leblosen Katze war für Kate grauenvoll. Sie starrte wie gebannt auf den geöffneten Schädel und das helle Gehirn. Dann mußte sie sich abwenden, da ihr übel wurde.

»Und so etwas macht man da?« fragte der Polizist.

»Ja.«

Kate sah, daß ihre automatische Kamera neben dem alten Grammophon auf dem Boden lag. Sie war offen und der Film herausgenommen. Jemand hatte den Film gesucht. Aber es war nichts darauf. Sie hatte sich von Eddie Bix einen Film geben lassen und ihn vor dem Besuch beim Bestattungsunternehmen eingelegt, aber kein einziges Foto gemacht.

»Sie schneiden den Tieren die Schädeldecke ab?« fragte der Polizist nach.

»Ja, um das Gehirn freizulegen, damit man die Elektroden genau anlegen kann.«

»Und was für Tests sind das?«

»Ach, Medikamente, Reaktionen auf bestimmte Reize, experimentelle Chirurgie. Katzen sind gute Versuchstiere, weil sie ein gut entwickeltes Gehirn haben.«

»Miss Hemingway, Sie sind doch Reporterin bei den *Evening News*«, sagte der Polizist.

»Ja.«

»Haben Sie vielleicht etwas geschrieben, wodurch Sie sich den Zorn der militanten Tierschützer zugezogen haben könnten?«

Kate schwieg kurz. »Ja«, sagte sie, »vorigen Samstag stand ein Artikel von mir in den *News*. Aber er war nicht besonders gut bearbeitet.«

»Und worum ging's da?«

»Es war ein Nachschlag wegen der Feuerbomben auf die Pelzhandlung in Brighton. Ich kritisierte in meinem Artikel die Methoden der Tierschützer; aber er kam sehr viel aggressiver heraus, als ich wollte.«

»Ich habe ihn gelesen«, sagte die Polizistin.

Der Polizist rieb sich die Nase. »Haben Sie schon feststellen können, ob hier etwas fehlt?«

Der Film. Müßte sie erklären, wozu sie den Film haben wollte? »Nein.«

»Ich muß Ihnen ja nicht sagen, daß die Tierschützer äußerst fanatisch sein können«, sagte der Polizist.

»Stimmt«, meinte Kate nur.

»Das würde auch den Zettel erklären, oder? Geben Sie mir doch Einzelheiten über den Artikel. An den Brandanschlag erinnere ich mich, aber ich glaube nicht, daß jemand festgenommen wurde. Ich werde der Sache nachgehen. Wir werden auch sehen, was die Kriminalpolizei bei den Fingerabdrücken findet.«

Der Tierarzt untersuchte den Schädel der Katze. »Ich werde das Tier einschläfern. Alles andere ist Quälerei.«

»Wie steht's mit dem Schutz für die Lady?« fragte Patrick. »Ich glaube, sie ist ernstlich in Gefahr.«

»Wir sagen dem hiesigen Revier Bescheid, daß sie ein Auge offenhalten.«

»Mehr können Sie nicht tun?«

»Es sieht so aus, als habe jemand eine Wut auf die junge Lady und will ihr Angst einjagen, sie warnen, nicht noch mehr solche Artikel zu schreiben, Sir.«

»Ich nehme die Katze mit. Brauchen Sie Fotos?« erkundigte sich der Tierarzt.

»Möglich«, antwortete der Polizist.

»Dann lege ich sie auf Eis.« Er nahm eine blaue Plastiktüte aus der Aktentasche und machte den Reißverschluß auf.

»Können Sie für das arme Tier nichts tun?« fragte Kate.

»Wahrscheinlich wurde sie bereits im Labor aufgesägt. Selbst wenn wir eine künstliche Schädeldecke einsetzen, könnte sie draußen nicht überleben.«

»So, Miss Hemingway«, wandte sich der Polizist an Kate. »Ich rate Ihnen, das Schloß gegen ein sicheres austauschen zu lassen und besonders wachsam zu sein. Verständigen Sie uns sofort, wenn Sie etwas Verdächtiges bemerken – oder wenn Sie sich die geringsten Sorgen machen. Vielleicht sollten Sie einen Spion oder eine Sicherheitskette an der Tür anbringen lassen. Aber ich glaube, es war nur eine Warnung.«

»Und wenn Sie morgen hierherkommen und sie kriecht ohne Schädeldecke herum? Was dann?« fragte Patrick ärgerlich.

»Ist schon gut, Patrick«, beschwichtigte ihn Kate.

»Ich finde, überhaupt nichts ist gut!«

»Es gibt private Sicherheitsfirmen«, sagte der Polizist. »Vielleicht könnte die Zeitung da aushelfen?«

»Sie kennen meinen Chefredakteur nicht«, antwortete Kate und zwang sich zu einem Lächeln.

Die Polizisten gingen mit dem Tierarzt. Sie sagten, die Spurensicherung sei auf dem Weg, Kate und Patrick sollten möglichst wenig anfassen. Kate machte die Tür hinter ihnen zu. Patrick betrachtete die Schweinerei auf dem Fußboden. »Das mache ich weg. Davon werden sie wohl keine Abdrücke machen.«

»Nein, ich mache das schon. Außerdem muß ich in den Gelben Seiten nach einem Schlüsselnotdienst suchen.«

»Das erledige ich. Du mußt dich jetzt ausruhen«, erklärte er entschieden.

»Ich ruhe mich bereits seit zehn Tagen aus.«

»Dann ruf du den Schlüsseldienst. Ich mache hier sauber.«

Kate ging zur Jacke, die seit der Rückkehr vom Bestattungsinstitut am Haken hing, und faßte in die Innentasche. Weg!

Sie hatte das Gefühl, als würde jemand die Haut in ihrem Nakken in Falten legen. Eine Erinnerung kristallisierte sich in ihrem Kopf. Eine leise, weiche Stimme.

Sie sahen, daß die Fingernägel abgebrochen waren.

Aber ich könnte ihn doch für Sie holen. Wo würde ich ihn denn finden?

Es kam alles zurück. Sie erinnerte sich, wie er die Manschette um ihren Arm gelegt hatte.

Der Einstich der Spritze.

Das Lächeln.

Sie durchsuchte alle anderen Taschen gründlich, obwohl sie wußte, daß es reine Zeitverschwendung war. Der Nagel war weg. Sie wußte, wer ihn genommen hatte.

Kate biß die Zähne zusammen und senkte den Kopf. Sie war wütend auf sich selbst. Sie spürte, wie ihre letzten Kräfte sie verließen.

»Was suchst du?« fragte Patrick.

»Das, wonach auch die Person gesucht hat, die hier gewesen war«, antwortete sie.

»Was?«

»Den Nagel.«

»Sally Donaldsons Nagel? Du scherzst! Was haben Tierschützer mit –« Er brach ab und runzelte die Stirn. »Ich verstehe die Verbindung nicht. Hatte Sally Donaldson mit denen zu tun?«

»Es gibt keine Verbindung zu den Tierschützern. Das Krankenhaus ist die Verbindung.«

»Das Krankenhaus?«

»Der Polizist sagte, daß der Einbrecher entweder das Türschloß knackte oder einen Schlüssel hatte. Ich bin der einzige Mensch, der einen Schlüssel hat.« Sie nahm eine Kasserolle vom Regal und schüttelte sie. Etwas klapperte. Sie hob den Deckel hoch. Da lag ein Schlüssel. »Das ist mein einziger Reserveschlüssel. Entweder hat jemand im Krankenhaus ein Duplikat machen lassen, oder er hat sich meinen Schlüssel geborgt.«

»Wann? Die Katze war doch erst ein paar Stunden hier?«

»Stimmt. Es muß während der Nacht passiert sein. Es hat jemand getan, der wußte, daß ich heute morgen entlassen würde.«

»Das ist doch völlig absurd und ergibt keinen Sinn.« Patrick legte den Arm um ihre Schulter und drückte sie an sich. »Es ergibt wirklich keinen Sinn«, wiederholte er.

»Es ergibt absolut einen Sinn«, widersprach sie. »Wenn jemand klug genug ist, um den Leichenbeschauer, den Pathologen und die Bestattungsunternehmer zu manipulieren, ist er auch klug genug, mich als Versuchskaninchen für seine Forschungen zu benutzen und eine glaubwürdige falsche Spur zu legen, wenn er meine Wohnung durchsucht.«

»An diesem Nagel muß was Besonderes sein«, sagte er und küßte sie auf die Wange. »Du bist verdammt mutig, weißt du das?«

Sie lächelte und fühlte sich hilflos und schwach.

»Ich muß heute abend nach London zu einer Pressekonferenz im Flughafen Heathrow. Warum kommst du nicht mit, bleibst ein paar Tage und läßt das alles hier hinter dir?«

Sie blickte in seine grünen Augen und bemerkte zum ersten Mal den Hauch von Braun um die Iris, das sie wärmer machte. Sie sah ihr eigenes Spiegelbild in seinen schwarzen Pupillen. Da legte sie die Arme um ihn. »Ich würde gern mitkommen«, sagte sie. »Wirklich. Aber ich kann nicht. Ich laufe nicht weg.«

Er hielt sie fester. »Aber du hast es mit einem Wahnsinnigen zu tun!«

»Nein. Er ist nur sehr intelligent.«

»Komm mit nach London!«

»Ich kann nicht.«

»Warum nicht?«

Sie schmiegte sich stumm an ihn. Dann bog sie den Kopf zurück und schaute ihm wieder in die Augen. »Weil ich immer vor Dingen weggelaufen bin. Das scheint ein Charakterzug in meiner Familie zu sein. Jetzt will ich nicht mehr weglaufen. Ich bleibe.«

»Es geht nur um einen Artikel, Kate. Vergiß ihn! Komm zurück, wenn du wieder gesund bist und dich kräftiger fühlst.«

»Es ist mehr als ein Artikel, Patrick. Mein Job steht auf dem Spiel.«

Wieder Schweigen. Dann sagte Patrick. »Laß mich dir helfen.«

»Ich habe mich in diesen Schlamassel hineingeritten, jetzt muß ich auch selbst wieder rausfinden. Ich weiß, was ich tun muß.«

»Was?«

»Ich gehe zurück ins Krankenhaus und stelle ihn zur Rede.«

»Wen?«

Sie lächelte verschmitzt. »Hm, das ist meine Story.«

Er blickte sie tadelnd an. »Die Story ist mir egal, Kate. Die kannst du haben – aber wenn du jemanden in deinem Zustand zur Rede stellen willst, komme ich mit.«

»Ich gehe doch nur ins Krankenhaus.«

»Sally Donaldson ging auch nur ins Krankenhaus.«

»Wenn ich ihm noch ein paar Fragen stelle, weiß ich es ganz sicher. Er kann mich nicht mitten im Krankenhaus anfallen. Ich muß mich beeilen, vielleicht hat er den Nagel noch.«

»Ich komme mit.«

»Ich möchte heute nachmittag hin. Du hast doch gesagt, du hast einen wichtigen Termin in London.«

»Den kann ich absagen.«

»Kommt nicht in Frage! Du setzt nicht deinen Job wegen meiner Probleme aufs Spiel.«

»Na gut. Morgen bin ich frei. Warum gehen wir nicht morgen zusammen hin?«

»Ist gut.« Sie lächelte müde. Dann gab sie ihm einen Kuß und ging ins Wohnzimmer. Sie suchte im Telefon die Nummer des Prince Regent Hospitals und wählte. Als sich die Pforte meldete, bat Kate, zur Intensivstation durchgestellt zu werden.

»Intensivstation«, meldete sich eine jung klingende Frauenstimme.

»Hat Dr. Swire heute Dienst?«

»Ja, aber Sie können ihn nicht sprechen. Er hat Notfälle im OP.«

»Wann ist er ungefähr fertig?«

»Nicht vor acht Uhr, nehme ich an. Wahrscheinlich später.«

Kate bedankte sich und legte auf. Patrick kam mit einem Eimer und Lappen herein.

»Hast du den Schlüsseldienst erreicht?« fragte er.

»Kein Glück. Ich versuche einen anderen.«

Er ging auf den Flur. Sie nahm wieder den Hörer ab und wählte eine Nummer, die sie auswendig kannte. Eine Frauenstimme antwortete: »Streamline, guten Tag.«

»Ich möchte heute abend für halb acht ein Taxi bestellen«, sagte Kate leise.

42

Sonntag, der 4. November

Nachmittags war vom Atlantik ein Tief heraufgezogen, und das Wetter hatte sich rapide verschlechtert. Ein Sturm mit Stärke acht fegte durch Brightons schmutzige Straßen, rüttelte an den Reklamewänden, trieb Abfall vor sich her und riß die letzten Herbstblätter von den Bäumen. Zwischendurch überschüttete er das dunkle Pflaster mit Wolkenbrüchen.

Als das Taxi vor dem Glaseingang des Prince Regent Hospital hielt, wurde es von einer Bö erfaßt und schaukelte wie ein Boot, das ankerte. Kate zahlte und lief schnell in die schmuddelige Empfangshalle zu den vertrauten Gerüchen von Kartoffelpüree, Desinfektionsmittel und Politur.

Sie kam an einem leeren Schalter vorbei, an unordentlich aufgestapelten Rollstühlen und Unmengen von Schildern. Sie ging die Stahlrampe hinauf, dann durch die Doppeltüren. Sie folgte den Schildern, obwohl sie den Weg in den Queen-Elizabeth-Block kannte.

Im Krankenhaus herrschte eine ruhige Sonntagabendatmosphäre. Kate sah nur wenig Personal. Als sie vor den Aufzügen wartete, war sie froh, den warmen blauen Kaschmirmantel anzuhaben. Das entsetzliche Erlebnis mit der Katze ging ihr immer noch durch den Kopf. Der Schock saß tief, aber sie unterdrückte ihn. Im Augenblick wurde sie von stiller Wut und Entschlossenheit angetrieben. Daneben war kein Platz für andere Gefühle.

Als der leere Aufzug nach oben glitt, hatte sie plötzlich wieder Lampenfieber. Dora Runcorns Worte wurden laut. Sie ignorierte sie, da jetzt nur das zählte, was sie tun mußte. Sie nahm das kleine Bandgerät aus der Manteltasche und überprüfte noch mal, ob es startbereit war und ob der Draht durch das winzige Loch, das sie in die Tasche geschnitten hatte, im Mantelfutter bis zu dem eingenähten Mikrofon im Revers reichte.

Im fünften Stock stieg sie aus, ging durch die Doppeltüren, auf denen stand »Operationssäle, für Unbefugte Zutritt verboten«. Das OP-Schwesternzimmer war leer. Quietschend öffnete sich die gegenüberliegende Tür. Zwei Schwestern kamen heraus.

»Entschuldigung«, sagte Kate. »Können Sie mir sagen, wo ich Dr. Swire finde?«

»Er ist in OP vier.«

Kate setzte sich auf einen harten Stuhl. Sie hatte Durst und war müde. Ihre Energie verlor sich schnell. Plötzlich herrschte Aktivität. Ein Mann mit kreideweißem Gesicht wurde samt Beatmungsgerät vorbeigeschoben. Ärzte und Schwestern folgten. Dann war wieder alles still. Kates Mutter hatte angerufen. Sie hatte sich Sorgen gemacht, weil sie Kate am vorigen Sonntag und mehrmals während der Woche nicht erreicht hatte. Kate hatte ihr erzählt, sie müsse Tag und Nacht arbeiten. Sie war zu müde gewesen, ihr von dem Unfall zu erzählen. Nachdem sie aufgelegt hatte, fühlte sie sich plötzlich schrecklich einsam.

Sie überflog noch einmal ihre Notizen. Ob hier in der Nähe

ein Automat oder ein Trinkbrunnen stand? Gerade wollte sie danach suchen, als die Türen aufgingen und ein Mann in grünem Kittel und weißen Stiefeln herauskam. Zwei ähnlich angezogene Frauen folgten ihm und lachten. Dann kam noch eine Frau. Dr. Swire nahm die Maske ab.

Er bemerkte Kate sofort und begrüßte sie herzlich. »Kate! Wie schön, Sie zu sehen! Ich wollte noch bei Ihnen vorbeischauen, hatte aber keine Zeit. Eine verrückte Woche. Wie fühlen Sie sich?« Er nahm die Kappe ab und strich sich das Haar glatt.

Kate war über die Begrüßung überrascht. »Danke, besser.«

»Großartig. Wann gehen Sie nach Hause?«

Sie suchte nach einem Zucken, einer Unsicherheit in seinem Gesicht, aber da war nur Freundlichkeit zu lesen. Zweifel kamen ihr. »Ich durfte heute schon heim.«

»Du meine Güte! So bald! Sie müssen wirklich fit sein, wenn Sie sich so schnell erholen konnten.« Er blickte auf die Uhr und runzelte die Stirn. »Aber es ist ziemlich ungewöhnlich, Patienten um diese Zeit zu entlassen. Normalerweise passiert das am Morgen.«

»Ich wurde auch heute morgen entlassen. Ich bin zurückgekommen, um mit Ihnen zu sprechen. Könnten wir vielleicht irgendwo hingehen, wo wir ungestört sind? Es geht um die Sache, worüber wir bereits gesprochen haben.«

»Ihre Körperaustrittserfahrung?« Er zog die Augenbrauen amüsiert hoch. »Aber natürlich. Allerdings muß es schnell gehen, weil ich zu einer Besprechung gehen muß. Ich ziehe mich um, und dann können wir nach unten in mein Dienstzimmer gehen. Dauert keine Minute.«

Kate setzte sich wieder. Seine Reaktion gab ihr Rätsel auf. Er schien sich tatsächlich zu freuen, sie zu sehen und hatte auch nicht den kleinsten Anhaltspunkt gegeben, daß er etwas zu verbergen hatte. Vielleicht irrte sie sich doch.

Aber sie wußte, daß es nicht sein konnte.

Er kam nach ein paar Minuten zurück. Jetzt trug er einen marineblauen Zweireiher, ein cremefarbenes Hemd und eine Krawatte, die auf rotem Grund ein türkisches Muster hatte. Dazu noch elegante graue Hosen und schwarze Halbschuhe. Er stürmte wie ein Rhinozeros auf sie zu.

Ohne stehenzubleiben, sagte er nur »Okay?« und rieb sich die Hände.

Kate hatte Mühe, an seiner Seite zu bleiben. Die weiten und schnellen Schritte bekamen ihrem Bauch und den Rippen gar nicht.

Im Aufzug drückte er auf den Knopf fürs Erdgeschoß. »Und wie hat Ihnen das Leben im Krankenhaus gefallen, Kate?« fragte er, nachdem sich die Türen geschlossen hatten.

»Das Essen war besser, als ich erwartet hatte. Dann wurde ich in ein Einzelzimmer verlegt, wegen Überfüllung im Saal oder ähnlichem.« Sie beobachtete sein Gesicht. Aber wieder keinerlei Reaktion. Der Aufzug fuhr nach unten ins Erdgeschoß.

»Es wird besser, wenn der Studentenflügel fertig ist. Da kommen mehrere Krankensäle hinzu. Jahrelang hatten wir zu wenig Geld. Das war das Problem. Sie sind doch Journalistin, stimmt's?«

»Ja.« Abrupt blieb der Aufzug stehen, und die Türen öffneten sich.

»Dann sollten Sie mal über das Staatliche Gesundheitswesen schreiben. Es ist eine Schande. Das Budget für die Forschungen hier ist einfach erbärmlich.«

Sie traten auf einen weiten Korridor hinaus, der düster und verlassen war. Kate bekam ein flaues Gefühl. Die Hälfte der Leuchtstoffröhren an der Decke brannten nicht. An der Wand standen leere Rollbetten. Geräuschlos drang Dampf durch einen Luftschacht. Ein Extraktor surrte laut. Kate war beunruhigt, weil sie nirgends Menschen sah. Der Anästhesist schlug wieder ein Tempo ein, das zu schnell für sie war. Ihr tat alles weh. Mit einer Hand hielt sie das Tonbandgerät in der Tasche fest, damit es nicht hin und her schlug. An den Wänden verliefen mit Asbest verkleidete Röhren. Das Surren des Extraktors verklang im Hintergrund. Jetzt hörte man nur noch die Schritte.

Sie gingen eine steile Rampe empor, durch eine Tür mit Gummidichtungen ins Freie und über einen dunklen, beinahe leeren Parkplatz für die Mitarbeiter des Krankenhauses. Nur wenige Fenster waren erleuchtet. Kate wollte stehenbleiben, ihm nicht weiter folgen, zurück ins Krankenhaus laufen.

Weglaufen, sagte sie sich.

Sie ging unter Schmerzen weiter. Wut verdrängte die Angst. Wut über das Chaos in ihrer Wohnung, über die Mißhandlung der Katze und über den gestohlenen Fingernagel. Wut, wenn sie an Sally Donaldsons Gesicht dachte, den Gram ihres Mannes, den selbstzufriedenen, widerlichen, kleinen Bestattungsunternehmer und Wut über Terry Brent.

Sie würden sie nicht kleinkriegen! Niemand würde sie so fertigmachen, daß sie weglief. Diesmal nicht! Dr. Swire hatte Antworten, die sie brauchte, und sie würde sie von ihm bekommen.

Eine Schwester lief in einem Mantel vorbei. Sie hatte den Kopf wegen des Windes und des Regens tief eingezogen. Kate machte der Anblick Mut.

Sie war hier sicher. Dies war ein Krankenhaus. Überall waren Menschen.

Sie kamen an einigen Bauwagen vorbei. Ein Bulldozer stand im Schatten. Plastikabdeckungen von Baumaterialien knatterten im Sturm. Aus dem hohen Kamin auf dem linken Gebäude stiegen dicke Rauchwolken auf. Es sah wie ein Dampfer aus. Sie näherten sich einem hohen Maschendrahtzaun. Dahinter standen eine Reihe von niedrigen Baracken. Auf dem großen rotweißen Schild am Eingang stand: FORSCHUNGSABTEILUNG. EINTRITT STRENGSTENS VERBOTEN.

Atemlos lief Kate Dr. Swire hinterher. Sie hatte scheußliche, brennende Schmerzen im Bauch. In der nächsten Minute müßte sie sich setzen. Sie konnte nicht mehr. Der Anästhesist holte einen Schlüsselbund heraus, schloß das Tor auf und ließ Kate eintreten. Dann schloß er wieder ab. Kate konnte vor Erschöpfung nicht sprechen. Wind zerrte an ihrem Haar, Regen peitschte ihr ins Gesicht. Dr. Swire ging an den dunklen Baracken vorbei zu einem langen, einstöckigen Haus. Es roch unangenehm, ähnlich wie im Zoo.

Dr. Swire schloß die Tür auf und hielt sie für Kate offen. Dann drückte er auf mehrere Lichtschalter, ehe er die Tür wieder zuschloß. Die Schlüssel steckte er ein. »Sicherheitsbestimmungen«, erklärte er lächelnd. »Wir haben hier viele Medikamente und Chemikalien.«

Sie waren jetzt in einem kleinen Labor, in dem es scharf nach Chemikalien roch. Ein Lichtstrahl flackerte. Er surrte wie eine Motte, die sich im Lampenschirm gefangen hat. Kate folgte dem Anästhesisten durch eine Tür.

Er schaltete das Licht ein. Das Klicken hallte laut nach. »Während des Krieges waren hier unten die Luftschutzräume«, erklärte er. »Wie ein Labyrinth führen die Räume bis in den Berg. Im neunzehnten Jahrhundert benutzten sie Schmuggler. Es ist steil, seien Sie vorsichtig, Kate.«

Kate hielt sich am Geländer fest, als sie eine fast vertikale Treppe hinunterstieg, die auf einen engen Korridor mündete, der nur von einer Nischenlampe erhellt wurde. Rechts und links waren geschlossene Türen mit Visitenkarten. Sie kamen an einer kleinen Teeküche vorbei. Auf der nächsten Karte stand Dr. H. Swire.

Sein Dienstzimmer war klein, fensterlos, funktionell. Vor einem alten Metallschreibtisch standen zwei Sessel mit Kunstlederbezug. Der Sessel hinter dem Schreibtisch war imposanter. Kate vermutete, daß hinter einer Tür ein Wandschrank sei. Ansonsten gab es drei Aktenschränke, Regale mit medizinischen Fachbüchern, darunter seine eigenen Werke, und mehrere seltsam aussehende Instrumente. Nirgends ein persönlicher Gegenstand, der etwas über ihn ausgesagt hätte. Auf dem Tisch stand ein altmodisches, graues Telefon. Die Luft war abgestanden. Es roch nach dem Teppich und Vinyl.

»Das Gesundheitsministerium hält nichts davon, Geld für elegante Dienstzimmer auszugeben«, sagte er und zeigte auf einen Sessel. Dann kniete er sich hin und schaltete ein Heizgebläse ein. »Möchten Sie etwas zu trinken, Kate? Ich koche schnell Kaffee.«

»Ja, bitte. Ich hätte gern ein Glas Wasser, wenn das möglich ist.«

Er ging hinaus und machte die Tür zu. Kates Bauch brannte wie Feuer vor Überanstrengung. Sie musterte das Zimmer ganz genau, fand aber keinerlei interessante Hinweise. Vorsichtig schaltete sie das Tonbandgerät ein und holte es kurz heraus, um zu sehen, ob es lief. Durch die Tür hörte sie einen Wasserkessel pfeifen, Schritte und das Klappern von Geschirr.

Dr. Swire kam mit einem Tablett zurück, auf dem ein Glas Mineralwasser, zwei Kaffeebecher und eine Flasche Milch standen. »Ist Ihnen Perrier recht?« fragte er.

»Vielen Dank.«

»Milch, Zucker?«

»Danke, schwarz.«

Kate trank das Glas sofort aus. Der warme Luftstrom aus dem Heizgebläse, die Ruhe und das Wasser brachten einen Teil ihrer Stärke und ihres Muts zurück.

Der Anästhesist setzte sich ihr gegenüber hin, schlug die Beine übereinander und stellte den Kaffeebecher auf den Boden. Er trug blaue Socken mit Klaviertasten als Schmuckmotiv. »So, Sie wollten also mit mir sprechen.«

Kate richtete sich auf. »Ja, ich will wissen, was im Operationssaal passiert ist.«

»Sehr einfach: Wir haben uns bemüht, Ihr Leben zu retten.«

Ihre Augen waren auf sein Gesicht geheftet. »Nein, das glaube ich nicht! Ich hatte überhaupt keine dramatische allergische Reaktion. Das ist absoluter Blödsinn. Sie haben mir etwas gespritzt.«

Vorsichtig musterte er sie. »Was meinen Sie?«

»Die Schwester brachte eine Flasche Lignokain. Sie haben sie mit einer anderen vertauscht, als niemand hinsah.«

»Kate, Sie wissen, daß es medizinisch, physikalisch und wissenschaftlich unmöglich ist, daß Sie etwas gesehen haben.«

»Ja.« Der Kaffee im Becher dampfte. »Und wieso konnte ich es trotzdem?«

»Wir sprachen doch letzte Woche über den Tod, Kate. Was wir darunter verstehen – erinnern Sie sich? Daß man früher glaubte, sobald das Herz stillstand, sei der Tod eingetreten. Aber davon ist man abgekommen. Wenn das Herz aufhört zu schlagen, macht das Gehirn noch neunzig Sekunden weiter, ohne eine Beeinträchtigung der Aktivität. Dann schaltet es rapide ab und stirbt. Nach drei oder vier Minuten ist es vollständig inaktiv. Dann ist der Mensch klinisch – und in den meisten Ländern legal – tot.«

Kate trank einen Schluck Kaffee.

»Gehirntod ist nicht reversibel«, fuhr er fort. »Niemand konnte ihn bisher rückgängig machen. Aber der Zustand des Gehirntods kann simuliert werden. Bei Hypothermie kann vorübergehend jede Aktivität erlöschen, oder durch bestimmte Barbiturate.« Er faltete die Hände. Kate fand die Manschettenknöpfe aus Goldmünzen ordinär.

»Während der Operation erlosch wegen Ihrer allergischen Reaktion auf das Narkosemittel jegliche Gehirntätigkeit für acht Minuten. Sie waren in dieser Zeitspanne schlicht und einfach gehirntot! Außerdem hatte Ihr Herz für drei Minuten aufgehört zu schlagen. Sie konnten nichts sehen, hören, fühlen oder schmecken.« Er beugte sich vor. »Aber Sie konnten es doch, nicht wahr? Sie haben mich gesehen und das Dreieck. Das stimmt doch?«

Kate lief es eiskalt über den Rücken, als sie in seine Augen blickte. Von der Wärme war nichts mehr vorhanden. Jetzt funkelten sie fanatisch und aufgeregt. »Ich habe Ihnen nicht gesagt, daß ich das Dreieck sah.«

»Aber Sie haben es gesehen! Deshalb sind Sie doch in den OP zurückgegangen, um nachzusehen, oder?«

»Ja«, sagte sie leise. »Weil ich wußte, daß ich mir nicht einbildete, Sie gesehen zu haben, wenn das Dreieck existierte.«

Er lächelte, aber die Wärme in seinen Augen war nicht zurückgekommen. »Kate, im Operationssaal war alles in Panik wegen Ihnen. Sie haben sich geirrt.«

»Gut, dann erklären Sie mir, wieso ich das Dreieck sah!«

»Ich kann nicht mit letzter Gültigkeit beweisen, daß Sie es sahen. Ich kann Ihnen nur sagen, daß man mit Fug und Recht behaupten kann, daß es sich um eine Halluzination handeln könnte, solange jemand noch Gehirnaktivität zeigt. Es könnte sich aber auch um eine telepathische Kommunikation mit Anwesenden handeln. Mit Sicherheit kann man nur feststellen, ob noch Gehirnstromaktivität besteht, wenn man das Gehirn mit einem EEG mißt. Sie sind einer der wenigen Menschen, die ich getroffen habe, die sich an ein Verlassen des Körpers erinnern, obwohl der Monitor keinerlei Gehirnaktivität anzeigte.«

»Warum wurde ich an den EEG-Monitor angeschlossen?«

»Weil ich im Operationssaal immer ein EEG-Gerät habe. Das ist Teil meiner Forschungen.«

»Forschungen?«

»Ja, es ist eines meiner Spezialgebiete.« Er machte eine kurze Pause. »Nun schauen Sie doch nicht so besorgt drein! Es ist aufregend, weil es so perfekt ist! Es ist aus drei Gründen so unglaublich perfekt.« Er zählte mit den Fingern. »Erstens, Sie konnten sich sehr detailliert an Dinge erinnern, die geschahen, obwohl Sie keine Gehirntätigkeit aufwiesen.«

»Meine journalistische Ausbildung«, unterbrach sie ihn.

Der Anästhesist ignorierte die Bemerkung. »Zweitens, Sie konnten Dinge sehen, die Sie unmöglich sehen konnten. Vorgänge im OP, das Dreieck.«

Seine Augen glänzten besessen. Er machte Kate nervös. »Und drittens, wegen der Schmerzen, die Sie spürten – und dem Zeitpunkt, an dem diese aufhörten. Dadurch kann man präzise den Augenblick bestimmen, in dem Sie Ihren Körper verließen.« Er machte wieder eine kurze Pause. »Es war der Augenblick, in dem Ihre Gehirnströme vollständig aufhörten.«

Aus dem Elektroofen schien eiskalte Luft zu blasen.

»Es gibt noch einen vierten Faktor, der zum endgültigen Beweis nötig ist«, fuhr er fort.

»Und was ist das?«

»Trinken Sie den Kaffee aus, dann zeige ich es Ihnen.« Er wartete, bis sie den letzten Schluck getrunken hatte, dann stand er auf und öffnete die Tür hinter dem Schreibtisch. Er schaltete das Licht ein und winkte Kate, hineinzugehen.

Sie betrat den Raum, der sehr viel größer als das Dienstzimmer war. Links gab es noch eine Tür. Die Mitte des Zimmers wurde von einem Maschendrahtkäfig auf weißen Isolatoren beherrscht.

Kate hörte ein Klicken, als habe Dr. Swire Probleme, die Tür zu schließen. Sie drehte sich um. Der Anästhesist steckte etwas schnell in die Tasche. Die tote, luftleere Atmosphäre im Raum jagte ihr Platzangst ein.

»Sie scheinen über Ihre Erfahrung gar nicht aufgeregt zu sein, Kate. Sie sollten begeistert sein«, sagte er.

»Ich finde es unheimlich.«

»Sie haben doch blitzschnell kapiert, daß man mit einer Frau, die vielleicht lebendig beerdigt wurde, Riesenschlagzeilen machen kann. Warum nicht mit dem ersten Menschen, der Beweise für das Überleben des klinischen Todes hat?«

Im ersten Moment glaubte Kate, er mache einen Scherz. Doch dann sah sie die abgrundtiefe Bosheit auf seinem Gesicht. Ihre Kehle war wie zugeschnürt.

»Ich möchte mit Ihnen ein paar Tests machen.«

»Tests?«

»Um zu sehen, ob wir den Versuch ausweiten können.«

»Ihn wiederholen?«

»Ja, in einer kontrollierteren Umgebung.« Er rieb sich die Hände. »Denken Sie nur, was für ein journalistischer Knüller das für Sie wäre.«

»Nein, danke.«

»Warum nicht?«

Sie konnte ihm nicht mehr in die Augen schauen. Statt dessen blickte sie an die mit Styroporplatten verkleidete Decke. Dora Runcorns Worte wirbelten ihr durch den Kopf. Sie sah das Bild Howies. Hörte seine Warnungen. Ihr anfänglicher Mut begann sie zu verlassen. Sie zitterte. »Außerdem würde man in etwas herumpfuschen, was man lieber lassen sollte.«

»Haben Sie als Kind nicht die Bibel gelesen? Erinnern Sie sich nicht an den Brief des heiligen Paulus? ›Als ich noch ein Kind war, redete ich wie ein Kind, dachte ich wie ein Kind, urteilte ich wie ein Kind. Als ich ein Mann geworden, legte ich das Kindhafte ab. Jetzt schauen wir durch einen Spiegel, unklar, aber dann von Angesicht zu Angesicht.‹«

»Ich erinnere mich.«

»Gott meinte, daß wir auf dieser Erde nur Kinder sind, die sich durch die Dunkelheit tasten. Das Licht können wir erst sehen, wenn wir sterben. Aber ich hatte schon immer das Gefühl, daß Gott ein arroganter Mistkerl war. Ich verstehe nicht, warum die Menschen nicht etwas mehr erfahren sollen. Warum müssen wir immer in einer halbdämmrigen Welt leben wie halbblinde Geschöpfe aus der Tiefe?« Seine Fingerknöchel wurden weiß. Seine Wut machte Kate angst. »Sie sagen: ›Gott hat mir zwar die

Macht gegeben, aber ich darf sie nicht benutzen.‹ Ich sage dagegen: ›Warum nicht?‹ Wovor hat ER Angst? Was versteckt ER, was wir nicht sehen sollen?«

»Auch wenn ich überzeugt wäre, würde mir keiner glauben, wenn ich einen Artikel darüber schriebe.«

Sein kleiner Mund spitzte sich. »O doch! Das würde man. Ich kann es nämlich beweisen, Kate!« Er zeigte auf den Maschendraht. »Ich nehme an, Sie haben so etwas noch nie gesehen.« Er schob einen Riegel zurück und öffnete den hinteren Teil. Da stand ein Mini-Operationssaal samt gepolstertem Operationstisch, Narkosegerät, Lachgas- und Sauerstoffflaschen, ein Beatmungsgerät und jede Menge Monitore. Statt einer Lampe an der Decke erstreckte sich der isolierte Maschendraht ungefähr neunzig Zentimeter über dem Tisch und bedeckte die gesamte Decke.

»Das ist meine Version eines Faradayschen Käfigs«, erklärte er stolz.

Ihr wurde noch flauer im Magen. »Und was heißt das?«

»Es fehlt noch ein Stück für den absoluten Beweis Ihres Erlebnisses, Kate. Wir können die Möglichkeit der Telepathie nicht völlig ausschließen. Logischerweise wußte ich, daß auf der Rückseite der Lampe ein Dreieck war. Ich hatte es gezeichnet. Es besteht die Möglichkeit, daß Sie bei dem veränderten Bewußtseinszustand, in dem Sie sich befanden, meine Gehirnströme anzapften und so das Bild des Dreiecks empfingen.«

»Und was bewirkt der Faradaysche Käfig?«

»Er errichtet eine elektronische Abschirmung um die Testperson. Wenn Telepathie existiert, muß es eine Art elektronisches Signal sein, das vom Gehirn gespeist wird. Es kann durch einen elektronischen Schirm nicht hindurchdringen.«

»Und was soll damit bewiesen werden?«

»Wenn jemand dort drinnen ohne Gehirnaktivität Vorgänge sehen könnte, die außerhalb des Käfigs stattfinden, würden wir schlüssig wissen, daß das menschliche Bewußtsein außerhalb des Körpers existieren kann.«

Kate war nicht nur durch die Miene des Anästhesisten, sondern auch durch seine Worte äußerst beunruhigt. »Und Sie glauben, daß damit Leben nach dem Tod bewiesen ist?«

»Das müssen wir herausfinden, Kate. Wir müssen. Wir *müssen!*« Er ging durch den Raum und holte aus einer Schublade ein kleines weißes Päckchen. »Wir *müssen* es herausfinden.«

»Warum? Die Menschheit ist ohne dieses Wissen bis heute ausgekommen.«

»Aber nicht sehr gut.« Er nahm ein Fläschchen aus dem Paket und hielt es gegen das Licht. »Die Regeln haben sich verändert. Früher setzte die Religion die Regeln fest, heute die Wissenschaft. Die Wissenschaft hat entschieden, daß jemand mit Gehirntod tot ist. Aber Sie wissen, daß das nicht stimmt.«

»Weiß ich das wirklich?«

»Selbstverständlich. Durch eigene Erfahrung. Nehmen wir an, daß Sie wirklich über Ihrem Körper schwebten, durch den Tunnel flogen und zurückkehrten. Als Sie aufwachten, waren Sie in Ihrem Körper, richtig?«

»Ich nehme an, ja.«

»Was schwebte dann aber über Ihrem Körper und durch den Tunnel? Ihre Seele? Ihr Bewußtsein?«

Kate versuchte zurückzudenken, aber die Erinnerung machte ihr angst. Die Einsamkeit machte ihr angst. Sie wußte nicht, was sie sagen sollte, und schwieg.

»Es kam zurück, weil es zurückgeschickt wurde – Sie wurden zurückgeschickt – von Ihrem Bruder Howie, richtig?«

»Ich – ich glaube schon.«

»Und dann wachten Sie auf und waren auf der Wachstation?«

»Ja.«

»Wären Sie nicht aufgewacht und Ihr EEG wäre eine Linie geblieben, was wäre dann Ihrer Meinung nach passiert?«

»Ich weiß es nicht.«

»Sie wären vielleicht im Limbo geblieben, nicht lebendig und nicht tot wären Sie über Ihrem Körper geschwebt.«

»Das klingt aber sehr spekulativ.«

Er nahm noch ein Päckchen aus der Schublade und riß es auf. Eine Spritze. Fasziniert beobachtete Kate ihn.

»Keineswegs! Manche Menschen sagen, die Seele sei mit dem Körper durch eine Silberschnur verbunden. Dafür habe ich keinerlei Beweise, aber ich stelle mir den Körper so ähnlich wie eine

Batterie vor. Wir können mit einem flachen EEG nicht im Körper sein, weil in einem toten Gehirn kein Bewußtsein existieren kann. Daher schweben wir über dem Körper. Wir können bis an die Grenze der nächsten Welt gelangen, aber nicht hinein. Solange unser Körper lebt, können wir die Grenze nicht überschreiten.«

»Warum nicht?«

»Weil Gott seine kleinen Geheimnisse bewahren will. Wenn man stirbt – na schön, dann geht man in die nächste Welt. Aber solange noch Leben im Körper ist, die Chance zur Wiederbelebung besteht, wird man zurückgeschickt. Wir bekommen alle die gleiche Botschaft: *Du mußt zurückgehen!*« Er lächelte und steckte die Nadel ins Fläschchen. »Wir müssen also Gott überlisten. Einen Todeszustand schaffen, der so überzeugend ist, daß er uns glaubt.«

»Gott überlisten?«

Er zog die Spritze auf. »Ja.«

»Wie?« Jetzt hielt Kate ihn für völlig verrückt.

Er hielt die Spritze in die Luft und drückte. Einige Tropfen flossen über die Nadel. »Damit.«

»Und was ist das?«

»Es hat noch keinen Markennamen. Es ist eine Kombination aus einem Ganglion-Blocker, Chlorpromazin und einem lang wirkenden Phenobarbiton. Das Medikament wurde zur Behandlung der Epilepsie von einem Schweizer Pharmakonzern entwickelt. Aber die Langzeitwirkung war zu stark. Die Patienten blieben zu lange im Koma. Sie zeigen identische Symptome, wie sie bei Hypothermie auftreten: Blutdruck geht weg, Herzschlag verlangsamt sich auf einen Schlag alle dreißig Sekunden, manchmal noch weniger.« Er blickte Kate an. »Ich dachte, ich hätte Sally Donaldson zuviel gegeben, aber offensichtlich nicht.«

Kate wich zurück. Kalte Angst lief durch ihren Körper, als sie versuchte, in seinem Gesicht abzulesen, was er plante.

Er will mir etwas über Draht sagen. Haben Sie mit elektrischen Geräten zu tun?

Und dann kam ihr die Erleuchtung. Jetzt wußte sie, was die Botschaft des Mediums Dora Runcorn bedeutete.

Dann müssen Sie mit Drähten besonders vorsichtig sein. Ich glaube, er sagt, Sie dürfen keinen Draht berühren.

Draht! Englisch »wire«!

Swire!

Sie hatte die Lösung der Botschaft die ganze Zeit vor Augen gehabt. Die Erkenntnis drückte sie zentnerschwer zu Boden. Dann stieg eine stumme Wut über ihre eigene Blindheit in ihr auf.

»Ich bin sehr enttäuscht von Ihnen, Kate. Ich dachte, ich hätte diesmal Glück, daß Sie sich als Zeitungsreporterin einen Namen machen wollten, indem Sie mit voller Unterstützung eines angesehenen Anästhesisten beweisen, daß es wirklich ein Leben nach dem Tod gibt. Statt dessen rümpfen Sie über mich die Nase.«

»Ich rümpfe die Nase nicht.«

Er machte einen Schritt auf sie zu. Wieder fiel ein Tropfen von der Nadel. »Ach nein? Sie sind nur ein überkluges Miststück. Die Story bekommen, zum Teufel mit den Konsequenzen! Es ist völlig unwichtig zu beweisen, ob Gott existiert oder ob es ein Leben nach dem Tod gibt. Hauptsache, Sie können ein paar Spalten mit billigem Geschmier füllen.«

»Was haben Sie mit Sally Donaldson gemacht? Mit einer Schwangeren herumexperimentiert?«

»Experimente sind für die Menschheit wichtig, Kate.«

»Hat Hitler das nicht auch geglaubt?«

»Wieder die Nase rümpfen, Kate, was?«

»Wo ist der Nagel, den Sie aus meiner Wohnung gestohlen haben? Und der Film aus meiner Kamera?«

»Und wie geht's Ihrem Tantchen?«

»Tantchen?«

»Die Arme, die im Pflegeheim stirbt.«

»Sie sind unglaublich«, sagte Kate.

»Ich sage Ihnen, was unglaublich ist, Mädchen! Zwanzig Jahre habe ich auf eine Testperson wie Sie gewartet, und Sie haben keine Lust. Das ist unglaublich. Vergessen Sie doch Sally Donaldson. Die ist nicht wichtig. Sie sind es! Kapieren Sie das nicht? Ich dachte, Sie seien begeistert – jeder müßte begeistert sein –, daß keiner sich um das Lignokain kümmern würde. Wen kümmert die Methode? Wichtig ist, daß sie funktionierte! Sie hatten diese Erfahrung gemacht. Kapieren Sie das denn nicht?«

»Wie viele Menschen haben Sie in zwanzig Jahren getötet, Dr. Swire? Oder haben Sie gar nicht mehr mitgezählt?« Kate nahm ein Blatt aus dem Mantel. »Von neunzehnhundertzweiundsiebzig bis sechsundsiebzig arbeiteten Sie als Anästhesist in der Neurochirurgie und Intensivstation im Royal Galashiel Hospital in Glasgow. Fünf Jahre, ehe Sie dort hinkamen, gab es im Durchschnitt vier Patienten mit *status epilepticus* pro Jahr. In den vier Jahren Ihrer Tätigkeit dort stieg die Zahl auf sechs, als Sie weggingen, fiel sie wieder auf vier. In den fünf Jahren, ehe Sie dort anfingen, lag die Sterblichkeitsrate auf der Intensivstation bei achtzehn Prozent. Während Ihrer Anwesenheit stieg sie auf dreiundzwanzig Prozent, um nach Ihnen wieder auf sechzehn zu sinken. Soll ich die Zahlen für die anderen vier Krankenhäuser vorlesen, an denen Sie gearbeitet haben? Es sind ziemlich die gleichen.«

»Sie sind ein kluges Kind, Kate. Ihre Hausaufgaben haben Sie gemacht. Aber Sie sind etwas zu klug. Das wird Ihnen schaden.« Er kam wieder einen Schritt näher.

Sie blickte auf die Nadel. »Wollen Sie mich töten? Diesmal wird es nicht so leicht sein, ohne gefügigen Leichenbeschauer, ohne gefügigen Bestattungsunternehmer und ohne gefügigen Pathologen.« Ihre Stimme klang seltsam entfernt.

»Ich habe keinen Leichenbeschauer oder Pathologen, der gefügig ist, Kate. Sie wissen nur nicht immer, wonach sie suchen sollen. Wie bei Ihnen.«

Kate war einen Augenblick verwirrt wie in einem Traum. Ihr Gesicht wurde heiß, dann eiskalt. Das Schweigen im Raum drückte auf die Ohren.

»Jemand wird herausfinden, was Sie mir gegeben haben.« Ihre Stimme hallte.

»Selbstverständlich, Kate. Ich werde es ihnen sagen.«

»Was meinen Sie?« stammelte sie.

»Ich werde sagen, daß Sie zu mir kamen, weil Sie sich nicht wohl fühlten und dann mit einem epileptischen Anfall zusammenbrachen.«

»Ich leide nicht an Epilepsie.«

»Laut medizinischen Unterlagen doch – seit dem Unfall.«

Sie schüttelte den Kopf. »Der Neurologe hat das verneint.«

»Es ist traurig mit der Epilepsie, Kate. Neurologen können nie sicher sein.«

Angst packte Kate. Dora Runcorns Stimme kreischte in ihrem Kopf. Howie schrie. Sie lief zur Tür. Die Füße waren so schwer wie Blei. Jede Bewegung war ungeheuer anstrengend. Sie packte den Türgriff, drehte ihn. Nichts. Er bewegte sich nicht.

»Sie brauchen den Schlüssel, Kate«, sagte der Anästhesist.

Kate drehte den Kopf. Es ging so langsam, als würden Hals und Gehirn nicht zusammenarbeiten. Er hielt die Spritze hoch. »Warum kommen Sie nicht her und holen den Schlüssel? Sie können ihn haben, wenn Sie wollen, aber weit kommen Sie nicht.«

Ihr Atem ging keuchend.

»Erinnern Sie sich, Kate, als Sie während der Operation wach waren? Sie konnten die Schmerzen fühlen; aber die Muskeln waren gelähmt. Sie konnten sich nicht bewegen. Ich habe ein Medikament benutzt, das Vekuronium heißt.«

Kate sagte keinen Ton.

»Es ist ähnlich wie Curare, das die Indianer am Amazonas verwenden, um im Dschungel ihre Beutetiere zu lähmen – und ihre Feinde. Unglücklicherweise wirkt es oral eingenommen nicht. Daher habe ich Ihnen Midazolam in den Kaffee getan. Es geht nicht so schnell wie eine intravenöse Injektion, weil es sich durch die Magenschleimhaut arbeiten muß. Aber keine Angst, Kate, ich werde Sie nicht operieren. Sie haben keine Schmerzen. Sie brauchen auch keine Angst zu haben, daß man das Mittel bei der Autopsie in Ihrem System findet. Ich hänge Sie ein paar Tage auf der Intensivstation ans Beatmungsgerät, ehe Sie einschlafen, Ihre Lungen nicht mehr arbeiten und Sie folglich auch nicht mehr atmen können.«

Tränen strömten über Kates Wangen. Sie biß sich auf die Lippen. Wahnsinnig. Er war wahnsinnig. Es mußte einen Ausweg geben. Sie wollte zur anderen Tür. Das Gehen fiel ihr so schwer, als wate sie durch Wasser.

Sie erreichte den Türgriff, zog ihn auf und stolperte in einen langen Raum, der nur durch den grünen Schein der Oszilloskope erhellt wurde. Sie sah, wie die Punkte darauf Zacken zeichneten. Steile Zacken, stumpfe Zacken und flache, ebene Linien.

Sie roch wieder die Tiere. Der Gestank wurde stärker, unerträglich. Sie lief zwischen den Monitoren hindurch, an den reglosen, dunklen Körpern vorbei.

Manche Augen funkelten sie so hell wie die Punkte auf den Monitoren an.

Sie erstarrte. Jetzt tauchten viele Augen auf. Die Köpfe bewegten sich, auch wenn die Körper es nicht konnten. Katzen. Dreißig oder mehr. Jede lag unter einem Oszilloskop. Bei allen fehlte die Schädeldecke. Elektroden waren an das nackte Gehirn angeschlossen.

Kate schrie.

Sie schrie noch mal, als sie an der gegenüberliegenden Wand gegen harte, feuchte Ziegel prallte.

In der Tür stand Dr. Swire und wartete mit der Spritze in der Hand. Kates Knie wurden weich. Sie kämpfte dagegen an. Kämpfte gegen die Müdigkeit, die ihre Energie aussaugte und sie dazu bringen wollte, die Augen zu schließen.

Lieber Gott, ich muß weiter!

Dann wurde ihr klar, was sie zu tun hatte.

Im Zickzackkurs schwankte sie auf ihn zu, vorbei an den pfeifenden Bildschirmen und den Augen, die wie Edelsteine glitzerten, vorbei an den glänzenden, nackten Gehirnen. Sie erreichte die Tür, blickte ihn an, öffnete den Mund und brach zusammen.

Ihr Puls raste, betäubte sie fast. Sie lag ganz still. Sie spürte seine Hände unter ihr. Stöhnend riß er ihre Schultern hoch. Sie murmelte unzusammenhängend. Dann schleifte er sie über den Teppich. Sie hörte, wie die Tür des Drahtkäfigs geöffnet wurde.

Er keuchte, weil er an körperliche Anstrengung nicht gewöhnt war. Kate versuchte, einen Arm etwas zu bewegen. Er schien langsam zu reagieren. Ihre Lider wurden schwer. Sie geriet in Panik, daß sie sich schließen und nie wieder öffnen würden. Dann stieß ihr Kopf gegen etwas Hartes. Wieder stöhnte der Anästhesist. Das Gefühl in Kates Gliedmaßen schwand.

Jetzt lag sie ausgestreckt da. Der Mantelärmel und der Pulloverärmel wurden hochgeschoben. Dann ein Klopfen auf das linke Handgelenk. Ihre Hand wurde hochgehoben. Sie roch den schlechten Atem.

Bitte, lieber Gott, gib mir Kraft!

Jetzt!

Sie versuchte, die Lider zu heben. Sie bewegten sich nicht. Sie probierte es noch mal und noch mal. Sie konnte die Augen öffnen. Sie sah den überraschten Blick in seinen Augen. Sie stieß die bleischweren Finger direkt hinein. Dann drehte sie sich auf die Seite und biß in sein Handgelenk. Die glitzernde Spitze der Nadel war kaum eine Handbreit vor ihren Augen. Flüssigkeit spritzte heraus. Sie packte die Spritze und rammte sie ihm, so fest sie konnte, in den Bauch. Dabei drückte sie darauf. Er schlug blind um sich. Dann fiel er auf sie. Sie drückte immer weiter, auch als er sie anschrie.

»Du elendes Miststück. Du –«

43

Sonntag, der 4. November

Harvey Swire sah mit Entsetzen, wie sein Körper unter ihm wegglitt, während er zum Dach des Käfigs hinaufschwebte. Er kam sich wie in einem altmodischen Aufzug vor.

Er sah, wie die Finger der Reporterin in seine Augen stießen, wie er mit den Händen um sich schlug, langsamer wurde. Verzweifelt versuchte er, die Spritze zu packen, die sie in seinen Bauch gerammt hatte, aber die Bewegungen erstarrten, ehe er sie greifen konnte.

Er sah sich gegen den Maschendraht fallen, zusammensinken, der Kopf nach hinten, die Augen offen, nach oben starrend. Er überlegte, ob er sich hier oben tatsächlich in diesem letzten Augenblick sehen konnte.

Hilflose Wut stieg in ihm auf. Schalte den Strom ein, du dämliches Miststück! Das könntest du wenigstens tun. Schalte den Käfig ein! Er sah, wie die Reporterin sich vom Tisch wälzte. Die tropfende Spritze war noch in ihrer Faust. Er blickte wieder auf seinen Körper hinab. Ein Film zog sich über die Augen. Jetzt sahen sie bestimmt nichts mehr. Sein Haar war zerzaust. Die Kragenecken standen hoch. Blut lief über seine Wange.

Als die Füße der Reporterin den Boden berührten, fiel sie nach vorn, mit dem Gesicht in die Drahtmaschen.

Das tat weh! Gut!

Sie klammerte sich an die Maschen, um wieder auf die Beine zu kommen. Nur ein bißchen länger, dachte er. Bleib, bis das Midazolam richtig wirkt. Dann wird es dir leid tun, du Dreckstück. Nur noch ein paar Minuten, dann wirst du einschlafen. Deine Lungen werden aufhören zu arbeiten. Du hörst auf zu atmen.

Er lächelte.

Da taumelte sie auf die Tür zu, schwankte und schleppte sich im Zickzackkurs zurück zu seinem Körper. Sie holte aus der Jakkentasche den Schlüsselbund.

Ein kluges Biest!

Da gaben ihre Beine plötzlich nach, und die Augen schlossen sich. Sie fiel seitlich gegen den Maschendraht. Ihr Kopf rollte hin und her. Sie blieb so ein paar Minuten liegen, aber dann schüttelte sie sich, blickte zu seinem Körper, stand auf und ging rückwärts zur Tür.

Wieder lächelte er. Sie hatte immer noch Angst vor ihm. Angst, daß er sie verfolgte.

Sie probierte erst den einen, dann den anderen Schlüssel. Beim dritten bewegte sich das Schloß. Mit beiden Händen zog sie am Griff. Die Tür schwang nach innen auf. Sie stolperte und fiel auf den Rücken. Wie ein sterbendes Insekt lag sie da und zuckte.

Ihr Kopf rollte von einer Seite auf die andere. Die Finger glitten über den Teppich. Die Augen schlossen sich; aber sie öffnete sie wieder und rollte langsam auf die Seite und griff nach der Spritze. Mit der anderen Hand packte sie den Türgriff und zog sich hoch. Langsam und schwankend ging sie durch die Tür. Wie eine Blinde tastete sie sich ins Dienstzimmer. Sie wollte den Telefonhörer aufnehmen, stieß aber dabei den Apparat zu Boden.

Sie stellte ihn wieder auf den Schreibtisch, klemmte den Hörer am Hals ein und tastete nach der Wählscheibe. Mit lautem Knall fiel der Hörer auf den Schreibtisch. Sie wählte. Zwischen jeder Ziffer machte sie eine Pause. Neun, neun, neun. Sie nahm den Hörer wieder auf.

Du mußt warten, bis dir die Zentrale eine Linie nach draußen gibt, du blödes Luder.

Sie hielt den Hörer ans Ohr und wählte wieder. Sie schwankte. Die Augen schlossen sich. Sie fiel zu Boden. Dabei riß sie das Telefon mit. Auch die Leitungen aus der Wand.

Er sah, wie Tränen über ihr Gesicht liefen. Ihr Mund formte einen stummen Hilfeschrei. Dann stützte sie sich auf die Ellenbogen, schaffte es, auf die Knie zu kommen, und kroch zur Tür. Sie zog sich hoch, machte die Tür auf und taumelte auf den Korridor. Dort fiel sie von einer Seite auf die andere. Am unteren Ende der Steintreppe brach sie wieder zusammen.

Viel Glück, du Miststück!

Sie kam wieder hoch, hielt sich am Geländer fest, rutschte ab und stürzte nach unten, wobei sie mit dem Gesicht auf jede Stufe aufschlug. Zitternd lag sie da. Sie hob die rechte Hand, in der sie immer noch die Spritze und die Schlüssel hielt, obwohl er sehen konnte, daß die Spritze abgebrochen war. Matt fiel ihre Hand zurück. Sie hob sie wieder, stützte sich mit der linken auf und legte Schlüssel und Spritze auf die nächste Stufe. Dann zog sie sich am Geländer hinauf. Mühsam überwand sie so Stufe für Stufe. Jedesmal mußte sie eine Pause machen, um Atem zu schöpfen. Endlich hatte sie das obere Ende der Treppe erreicht. Keuchend schleppte sie sich durch die Tür ins Labor. Dort blieb sie erst einmal liegen.

Nach einiger Zeit schob sie sich vorwärts, zog ein Knie hoch und stieß gegen das Bein des Arbeitstisches. Eine Flasche mit roter Färbetinktur fiel zu Boden und zerbrach. Ihr Gesicht sank in die Scherben und die rote Tinktur. Es erinnerte ihn an ein Bild aus dem *Paris Match*, das er als Junge sehr gemocht hatte: Ein Gangster lag tot mit dem Gesicht auf dem Tisch. Aus seiner Schläfe floß Blut in ein Weinglas.

Kate kam wieder auf die Knie, stieß gegen den nächsten Tisch und taumelte. Aber sie erreichte schließlich die Tür, schloß mühsam auf und kroch ins Freie.

Regen und Wind schienen sie etwas zu beleben. Sie kam auf die Beine und taumelte auf den Außenzaun zu. Kurz vor dem Tor stürzte sie wieder und lag leblos da, mit dem Gesicht in einer Pfütze.

Das ist das Ende, Dreckstück!

Ihre Hand zuckte, ballte und entspannte sich wieder. Kämpfen. Kämpfen. Wasser drang in ihren Mund. Sie zuckte und spuckte. Dann zog sie sich am Zaun hoch, nahm die herabgefallenen Schlüssel und schaffte es. Das Tor schwang auf und riß sie mit. Die Spritze glitt ihr aus der Hand und rollte in die Brennesseln, aber sie bemerkte es kaum. Sie kroch über den Parkplatz. Sie wurde immer langsamer. Schon war sie am Bulldozer vorbei.

Die nächste Tür stieß sie mit dem Kopf auf und kroch auf allen vieren auf die Rampe. Vor sich erstreckte sich ein langer, schlecht beleuchteter Korridor. Dampf zischte in der Ferne. Eine Maschine surrte irgendwo. Sie konnte nicht mehr. Hilflos griff eine Hand nach den schmuddeligen Linoleumplatten. Rote Farbe oder Blut oder beides tropfte auf den Boden.

Harvey Swire lächelte.

Eine Tür klappte. Zwei Gestalten tauchten am Ende des Korridors auf. Schwestern mit Umhängen kamen plaudernd nach Dienstschluß.

Haut ab!

Als sie näher kamen, fingen sie an zu laufen.

Laßt sie liegen, blöde Weiber!

Sie knieten neben Kate. »Ist sie betrunken?« fragte eine.

»Nein, ich rieche nichts. Wahrscheinlich drogensüchtig und hat eine Überdosis erwischt.«

»Das arme Luder sieht schrecklich aus. Sie muß hingefallen sein.«

Harvey Swire sah, wie Kate zu den Schwestern aufschaute und verzweifelt den Kopf schüttelte. Ihr Mund formte stumm Worte.

»Was haben Sie genommen?«

Kate stöhnte. »Mmmm –«

»Sagen Sie uns, was Sie genommen haben«, sagte eine Schwester. »Drogen?« Sie wandte sich an die Kollegin. »Schnell, hol einen Arzt.«

Kates Lippen bewegten sich kaum.

Laßt doch das Miststück in Ruhe!

»Mid –«, sagte Kate.

»Mid?« wiederholte die Schwester.

Laßt sie in Ruhe!

»Midaz – Midaz.«

Laßt sie in Ruhe!

»– azo – Midazolam.«

Laßt sie... Dann wurde Harvey Swire zurückgerissen, über den Parkplatz, zurück zu seinem Körper. So war es auch in all den bisherigen Jahren gewesen. Alles bestens. Er würde dieses verdammte Miststück schon kriegen! Noch ehe sie sprechen konnte!

Jetzt war er über seinem Körper, der im Drahtkäfig lag und mit leeren Augen heraufstarrte. Greif sie dir! Mach das Luder kaputt!

Etwas zerrte an ihm.

Nein.

Etwas zog ihn nach oben.

Laßt mich. Ich will sie fertigmachen.

Sein Körper unten wurde kleiner. Er wurde weggezogen, wollte aber nicht weg. Nein! schrie er. Laßt mich an sie ran! Aber kein Wort kam heraus. Dunkelheit umschloß ihn. Die Wärme verging. Es wurde kalt. Er fühlte sich allein und hilflos. Er hatte Angst. Ein Tunnel saugte ihn ein. Wie eine Fliege im Ausguß wurde er mitgerissen. Durch einen schwarzen Strudel gewirbelt.

Jetzt verlangsamte sich der Wirbel. Er entspannte sich. Er wußte, wo er war und wohin er flog. Hier war er schon gewesen. Gleich würde das Licht kommen. Das strahlend helle Licht. Es würde warm werden.

Aber es blieb dunkel.

Die Bewegung hörte auf.

Er spürte Gestalten in der Dunkelheit, die ihn umringten und beobachteten. In Panik rief er: »Hallo?« Seine Stimme klang wie die eines verängstigten Kindes.

Dann hörte er seine Mutter. Aber in ihrer Stimme war keine Freude, keine Freundlichkeit.

»Harvey, du mußt zurückgehen.«

»Mami!« schrie er.

»Du mußt zurück!« Ihre Stimme klang ärgerlich, wütend.

»Mami!«

»Zurück!«

»Neiiin!«

Dann Stille. Er war allein. Ganz allein.

44

Mittwoch, der 7. November

Kate wurde am Dienstagabend aus der Intensivstation herausgefahren. Sie atmete selbständig, die endotracheale Röhre war entfernt; aber sie war noch zu benommen, um ihre Umgebung zu erkennen, als sie aus dem Fahrstuhl in Abteilung Leggett eins in das Zimmer geschoben wurde, das neben dem lag, aus dem sie erst vor zwei Tagen entlassen worden war.

Patrick tauchte als verschwommene Figur vor ihr auf. Ihre zerschnittenen Lippen formten ein leises Lächeln. Dann schlief sie die Nacht durch. Als sie am Morgen aufwachte, starrte sie verwirrt die hellen Wände des Zimmers an. Sie betrachtete den kleinen Fernseher auf dem Gestell, den Schrank und die Vase mit den Blumen.

Sie setzte sich auf.

Man hatte sie doch entlassen. Da war sie ganz sicher. Patrick hatte sie heimgefahren. Es sei denn, daß das nur ein Traum war. Dann bemerkte sie ihre verbundenen Hände und die abgebrochenen Nägel. Angst stieg in ihr auf. Sie bemühte sich, zurückzudenken, aber es war, als habe sich eine stählerne Wand in ihrem Kopf herabgesenkt. Auf der anderen Seite war etwas sehr Beunruhigendes, aber sie konnte nicht hinkommen.

Die Vorhänge waren zurückgezogen. Durchs Fenster konnte

sie den Haken sehen, der vom Ausleger eines gelben Krans herabhing. Dahinter türmten sich Wolken wie Brandung an dem metallblauen Himmel auf. Ihre Gedanken prallten wieder gegen die Stahlwand.

Dr. Swire.

Dr. Swire kam auf sie zu. Sein Gesicht kam näher. Noch näher.

Die Tür ging auf. Sie klammerte sich an die Bettdecke, bereit loszuschreien, wenn es Dr. Swire wäre. Aber es war nur die Schwester. Die große blonde mit der verkniffenen Miene, die sie bereits vorige Woche ein paarmal gesehen hatte. »Na, wach? Möchten Sie jetzt Frühstück?«

»Ja, danke«, antwortete Kate, obwohl sie keinen Hunger hatte. Die Schwester ging hinaus, ehe Kate noch etwas sagen konnte. Das Gesicht des Anästhesisten kam wieder, näher, größer. Es klopfte.

»Herein«, sagte sie schwach.

Ein großer Mann kam herein. Er trug einen offenen weißen Mantel. Langsam und zielstrebig schloß er die Tür. Er war Ende Vierzig, mit streng zurückgekämmtem, graumeliertem Haar, das schon schütter wurde. Sein ernstes Gesicht mit sympathischen Zügen wurde durch die buschigen Brauen etwas entstellt. Er sprach abgehackt, altmodisch wie ein Beamter. »Ich bin Dr. Baynes, der Verwaltungschef. Wie fühlen Sie sich?« Er musterte sie besorgt.

»Verwirrt.«

Es zuckte um seine Mundwinkel. »Ja, wir sind auch verwirrt. Ich dachte, Sie könnten uns vielleicht sagen, was passiert ist.«

Kate sah durchs Fenster, wie sich der Haken langsam senkte. Es gab da eine Lücke. Sie war heimgefahren, und jetzt war sie wieder hier.

»Vielleicht kann ich Ihre Erinnerung auffrischen. Man fand Sie von Drogen betäubt am Sonntagabend in einem der Korridore. Sie hielten einen Schlüsselbund in der Hand, den Sie offensichtlich gestohlen hatten. Außerdem hatte in einem der Forschungslabore des Krankenhauses offenbar eine Art Kampf stattgefunden. Vorher hatte man Sie mit Dr. Swire vor den Operationssälen gesehen.«

Kate dachte scharf nach und schloß einen Moment lang die Augen. Dr. Swire. Gehen. Korridore. Tor aufschließen. Sie sah Dr. Swires Gesicht. Von der Nadel tropfte Flüssigkeit. Ängstlich machte sie die Augen wieder auf. »Ich weiß nicht, was passiert ist«, sagte sie. »Ich versuche mich zu erinnern.«

Jetzt kam alles klar zurück, aber sie war nicht sicher, ob sie Dr. Baynes trauen konnte oder irgend jemandem hier.

»Was hat denn Dr. Swire gesagt?« fragte sie.

Wieder zuckte es um die Mundwinkel. »Dr. Swire ist leider tot.«

Kates Ohren schienen zu explodieren. Betäubung breitete sich in ihrem Körper aus. Sie konnte den Puls im rechten Handgelenk spüren. »Tot?« In ihrer Kehle vibrierte es, aber sie hörte keinen Laut. Der Arzt formte auch irgendwelche Worte, die sie nicht hören konnte. Ihre Ohren knackten. »Tot?« fragte sie noch mal.

»Ja, vielleicht könnten Sie mir jetzt erzählen, was passierte?«

Es klopfte wieder. Patrick kam herein. Kates Selbstvertrauen war plötzlich wieder da. Am liebsten wäre sie aus dem Bett gesprungen und ihm um den Hals gefallen. »Hallo«, sagte sie.

Er schaute sie an, dann den Arzt. »Soll ich noch einen Moment draußen warten?«

»Wenn es Ihnen nichts ausmacht«, sagte Dr. Baynes.

»Patrick«, sagte Kate laut.

Fragend blickte er sie an.

»Geh nicht weit weg – bitte!«

»Ich warte direkt vor der Tür.« Er ging hinaus und machte die Tür zu.

Kate besichtigte ihre verbundenen Hände. »Dr. Swire hat versucht, mich zu töten«, erklärte sie. Jetzt fühlte sie sich mutiger.

»Was? Das ist doch lächerlich! Sie sind ja immer noch von der Überdosis im Delirium.«

»Er hat versucht, mich umzubringen.«

»Sie sind doch Catherine Hemingway, nicht wahr? Und Sie arbeiten für die *Evening News*, richtig?«

»Ja.«

»Sie sind die Reporterin, die diesen Exhumierungsblödsinn angestiftet hat. Das muß Dr. Swire wirklich verärgert haben, und alle anderen auch. Sie sind ernstlich geistig verwirrt – und eine Diebin.«

»Ich kann nicht glauben, was ich da höre«, protestierte Kate.

»Sie werden noch viel nicht glauben, wenn dieses Krankenhaus erst einmal mit Ihnen fertig ist. Dr. Swire ist tot, und Sie sind daran schuld. Er hatte Sonntag abend einen Herzinfarkt. Er litt schon lange unter chronischen Herzbeschwerden, hielt das aber vor allen geheim. Sally Donaldson war seine Patientin. Er war ein wirklich aufopferungsvoller Arzt und hat Ihren Artikel sehr persönlich genommen. Er glaubte, sein guter Ruf stehe auf dem Spiel. Sie haben ihm unendlich viel unnötige Aufregungen und Kränkungen zugefügt.«

Mit jedem Moment wurde alles klarer. »Sie irren sich gewaltig.«

Er steckte die Hände in die Taschen des weißen Mantels. »Ich irre mich nicht. Dieses Krankenhaus hat mehr als genug von Ihnen. Sie haben mit Ihrem Artikel unseren guten Ruf geschädigt. Wir mußten viel Zeit und Geld aufwenden, um die starke Dosis Midazolam aus Ihnen herauszupumpen und Ihr Leben zu retten. Sie brauchen psychologische Hilfe, wenn Sie mich fragen. Sie sind eindeutig labil.«

Dr. Swire grinst. Die Spritze kommt näher, ist jetzt vor Kates Augen. »Wie – wie starb Dr. Swire?«

Die Tür ging auf, und die Schwester brachte das Tablett mit dem Frühstück. Kate konnte Patrick durch die offene Tür nicht sehen.

»Falls es Sie interessiert«, erklärte Dr. Baynes. »Er hatte eine angeborene Schwäche, die man hyptertrophische Kardiomyopathie nennt.«

»Darf ich das Tablett abstellen?« fragte die Schwester.

»Ja.«

Sie stellte das Tablett auf den Tisch und schob ihn über Kates Bett.

»Es ist schrecklich, wenn man daran leidet«, fuhr der Arzt in etwas milderem Ton fort. »Wenn man mit diesen Genen geboren wird, besteht kaum die Chance, älter als vierzig zu werden. Dr. Swires Mutter hatte sie und starb mit achtunddreißig. Nur wenige Betroffene leben länger als fünfundvierzig. Dr. Swire war dreiundvierzig. Offenbar war er wegen der Symptome schon seit zwei Jahren in Behandlung. Er hätte jeden Tag sterben können.«

»War er deshalb so am Tod interessiert?« fragte Kate.

»Er hat niemandem seinen Zustand verraten. Er suchte heimlich einen Herzspezialisten auf.«

»Dr. Swire war ein aufopferungsvoller Mann«, erklärte die Schwester und ging hinaus.

»Sie sehen selbst, wie verstört das Personal ist«, sagte Dr. Baynes.

»Aber war seine Herzkrankheit der Grund für sein außergewöhnliches Interesse am Tod?« bohrte Kate nach.

»Ja, hatte er das denn?«

»Das müssen Sie doch wissen.«

Er hielt die Hände in den Taschen, schob sie aber zusammen. »Dr. Swire interessierte sich für sehr viele Dinge. Er war ein ungewöhnlich begabter Mensch.«

»Ich möchte die Polizei anrufen«, sagte Kate.

Das Zucken wurde stärker. Jetzt blinzelte er auch mehrmals. »Catherine, Dr. Swire ist tot. Es besteht doch wirklich kein Grund, die Polizei hineinzuziehen. Diese Art von Publicity ist weder für uns noch für die Patienten gut. Selbstverständlich würden wir gern wissen, was passiert ist.« Er nahm eine Hand heraus und massierte sich den Adamsapfel. »Aber wir sind auch bereit, die Sache auf sich beruhen zu lassen.«

»Und was ist mit Sally Donaldson? Würden Sie nicht auch gern wissen, was mit ihr passiert ist?«

»Falls Sie irgend etwas über Sally Donaldson sagen wollen, schlage ich vor, daß Sie mit dem amtlichen Leichenbeschauer sprechen.« Er fühlte sich immer weniger wohl in seiner Haut.

»Sie haben wegen Dr. Swire keinerlei Hinweise. Aber Sie wissen verdammt genau, daß ich keine Überdosis genommen habe.«

»Na ja – vielleicht sagen Sie mir, was passiert ist. Wir würden das gern erfahren.«

»Nein, das glaube ich kaum. Ich glaube nicht, daß Sie überhaupt erfahren wollen, was passiert ist, und schon gar nicht die Wahrheit über Dr. Swire.«

Er schaute zur Tür. »Schauen Sie. Ich – auf Sie wartet jemand. Soll ich später wieder vorbeikommen?«

»Aber gern.«

Beim Hinausgehen hielt er die Tür offen. Patrick kam herein, ging sofort zum Bett und küßte sie auf die Wange. »Na, etwas weniger benommen als gestern abend?«

»Vielen Dank.«

»Wie fühlst du dich?«

»Alles okay.«

»Mein Gott, was ist denn eigentlich passiert? Ich habe noch nicht eine vernünftige Erklärung bekommen können. Nur daß du eine Überdosis Drogen genommen hast. Warum? Was, zum Teufel, ist passiert?«

»Mein Mantel«, sagte sie. »Wo ist mein Mantel?«

»Mantel?«

»Der blaue Kaschmirmantel. Den habe ich angehabt.«

Patrick machte die Schranktür auf. Kates Mantel hing im Schrank. Er war an manchen Stellen schmutzig und zerrissen.

»Würdest du ihn mir bitte bringen?«

Er legte ihn aufs Bett. Sie steckte die Hand in die Tasche und war erleichtert, als sie das Tonbandgerät spürte. Sie zog den Mikrofonstecker heraus und nahm das Gerät aus der Tasche. Das Band war noch drin. Es war abgelaufen, woraufhin sich das Gerät ausgeschaltet hatte. Kate drückte die Rücklauftaste.

Dann drückte Kate auf den Startknopf und drehte die Lautstärke höher. Erst ein Zischen und Kratzgeräusche, dann Dr. Swires Stimme. Sie klang etwas gedämpft, mit leichtem Nachhall.

»Ist Ihnen Perrier recht?«

Dann ihre Stimme: »Vielen Dank.«

»Milch, Zucker?«

»Danke, schwarz.«

Etwas wurde hingestellt. Geschirr klapperte. Dann ertönte wieder Dr. Swires Stimme. »So, Sie wollten also mit mir sprechen.«

»Ja, ich will wissen, was im Operationssaal passiert ist.«

Es war alles drauf. Beim Zuhören erinnerte sie sich wieder an alles. Schweigend saßen sie da und hörten sich alles an. Die Stimmen waren ganz deutlich. Dann Kates Keuchen und Stöhnen, als sie zu fliehen versuchte. Schlüssel klirrten, Glas zerbrach, Wind und Regen, das Klappern des Tores, Schritte, die Stimmen der Schwestern, die sie fanden. Dann abrupt Schweigen, als das Band zu Ende war.

»Ich habe die Spritze genommen«, sagte Kate. »Daran erinnere ich mich. Ich muß sie irgendwo fallen gelassen haben. Wenn wir sie finden – da muß noch ein Rest des Medikaments drin sein. Damit könnten wir beweisen –«

Patrick berührte ihre Wange mit den Fingerknöcheln. »Tapferes Mädchen! Du brauchst die Spritze nicht. Du hast alle Beweise auf dem Band. Damit kannst du eindeutig beweisen, daß du recht hattest. Bei der Autopsie können sie feststellen, was er in sich hatte. Mein Gott, was für ein Schwein!«

»Ich habe ihn umgebracht.« Sie schluckte. »Das ist wirklich schrecklich.«

»Du hattest keine Wahl.«

Das Telefon klingelte. Sie zuckten beide zusammen. Kate nahm den Hörer ab.

»Hallo, ist dort Catherine Hemingway?«

»Ja.« Kate konnte die Stimme nicht gleich einordnen.

»Immer noch im Krankenhaus, meine Liebe? Ich war nicht sicher, habe es aber erst mal dort versucht.«

Es war Dora Runcorn.

»Ich habe wieder eine Nachricht für Sie, meine Liebe. Von Ihrem Bruder Howie. Er sagt, Sie wüßten, was es bedeutet. Er sagt etwas über jemanden, der auf Holz pocht. Verstehen Sie das?«

»Nein«, antwortete Kate.

»Es wird noch klar werden, meine Liebe.«

»Ist das alles?«

»Ja, meine Liebe. Sonst nichts. Rufen Sie mich doch an, wenn Sie entlassen sind, und wir plaudern in Ruhe.«

»Sicher«, sagte Kate und legte auf.

»Wer war das?« fragte Patrick.

Kate schwieg einen Augenblick und dachte nach. Sie hatte ein ungutes Gefühl. Die Worte des Mediums gingen ihr durch den Kopf wie die Kugel in einem Labyrinthspiel. Pochen. Klopfen. Es war nicht möglich.

Absolut unmöglich.

»Schon gut, alles in Ordnung«, sagte sie.

»Ich kann es nicht glauben, daß dieser Mistkerl dich töten wollte. Wann bist du hierhergefahren?«

»Sonntag abend nachdem du weg warst«, antwortete sie zerstreut.

Klopfen.

»Du hattest versprochen, bis Montag zu warten. Ich wollte mitkommen.«

Die große Schwester mit dem sauertöpfischen Gesicht machte die Tür auf. »Fertig? Kann ich das Tablett abräumen?«

»Ist eine Autopsie bei Dr. Swire vorgenommen worden?« fragte Kate.

»Nein, soweit ich weiß, gibt es keine.«

»Warum nicht?«

»Ich glaube, man hielt es nicht für nötig. Er wurde wöchentlich von einem Kardiologen behandelt, und die Todesursache ist klar.«

»Wo ist seine Leiche jetzt?«

»Er wird heute mittag eingeäschert. Vom Personal sind viele zur Feier gegangen.«

»Heute mittag? Wo?«

»Im Stamford-Krematorium.«

»Und wann?«

»Um zwölf. Falls Sie Blumen schicken wollten, sind Sie etwas spät dran«, bemerkte sie bissig und nahm das unberührte Tablett mit hinaus.

»Du lieber Himmel! Wie spät ist es?«

»Fünf nach halb elf«, sagte Patrick.

»Sie verbrennen die Leiche doch nicht immer gleich nach der Feier, oder?« fragte Kate.

»Nein. Mir hat jemand gesagt, normalerweise warten sie, bis mehrere zusammengekommen sind.«

»Wenn ich anrufe, glaubt mir kein Mensch, sondern man hält

mich für verrückt. Ich könnte das Band vorspielen; dann müssen sie mir glauben. Bist du mit dem Auto da?«

»Ja, aber –«

»Kannst du zum Vordereingang fahren?« Sie schwang die Beine aus dem Bett. »Ich muß die Einäscherung aufhalten.« Sie stand etwas unsicher auf. Er packte sie am Arm.

»Warum?«

»Verstehst du nicht? Das Zeug, das Dr. Swire mir injizieren wollte – du hast es auf dem Band gehört. Er sagte doch, es sei die gleiche Mischung, die er Sally Donaldson gespritzt habe, richtig?«

Er nickte.

»Das Zeug – Barbiturat und noch was – hat doch alle dazu gebracht, daß sie Sally Donaldson für tot hielten. Aber sie war nicht tot. Das sagte er doch, oder?«

»Ja.«

»Das habe ich ihm eingespritzt. Jetzt nimmt man an, er hatte einen Herzinfarkt, weil er herzkrank war. Und was ist, wenn sie sich irren?«

Der Alfa Romeo quälte sich hinter einem Lastwagen den langen Berg hinauf. Patrick setzte mehrere Male zum Überholen an, mußte aber bremsen, weil ein Lastwagen entgegenkam. Dann noch einer.

Es war zehn nach elf.

Endlich klappte es mit dem Überholen, und er konnte schneller fahren. Sie kamen an einer niedrigen Mauer aus Ziegelsteinen vorbei. Eine schwarze Daimler-Limousine schob die Schnauze aus einer prächtigen Einfahrt.

»Das ist es.«

Patrick setzte den Blinker und bremste. Er ließ den Daimler heraus. Dann fuhr er auf der geschwungenen Zufahrt zum großen, fast leeren Parkplatz vor dem modernen Ziegelbau des Krematoriums. Mehrere dunkelgekleidete Leute betrachteten die Blumengebinde, die an der Seitenwand aufgestellt waren.

Patrick hielt vor dem Eingang. Dann half er Kate aus dem Auto. Er nahm ihren Arm, als sie die Treppe zur Eingangshalle hinaufgingen. Rechts war eine Tür mit einem kleinen Schild. »Verwaltung«. Patrick klopfte. Keine Antwort.

Kate machte die schwere Eichentür auf und warf einen Blick in die Kapelle. Leer und still. Sie ging zum leeren Katafalk, der zwischen blauen Samtvorhängen stand. Ihre Schritte hallten. Hinter dem Katafalk war eine Tür mit schwerem Messinggriff.

Kate öffnete sie. Hitze schlug ihr entgegen. Sie trat vor. Sie hörte Flammen prasseln. Direkt vor ihr standen drei Särge auf Rollwagen. Links war eine Wand aus Stahlplatten mit mehreren verschlossenen Türen. Eine war offen. Zwei Männer in Arbeitskleidung schoben einen Sarg in den mit Ziegeln verkleideten Ofen hinter der Stahlwand. Flammen loderten auf.

Sie schoben den Sarg durch die Tür. Dann drückte ein Mann auf einen grünen Knopf in der Wand. Die Stahltür glitt nach unten. Mit lautem Klicken rastete sie ein. Das Prasseln wurde schwächer.

Jetzt bemerkten die beiden Männer Kate und Patrick. Der eine, kräftig gebaut, mit hellem Haar und Ölflecken im Gesicht, runzelte die Stirn und kam zu ihnen. »Kann ich Ihnen behilflich sein?«

Kate blickte auf die drei Särge. »Ist Dr. Swire schon verbrannt?«

»Dr. Harvey Swire?« Er nahm ein Blatt, schaute drauf und deutete dann auf den Ofen. »Das war er. In dieser Sekunde ist er reingekommen.«

Kate lief auf die Metalltür zu. »Können Sie die Einäscherung irgendwie unterbrechen?«

Der Mann schüttelte den Kopf. »Nein, tut mir leid. Das ist unmöglich.« Er lächelte sie freundlich an. »Sie sollten nicht hier sein. Gehen Sie doch zurück in die Kapelle. Da ist es schöner als hier.«

»Komm, Kate«, sagte Patrick.

Er legte den Arm um ihre Schultern und führte sie hinaus. Sie biß sich auf die Lippen. Als sie an der Tür waren, hörte sie drei laute Schläge aus dem Ofen.

Kate wirbelte herum und starrte auf die Metalltür. Sie zitterte am ganzen Körper.

Jetzt war alles still. Man hörte nur das Zischen des Gases.
»Das ist das Holz«, erklärte der Mann. »Das kommt öfters vor. Die Hitze spaltet das Holz.«

Danksagungen

Ohne die Hilfe verschiedenster Leute und Organisationen und deren Geduld und Enthusiasmus hätte dieser Roman nicht geschrieben werden können. Ganz herzlich bedanken möchte ich mich bei Dr. Andrew Davey, FCAnaes; Mr. Robert Beard, FRCS; Dr. Simon Nightingale; Dr. Nigel Kirkham, MRCPath; Dr. Martin Street; Dr. Charles Moon; Dr. Gary Gerson; Dr. Martin Hamilton-Farrell; Dr. Richard Vincent; Dr. Douglas Chamberlain; Dr. David Blainey; Dr. Ian Parkin, Dept. of Anatomy, Birmingham University; Dr. David Stafford-Clark; Dr. Pam Graham; Dr. Susan Blackmore; Kathryn Bailey; den Redakteuren des *Evening Argus*, ganz speziell bei Chris Fowler; Chris Chandler; Geoff Loader; dem weltgewandten Mike Howard; Adam Trimingham; Lisa Holland; Caroline Meade; Elizabeth Tenison; Jan Jaques; Rosemary Edwards; Carol Dodgson; bei den Leuten vom *Evening Standard*, insbesondere bei Patricia Miller; Kate Law; Gervaise Webb und John Passmore; John Harrison von der *Hampstead and Highgate Gazette*; Sue Ansell; Veronica Hamilton-Deeley; John Prideaux; Nick Bremer; Maria Kinnersley, Senior Environmental Health Officer; Yvonne Buxton vom Home Office; Roy und Andrew Brooks und Julie Welsh vom Bestattungsunternehmen R. A. Brooks & Son; Mr. Bryan Turner von Downs Crematorium Ltd.; Mr. Fry von Hanningtons Ltd. (Bestattungsunternehmer); bei Miss Eleanor O'Keefe von der Society for Psychical Research für den Einblick in ihr grenzenloses Wissen; bei dem Bibliothekar Nick Clark-Lowes für seine Duldsamkeit, was meine Ausleihgewohnheiten angeht; bei Ren Harris von der Polizei von Brighton; bei Canon Dominic Walker, OGS; bei Dr. Robert Morris; der International Association for Near Death Studies; beim Wrekin Trust und Hazel Guest.

Außerdem stehe ich bei einer Menge Leuten in der Kreide, die sich mit meinen Anfragen bezüglich Todesnähe und außerkörperlichen Erfahrungen beschäftigt haben. Dann möchte ich mich noch bei meinem Agenten Jon Thurley, meiner Lektorin Joanna Goldsworthy und meiner Korrektorin Victoria Petrie-Hay bedanken. Und nicht zuletzt bei meiner Frau Georgina, die – wie immer – dafür gesorgt hat, daß ich meine Sache zu Ende gebracht habe.

P. J.

Von Gespenstern, kaputten Ehen und anderen Traumata

Einige Bemerkungen zu den Büchern von Peter James

»Je mehr ich nachforsche, desto mehr glaube ich, daß es nicht nur eine Antwort gibt. Ich kenne nicht alle Antworten.«

Peter James

Man könnte Peter James vorwerfen, daß er in drei Romanen dreimal dieselbe Geschichte erzählt. Und die thematische und stilistische Nähe zu jüngeren Werken von James Herbert ist offensichtlich. Es scheint fast so, als hätte James seinen Kollegen mit der Nase daraufgestoßen.

Irgend etwas aber ist dran an Peter James, das man so noch nicht gelesen hat. Irgend etwas hinter dem wandlungsfähigen Stil, der bedrohlichen Poesie und den greulichen Schocks. Eine Idee, ein Konzept, eine Suche, die nicht auf der letzten Seite haltmacht, sondern bis ins nächste und übernächste Buch hineingreift. Die drei Romane wirken wie Variationen ein- und desselben Themas: Gibt es das Übernatürliche, und wenn, wie tritt es in unser Leben?

Es wäre vielleicht ein Fehler, die Romane »Der Sohn« (Possession), »Der Alp« (Dreamer) und »Das Herz« (Sweet Heart) gleich hintereinander zu konsumieren, denn dann wird man der Jamesschen Perspektive wohl schnell überdrüssig. Zu evident sind die Parallelen, die sich bei Protagonisten und Milieus herausschälen. Dreimal dieselbe Story, sicher, aber voll von phantastischen Ideen, stilistischen Raffinessen und von einer derartigen Spannung, daß einem die Pumpe stehenbleibt.

Peter James wurde 1948 im englischen Hove geboren, besuchte die renommierte Charterhouse School und arbeitete danach bei diversen kanadischen Fernsehsendern. Später zog er nach Sussex, lernte dort seine heutige Frau kennen und widmete sich ganz dem Schreiben.

»Ich bin stark interessiert an der Frage, ob nach dem Leben irgend etwas übrigbleibt. Darüber hinaus versuche ich Bücher zu schreiben, die unterhalten, Spaß machen und ein wenig gruseln«, so der Meister zu seiner Arbeit. Britisches Understatement, zweifelsohne. Das bißchen Schrecken, das er seinen Büchern zugesteht, ist in Wirklichkeit blanker Horror, der zumeist erschreckend realistisch wirkt.

Nach eigenen Angaben schreibt James sehr diszipliniert, meistens zwischen 17.00 und 20.30 Uhr und zwischen 21.00 und 13.30 Uhr. Ob seine Frau letzteres mitmacht, darf bezweifelt werden.

»Der Sohn«. In einer grandiosen, durch Mark und Bein gehenden Eingangssequenz wird der junge Fabian Hightower bei einem Autounfall getötet. So recht aber scheint er sein Ableben nicht verstanden zu haben, denn er kehrt zu seiner (geschiedenen) Mutter Alex zurück und erfüllt deren Haus mit seiner unheimlichen Präsenz. Die übertriebene Mutterliebe tut das Ihrige, um dem Sohn die widernatürliche Rückkehr zu erleichtern. Nach und nach erfährt der Leser, daß Fabian keineswegs der guterzogene, selbstbewußte und sanfte Student war, für den die Mutter ihn hielt, sondern ein psychisch labiler, asozialer Drecksack, der seine Punk-Freundin auf dem Gewissen hat und es ganz besonders schätzte, seine zahlreichen Bettgefährtinnen mit brennenden Zigaretten zu quälen. Diese Aggressionen schlagen nun voll durch, und Fabian wird für Alex zum Alptraum. Das Drama nimmt seinen Lauf – und wie.

»Der Alp«. Sam Curtis und ihr Mann werden Opfer einer Intrige. Als Kind war Sam schuld am Tod eines Psychokillers. Die debile Familie des toten Mörders will nun die erwachsene Frau und ihren etwas leichtfertigen Mann in den Ruin treiben und um die Ecke bringen. Begleitet wird das Ganze von mysteriösen Präkognitionserscheinungen seitens Sams, die zukünftige Ereignisse sozusagen als Warnung träumt.

»Das Herz«. Ein altes Landhaus in der Provinz hat es Charley Witney angetan. Es zieht sie auf ominöse Weise an den Ort zurück, an dem sie scheinbar in einem früheren Leben Beteiligte an einem scheußlichen Ereignis war. Ein rachedurstiges Schattenwesen startet einen erschreckenden Feldzug gegen Charley, während sie langsam bemerkt, daß sie mit ihrer Reinkarnationstheorie auf der völlig falschen Spur ist.

Man bemerkt bereits in diesen kurzen Inhaltsangaben gewisse Parallelen: Frauen als Hauptfiguren, die sich insofern ähneln, daß sie alle ihre Vornamen in männliche Kurznamen abgewandelt haben (Alex/Sam/Charley). Tatsächlich sind die Ähnlichkeiten noch frappanter. Alle Frauen sind um die fünfunddreißig Jahre alt, leben in einer zerrütteten Ehe und stammen aus demselben Milieu, dem oberen Mittelstand, sind gebildet, sensibel und selbständig. James meint dazu: »Ich schreibe hauptsächlich über Frauen, weil ich sie mag. Darüber hinaus sind sie spirituell und mental entschieden belastbarer als Männer und wesentlich empfänglicher für paranormale Ereignisse... Sie sind einfach neugieriger als Männer.« In der Tat ist die weibliche Perspektive hochinteressant. James bringt ihre »spirituelle Aufgeschlossenheit« gekonnt rüber, versteht sich aber auch auf profanere Dinge: Es kann für einen Autor mitunter schwierig werden, eine Koitus-Sequenz aus der Sicht einer Frau zu schildern – James schafft es eindringlich.

Die Horror-Ebene überfällt den Leser zwar manchmal mit drastischen Schocks, lebt aber in erster Linie von sanften, extrem subtilen Schaudern, von bedrohlichen Kulissen, drückenden Stimmungen und gespenstischen Schemen am Bettende.

Peter James macht sehr viel aus seinen verschachtelten Plots. Pro Jahr stößt er einen Roman aus, und ein Drittel jedes Jahres widmet er allein der Recherche. Er unterzieht sich hypnotischen Sitzungen, läßt sich an dieselbe ›Traum-Maschine‹ anschließen wie Sam Curtis in »Der Alp«, beobachtet Zeitungsredakteure tagelang bei deren Arbeit und interviewt Leute mit angeblichen paranormalen Erfahrungen. Seine große Stärke aber ist die Beschreibung des Milieus. Er stellt durchschnittliche moderne Engländer in den Mittelpunkt und schreibt dabei streng nach der Maxime »So realistisch wie eben möglich«. Seine Figuren sind keine Heldinnen, die gegen die Gefahr mit kühlem Verstand angehen. Sie pauken sich ihre Lektionen im Rationalismus seitenlang ein (»Nein! Das ist unmöglich!«), bis sie irgendwann doch ausrasten – und der Leser wird Zeuge dieses beunruhigenden Prozesses.

Deutlich spürbar ist die Distanz, die der Autor seinen Protagonisten gegenüber aufbaut, ohne dabei aber emotionale Kälte auszustrahlen. Mitleid kommt da manchmal auf, aber auch der Eindruck, daß Alex/Sam/Charley und ihre Männer an ihren Miseren selbst Schuld tragen.

Zum Hickhack einer aus den Fugen gehenden Partnerschaft gesellt sich die Bedrohung aus dem Jenseits, und was da an herumwirbelnden Gefühlszuständen herauskommt, spottet jeder Beschreibung.

Kleinere Ereignisse wie Cocktailparties oder Kindergeburtstage nutzt James, um Nebenfiguren wie Schwiegermütter und Arbeitskollegen allein durch Dialoge lächerlich zu machen. Überhaupt bieten James' Dialoge wie auch seine Personencharakterisierungen ein Höchstmaß an Glaubwürdigkeit. Alles wirkt wie vom Leben abgeschrieben und mitunter scharf ironisch. James' Sprache bewegt sich mit traumwandlerischer Sicherheit zwischen nebelverhangenen Geheimnissen, akribischer Realitätsschilderung und blankem Schock. Ein paar exakt plazierte Splattereinlagen rütteln den Leser an den richtigen Stellen mächtig durch.

Eine gewisse Dosis Zeitkritik läßt sich auch ausmachen. Besonders die Esoterik-Phantasten werden immer öfter aufs Korn genommen und dabei immer wieder angeschwärzt. Ob das nun parapsychologische Wissenschaftler, Scharlatane oder die Kirche sind – niemand hat das Recht auf das Jenseits gepachtet, denn die Geisterwelt folgt ihren eigenen, unergründlichen Gesetzen. Und ab und an erteilen die Gespenster den okkulten Besserwissern eine gehörige Lektion.

Ob unbewußt oder absichtlich: Peter James' Romane lösen bestimmte Klischees der Parapsychologie aus ihrem pseudowissenschaftlichen Rahmen, um sie mit dem realen Leben zu konfrontieren. Die Bücher ähneln sich nicht nur zufällig, sondern sind das Ergebnis einer ernsthaften detektivisch-alptraumhaften Suche nach dem Unerklärlichen in einem Zeitalter der Ratio.

Das schwächste Glied der Kette ist zweifellos »Der Alp«, ein stilistisch zwar brillantes Buch, in dem der Autor sich aber zwischen Präkognition und der Intrigenhandlung nicht so recht entscheiden kann, und der Zusammenhang zwischen beidem wird auch nicht ganz klar. »Der Sohn« ist durchweg begnadet, auch wenn das Buch manchmal vom Trockenen ins Dramatische umkippt, während »Das Herz« nervenaufreibend perfekt daherkommt.

»Twilight« (Schwelle ins Nichts) beweist, auch wenn sich in diesem Werk eine Abkehr vom bisherigen Konzept abzeichnet, wie sehr mit diesem Autor zu rechnen ist. Peter James bleibt auf der Suche, und sein nächster Roman, »Prophecy« (bei Goldmann in Vorbereitung), wird zeigen, in welche Richtung sie führen wird. Ein paar Antworten mehr wird Peter James dann kennen. Und wahrscheinlich eine Menge neuer Fragen haben.

Ralf Reiter

GOLDMANN

Robert Littell

Für die Anhänger anspruchsvoller Spionageromane ist Robert Littell längst kein Unbekannter mehr. Stilistisch ausgefeilt, voller Ironie und einer Prise schwarzen Humors entwickelten sich seine Bücher zum heißen Tip unter Insidern.

Spion im Spiegel 41242

Der Töpfer 9143

Roter Winter 9906

Eine höllische Karriere 8865

Goldmann · Der Taschenbuch-Verlag

GOLDMANN

Stuart Woods

Stuart Woods erzählt geradlinig, ohne Schnörkel und mit der Wucht eines Torpedos. Kein Wunder, daß man seine Romane in einem Zug verschlingt.

Still ruht der See 9250

Auf Grund 8839

Die Nachfolger 8379

Anaconda 9897

Goldmann · Der Taschenbuch-Verlag